Veröffentlichungen von Kera Jung:

Urteil Leben: Creatio ex nihilo, Feuer und Wasser, Hoffnung, Plan und Zufall, Albträume, Countdown

Keine-wie-Reihe: Keine wie Sie, Keiner wie Er, Keiner wie Wir, From Yesterday – Sammelband

California-College: Too Close, Blind, Beautiful Sky, Just another Dream, Never apart, He is Mine

Erstens kommt es anders …, … und zweitens, als man denkt, … und zweitens, als man denkt – Special –, Sammelband

Starke Frau, was nun?

Twisted Game
The Unforgivable Words (1. Teil), The Unforgivable Words (2. Teil)

Chaos im …: Chaos im Kopf, Chaos im Herzen, Sammelband

Mrs. Kingsleys Liebhaber Band 1-3

Vom Sinn des Seins

Der Antityp

Mister Iron & Miss Steel

Life is a halfpipe

Sweet Dreams

Blind Wedding

Kera Jung

Wedding Excuses

Roman

A.P.P.

Wedding Excuses
Deutsche Erstausgabe November 2016

Kera.Jung@gmx.de
http://kerajung.wix.com/kerajung
https://www.facebook.com/kera.jung.autorin/

Umschlaggestaltung: Sabrina Dahlenburg
Lektorat: Damla Bal, Christine Ringert, Bethy Zimmermann
Korrektorat: Elke Preininger
Satz Ebook: Sophie Stedtefeld
Satz Print: Sophie Stedtefeld
Erschienen im:
A.P.P.-Verlag
Peter Neuhäußer
Gemeindegässle 05
89150 Laichingen
ISBN mobi: 978-3-96115-044-1
ISBN epub: 978-3-96115-045-8
ISBN Print: 978-3-96115-046-5

Für die Autoren des A.P.P.-Verlages
Weil ihr so seid, wie ihr seid.
Und nicht anders.

Kurzbeschreibung

So hatten sich Greg und April ihr gemeinsames Leben nicht vorgestellt. Anstatt zusammen ihr Glück mit ihrer kleinen Tochter June genießen zu können, jettet Greg die meiste Zeit durch Europa, während April daheim mit ihrem Baby auf ihn wartet. Aus Unzufriedenheit werden viel zu schnell deutliche Zweifel, die sich zu ausgewachsenen Gewissheiten steigern, bis tatsächlich ihre Ehe gefährdet ist.
Währenddessen stehen auch bei Terence und Helen die Zeichen auf Sturm. Die vermeintlich so harmonische Beziehung eskaliert bald in einem handfesten Krieg, bis ein Scheitern kaum noch aufzuhalten ist.
Zwei Paare – zwei Mal jede Menge Missverständnisse, hausgemachte Probleme und äußere Einflüsse, die das Leben erschweren. Siegen am Ende die Liebe, die Vernunft, die Bestimmung und die Gerechtigkeit, oder werden wie so häufig enttäuschte Menschen allein zurückbleiben, weil bestimmte Barrieren nicht überwunden werden können, egal, wie aufrichtig die Gefühle füreinander sind?

Fortsetzung von ›*Blind Wedding*‹. Es handelt sich um einen abgeschlossenen Roman, bei dem es nicht zwingend erforderlich ist, den ersten Teil gelesen zu haben.
Romanze, Drama.

1. Kapitel

April

»Gott, ich beneide dich so sehr!«

April betrachtete ihre Freundin mit einer zweifelnd erhobenen Augenbraue, wischte sich dann sorgsam mit einem Kleenex über das Gesicht, um die Milchreste zu entfernen. June hatte sie nach erfolgreichem Rülpser, den man bei einem Säugling liebevoll, aber total unangebracht ›Bäuerchen‹ nennt, abgesondert. Dann hob sie ihre Tochter in die Arme. Übrigens hätte sie geschworen, dass dieses kleine Monster, das ihrem Treiben bisher aus der Babywippe beigewohnt hatte, extrem triumphierend aussah.

»Ich lege sie mal hin«, verkündete sie, klang dabei aber keineswegs sehr hoffnungsvoll. June war jetzt drei Monate alt, und seit zwei Monaten und drei Wochen nicht mehr bereit, freiwillig zu schlafen. Schon gar nicht allein. Und ganz bestimmt nicht tagsüber. Okay, nachts auch nicht. Eigentlich niemals, wenn es angebracht war. Beim Autofahren, oh ja, da schlief sie sofort. Oder wenn April immer und immer wieder mit dem Kinderwagen das relativ kleine Grundstück vermaß, auf dem ihr hübsches Haus stand. Dann schlief June auch. Sehr gern schloss sie die Augen, wenn April sie auf dem Arm hatte. Nur eben leider niemals, wenn sie es sollte.

Daher stolperte die junge Mutter eher die Treppe zum Baby-Schlafzimmer hinauf, als dass sie lief. Zu erschöpft, um noch halbwegs geradlinig zu gehen. Sie liebte die Kleine abgöttisch und wollte sich keinen Tag mehr ohne sie vorstellen. Aber verdammt, sie hätte einfach mal gern geschlafen. Drei Stunden am Stück, ohne Unterbrechung durch lautstarkes Babygeschrei.

Junes Zimmer war bereits durch die Jalousien abgedunkelt. April versuchte im Grunde unentwegt, ihre Tochter zum Schlafen zu bringen. Das Baby gab keinen Ton von sich, als seine Mutter es sanft auf das Laken in der Wiege bettete. Auch ließ sie nicht das geringste Geräusch verlauten, als April die kleine Spieluhr aufzog, die zum Einschlummern Mozarts *Kleine Nachtmusik* dudelte. In der Theorie jedenfalls sollte es beim Schlafen helfen, June schien nur leider resistent gegen derartige Taktiken. Dann strich sie liebevoll über die zarte Babywange, küsste sie kurz und wisperte ein: »Schlaf, Baby, schlaf«, bevor sie sich wie ein Dieb rückwärts aus dem Raum tastete.

Das Herz klopfte ihr bis zum Hals, als sie die Tür schloss und die Stirn im stummen Gebet daran lehnte.

Bitte, schlafe. Bitte, bitte, bitte. Ein paar Stunden, ach verdammt, eine halbe Stunde. Lass mich Luft holen, lass mich zu mir kommen, gib mir die Chance, mich daran zu erinnern, wer ich bin.

Bitte.

Oh, April wusste, wie jämmerlich sie klang und dass sie sich kindisch benahm und theatralisch und … nun ja, auch undankbar. Wo sie im Grunde doch alles hatte, was es benötigte, um wirklich glücklich sein zu dürfen. Doch momentan war sie so erschöpft, so am Boden zerstört, dass sie nicht anders konnte.

Als sie June hinter dem Holz glucksen hörte, brannten ihre Augen vor Enttäuschung, doch das Geschrei, das üblicherweise als Nächstes folgte, blieb aus. Es gluckste noch einmal, fast klang es wie ein kleines Lachen, aber June weinte nicht.

Wie vom Donner gerührt zog April den Kopf zurück und betrachtete die in jungfräulichem Weiß gehaltene Tür.

Das war ihre Chance!

Ihr blieben circa drei Minuten, vielleicht fünf – möglicherweise sogar zehn.

Gott, was konnte man alles in diesem Zeitraum anstellen? Duschen? Das Haar waschen? SCHMINKEN!

Ahhh, scheiß auf Make-up!

SCHLAFEN!

YEAH!

Einen Wimpernschlag später stürzte sie die Treppe hinab, das verräterische, hoch erfreute und so müde Herz führte in ihrer Brust einen afrikanischen Trommelwirbel auf, doch als sie die Couch ansteuerte, sah sie …

Helen.

Mist, die hatte sie ganz vergessen!

Ihre Freundin, die offenbar nicht die geringste Ahnung von Aprils womöglich einmaliger Chance auf etwas Schlaf hatte, deutete grinsend auf den Empfänger des Babyphones, der standardgemäß auf dem Couchtisch stand. »Sie scheint sich eine Geschichte zu erzählen. Das ist so putzig.«

»Ja.« April befahl ihren Tränen barsch, sich gefälligst im Hintergrund zu halten, als sie sich auf den Sessel fallen ließ. Die Beine über eine der Lehnen geworfen, den Kopf in den Nacken gelegt, die verräterischen Augen geschlossen, die immer noch überzulaufen drohten.

»Was hast du?«

»Ich?« April betrachtete ihre Freundin müde. »Was wohl? Ich hab so verdammt viel Glück, wie du eben festgestellt hast, dass mir permanent die Tränen der Rührung in die Augen schießen und meine Beine vor lauter Freude dauerwackelig sind.«

»Von Glück war keine Rede. Ich sagte nur, dass ich dich beneide«, wurde sie sanft korrigiert.

»Das ist doch vom Sinn her dasselbe!«, widersprach April, doch im Grunde war sie selbst zum Diskutieren viel zu müde. Manchmal und auch nur ganz heimlich, wünschte sie sich die Zeit zurück, in der sie nicht ständig müde und ausgelaugt gewesen und sich wie die

Karikatur einer Frau vorgekommen war. Wie lange lag das zurück? Es fühlte sich wie ein ganzes Leben an.

»Warum stellt er keine Nanny ein?«

Der Angriff kam so unerwartet, dass April von ihm schlicht überrollt wurde. Sie richtete sich auf, für einen kurzen Moment war selbst die Erschöpfung verschwunden. »Das wollte er! Aber ich hab es abgelehnt. Übrigens: Wenn ich eine Nanny wollte, würde ich sie mir nehmen, egal, was er sagt. Aber ich traue keinen Fremden, und außerdem will ich keine von diesen langweiligen Tussis werden, nichts für ungut.«

»Na ja …« Helen spitzte die Lippen. »Sei mir nicht böse, aber das bist du schon längst. Den Zug hast du verpasst.«

»Ach so? Also unter Langeweile stelle ich mir was anderes vor«, retournierte April trocken, zu müde, um laut und voller Spott zu lachen, was im Grunde angebracht gewesen wäre.

»Langeweile in anderer Form, aber trotzdem Langeweile«, sagte Helen auf ihre belehrende Art, die April immer den Eindruck vermittelte, die hochgewachsene Blondine mit den Modelmaßen wäre ihre Mutter. »Wann warst du das letzte Mal aus?«

April gähnte herzhaft und renkte sich dabei fast den Unterkiefer aus. »Keine Ahnung.«

»Aber ich hab eine!«, erwiderte Helen triumphierend. »Das war vor Junes Geburt. *Lange* davor, weil du in den letzten Wochen ja kaum noch laufen konntest.«

»Scheiße! Erinnere mich bloß nicht daran!«, sagte April stöhnend und verdrehte entnervt die Augen. Es war eine verdammt anstrengende Zeit gewesen, den riesigen Bauch auf Beinen durch die Gegend zu tragen, die durch abgelagertes Wasser so angeschwollen waren, dass ihr kein Schuh mehr passen wollte.

»Egal, auf jeden Fall ist es ziemlich lange her«, betonte Helen in ihrer unbarmherzigen Art. »War es das, was du dir für deine Zukunft vorgestellt hast?«

Langsam wurde April wütend. »Meine Tochter ist drei Monate alt. Zeig mir die Eltern, die zu diesem Zeitpunkt regelmäßig einen draufmachen oder auch nur mit der Gesamtsituation zufrieden sind, verdammt!«

»Du sagst es: *die* Eltern«, erwiderte Helen ungerührt. Dann sah sie sich aufgesetzt suchend in dem schönen, nicht zu großen, ganz in hellen Tönen gehaltenen Wohnzimmer um. »Wo ist eigentlich der Erzeuger der süßen Tochter?«

»Das weißt du! Derzeit in Brüssel.«

»Ahhhh, ich dachte, es wäre Bern gewesen.«

»Das war letzte …« April unterbrach sich und studierte aufmerksam das Gesicht ihrer Freundin. »Das wusstest du natürlich, richtig? Du willst die liebe April nur ein bisschen verscheißern, damit die sich noch mieser fühlt als sowieso schon, ja?«

Letzteres überging Helen. »Sicher hab ich das gewusst, Alzheimer habe ich nicht. Ich hatte dir gesagt, dass ich den Kerl im Auge behalten werde.« Helen genehmigte sich einen Schluck von ihrem Cappuccino, nahm über den Tassenrand aber nicht den Blick von April und fuhr fort, sobald das Getränk ihre Kehle passiert hatte. »Wenn ich mich richtig entsinne, wollte er bei dir bleiben, nur in der Stadt bei seinem aufgeblasenen Halsabschneider-Konzern arbeiten, jedenfalls für den Anfang, war doch so, oder? Also schlag mich, aber der Anfang war ziemlich kurz.«

»Das weiß ich.«

»Und? Wie lautet seine Entschuldigung?«

Tja, wie lautete Greg's Entschuldigung? April seufzte, denn es hatte faktisch keine gegeben, so wie sich ihr Ehemann niemals für irgendetwas entschuldigte. Es musste nun mal getan werden, was getan werden musste, und wer sich entschuldigte, hatte schon verloren. Allem voran natürlich seine Würde *und* seinen Schwanz – seine Worte, nicht ihre.

Wenn sie es richtig verstanden hatte, war es Greg gelungen, die Basics der inneren Abläufe in der Führungsetage dieses internationalen Geldsargs – dem sein Onkel, der gefürchtete William McCarthy, vorstand – innerhalb weniger Wochen zu verinnerlichen. Und so war der Zeitpunkt, an dem Greg anfing, den Global Player zu spielen, eben früher als erwartet eingetreten. Er hatte sie nicht um Erlaubnis gefragt – so wie er das niemals tat –, allerdings hatte er April die Wahl gelassen, ihn zu begleiten. Doch die Aussicht darauf, mit ihrem ohnehin schon hypernervösen Säugling die Welt in einem Flieger zu vermessen und ansonsten ständig in irgendwelchen fremden Hotelzimmern in fremden Städten zu hocken, wartend darauf, dass Greg vielleicht mal ein paar Stunden für sie erübrigen könnte, war geradezu gruselig gewesen. Nein! Sie würde ganz bestimmt nicht das dümmliche Frauchen an seiner Seite geben, das mit dem Kindchen im Hotel saß, während der geliebte Gatte die Weltherrschaft an sich riss, indem er auf die ganz große Jagd ging.

April liebte Greg sehr, doch sie war keineswegs bereit, sich selbst aufzugeben.

Und so war sie zurückgeblieben. Allein in diesem riesigen, aber nicht zu großen, wunderschönen Haus, mit ihrem ständig schreienden Baby, wartend auf ihn, der hin und wieder einmal vorbeikam. Etwas, das zuletzt vor zwei Wochen der Fall gewesen war, ohne Nennung eines nächsten Termins.

»Ich habe nicht den geringsten Schimmer«, hatte er bei ihrem letzten Abschied gesagt und andächtig einen Kuss auf ihre Nasenspitze getupft. *»William ist ein mieser, alter Sack, der sich eher eigenhändig töten würde, als mir die Möglichkeit einzuräumen, mal weiter als eine Woche zu planen. OHNE Wochenende«*, hatte er auf ihren kurzfristig hoffnungsvollen Blick hin grimmig erwidert. *»Ohne, Baby! Lass den Kopf nicht hängen, es wird besser, das schwöre ich dir. Noch schleift er mich, das ist am Anfang immer so. Ich schätze, er macht sich einen Spaß daraus, mich von dir fernzuhalten, weil er weiß, wie gern ich genau hier wäre ... Okay, und hier.«* Beim ersten ›hier‹ hatte er einen Zeigefinger auf ihre Lippen gelegt, beim zweiten rasch und grinsend zwischen ihre Beine gegriffen. Und April hatte zurückgegrinst, sogar ein wenig die Hüften kreisen lassen und so getan, als würde sie gute Miene zum perfiden Spiel machen.

»Das ist nur der Anfang«, hatte er wiederholt, als sie nebeneinander im Bett lagen. Noch immer außer Atem, die Haut von Schweiß überzogen, die Knochen nach einem gigantischen Orgasmus summend, die Herzen im gleichen Takt schlagend, erfüllt von dieser unendlich befriedigten Erschöpfung, die man nur nach besonders gutem Sex empfinden kann. *»Sobald ich einmal in jeder Filiale gewesen bin, wird es ruhiger. Außerdem bleibt June ja nicht immer so klein.«*

Nein, das würde sie natürlich nicht, doch April gab sich keinen Illusionen hin: Ihre Tochter würde zwar größer werden, deshalb aber auch bald in die Vorschule kommen, womit sie wieder abhängig sein würden. Über viele Jahre, denn ein Internat kam für Greg und sie nicht infrage. Niemals! Weshalb nicht von der Hand zu weisen war, dass sie für sehr, sehr lange Zeit eine Fernbeziehung führen würden.

Fand sie das schön?

NEIN!

Machte sie Greg daraus einen Vorwurf?

NEIN!

War sie trotzdem traurig?

Oh ja!

Sie hätte es Helen gegenüber niemals zugegeben, aber ihr fehlte Greg und das nicht nur nachts im Bett, wenn sie mit June im Arm versuchte, wenigstens ein paar Stunden Schlaf zu tanken. Er fehlte in jeder Sekunde des Tages; wenn June lachte, und sie ihn nicht daran teilhaben lassen konnte, wenn sie wieder einmal in Tränen auszubrechen drohte, weil sie unendlich müde war und sich als Mutter so unendlich inkompetent fühlte. Ihr fehlten sein Zuspruch, seine Wärme und sein Anblick, der immer so vieles wieder gut gemacht hatte, ohne dass ein einziges Wort gefallen war. Morgens, wenn seine Haare vom Schlaf so zerzaust waren, dass ihm stets dieser gewisse After-Sex-Look anhing, auch wenn sie gar keinen gehabt hatten. Seine muskulöse Brust, die sich zusätzlich anspannte, wenn sie mit den Fingern über die seidige Haut fuhr. Die sehnigen, braun gebrannten Arme, deren Muskeln bei jeder Bewegung spielten;

die schmalen und dennoch sinnlichen Lippen, diese berühmt/berüchtigten Kiefermuskeln, die unheilverkündend unter der Haut pochten, wenn er sich mal wieder ärgerte. Vorzugsweise über April. Diese blitzenden Augen, die beim Sex noch etwas dunkler wurden, wann immer er so tief wie möglich in sie hineinstieß. Sie wollte mit ihm zusammensein wie vor der Geburt des Babys. April wollte, dass er an jedem Abend heimkam, dass sie gemeinsam die Nächte verbrachten, dass ihre Finger wieder durch sein dichtes Haar wandern konnten, dass er ihr tief in die Augen sah und ihr dann gestand, wie sehr er sie liebte. Auch jetzt, wo sie noch immer nicht die letzten Kilos der vergangenen Schwangerschaft abtrainiert hatte, weil die Chips, bei Frust in sich reingestopft, sogar doppelt so gut schmeckten. Auch jetzt, wo ihre Brüste merklich schlaffer geworden waren und ihren Bauch ein paar sehr unschöne Dehnungsstreifen verunzierten. April wollte, dass er bei ihr war, wie es seine verdammte Aufgabe war, die er spätestens bei seinem »Ja, ich will!« vor Gott und der Welt übernommen hatte. Und dass er es eben nicht war und nicht tat, was er vor Gott und der Welt versprochen hatte, schmerzte. Es schmerzte sehr, in Wahrheit so entsetzlich, wie sie sich nur sehr, sehr selten selbst eingestand und ganz bestimmt niemand anderem – auch nicht Greg. Denn in den langen, einsamen Nächten, in denen sie schlaflos mit ihrer Tochter im Arm durch die leblosen Gänge dieses Hauses tigerte, das für sie *drei* und nicht nur für zwei konzipiert worden war, da blieben auch die Zweifel nicht aus. Zweifel an seiner Liebe zu ihr – Greg hatte es ihr seit Ewigkeiten nicht mehr gesagt. Zweifel an seiner Treue – und damit meinte sie nicht nur die körperliche, auch wenn der Gedanke von ihrem Ehemann mit einer anderen, sexy, unter seinen Liebkosungen stöhnenden und sich windenden Frau im Bett, die blutigsten Mordgelüste in ihr erwachen ließen.

April fühlte sich alleingelassen und zweifelte ihre Entscheidung an, bei diesem Mann geblieben zu sein. Bei einem Mann, den sie zwar über alles liebte, der nur leider nicht zuließ, ihm diese Liebe auch zu zeigen und nicht zuletzt zu schenken. Dass sie, gerade *weil* sie ihn so sehr vergötterte, niemals eine Wahl gehabt hatte, vergaß April in solchen Momenten.

Sie hatte sich an einen Mann gebunden, den sie nicht gut genug kannte, um einen solchen Schritt zu wagen. Von ihrem sonnigen, rosa, pinkfarbenen, klebrigen Candy-Märchenschloss war jedenfalls so gut wie nichts übrig geblieben. Und mit jedem neuen Tag, an dem er nicht da und sie zwangsläufig allein war, starb ein wenig mehr von ihrer Zuversicht und all den kleinen, süßen Träumen, die sie sich über die Hochzeit hinweg bewahrt hatte. Der Zeitpunkt, an dem nichts mehr da sein würde, war nicht mehr weit, und sie vergaß für keine Sekunde, dass es nie zu spät war, einen begangenen Fehler zu bereinigen. Entscheidungen konnten rückgängig gemacht werden.

Fast jede!

Dass Helen gerade jetzt, wo April mental total am Boden lag, noch das Messer in der tiefen Wunde herumdrehen musste, empfand sie als rücksichtslos und ziemlich unfair.

»Es wird besser werden«, sagte sie und verlieh ihrer Stimme so viel Festigkeit, wie sie aufbringen konnte. »June ist kein einfaches Baby, auch wenn du mich um sie beneidest. Sie kostet viel Kraft, ich kann Greg nicht mit ihr begleiten. Deshalb haben wir uns für diesen Weg entschieden, es ist ja nicht so, dass wir nicht miteinander sprechen und ich nicht mitentscheiden könnte.« Das war eine Lüge. »Greg ist über die Situation auch nicht glücklich!« Das sagte er zwar hin und wieder, aber April war sich schon lange nicht mehr sicher, ob es auch stimmte. »Mein Kind wird mit keiner Nanny aufwachsen, das stand von Anfang an für mich fest. Greg's Meinung war da wirklich nur von untergeordneter Wichtigkeit. Und June wird auch nicht ewig ein Baby bleiben. So lange ist es eben schwierig. Ich habe mit Berta Hilfe im Haus, das reicht. Und was das Ausgehen betrifft …« Fahrig strich sie sich mit beiden Händen über das – wie sie sehr genau wusste – viel zu blasse Gesicht, berührte das ungeschnittene, neuerdings häufig leicht strohige Haar, weil sie nie Zeit für den Conditioner fand, und versuchte sich dann an einem Lächeln, mit dem sie ihre Freundin bedachte.

»Ganz ehrlich, ich bin so verdammt müde, dass mich keine zehn Pferde in eine Bar bekommen würden. Das Einzige, was ich momentan wirklich, wirklich, *wirklich* will, ist …«

2. Kapitel

Helen

»… schlafen«, vollendete Helen den Satz. Es klang sehr leise, geradezu in sich gekehrt, während sie ihre Freundin offenbar zum ersten Mal seit ihrem Eintreffen vor zwei Stunden tatsächlich betrachtete.

April wirkte bleich und abgehärmt, wie eine dieser Arbeitermütter in den Slums der Großstädte um die Jahrhundertwende. Also vom 19. ins 20. Wenn auch nicht mehr gertenschlank, wie sie es früher gewesen war. Gerade das machte die Angelegenheit aber noch erschreckender, wo sie doch sonst immer so beharrlich auf ihre Figur geachtet und lieber einen ganzen Tag gefastet hatte, als ein kleines Fettpölsterchen zu riskieren. Dichte, dunkle Schatten lagen unter den müden, permanent nur halb offenen Augen, die Haltung insgesamt war gebeugt, der Mund dauerhaft nach unten gebogen, das Haar offenbar seit Ewigkeiten nicht geschnitten und strähnig …

Nein, April war ganz und gar nicht glücklich, egal, was sie sagte. Und sie – Helen – hatte sich genau diesen Moment ausgesucht, um ihr die ungeschönten Wahrheiten wieder mal unter die Nase zu reiben, sie für die Widerlichkeiten ihres Ehemannes zur Rede zu stellen und sich selbst ein klein wenig an ihrem Leiden und Winden gesundzustoßen. Das war bösartig – Helen hatte diesen nicht sonderlich sympathischen Teil ihres Ichs immer gekannt und ihn akzeptiert, doch ihr ging gerade auf, *wem* sie dies aktuell antat. Welches Opfer genau sie heute als ihren Stimmungsheber auserkoren hatte.

Das war nicht nur fies, sondern untragbar!

Im nächsten Moment stand sie und eilte hinüber zu ihrer Freundin, vor die sie sich erstaunlich agil hockte. »Es tut mir leid«, murmelte sie und nahm die beiden zierlichen Hände in ihre. Obwohl inzwischen der Frühling in New York Einzug gehalten hatte, waren sie fast schneeweiß und kalt. April kam derzeit nicht oft an die frische Luft. Wenn sie die Kleine im Kinderwagen hin und her schob, bewegte sie sich meist im Schatten und war dick angezogen. Die Sonne schaute ihnen immer häufiger vom leicht bewölkten Himmel zu – ja –, aber es war nach wie vor empfindlich kalt, wenn man sich lange Zeit, ohne irgendeine Beschäftigung, draußen aufhielt.

Helen wartete, bis April sie ansah, was einige Zeit in Anspruch nahm. Währenddessen befürchtete sie, ihre Freundin wäre einfach eingenickt. »Warum hast du nichts gesagt?«, erkundigte sie sich dann flüsternd. Weshalb sie die Stimme gesenkt hielt, war ihr nicht klar. Helen hatte nur den Eindruck, dass dies einer dieser Augenblicke war, in denen es unter Strafe stand, laut zu sprechen. Vielleicht aber wollte sie ihr Bedauern auch nur besonders dramatisch verpacken.

April tötete die erhebende, so bedeutungsschwangere Atmosphäre, indem sie laut auflachte und in ein nächstes Gähnen verfiel. Wow, hatte diese Frau gesunde Zähne! Beneidenswert! »Was hätte ich sagen sollen? Soweit ich weiß, ist es mit einem Baby nie sehr einfach, auch wenn das die Wenigsten laut aussprechen. Aber keine Frau, die was auf sich hält, würde heulen, das wäre nämlich ziemlich schlecht für das Ansehen einer erfolgreichen, gewitzten und verdammt genialen Mutter. Weißt du denn gar nichts?«

»Ich bin deine Freundin, du hättest mich um Hilfe bitten können.«

»Von einer Freundin hätte ich erwartet, dass sie hilft, ohne vorher angebettelt werden zu müssen«, konterte April.

Der Vorwurf kam so unerwartet wie treffend. Gerade weil April sonst ganz bestimmt nicht zu solchen Anklagen neigte, ging Helen auf, wie gründlich sie versagt hatte. Sie dachte rasch nach und nickte dann. »Okay, und genau das werde ich jetzt ändern, ja? Geh dich hinlegen, ich kümmere mich um den Zwerg. Die Windeln sind oben?«

Aprils Augen wurden trotz ihrer Müdigkeit groß. »Aber … du weißt doch gar nicht, wie …«

»Meine Brüder haben jeweils zwei Kinder, und dreimal darfst du raten, wer sich als Teenie mit dem Babysitten der kleinen Monster sein Geld für die abgefahrensten Klamotten verdient hat.«

Das genügte als Referenz. April diskutierte nicht lange, sie zeigte Helen nur noch, wo sie das Milchpulver für June gelagert hatte. »Hat offenbar doch einen Vorteil, dass ich so früh abgestillt habe«, murmelte sie dabei und strich sich wieder in dieser unendlich erschöpften Geste über das Gesicht. »Ich wollte nicht, aber der Kinderarzt sagte, dass sie vielleicht nicht satt werden würde und deshalb ständig schreie. Na ja, hat auch nicht viel gebracht …«

»Geh!«, sagte Helen streng und April zog ohne ein weiteres Widerwort davon.

* * *

Kaum war sie verschwunden, betätigte Helen die Kurzwahl *1* auf ihrem Handy. Es klingelte fünf Mal, bevor die Mailbox ansprang. Neuerdings geschah das immer öfter. Nach einem Seufzen hinterließ sie eine kurze Nachricht. »Aus unserem Dinner wird heute nichts. Ruf mich an, wenn du Zeit hast.« Das *›Ich liebe dich!‹* verschluckte sie, ehe es ausgesprochen werden konnte, obwohl es stimmte. Wenn sonst nichts, dann doch das. Aber mit diesem gesamten Thema wollte sie sich momentan nicht beschäftigen. Sie war hierhergekommen, um sich abzulenken, weil sie meinte, ihr würde an diesem Sonntag die Decke auf den Kopf fallen. Noch nie zuvor hatte sie die freien Tage so sehr gehasst, wie, seitdem April mit ihrer Mutterrolle total ausgelastet, verheiratet und daher nicht mehr verfügbar war. Und seitdem Terence immer weniger Zeit für sie erübrigte. Vielleicht hatte sie deshalb für den Bruchteil einer Sekunde gezögert, bevor sie April ihre heroische und längst überfällige Hilfe angeboten hatte. Denn auf das heutige Date hatte sie zwei Wochen lang warten müssen. Natürlich sahen sie sich dann und wann, hatten geilen Sex und verbrachten ein wenig Zeit miteinander, aber Helen hatte es aufgegeben, in Terence' Wohnung zu übernachten. Sie hatte nicht den Eindruck, als würde er sie dort gern sehen. Er hatte es nie direkt gesagt, es war schließlich Terence, doch sein Hinweis, die Renovierungsarbeiten – die ihrer Meinung nach erstunken und erlogen waren – würden sie sicher stören, war unmissverständlich gewesen. Und die Art und Weise, wie er sich von ihr zurückzog, wie er immer weniger Zeit für sie hatte und immer öfter – in ihren Augen fadenscheinige – Ausreden gebrauchte, tat ihr Übriges. In Wahrheit sah er sie nur, wenn er mit ihr ins Bett gehen wollte. Sie unterhielten sich so gut wie nie, gingen kaum noch aus – weshalb das heutige Dinner in doppelter Hinsicht etwas Besonderes gewesen wäre. Er nahm so gut wie keine Rücksicht mehr auf sie und sorgte nicht länger dafür, dass sie beim Sex auf ihre Kosten kam. Ja, genau genommen steckte er einen weg oder ließ sich von ihr einen blasen, bevor er sich wieder anzog, sie freundlich auf die Stirn küsste und Helen verließ. Immer häufiger fühlte sie sich wie eine Nutte vom Straßenstrich, und das bei einem Mann, von dem sie bis vor Kurzem geglaubt hatte, dass er ihr jeden Wunsch von den Augen ablesen würde – sofern sie das zuließ. Warum war das so? Ganz ehrlich, sie hatte nicht den geringsten Schimmer.

Heute hatte sie ihn endlich zur Rede stellen wollen.

Frontal!

Von vorn!

Mit dem Mut der Verzweiflung!

Bereit, um ihn zu kämpfen, zur Not mit allen ihr zur Verfügung stehenden Waffen, und dennoch davon überzeugt, ihn freizugeben, sollte sich herausstellen, dass er sich einfach entliebt hatte.

Wie das manchmal eben so passiert: Man verliebt sich ganz spontan, meint für eine lange Weile, es würde immer so bleiben, nur um eines Morgens feststellen zu müssen, dass es nicht mehr spektakulär und atemberaubend, sondern nur noch einengend und widerlich normal ist, neben einer bestimmten Person aufzuwachen.

Wenn genau das geschehen war, wäre es glatte Verschwendung gewesen, sich weiterhin mit ihm zu treffen; Helen war nicht der Typ, ihre Zeit in eine Totgeburt zu investieren, und wenn noch so viele echte, wahre und aufrichtige Gefühle ihrerseits im Spiel waren. Oder vielleicht gerade deshalb.

Sie ging in die Küche und brühte sich einen frischen Cappuccino. Verdammt, Greg war ganz sicher ein riesiger Arsch, aber auf jeden Fall ein lukrativer, denn in dieser Wohnung war alles nur vom Feinsten. Die Maschine hatte mindestens 3000 Dollar gekostet, und das schmeckte man auch.

An ihrem Luxus-Edel-Kaffee schlürfend ging sie zurück ins Wohnzimmer, mit einem Ohr immer am Babyphone – das übrigens nicht die geringsten Geräusche von sich gab –, mit den Gedanken aber wie so häufig bei Terence.

Ja, es schien fast so, als wolle er, der ein wahrer Menschenfreund war und daher niemanden gern vorsätzlich verletzte, ihr auf die sanfte Tour klarmachen, dass er nicht mehr sonderlich an ihr interessiert war. Das war irgendwie noch demütigender, als würde er es ihr ins Gesicht sagen. Sie fühlte sich überflüssig und abstoßend, obwohl sie wusste, dass es nicht an dem war. Auch eine interessante Erkenntnis: Helen St. James war nicht über Selbstzweifel erhaben, wenn ein Mann sie nicht mehr auf die gewohnte Art begehrte. Und das war so verdammt schade, weil er der Traummann war, nach dem sie niemals gesucht hatte. Ihm war es gelungen sie zu zähmen, ohne auch nur annähernd dieses Ziel zu verfolgen, nachdem sie sich über viele Jahre unbekümmert durch die Betten der USA geschlafen hatte. Okay, vorrangig durch die Betten der Bronx, doch als dort alles abgegrast gewesen war, was für sie von Interesse hätte sein können, hatte sie ihre Fänge weiter ausgebreitet. Unersättlich in ihrer Sexlust, manchmal sogar etwas krankhaft auf der Suche nach dem nächsten befriedigenden Orgasmus. Da war immer der Verdacht gewesen, dass es noch besser, noch tiefer, noch lustvoller, noch gigantischer möglich war. Egal, wie mitreißend das Erlebnis gewesen war, lange hatte ihre Zufriedenheit niemals angehalten. Sex war zweifelsohne ihr Sport gewesen und ihr Ziel: höher – schneller – weiter. Hätte es Sex als olympische Disziplin gegeben, dann wäre sie garantiert unter den Medaillengewinnerinnen gewesen. Und Helen war unbescheiden genug, insgeheim auf Gold zu tippen.

Häufiger hatte sie sich den Vorwurf anhören müssen, nymphoman zu sein, immer dann, wenn sie einem ihrer nächtlichen Bekanntschaften schneller den Laufpass gegeben hatte, als dieser es im Umkehrschluss bei ihr hatte tun können. Das wäre *eine* Erklärung für ihr, rein gesellschaftlich betrachtet, absonderliches Verhalten gewesen. Diesbezüglich war Helen ganz pragmatisch und kalkulierte mit allen Optionen. Mittlerweile war sie allerdings davon überzeugt, dass es nicht so war. Helen hatte nur, seitdem sie sechzehn Jahre alt geworden war, den Sex als erstaunlich ablenkende, unterhaltsame, befriedigende sowie kalorienfressende Beschäftigung entdeckt und beschlossen, diese Seite in sich auszuleben, solange sie sich nicht fest gebunden hatte. Das hatte den Nachteil, dass sie sehr schnell den Status einer Schlampe innehatte, aber den Vorteil, dass sie heute – mit sechsundzwanzig – satt war. Satt von Abenteuern, satt vom Experimentieren, sich vollständig im Klaren darüber, was Sex bewirken konnte und was nicht, wissend, dass sie so ungefähr alles bereits ausprobiert hatte, bar jeder Illusion und rosaroter Gedanken. Sie war ein wenig stolz darauf, dass sie den Sex noch immer mochte, er bei ihr aber nicht mehr an höchster Stelle stand. Andere Dinge hatten sich in den vergangenen Monaten in den Vordergrund geschoben. Das Bedürfnis nach Sicherheit, nach einer Schulter zum

Anlehnen, nach Austausch echter Zärtlichkeiten, nicht nur der gestohlenen, die man in einer Nacht bekommen konnte – so man sie überhaupt wollte. Helen hatte sie selten zuvor gewollt, hatte kein gespieltes Interesse angestrebt, das nicht aufrichtig, sondern im Grunde eine widerliche Lüge war. Sie hatte eher den harten, sauberen, perfekten, nicht falsch zu interpretierenden Sex genossen und ihn auch nur gegeben. Selten, dass sie eine ihrer Kurzbekanntschaften geküsst hatte – so hatte sie sich immer besser gefühlt. Heute sehnte sie sich nach inhaltsreichen Gesprächen, und seitdem April verheiratet war, sehnte sie sich auch nach jener speziellen festen Art der Bindung, allen Kritikern der Institution Ehe zum Trotz. Die Freiheit hatte sie lange genug genossen, es war Zeit, zu neuen Ufern aufzubrechen. Dieser besondere Wunsch hatte sie mehr als alle anderen überrascht. Ganz ehrlich, Helen hatte nie geahnt, auch zu jenen Frauen zu gehören, die sich irgendwann einen Ehemann, inklusive schmutziger Socken, nicht heruntergeklappter Klodeckel, hässlich ausgedrückter Zahnpastatuben und Kinder wünschten. Doch so war es.

Sie sehnte sich nach einer Familie.

Ein Baby … Wie gern würde sie ein Baby haben! Sie würde es wiegen und herzen und fünfmal am Tag umziehen und es mit aller Liebe überschütten, derer sie fähig war. Die Idee, es könnte einen Teil von ihr auf dieser Welt geben, der nur ihr und Terence gehörte und für dessen Schicksal sie verantwortlich war, überwältigte sie geradezu. Aber zunächst würde es eine Hochzeit geben. Nicht so wie Aprils: erst eine im Suff eingegangen, die sich in der Folge auch noch als widerlicher Fake herausstellte; die zweite dann innerhalb schmerzhafter Wehen mit nur wenigen Halbsätzen geschlossen. Nein, Helen – wie sie erschrocken festgestellt hatte – wollte das gesamte Paket. Auch wenn es lächerlich wäre, wollte sie in Weiß heiraten, in einem Traum von Kleid, mit meterlanger Schleppe, getragen von sechs winzigen, süßen, nasebohrenden Blumenkindern. Sie wollte vor einen imposanten Traualtar treten, nicht auf einer Wiese mit Clubstühlen ihr Ja-Wort tauschen, sondern in einer

Kirche, am besten einer *Kathedrale*. Wenn erforderlich, dann würde sie auch nach Europa zur Notre Dame jetten, nur um dieses Ziel zu erreichen. Sie wollte an der Seite ihres Mannes strahlen, jede Frau sollte vor Neid erblassen, und dann wollte sie in einer glorreichen Nacht ihr Baby zeugen. Eine heiße, befriedigende Hochzeitsnacht, von der sie (in Auszügen) noch ihren Enkeln erzählen würde. Mit gigantischem Sex, der all die anderen Male überstrahlte, in denen sie einen Mann in sich hineingelassen hatte.

So in etwa ließen sich ihre ganz und gar nicht bescheidenen Wünsche zusammenfassen. Und Terence war der Mann, der dafür gesorgt hatte, dass sie an deren Verwirklichung glaubte. Terence Blue, dieser schöne Mann, der so sanft und gleichzeitig so männlich wirkte, der ihr körperlich überlegen war, dies aber niemals gegen sie verwenden würde, der sie schätzte und achtete, und das, obwohl er von ihrer Vergangenheit wusste. Der Mann, von dem sie bis vor wenigen Wochen geglaubt hatte, er würde ihre Gefühle erwidern.

Natürlich unterschlug sie in ihren Überlegungen auch nicht, dass ihr Traummann bereits jetzt über etliche Millionen Dollar verfügte – der Job im Vorstand des riesigen Versicherungskonzerns war wirklich nicht nötig –, und dass mit dem Tod seines Vaters noch einmal etliche Milliarden Dollar hinzukämen. Es wäre selbstverständlich fantastisch, mit einem solchen Mann einer gesicherten Zukunft entgegenblicken zu dürfen. Auch ihren widerlichen Job in der heruntergekommenen Anwaltskanzlei, die nichts weiter als ein drittklassiges Inkassounternehmen war, könnte sie endlich aufgeben. Sie könnte sich all das kaufen, was sie schon immer haben wollte. Helen war ein praktisch denkender Mensch, sie wusste, dass es zwar ehrenhaft, aber ziemlich naiv gewesen wäre, diesen Aspekt nicht auch in ihre Kalkulationen mit einzubeziehen. Doch es ging ihr nicht um Terence' Geld. Jedenfalls nicht ausschließlich. Tatsächlich stand dieser Vorteil einer Beziehung mit ihm am unteren Ende der langen Liste, die sie über viele Monate gedanklich erstellt hatte. Der Beweis für Helen, dass ihre Gefühle echt waren. Sie würde auch nicht wegen des Geldes um ihn kämpfen, sondern weil sie mit ihm ihr Leben bestreiten wollte. Doch sie hatte nicht vor, bei diesem Kampf ihre Würde einzubüßen. Für Derartiges war immer April zuständig gewesen. Und wenn sie die Sachlage richtig einschätzte, hatte sich das bis zum heutigen Tag nicht geändert.

Als das Babyphone knackte, wurde sie jäh aus ihren Gedanken gerissen. Sie lächelte, schickte ein leises Seufzen hinterher, das ihr ein wenig das Gefühl verlieh, eine leicht gestresste Mutter zu sein, und machte sich auf in das Kinderzimmer, wobei sie auf Zehenspitzen lief, denn es lag direkt neben Aprils und Greg's Schlafzimmer. Okay, also *Aprils* Schlafzimmer, denn der Versager war ja so gut wie nie daheim.

Himmelblaue Augen in dem süßesten Gesicht, das Helen jemals gesehen hatte, empfingen sie, als sie an die Wiege herantrat. June hatte nicht wirklich geweint, Helen hätte es eher als Rufen eingestuft. Keine Träne befand sich auf den prallen Bäckchen, die leichte Decke hatte sie weggestrampelt, die Ärmchen waren wie grüßend erhoben und die süßen Lippen zu einem allerliebsten Schmollmund verzogen.

So wie immer, wenn Helen mit diesem Wunder konfrontiert wurde, konnte sie für einen langen Moment nur fassungslos auf das Baby hinabstarren und sich überlegen, wie wunderschön es war, wie elitär, wie gnadenlos überwältigend in seiner Perfektion. Erst das leise und erwartungsvolle Quaken erinnerte sie daran, dass diesmal *sie* die Regie innehatte.

Sie war die Meisterin!

Allein diese Erkenntnis ließ die nächste Welle jener verheißungsvollen Wärme durch ihren Körper hindurchströmen. Ihr Herz zog sich sehnsüchtig zusammen, der Mund wurde trocken, der Magen zwickte und sie hatte – unfassbarerweise! – Lust auf Sex mit Terence. Sie wollte, dass er jetzt sofort dieses Haus stürmte und sie am besten noch in dem riesigen Flur an der erstbesten Wand vögelte. Sie wollte …

»Scheiße!«, wisperte Helen, als ihr klar wurde, was sie so dringend wollte. Dann wurden ihre Augen groß, weil sie eines der, in Gegenwart des Babys, verbotenen Worte artikuliert hatte, und sie schlug eilig eine Hand vor ihren Mund. »Das hast du nicht gehört, okay?«, nuschelte sie, immer noch mit den Fingern auf ihren Lippen. Dann ließ sie den Arm sinken und nahm den warmen, so erstaunlich festen Babykörper aus seiner Wiege, wobei sie das Köpfchen sorgsam stützte. Es war so ein erhabenes, so ein wundervolles, befriedigendes Gefühl, das es mit keinem anderen aufnehmen konnte. Ganz bestimmt nicht mit Sex. Zärtlich schloss sie die Arme um June, lächelte in das entzückende Gesichtchen und legte die Lippen flüchtig an die weiche Babyschläfe. Hingerissen atmete sie den einzigartigen Geruch ein, der ihre Sehnsucht noch einmal verstärkte.

›Fick dich, Terence Blue! In der Hölle sollst du schmoren, weil du mir nicht gibst, was du mir verdammt noch mal schuldest!‹

»Hast du Hunger?«, erkundigte sie sich in völlig normalem Ton und begab sich zur Tür. »Oder einfach nur Langeweile?

3. Kapitel

Greg

Fuck Europa!

Fuck Brüssel!

Fuck Hotel!

Fuck Banker!

Fuck Welt!

Missmutig saß er in der Hotelbar, einen Whisky vor sich – der dritte am heutigen Nachmittag – und fuhr sich ermattet durch das Haar.

Er hasste das alles. Nicht die Arbeit an sich, die bereitete ihm Spaß. Okay, das kam nicht unerwartet. Wo er auch auftauchte, war er gleichsam verhasst wie gefürchtet, wurde er doch als Williams Thronfolger gehandelt. Natürlich hinter vorgehaltener Hand, niemand wagte es, sich genauer nach seinem Status zu erkundigen. Offiziell galt er als angehender Leiter des europäischen Marktes, noch in der Einarbeitungsphase. Alles sprang, kaum dass er etwas sagen musste, niemand wagte es, ihm Steine in den Weg zu legen. Er war nur William Rechenschaft schuldig und der vertraute weitestgehend seinem Urteil, solange die von ihm anberaumten Veränderungen nicht zu umfassend ausfielen. Greg jettete von einer Großstadt auf dem Kontinent in die nächste, lernte unglaublich viele Menschen kennen, hielt mindestens ein Meeting täglich ab – wochentags wie sonntags – und war immer der Boss. Welchen Mann hätte das nicht angemacht? Außerdem war er von jeher auf genau so einen Job vorbereitet worden. Er liebte den positiven Stress, liebte es, am Abend seine Erfolge resümieren zu können, liebte es sogar, von einem Hotelzimmer ins nächste zu ziehen – jedenfalls für den Moment. Sein Flugzeug war einer von Williams Privatjets, den dieser eigens ihm und seiner kleinen Crew überlassen hatte. Ja, Greg fühlte sich geschäftlich gesehen wirklich gut. Nur das Private wollte ihm so gar nicht gefallen.

Nach einem anstrengenden Arbeitstag trafen sich die engen Mitarbeiter seines Stabes, die ihn auf dieser Weltreise begleiteten, mit den hiesigen Managern in den einschlägigen Bars der Stadt. Oft zogen sie in exklusive Bordelle weiter, die es auch überall gab, legten schon mal ein Spa-Wochenende in einem Club ein, mieteten sich Eskort-Girls oder -boys und tauchten selten ohne weibliche oder männliche Begleitung auf, die immer gekauft war. Um es deutlich zu machen: Sie fickten sich durch ganz Europa. Er hätte geschworen, dass auch jede Menge Koks mit im Spiel war und es war ihm egal. Jeder kompensierte den ständigen Druck anders, einige griffen auf Alkohol als Unterstützung zurück, andere nahmen Pillen, die dritten koksten. Nur eines hatten sie gemein: Alle fickten sich regelmäßig das Hirn aus dem Schädel – die ultimative Art der Entspannung –, und Greg wäre nicht im Traum auf die Idee gekommen, ihnen deshalb Vorhaltungen zu machen.

Sex war die ultimative Medizin, das, was einen nach einem langen Tag den Schädel zurechtrückte, was den Sinn des Lebens aufzeigte, wenn man sich gerade verrannt hatte, was dafür sorgte, dass man sich in seiner eigenen Haut wohlfühlte und was die Gabe besaß, dass man für den Moment vergessen konnte. Der ungeschlagene Meister in Sachen Relaxing.

Nahezu jeder von ihnen war verheiratet, keiner machte sich große Gedanken über seine Untreue. Einige hatten ihm bereits im Vertrauen erzählt, dass ihre Frauen oder Männer durchaus von ihren Eskapaden wussten und sie duldeten, obwohl Greg zu der Ansicht tendierte, dass den in der Heimat Zurückgebliebenen wohl kaum eine

Wahl blieb. William Jr. – Bill genannt –, sein größter Vertrauter, der ihn immer begleitete, war zwar verlobt, aber nicht verheiratet, und erklärte ihm einmal täglich, dass er Greg für einen »ausgemachten Hundesohn« halte, weil dieser so überzeugt an seiner Treue festhielt. Dem folgte dann immer ein kumpelhafter Schlag auf die Schulter und ein Grinsen, das nicht blöde sein konnte, weil Williams Erstgeborener nun mal nicht blöde war. Auch wenn es noch so dämlich wirkte.

Ganz ehrlich?

Nichts lag Greg ferner, als irgendein schmieriges Abenteuer. Allein der Gedanke daran, sich mit einer dreckigen Nutte zu vergnügen – egal, wie teuer sie war – ekelte ihn an. Seitdem er verheiratet war, kam so etwas für ihn nicht mehr infrage.

Auch früher waren diese Frauen nie sein Stil gewesen, aber im Grunde war es egal, mit wem er sich vergnügte. Wenn es sich empfahl, dann hatte er auch mal für den Sex bezahlt. Wenigstens konnte man so davon ausgehen, dass er gut werden würde. Und außerdem war das erfolgreiche Aufreißen eines One-Night-Stands in einer Bar in den allermeisten Fällen auch nicht billiger, und der Sex danach nicht immer gut. Manchmal wachte man sogar auf und war verheiratet …

Er verzog den Mund, leerte sein Glas und bestellte mit einem erhobenen Finger bei dem Barkeeper Nachschub.

Das Koksen lag ihm nicht, an den Alkohol hielt er sich zwar, aber in Maßen. Er trank niemals vor acht Uhr am Abend – also im Allgemeinen – und achtete meistens tunlichst darauf, nie volltrunken zu sein, eben weil er dann manchmal nicht mehr wusste, was er tat. Und Pillen mochte er nicht. Sex ohne Ehefrau fiel auch aus, weshalb er sich – ohne es zu wollen – von seinen Kollegen distanzierte, die wohl eher seine Untergebenen waren. Trotzdem: Es war einsam in Europa, besonders an den Abenden, an denen er sich immer heim wünschte. Zu seiner Frau und seiner Tochter, in dieses süße kleine Haus, in dem sie für ein paar Monate so glücklich gewesen waren.

Okay, vom Sexentzug innerhalb der letzten Wochen von Aprils Schwangerschaft und danach mal abgesehen.

Greg hustete, als er den nächsten Schluck von seinem Whisky nahm.

Er war sich wie im falschen Film vorgekommen, als er sich wieder häufiger unter der Dusche erwischte, wo er sich – sorgsam verborgen vor Aprils Blicken – einen runtergeholt hatte. Zutiefst gedemütigt hatte er beobachtet, wie er in seine Hand wichste oder noch schlimmer, an die makellosen Fliesen spritzte. Es war ihm wie der Verrat an diesem jungfräulichen Haus, dem Sinnbild ihrer Liebe vorgekommen. April hatte sein Dilemma durchaus erkannt und ihm Abhilfe angeboten. Mehr als einmal hatte sie vor ihm gekniet, hatte ihre Zunge spielen lassen, hatte seine Eier massiert, seinen Hintern geknetet, hatte geschluckt … Aber irgendwie war es nicht mehr das Gleiche gewesen. Schon, weil sie ziemlich geächzt hatte, um überhaupt auf die Knie zu kommen, und weil er ihr aufhelfen musste, obwohl er, bedingt durch den Orgasmus, den sie ihm geschenkt hatte, selbst kaum stehen konnte.

Ihre Brüste waren größer geworden, was ihm ziemlich gefallen hatte. Aber was halfen die schönsten Titten, wenn man niemals mehr als das Vorspiel bekam? Und so hatte er sich, frustriert wie er war, eben in sein Bad zurückgezogen wo er sich selbst befriedigte und dabei, aber auch danach, den Blick in den Spiegel tunlichst vermied.

Damals hatte er Angst, sie könnte sich von ihrer Sexunlust – denn als solche bezeichnete er ihre Verweigerung auch heute noch – nicht mehr erholen, und er würde sich in einer dieser platonischen Ehen wiederfinden. Er und seine rechte Hand allein in der abgefuckten Dusche für den Rest seines Lebens. Zunächst allerdings hatte er es verständnisvoll hingenommen, hatte sich ganz wie der Ehemann gegeben, der er inzwischen durchaus gern war, wenn auch aus Versehen in diese Situation gekommen. Doch je mehr Zeit ohne Sex ins Land zog, desto größer waren Ungeduld, Verzweiflung und auch Zorn geworden. So etwas kannte Greg nicht, und er hatte sich geschworen, es sich auch niemals anzutun oder überhaupt in die Situation zu kommen, sich etwas Derartiges *antun zu lassen.*

Er war ein Mann!

Ein *junger* Mann – obwohl er nicht glaubte, dass das Alter eine Rolle spielte.

Er wollte Sex!

Er *brauchte* Sex!

… und er bekam ihn nicht.

Ironie der gesamten Geschichte: Erst April hatte dafür gesorgt, dass Sex wieder zum festen Bestandteil seines Lebens geworden war. Jene unglaublich süße Person hatte diese gewisse Abhängigkeit davon, seinen Schwanz in der feuchten Enge einer Frau zu versenken, die ihm zu seinen Collegezeiten in ihrem festen Würgegriff gehalten hatte, wieder aufleben lassen. Sie hatte ihn angefüttert, nur um ihn jetzt im Regen stehen zu lassen.

Bald waren die angeblichen Gründe dafür nebensächlich geworden. Sein Zorn, wenn auch nicht auf April, sondern eher auf die verdammt unerfreuliche Gesamtsituation, stieg immer weiter, und er schwor sich, ihr nach der Geburt genau vier Wochen Zeit zu geben.

Vier!

Hätte sie sich dann nicht gefangen, würde er sich einen Ausgleich suchen. Anwärterinnen gab es auch zu diesem Zeitpunkt schon zuhauf. Gegen alle Bedenken Williams hatte er Agnes, seine Sekretärin aus der Firma seines Vaters mitgenommen – und diese Frau war nichts, was er jemals unter sich oder über sich haben wollte. Doch in dem riesigen Tower arbeiteten unendlich viele schöne Frauen, die nur darauf warteten, es Greg besorgen zu dürfen. Und zwar so, dass er es niemals vergessen würde. Gut erkennbar an den ihm ständig präsentierten, sehr langen Beinen, die sie besonders in Szene setzten, wenn sie in seiner Gegenwart auf einem Stuhl thronten. Mit gerade durchgebogenem Rücken, die Brüste weit rausgestreckt, die Beine lasziv übereinandergeschlagen oder in eine Richtung geneigt. In seiner Position führte er auch

Personalgespräche, nicht selten geschah dies mit Frauen. Junge, erfolgreiche, schöne Frauen. Die Alternative wurde in der Firma seines Onkels nicht geduldet. Schwand die Attraktivität, wurden sie ausgesondert. Jugend, Dynamik und Schönheit waren das Aushängeschild des Konzerns.

Greg wurde daher mit sexuellen, eindeutigen Reizen geradezu überhäuft. Er sah nur tiefe Ausschnitte, pralle Brüste, rot geschminkte Lippen. Frauen, die immer, wenn er zugegen war, rein zufällig auf einem Bleistift oder ihrer Unterlippe herumkauten – das schien eine sich rapide ausbreitende Seuche zu sein. Er sah Augen jeder Farbe, die durch das ausgeklügelte Make-up noch zusätzlich hervorgehoben wurden; er sah die schönsten, seidigsten Haare, die sexiesten Figuren, die in Kleidung steckten, welche diese noch mehr betonte, sodass jede noch so ausgefallene Fantasie bedient werden konnte, ohne sie jemals nackt gesehen zu haben.

Kurzum, Greg lief mit einem Dauerständer durch die Räume des Konzerns, und verdammt, es hätte eines Fingerschnippens bedurft, um Abhilfe zu schaffen. Inzwischen begriff er, weshalb William ein derartiger Frauenheld war: Er konnte gar nicht anders! Welcher Mann, der ständig solchen Eindrücken ausgesetzt war, würde schon auf Dauer widerstehen? Irgendwann *musste* er einfach zugreifen, wo es ihm so offen dargeboten wurde. Sex war keine intime Angelegenheit mehr, sondern Normalität, ein Ding der Öffentlichkeit, er stand im Übermaß zur Verfügung. Mit Sex wurden Mitarbeiter genauso auf die Seite der Firma gezogen wie Geschäftspartner. Mit Sex wurde erpresst, mit Sex wurde gefügig gemacht, mit Sex wurde gehandelt, wie mit dem Geld, das die Geschäftsgrundlage des riesigen Konzerns darstellte.

Die Frauen schienen nur darauf zu warten, dass er Gebrauch von ihnen machte. Besonders diejenigen, die auf der Karriereleiter noch nicht die gewünschte Sprossenanzahl hinaufgeklettert waren. Auch hier galt Sex als härteste und beste Währung. Übrigens bei beiden Geschlechtern. Es war ein Märchen, dass sich nur Frauen hochschliefen; Männer leisteten die gleichen Dienste, ohne auf das

Geschlecht zu achten. Greg hatte selbst erlebt, wie junge, nicht ganz so erfolgreiche Männer mit Managern aus der Führungsetage über das Wochenende ins beschauliche Liebesnest auf dem Lande gefahren waren oder sich in diversen Swingerclubs mit ihnen vergnügten. Diese Leute aus der oberen Managerebene hatten daheim übrigens allesamt Frau und Kind – man lebte seine sexuellen Vorlieben nicht öffentlich aus, egal, wie fortschrittlich die Welt inzwischen geworden war. Hier tickten die Uhren anders und sie gingen bedeutend langsamer.

Greg hatte es April irgendwann mal gesagt, da waren sie noch weit davon entfernt gewesen, eine Ehe zu führen oder ein gemeinsames Kind zu haben, auch wenn sie bereits den gemeinsamen Namen McCarthy führten: Es ging nicht um Geld, davon war genügend vorhanden, sondern um Macht. Und der Mensch war zu ungefähr allem bereit, um diese Macht zu erlangen.

Stolz?

War eine Erfindung weniger erfolgreicher Menschen. Niemand, der es bis ganz nach oben schaffen wollte, konnte sich diesen Luxus leisten. Schon gar nicht das vielerorts als so unerlässlich eingestufte Gewissen.

»Das ist die Wahrheit«, murmelte Greg stumpfsinnig, der immer noch in der fast ausgestorbenen Hotelbar saß und sich Whisky um Whisky einhalf. Heute – so hatte er vor ein paar Minuten beschlossen – würde er sich erstmals seit Monaten wieder die Kante geben und das weit vor acht Uhr am Abend. Da es Sonntag war, hatte er einen frühen Feierabend eingeläutet, um seiner Truppe die Möglichkeit zu geben, sich in den diversen Bordellen amüsieren zu gehen. Er war schließlich kein Arsch. Sein erstes Meeting würde morgen Nachmittag stattfinden; es war nicht einmal sechs Uhr abends – nichts hielt ihn auf, nichts *konnte* das.

Seine wenig ruhmreichen Gedanken während des radikalen Mönchdaseins hatten sich übrigens schon deshalb als total gegenstandslos herausgestellt, weil April ganze *sechs* Wochen nach Junes Geburt keinen Sex haben durfte. Das war nicht ihre Erfindung, sondern die des verdammten Arztes, der nach Greg's bescheidener Meinung nur scharf auf April gewesen war und Greg deshalb nicht ausstehen konnte.

Doch was der Arzt sagte, war nun mal Gesetz, weder er noch April hätten daran gerüttelt, und wenn es noch so schwerfiel. Allerdings hatte sie ihn eines abends in einem heißen Negligé empfangen, mit raffiniert aufgelegtem Make-up, Strapsen und sündhaft hohen High Heels. Das Haar hatte sie so frisiert, dass es sich in unzähligen Locken über ihre elfenbeinfarbenen Schultern sowie den Rücken ergoss und sich um die mit roter Spitze bedeckten, immer noch großen, wunderbar geformten Brüste ringelte. Darüber hinaus hielt sie zwei Gläser mit Rotwein in den Händen.

»Hey«, wisperte sie, küsste ihn jedoch nicht, sondern nahm einen Schluck aus einem der beiden Gläser, ohne ihn aus den Augen zu lassen, und reckte sich ihm erst dann entgegen, um ihre vollen, rot geschminkten, einladenden Lippen auf seine zu legen.

Greg war so ausgehungert, dass er seine verdammte Aktentasche an Ort und Stelle fallen ließ, einen Arm um sie schlang, mit der rechten Hand ihr Kinn zwischen seine Finger nahm und den Kuss so heftig erwiderte, dass ihre kleine Überraschung beinahe schiefgegangen wäre. Seine linke Hand tastete sich zu ihrem immer noch so wunderbar festen, kleinen Hintern vor, und drückte sie gegen seine innerhalb von Sekundenbruchteilen gewachsene Erregung, die verlangend in seiner Hose pulsierte. Erst als der leicht herbe, aber grandios schmeckende Wein von ihrer Mundhöhle in seine überwechselte, begriff er und mäßigte sich ein wenig. Außerdem kehrten rudimentäre Teile seines Verstandes zurück.

Er zog den Kopf zurück, betrachtete ihr wunderschönes, ihm auf so verblüffende Weise vertrautes Gesicht und liebkoste mit seinem Daumen ihre vollen Lippen. »Ich denke, du sollst keinen Alkohol …«

»Erstens«, unterbrach sie ihn und rieb ihre Hüften an ihm, sodass seine eben im Absinken inbegriffene Erektion wieder an Härte zunahm und er unwillkürlich aufstöhnte, »habe nicht *ich* den Alkohol getrunken, sondern du.« Spitzbübisch funkelte sie ihn an, bevor sie aus dem zweiten Glas, die sie nach wie vor in ihren zierlichen Händen jonglierte, einen tiefen Schluck nahm, ihn aber diesmal ihre Kehle hinabrinnen ließ. »Zweitens«, fuhr sie fort, zog scharf die Luft ein, weil seine Finger sich zu ihren Brüsten vorgetastet hatten und die festen Spitzen durch den fragilen Stoff hindurch zunächst liebkosten, ehe er sie jeweils zwischen Daumen und Zeigefinger nahm und zwirbelte. Sie schloss die Augen, sah ihn aber sofort wieder an. »Scheiße«, stieß sie hervor, was ihm ein kehliges Lachen entlockte. Dann fuhr sie sich mit der rosa Zungenspitze über ihre grellroten Lippen, summte zustimmend, als eine Hand an ihren kurvigen, so sexy Körper hinabglitt, bis er an dem Steg des winzigen Tangahöschens stoppte, darunter schlüpfte und heiße, erwartungsvolle Feuchtigkeit erfühlte. »Scheiße!«, sagte sie wieder, räusperte sich dann und packte seine Hand, um ihn davon abzuhalten, zu ihrer Klitoris vorzudringen. »Ich soll nicht weiterstillen, hat der Arzt gesagt«, wisperte sie rau. »Deshalb kann ich Wein trinken.«

»Aber …« Er ließ den Satz unbeendet, denn er ahnte, was kommen würde. Leider wurde er nicht enttäuscht.

»Das mit dem Sexverbot steht nach wie vor«, murmelte sie, die Augen halb geschlossen, ihn unter ihren dichten, durch schwarzen Mascara noch zusätzlich betonten Wimpern hervor ansehend. »Aber ich habe mir überlegt, dass du nun lange genug gelitten hast, und ich auch …«

Heuchler, wie er war, nahm er sie an den nackten, seidigen Schultern, sah sie eindringlich an und sprach so überzeugend, dass er sich fast selbst geglaubt hätte: »Ich *kann* warten, denn ich bin nicht triebgesteuert, Baby. Wenn der Arzt sagt, dass es noch nicht geht, dann geht es eben nicht. Bitte, fühl dich nicht unter Druck gesetzt.«

Darauf erwiderte sie nichts, betrachtete ihn nur mit diesem Ausdruck, der ihm stets mehr als alles andere Unbehagen bescherte. Denn er zeigte, dass sie ihn so unendlich gut kannte. So gut, wie niemand sonst auf der Welt. Ihr Blick schien zu sagen: *Wem willst du hier was vormachen, Cowboy?*

Doch sie war klug genug, nichts davon in Worte zu fassen. Stattdessen lächelte sie, reckte sich wieder zu ihm nach oben und küsste rasch seine Lippen. »Okay, erwischt! In Wahrheit dachte ich auch eher an mich«, gestand sie dann verschämt, wobei ihr Mund den seinen berührte. Als Nächstes drückte sie ihm eines der Gläser in die Hand, nahm seine freie und zog ihn … *nicht* hinauf ins Schlafzimmer, sondern ins Wohnzimmer, wo Greg ein wunderbares ›Dinner-for-Two‹ mit Kerzenschein, Champagner und allen Schikanen erwartete. Das Ganze war so kitschig wie genial, auch wenn es im Grunde weder zu ihm noch zu April passte. Vielleicht erlaubte er sich deshalb überhaupt, diese Situation zu genießen.

»Und jetzt?«

»Jetzt essen wir«, erwiderte sie rau und drückte ihn an den Schultern auf einen der Stühle.

Greg konnte sich beim besten Willen nicht mehr daran erinnern, was sie an diesem Abend aßen, denn April saß ihm gegenüber, nahm für keine Sekunde den Blick von ihm, leckte sich immer wieder über die glänzenden Lippen, trank auf verboten provozierende Art von ihrem Rotwein, und gewährte ihm einen derart tiefen Blick in ihren Ausschnitt, dass Greg in akute Atemnot geriet. Außerdem strich sie unter dem Tisch mit ihrem nackten Fuß aufreizend über seinen Schritt. Als sie direkt über seiner harten Erregung stoppte und langsam den Druck ihrer Ferse verstärkte, war es um Greg's Beherrschung geschehen.

»Warum tust du das?«, brauste er der Situation total unangemessen auf. »Reicht es nicht, dass wir darauf verzichten müssen? Musst du es auch noch so weit treiben? Hast du irgendeine perfide Freude daran, mich in den Wahnsinn zu treiben, oder wie darf ich mir das vorstellen?«

Kaum war der Ausbruch Geschichte, bereute er ihn auch schon wieder, denn sie wirkte so bestürzt, dass sich ihre Augen umwölkten. Doch es brauchte nicht mehr als drei Herzschläge, damit sie sich fing. Dann legte sie sehr geziert ihr Besteck beiseite, entfernte endlich den süßen kleinen, aber so störenden Fuß von seiner Hose und stand auf.

Er hätte geschworen, dass sie nun ins Bett gehen würde – sichtlich gekränkt und daher allein –, und ein Teil von ihm war dankbar dafür. Selbst die Aussicht, in einem der Gästezimmer schlafen zu müssen, konnte das nicht mildern. Dort würde er wenigstens nicht ständig mit einem viel zu steifen Schwanz dealen müssen. Da kam sie überraschend auf ihn zu und blieb erst stehen, als sie noch weniger als zwanzig Zentimeter trennten. Mit ernster Miene legte sie ihre kleinen Hände beidseitig auf seine Schultern und beugte sich zu ihm hinab, bis ihr Gesicht seinem so nah war, dass er die winzigen Sommersprossen auf ihrer Nase hätte zählen können.

Es waren übrigens genau acht, er hatte es schon vor langer Zeit getan.

»Ich würde nicht im Traum auf die Idee kommen, dich zu verarschen, oder dachtest du wirklich, ich würde die Situation genial finden?«

Greg antwortete nicht, denn kaum hatte sie die ersten Worte geäußert, kam er sich wie der allerletzte Idiot vor. Auch so etwas, was erst April McCarthy, geborene Palmer, möglich gemacht hatte: Er benahm sich immer häufiger wie ein trotziges Kind.

»Du fehlst mir so«, wisperte sie. Dann setzte sie sich seitlich auf seinen Schoß, ihre Hände strichen an seinem Gesicht hinauf, über die leicht stoppeligen Wangen, bis sie es umfasste und sanft ihre Lippen auf seine legte.

Ihr Hintern auf seiner schmerzenden Härte, dieser Duft, der ihn schon immer von null auf tausend gebracht hatte, und dieser Kuss, der mit jeder Sekunde leidenschaftlicher wurde, spülten schließlich Greg's letzte Bedenken weg. Vielleicht war es auch die Tatsache, dass er ihre Verzweiflung so extrem spüren konnte und daher endlich wusste, dass es ihr genauso ging wie ihm. Oder der Mann setzte sich doch noch durch, der ihm immer wieder zuknurrte, wie gottverdammt dämlich er sich aufführte und dass er sich nehmen sollte, was er kriegen konnte.

Ohne Rücksicht auf Verluste.

Seine Hand packte das seidige Haar an ihrem Hinterkopf, zwang sie, mit ihrem Mund genau dort zu bleiben, wo sie war, und dann mit seiner Zunge ihre Lippen auseinander. Ihre Zungenspitzen trafen sich, beide stöhnten gleichzeitig, während sie ihre Hüften kreisen ließ, ihn animierte, ihn *provozierte*, ihn noch geiler machte, als er ohnehin schon war. Nur kurz trennten sich ihre Münder, damit er hastig die hauchzarten Träger ihres Negligés hinabstreifen konnte, sodass ihre nackten Brüste sich direkt vor ihm befanden. Ihre Nippel waren wieder so klein und so fest wie Diamanten, allein der Anblick ließ ihn fast kommen. Ohne den Blick von ihm zu nehmen, fuhr sie mit den Fingern beider Hände durch sein Haar, setzte sich breitbeinig auf ihn und senkte ihre Lippen abermals auf seine. Noch stürmischer wurde der Kuss, sie küssten einander wie Verdurstende, die endlich eine Wasserstelle aufgetan hatten. Ihre Zungen kreisten umeinander, Aprils Hüften bewegten sich im Takt dazu, und er hob innerhalb des gleichen Rhythmus sein Becken, versuchte instinktiv, in sie zu stoßen, obwohl er wusste, dass er dies nicht durfte.

»Verdammt!«, stöhnte er laut und stand mit ihr auf. Sie legte die Beine wie eine Kontorsionistin um ihn, packte sein Haar noch fester, ließ dann jedoch eine Hand hinabgleiten, um die Knöpfe seines Button-Down-Hemdes zu öffnen. Als dies nur mit rechts nicht funktionieren wollte, nahm sie auch die linke Hand hinzu, während er sie die Treppe hinauftrug, außer Atem von dem endlosen Kuss und ihn dennoch nicht unterbrechend. Als sie das Bett erreichten, ließ er sie darauf nieder, und zog sich hastig aus. Dann stand er abwartend da, die rechte Hand an seiner Erregung auf und abstreichend und betrachtete sie auffordernd.

»Worauf wartest du?«

Sie war nicht beleidigt, sondern grinste sogar, als sie aufstand und sich vollständig des Hauchs von Spitze entledigte, bis sie nur noch in diesen heißen, roten Strapsen und diesen sündigen Heels vor ihm stand. Immer noch lasziv lächelnd legte sie beide Hände auf seine Taille, schob ihn ein wenig zurück und sank vor ihm auf die Knie. Unter ihren dichten Wimpern hervor beobachtete sie ihn, während sie seine Hand wegstieß, um seinen Schwanz nun in ihre zu nehmen. Ihre Zungenspitze schnellte vor, aber zunächst nur, um sich über die volle Unterlippe zu fahren, was seinen Mund trocken werden ließ. Greg konnte den Blick nicht von ihr nehmen, seine Hände wanderten wie von selbst in ihr Haar, wo sie zu festen Fäusten wurden. Sanft zog er sie nach vorne. Schon legte sie ihre Lippen um ihn, ließ die Zungenspitze über seine empfindliche Spitze streichen, und Greg schloss die Augen. Es war zu überwältigend, zu lange her, dass sie ihn auf diese Art verwöhnt hatte, er drohte wie ein Teenager zu kommen. Jetzt schon! Das musste er unter allen Umständen vermeiden. Während sie ihre Lippen auf und ab bewegte, ihre Zunge kreisen ließ und darüber hinaus noch seine Hoden massierte, unterdrückte er jedes Stöhnen, obwohl seine Kehle danach gierte, einen Laut von sich zu geben.

Er war zu grob, das wusste er; Greg hatte auch eine gute Ahnung davon, dass er sich zügeln musste, doch er *konnte* nicht. Seine Hüften bewegten sich im Takt, den seine Fäuste in ihrem Haar vorgaben, vor und zurück, nur entgegengesetzt agierend. Er zwang sich weiter als empfehlenswert und vor allem gentlemanlike in ihren warmen, weichen Mund hinein, biss sich auf die Unterlippe, hörte ihr Würgen und wäre deshalb fast wieder gekommen.

Fuck!

Viel zu schnell fühlte er den Orgasmus erneut herannahen, kämpfte nun nicht gegen ihn an, sondern ließ ihn gewähren, ließ sich in den Himmel treiben, ließ seine Sinne im Universum der Lust untergehen. Diesmal warnte er sie nicht vor, stattdessen ergoss er sich in ihre Mundhöhle und öffnete die Augen, um sich zu vergewissern, dass sie schluckte. Härte, gepaart mit dem kaum versiegten Zorn machten sich in ihm breit. Diese Überzeugung, sie zu zwingen, sollte sie sich weigern, und er wusste, dass er diesem älteren, aus Egoismus und Desinteresse resultierenden Drang heute nachgeben würde.

Doch April dachte nicht daran, auszusteigen oder wenigstens den Versuch zu unternehmen. Sie ließ ihn nicht aus den Augen, während sie leise genussvoll stöhnte, alles schluckte und erst dann Anstalten machte, sich von ihm zu lösen. Er ließ es zu, behielt ihr Haar allerdings im festen Griff und bedeutete ihr, mit ihrer Zunge auch noch den Rest aufzunehmen, der an seiner Spitze haftete. Sie tat es, sandte dabei die grausam schönsten Stromstöße durch seinen noch vom Orgasmus bebenden Körper und provozierte endlich doch sein raues Stöhnen. Das genügte nicht, nicht einmal annähernd!

Mit einem beherzten Griff hatte er sie an der Taille gepackt und auf das Bett gehoben. Er folgte ihr, war in der nächsten Sekunde über ihr und zwang sie, sich zurückzulegen, während er mit dem Knie ihre Beine auseinander drängte. Seine Arme waren links und rechts von ihrem Kopf aufgestützt und er neigte sein Gesicht zu ihrem hinab, bis ihre Lippen nur noch wenige Zentimeter trennte. »Perfekt, auf jeden Fall für den Anfang. Und was hast du dir sonst noch so vorgestellt?«, erkundigte er sich beiläufig, mit rauer, flüsternder Stimme.

Sie antwortete nicht, leckte sich nur leicht über die Lippen, bis diese feucht und einladend glänzten und grinste.

»Hmmmm«, murmelte er. »Natürlich, wie immer. Anfangen, und wissen, dass es kein Ende für dich geben wird. Hast du dir das so gedacht?«

April hob eine Augenbraue, räusperte sich und schüttelte dann leicht den Kopf. »Nein.«

»Uhhh, das bedeutet, du hast doch eine Meinung?« Er senkte flüchtig seine Lippen auf ihre, unfähig, sie länger mit Nichtachtung zu strafen, hob den Kopf jedoch, sobald sie Anstalten machte, den Kuss zu vertiefen. »Und wie soll ich das anstellen?«

Diesmal blieb es bei den erhobenen Augenbrauen. Doch sein Knie, das sich direkt zwischen ihren Schamlippen an der dort vorherrschenden Feuchtigkeit befand, wurde noch etwas feuchter, weil sie sich begehrlich an ihm rieb. Mit der gleichen Verzweiflung in den Augen, die ihn immer in festem Würgegriff hielt, mit angehaltenem Atem, mit bebenden Nasenflügeln und zitternden Lippen. Greg grinste, schob sich langsam an ihr hinab, seine Hände lagen auf den Innenflächen ihrer Schenkel, zwangen sie auseinander, bevor er seine Finger hauchzart an ihr hinaufgleiten ließ, bis sie ihren Intimbereich berührten. April hatte sich nun entspannt zurückgelegt, die Augen geschlossen, das Gesicht scheinbar gelöst. Doch ihm entging nicht, dass ihre Lider leicht flatterten, dass die Lippen noch immer bebten, und dass ihre Beine von Zeit zu Zeit verräterisch zuckten.

Er lächelte zufrieden, neigte den Kopf zur Seite und betrachtete sie eingehend. Nach wie vor trug sie die Strapse, die ihrem jungfräulichen Aussehen eine gewisse Sexyness verliehen. Beides in Kombination war unschlagbar. Die Schwangerschaft hatte nicht nur dafür gesorgt, dass ihre Brüste größer wurden, obwohl sie nach wie vor ohne jede Stütze perfekt standen, ihr Körper war darüber hinaus weiblicher geworden. Wo früher spitze Knochen gewesen waren, empfingen ihn nun einladende Rundungen, ohne dass sie zu fett wirkte. Alles an ihr schien reifer, allerdings garantiert nicht alt. Doch er hätte niemals mehr ein Mädchen in ihr vermutet – auch wenn er sie nicht gekannt hätte. Gleichfalls hatte sich ihr Gesicht verändert, das leicht Spröde war verschwunden, die wenigen Falten, die ihre Stirn einst aufwiesen, hatten die vergangenen Monate geglättet, sie schien weicher, genügsamer … weniger störrisch.

Er liebte diesen Anblick, wenngleich er wusste, dass sie sich charakterlich ganz bestimmt nicht verändert hatte. April würde immer streiten, wenn sie es für richtig erachtete, sie würde kämpfen, sie würde sogar wüten – er wollte es gar nicht anders.

Als sie einen ungeduldigen Laut von sich gab, lachte er leise, bevor er sich zu ihrer offensichtlichen Bestürzung wieder nach oben schob, direkt an ihrem Körper entlang, seinen Kopf senkte, einen der harten, aufgerichteten Nippel zwischen die Lippen nahm und seine

Zunge darum kreisen ließ. Erst, als sie hungrig aufstöhnte, nahm er auch die Zähne hinzu, biss sie sanft und zwang nebenbei ihre Beine durch festen Druck seiner eigenen, an Ort und Stelle zu bleiben, als sie sich um ihn schlingen wollte. Dann strich er an ihren Seiten hinauf, glitt nicht zwischen ihre Schenkel, auch wenn sie sich ihm verzweifelt entgegen reckte, sondern ließ seine Hände über ihre schlanke Taille tänzeln, an ihrem kurvigen Wahnsinnskörper entlang bis auf Höhe ihrer appetitlichen Brüste, massierte sie mit den Daumen ein wenig, bevor er weiterwanderte, unter sie glitt und von hinten beidseitig ihre Schultern umfasste.

»Du bist so heiß«, murmelte er dabei, hob den Kopf und sah sie an. »Und du hast keine Ahnung, wie gern ich jetzt in dir sein würde. Ich würde dich so lange ficken, bis du das halbe Haus zusammen brüllst und trotzdem nicht aufhören.« Schnell beugte er sich vor, biss ihr in die Unterlippe, strich dann mit der Zunge darüber und löste sich wieder von ihr. Eine Augenbraue hatte er fragend erhoben. »Glaubst du mir das?«

»Ja!«, keuchte sie, ihre Augen strahlten, die Lippen waren vom Küssen geschwollen und kirschrot, die Wangen besaßen einen entzückenden Rotschimmer und ihr Atem ging so kurz und heftig, dass sich ihre Brüste aufreizend auf und ab senkten, wobei die harten Spitzen regelmäßig seine nackte Haut am Oberkörper streiften.

»Wir können aber nicht«, sagte er, wobei er erstaunlich nüchtern klang. »Weil der verdammte Arzt es verboten hat.«

»Ja«, erwiderte sie erneut.

»Was ich inzwischen ziemlich persönlich nehme«, führte er weiter aus.

Ihre Hände hatten sich auf seinen Rücken gestohlen, wo sie mit gespreizten Fingern über seine glatte Haut hinabfuhren. Zeitgleich versuchte sie, ihre Beine unter ihm zu befreien und sie um ihn zu schlingen; ihr Becken hob sich, soweit es derzeit möglich war, weil seine Hüften sie eisern auf der Matratze hielten.

Greg gab vor, von ihren Bemühungen nichts zu bemerken. »Aber ich kann warten – irgendwie. Nur wenn du mich so überfällst, dann

… treibst du mich bis zum Äußersten.« Er drückte sie mit seinem Becken weiter in die Matratze, ließ sie seine schon wieder harte Erregung spüren, die sich begehrlich zu ihrer feuchten Mitte vor gestohlen hatte. Nur die Tatsache, dass er ihre Beine zusammengezwungen hatte, hielt ihn derzeit davon ab, sie sich endlich zu nehmen. In sein persönliches Paradies einzutauchen, auf ärztliche Anweisungen zu scheißen, sie zu vögeln, immer wieder in sie hineinzustoßen, ihre feuchte, heiße Enge zu erobern, erneut als sein Eigentum zu markieren, nachdem sein Kind daraus hervorgetreten war und damit die Besitzverhältnisse leicht aufgeschwemmt hatte. Jeder Nerv in ihm fühlte sich zu ihr hingezogen und brüllte lautlos danach, sie endlich wieder vollständig zu besitzen und in ihr seinen Frieden finden zu können.

Denn bei Gott! Kein Blowjob dieser Welt, und wenn er noch so gut war, konnte dafür sorgen, dass er dies nicht mehr wollte. Dem Himmel so nah, nur wenige Zentimeter entfernt, und dennoch so weit weg. Greg schloss die Augen, um wenigstens ihren strahlenden Pendants zu entgehen, und befeuchtete rasch seine trockenen Lippen.

»Man würde fast meinen, du tust das absichtlich«, fuhr er dann fort und sah sie wieder an. »Um mich endgültig fertigzumachen.« Erneut presste er zu, steigerte sich bald in einen schnellen Rhythmus, bei dem er sein Becken kreisen ließ, fickte sie trocken und provozierte ihr kehliges Stöhnen. Ihre Lider flatterten, die Lippen waren noch etwas roter und voller, leicht geschwollen von seinem Kuss und dem, was sie kurz zuvor mit seinem Schwanz angestellt hatte. »Und du folterst uns«, knurrte er, fühlte, wie ihm der Schweiß an den Schläfen hinab lief, wie das Herz schon wieder extrem in seiner Brust wütete, wie hart seine Erregung war, wie unglaublich überwältigend der Wunsch, in sie hineinzustoßen. So überwältigend, dass er ihn für schier unabkehrbar hielt.

Nur … Hier würde es keine Erlösung geben, nicht wahr?

Der Zorn deshalb – noch gesteigert, weil der Duft, den ihr Körper aussandte, ein unmissverständliches ›Ja!‹ signalisierte –, ließ ihn über Grenzen hinausgehen, die er vielleicht vor fünf Minuten noch nicht zu nehmen imstande gewesen wäre. Noch zwei Minuten zuvor hätte er sein Selbstmitleid sprechen lassen – jetzt beherrschte ihn nur der Wunsch, seinen Frust an ihr abzureagieren.

Diesmal küsste er sich nicht an ihr hinab, sondern setzte die Zähne ein, verweilte kurz bei ihren noch immer sehr festen, harten Nippeln, nahm sie gleich zwischen die Zähne, biss zu, hielt sie mit seinen Armen fest, sodass sie nicht ausbrechen konnte, ignorierte ihre leisen Schreie, und drängte sein Knie abermals zwischen ihre Beine.

Seine Hände schoben sich erneut unter sie, allerdings diesmal unter ihren kleinen, festen Arsch, hoben sie ihm zusätzlich entgegen, wobei er ihre Klitoris fest und sehr stark rieb, während er noch immer in ihren Nippel biss und dann mit der Zunge darüber strich. Er ließ sie zwischen ihren Brüsten entlanggleiten, saugte an der Mulde, in der ihr Nabel eingebettet war, ließ derweil seine Hände zwischen ihre Beine gleiten, tastete an ihrer Feuchtigkeit entlang, bevor er ohne Vorankündigung gleich zwei Finger in ihr versenkte. Stöhnend beugte sie ihren Rücken durch – er liebte es genauso, wie er es hasste. Endlich gab er ihre Beine frei, die sich sofort um ihn schlangen, während er sie mit den Fingern fickte, immer wieder in sie hineinstieß, sie krümmte, an ihren Wänden entlangstrich und mit dem Daumen gleichzeitig ihren bereits geschwollenen Lustpunkt verwöhnte.

Er spürte, wie ihre Muskeln sich um ihn herum verkrampften, fühlte, wie sie – unfassbar – noch feuchter wurde, ihre Finger, die sich wieder in sein Haar gestohlen hatten, verkrampften sich, und er zog seine Hand zurück. Ihren Lippen entrang sich ein spitzer Schrei, bevor sie die Augen aufriss und ihn keuchend anstarrte.

»Noch nicht«, knurrte er und ließ dabei federleicht einen Finger an ihrer nackten Weiblichkeit entlanggleiten. Sie erzitterte, presste eilig die Zähne in ihre volle Unterlippe und holte nur noch durch die Nase Luft.

»Klar?«, vergewisserte er sich, noch immer drohend und sie beeilte sich zu nicken. Sofort verschwand der eisige Ausdruck seines

Gesichts und wurde etwas weicher, auf jeden Fall triumphierend. »Du wirst kommen, wenn ich es dir gestatte, kapiert?«

Sein Blick hatte sich bereits an ihrem wunderbaren Körper entlanggetastet, war an ihren vor Feuchtigkeit glänzenden Schamlippen gestrandet, und als sie nicht antwortete, knurrte er wieder. »Antworte!«

Es dauerte noch einmal einen kurzen Moment, bevor ein gekeuchtes »Ja«, ertönte und er nickte zufrieden. Dann zwang er ihre Beine herunter, erlaubte ihr aber, sie angewinkelt zu halten, und betrachtete erneut ihre so einladend wirkende Pussy. Sein Schwanz zuckte begehrlich, ihr Duft stieg ihm in die Nase, betörte ihn dermaßen, dass er ein nächstes Mal kurz davor war, sich zu vergessen. Fest vergrub er seine Zähne für einen kurzen, aber sehr brutalen Moment in seiner Unterlippe, seine Kiefermuskeln spielten hektisch unter der leicht stoppeligen Haut seiner Wangen. Als er Blut schmeckte, löste er die Zähne, beugte sich vor, legte mit einer flüssigen Bewegung ihre Beine links und rechts über seine Schultern und senkte seine Lippen endlich auf die bereits triefende Nässe. Sie duftete so wahnsinnig, dass er beschloss, nur noch durch den Mund zu atmen, währenddessen stahl sich seine rechte Hand zu seinem inzwischen vor Verlangen pochendem Schwanz vor und er ließ sie langsam hinauf und hinabgleiten. Genau in dem Tempo, in dem er seine Zunge an ihrer Weiblichkeit arbeiten ließ. Seine Augen waren geschlossen, mit Genugtuung vernahm er ihr dunkles Stöhnen, schob seine freie Hand unter ihren festen Hintern, als sie hingerissen ihr Becken hob, umfasste sie, sodass sie nicht fliehen konnte und versenkte dann seinen gesamten Mund in ihr heißes Fleisch. Seine Zunge fand wieder ihre Klitoris, er leckte eilig die sich immer wieder erneuernde Feuchtigkeit weg, spürte ihre Muskeln zucken, konnte sich ein Grinsen nicht ganz verkneifen und setzte kurz darauf abermals die Zähne ein. Bald ließ er seinen Schwanz wieder los, konzentrierte sich stattdessen ganz auf April, ließ seine Lippen spielen, schob diesmal drei Finger in ihre feuchte Enge, fickte sie hart und schnell.

Es war nur ein Spiel, aber er hätte niemals geglaubt, wie weit sie folgen würde. Er lehnte sich wieder über sie, betrachtete genau ihr vor Lust verzogenes, wunderschönes Gesicht und erlöste sie endlich, wobei seine Finger noch schneller und härter in sie stießen und den Daumen unermüdlich über ihre Klit rieb.

»Nun darfst du.«

Als sie die Augen aufriss, er die heftigen Kontraktionen ihrer Muskeln spürte, warme Feuchtigkeit seine Finger nicht nur benetzte, sondern flutete, und sie mit einem spitzen Schrei kam, konnte er kaum an sich halten.

Es war so animierend, dass er, nach einigen weiteren Auf-und-Ab-Bewegungen an seiner Erregung ebenfalls noch einmal seinen Höhepunkt fand. Greg verteilte seinen Samen auf ihrem nun wieder fast flachen Bauch, warf dabei den Kopf zurück, zog endlich seinen Finger aus ihr und biss die Zähne in die bereits blutende und nicht wenig schmerzende Kerbe in seiner Lippe.

»Scheiße!«

* * *

»… schon wieder hier?«

Abrupt zuckte Greg zusammen, blinzelte ein paar Mal sehr heftig, wurde sich innerlich stöhnend seines sehr aufgeregten und sehr harten Schwanzes bewusst, und erkannte erst dann, dass Bill vor ihm stand.

Grinsend.

»Was?«

Bill seufzte und ließ sich neben ihm auf dem freien Barhocker nieder. Er winkte dem Barkeeper. »Das Gleiche wie mein Freund hier«, und wandte sich erst dann an seinen Cousin. »Irgendwie machst du mir Angst.«

»Ach ja?« Greg hatte sich wieder bestens unter Kontrolle. »Warum das?«

Bill grinste. »Ich hätte echt nicht gedacht, dass du so ein Langweiler bist.«

Greg verzog das Gesicht, leerte sein Glas und bedeutete dem Barkeeper, der gerade Bills Whisky vor diesem abgestellt hatte, auch ihn neu zu versorgen. »Tja, dann … sorry, was soll ich sagen?« Ihm ging auf, dass Bill ihn nicht aus den Augen ließ und er sah ihn an. »Hör auf damit!«

»Womit?« Bill hatte sein Glas genommen, hob es in einem stummen Cheers und nahm einen gepflegten Schluck.

Greg gab es auf. Er legte seinen Kopf in die aufgestützte Hand und betrachtete seinen Cousin nachdenklich. »Bist du eifersüchtig?«

Bill hob eine Augenbraue. »Worauf?«

»Auf mich?« Greg grinste. »Komm, stell dich nicht dümmer, als du bist. Dein Vater hat mich dir vor die Nase gesetzt, das kann dir unmöglich gefallen.«

Bill schüttelte entschieden und so glaubwürdig den Kopf, dass Greg insgeheim etwas aufatmete. »Nein, du irrst«, erwiderte er nüchtern, wartete, bis auch Greg sein neu eingetroffenes Glas in der Hand hielt und die beiden Männer stießen an, bevor sie sich an ihrem Branntwein gütig taten.

»Ich wollte nie auf den Thron, Dad wusste das«, sagte Bill dann. »Schon dass ich deinen Babysitter spielen muss, nervt, aber damit kann ich …«

»Du bist nicht mein Babysitter«, knurrte Greg, sofort aufgebracht.

Bill blieb entspannt und zuckte mit den Schultern. »Nenn es, wie du willst, auf jeden Fall wollte er, dass ich dich auf der Tour begleite. Ich bezeichne es als Sitting, du vielleicht als Assistenz, der Alte als geilen Schachzug, weil er uns offenbar beide gleichermaßen gefickt hat. Zufrieden?«

Greg betrachtete ihn erstaunt, dann grinste er und neigte den Kopf zur Seite. »Wenn du es so sehen willst …«

»Will ich«, bekräftigte der große, gut aussehende Bill, der ihm jedoch rein geschäftlich niemals das Wasser reichen könnte.

Sie grinsten einander an, ließen ihre Gläser erneut gegeneinanderstoßen und tranken jeweils einen weiteren großen Schluck.

»Ich wollte nie dorthin, wo du jetzt bist«, gestand Bill, nachdem ihre Münder wieder frei waren. »Mir hat dieses: All-das-wird-eines-Tages-Dir-gehören- und Alles-was-das-Licht-berührt-ist-dein-Reich-Gehabe schon seit Ewigkeiten gereicht. Du weißt es nicht, aber wenn du mit einem Vater wie meinem aufwächst, dann hast du an deinem zehnten Geburtstag, an dem er dir dein vollständig eingerichtetes Büro gleich neben seinem kredenzt, zum ersten Mal die Schnauze voll.«

Greg antwortete gar nichts, auch wenn es da so einiges entgegenzusetzen gegeben hätte. Denn auch seine Jugend war nie ein Zuckerschlecken gewesen. Jedenfalls nicht hinsichtlich der sehr hochtrabenden Träume, die sein Dad mit ihm seit seiner Geburt hatte. Auch er war an die diversen Privatschulen geschickt worden, die aus einem schon im zarten Alter von zwölf Jahren einen rücksichtslosen Workaholic machten. Auch er hatte sich unentwegt anhören müssen, welche Pläne sein Vater mit ihm hatte, hatte sich belehren und immer und immer wieder einimpfen lassen müssen, dass es galt, den Bruder des Vaters auszubooten, ihm zu zeigen, dass sein Teil der Familie der bessere, der fähigere, der erfolgreichere war, obwohl sie beide wussten, dass dem eben nicht so war. Den Satz: »Das ist eines McCarthy's nicht würdig« hätte er über viele Jahre fast singen können.

Er nahm einen neuen Schluck von seinem Whisky und sah dann auf. »Ich glaube, wir alle wünschen uns andere Eltern, wenn wir unter der Fuchtel der eigenen stehen.« In Wahrheit hatte er seine Cousins als Kind immer beneidet, schien William doch um so viel lockerer als sein eigener Vater es war, der immer mit dem sprichwörtlichen Stock im Arsch herumlief. Auch heute noch.

»Möglich. Aber wenn du einen Vater hast, der nicht einmal rot wird, wenn du ihn mit sieben Jahren dabei erwischst, wie er seine Hure von Assistentin auf dem Schreibtisch fickt, dann denkst du intensiv über eine Adoption nach – also deine«, erwiderte Bill müde lächelnd und leerte sein Glas. Nach einem fragenden Blick zu Greg, der bejahend beantwortet wurde, bestellte er für sie beide Nachschub. »Was ich eigentlich sagen wollte«, fuhr er dann fort. »Ich hatte keinen Bock auf die Nachfolge. Ich nicht und meine Brüder auch nicht. Dass er sich um dich bemüht hat, kam mir nur recht, und das ewige Loblied, das er auf dich sang, ging uns drei Meilen am Arsch vorbei, das kannst du mir glauben. Es sah auch alles ganz gut aus, im Gegensatz zu uns hast *du* der Familie ja niemals Scherereien gemacht. Bis …« Dankend nahm er die neuen Gläser entgegen, stieß mit Greg an und führte es zum Mund. »Tja, bis du mit dieser kleinen Schlampe aus der Gosse angetanzt kamst.« Als Greg's Miene sichtlich entgleiste und einen äußerst drohenden Ausdruck annahm, lachte er. »Hey, du musst zugeben, dass ihr Auftritt auf Dads Geburtstag legendär war. Ich glaube, er war ganze zwei Wochen damit beschäftigt, all die negative Presse im Vorfeld auszubremsen. Hab ihn selten so schlecht aufgelegt gesehen. Das hat deinem Ansehen bei ihm echt geschadet, Bro.«

Greg hob eine Augenbraue, denn Bill war nicht sein ›Bro‹. In Wahrheit hasste er diese Art von Slang, der nämlich aus genau der Unterschicht stammte, die William McCarthy so verabscheute und mit allen Mitteln aus dem Clan heraushalten wollte. Außerdem waren Bill und er niemals Brüder gewesen. Nicht mal annähernd. Konkurrenten im Kampf um die Gunst Williams – das traf es schon eher.

»Ehrlich, er war wirklich wütend. Was hast du dir nur dabei gedacht?« Nicht ohne eine Spur Anerkennung schüttelte Bill den Kopf. »Hat mich wirklich gewundert, dass er sich noch mal umstimmen ließ.«

Greg lachte auf, schüttelte den Kopf, sagte aber nichts, sondern hielt sich an seinen Whisky.

»Was?«

»Nichts.«

»Jetzt sag schon!«, drängte Bill, der – wie Greg ziemlich herablassend erkannte – nach dem wenigen Whisky bereits Ausfallerscheinungen zeigte.

»Mein Einstieg in seine Firma war die Bedingung, damit April und ich …« Siedendheiß durchfuhr ihn plötzlich, dass er etwas vergessen hatte. Seine Augen wurden groß, Sekundenbruchteile später riss er sein Smartphone aus der Hosentasche und entsperrte es fahrig. Kein Anruf war in seiner Abwesenheit eingegangen.

»Fuck!«, knurrte Greg und sah auf die Uhr. Inzwischen war es nach sechs Uhr abends, was bedeutete, in der Heimat weit nach zwölf. Würde er anrufen, dann würde er sie möglicherweise wecken. Nein, er wusste nicht viel von seiner Tochter, eine Tatsache, die ihm immer häufiger zusetzte, weil das gesamte Familie-Spielen so nicht geplant gewesen war. Aber dass April alle Hände voll mit der Kleinen zu tun hatte – mehr, als manch andere Mutter mit ihrem Kind – das war ihm nicht entgangen. Er wollte sie nicht aus dem Schlaf reißen, so sie denn bereits welchen gefunden hatte. »Verdammt!«

»Was ist los?«, drang Bills amüsierte Stimme zu ihm durch.

Greg sah auf und schob hastig das Handy zurück in die Hosentasche. »Nichts«, erwiderte er defensiv und wandte sich seinem Whiskyglas zu.

»Oh, hast du vergessen, das süße Frauchen anzurufen?«, kombinierte Bill messerscharf. Obwohl Greg nicht antwortete, war seine Miene wohl aussagekräftig genug, denn Bill gluckste. »Uuups«, sagte er. »Schmollt sie jetzt? Oder wird sie dir die Hölle heiß machen?«

Noch immer sagte Greg nichts, in Wahrheit versuchte er sogar, wegzuhören, denn in ihm schwoll schon wieder jener Zorn, der es neuerdings niemals sehr weit hatte. Er war zu müde und außerdem über seinen Patzer zu erschrocken, um sich auf diesen widerlichen Bill und dessen Spott konzentrieren zu können. In Wahrheit wollte er so schnell wie möglich in sein Hotelzimmer gelangen und überlegen, wie er diesen Fehler am besten bereinigte. Es war nicht nur, dass sie beide bisher strikt auf die Einhaltung dieses Telefontermins geachtet hatten … Für Greg stellte es auch die einzige Möglichkeit dar, dafür zu sorgen, dass sie ihn nicht vergaß, er in ihrem Leben nicht zu einem Schatten, einer Erinnerung wurde, und sie am Ende vielleicht sogar verlernte, ihn zu lieben. Ihm war klar, dass Helen unermüdlich daran arbeitete, genau dieses Ziel zu erreichen. Diese kleine, blonde Schlampe – ja, genau wie sie würde er niemals von seiner Meinung abweichen – genoss vollständigen Heimvorteil und konnte die ganze Zeit daran arbeiten, sein Ansehen bei April zu beschädigen. Auch eines der vielen, vielen Dinge, die an Greg in der jetzigen Konstellation seiner Ehe und seines Lebens an sich nagten. Er hasste es, nur mittels dieses abgefuckten Handys für den Erhalt seiner Familie sorgen zu können. Und jetzt hatte er auch noch vergessen, anzurufen, verdammt!

Ein Glas tauchte in seinem unfokussierten Blickfeld auf, und er blinzelte rasch, bevor er erkannte, dass es sein eigenes war. Seufzend nahm er es entgegen und sah erst jetzt seinen Cousin an, der allerdings nicht mehr grinste. »Hey, ich wollte dich nicht verärgern«, sagte dieser erstaunlich sanft. »Ganz ehrlich nicht. Ich …« Er fuhr sich mit der freien Hand durch sein volles, dunkles Haar und lächelte schief. »Wir alle amüsieren uns über dich, weil du dich so irre mit der Kleinen hast, das ist … ungewöhnlich, wie du zugeben musst.«

»Wer ist wir?«

Bill zuckte mit den Schultern. »Na die Jungs, eben. Du weißt selbst, dass die meisten auch ein süßes Frauchen daheim haben, aber niemals …«

»Ja, ich bin aber nicht wie diese Versager!«, ging Greg entnervt dazwischen. »Soll ich sie auch bescheißen und jede Nacht eine andere Hure ficken, nur um Mitglied des verdammten Clubs für Arschlöcher zu werden? Danke, ich verzichte!«

»Das sagt ja gar keiner«, glättete Bill eilig die Wogen. »Und im Grunde zeigt es doch nur, dass du eben offensichtlich die Richtige gefunden hast, sie aber nicht. Das ist eher ein Grund zum Feiern, oder?« Damit prosteten sie sich erneut zu und exten ihr jeweiliges Glas.

»Und ich finde«, fuhr Bill fort, sobald sein Mund leer war, »dass sie dir den kleinen Ausrutscher verzeihen sollte. Ich meine, was ist schon passiert? Ihr habt einmal nicht telefoniert.«

Greg nickte, den Blick hatte er bereits wieder abgewandt. Genau, was war schon passiert?

»Es ist ja nicht so, als wärst du ohne sie in den Urlaub geflogen, oder so. Alter, du bist kurz davor, die Leitung des europäischen Marktes zu übernehmen, das ist nicht nur keine Kleinigkeit, sondern eine ganz große Nummer.«

Ach ja? Greg verzog abfällig das Gesicht, denn dies war ihm durchaus klar. Aber im Grunde hatte Bill recht. Es langweilte sich hier wirklich nicht, heute war Sonntag und er hatte bis 13 Uhr gearbeitet. Hätte er nicht beschlossen zu schwänzen, wäre er nach dem Meeting in sein Büro gegangen und hätte auch dort noch weiter gearbeitet. Für Leute seiner Gehaltsklasse gab es keine Wochenenden und geregelte Arbeitszeiten auch nicht. Es war ja nicht so, dass er das Geld für sich verdiente – unabhängig davon, dass bereits in der Basis genügend da war. Genügend, aber in seinen Kreisen garantiert nicht exorbitant viel. Die paar Millionen in seinem Fond würden ziemlich schnell ausgegeben sein, wenn er bei dem Lebensstandard, den sie führten, nicht für Nachschub sorgte. Und er wollte Aprils Gesicht mal sehen, wenn er ihr in Sachen Geld die Daumenschrauben anlegte. Was genau sie wöchentlich ausgab, war ihm nicht bekannt, die Begleichung der Rechnungen übernahm das damit beauftragte Büro – es hatte ihn nie interessiert. Aber dass es das Budget eines bürgerlichen amerikanischen Haushaltes um einiges überstieg, stand für ihn fest.

Er war der angehende Leiter des europäischen Marktes der McCarthy Global Financial Group – und damit einer der mächtigsten Männer der Welt.

Telefongespräche?

Familiäre Termine?

Das war alles totaler Rotz, auf den niemand Rücksicht nahm und den er ganz bestimmt nicht bei William anzubringen brauchte. Die Familie hatte sich dem Geschäft nun einmal immer unterzuordnen.

Bills Stimme schob sich wieder in sein Bewusstsein. »Ich finde, du machst dir zu viele Sorgen, Bro.«

Da war es wieder, doch Greg scherte sich nicht mehr darum. Stattdessen leerte er das nächste Whiskyglas und schnippte sofort nach dem Barkeeper.

»… ich hab deine April zwar nur einmal gesehen, aber sie machte auf mich nicht den Eindruck, als könne sie keine Prioritäten setzen.«

»Und das soll was genau heißen?«

Eilig hob Bill die Hände. »Hey, ich bin nicht der Feind, ja? Also sieh mich nicht so an, ich kann auch nichts dafür.« Als Greg nicht antwortete, fuhr er fort, indem er sich auf den Ellbogen stützte und näher zu seinem Cousin heran rutschte. »Ich glaube, sie weiß ganz genau, weshalb du hier bist, und dass damit auch ihr Status gesichert wird.«

»Sie ist nicht berechnend«, knurrte Greg und nahm mit einem finsteren Nicken sein Glas entgegen.

Bill gluckste. »Heilige Scheiße, sie hat dich an den Eiern, ja?«

Greg schüttelte den Kopf und grinste. »Seltsam, das Gleiche hat dein Dad mir auch gesagt. Eure Genitalbesessenheit fällt langsam auf.« Doch bevor Bill etwas erwidern konnte, also neben der dümmlichen Grimasse, die er immer an den Tag legte, wenn man andeutete, er hätte etwas mit dem nicht unbedingt geliebten Vater gemein, fuhr Greg fort. »Ja, sie hat mich an den Eiern. Nein, es tut mir nicht leid. Wieso um alles in der Welt führen wir überhaupt diese gottverdammte Unterhaltung? Du willst mir weismachen, sie hätte mich nur des Geldes wegen geheiratet. Wäre möglich, ist es aber nicht. Wie ich das wissen kann? Das werde ich dir nicht auf die Nase binden, weil es dich nichts angeht. Nimm es hin oder lass es bleiben, das ist mir gleich. Ich bin nicht blind vor Liebe oder wirr im Kopf, weil vom ewigen Ficken der Sauerstoff im Hirn fehlt. Abgesehen davon, dass ich daran nicht unbedingt glaube, wäre ich nicht verantwortungslos genug, um so etwas zuzulassen. Und ja, du hast recht, mit dem, was du sagtest.« Als Bills Miene sich aufhellte – ganz nach Plan, Greg kannte sich in erfolgreicher Personalführung und -motivation bestens aus – stöhnte er. »Ich meine bezüglich der Härte meines Vergehens. Ich rufe sie morgen an und …«

»… deine Eier sind gerettet.«

Greg unterdrückte das nächste Stöhnen und deutete mit beiden Zeigefingern gleichzeitig auf seinen Cousin. »Du sagst es … Bro.«

Bill grinste noch etwas breiter und klopfte ihm auf die Schulter. »Jetzt bin ich erleichtert … Bro …« Er wackelte mit den Augenbrauen, was ihm das Aussehen eines debilen Feuermelders verlieh, doch Greg zuckte mit keiner Wimper. »Ehrlich, das lässt mich die Nacht ruhig schlafen.« Damit leerte er sein Glas, stellte es auf den Tisch, rief dem Barkeeper die Zimmernummer zu, und nach einem letzten Grinsen zu Greg ging er.

Sinnierend blickte dieser der großen, davoneilenden Gestalt nach.

Es war schon etwas seltsam, dass Bill so gar keine Schwierigkeiten zu haben schien, den Cousin vor die Nase gesetzt bekommen zu haben und dann auch noch vom eigenen Vater. Inzwischen hätte er sich schlagen können, ihn nicht mehr ausgefragt zu haben. Erstens hätte er so vielleicht endlich einmal in die nicht vorhandenen Abgründe von Bills Seele blicken können und zweitens hätte der keinen Wind davon bekommen, dass ein nicht stattgefundener Anruf den designierten Leiter Europas – und das war durchaus wortwörtlich zu nehmen – derart aus der Fassung bringen konnte.

Bill war Greg's Mädchen für alles, sollte ihn einführen, sollte ihm Starthilfe geben, wo sie erforderlich war, sollte ihn unterstützen. Doch Greg gab sich keine Sekunde lang der Illusion hin, dass Bill daneben nicht auf ihn angesetzt worden war, um ihn scharf im Auge zu behalten. Womöglich erstattete er seinem Vater allabendlich Bericht darüber, wie Greg sich in seinem neuen Job machte. Eine Unregelmäßigkeit, auch nur die Ahnung davon, dass der gute alte

Greg nicht so abgebrüht seinen Dienst versah, wie vom Familienoberhaupt erwartet, und er würde in ernsthafte Schwierigkeiten kommen.

In Gedanken verloren griff er nach seinem Glas und genehmigte sich einen nächsten Schluck, allerdings einen viel gemesseneren als zuvor.

Es war nicht so, dass er diese Praktik nicht erahnte, er selbst hätte nicht anders gehandelt und würde es auch nicht, wenn er in eine ähnliche Lage käme. Leider entsprach es auch den Tatsachen, dass Greg in diese gesamte Geschichte denkbar unvorbereitet hineingerutscht war. Sein ursprünglicher Plan hatte gelautet, sich so lange wie möglich an seinem Stuhl in New York festzukrallen, zur Not eben auch Unkenntnis vorzutäuschen, um ja keine Stufe weiterzukommen. Denn das hätte zwangsläufig die Trennung von April nach sich gezogen und sein ruhiges, sogar beschauliches, wenn auch sexloses Familienleben radikal geändert. Zwei Dinge hatten diesen Plan torpediert – okay, in Wahrheit waren es drei und verdammt, keines davon hätte er verhindern können.

Erstens war William seine Verweigerung nicht entgangen, weshalb es zu einem ernsthaften Gespräch zwischen den beiden Männern gekommen war. Es verlief so, wie Greg seinen Onkel kannte, kurz, knapp und sehr, sehr direkt.

»Wie ich sehe hängst du mit deiner Entwicklung bei meinen Erwartungen weit zurück. Die letzte Sitzung mit dem Aufsichtsrat verlief alles andere als zufriedenstellend. Man geht davon aus, dass ich einen Versager auf deinen Stuhl gesetzt habe. Ich hasse es, wenn man einen Fehler in meinem Handeln vermutet, genauso, wie ich es verabscheue, wenn jemand mauert. Beides wird soeben getan. Ich muss dich nicht daran erinnern, dass wir einen Deal haben. Und auch nicht, dass ich dich nicht auf deinen derzeitigen Posten geholt hätte, wäre ich nicht von deinen Fähigkeiten überzeugt. Dann wäre deine kleine Nutte niemals in den Genuss gekommen, meinen Namen zu tragen, egal, wohin du dich mit ihr abgesetzt hättest. Ich ließ mich auf den Bullshit ein, weil ich tief in meinem Herzen noch an die abgefuckte Romantik glaube und weiß, dass ein gutgefickter Mitarbeiter nun einmal der beste ist. Aber ich werde für keine Sekunde zögern und dir deine Eier abreißen, solltest du dich nicht an unsere Abmachung halten. Und danach werde ich deiner dreckigen Schlampe einen Tritt verpassen, von dem sie sich nie wieder erholt. *Nachdem* ich mir euren Bastard geholt habe. Haben wir uns verstanden?«

Nein, Greg hatte William nicht verprügelt oder sich anderweitig zur Wehr gesetzt. Stattdessen hatte er das Einzige getan, was sein Ansehen bei dem alternden Mann nicht noch mehr in den Keller kicken konnte. Er hatte knapp genickt, sich umgedreht und war gegangen.

Fuck!

Ungünstigerweise war der Vortrag bei ihm nicht ohne Wirkung geblieben. Natürlich war der Zorn sprichwörtlich, um ehrlich zu sein konnte er sich froh schätzen, dass das Mobiliar seines verdammten Büros diesen Tag überlebt hatte. Doch am Ende hatte William genau das erreicht, was er mit der kleinen Ansage erreichen wollte: Neben dem Schüren von Greg's Furcht um April und seine Tochter, war auch sein Stolz angekratzt worden, und zwar erheblich.

Er hatte sich noch niemals einen Versager schimpfen lassen müssen, und dass die alten Idioten bei der geheimen Sitzung – interessanterweise hatte er von dieser nämlich keine Ahnung gehabt, und das als angehendes Mitglied des Vorstandes – sich das dreckige Maul über ihn zerrissen, schmeckte ihm absolut nicht.

Diese Arschlöcher!

Nach fünf Whiskys an diesem Abend, die er neben einem ebenso stumpfsinnigen Terence gebechert hatte, war er davon überzeugt gewesen, diesen Vorwurf unmöglich auf sich sitzen lassen zu können. Dann würde es eben eine Planänderung geben, schön! Er befand sich ja auch nicht in einem Kindergarten, und verdammt, den ganzen Müll hatte er für *April* auf sich genommen. Und wie wurde es ihm gedankt?

Damit, dass er seit gefühlten Ewigkeiten seinen Schwanz nicht mehr in ihr versenken durfte. Das war die Wahrheit! Womit auch der dritte Punkt auf den imaginären Tisch gekommen war, der Greg am Ende dazu bewogen hatte, seine beruflichen Zelte in New York City abzubrechen und sich auf den Weg zum alten Kontinent zu machen.

Vielleicht war es ganz gut, wenn sie sich eine Zeit lang nicht sahen. Jedenfalls, bis April wiederhergestellt sein würde oder sich eingekriegt hätte. Obwohl Greg, nachdem er von den sechs Wochen weiteren Sexentzug erfahren hatte, sofort gegoogelt hatte und dahinter kam, dass eine solche Anweisung nicht unüblich war, schloss er trotzdem nicht ganz aus, dass April ihn bewusst so exorbitant leiden ließ. Einfach so, weil sie eben Spaß daran hatte, ihn an den Eiern zu haben, oder weil diese blonde Emanze sie lange genug mit ihrem Scheiß vollgequatscht hatte.

Was wusste er denn?

Und so war es gekommen. Inzwischen waren die sechs Wochen lange vorbei, Greg war dahinter gekommen, dass April Sex nicht ablehnte, aber auch, dass sie momentan ziemlich oft, ziemlich müde war. So sehr, dass er manchmal den Eindruck hatte, sie würde eine Pflicht abarbeiten, wenn sie mit ihm schlief, aber ganz bestimmt nicht mit dem Kopf dabei sein. Das konnte natürlich nur Einbildung sein, ihr Körper jedenfalls fühlte sich so heimatlich und bereitwillig wie üblich an. Und trotzdem …

Woran es lag, wusste er nicht zu sagen, aber es war nicht dasselbe. Seit June geboren und die beiden wirklich verheiratet waren, lag ein dunkler Schatten auf ihrer Beziehung. Einer, der bereits lange vor seiner Abreise da gewesen und der bei seinen gelegentlichen Besuchen in der Heimat nicht gewichen war. Er wollte keine Frau, die sich ihm hingab, weil sie es musste. *Dass* sie es musste, stand für ihn außer Frage, schließlich waren sie verheiratet. Er wollte eine frische, dynamische und angeregte Ehe führen. Eine, mit der er alle Spötter, Neider und Kritiker auf ihre Plätze verwies. Er wollte keine fremden Frauen begehren, und wenn sie noch so scharf waren, fuck, selbst wenn sie sich sprichwörtlich halb nackt vor ihm aufbauten.

Er wollte mit Freuden treu sein können, wollte seine Ehe mit April genießen und – und das wog am schwersten: Er wollte niemals bereuen, seine elementarsten Grundsätze mit Füßen getreten zu haben und sich, wenn auch nicht entzweit, dann doch schmerzhaft von seinen Eltern entfernt und nicht zuletzt seine gesamte Familie brüskiert zu haben.

So lange er davon überzeugt war, richtig gehandelt zu haben, interessierte ihn weder die Meinung seiner Familie, seiner Eltern noch seine gottverdammten elementaren Grundsätze. Doch Greg wollte nicht eines Tages aufwachen und belämmert erkennen, dass, indem er sich gegen alles gestellt und April zur Frau genommen hatte, sein Leben zu einer Lüge geworden war.

Das war seine größte, wenn auch die heimlichste Angst.

»Und das ist der ganze Grund«, sagte er mit schwerer Zunge und leerte nun doch das Glas in einem Zug.

»Was?«

Verdutzt sah Greg direkt neben sich, blickte auf zwei unglaublich schlanke, lange Beine, die in feinen durchsichtigen Strümpfen steckten. Die zierlichen Füße wurden von indigoblauen High-Heels verdeckt, aber er hätte seinen Arsch darauf verwettet, dass die Zehnägel darunter tiefrot lackiert waren. Genau wie die hübsch manikürten Fingernägel, die allerdings nicht spitz zuliefen – was er zwar scharf, aber auch gefährlich fand –, sondern länger und abgerundet waren. Die Finger waren schlank, ein paar schlichte, aber unter Garantie sündhaft teure, goldene Ringe zierten sie. Er sah einen Bleistiftrock in gleicher Farbgebung wie die Heels, welcher hinten leicht geschlitzt war. Der sich darunter abzeichnende knackige, kleine, aber nichtsdestotrotz pralle Hintern machte darin eine verdammt gute Figur.

Die Taille war gertenschlank, aber das verwunderte ihn nicht, das war sie hier bei nahezu allen Frauen. Auch in Europa griff der

Schlankheitswahn um sich – es störte ihn überhaupt nicht, er hasste fette Frauen. Außerdem handelte es sich hierbei um eine Amerikanerin. Sie trug eine schlichte, weiße, allerdings mit tiefem Ausschnitt versehene Bluse, sodass man den perfekten Blick auf verdammt verführerische, relativ große Brüste hatte. Das Dekolleté wurde mit einer feingliedrigen, ebenfalls goldenen Kette aufgelockert und nun … ja, nun kam er zu dem Gesicht, dessen Aussehen nicht überraschend war. Greg hatte schon beim Anblick der Beine gewusst, wer sich da ungebeten zu ihm gesellt hatte. Grellrote Lippen, die so voll waren, dass jeder Mann, sobald er sie sah, zwangsläufig darüber nachgrübelte, wie es sich wohl anfühlen musste, wenn sein Schwanz dazwischen war und sie mit eingezogenen Wangen daran saugte.

Auch Greg bediente das Protokoll, was dafür sorgte, dass er innerhalb weniger Sekunden hart war. Ihre Nase war klein, die Augen blitzend blau und so grell, dass sie fast unnatürlich wirkten. Das Haar war rötlich, ging aber mehr ins Brünette – er wusste, dass es ihre Naturfarbe war, etliche Kollegen, die den Blick nur sehr selten von ihren Titten nehmen konnten, hatten sie das in seinem Beisein bereits gefragt.

Greg lächelte trotz seines eigenwilligen Schwanzes nur gelangweilt.

»Barbara …«

Sie lächelte auch, aber auf jene eindeutige Weise, die ihm zeigte, wie scharf sie auf ihn war. Das musste ihm bisher glatt entgangen sein.

»Was machst du hier so allein?«, erkundigte sie sich auf diese berühmt/berüchtigte rauchige und so vertraute Art, die bei jedem Fremden die Gewissheit hervorgerufen hätte, dass die beiden schon etliche Male das Bett geteilt hatten.

Hatten sie nur nicht.

»Ich sitze hier und trinke einen gepflegten Whisky«, entgegnete er und bemerkte mit einiger Bestürzung, wie schwer seine Zunge inzwischen geworden war.

Ihr war es auch nicht entgangen. Ihr Lächeln wurde breiter. »Uhhh, es waren wohl schon mehrere.«

»Möglich«, sagte Greg und wandte sich von ihr ab, auch wenn er zu gern noch etwas länger in den Ausschnitt ihrer Bluse geglotzt hätte. Ihre Brüste waren voll, nicht so klein, wie von vielen anderen Frauen, die Haut fast vollständig weiß, der Anblick daher so genial wie anregend. Wenigstens der war selbst einem verheirateten Mann nicht verboten, der unbefriedigt allein in einer Bar saß.

»Ich nehme einen Weißwein«, verkündete sie neben ihm heiter und klang nicht im Mindesten von seiner Abfuhr beeindruckt. Verdammt!

»Und was treibst du hier?«, bequemte er sich, sie nach einer Weile zu fragen, als sie noch immer nicht gegangen war.

Sie hob eine Augenbraue, er sah, ihren Lidstrich, der auf derart professionelle Art gezogen worden war, dass dafür nur ein Visagist verantwortlich sein konnte. »Ich trinke einen Weißwein«, erwiderte sie, und er konnte nicht anders, sondern musste einfach lachen. Auf ihre Art war sie wirklich witzig. Und heiß, aber das hatte er ja schon geklärt.

»Ich hätte dir empfohlen, den freien Nachmittag besser zu nutzen.«

»Wie besser?«, entgegnete sie interessiert. Sie lehnte ihr Gesicht in ihre aufgestützte Hand und betrachtete ihn mit so unverhohlener Neugierde, dass sich das nächste Kichern seine Kehle hocharbeitete.

Greg wollte sie ficken.

Das stand wie eine Wand vor seinem logischen Denkvermögen; es beeinträchtigte es nicht etwa nur, nein, es killte sein Gewissen. Greg war Millimeter davon entfernt, sich auf diesen Flirt mit Haut und Haaren einzulassen, mit ihr nach oben zu gehen, sich von ihr ins Vergessen vögeln zu lassen – und er wusste aus sicherer Quelle, dass diese Frau in der Lage war, einen Mann genau dorthin zu befördern – und dann morgen einfach so weiterzumachen wie bisher.

Niemand würde es erfahren, niemanden scherte es, verdammt, jeder andere Mann würde genauso handeln – William allen voran.

Vielleicht würde er dafür sogar einen Orden bekommen, weil er endlich auch noch die letzte Schranke hätte fallen lassen. Diejenige, die bei allen anderen Mitgliedern seiner kleinen Crew – zu der Barbara gehörte – längst gefallen war. Nichts sprach dagegen, Greg war so erregt, dass er sich nicht zu bewegen wagte, aus Furcht, die harte Beule, die seine Hose auswölbte, würde ihr verraten, wie es in ihm aussah.

Vielleicht hielt ihn die Gewissheit davon ab, dass jedes männliche Mitglied der Crew bereits in ihr gewesen war – und dass sich auch sein Onkel unter ihren Ex-Liebhabern befand. Möglicherweise – und Greg wollte diese Option nicht ganz ausschließen – war es wirklich der Gedanke an April, der ihn an diesem Abend vor einem Seitensprung bewahrte. Egal was es war, mit Erleichterung bemerkte er, wie die Härte seines verlogenen, untreuen Schwanzes allmählich wieder nachließ. Er sah zu dem Barkeeper und bestellte sich einen neuen Whisky.

»Und, was macht James so?«

James war Barbaras Ehemann. Ihr ehemaliger Fitnesstrainer, der sich an den vermeintlich großen Fisch während einer harten Trainingssession von drei Wochen herangeworfen hatte. Sie hatte ihren Urlaub genutzt, um ihre Figur auf Vordermann zu bringen, und war mit einem Ehemann von dem Trip zurückgekehrt. Jeder wusste, dass James noch untreuer war, als es Barbara jemals sein würde. Seitdem der Typ begriffen hatte, dass seine neue Gattin nicht ohne zu Murren alle Rechnungen bezahlen würde und er den Rest seines Lebens nicht auf dem Golfplatz zubringen durfte, sondern weiterhin seinem verdammten Job nachgehen musste, hatte dieser sich auf die denkbar mieseste Art revanchiert. Jede seiner Schützlinge – der Typ betreute nur Frauen unter dreißig, offenbar war Barbara der letzte Versuch gewesen, es mit reiferen Exemplaren zu versuchen – holte er nicht nur in den Fitnessraum und auf den Tennisplatz, sondern ließ sich auch auf ein paar unverbindliche Sexstunden in deren Bett einladen. Man vermutete, gegen Bezahlung, weil Barbara ihn an der kurzen Leine hielt.

Woher Greg das alles wusste?

Nun, der Klatsch war gnadenlos. Wer nicht gerade blind und taub durch die Gegend lief, wusste alles von jedem.

Umso gemeiner war seine Frage, was Barbara nicht entging. Sie war zu professionell, als dass ihr die Gesichtszüge hätten entgleisen können, doch ihr Lächeln war denkbar schmaler geworden, und von funkelnden Augen konnte auch keine Rede mehr sein.

»Er ist daheim«, erwiderte sie, der Rauch in ihrer Stimme hatte sich leicht verzogen, war aber noch nicht gänzlich verschwunden. »Und was macht deine kleine Frau?«

Greg lächelte nur, neigte den Kopf und prostete ihr zu. Auf jeden Fall war sie hart im Nehmen, was er durchaus zu würdigen wusste. Außerdem hatte sie sich so in Position gesetzt, dass er wieder in ihren Ausschnitt schauen durfte. Ihre Reaktion hatte seinen Zorn ein wenig besänftigt, am Ende des Tages waren sie hier alle irgendwie allein, und Bill hatte im Grunde schon recht. Womöglich war er unter ihnen der Einzige, der überhaupt noch einen Grund hatte, seiner Frau die Treue zu halten.

»Warum sitzt du hier so allein?«, wollte sie wissen. »Einsam?«

Greg lachte spöttisch. »Ich habe schon viel von dir gehört, aber dass du krampfhaft versuchst, Small-Talk zu machen und dabei auch noch scheiterst, ist mir neu.«

»*Bin* ich gescheitert?« Sie hob ihr Weinglas in seine Richtung und er erwiderte die Geste. Nachdem sie geschluckt hatte, neigte sie leicht den Kopf zur Seite. »Vermute nicht in jedem freundlichen Wort einen Anschlag, Greg. Paranoia macht zu schnell zu alt und auf jeden Fall einsam. Wir sitzen hier alle in einem Boot, und dieser Marathon wird sich noch ewig hinziehen. Warum nicht ein netter Plausch unter Leidensgenossen? Was ist dagegen zu sagen? Oder hast du heute noch etwas anderes vor?«

Ihm war nicht entgangen, dass sie wieder zu der üblichen Rauchstimme zurückgekehrt war und auch nicht, dass ihre Augen wieder funkelten. Doch er dachte über ihre Worte nach, überlegte, wie angenehm er ihre Gegenwart empfand, was er zu verlieren hatte und entschied aus dem Bauch heraus.

»Nein«, erwiderte er leise und ließ sein Glas gegen ihres sinken. »Das habe ich absolut nicht.«

4. Kapitel

Terence

Hätte er das getan, wonach ihm war, dann hätte sich Terence das verdammte Handy alle drei Minuten ans Ohr gehalten, um wieder die nichtssagende Nachricht abzuhören, die Helen ihm geschickt hatte. Nur ihrer Stimme zu lauschen, aktivierte noch immer sämtliche Nerven seines Körpers und ließ ihn schmerzhaft hart werden. Selbst hier, in diesem nüchternen Meetingroom, in dem er mit zwanzig anderen Männern und Frauen um einen Tisch herumsaß, auf dem die üblichen Verdächtigen in hübschen Grüppchen aufgebaut waren: Kekse, alkoholfreie Getränke, Kaffee, und darüber hinaus hatte jeder einen Ordner mit gleichem Aussehen vor sich liegen. Genauso klar war, dass niemand sich einen Kaffee, einen Keks oder eine Limo nehmen würde. Er nahm jetzt seit sechs Jahren mehr oder weniger regelmäßig an diesen Treffen teil und hatte das noch nie erlebt. Vielleicht sollte das Zeug so etwas wie Behaglichkeit vermitteln. Wenn es so war, dann ging das an ihm komplett vorbei. Terence hasste diese Meetings, die wohl mal zum allgemeinen Erfahrungs- und Informationsaustausch ins Leben gerufen worden waren, aber in Wahrheit nur dem Zwecke dienten, die Leistungen der Anwesenden gegenüberzustellen, den Loser zu ermitteln, ihn auszubuhen und den Winner auf ein Podest zu heben, das auch nichts wert war – was der Trottel nur nicht wusste. Terence konnte es egal sein, er hatte diesen unwürdigen Bewertungsstatus bereits lange hinter sich gelassen, hatte ihn, um ganz genau zu sein, niemals einnehmen müssen – schließlich war er der Enkel des Gründers. Auch wenn die Gesellschaft mittlerweile an der Börse notiert war. Es verhielt sich in etwa wie bei Greg, nur dass der Konzern von Terence' Vater eben ›nur‹ Versicherungen vertickte …

Na ja, nur …

Terence seufzte, warf dem Handy, das provozierend direkt vor ihm auf dem Tisch lag, einen sehnsüchtigen Blick zu und lächelte dann in die Runde. Wenn man an der Stirnseite des verdammten Tisches saß und somit Chef all dieser Versager war, konnte man sich selten vor der Show retten. Schon gar nicht, wenn man deren Stattfinden selbst initiiert hatte. Und das auch noch an einem Sonntag, um ganz nebenbei zu demonstrieren, dass man nicht nur die Verantwortung innehatte, sondern auch Herr über ihre Leben war. Immer und in jeder Sekunde, auch wenn sie sich gern etwas anderes einredeten.

Verdammt …

Terence lächelte noch ein wenig breiter, weil ihn der Gedanke anmachte, nickte der ihm am nächsten sitzenden Mitarbeiterin zu, die ihre Bluse extra für ihn um zwei Knöpfe mehr als üblich geöffnet hatte, sodass er einen perfekten Blick auf ihre hochgepushten Brüste bekam. Dass sie es nur für ihn tat, wusste er, weil sie sonst immer ziemlich zugeknöpft war. Sowohl bekleidungstechnisch als auch in ihren Äußerungen. Aber er war Junggeselle, dazu noch Millionen schwer, da war man zu einigen Zugeständnissen bereit. Terence kannte es nicht anders – so war es immer gewesen und er nahm es gern in K auf. Immer noch besser, als zu heiraten und sich damit einer von ihnen auszuliefern.

Innerlich seufzend zwang er seine Konzentration vollständig zurück auf dieses Meeting, und war bald wieder der, den er von neun bis fünf Uhr nachmittags immer darstellte: Den mäßig beliebten, aber geachteten und vielerorts gefürchteten Sohn des Chefs, der den Laden perfekt unter Kontrolle hatte.

Zwei Stunden später saß er in seinem riesigen Büro mit Blick über die Skyline Manhattans. Kaum jemand beneidete ihn darum, denn er befand sich im 60. Stock des Towers. Sollte unvorhergesehen ein Flugzeug in das Gebäude hineinrauschen, wären seine Chancen, lebend unten anzulangen, relativ gering.

Terence mochte trotzdem sowohl das Büro als auch den Ausblick. Wie so häufig stand er an dem riesigen, von Decke zu Boden reichenden Panoramafenster und betrachtete die Welt davor, die für ihn immer etwas zutiefst Unwirkliches hatte. Sie war kleiner als seine, sie war viel, viel geschäftiger und sie wirkte auf groteske Weise ungeordnet, auch wenn man bei genauerem Hinsehen durchaus eine gewisse Systematik im Chaos ausmachen konnte. Es war gut, sich in diese Oase zurückziehen zu können.

Inzwischen hatte er Helens Nachricht an die zehn weitere Male gehört. Wut hatte sich längst unter seine Ratlosigkeit gestohlen. Er hatte nämlich lange gebraucht, um dieses Dinner vor sich selbst rechtfertigen zu können. Okay, in Wahrheit war es die schlichte Sehnsucht nach dieser Frau gewesen, die ihn zu einer Zusage getrieben hatte. Widerwillig und in einem Akt des Selbstverrates. Oh ja!

Fahrig ließ er seine Finger durch das blonde, dichte Haar gleiten, starrte wie besessen hinaus auf die fremde Welt, versuchte irgendwie, sich zu beruhigen, und ging leer aus.

Warum hatte er sich ihr noch mal genähert?

Wegen Greg und April – da war doch noch was. Weil Greg ihn vorgeschickt hatte. Genau das. Kaum hatte Terence Helen gesehen – wiedergesehen, um genau zu sein – wusste er, dass er sie haben musste. Es war, als wäre ein Urteil gefällt worden. Dass sie auf seine leichten Annäherungsversuche einging, passte genau zu Sams und Stans ausschweifenden Erzählungen, deshalb war er nicht verblüfft gewesen. Auch nicht darüber, wie unvorstellbar gut sie küsste – ihr Ruf eilte Helen St. James voraus. Leichen pflasterten ihren Weg – nichts, was ihn gestört hätte. Sie machte ihn an, berauschte ihn, weshalb er sich Mühe gab, die er sich sonst nicht gegeben hätte. Er ging ein paarmal mit ihr Kaffee trinken, fuhr mit ihr zu sich, zeigte ihr einen Bruchteil *seiner* Welt und nahm sie und April auf, als sie auf der Flucht vor Greg vor seiner Tür standen. Ja, er war ein wenig verliebt in sie, konnte nicht anders, als sie ständig zu berühren und ihre Nähe zu suchen. Sie ließ ihn zappeln, was mit Sicherheit nicht unbedingt ihren üblichen Gepflogenheiten entsprach, aber er akzeptierte es. Eines jedoch war nicht von der Hand zu weisen: Er wollte sie ficken. Ja, nicht in seinem Bett ein bisschen vögeln, nicht Sex im herkömmlichen Sinne, nicht ein paar heiße Wochen mit einer aufregenden Frau.

Diese Frau wollte er sprichwörtlich ficken – gleich einer Nutte, was ihm so gar nicht ähnlich sah. Es war ihm egal gewesen; Terence hatte zum ersten Mal das Gefühl erlebt, wenn der Schwanz sich verselbstständigt, nachdem er jeden Sauerstoff aus dem Gehirn entfernt hat. Sollte da noch etwas gewesen sein, dann hatte sie es ihm garantiert weggeblasen – so war ihr erster Sex abgelaufen. Sie hatte ihm in der Herrentoilette einer exklusiven Bar einen Blowjob geschenkt, der ihm sprichwörtlich das Denkvermögen geraubt haben musste. Das ›Hold The Night‹ war so exklusiv, dass man sich so etwas leisten konnte. Man steckte dem netten Herrn im Anzug am Eingang zu den Waschräumen einfach einen Fünfzig-Dollar-Schein zu, und der sorgte dafür, dass man für die nächsten Minuten ungestört war.

Terence hatte das schon früher gewusst, es an jenem heißen Abend jedoch zum ersten Mal versucht und war wieder um eine Erfahrung reicher. Denn es war nicht genug gewesen, er wollte mehr und er bekam mehr. Am gleichen Abend, diesmal in seinem Apartment. Allein die Erinnerung daran, wie er sie sich genommen hatte, immer und immer wieder, während ihr unvergleichlicher Körper scheinbar unersättlich jede Wendung problemlos pariert hatte, brachte ihn in der Gegenwart erneut auf Touren.

Es war keine echte Entscheidung gewesen, sie war Stück für Stück Teil seines Lebens geworden. Ihm widerstrebte es am nächsten Morgen, sie einfach gehen zu lassen, denn obwohl sie die ganze

Nacht mit dem heißesten Sex verbracht hatten, fühlte er noch immer keine echte Befriedigung. Rein physisch war er so erschöpft, dass er drei Nächte hätte durchschlafen können, doch in seinem Kopf herrschte nur eine Sorge: Wissen, dass sie wiederkehren würde, wenigstens sicherstellen, dass er ihre Telefonnummer und Adresse bekam, um sie nicht wieder aus den Augen zu verlieren. Erst als er es gedacht hatte, wurde ihm klar, dass er ihre Adresse und auch die Telefonnummer bestens kannte. Um genau zu sein, wusste er so ungefähr alles über diese Frau, die gerade nackt und schön wie Aphrodite durch sein Apartment lief … nicht etwa tänzelte. Terence hatte noch nie eine Frau erlebt, die so natürlich mit ihrer Nacktheit umging wie Helen.

Zufrieden senkte er die Lider, auch wenn er den Anblick nur sehr ungern ausschloss. Er würde sie wiedersehen – mehr wollte er nicht wissen.

Sie *hatten* sich wiedergesehen, einen Tag später, und zwar, ohne dass Terence etwas unternehmen musste. In Wahrheit war es Helen gewesen, die sich bei ihm meldete; die beiden trafen sich am gleichen Abend und zu einer weiteren heißen Nacht, die diesmal nicht ganz so lange dauerte. Auch Helen hatte ihre körperlichen Grenzen.

Am nächsten Morgen wachte er auf und hielt sie in seinen Armen. Sie frühstückten gemeinsam, bevor jeder zu seiner Arbeitsstelle fuhr. Und sie verabredeten sich für den kommenden Abend, diesmal gleich in seinem Apartment.

Am darauffolgenden Morgen ging sie nicht – es war ein Samstag, sie verbrachten das Wochenende gemeinsam, erhoben sich nur selten aus dem Bett, ließen sich das Essen liefern, schliefen miteinander, sahen fern, unterhielten sich, und Terence kam dahinter, dass er diese Frau lieben könnte.

Sonntagabend stellte Helen fest, dass sie dringend frische Kleidung brauchte, und so fuhren sie zum ersten Mal in ihr Apartment. Terence war entsetzt über die Zustände, sowohl in dem

Viertel, als auch im Haus oder ihrer Wohnung. Doch er ließ sich nichts anmerken, blieb sogar über Nacht bei ihr und grübelte darüber nach, wie er ihr zu einem besseren Apartment verhelfen könnte.

Als er ihr diese Überlegung mitteilte, schlug sie zu seiner Verblüffung aus – Terence hatte unbedingt mit ihrer Zustimmung gerechnet, sogar mit der Begeisterung und der daraus resultierenden Dankbarkeit kalkuliert. So lief das Leben – oder besser: So lief es in *seinem* Leben. Am besten war es immer, die Menschen mit einer Gefälligkeit in die Rolle des Dankbaren zu drängen. Um so einfacher würde es in der Zukunft sein, von ihnen zu bekommen, was man wollte.

Erst hatte er sich wirklich der Illusion hingegeben, dass sie anders war – auch wenn er sich vor Urzeiten geschworen hatte, so etwas niemals zu tun. Er hatte sich selbst verraten, was sollte er sagen? Doch dann hatte er sich überlegt, dass dies durchaus auch ein rein taktisches Manöver gewesen sein könnte. Nicht mit der Tür ins Haus zu fallen, sondern es langsam angehen zu lassen, den Trottel in Sicherheit zu wiegen, um sich dann, Stück für Stück, das zu nehmen, was er zu bieten hatte, bis es längst mehr geworden war, als er bieten *wollte!*

Terence hatte begonnen, sie zu beobachten. Ihm war nicht entgangen, dass sie sich von ihm widerstandslos einkleiden ließ oder dass sie niemals zahlen wollte, wenn sie gemeinsam essen gingen. Nicht dass er es zugelassen hätte, nein! Es ging eher ums Prinzip; ihm war klar, wie extrem gerade Helen St. James auf ihre Gleichberechtigung beharrte, und er wusste noch von der Zeit am College, dass sich Frauen mit derartigen Ansichten niemals aushalten ließen.

Helen schon.

Ja, er hatte sie beobachtet, faktisch nicht mehr aus den Augen gelassen, und dabei hatte er sich ganz nebenbei unsterblich in sie verliebt. Das war ihm bei all der Observation erst aufgegangen, als es längst zu spät war. In Wahrheit wohnte sie zu diesem Zeitpunkt bei ihm, sie verbrachten ihre gesamte, verdammte Freizeit miteinander, selten, dass er noch mit Greg auf ein Bier ausging. Derartiges war sowieso sehr unüblich geworden, seitdem sein bester Freund sich in Sachen April, als so ein gottverdammtes Arschloch entpuppt hatte. Helen war fester Bestandteil seines Lebens, und er mochte es, stellte es niemals infrage, dachte allerdings auch niemals zu intensiv darüber nach. Schon gar nicht wurden jemals Fragen an die Zukunft in ihm wach. Terence lebte sprichwörtlich für den Augenblick – und verdammt, es waren unglaublich heiße Augenblicke, die ihm diese Frau bescherte.

Bis zu jenem folgenschweren Tag im Januar, als sie sich in Greg's Elternhaus eingefunden hatten, um die Ehe, die in erster Instanz nicht bestehen geblieben war, ein zweites Mal zu schließen. Es war ein Hohn, dass Greg bis zur letzten Sekunde gewartet hatte – Terence hatte ihn mehrfach und immer energischer darauf hingewiesen, dass er schon wieder mit seinem Glück spielte.

»Wie viel bleibt dir noch? Zwei Wochen? Drei? Alter, wenn du nicht langsam zu Potte kommst, dann ist dein Kind vorher da. Die richten sich ganz selten nach dem Kalender.«

Erst als er Helen mit eingeweiht hatte und diese bei den Vorbereitungen half, hatten sie Greg überhaupt dazu bekommen, den Termin anzusetzen. Terence hatte es nicht glauben wollen, aber sein Freund – der coole, abgeklärte, mit allen Wassern gewaschene Greg, der neuerdings in Sachen Hochfinanz und Hochbeschiss unterwegs war –, hatte Angst vor seiner Frau.

Perfekt!

Noch heute kam ihm das Grinsen, wenn er daran dachte, denn er hätte nicht geglaubt, dass Greg zu so etwas wie Furcht überhaupt in der Lage wäre. Nicht Greg McCarthy, dessen Vater ja schon ein eiskalter Lumpenhund war, dessen Onkel aber so clever, nüchtern, abgebrüht und cool war, dass man schwerlich einen Menschen auf der Erde fand, der ihm ebenbürtig war und schon gar keinen, der ihn noch übertrumpfte. So etwas wurde dem Nachwuchs mit der Muttermilch verabreicht, während der Jahre in den diversen Schulen noch verstärkt und kurz nach Abschluss des Colleges perfektioniert.

Nun, offenbar war die kleine April Palmer aus der Gosse Greg's persönliche Achillesferse – und verdammt, Terence genoss es mit vollen Zügen.

Und dann war es tatsächlich genauso schiefgegangen, wie von ihm finster vorausgeahnt. Dass April dennoch ein eheliches Kind zur Welt gebracht hatte, war in Terence' Augen ein mittleres Wunder – obwohl er den symbolischen, aber so dringend eingehaltenen Unterschied zwischen ehelich und unehelich immer noch nicht ganz kapiert hatte. Doch er hatte sich auch nie mit den Konventionen auseinandergesetzt, sie waren ihm immer scheißegal gewesen.

Das junge Glück war also perfekt, Greg hatte – wie üblich – am Ende umfassend seinen Willen bekommen und befand sich mit Frau und Kind im Krankenwagen auf dem Weg in die Klinik; die alten McCarthys, die beide relativ geschockt wirkten, brachten den paralysierten Pfarrer heim, und zurück blieben Helen, Terence und Greg's Wagen. Einsam und verlassen auf einer eingeschneiten Landstraße, auf der nur noch etliche Reifenspuren im ehemals jungfräulichen Weiß des Standstreifens und die Sauerei auf den Rücksitzen darauf hinwiesen, dass hier unlängst so einiges geschehen war.

»Lass uns einsteigen, mir wird kalt«, sagte Terence schließlich zu Helen, als weit und breit nichts mehr zu sehen war, mit Ausnahme von der schlafenden, mit der weißen Pracht zugedeckten Natur. Vor seinem Mund erhob sich sein Atem und er sah, dass es bereits dämmerte, weshalb es nicht lange dauern würde, bis die Dunkelheit sich vollständig über sie gesenkt hätte. Grund genug, hier nicht weiterhin Wurzeln zu schlagen.

Erst als sie nicht antwortete, sah er zu ihr. Helen wirkte nachdenklich, fast versunken, ihr Blick jedoch fixierte die rote Schweinerei auf dem Rücksitz, weshalb Terence sich plötzlich Sorgen machte. Nicht jeder konnte so etwas einfach wegstecken. Denn bei der Geburt der jüngsten McCarthy war wirklich jede Menge Blut und ähnliche, nicht sehr ansehnliche Körperbestandteile mit von der Partie gewesen. Fürsorglich legte er einen Arm um ihre schmalen, aber so stolzen Schultern.

»Komm«, sagte er sanft und zwang ihren Blick von dem blutigen Desaster weg. Seine Gebete wurden nicht erhört, im Wagen roch es deutlich nach Blut und Krankheit und … undefinierbarem, menschlichem … *Zeug*, neben dem Desinfektionsmittel, das die Helfer benötigt hatten, als sie April den Zugang legten. Nur vorsorglich, wie sie versichert hatten.

Scheiße!

Er wartete, bis Helen sich angeschnallt hatte, bevor er um den Wagen herumlief und hinter dem Lenkrad Platz nahm. Wieder sah er sie an und diesmal strich er ihr eine der blonden, dichten und so seidigen Strähnen aus dem Gesicht. »Was hast du?«

Endlich wandte sie den Kopf in seine Richtung, doch er fand in ihrer Miene kein Entsetzen – das hatte er falsch interpretiert. Tatsächlich war Helen ganz offenbar schlicht überwältigt. »Das war Wahnsinn, oder?«, wisperte sie, die Stimme war rau, die Lippen fast farblos, aber ihre Wangen glühten. »Dieses winzige Baby an seiner Brust, die Hochzeit davor, die beiden zusammen, es wirkte so … so unendlich …«

»… perfekt«, vollendete er den Satz, denn er hatte das Gleiche gedacht. Dieser Anblick, wie Greg das Baby im Arm hielt und sich über seine Frau beugte, hatte vieles, was bereits verloren schien, in Terence wieder aufleben lassen. Zum Beispiel das Vertrauen in seinen Freund, die echte, ungekünstelte Zuneigung, die er ihm seit vielen Jahren entgegenbrachte. Wie dämlich er sich in den vergangenen Monaten auch verhalten hatte, im entscheidenden Moment hatte er das Ruder herumgerissen und war ganz der Mensch gewesen, den Terence liebend gern zum besten Freund hatte.

»Ja, das war es«, sagte er leise, nahm ihr Gesicht in seine blutigen Hände und senkte seine Lippen auf ihre tiefroten, vollen, so unendlich einladenden. Das war die einzig denkbare Reaktion in einer Atmosphäre, die unbemerkt so … pathetisch geworden war.

Es hatte nur ein kurzer Kuss werden sollen, doch sobald sie sich berührten, spürte er ihre Hände, die sich in seinem Nacken verkrallten, fühlte ihre Zungenspitze an seiner, hörte ihr dunkles Stöhnen, das wie üblich direkt in seinen Schwanz fuhr, und konnte sie nur selbst fest im Nacken packen, den Kuss immer weiter steigern, bis beide, nach Luft schnappend, auseinanderfuhren.

»Wow!«, keuchte Terence und grinste, als sie sich verlangend mit der Zungenspitze über die Lippen fuhr. Er wandte sich von ihr ab, denn auf eine Nummer im Auto verspürte er nicht die geringste Lust. Aus Erfahrung wusste er, wie unbequem das war. Viel lieber wollte er sie in seinem Apartment, wo ihm etliche Zimmer zur Auswahl standen und wo die Dusche groß genug war, um sie, wenn er wollte, auch in dieser zu ficken.

Sein Schwanz pochte in seiner Hose, weshalb er die Fahrstufe etwas zu hart einlegte und zu hastig Gas gab. Der Wagen bockte, tat einen Satz nach vorn und der Motor verstummte. »Mist!« Terence knirschte mit den Zähnen und sah zu Helen, als ihr Lachen ertönte.

Inzwischen wirkte sie wieder etwas wacher, ihre Augen leuchteten und sie küsste rasch seine Wange. »Ich liebe es, dich so durcheinanderzubringen.«

»Na perfekt«, erwiderte er, musste aber wider Willen auch lachen. Ja, es gelang ihr tatsächlich, ihn in den unmöglichsten Momenten auf Touren zu bringen. In diesem Augenblick ging ihm auf, dass er seit fast einem Jahr mit ihr zusammen war.

Wahnsinn!

Er hätte nicht gedacht, dass er sie schon so lange kannte, aber die Zeit war wie im Flug vergangen. Mit dieser Frau wurde es eben niemals langweilig. Beim zweiten Anlauf startete er den Motor ohne Probleme und lenkte den Wagen langsam auf die vereiste Fahrbahn. Warum wurde hier nicht gestreut, verdammte Scheiße? Er wollte sich gar nicht das Theater ausmalen, das er mit Greg bekommen würde, wenn das edle Wägelchen einen einzigen Kratzer abbekommen würde. Obwohl Terence das Ding in Anbetracht des Zustandes der Rückbank in den Sondermüll gegeben hätte.

Eine schlanke Hand legte sich auf sein Bein. Bevor sie jedoch daran hochwandern konnte, hielt er sie fest. »Nein!« Es klang bemerkenswert ängstlich, was erneut Helens tiefes, aufrichtiges Lachen provozierte. Terence wagte nicht, den Blick von der Fahrbahn zu nehmen, zu groß war die Gefahr, dass er einen Unfall baute.

»Ich meine es ernst«, beharrte er deshalb, ohne sie anzusehen, aber mit denkbar fester, strenger Stimme. »Das wäre der falsche Zeitpunkt.«

»Beruhige dich«, wisperte sie, unerwartet nah an seinem Ohr, ihr heißer Atem kitzelte seine Haut, sodass er erschauerte. Auch das war nicht besonders hilfreich. Seine soeben erschlaffte Erregung wurde in seiner Hose schon wieder fester, er fühlte das Herz hektisch in seiner Brust klopfen, Adrenalin, das erwartungsvoll durch seine Venen rauschte, Schweiß, der ihm im Nacken bereits jetzt ausbrach, ein Mund, der immer trockener wurde – ehrlich, er benahm sich in ihrer Gegenwart wie ein Teenie, aber ganz bestimmt nicht wie der Mann, als den er sich selbst gern sah. Doch er konnte nichts daran ändern. Sie brachte ihn um den Verstand.

Helen hatte sich endlich zurückgelehnt, weshalb er wenigstens wieder frei atmen konnte. Lange Zeit schwiegen sie, während Terence den SUV über den eisigen Boden lenkte, und dabei glücklicherweise keinen Unfall verursachte. Erst als sie auf die von Eis und Schnee befreite breite Hauptstraße einbogen, auf dem direkten Weg nach Manhattan, ertönte ihre Stimme erneut.

»Ich will das auch.«

Terence runzelte die Stirn und sah sie an. »Was willst du, Baby?«

Sie lächelte nicht, ihr Blick war so ernst, dass es ihn tatsächlich überraschte. Erst jetzt stieg er wirklich in die Unterhaltung mit ein. »Ich will eine Hochzeit – aber eine echte, und ein Baby. Mindestens. Ich will das ganze Paket. Mit dir.«

Das war der legendäre Moment, der Terence zurück in die Realität schleuderte. Dass er sich zwischenzeitlich von ihr abgewendet hatte, ging ihm auch erst in diesem Augenblick auf. Er hatte sich vergessen, hatte die Dinge schleifen lassen, hatte … Fuck, er hatte einfach nicht *gedacht*, und das war die verdammte Quittung.

* * *

In der Gegenwart in seinem Büro fuhr er sich mit beiden Händen über das Gesicht, blieb bei dem Mund hängen und starrte hinaus in die parallele Realität, die sich noch immer vor dem Fenster ausbreitete.

Alles Weitere war wie in Trance geschehen, er hatte ihr irgendein hanebüchenes Märchen über eine baldige Renovierung seines Apartments aufgetischt, das er nicht einmal selbst geglaubt hätte. Doch sie hatte vorgegeben, es zu schlucken, ihre Sachen zusammengepackt und war in ihr Apartment zurückgegangen. Natürlich hatten sie sich noch getroffen, Terence war nicht bereit, gänzlich auf sie zu verzichten. Doch er hatte die Treffen immer weiter auseinanderklaffen lassen, hatte sie niemals wieder bis zum Morgen ausgedehnt, hatte sie immer in ihrer heruntergekommenen Wohnung enden lassen und war gegangen, sobald der Sex beendet gewesen war – auch wenn es schwer fiel, denn er wäre gern noch länger in ihren warmen, weichen Armen geblieben.

Er hatte sie benutzt, so wie die anderen Frauen vor ihr auch. Die Ruhe, die er so dringend brauchte, das Ende seiner Sorge, war jedoch nicht eingetreten. Offenbar hatte er diesen Absprung zu spät vollführt.

Helen hatte niemals etwas gesagt, doch die Frage in ihren Augen war mit jedem Treffen umso lauter und aussagekräftiger geworden. Zunächst hatte er versucht, sie zu ignorieren, später war er vor ihr geflüchtet, kaum dass sie auftauchte. Er schätzte, es war das schlechte Gewissen, obwohl es dafür nicht den geringsten Grund gab. Jeder Mensch hatte das von Gott gegebene Recht, sich und sein Eigentum zu schützen, auch Terence, weshalb er, sobald dieser Verdacht aufkam, rigoros dagegen ankämpfte. Nein! Keine Frau war es wert, alles aufs Spiel zu setzen, auch Helen nicht. Er hatte sich nur mit keiner anderen zuvor derart lange treiben lassen, das war alles.

»Und damit ist Schluss!«, sagte er in der Gegenwart. Endlich hatten seine Finger seinen Mund verlassen und er wandte sich brüsk vom Panoramafenster ab, um hinter seinem Schreibtisch Platz zu nehmen.

In Wahrheit hatte er sich wirklich auf dieses Treffen gefreut, und es kotzte ihn schlicht an, dass sie ihn versetzte. Terence – nach erfolgreicher Heilung endlich wieder bei Verstand – sah das ganz pragmatisch: Er hatte ihr jede Menge kleine und mittelgroße Geschenke gemacht, um ein gewisses Anrecht auf einen bestimmten Teil von Helens Freizeit und ihren Körper zu haben. So lief das Spiel nun mal, wenn reich auf arm traf. Dass sie sich nicht an die Regeln hielt, machte ihn sogar ziemlich wütend.

Er nahm das Handy, das er auf den Tisch geworfen hatte, und tippte ihre Nummer ein. Inzwischen hatte sich die Dunkelheit über die Stadt gesenkt, in einer Stunde wäre das Treffen gewesen, hätte sie ihn nicht versetzt wie einen elenden Laufburschen. Doch als er sie anrief, meldete sie sich nicht. Nach fünfmaligem Klingeln sprang die Mailbox an. Terence dachte nicht. Wut umwölkte seinen Geist.

»Wo bist du?«, knurrte er in den Apparat.

Darauf erhielt er natürlich keine Antwort. Es piepte nur in der Leitung, was signalisierte, dass er gerade abgewürgt worden war. Erst wollte er noch einmal anrufen, ihr irgendwelche Gemeinheiten auf die Mailbox sprechen – einfach, um sich abzureagieren –, doch eine vernünftige, kalte, abgeklärte Stimme in ihm, die er sehr genau zuordnen konnte, hinderte ihn daran.

Sie ist nur irgendeine dreckige Schlampe! Denke immer daran. Ja, sie ist gut im Bett, ja, sie ist relativ billig, so alles in allem genommen, aber sie ist keineswegs unersetzlich. Jetzt reiß dich zusammen und denke daran, wer du bist, verdammt noch mal!

Die Stimme seines Vaters.

Roger Blue, Versicherungsmagnat und derzeit mit seiner neuesten Flamme, die glatte dreißig Jahre jünger als er war, auf den Malediven weilend, rief sich in Erinnerung. Und auch wenn sie seit etlichen Wochen kein Wort miteinander gewechselt hatten, war sein Wesen in Terence' Kopf so präsent, dass dieser geschworen hätte, er würde seinen Dad wirklich hören.

Mehr noch: Es wirkte!

Unverrichteter Dinge ließ er das Handy sinken und rieb sich erneut über das Gesicht. Yeah!, beschloss er schließlich. Warum war er wütend? Wenn sie keine Zeit für ihn hatte, dann würde er eine andere Nutte auftun, die sich ihm gegenüber weniger ablehnend verhielt! Davon gab es mehr als genug, verdammt, die ganze Stadt war voll von diesen Exemplaren, er musste nur die Hand ausstrecken und hätte fünf von ihnen an jedem Finger. Er wollte vögeln? Warum besorgte er sich dann nicht etwas Passendes, sondern hing hier herum und heulte einer Schlampe nach, die keinen noch so geringen Gedanken wert war. Verdammt, sie war es nicht mal wert, dass er ihr auf die Mailbox sprach, sie war nichts im Gegensatz zu ihm, der er alles war.

Es war wirklich dringend, dass er endlich wieder zu sich selbst fand. Wenn er das bisher noch nie hatte, dann sollte er schleunigst den richtigen, ihm vorbestimmten Weg einschlagen. Und der wurde von vielen verschiedenen sexy Frauen gesäumt.

Gedacht, getan, schon hielt er sein Jackett in der Hand, ärgerte sich wie so häufig darüber, dass Greg nicht in der Stadt war und entschied mit einem Schulterzucken, eben allein seine Kneipentour zu starten.

Er war kein Kleinkind, sondern ein erwachsender, ziemlich freier, ungebundener Mann!

Und es war höchste Zeit, sich daran zu erinnern … Bevor er sich tatsächlich selbst verriet und weder sich noch seinem Vater jemals wieder ins Gesicht schauen könnte.

5. Kapitel

April

Als sie wach wurde, kam sie sich vor wie wiedergeboren. Nicht etwa als rosiges, süßes, kerngesundes Baby, sondern als Zombie, der zuvor von einem seiner jetzigen Artgenossen grausam zerstückelt worden war. Ihre schmerzenden Glieder verstärkten das Gefühl sogar noch, in Wahrheit längst gestorben zu sein. Sie öffnete die Augen, sah aber auch dann nur Dunkelheit: Ihr fiel ein, dass sie sich bei Tag hingelegt hatte und es offensichtlich inzwischen Nacht geworden war.

April versuchte sich zu strecken, beließ es aber dabei, denn das verstärkte die grauenhaften Schmerzen. Während sie ausgiebig gähnte, fiel ihr June ein, die sie bei Helen gelassen hatte und sie stockte in ihren Bewegungen. Helen, ihre Freundin, die gekommen war, um die neuesten Vorwürfe an die Frau zu bringen, und die sich nur angesichts von deren unübersehbarer Verzweiflung doch noch kurzfristig umentschieden hatte.

Als April die Veränderung auf Helens Gesicht ausgemacht hatte, fand sie nur hämische Freude, vielleicht sogar Triumph in sich. Sollte sich Helen doch mal mit dem Problemfall June auseinandersetzen, während April sich entspannte. Helen beneidete sie doch so um ihr Glück – den Ehemann mal außen vorgelassen –, wollte unbedingt selbst ein Baby, das hatte April deutlich in ihren

Augen gesehen. Vielleicht war so eine Rosskur im höchsten Schwierigkeitsgrad gar nicht übel. Es rückte den Kopf zurecht und holte ein wenig vom Olymp der vermeintlichen Abgeklärtheit. Oh, es war unglaublich einfach, sich jemandem überlegen zu fühlen, der seit Tagen nicht geschlafen hatte und eher unbedarft in eine Rolle hineingedrängt worden war, die ihm die größten Herausforderungen abverlangte. Es war einfach, zu urteilen, wenn man mit verschränkten Armen am Spielfeldrand stand. Frisch vom Friseur kommend, mit perfekt manikürten Gelnägeln. Mit einem Make-up, das in seiner Perfektion vom Visagisten stammen konnte, oder eben davon erzählte, dass man Stunden Zeit gehabt hatte, um sich zurechtzumachen, bevor man das Haus verließ. Und auch mit dem Wissen, dass man in eine aufgeräumte Wohnung heimkehren würde, weil es nur weniger Handgriffe bedurft hatte, um diesen Zustand zu erreichen. Vor allem aber: dass man unabhängig, ausgeruht, halbwegs zufrieden mit seinem Äußeren und an einem Sonntagnachmittag mangels Arbeit total relaxt war.

Ja, von diesem Standpunkt aus war es immer einfach, eine gestresste Mutter zu belehren und ihr zu erzählen, wie leicht sie es doch hatte und wie glücklich sie sich doch schätzen konnte. Anders könnten sich die Dinge verhalten, wenn sie mal für ein paar Stunden in ihren Schuhen gelaufen sein würde. Wäre ja immerhin möglich, dass sie ihr so gar nicht passten. Oder?

Jetzt, nachdem das Ziel irgendwie erreicht war, kamen neben dem Triumph auch die Gewissensbisse und die Sorge. Es war *ihre* Tochter, nicht Helens. Sie hatte sich sehr wach und nach reiflicher Überlegung dafür entschieden. Die Meinung ihrer Freundin war dabei nicht im Mindesten relevant gewesen – übrigens in erster Instanz auch nicht Greg's. Es ging einzig und allein um die Gewissheit, ihr Kind in Sicherheit aufziehen zu können, ohne von einem gewissen William McCarthy – Filthy-Finger-William von ihr genannt – gejagt zu werden, was sie damals zu einem Meinungsumschwung in letzter Sekunde getrieben hatte. Aber vor allem: Wie sollte eine Frau wie Helen mit einem kleinen, so süßen und für April so wichtigen, aber extrem schwierigen Monster wie June zurande kommen?

Kaum hatte sie so weit gedacht, waren alle Gedanken an Schmerzen und ein beginnendes Zombiedasein verschwunden. April schlug die Decke beiseite, sprang auf, stöhnte, weil sie sich leider noch immer wie eine alte Frau fühlte, und griff bereits im Laufen befindlich ihren Seidenkimono, den sie sich hastig überstreifte.

Erst als sie sich schon im Flur befand, fiel ihr ein, dass sie nicht einmal wusste, wie spät es war. Sie stoppte an der Tür zu Junes Zimmer und hob lauschend den Kopf. Kein Geräusch war aus dem Inneren zu vernehmen, deshalb wagte sie nicht, hineinzusehen. Wenn June schlief, würde sie das womöglich wecken; war sie tot – ihre Tochter war erst drei Monate alt, April rechnete in einer Art vorgezogener, aber halbwegs kontrollierter Hysterie immer mit dem plötzlichen Kindstod – dann würde sie den Verstand verlieren; und wenn sie sich gar nicht in ihrem Bettchen befand, wäre der Ausflug umsonst gewesen und all die Ängste auch. Daher tappte sie weiter nach unten, hörte keinen Ton, mit Ausnahme des Fernsehers, in dem irgendeine Soap spielte.

Als sie die beiden schließlich fand, blieb April für einen Moment stehen und betrachtete das rührende und absolut unspektakuläre Bild, das sich ihren schon wieder gestressten Augen bot. Helen lag auf der riesigen, sehr breiten Couch, in ihren Armen fest und sicher das Baby, beide schliefen tief und friedlich. Auf dem Tisch stand ein leeres Fläschchen, also musste June gegessen haben.

Es war perfekt, und April hatte plötzlich Skrupel, die beiden zu wecken, auch wenn sie eine gewisse Eifersucht plagte, weil Helen offenbar auf Anhieb gelungen war, woran April seit Wochen verzweifelte. Außerdem konnte sie aus Gründen, die ihr nicht ganz klar waren, einfach nicht ertragen, dass Helen ihre Tochter umarmte. Kaum hatte sie das gedacht, schalt sie sich in Gedanken die dämlichste Kuh des Planeten. Hätte sie sich wirklich lieber gewünscht, dass Helen mit einem Baby, das hochrot vom Schreien war, durch das Haus tigerte, nur um ihren nicht vorhandenen Status der Übermutter nicht zu beschmutzen?

Nein, das hätte sie nicht.

Sie seufzte und tappte in die Küche.

Erst hier fand sie eine Uhr – aktuell die Digitalanzeige an der Mikrowelle –, die ihr mitteilte, dass es nach elf Uhr nachts war.

Siedendheiß fiel ihr ein, dass sie mit Greg hatte telefonieren wollen. Das taten sie an jedem Abend, seitdem er fort war, und sie hatten es noch nie versäumt. »Mist!«, murmelte sie und jagte die Treppe wieder hinauf, ohne sich, wie ursprünglich beabsichtigt, das Wasser aus dem Kühlschrank genommen zu haben. Im Schlafzimmer angekommen zerrte sie mit zitternden Händen ihr Smartphone aus der Tasche ihrer Jeans. Sie keuchte vor Aufregung, bemerkte es, fand aber keine Zeit, sich darüber zu ärgern. Dann hatte sie den Apparat endlich angestellt und starrte minutenlang enttäuscht und absolut fassungslos auf das Display.

Kein entgangener Anruf.

So viel zu ihrer These, Greg würde in Brüssel gerade vor Sorge um sie die Wände hochgehen. Er hatte sie nicht einmal angerufen.

Diesmal sagte sie es laut und deutlich. »Mist!«

Ihr Finger schwebte über der Kurzwahl, bereit, mittels flüchtigem Druck die fernmündliche Verbindung zu ihrem Mann herzustellen. Doch aus Gründen, die sie nicht verstand, verzichtete sie darauf. Sie wollte ihn ja nicht bei irgendwas Wichtigem stören. Oder vielleicht noch den Eindruck erwecken, sie wäre irgendwie abhängig von den Telefonaten und würde stundenlang wartend neben dem Handy sitzen, weil sie ja auch sonst nichts zu tun hatte. Nein, das sollte er nun wirklich nicht glauben.

Es war eine edle Überlegung, und April hätte sich auch beinahe selbst zu ihrem erwachsenen Verhalten gratuliert. Nur folgten dem die vier aufreibendsten Stunden, die sie jemals erlebt hatte. An Schlaf war nicht zu denken, selten war sie munterer gewesen. Sie versuchte es sogar mit Wein, obwohl das Ende der Schwangerschaft und das Abstillen ihre Abneigung gegen Alkohol bisher nicht getötet hatte.

Nichts half.

April stellte den Fernseher aus, den sie sich mit vielen, teilweise lautstarken Diskussionen im Schlafzimmer erkämpft hatte, schloss die Fenster und riss sie kurz darauf wieder auf, weil die Luft stickig war. Sie ging duschen, zählte sogar Schafe, versuchte es mit dem Klassiksender im Radio, doch auch *Vivaldi* gelang es nicht, April in den Schlaf zu wiegen.

Immer wieder tauchte Greg's Gesicht vor ihren Augen auf. Sein schmales Lächeln, die herben, so unendlich attraktiven Züge und sein Schlafzimmer-Blick, der in ihren Visionen leider nicht ihr galt, und sie stöhnte. Ihr war nicht entgangen, wie sehr sie sich innerhalb des vergangenen halben Jahres entfernt hatten. Sobald sie das erste Mal das Gefühl gehabt hatte, dass sich zwischen ihnen eine dunkle Wand auftat, hatte sie mit allen Mitteln versucht, diese niederzureißen. Doch wie hätte sie denn erfolgreich sein sollen, wenn Greg meistenteils auf der Arbeit, später überhaupt nicht in der Stadt war und folglich nicht heimkam, um sich wieder auf ihre Seite hinüberziehen zu lassen?

April wollte das alles nicht, doch immer öfter schlich sich der Gedanke des Alleingelassenseins in ihr Herz und sie baute turmhohen Ärger auf ihren Ehemann auf. Nicht zuletzt, weil er es nicht einmal zustande gebracht hatte, ihr eine *echte* Hochzeit zu schenken. Noch wenige Wochen zuvor hatte es sie nicht gestört, doch inzwischen schien das der Grund allen Übels zu sein. Damit hatte das ganze Desaster begonnen, denn als *Hochzeit* konnte man das, was da irgendwie stattgefunden hatte (aufgrund der Wehen waren ihre Erinnerungen sehr, sehr getrübt) ja nun wirklich nicht bezeichnen. Alles, was sie bekommen hatte, war sein Ja-Wort gewesen, hektisch und ohne großes Interesse geäußert. Ihres war sowieso nur unter Schmerzen und in höchster Not hervorgepresst worden.

An das erste konnte sie sich ja nicht einmal erinnern!

Sie war nicht naiv, hatte immer gewusst, dass natürlich der Alltag einkehren würde. In gewisser Weise war er das auch schon vor Junes

Geburt, und größtenteils hatte sie ihn sogar gemocht. Ihre Beziehung war anfänglich so vielen Höhen und Tiefen unterworfen gewesen, dass April ein bisschen Normalität durchaus begrüßt hatte. Doch sie hatte immer gehofft, den Zauber, der sie beide verband, etwas länger aufrechterhalten zu können.

Sie hatte gehofft – und leider verloren.

Denn Greg zeigte so gar keine Verliebtheit mehr, wenn er sie ansah. Zunächst hatte sie geglaubt, sich das einzubilden, hatte ihn intensiver beobachtet, seine Handlungen und die Art und Weise, wenn er mit ihr umging, näher beleuchtet, sozusagen genauestens auf den Prüfstand gehoben. Es war immer respektvoll – keine Frage. Nur wollte April nicht respektvoll behandelt werden – also nicht nur. Sie wollte seine Frau sein, und genau das verwehrte er ihr neuerdings.

Selbstverständlich hatte sie gemerkt, wie sehr er mit dem verordneten Sexentzug zu kämpfen gehabt hatte, und sie war so unendlich stolz gewesen, weil er es mannhaft getragen hatte. Nur sehr selten hatte sie das Verlangen in seinen Augen aufblitzen sehen, dicht gefolgt von dieser grenzenlosen Enttäuschung, die manchmal in Zorn umgeschlagen war. Sie hatte es ihm nie übel genommen, wo sie doch ähnlich empfand. Auch er hatte ihr so sehr gefehlt. Und sie hatte sich einige Dinge einfallen lassen, um wenigstens ihn nicht leer ausgehen zu lassen. Helen – die ewige Wahrerin der Emanzipation – hatte dafür ein abfälliges Schnauben übrig gehabt. Und natürlich ihre Belehrungen, die durften ja niemals fehlen: »Er hat dich geschwängert, also wird er seinen Schwanz ja wohl mal allein verarzten können, weil du aus guten Gründen ausfällst, wofür *er* übrigens verantwortlich ist. Willst du ihn ehrlich auch noch trösten? Ich fasse es nicht!«

Doch April hatte gewusst, dass es nicht so einfach war. Vielleicht war sie ihrer Freundin in manchen Dingen meilenweit voraus – obwohl diese ebenfalls in einer Beziehung steckte. Sie wusste, dass Liebe gleichbedeutend damit war, die Gefühle des anderen nicht nur zu begreifen, sondern auch zu verstehen und nachzuvollziehen. Außerdem empfand sie doch genauso!

Nur leider hatte Greg mit Aprils gut gemeinten Placebos, die ihr anfänglich sogar Spaß bereitet hatten, nicht viel anzufangen gewusst. Nur wenige Wochen, nachdem sie ihn regelmäßig mit einem Blowjob zu verwöhnen begonnen hatte, stoppte er das Ganze. Und verdammt, sie war nicht böse darüber, denn inzwischen hatte April herausgefunden, dass dies eine verdammt einseitige Lösung für ihr Problem gewesen war. Sie hatte sogar Eifersucht verspürt, wann immer sie ihm einen kurzen, aber deutlich ereignisreichen Orgasmus beschert hatte, hatte sich geweigert, zu schlucken oder ihn danach wie üblich zu liebkosen, obwohl sie wusste, wie gern er besonders diesen Teil mochte. Insgeheim hatte sie sich gefragt, weshalb er sie nicht ebenso verwöhnte. Auf die Idee war er nämlich kein einziges Mal gekommen. Eher hatte sie den Eindruck, er hätte es eine Zeit lang als ihre verdammte Pflicht angesehen, für sein sexuelles Wohlergehen zu sorgen, auch wenn sie aus gesundheitlichen Gründen ausfiel. Und so hatte er sich auch verhalten. Mit verschränkten Armen, mit beinahe steinerner Miene, jede Regung unterdrückend, während sie mit dickem Bauch vor ihm kniete und seinen Schwanz in ihrem Mund hatte. Was als Gefallen begonnen hatte, war schnell sehr, sehr schal schmeckend geworden. Und deshalb hatte sie nicht aufbegehrt, als er es ohne Begründung nicht mehr zuließ. Sie hätte es ohnehin demnächst beendet, weil April keine Geisha, sondern eine normal entwickelte, junge, selbstbewusste Amerikanerin war, die sich von keinem Mann wie Abfall behandeln ließ – auch oder schon gar nicht von ihrem eigenen.

Es war nie debattiert worden, sie hatten nie auch nur ein Wort darüber verloren, was April damals begrüßt hatte. Doch in der Rückschau war es ihr, als hätte dieses Schweigen das Fundament für die schwarze Wand gebildet, die nun zwischen ihnen existierte. Greg schien es ebenfalls gespürt zu haben – irgendwie jedenfalls –, denn er hatte die abendlichen Telefonate eingeführt. Immer hielten sie sich daran, es war wie ein tägliches Date, der wichtigste Termin des Tages … und heute hatte er sie versetzt.

Einfach so!

Auch nach drei Stunden – die Uhr zeigte mittlerweile zwei Uhr nachts – war keine Nachricht von ihm eingetrudelt. Aprils Gedanken fuhren Achterbahn. Je mehr Zeit ins Land ging, desto schlimmer waren die Ahnungen, was genau ihn denn am Telefonieren gehindert haben könnte. Nach der Zeitverschiebung war es in Brüssel sechs Stunden früher, also acht Uhr abends. Er konnte durchaus noch anrufen … Was er nicht würde, weil er sie tief und fest schlafend wähnte, natürlich.

Die einfachste Erklärung war, dass Greg das Telefonat einfach über der Arbeit vergessen hatte. Sie war so logisch wie naheliegend, doch April wollte nicht logisch sein und naheliegend auch nicht. Vor ihrem geistigen Auge sah sie ihn auf irgendeiner gesichtslosen Schönheit mit einem Wahnsinns-Body – ohne Schwangerschaftsstreifen und neuerdings leicht hängenden Brüsten – in seiner Hotelsuite. Auf seidigen, roten Laken, selbstverständlich. Zu einem ordentlichen Seitensprung gehörten immer Champagner, seidige, rote Laken, Erdbeeren und Schokoladensoße. Oder er hatte sich endlich breitschlagen lassen und war doch mit den anderen Juppies in irgendein Bordell gegangen. Was sollte er sonst in einer langweiligen, fremden Stadt tun?

Auf jeden Fall betrog er sie – davon war April eine halbe Stunde später überzeugt.

Dieser widerliche Arsch hatte Frau und Kind daheim und nichts Besseres zu tun, als seinen Schwanz in irgendeine dreckige Schlampe am anderen Ende der Welt zu stecken und sich womöglich alle ekelhaften, schleimigen, hochansteckenden und hirn- sowie schwanzzerfressenden Geschlechtskrankheiten auf einmal einzufangen.

Schlagartig saß April im Bett, die weit aufgerissenen Augen starrten wild in der Dunkelheit umher.

Nein!

So hatte sie nicht gewettet, das sah sie gar nicht ein. Wo war sie nur hin verschwunden, was hatte sie sich bei dem ganzen Theater überhaupt gedacht? Helen hatte die ganze Zeit recht und April ihr nur mal wieder nicht zuhören wollen, weil sie sich für so verdammt weise hielt.

Ein Scheiß war sie!

Sie ließ sich nicht nur aufs Abstellgleis führen und das mit 26 Jahren, verdammt! Nein, er konnte sie auch noch bescheißen, wie es ihm gerade in den Sinn kam, während sie so bescheuert war, und zu Hause seine Ehre verteidigte. Das musste man sich mal vorstellen!

Weiter dachte April nicht, ab diesem Moment ließ sie sich von ihren aufgewühlten Instinkten leiten. Sie sprang aus dem Bett, stürzte in ihren begehbaren Kleiderschrank – ja, war super groß und super voll, machte aber auch nicht glücklich – und begann, wahllos ein paar Sachen heraus zu zerren. Dabei achtete sie nur darauf, dass es sich nicht um allzu exklusive Stücke handelte. April fühlte sich wie Jeans und Bluse, maximal ein Sweatshirt. Wenn es schön ausgebeult wäre, dann würde sie auch das überstehen. Und ihre Boots.

Scheiße!

Wild sah sie sich um.

Sie brauchte ihre gottverdammten Boots!

Hektisch riss sie alle Schuhkartons aus dem Regal, fetzte sie auf, warf sie zur Seite, sobald sie wusste, dass sie nicht erfolgreich gewesen war, und widmete sich dem nächsten. »Wenn du kleine Schlampe diese Teile weggeworfen hast, dann werde ich dich killen«, murmelte sie dabei mit zusammengepressten Zähnen vor sich hin. Scheiß drauf, dass ihre Haushälterin garantiert keine Schlampe war, sie hatte sich nicht an Aprils Sachen zu vergreifen, verdammt noch mal!

Nun, das hatte diese auch nicht getan. Zwölf Versuche später hatte April die Schmuckstücke endlich gefunden. Sie befanden sich in dem am weitesten verborgenen Karton, und sobald sie den Deckel herunter gezerrt hatte, strömte ihr der charakteristische, so vertraute Geruch entgegen. Echtes Leder, New Yorker Staub und Abgase sowie eine feine, stechende Note nach ihrem eigenen Fußschweiß. In der Summe ergab es einen Duft, den April mit Heimat verband. Nicht immer mit Glück, aber mit einer kleinen, halbwegs heilen Welt, die sich auf ein winziges Apartment beschränkte, eine Freundin in der Wohnung gegenüber und eine Klinik, in der sie ihren Dienst versah.

Sobald ihr Trolley annähernd voll war, schloss sie ihn und überlegte, ob sie noch irgendetwas vergessen hatte.

Siedendheiß fiel es ihr kurz darauf ein. Ihr Pass, die Papiere!

Endlich besaß sie ja gültige, nachdem dieser kleine Arsch sie über Monate belogen und betrogen hatte. Sie hatte ihn nie gefragt, wie er das mit Barbados gehandhabt hatte, schließlich lag die Insel nicht innerhalb der USA. Während sie in das angrenzende Zimmer ging, das ihr Arbeitszimmer darstellen sollte, aber meistens brachlag, weil April nun mal selten am Schreibtisch arbeitete, überlegte sie sich, dass sie es auch gar nicht erfahren wollte. Am Ende würde es wie üblich auf Greg's Geld hinauslaufen. Womöglich hatte er die Beamten am Airport bestochen oder die gefälschten Ausweise waren so gut gewesen, dass keiner der Beamten ein zweites Mal hingesehen hatte. Schon gar nicht bei einem McCarthy. Was hätte ihr die Bestätigung ihrer Annahmen gebracht?

Nervös wühlte sie in den Schubfächern ihres Schreibtischs herum. »Wo seid ihr denn?«, murmelte sie dabei mit wachsender Panik. Ihr war, als würde jede Sekunde zählen, wenn sie die drohende Katastrophe noch aufhalten wollte, egal, was diese auch immer beinhaltete. Diese verdammte Suche machte es echt nicht besser!

Als sie die Dokumente endlich in der Hand hielt, atmete sie auf. »Perfekt«, hauchte sie, wischte sich den Schweiß von der Stirn und stürzte dann mit ihrem Trolley bewaffnet in den Flur und dort die Treppe hinab.

Erst, als sie ins Wohnzimmer trat und June mit Helen auf der Couch liegen sah, fiel es ihr wieder ein. Während der vergangenen Minuten hatte sie kein einziges Mal an ihre Tochter gedacht. Mit keinem noch so flüchtigen Gedanken!

»Angeschissen!«, murmelte sie, in ihr brach alles zusammen. All die Pläne, so unausgegoren sie auch gewesen waren, wurden in Lichtgeschwindigkeit vernichtet. Sie würde, sie *konnte* mit June diese Reise nicht unternehmen. Es ging einfach nicht!

Entmutigt ließ sie die Schultern sinken und der Trolley kippte polternd zu Boden. Dass dies ein verhängnisvoller Fehler war, fiel ihr auch erst auf, als die beiden bisher Schlafenden synchron zusammenzuckten. Helen setzte sich ruckartig auf, ihre Hand verließ June für keinen Moment. Letztere überlegte momentan noch, ob sie entrüstet loskreischen oder erst einmal still sein und die Lage sondieren sollte, während sie verschlafen ihre Mama anblinzelte.

Helen blinzelte auch einige Male heftig, strich sich das blonde Haar aus dem Gesicht und musterte April dann verwundert. »Was machst du hier? Wie spät ist es. Wo …«

... bin ich?, hatte sie wohl auch noch fragen wollen, aber diese Frage beantwortete sie sich offenbar selbst, denn sie wurde nie gestellt.

April seufzte, befahl der Enttäuschung, sich gefälligst zu verziehen, erinnerte sich daran, dass sie es gar nicht besser verdient hatte, und legte dann Handtasche und Jacke auf den Sessel, bevor sie zur Couch trat, und June in die Arme hob. Sie brauchte dringend eine neue Windel.

Der warme, weiche, duftende und kompakte Körper so nah an ihrem entschädigte für vieles, doch er sorgte auch für einen bitteren Geschmack in Aprils Mund. Denn offenbar war sie ganz allein für ihre Tochter verantwortlich. Greg spielte nur Vater, wenn es ihm gerade in den Kram passte. *›Und ich glaube, es wird ihm bald gar nicht mehr in den Kram passen, und leider kann ich ihn nicht aufhalten‹*, dachte April.

June legte vertrauensvoll ihr Köpfchen an die mütterliche Schulter, was deren Augen brennen ließ. Dann schüttelte sie jeden widerlichen Gedanken an den Erzeuger des Wunders ab, beeilte sich, in Junes Zimmer zu gelangen, wo sie erst einmal deren durchweichte Windel wechselte.

Als sie wieder nach unten kam – June war inzwischen hellwach und wartete darauf, unterhalten zu werden, zunächst einmal jedoch auf ihr Fläschchen – hatte Helen Letzteres längst zubereitet. Neben der durchsichtigen Flasche mit weißer Flüssigkeit standen auch zwei Kaffeetassen auf dem Tisch.

Helen gähnte und streckte sich. »Es ist halb drei, ich bin todmüde. Ehrlich, ich wusste nicht, dass mit einem Baby die Tageszeiten so durcheinandergebracht werden.«

»Das ist normal«, erwiderte April, die bereits saß und den Sauger in Junes erwartungsvoll geöffneten Mund geschoben hatte. »Aber meistens versuche ich, das irgendwie zu integrieren. Am Anfang bin ich gar nicht mit ihr aufgestanden, um ihr zu zeigen, dass Schlafen angesagt ist, wenn es dunkel ist.«

Helen grinste. »Das hast du ja prächtig hinbekommen.« Sie schob April eine der Tassen hinüber. »Hier, trink! Das Schlafen können wir wohl erst mal vergessen.«

April antwortete nicht. Sie beobachtete ihre Tochter beim Trinken und wartete insgeheim auf den Angriff. Die Spuren ihres Beinahe-Ausbruchs waren nämlich nicht beseitigt. Noch immer lag der Trolley auf dem Boden und ihre Tasche und Jacke über dem Sessel. Zubehör, das nicht unbedingt erforderlich war, wenn man nach der schlafenden Freundin und der Tochter sehen wollte.

April beschäftigte sich intensiv mit der Frage, was sie denn nur sagen sollte. Die Wahrheit? Dass sie ihre Tochter vergessen hatte, in ihrer Wut und dem unbändigen Wunsch, zu Greg zu kommen, diesen zu schlagen, zu treten, anzuspucken oder ihm auf jede andere, erdenkliche Weise wehzutun? Würde – *konnte* – Helen das verstehen, wo April es doch nicht einmal selbst verstand?

»Du willst zu ihm?«

Ungläubig sah April auf. »War nur so ein irrer Gedanke, wahrscheinlich bin ich schlafgewandelt. Schon wieder vorbei. Alles ist in bester Ordnung.«

Helen nahm einen Schluck von ihrem Kaffee. »Er muss dich ganz schön auf die Palme gebracht haben, wenn du sogar gepackt hast.«

»Wie gesagt, es ist schon vorbei!«, wiederholte April störrisch.

»Wolltest du gerade June holen?« Aufmerksam studierte Helen das Gesicht ihrer Freundin und zog die Brauen kraus. »Oh! Na ja, dann muss er dich wirklich geärgert haben, wenn du sogar deine Tochter vergisst. Übrigens, überrascht bin ich nicht. Er hält sich nur ans Protokoll. Einmal Arsch, immer Ar …«

»Halt den Mund!«, entfuhr es April, die bereits einmal zu oft Helens Tirade über den bösen, bösen Greg hatte lauschen müssen. »So war es nicht!«

»Ach«, sagte Helen, nicht im Mindesten beleidigt. »Wie war es denn dann?«

Nein, April wollte sie nicht einweihen, denn sie wusste, dass Helen nur darauf lauerte, ihre düsteren Prognosen einmal mehr bestätigt zu sehen. Dabei war doch gar nichts geschehen! Mit der Kopflosigkeit war auch Aprils absoluter Pessimismus verschwunden. Gut, Greg hatte sich nicht gemeldet, aber ehrlich, er war ja auch nicht in Brüssel, um sich zu amüsieren. Dass selbst die Sonntage nicht frei waren, entsprach der Normalität – er hatte es eben einfach verpasst. Natürlich schmerzte es sie, aber ein versäumter Anruf war doch kein Beinbruch. Und ganz bestimmt kein Grund, einmal komplett auszurasten.

Dennoch, der Wunsch, zu ihm zu fahren, blieb. Es hatte sich so richtig angefühlt, ihre Vorfreude – ja, trotz Zorn war auch diese da gewesen –, war so befreiend gewesen. Sie hatten sich jetzt seit drei Wochen nicht gesehen. Greg's enger Terminplan ließ dies nicht zu, und verdammt, er fehlte ihr! So sehr, dass sie offensichtlich kurz davor war, komplett durchzudrehen. Aber ganz bestimmt wollte sie sich keine neue Greg-ist-ein-verdammtes-Arschloch-Litanei anhören. Das half nämlich auch nichts und es war einfach nicht fair. Wann würde Helen bloß erwachsen werden?

Ganz nebenbei ging ihr in diesen Momenten auf, dass ihre Freundin schon seit etlicher Zeit ihre Prahlerei wegen Terence aufgegeben hatte. Anfänglich war es manchmal unerträglich gewesen. *Terence hier, Terence da, Terence küsst unglaublich, er ist so wahnsinnig spendabel, er will mir ein Apartment kaufen, ehrlich, ich hatte noch nie so guten Sex. Kennst du diese eine Stellung ...*

Ja, manchmal wurde es mit Helen wirklich anstrengend, weil die so gar keine Hemmungen in der Wahl ihrer Gesprächsthemen hatte, während April sich bei gewissen Dingen lieber eher bedeckt hielt.

Aber seit einiger Zeit?

Nada.

Mist, warum war ihr das nicht früher aufgefallen?

»Wo ist eigentlich Terence?«, erkundigte sie sich beiläufig, mit hoffentlich gut getarnter, unterschwelliger Häme, und angelte mit der nun freien Hand nach ihrer Tasse. Junes Flasche hielt sie behelfsweise mit dem Kinn.

Helen hob eine Augenbraue, sah sie aber nicht direkt an. »Ich habe ihn versetzt, weil ich ja den Babysitter für June geben musste.«

»Oh, tut mir verdammt leid, dass er heute nicht zum Stich gekommen ist«, entfuhr es April sarkastisch, im nächsten Moment hätte sie sich dafür schlagen können. Was war nur in sie gefahren?

Die Quittung kam sofort.

»So war das überhaupt nicht gemeint!«, zischte Helen wütend. »Hättest du mal den Mund aufgemacht, dann hätte ich das schon viel früher getan.«

April schwieg, denn genau das hatte sie eben vermeiden wollen. Was sie vorhin – sicherlich im Zorn – zu Helen gesagt hatte, war noch immer ihre Meinung. In Wahrheit war es doch so: Helen hatte ziemlich lange gebraucht, um dahinter zu kommen, dass ihre Freundin in der Scheiße steckte. Wenn sie überlegte, dass es Helen war, die ihr bei Bekanntwerden der Schwangerschaft geschworen hatte, sie zu unterstützen, egal, was komme, dann hatte sie ziemlich versagt.

Als Helen nichts weiter hinzufügte, hakte April noch einmal nach. Warum war ihr nicht früher aufgefallen, dass in Helens Erzählungen kein Wort mehr von Terence fiel?

»Also, was ist jetzt mit euch?«

Helen antwortete nicht gleich, sie nahm stattdessen noch einen Schluck von ihrem Kaffee und runzelte dabei so extrem die Stirn, dass April um ihr faltenfreies Gesicht fürchtete. Als sie aufsah, trug ihr Ausdruck derart viel Ernst und Verzweiflung in sich, dass April unwillkürlich erschrak.

»Ich hab keine Ahnung«, wisperte sie. »Ehrlich, ich hab nicht den geringsten Schimmer.«

June hatte ihre Flasche mittlerweile geleert, doch April hütete sich, jetzt eine Bewegung zu machen. Erst mal abwarten, denn momentan war sie still, was sich sekündlich ändern konnte. »Aber ihr wart doch für gestern verabredet!«

»Ja!« Bitter lachte Helen auf. »Nach über einer Woche Funkstille. Und selbst zu diesem Date musste ich ihn mit Engelszungen überreden.«

»Moment mal …« Nun war es an April, ein ratloses Gesicht zu ziehen. »Ich dachte, du würdest in seinem schicken Penthouse wohnen.«

»Dachte ich auch … irgendwie, obwohl wir das nie besprochen hatten. Aber …« Helens Stirnrunzeln verstärkte sich. »Er haut ab! Das tut er. Auf einmal wollte er mich nicht mehr dort haben, wir sehen uns immer seltener, er ist … anders. Nicht nett, nicht witzig, nicht … anders eben.«

April visualisierte den Terence, den sie bisher zu kennen geglaubt hatte. »Ganz ehrlich, das verstehe ich nicht.«

»Willkommen im Club.«

»Warum fragst du ihn denn nicht einfach, was los ist?«

Sobald Helen aufsah, stöhnte April innerlich. Was jetzt kommen würde, war ebenfalls Programm. »Wann lernst du endlich, die Männer zu verstehen, Baby?« Das klang schon eher nach der Helen, die sie kannte. »Wenn du sie bedrängst, drehen sie durch. Wenn du ihnen was von deinen Gefühlen erzählst, werden sie panisch, wenn du so dämlich bist und ihnen auch noch erzählst, was du dir wünschst, dann …« Doch sie brachte den Satz nicht zu Ende, ihr

Blick erstarrte, scheinbar sah sie April an, aber in Wahrheit schaute sie direkt durch sie hindurch.

June rührte sich, weshalb es Zeit war, sie in die erforderliche Position zu bringen, die es ihr ermöglichte, die überflüssige Luft im Magen wieder entweichen zu lassen. Während April sich dafür verwünschte, wieder einmal kein Spucktuch in der Nähe zu haben, ließ sie ihre Freundin nicht aus den Augen. Als diese auch noch eine Minute später nichts weiter gesagt hatte, hob April erneut an. »Vielleicht bin ich wirklich blöd, kann ja durchaus sein, aber wenn man nicht redet, kann man keine Probleme aus der Welt schaffen. Wenn du ihm nicht zeigst, dass er dich verletzt, dann wird er es auch nicht abstellen.«

Spöttisch sah Helen ihre Freundin an. »Du hast es gerade nötig. Seitdem du mit diesem …«

»… überleg dir genau, was du sagst!«, warf April drohend ein.

Helen verdrehte die Augen. »Diesem … leicht desorientierten und in Sachen Frauen absolut ahnungslosen Mann zusammen bist, schluckst du und behältst deine Meinung für dich. Ganz ehrlich, man sollte nicht mit Steinen werfen, wenn man im Glashaus sitzt.«

»Dito«, retournierte April, nahm mit Erleichterung Junes relativ trockenes Bäuerchen zur Kenntnis und küsste ihre Nase, bevor sie wieder ihre schützenden Arme um das Baby legte. »Außerdem … wollte ich was ändern. Ich hatte nur vergessen …«

»… du warst – bist – so wütend, dass du vorübergehend die Existenz deiner Tochter vergessen hast.«

Was sollte April sagen? Es war nur die schauerliche Wahrheit. In einem verzweifelten, wenn auch total dämlichen Versuch der Wiedergutmachung, sah sie in Junes hübsches Gesichtchen, das sie so sehr an ihren Daddy erinnerte, und küsste ihre Stirn. »Sorry.«

»Aber weißt du was?« Das klang so überraschend motiviert und wach, dass April ihre Freundin argwöhnisch musterte. Es konnte nur ein wüster Überfall folgen.

»Was?«

»Ich finde, du hast recht«, erwiderte Helen zu Aprils größtem Erstaunen. »Wir dürfen uns so etwas nicht gefallen lassen, und deshalb werden wir die Dinge jetzt klären. Nacheinander, anders geht es ja nicht.« Damit wies sie zu dem kleinen, so geliebten Bündel auf Aprils Armen, das der Unterhaltung aufmerksam folgte. Von Schläfrigkeit konnte keine Rede sein.

»Warum wolltest du zu Greg?«

»Es ist albern«, sagte April abwinkend und fühlte zu ihrer grenzenlosen Entnervtheit, dass auch noch ihre Wangen rot wurden.

»Du wolltest Hals über Kopf zu ihm, also war es das nicht«, erwiderte Helen belehrend. »Jedenfalls nicht für dich. Also?«

»Er hat nicht angerufen«, wisperte April und fühlte mit wachsendem Verdruss, dass nun auch noch die Tränen in ihren Augen brannten. Vielleicht waren das die Überbleibsel der Schwangerschaftshormone.

»Ihr hattet einen Termin?«, erkundigte Helen sich zackig.

»Jeden Tag um acht«, murmelte April erschöpft.

»Deine oder …« Helen räusperte sich. »Ist ja eigentlich auch egal.« Unvermittelt wurde ihre Miene leidend, sie hustete, legte sich dann den Handrücken an die Stirn und seufzte.

»Was ist denn jetzt?«

»Ich fühl mich gar nicht gut«, nuschelte Helen. »Ich glaube, ich krieg die Grippe.«

April runzelte die Stirn. »Klar, schon möglich, aber du siehst ganz gesund aus.«

»Sehe ich nicht. In Wahrheit liege ich bereits im Bett und winde mich in Krämpfen.«

»Welche Krämpfe?«

Helen verdrehte die Augen. »MAGENKRÄMPFE.«

»Also ehrlich, das ist bei einer Influenza eher selten …«

»Halt den Mund, du Klugscheißer!«, knurrte Helen. »Wenn ich sage, mir geht's schlecht, dann geht es mir schlecht. Könnten auch Regelbeschwerden sein.« Ihr Gesicht hellte sich auf, in Verbindung mit dem blonden Haar und den roten Lippen wirkte sie wie ein

Engel, und zwar ein gesunder. »REGELSCHMERZEN!«, jubelte sie. »Oh ja, und was für welche. Das Blut schießt nur so aus mir heraus! Ich kann mich kaum aufrecht halten und dann auch noch die Gr… Influenza.«

»Klingt nach einem echten Notfall«, murmelte April, die inzwischen ziemlich hilflos wirkte. Deshalb verbiss sie sich auch die Bemerkung, dass das Blut bei einer Menstruation ganz selten aus einem ›herausschoss‹, weil es sich um jede Menge abgestorbenes Gewebe mit ein bisschen Blut handelte.

»Ich werde gleich morgen früh im Büro anrufen«, murmelte Helen. »Eine Woche krank ist wohl das Mindeste.«

»Aha …«

»Das bedeutet, ich hab Zeit«, führte Helen weiter aus und musterte April auffordernd.

»Ja … Na ja, wenn man krank ist …«

Klatschend landeten Helens Handflächen auf ihren Oberschenkeln. »Jetzt stell dich doch EIN MAL nicht ganz so begriffsstutzig an! Du willst zu diesem Volltrottel?«

»Was … äh, na ja, ich …«

»Du willst June nicht mitnehmen?«

»Ich we…«

»Du brauchst jemanden, der währenddessen auf sie achtet?«

Und endlich fiel der Groschen.

6. Kapitel

Helen

Heilige Scheiße, manchmal war April aber auch langsam! Das hatte nichts mit Intelligenz zu tun, denn dumm war ihre Freundin nicht, nur eben hin und wieder zu naiv und gutgläubig, anständig und wenig clever. Da diese Frau gerade an den mit allen Wassern gewaschenen Greg geraten war, konnte die gesamte Story ja nur schiefgehen. Doch ab und an hatte April eben auch gute Einfälle, obwohl der neueste wohl eher ihrer Intuition zuzuschreiben war. Sie mussten handeln, wenn sie etwas ändern wollten. Inzwischen hatte Helen Terence' Nachricht gehört und neben Wut hatte sich noch etwas anderes eingestellt: Die Erkenntnis, dass sie sein Verhalten viel zu lange widerstandslos hingenommen hatte. Und ihr war auch endlich aufgegangen, *weshalb* er sich wie ein Arschloch aufführte – wie der wahre Freund eines Greg McCarthy: Helen hatte es gewagt, einen Fehler zu begehen. Sie hatte einmal nicht kalkuliert, sondern, nachdem sie bereits etliche Monate unzertrennbar gewesen waren, in einem emotionalen Moment ihre Gefühle sprechen lassen. Sie hatte ihm gebeichtet, dass sie eine Familie wollte.

Mit ihm! *Das* war es gewesen!

Deshalb wollte er sie nicht mehr in seiner Wohnung, redete sich mit irgendwelchen Umbaumaßnahmen heraus, machte sich rar und behandelte sie … nun, er behandelte sie wie Dreck. Sie hatte es erduldet, und wusste nicht einmal genau, weshalb. Okay, doch, das wusste sie sogar *ganz* genau. Weil sie lange Zeit der Ansicht gewesen war, er wäre der Eine, nach dem sie niemals gesucht und ihn trotzdem oder gerade deshalb gefunden hatte. Bei April hatte es ja ähnlich funktioniert, auch wenn Helen sich möglicherweise niemals wirklich mit Greg abfinden würde. In ihren Augen war er ein Versager, ein ewiges Arschloch, das sich vielleicht Mühe gab, ein einziges Mal im Leben etwas richtig zu machen, jedoch gerade mal wieder und für Helen absolut erwartungsgemäß jämmerlich versagte.

Greg's Scheitern überraschte sie kein Stück – sie hatte mit nichts anderem gerechnet. Aber Terence? Der warmherzige, lustige, eloquente, aber auch sehr ernste Typ, wenn es erforderlich war?

Nein!

Sie wollte ihn zurück, den Mann, den sie kennen und lieben gelernt hatte. Wenn ihre Versuche nicht erfolgreich wären, dann würde sie das selbstverständlich akzeptieren – soweit war sie auch schon etliche Stunden zuvor gewesen. Doch sein herrischer Ton hatte sie wütend gemacht. Inzwischen ging es auch darum, ihm eine Lektion zu erteilen und ihn daran zu hindern, in die Fußstapfen des von ihm heimlich so angebeteten Greg zu treten.

Wenigstens das.

Und sollte er dann nicht zu sich kommen, würde sie ihn ein für alle Mal zum Teufel jagen. Jedoch galt es, die Dinge nacheinander aufzurollen. Allein für diesen dämlichen Spruch auf ihrer Mailbox verdiente Terence eine kleine Auszeit. Wie er sie nutzen würde, wusste sie: Er würde in seinem Apartment sitzen – in dem übrigens unter Garantie *nicht* renoviert wurde – und maximal am Computer zocken. Viel mehr Einfälle, seine Freizeit zu gestalten, hatte er nicht, seitdem Greg nicht mehr oder nur noch sehr unregelmäßig verfügbar war.

Sollte er! So hätte er Zeit zum Grübeln und In-sich-Gehen, bevor er sich ihr stellen müsste. Helen fühlte, dass er für diesen Moment dringend jede Menge Kraft nötig hätte.

Gemeinsam warteten sie den Morgen ab; schon weil June keine Anstalten zu schlafen machte, bekamen auch die Frauen keine Gelegenheit dazu. April ließ die Zeit nicht ungenutzt, um Helen mit unzähligen Belehrungen zu überschütten. Was, wenn June nicht trinken wollte, was, wenn sie nicht schlafen wollte, was, wenn sie Fieber bekäme, was, wenn sie Bauchschmerzen hätte, was, wenn sie weinte und eigentlich gar nichts hatte. Sie gab ihr alle relevanten Telefonnummern und unterwies sie innerhalb eines Schnellkurses in Sachen Babywundpflege. »Das geht von einer Sekunde auf die andere«, sagte sie ernst, als Helen sich stirnrunzelnd nach dem werten Befinden ihrer Freundin erkundigte. »Eben noch war der Po rosig und in Ordnung und im nächsten …«

»Es reicht«, sagte Helen, der endlich der Geduldsfaden riss. »Wenn du mir nicht mal zutraust zu wissen, wie ich mit einem wunden Babyhintern umgehen muss, dann …«

»Ich sag's doch bloß!«, erwiderte April rasch, und Helen bemerkte mit Genugtuung, dass ihre Freundin der bevorstehenden Reise mit sichtlicher Aufregung entgegensah. Vielleicht redete sie auch nur gegen ihr schlechtes Gewissen an, um den Alleinflug vor sich rechtfertigen zu können. Das konnte Helen durchaus verstehen. Dennoch war sie froh, als es endlich neun Uhr und damit Zeit war, ihren Anruf in der Anwaltskanzlei zu starten.

Während April sie mit zweifelndem Ausdruck beobachtete, legte Helen eine bühnenreife Vorstellung am Telefon hin, einschließlich Röchelns, lautstarken Hustens, und sogar ein Niesen bekam sie geradezu meisterlich hin. Aber erst, als sie das Zauberwort röchelte: »Regelkrämpfe«, sah ihr Chef ein, dass er kleinbeigeben musste.

»Ja, ja, schon gut«, dröhnte er entnervt in den Hörer, wobei er so laut sprach, dass April, die Helen gegenüber saß, jedes Wort mitbekam. »Sehen Sie zu, dass Sie so schnell wie möglich wieder auf dem Damm sind.«

Damit legte er ohne weiteren Gruß auf. Doch Helen strahlte. »Perfekt!«

Dann ging alles sehr schnell. Sie hatten während der Stunden des Wartens bereits einen Flug reservieren lassen, das Wachpersonal, das vor den Toren ihres Grundstückes für die Sicherheit sorgte, war darüber informiert, dass Helen für einige Tage allein mit dem Baby hierbleiben würde, und Helen drängte ihre mit einem Mal leichenblasse Freundin zum Aufbruch.

»Alles wird gut werden«, sagte sie, während June in der Babywippe dabei zusah, wie Helen ihrer Mutter in die Jacke half. »Wenn du wiederkommst, ist das Haus verkauft, das Baby meistbietend versteigert, und ich habe mich mit den Millionen abgesetzt.«

»Ich finde das nicht witzig!«, zischte April, während Helen sie, mit dem Trolley bewaffnet, zur Tür schubste.

»Nicht?«, erwiderte sie grinsend. »Na, ich schon.«

Als sie vor der riesigen Eingangstür standen, vor der das Taxi wartete, war es um Aprils Beherrschung geschehen. »Ich bin mir echt nicht sicher, ob das eine gute …«

»Aber ich!«, unterbrach Helen sie rüde. Dann nickte sie dem Taxifahrer zu, der eilfertig die Tür aufhielt, und schob ihre Freundin auf die Rückbank. »Anschnallen!«, befahl sie, bevor sie die Wagentür mit einem lauten Knall schloss.

»Egal, was sie sagt«, schärfte sie dem Fahrer ein, der soeben Aprils Gepäck im Kofferraum verstaute. »Sie fahren die Lady zum Airport.« Damit er auch ja tat, wie ihm geheißen, drückte sie ihm noch einen zusätzlichen Zwanzig-Dollar-Schein in die schwitzigen Händchen.

»Geht klar, Ma'am«, erwiderte er grinsend und klemmte sich hinter sein Lenkrad.

Nun ja, mehr konnte sie wohl nicht tun. Ab jetzt lag es ausschließlich bei April.

7. Kapitel

April

Oh ja, das verdammte schlechte Gewissen konnte einem das Leben gehörig schwermachen. Während sie zum JFK chauffiert wurde, gelang es April zunächst nicht, die kleine June aus ihren Gedanken zu streichen. Sie wusste, dass sie ihre Tochter hätte mitnehmen müssen, dass es nicht fair war, sie wie einen Hund zurückzulassen, doch gleichzeitig fühlte sie, dass die kommenden Tage – viele würde es ohnehin nicht werden – nur ihr und Greg gehören sollten. Was hätte June von ihren Eltern, wenn die so verzweifelt waren, dass sie ihr nicht mehr so Vater und Mutter sein konnten, wie sie sollten?

»Nichts«, murmelte sie und ignorierte den kritischen Blick des Fahrers. Sie hatte Helens Anordnung gehört und nur die Augen verdreht. Ja, es war ihr nicht leicht gefallen, die beiden allein zurückzulassen, aber sie war nicht krank vor Angst. Helen war durchaus in der Lage, ihr Baby zu versorgen und außerdem … April machte die fantastische Erfahrung, dass sie noch nicht lange genug Mutter war, um sich an die Zeit davor nicht mehr erinnern zu können. Sie wusste, ihre Tochter war gut behütet, und offensichtlich eignete sie sich nicht zur Helikopter-Mutter, die nur dann frei atmen konnte, wenn sie Körperkontakt zu ihrem Winzling herstellte. Kaum hatte ihr Gehirn erfolgreich verstanden, dass sie nach Wochen des Schlafentzuges und der pausenlosen Fürsorge ihres Schatzes

Kurzurlaub hatte, begann es bereits in Bahnen zu denken, die sich *vor* Geburt ihres Babys abgespielt hatten.

Keine Rücksichtnahme erforderlich!

Es war befreiend.

Okay, ihr Zorn auf Greg war schon wieder verflogen, in Wahrheit wollte April nur zu ihm.

Wie bescheuert sie beim Packen gewesen war, ging ihr auf, als sie versuchte, den Inhalt ihres Trolleys zu rekapitulieren. Verdammter Mist! Sie wusste ganz genau, wie sehr Greg ihr ›altes‹ Outfit hasste, das war ja der Grund für die gesamte Übung gewesen. Schließlich hatte sie ihn nach allen Regeln der Kunst bis an den Rand der Beherrschung und darüber hinaus treiben wollen. Okay, das wollte sie jetzt auch, nur sollte er nicht wütend werden, sondern einfach nur …

»… geil«, sagte sie laut und schlug sich in der nächsten Sekunde eine Hand auf den Mund.

Verdammt!

Teil der Realität, wenn man Mrs. Greg McCarthy hieß, war nun mal, dass man sich in der Öffentlichkeit zusammenzureißen hatte. Obwohl sie noch kein einziges Mal, seitdem sie mit Segen seiner Arschloch-Durchlaucht Prinz William von und zu McCarthy ein Paar geworden waren, an einer öffentlichen Veranstaltung teilnehmen mussten, hatte Greg ihr dies innerhalb einer sehr ernsten, einstündigen Belehrung mitgeteilt. »Der Alte ist ganz und gar nicht begeistert«, hatte er gesagt, sie fest in die Arme genommen, eine Hand auf ihrem inzwischen leicht gewölbten Bauch, aus dem in einigen Monaten die kleine June entspringen sollte … na ja, irgendwie. »Und er wird suchen, vertrau mir, ich kenne den Kerl. Wenn wir uns nur den kleinsten Fehler leisten, die abgefuckte Familienehre auf dem Spiel steht, irgendeine miese Schlagzeile erscheint, die wir zu verantworten haben, dann sind wir am Arsch.«

Sie hatte losgeprustet. »Übertreib nicht so, Greg!«, obwohl sie es doch besser wusste, verdammt! Noch immer – auch in der Gegenwart – ertappte sie sich in schwachen, einsamen Minuten dabei, wieder dieses ekelhafte Gefühl zu haben, die Finger des sehr attraktiven, aber widerlichen McCarthy-Oberhauptes in sich zu spüren. Es waren nur Sekunden ihres Lebens gewesen, doch sie hatten sich unwiderruflich in ihr Gedächtnis eingebrannt, und sie wusste, dass dieser William sich darüber sehr wohl im Klaren war.

Greg hatte sie kopfschüttelnd angesehen. »Frag mich, wie groß vor ein paar Wochen die Wahrscheinlichkeit war, dass ich in die Firma meines Onkels einsteige.«

»Hmmmm, nicht sehr hoch?«

Der Witz war nach hinten losgegangen, denn Greg hatte nie ernster gewirkt. Und – und das gab ihr wirklich zu denken – nicht unbedingt ängstlich, aber mit Sicherheit vorsichtig. »Es war das Letzte, was ich mir für meine Zukunft vorstellen konnte«, sagte er leise, aber mit so viel Pathos, dass es nicht im Geringsten lächerlich wirkte. »Du meinst, es zu wissen, aber in Wahrheit weißt du gar nichts und ich gedenke, es dabei zu belassen. Vertrau mir einfach, wenn ich dir sage, dass mein Onkel einer der gefährlichsten Männer dieses Planeten ist. Und einer der reichsten. Er kann und wird alles tun, damit er sich wohlfühlt. Ich habe ihn gezwungen, einen Kompromiss einzugehen, er bekam etwas, was er sich – offenbar – seit Langem gewünscht hat, musste mir dafür aber im Umkehrschluss ein Zugeständnis machen, und genau das hasst er. Er musste mir darüber hinaus schwören, uns in Ruhe zu lassen, auch das hat ihm mit Sicherheit nicht geschmeckt. Und ich hab ihm die Nase blutig geschlagen …«

Sie hatte aufgekeucht und sich ehrlich erschrocken die Hand vor den Mund geschlagen – genau wie in der Gegenwart –, doch Greg hatte nur abgewinkt. »*Der* Part macht mir am wenigsten Sorgen. Viel schlimmer ist, dass ich ihn überrumpelt habe und er Dinge zulassen musste, die er nicht wollte. So was vergisst er nicht, vertrau mir. Und deshalb …« Damit hatte er ihr einen sanften Nasenstüber gegeben, »… werden wir uns ganz genau an die Regeln halten, an *alle* Regeln. Hast du verstanden?«

In der Gegenwart im Taxi auf dem Weg zum Airport runzelte April die Stirn. Klar hatte sie verstanden, sie war ja nicht blöd! Etwas, das der gute Greg hin und wieder zu vergessen schien, nichts für ungut. Aber nun hatte sie ein verdammt verbotenes Wort in Gegenwart eines viel zu neugierigen Taxi-Fahrers geäußert, der mit Sicherheit ganz genau wusste, wen er da gerade abgeholt hatte. Da Greg nur einen Chauffeur hatte, der ihn begleitete, und April den Limousinenservice nur in Ausnahmefällen nutzte, gab es ein strenges Kontingent von nicht mehr als zehn Yellow-Cabs inklusive deren Fahrer, die berechtigt waren, Aufträge von den McCarthys entgegenzunehmen. Man hatte sie zuvor auf ihre Integrität durchleuchtet. Anders ausgedrückt: April konnte zwingend davon ausgehen, dass der Typ hinter dem Lenkrad kein Terrorist war. Allerdings war den Kerlen zwar das Reden verboten worden – natürlich war es das –, Greg hatte ihr aber eingeschärft, trotzdem kein Risiko einzugehen. »Die Typen sind chronisch unterbezahlt. Du kannst dir selbst ausrechnen, was sie machen, wenn ihnen jemand für den neuesten Tratsch aus dem Hause McCarthy 1000 Dollar bietet.«

»Ehrlich, ich finde, 1000 Dollar sind echt zu wenig, um sein schlechtes Gewissen zu beruhigen«, platzte es aus April heraus.

Der Fahrer – ein ungefähr fünfzigjähriger Mann, dessen Wurzeln vermutlich in Südeuropa lagen, musterte sie zweifelnd im Rückspiegel. April winkte ab und stöhnte. Am besten war es, jetzt den Mund zu halten, bevor sie sich immer tiefer in die Scheiße ritt, wie es so ihre Angewohnheit war.

Echt!

Innerhalb der vergangenen Monate hatte sie gemeint, sich erfolgreich in ihre neue Rolle hineingefunden und alle peinlichen Ausfälle, die ihr am Anfang passiert waren, endlich überwunden zu haben. Aber mit ihrer Tochter hatte sie offenbar auch ihre Entwicklung zurückgelassen. Denn sie fühlte sich nach nur wenigen Minuten wieder genauso wie damals, als sie noch in der Bronx, gegenüber von Helen gewohnt hatte. Schlimmer noch: Es gefiel ihr.

Außerordentlich sogar. Bisher war ihr nicht bewusst gewesen, dass sie den alten Zeiten so sehr nachtrauerte. *Nein*, revidierte sie sich sofort. Nicht den alten Zeiten, sondern wohl eher ihrer Freiheit, die sie, obwohl Greg alles getan hatte, um ihr das Leben so angenehm wie möglich einzurichten, leider eingebüßt hatte.

»Mist!«, maulte sie und beglückwünschte sich, weil wenigstens kein ›Fuck!‹ daraus geworden war. Allerdings beschloss sie, für den Rest der Fahrt wirklich nichts mehr zu sagen. Denn egal wie, sie würde zurückkehren in ihre neue Welt, und es wäre echt ratsam, dafür zu sorgen, dass sie dann kein Scherbenhaufen empfing.

* * *

Noch eine weitere Stunde dauerte die Fahrt, die eigentlich nicht einmal dreißig Meilen Wegstrecke umfasste. Wäre, ja, *wäre* da nicht die gottverdammte Rushhour gewesen, die das gesamte Debakel mit dem Ich-muss-mich-jetzt-benehmen! künstlich hinauszögerte. Ihren Abflug brachte das nicht in Gefahr, April war Kind dieser Stadt und wusste, was machbar war und was nicht. Ihr Flug würde erst um zwölf Uhr gehen, sie lag hervorragend in der Zeit. Nervend war es trotzdem, schon, weil mit jeder Sekunde ihre Aufregung ein wenig stieg.

Als sie endlich am JFK angekommen war und ihren Trolley in Empfang genommen hatte, betrachtete sie mit einem tiefen Luftholen die gläserne Fassade des riesigen Gebäudes, aus dem unaufhörlich Leute hinausströmten und im Gegenzug hineindrängten. Dann ging sie in die große Halle, doch als sie an den Gepäckschalter trat, erwartete sie die nächste Beinahe-Herzattacke. Kaum hatte sie ihren Namen gesagt, drängten sich bereits drei große Herren um sie, die sie auch zuvor schon im Augenwinkel gesehen hatte, und forderten sie höflich auf, sie zu begleiten.

April war so perplex, dass sie nicht einmal reagieren konnte. Wie in Trance sah sie, dass ihr Trolley wieder von der Waage genommen und mitgeführt wurde.

Was jetzt?

Hatte man sie verwechselt?

Hieß die Frau eines weltweit gesuchten Terroristen zufälligerweise April McCarthy?

Mist, sie hatte gleich gewusst, dass sie den verdammten Namen nicht annehmen sollte. Und jetzt war ihr auch endlich klar, weshalb!

Doch anstatt in eine Zelle des FBI, die es hier mit Sicherheit gab (April schaute regelmäßig und sehr aufmerksam amerikanische Thriller *und* jede Folge von CSI), wurde sie in Begleitung ihrer drei Bodyguards durch eine unauffällige Glastür, einen erstaunlich geschmackvoll eingerichteten Gang und dann in einen kleinen Raum geführt, in dem ein sehr hübscher Rundtresen stand. Dahinter befand sich eine professionell lächelnde Dame in Uniform der Flugline, die April gewählt hatte.

»Herzlich willkommen, Mrs. McCarthy, wir hoffen, Sie hatten eine angenehme Herfahrt. Bis zum Abflug sind es noch eineinhalb Stunden, die Sie in Ihrer Suite verbringen können.« Damit reichte sie der verdatterten April eine Chipkarte, die diese noch verblüffter entgegennahm. Die Tante trat hinter dem Tresen hervor, April sah Heels an ihren Beinen, die so hoch waren, dass sie sich nach genau einem Schritt die Beine gebrochen hätte. Einladend wies die Angestellte in einen weiteren Gang, der, wie April erst jetzt erkannte, neben dem Tresen abging. Unsicher betrachtete sie die drei riesigen Kerle, und begriff etwas verspätet, dass sie keine Uniform des FBI trugen, sondern schwarze Anzüge, und dass sie keineswegs bösartig schauten. Eher dienstbeflissen. Endlich begann sie zu begreifen, erinnerte sich an ihren Schwur, das Kind ohne Skandal zu schaukeln, und nickte.

»Natürlich. Gern.«

Wenige Sekunden später befand sie sich tatsächlich in einer hübschen Suite, in der es sogar ein behagliches Doppelbett gab – möglicherweise für den ungünstigen Fall, dass ein Flug ausfiel oder der Anschlussflieger einige Stunden in der Zukunft abheben würde.

Das Ganze erinnerte sie an ein First-Class-Hotel, sogar frisches Obst stand bereit, das Bad war mit allen Schikanen ausgestattet. Und – was wohl am interessantesten war: Niemand hatte sie bisher nach ihrem Pass gefragt oder vielleicht einen Blick in ihr Gepäck riskieren wollen. Schließlich hatte sie nicht nur vor, das Land, sondern auch noch den Kontinent zu verlassen. Allmählich wurde April klar, wie genau das mit Barbados hatte funktionieren können. Wenn man einen Sonderstatus genoss, wenn man ein VIP der Extraklasse war, dann würde kein Schwein auf die Idee kommen, so etwas wie eine normale Personenkontrolle durchzuführen.

Blieb nur die Frage, wie die Typen überhaupt Wind von ihren Reiseplänen bekommen hatten.

Doch auch das war nicht sehr schwer zu erraten, oder? Schließlich hatte sie sich ordnungsgemäß bei den Sicherheitsleuten abgemeldet. Auch wenn diese glücklicherweise ziemlich diskret auftraten, passten sie garantiert wie Schießhunde auf. Und als April ihnen in ihrer ausgemachten Blödheit mitteilte, sie habe vor, einfach mal so nicht nur das Haus und das Grundstück, sondern auch gleich Stadt und Land zu verlassen, vom Kontinent ganz zu schweigen, waren sie womöglich in kollektive Hysterie ausgebrochen.

»Mist!«, knurrte April und verdrehte die Augen. Was, wenn sie bei Greg gepetzt hatten? Oder noch schlimmer bei Filthy-Finger-William?

Als handelte es sich um einen akuten Fall von Gedankenübertragung, summte in genau diesem Moment ihr Handy. Sie wusste es, bevor sie auf das Display geschaut hatte. Und verdammt sollte sie sein, denn zuverlässig stellte sich dieses seltsame Gefühl in ihrem Magen ein. Diese Mischung aus einem Rudel Schmetterlingen und radikaler Übelkeit, die sie zwang, sich auf der luxuriösen Couch niederzulassen.

Sie schluckte, fuhr sich mit der Zunge über die trockenen Lippen, versuchte, sich gegen seine Vorwürfe zu wappnen und meldete sich dann, wobei sie sogar ein Lächeln aufsetzte, wenn auch ein falsches. »Greg?«

8. Kapitel

Greg

Sobald er ihre Stimme hörte, wusste er, dass nichts in Ordnung war. Das schürte seine Wut, die er bereits verflogen geglaubt hatte. Schließlich war es fünf Uhr morgens und er hatte keine einzige Minute geschlafen. Alles nur, weil er – trotz all der logischen Argumente – eben doch von seinem schlechten Gewissen gekillt wurde.

»Ja, ich weiß, dass ich mich nicht gemeldet habe«, knurrte er viel ruppiger, als angemessen oder geplant in den Apparat. Das war ziemlich dämlich, in Anbetracht der Tatsache, dass er doch eigentlich um gut Wetter betteln wollte. »Aber das ist nun mal mein Job, das wusstest du vorher!« Wusste sie zwar nicht, aber das stand jetzt nicht zur Debatte. Er hatte das kindische Theater satt, außerdem war er todmüde.

Für einen langen Moment herrschte am anderen Ende Stille, was seine Stimmung auch nicht gerade hob. Als er jedoch endgültig die Beherrschung zu verlieren drohte, meldete sie sich doch noch mal – und zu Greg's maßloser Verblüffung klang sie keineswegs wütend.

»Das hatte ich mir schon gedacht, was regst du dich so auf? Es war doch nur ein verpasster Anruf, Herrgott, kein Weltuntergang!«

Jäh riss Greg die Augen auf. »Du kannst mich schlagen, aber ich betrachte unsere täglichen Telefonate nicht als Zeitverschwendung.«

Als ihr entnervtes Stöhnen am anderen Ende der Leitung ertönte, schlich sich ein vorsichtiges Lächeln auf seine Lippen.

»Ich auch nicht, Mr. McCarthy, Sir, Eure durchlauchtigste Eminenz. Ich dachte nur, dass einem schon mal was dazwischenkommen kann, eben weil ich weiß, dass du zu tun hast. Aber wenn dir wohler ist, dass ich sauer bin, warte …«

Für einen nächsten Moment herrschte Stille, er hörte sie tief Luft holen und dann ihr mörderisches, aber nicht ganz echtes Gebrüll. »ICH HASSE DICH! DU! HAST MICH NICHT ANGERUFEN! DIE GANZE NACHT KONNTE ICH KEIN AUGE ZUTUN, WEIL ICH DACHTE, DU WÜRDEST IN IRGENDEINEM VORSINTFLUTLICHEN KRANKENHAUS LIEGEN, WO SIE DIR GERADE ALLE ORGANE ENTNEHMEN, UND MEISTBIETEND VERSTEIGERN! JEDER WEISS, DASS DA DRÜBEN NOCH DIE NEANDERTALER HAUSEN, UND NOCH SCHLIMMER: DU HÄTTEST AUCH MIT IRGENDEINER DRECKIGEN SCHLAMPE IM BETT LIEGEN KÖNNEN! WIE KANNST DU ES WAGEN, MICH SO ABGEFUCKT ZU BEHANDELN! ICH WILL DIE SCHEIDUNG, UND ZWAR SOFORT UND GLAUB MIR, DAS WIRD NICHT BILLIG!«

Inzwischen strahlte Greg.

Als nichts weiter kam, hüstelte er, mittlerweile hatte er einen Arm unter den Kopf gelegt, und lag so entspannt im Bett, wie seit Ewigkeiten nicht mehr. »Ach, die Scheidung willst du also, ja? Wie hattest du dir das denn gedacht? Du bekommst fünf Millionen Abfindung und kannst mit June auf Nimmerwiedersehen abhauen?«

»Sechs«, wurde ihm prompt vom anderen Ende mitgeteilt. Wobei es sich verdammt nach ›Sex‹ anhörte, was ihm wohlige Schauder über den Körper jagte und dafür sorgte, dass er innerhalb weniger Sekunden steinhart und verdammt geil war. »Baby, sechs waren vereinbart, du hältst mich immer noch für blöd, oder?«

»Das würde ich nicht unbedingt sagen«, murmelte Greg, dessen Hand sich unter seine Shorts gestohlen hatte. »Nur zu deiner

Information: Die Scheidung kannst du vergessen, ich werde nicht einwilligen.«

»Hahaha«, sagte sie spöttisch. »Du kannst mir gar nichts, ich hab einen verdammt guten Anwalt, der dir nicht nur die Schuhe, sondern auch die Socken ausziehen wird, warte es nur ab!«

Er rieb langsam an seiner gesamten Länge auf und ab, seine Zähne hatten sich in der Unterlippe vergraben, während er sie sich vorstellte: Die Augen funkelnd, die süße kleine Nase leicht gerümpft, das dunkle Haar zerzaust, als wäre sie gerade aus dem Bett gekommen. Und diese Lippen, diese vollen, tiefroten Lippen, die in ihm, wann immer er sie sah, sofort den Wunsch erzeugten, sie genau dort zu spüren, wo er gerade seine ungelenken Finger hatte. Das Stöhnen brach durch seine eigenen Lippen, bevor er es zurückhalten konnte. Eilig zwang er die Zähne auseinander.

»Lass mich raten, den Rechtsverdreher hast du von Helen?«

»Hey, du machst dich!«, freute sie sich.

Greg's lautstarkes Gelächter entkrampfte die Situation und geleitete ihn von dem eben noch unabwendbar geglaubten Orgasmus wieder ein beachtliches Stück weg – genauso unterstützend wirkt der Gedanke an Aprils beste Freundin. »Der Typ sitzt in einer dreckigen Absteige in der Bronx, meinst du wirklich, der kann es mit Hunter und Konsorten aufnehmen?«

»Weißt du, dein größtes Problem war schon immer, dass du deine Gegner unterschätzt!«, wurde er kühl informiert. »Wenn du clever bist, legst du diesen Zug endlich ab, *bevor* ich dich um Haus, Familiensilber *und* goldene Kreditkarte gebracht habe.«

Als Greg nach einer Weile wieder anhob, klang er denkbar leiser. »Was macht die Kleine?«

»Sie schläft – endlich.« Auch April hatte längst von scheinbar entrüsteter, scheidungswilliger Gattin auf *seine* April umgeschaltet.

»Tut mir leid, dass du so mit ihr zu tun hast.«

»Mir nicht«, erwiderte sie, und als er hörte, dass sie lächelte, verzogen sich auch seine Lippen nach oben. »Du fehlst mir«, wisperte sie.

Greg seufzte. »Ehrlich, kann ich gar nicht glauben … Du mir auch. Und wie. Ich hätte dich zu gern genau jetzt in meinem Bett. Ich …«

›… *konnte die ganze Nacht nicht schlafen*‹, hatte er anfügen wollen, aber das wäre zu viel Beichte als für ihn verträglich gewesen. »… hätte dich jetzt so unglaublich gern unter mir.«

»Ich dich auch … unter *mir*.«

»Machen wir beides.«

»Nenn mir Zeit und Ort und ich werde da sein!«, parierte sie herausfordernd, was ihn zum nächsten Lachen brachte. Doch es war nicht sehr langlebig. »In zwei Wochen soll es nach Den Haag gehen«, informierte er sie leise. »Wieder nichts mit Urlaub, aber ich werde zusehen, mich für dieses Wochenende freizumachen.«

»Ja«, wisperte sie. »Bitte, das wäre so schön.«

Greg runzelte die Stirn, denn normalerweise hätte sie jetzt eine Schimpftirade gegen William losgetreten, die erst dann gestoppt hätte, wenn April die Luft ausgegangen wäre … Nur damit er ihr dann sehr leise, sehr vernünftig und keinen Widerspruch duldend erklärt hätte, dass so nun einmal der Deal war. Und an geschlossene Deals musste man sich halten, wer wusste das besser als sie beide? Greg war sogar noch mehr bekannt: Schloss man mit William McCarthy einen Deal, dann war man clever, sich unter Garantie daran zu halten. Ansonsten war man nämlich – wenn auch nur im übertragenen Sinne – im Arsch.

»Baby?«, sagte er etwas zu verhalten, weshalb er sich rasch über die trockenen Lippen fuhr, sich räusperte, und in annehmbarem Ton fortfuhr. »Was ist los? Kein Wutausbruch heute?«

»Ich weiß nicht«, sagte sie. »Vielleicht fange ich an, es zu akzeptieren.«

»Schade, ich mochte deine Eskalationen, die reichten für uns beide.«

»Ja, wahrscheinlich hab ich deshalb damit aufgehört, weil du dich ja niemals mit aufregst.«

Leise lachte er. »Tobsüchtiges Herumbrüllen ist nicht *mein* Stil, sondern deiner.« Darauf erwiderte sie nichts und er seufzte. »Ich seh zu, was ich machen kann, und ich schwöre, heute Abend vergesse ich dich nicht.«

»Das will ich dir auch geraten haben, Mister. Sonst …«

Greg hob eine Augenbraue. »Sonst?«

»Sonst wird meine Rache in ihrer schauerlichen Urgewalt über dich hereinbrechen.«

»Ach, und was hast du vor?«

»Das werde ich dir wohl kaum auf die Nase binden, sonst würde ja jeder Überraschungseffekt ausbleiben.«

»Womit du nicht ganz unrecht hast.« Stöhnend setzte er sich auf, zog etwas entnervt seine Hand aus der Hose – nein, das war wirklich auf Dauer keine Lösung – und stand schließlich auf. »Es tut mir leid, aber ich muss jetzt duschen.«

»Nimm mich mit!«, rief sie, doch dann seufzte April zur Abwechslung mal. »Schön wär's.«

»Und wie.« Greg befand sich bereits auf dem Weg in das Bad. »Ich liebe dich«, sagte er ganz ohne Angst um seine Männlichkeit.

»Ich dich auch.«

Damit legten beide zeitgleich auf.

9. Kapitel

Terence

Dienstagmorgende in der Chefetage eines Versicherungskonzerns bedeuteten: gähnende Langeweile. Besonders, wenn die letzte Sitzung keine vierundzwanzig Stunden zuvor stattgefunden hatte. Zermürbende Eintönigkeit war es, wenn man am Wochenende und dem Montagabend nicht einmal zum erhofften Stich gekommen war.

Das war bei Terence nicht der Fall. Er *hatte* zugestochen – okay, in Wahrheit hatte er seine harte Erregung gestern Abend einmal in die Vagina einer Schlampe namens Deborah versenkt, die – wie sich erst danach herausgestellt hatte – eine Nutte gewesen war. Diese kleine, dreckige Hure hatte es doch tatsächlich fertiggebracht, sich von ihm anmachen, abfüllen, abschleppen *und* flachlegen zu lassen, bevor sie ihm den Preis genannt hatte.

»Du warst süß«, hatte sie auf seine fassungslose Frage hin, wie häufig sie schon leer ausgegangen war, geantwortet. »Außerdem habe ich Victor, der hätte dich gefunden, wenn du ohne zu zahlen abgehauen wärst.«

Vermutlich war Victor ein zwei Meter großer und ein Meter breiter Zuhälter, der seinen Mädchen auftrug, ihre ahnungslosen männlichen Opfer auf genau diese perfide Art einzufangen.

Verdammt!

Okay, der Sex war nicht schlecht gewesen, doch Terence hatte sich für keine Sekunde fallen lassen können. Vielleicht lag es an dem starken Parfum, das ihm ewig in die Nase stieg, oder daran, dass die Brüste der Nutte zu groß waren – eindeutig operiert. Oh, er hasste es, wenn die Dinger nicht nachgaben –, außerdem durfte er niemals richtig zupacken. Jedes Mal, wenn er es versuchte, quiekte sie auf wie ein Schwein, einmal schlug sie sogar seine Hand weg. Sie war nicht fett, aber ihre Rundungen so ganz anders proportioniert als bei Helen. Ihre Haare waren von Gel oder Spray oder wovon auch immer total spröde. Von seidiger, blonder Fülle, so wie er es gewohnt war, konnte jedenfalls keine Rede sein. Außerdem hatte er irgendwie den Eindruck, ein Schlachtschiff zu besteigen, weil sie sich nämlich einfach hinlegte, und der Rest blieb dann ihm überlassen. Und … seitdem er wusste, dass er möglicherweise der Dritte, Vierte oder sogar Fünfte war, der an diesem Tag ihren Körper besitzen durfte, hatte er ständig das Gefühl, sich übergeben zu müssen.

In der Gegenwart holte Terence tief Luft, atmete aus … und starrte dann weiter stumpfsinnig vor sich hin.

Gut. Nachdem er am Sonntagabend ziemlich leer ausgegangen war, weil er offenbar nicht mehr in der Lage war, einfach eine halbwegs nette, hübsche Frau für eine Nacht klarzumachen, hatte er sich überlegt, trotz seiner insgesamt eher negativen Erfahrungen, eine Barbekanntschaft aufzureißen, sie nach allen Regeln der Kunst zu ficken und dann in den Wind zu schießen – einfach so, weil er es konnte. Einmal den Greg spielen, was sollte schon sein? Und nein, er hatte eine Hure bei seiner leicht kopflosen Planung nicht ausgeschlossen, Terence neigte nicht zum Selbstbetrug. Nur war er leider so gar nicht der Typ für Nutten. Warum, war ihm heute Nacht ja auch glänzend bewiesen worden. Ja, ihm war auch klar, dass er in der gehobeneren Preisklasse bessere käufliche Frauen gefunden hätte – aber abgestoßen hätte es ihn trotzdem. Minimales Ehrgefühl besaß er ja offenbar noch.

Und um immer noch bei der Wahrheit zu bleiben: Er wollte kein Barabenteuer, irgendeine Schickse aus dem Büro und ganz bestimmt keine Nutte. Selbst eine ganz normale Bekanntschaft zum Vögeln wollte er nicht.

Er wollte Helen!

So!

Das war die Wahrheit!

Und sie war jämmerlich …

Für die nächsten Minuten starrte Terence zur Abwechslung auf seinen Bildschirm, auf dem sich der Schoner eingeschaltet hatte. Irgendwelche Würfel, die aus der vermeintlichen Ferne klein auf ihn zu gewürfelt kamen und immer größer wurden, bis der Eindruck entstand, sie würden aus dem Schirm purzeln und ihn erschlagen. Sobald die Katastrophe einzutreten drohte, verschwanden sie auf wundersame Weise und der nächste Würfel in einer anderen Neonfarbe tauchte in der Distanz auf.

Wenn man das eine Weile betrachtete, dann konnten weniger geübte Menschen in Trance geraten. Terence saß selten untätig in seinem Büro herum, daher kannte er den Bildschirmschoner und dessen Wirkung nicht sonderlich. Ein Abdriften in unterbewusste Sphären kündigte sich trotzdem nicht an, weil es in seinem Kopf raste. Er war so wütend, dass er das dringende Bedürfnis verspürte, irgendwas zu zerschlagen. Das verwunderte ihn wirklich, denn Terence neigte nicht zu Aggressionen. In Wahrheit war er immer derjenige, der die Dinge hübsch und nett hielt.

»Heute nicht«, knurrte er durch zusammengebissene Zähne. Viel zu ruppig packte er sein Handy, das bisher vor ihm auf dem Tisch gelegen hatte, und wählte die Kurzwahl. Warum hatte dieses Weib bei ihm überhaupt eine Kurzwahl?

»Ja?« Ihre rauchige, etwas tiefe Stimme ertönte am anderen Ende und brachte Terence endgültig zum Explodieren.

»Wo zur verdammten Hölle bist du?«

10. Kapitel

Helen

Ups!

Terence war ein bisschen sauer, na so was!

Trotz seines deutlich schnellen Atmens am anderen Ende der Leitung und des unmöglichen Tonfalls, lächelte Helen süffisant.

»Oh! Hi Baby! Schön, dass du anrufst.«

»Du wusstest, dass ich es bin, was soll der Scheiß?«

Sie tat erstaunt. »Wusste ich das? Sorry, ich hatte gar nicht aufs Display gesehen.«

»Das kannst du deiner Großmutter erzählen!«, knurrte er.

Helen lachte auf und gab June, die vor ihr in der Babywippe lag und sie nicht aus den Augen ließ, einen kleinen Nasenstüber. »Gott, wie lange hab ich den abgehalfterten Spruch nicht mehr gehört? Ich glaub, das letzte Mal kam er in der Grundschule. Von einem Vorschulkind.«

»Hör auf!«

Sie hob eine Augenbraue. Schade, dass er sie nicht sehen konnte, das würde ihre Rolle bedeutend untermauern. Mimik und Gestik waren bei einem solchen Gespräch immer das A und O. »Womit?«

Doch anstatt zu antworten, stellte er erneut die Frage, die ihm unglaublich zuzusetzen schien. »Wo, zur verdammten Hölle, bist du?«

»Nun … nicht daheim, schätze ich.«

»Da hätte ich dich um diese Uhrzeit auch nicht vermutet. Ich habe es …«

»… in der Kanzlei versucht. Ja, das wäre auch meine nächste Idee gewesen. Aber uups …« Wieder lachte Helen. »Da bin ich *auch* nicht!«

»Helen!«

»Terence!«

Er atmete wieder hörbar ein, diesmal aber bedeutend langsamer. Das nannte Helen wenigstens einen Anfang. »Okay, was ist los?«

»Was l… Nichts, ich bin krank, aber das wirst du schon erfahren haben, schätze ich.«

»Ja.«

»Und?«

»Und was?«

»Und wo bist du dann?« Er gab sich außerordentliche Mühe, jede Silbe mitzusprechen. Hörbar schwang seine unterdrückte, aber kaum gebändigte Wut mit.

»Ich bin bei April.« Helen zuckte mit den Schultern.

Das Schweigen am anderen Ende sagte ihr, dass Terence gerade die Augen schloss und sich in Gedanken einen Idioten schimpfte. Denn ehrlich, wo sollte sie denn schon sein? Es sei denn …

»Du hast doch nicht gedacht, ich würde bei einem *fremden Mann* im Bett liegen, oder?«

»Verwundert hätte es mich nicht.«

Sie drehte sich ein bisschen zu schwungvoll um, als dass es lässig hätte wirken können, doch glücklicherweise sah er es ja nicht. »Tja, ich bin immer wieder überrascht, was du doch für eine nette Meinung von mir hast, Terence. Vielleicht ist es deshalb gar nicht so verwunderlich …«

Als sich das Schweigen in die Länge zog, hakte er nach. »Was?«

»Dass du mich neuerdings wie eine verdammte Nutte behandelst, Baby«, flötete sie in den Apparat.

Schweigen.

»Ich hab mir das eine Weile angesehen, dachte, du hättest irgendwelche Monatsbeschwerden, oder so was. Das soll es ja bei euch auch geben. Aber was soll ich dir sagen? Deine PMS hält jetzt schon seit mehr als drei Monaten an, und das stimmt mich echt nachdenklich.«

Schweigen.

»Weißt du, ich frage mich immer angestrengter, warum ich mir dein Theater überhaupt bieten lasse.«

Er räusperte sich. »Ich habe nicht die geringste Ahnung, wovon du sprichst, du musst dir von mir überhaupt nichts bieten lassen. Seit wann sind wir verheiratet? Oh, da war ja was …«

Helen nickte trocken, ihr Lächeln war verschwunden. »Ja, das hat dem kleinen Terence nicht gepasst, als die kleine Helen so frech ihre Wünsche und Träume an den Mann gebracht hat, oder?«

Er lachte, doch auch das klang nicht unbedingt begeistert. »Ich habe nicht gewusst, dass du solche albernen Flausen im Kopf hast. Bis zu diesem Tag hast du auf mich einen klügeren Eindruck gemacht.«

»Wow!« Inzwischen bebte Helens Stimme ein wenig, und sie konnte nichts dagegen tun. Ihr Atem ging hektisch, sie musste sich zwingen, um ihn nicht anzubrüllen. Allerdings sprang sie endlich doch auf und begann, im Wohnzimmer auf und ab zu gehen. Unter Junes gestrengem Blick, die sie nicht aus den Augen ließ. »Und ich wusste bis heute nicht, dass es albern ist, wenn man einem Mann sagt, dass man den Rest seines Lebens mit ihm verbringen und Kinder von ihm haben will.« Sie zwang sich zu einer dramatischen, kunstvollen Pause. »Entschuldige bitte. Mein Fehler.« Hoffentlich bemerkte dieses selbstgerechte Arschloch ihren Sarkasmus.

»Und jetzt wirst du auch noch theatralisch«, kommentierte er seufzend, doch auch Terence war anzuhören, dass er alles andere als ruhig und nüchtern war. Das war momentan ihr einziger Trost.

»Sei's drum!«, fauchte Helen, sah dann rasch zu June, die aber relativ unbeeindruckt aussah. »Ich hatte wenigstens den Mut, es auszusprechen.«

Er lachte herzhaft. »Soll das heißen, du unterstellst mir, ich hätte nicht den Mumm, dich um deine Hand zu bitten? Mädchen, du unterschätzt mich. Kommt in deinem Schädel nicht einmal der Gedanke vor, dass du einfach nicht diejenige bist, der ich diese Frage stellen möchte? Willst du mir wirklich sagen, du wärst so borniert, dass du diese Alternative nicht einmal in Erwägung gezogen hast und stattdessen lieber meintest, ich wäre aus irgendwelchen Gründen zu *feige*, dich zu fragen?«

»Nein, du bist ein elender Feigling, weil du dich hinter irgendwelchen Renovierungsmaßnahmen in deinem abgefuckten Apartment verstecken musst, anstatt einfach zu sagen: Zieh aus!«

»Auch wieder so eine Wunderlichkeit«, konterte er und klang nicht im Mindesten unangenehm berührt. »Bis du zwei Stunden brauchtest, um deine Klamotten zu packen, hatte ich gar nicht gewusst, dass du überhaupt eingezogen warst.«

»War ich auch nicht, ich hab was Besseres zu tun, als mich in das widerliche, wenig gemütliche Penthouse eines dreckigen Machos zu schleichen!« Sie wurde immer lauter und konnte nichts dagegen tun. »War da nicht sogar ein Apartment im Gespräch, das du mir kaufen wolltest? Wahrscheinlich, um mich für meine Dienstleistungen zu bezahlen. Verdammt, ich hätte es gleich wissen müssen! In deinen Augen war ich nie mehr als eine Nutte, ich hätte mich vielleicht umfassender vorstellen müssen.«

»Damals dachte ich eigentlich eher daran, dich aus dem Drecksloch zu befreien, in dem du haust, aber deine Option ist auch nicht ganz an den Haaren herbeigezogen. Es sollte garantiert eine Entschädigung für den Aufwand sein.«

»Aufwand?«, wiederholte sie, plötzlich ruhig.

»Yeah, den Aufwand, die Mühe, nenn es, wie du willst. Ich meine die Tatsache, dass du die Beine nur für mich breitgemacht hast. Was ja sonst eher nicht deinen Gepflogenheiten entspricht.«

»Fick dich!«, zischte sie, und beendete endlich das Telefonat, was sie schon vor Minuten hätte tun sollen. In ihrer grenzenlosen Wut ließ sie eilig den Blick im Raum umherschweifen. Oh, warum war hier alles so bekotzt sauber, so ordentlich, so, so … *bieder!* Keine Ecke, an der man sich wenigstens visuell ein bisschen runterholen konnte. Nur diese endlose, widerliche Reinlichkeit!

Ihr ging auf, dass sie noch immer hektisch atmete, so sehr, dass sich ihr Brustkorb unnatürlich schnell hob und senkte; ihre Hände hatte sie zu festen Fäusten geballt, irgendwann musste sie sich vor lauter Wut ins Haar gegriffen haben, denn einzelne Strähnen davon hatten sich in ihr Gesicht gestohlen, die sie nun heftig beiseite wischte. Dann wirbelte sie herum, ihr Blick fiel auf das Baby, das sie noch immer sehr aufmerksam betrachtete, und sie eilte zu der Wippe, um es herauszunehmen. Wie einen Rettungsanker presste sie den warmen Körper an sich, eine Hand auf dem leicht behaarten Köpfchen, ihre Wange an der zarten, rosigen, so jungen.

»Männer sind Schweine«, wisperte sie und hörte, dass sie wie eine Irre klang. Also sie hätte sich nicht mit ihrer kleinen Tochter allein gelassen, nichts für ungut. Kaum war ihr das aufgegangen, versuchte sie wenigstens, sich etwas weniger abartig aufzuführen, ging zu der Glastür, die auf die Terrasse zeigte und öffnete diese, bevor sie gierig die frische Luft einatmete und die Lider über ihre brennenden Augen schloss.

Seit fast einem Jahr war sie jetzt mit Terence zusammen – also irgendwie –, und sie hätte gedacht, ihn in- und auswendig zu kennen. Ja, er hatte sich abweisend verhalten, weil er Torschlusspanik bekommen hatte, womit er bestimmt nicht der einzige Mann war. In der Nachsicht hatte sie sich auch verdammt blöde angestellt.

Alles richtig.

Aber das eben am Telefon hatte nichts mit dem Mann gemein, den sie zu kennen glaubte. Dieser Bastard schlug sogar Greg McCarthy in Bosheit um Längen, und eines wusste sie – ohne Wenn und Aber. Das war nicht Terence! Es war eine Karikatur, eine Maske, die er sich aus Gründen, die ihr nicht geläufig waren, aufgesetzt hatte. In jeder ihr an den Kopf geworfenen Silbe, hatte unterschwellig ein ›hasse mich!‹ mitgeklungen. Aber gottverdammt, *er* hatte sich doch gemeldet! Und nur weil sie ihm gesagt hatte, was sie sich wünschte, besaß er nicht das Recht sie so … billig und gemein zu behandeln. Himmel, er hatte sich aufgeführt, als wäre sie der Dreck unter seinen Schuhen!

Was hatte sich von vorgestern zu heute geändert, abgesehen davon, dass sie die Frechheit besessen hatte, ihn zu versetzen?

Aus gutem Grund!

Als sie sichergehen konnte, dass ihre Augen nicht mehr überzulaufen drohten, öffnete sie diese wieder, drückte Baby-June noch etwas fester an sich und betrachtete grübelnd die Büsche, welche die große Rasenfläche abgrenzten. Feines Grün zeigte sich an ihnen, der Frühling stand vor der Tür, hatte seine Nase sogar schon einen Spalt hindurchgesteckt. Die Luft duftete bereits nach Sommer, die Sonne strahlte viel intensiver, als noch vor wenigen Tagen. Die beste Gelegenheit dafür, neue Energie zu tanken, die Lebensgeister erwachen zu lassen, zu lieben, zu leben.

Ja, sie hatte ihn versetzt, was er schon vorgestern absolut nicht freudig aufgenommen hatte. War es das gewesen? Weil sie ihm nicht zur Verfügung gestanden hatte, weil sie nicht da gewesen war? Weil sie nicht, nur weil der große Master es wollte, die Beine breitgemacht hatte, als er nach ihr schrie? Wer hatte denn hier über zwei Wochen auf die Funkstille bestanden?

»Bastard!«, zischte sie, wobei sie kaum die Zähne auseinandernahm. Was für ein abgefuckter Bastard!

Helen schob die Kleine ein wenig von sich, um ihr ins Gesicht schauen zu können und ihre Augen wurden groß. Die kleine Prinzessin war eingeschlafen! Die vergangene Nacht war für sie beide nicht einfach gewesen, obwohl April mit Sicherheit erstaunt sein würde, sobald sie erfuhr, dass June fünf Stunden am Stück geschlafen hatte. Auch der vorangegangene Tag war zwar aufregend, aber nicht erschöpfend verlaufen. Eines hatte Helen jedoch sogar unter Garantie inzwischen begriffen: Wenn das Baby schlief, dann war das ein gottverdammter Segen, den man zu würdigen wissen sollte.

Behutsam legte sie das Köpfchen zurück an ihre Schulter und machte sich daran, die Treppe zu erklimmen. Wenig später lag das Baby in seinem Bett – noch immer schlummernd. Doch nun saß Helen in der Falle, denn es gab keinen Grund mehr, die wütenden Gedanken von sich fernzuhalten.

Sobald sie auf der Couch saß, fielen sie wie ein entfesseltes Unwetter über sie her. Mit jeder neuen Eingebung wurde Helen ein wenig wütender und sie erkannte, dass sie in gewissen Situationen zu einem Mord fähig sein könnte. Was für ein Scheißglück, dass dieser kleine Bastard gerade nicht hier war. Denn wenn …

Das Klingeln riss sie aus ihren brutalen Fantasien. Sie brauchte einen Moment, um zu begreifen, dass es nicht das Festnetztelefon war, sondern das weiße neben der Eingangstür.

Die Sicherheitsheinis.

»Ja!«, bellte sie hinein, sobald sie abgehoben hatte.

»Mr. Terence Blue ist gerade eingetroffen«, wurde sie von einer älteren, männlichen Stimme nüchtern informiert und die Verbindung sofort gekappt. Wütend starrte sie den Hörer an. Also wurde man hier nicht mal gefragt, ob man den Eingetroffenen überhaupt sehen wollte?

Und was zur Hölle machte er hier? Gab es nicht noch ein, zwei Versicherungen zu verkaufen? Irgendein armes Schwein existierte doch garantiert noch in den Staaten, dem dieser Arsch noch keine verbrecherische Police aufs Auge gedrückt hatte.

Vor allem: Was um alles in der Welt wollte er von ihr?

Helen rannte zur Tür, hielt im Laufen inne, stürzte zurück ins Wohnzimmer und dort an die Bar, wo sie sich – direkt aus der Flasche – einen großen Schluck Brandy einhalf. Sie keuchte, hustete, würgte ihn irgendwie herunter, wischte sich über die tränenden Augen und stürzte erneut zur Tür. Durch das dicke Glas, das in Blickhöhe eingearbeitet war, sah sie soeben einen sehr bekannten Porsche vorfahren.

Er war es wirklich.

Entnervt stöhnte sie auf, als sich zuverlässig auch die Schmetterlinge in ihrem Bauch einstellten, die hier ja nun überhaupt nichts zu suchen hatten. Doch wie das so mit diesen Flattermännern war, ließen sie sich wie üblich nicht vom Kopf beeinflussen. Sie schwirrten nur so umher, während Helen eilig ihr Haar richtete, noch einmal in den Spiegel sah – ungeschminkt, aber garantiert nicht verzweifelt –, dann die Tür aufriss und sich gelangweilt in den Rahmen lehnte. Insgeheim klopfte sie sich selbst auf die Schulter, denn es war ihr innerhalb von Sekunden gelungen, vom kleinen, verliebten Mädchen zur souveränen, gelangweilten und unbeeindruckten Businessfrau umzuschalten.

Terence beachtete sie nicht, als er ausstieg und dann – unsinnigerweise – den Wagen verriegelte. Als wären sie hier nicht sicherer als in Fort Knox. Lässig machte er sich auf zu der breiten Treppe, die in das Hausinnere führte; erst jetzt hob er den Kopf und ihre Blicke trafen sich.

Selten hatte sie ihn so wütend gewesen. Sein Teint war fast weiß, die Augen wirkten umso größer und das Blau dunkler, obwohl es seltsam glitzerte. Die Lippen waren zu einem schmalen Strich zusammengepresst und die Krawatte hing lose um seinen Hals. Er war heiß, wenn er wütend war. Warum hatte sie das vorher nie bemerkt?

»Ups, wen haben wir denn da?«, empfing sie ihn, mit vor der Brust verschränkten Armen, als er die Hälfte der Stufen bewältigt hatte.

Terence antwortete nicht. Über dem Hemd und dem Jackett trug er einen dunklen Yuppie-Mantel, den er nur anzog, wenn er ins Büro ging. Er hatte ihn nicht einmal geschlossen. Erst, als sie nur noch maximal dreißig Zentimeter trennten, stoppte er. Sein verführerischer Geruch kroch in ihre Nase, weckte trotz aller Beleidigungen, die heute ausgesprochen und unterschwellig mitgeteilt worden waren, ihre Libido.

Selbst seine Stimme klang dunkler, als er anhob. »Wo ist April?«

Helen, der jede Silbe bis in die letzte Faser drang, deren Körper mit einer Gänsehaut überzogen wurde, und die sich zusammenreißen musste, um sich nicht auf ihn zu stürzen, weil er in seinem Zorn nie heißer gewesen war, hob herausfordernd eine Braue. »Was geht es dich an?«

Als sein Arm sich bewegte, glaubte sie für den Bruchteil einer Sekunde, er wollte sie schlagen, bis seine Faust am Rahmen landete und er sie grimmig musterte, wobei er sein Gesicht näher an ihres brachte. Aktuell trennten ihre Lippen geschätzte zehn Zentimeter. Helen sehnte sich danach, sie zu überbrücken. Ohne es zu wollen, atmete sie flacher, ihr Brustkorb hob und senkte sich, aber nun aus einem Urinstinkt heraus. Ihre Brustwarzen waren fest, steinhart und klein, und sie drängten sich ihm mit jedem Luftholen entgegen.

»Wo. Ist. April?«, wiederholte er in diesem dunklen Knurren.

»Weg«, hauchte sie und schluckte trocken, bevor sie sich mit der Zunge über die rissigen Lippen fuhr. Sein Blick flackerte ein wenig, doch sie sah die Kiefermuskeln unter seinen unrasierten Wangen spielen und strich erneut mit der Zungenspitze über ihre Lippen, obwohl sie eigentlich seine auf diese Art nachziehen wollte.

»Warum hast du mir das nicht gesagt?«

»Du hast nicht gefragt!« Trotz der angespannten Situation zuckte sie mit den Schultern, doch der Witz wollte nicht zünden. Terence – oder die Bestie, die momentan in seinem Körper herrschte – betrachtete sie wortlos, wobei sein Blick immer wieder über ihr Gesicht bis zu ihrem Dekolleté glitt. Sie trug nur ein leichtes Leinenhemd, dessen oberste vier Knöpfe offenstanden, und Helen war sehr genau bewusst, dass er mehr als nur die Ansätze ihrer Brüste sehen konnte. Vor ein paar Minuten hätte sie das Hemd noch geschlossen, jetzt war sie dankbar dafür, dass sie es nicht getan hatte. Denn wenn auch wirr, formte sich langsam ein Plan in ihrem Kopf.

Wer wusste es schon? Vielleicht war dies ihre letzte Chance! Und diese würde sie bestimmt nicht ungenutzt lassen, schon gar nicht, wo er auf sie selten anziehender gewirkt hatte. Sie war versucht, die Augen zu schließen und den Duft seines Aftershaves zu inhalieren, der …

Doch irgendetwas stimmte nicht. Das hieß, es stimmte alles, ganz genau so mochte sie ihn, diese Mischung aus seinem Aftershave, seinem Eigengeruch, der sie über alle Maßen anturnte, und … Sex.

Sex?

»Wo warst du?«, entfuhr es ihr. Sie machte Anstalten, zurückzuweichen, was nur leider nicht ging, weil seine Hand nach vorne schnellte und er sie am Arm festhielt.

»Das willst *du* wissen? Warum?«

In Helen zerbrach etwas, all ihre Pläne, die eben zwar wirr, aber unverschämt heiß in ihrem Kopf existiert hatten, wurden von einer Woge glühender Wut überwältigt und unter sich begraben. Dieses Schwein hatte fremdgefickt!

Helen hatte viele, viele verschiedene Männer unter sich gehabt. Im Ausnahmefall war auch sie es gewesen, die auf dem Rücken lag, was aber eher selten vorkam, fühlte sie sich dabei doch immer ein wenig wie das Opfer, das von dem Raubtier erfolgreich zur Strecke gebracht worden war. Helen gefiel sich viel lieber in der Rolle des Monsters, als seiner Beute.

Terence war einer der wenigen gewesen, denen sie gestattet hatte, auf ihr zu sein, weil sie in ihm etwas Besonderes vermutet hatte. Der Gedanke, der Typ könnte neben ihr noch eine oder mehrere andere Frauen vögeln, war ihr nicht mal in den Sinn gekommen. Jeder, aber nicht Terence Blue.

BULLSHIT!

Er fickte nicht nur fremd, er besaß auch noch die Stirn, mit dem Gestank einer Nutte an seinem gesamten Körper bei ihr aufzutauchen und *ihr* Vorhaltungen zu machen. Hätte Helen eine Waffe zur Hand gehabt, dann wäre Terence in genau diesem Moment gestorben …

… und sie wäre für eine sehr lange Zeit im Knast gelandet. Helen sah nicht mehr rot, vor ihren Augen blinkten violette Sterne auf. Wie in Trance hob sie einen Finger, der auf ihn deutete. »DU! Kleiner! Wichser! Wirst mich nie wieder anfassen, und ganz bestimmt nichts mehr in mich reinstecken. VERSCHWINDE!«

Sie meinte es genauso, wie sie es sagte. In diesem Moment wäre Helen froh gewesen, ihn niemals wiedersehen zu müssen. Doch Terence ging nicht, er machte nicht einmal Anstalten, sich räumlich auch nur wenige Zentimeter zu entfernen. Stattdessen zuckten seine Mundwinkel belustigt. »Ach ja?« Seine Augen weiteten sich bedrohlich, als er näherkam, eine Hand löste er vom Türrahmen, die sich sanft an ihren Halsansatz legte. Helen versuchte erneut, zurückzuweichen, doch dafür war immer noch kein Raum vorhanden. Mit einem Ruck war er ihr so nah, dass ihre Brüste an seinen Oberkörper prallten und sie sein Herz hektisch unter dem Hemd schlagen fühlte. Gleichzeitig schob er ein Knie zwischen ihre Beine und sein Daumen legte sich seitlich auf den hektisch pochenden Puls ihrer Halsschlagader, der sie wie üblich entlarvte. Denn trotz ihres Ausnahmezustandes war seine Wirkung auf sie genauso überwältigend wie immer.

»Das willst du wirklich?«, murmelte er, noch Millimeter von ihren Lippen entfernt. »Wen willst du hier verarschen?« Damit verfestigte sich der Druck um ihren Hals, der aber nie brutal wurde, während sich gleichzeitig seine Lippen auf ihre pressten. Sein unvergleichlicher Duft stieg ihr endgültig in die Nase, sie spürte seine Erregung an sich, die sich auf diese unwiderstehliche Art an ihr rieb, dass ihr Verlangen, eben noch eingedämmt, sofort wieder die Vorherrschaft übernahm. Dabei hatte sich seine andere Hand in ihr Haar geschoben. Er küsste sie so heftig, dass ihre Lippen schmerzten, drang kurz darauf in ihren Mund ein, drückte sie noch stärker und rücksichtsloser an sich und eroberte ihren Mund genauso, wie er es sonst mit ihrem Körper machte.

Ihr Geist rief *Nein*! Doch ihr verräterischer Körper, der sich so sehr nach ihm sehnte, der ausgehungert war und der sich fühlte, als wäre er nach monatelanger Wanderung wieder heimgekommen, wurde nicht müde, laut und frenetisch *Ja!* zu brüllen.

Sie konnte ihm nicht widerstehen, schon gar nicht, wenn er so dominant war, wie momentan. Ja, schuldig im Sinne der Anklage. Helen St. James gefiel es, wenn Terence so bestimmend war, sie würde es mit Sicherheit niemandem erzählen, aber so lautete nun einmal die Wahrheit. Ab und zu tat es gut, einmal die Rolle der Starken abzulegen, sich leiten zu lassen, nicht agieren, nur reagieren zu können. Nun ja, bei Terence tat es ab und zu gut. Bei keinem anderen zuvor hatte sie jemals so empfunden.

Seine Finger ließen sie los, nur um an ihren Seiten hinabzuwandern und sich dann in ihren Hintern zu vergraben. Leichter Druck genügte, damit sie ihre Arme um seinen Nacken und die Beine um seine Hüften schlang, sich noch näher an ihn presste, seine Härte unter der Hose spürte und in seinen Mund stöhnte. Ihr Becken kippte vor und zurück, verzweifelt auf der Suche nach Erleichterung, während ihre fein manikürten Fingernägel sich in die Haut an seinem Haaransatz krallten.

Sie wollte ihn so sehr, sehnte sich nach ihm, fühlte so unsagbares Verlangen, dass sie meinte, in seinen Armen zu verbrennen. In diesen Sekunden war ihr egal, was geschehen war, solange er nur endlich zu ihr kam.

Er trug sie nicht in ihr Gästezimmer, sondern in den Raum, der an das Wohnzimmer angrenzte: Greg's Arbeitszimmer – das lag am nächsten. Erst auf dem riesigen Schreibtisch setzte er sie ab, die Arbeitsplatte war leer, weshalb sie sich ohne Schwierigkeiten zurücklehnen konnte, schweratmend, ihn nicht aus den Augen lassend, die Beine noch immer um ihn geschlungen. Er stützte sich links und rechts mit den Fäusten auf, und betrachtete sie unter halb geschlossenen Lidern. Seine Lippen waren feucht, seine Nasenflügel bebten vor unterdrückter Erregung und er ließ scheinbar beiläufig seine Hüften an ihrer Mitte kreisen. Immer und immer wieder, weshalb sie versucht war, die Augen zu schließen. Doch bevor sie das tun konnte, ertönte seine herrische Stimme.

»Sieh mich an!« Nicht laut, eher sehr leise, dafür aber unwiderstehlich. Eilig riss sie die Augen auf und drängte störrisch die warnende Stimme in ihrem Kopf zurück, die unaufhörlich darauf beharrte, dass sie gerade gegen ihre ehernsten Grundsätze verstieß. Kein Mann befahl Helen St. James irgendetwas!

»Du gehörst mir«, teilte er ihr mit. Seine Stimme bebte ein wenig, aber diesmal nicht vor unterdrückter Leidenschaft, sondern – Helen konnte es kaum glauben – vor Zorn. Dabei nestelte er an ihrem Hemd, löste flink die verbliebenen Knöpfe, zerrte den Stoff dann über ihre Schultern, bis sie nur noch in BH vor ihm lag. Er zog die Körbchen herunter, sodass ihre Brüste daraus hervorsprangen, und legte seine Hände auf ihre aufgerichteten Nippel. Helen unterdrückte ein Stöhnen, als er sanften Druck ausübte.

»Meins!«, knurrte er wieder. »Hast du das begriffen?«

Nein, sie nickte nicht – alles hatte seine Grenzen –, doch er nahm es mit einem drohenden Blick zur Kenntnis, ohne darauf zu bestehen. Dann ließ er die Hände beidseitig an ihr hinabgleiten, bis er ihren Jeansbund erreichte. »Und das«, fuhr er fort, eine Hand an ihrem Knopf, die andere am darunter liegenden Reißverschluss, »gehört auch mir. NUR mir! Mir ist egal, mit wem du gefickt hast, bevor wir uns trafen, aber ich bestehe auf die Exklusivrechte. Und du wirst es mir nie!«

Damit zerrte er die Hose auf.

»Wieder!«

Nun zog er sie über ihre Beine hinab, bis sie an ihren Fußknöcheln lag, seine scharfen Fingernägel streiften die zarte Haut an den Innenseiten ihrer Schenkel und sie zuckte zusammen, biss sich aber eilig auf die Unterlippe.

»Verwehren!«

Erregung und Zorn schnürten ihr gleichermaßen die Kehle zu. Wie konnte er es wagen? Wie konnte dieser schwindelerregend sexy Mann es wagen, hier nach so vielen Wochen anzukommen, stinkend nach irgendeiner dreckigen Nutte, und ihr so etwas sagen? Einerseits war sie so erregt, dass ihr Höschen regelrecht schwamm und sie sich zusammenreißen musste, um ihn nicht anzuflehen, endlich in sie hineinzustoßen und diesen Krampf zu beenden. Andererseits wütete in ihr so ein grenzenloser Zorn, dass sie die Fäuste ballte, und ihre Fingernägel tief in ihre Handflächen bohrte, um ihm nicht doch unvorhergesehenerweise an die Gurgel zu gehen. Denn das hätte ihr ja die Möglichkeit der Befriedigung genommen. Seine Gesundheit war ihr scheißegal. Helen ging es einzig und allein um sich selbst, und damit rechnete dieser Typ garantiert nicht.

Wut und Verlangen.

Zorn und sexuelle Gier.

Ausgewachsene Rage – nahezu Hass –, mit unkontrollierter Leidenschaft.

Ein geradezu tödlicher Cocktail mit einhundertprozentiger Orgasmusgarantie. Sie schluckte mühsam, sah ihn an, während er unterdrückt fluchend ihre Chucks von den Füßen zerrte. Seit Ewigkeiten hatte sie wieder mal welche angezogen, irgendwie in einer Art mentaler Anteilnahme für April, die so etwas immer seltener trug und sichtlich darunter litt.

Dann riss und zerrte er ihre Röhrenjeans über Helens Füße, bis diese auf dem Boden landete und starrte sie an. Seine linke Hand fand sich auf ihrer rechten Brust ein, deren Spitze inzwischen steil aufgerichtet war. Es schmerzte, kaum dass er sie berührte. Helen konnte das Stöhnen nicht mehr verhindern, das Herz trommelte wie wild gegen ihren Brustkorb. Wieder senkten sich ihre Lider fast zwanghaft über die Augen. Aber allein sein Knurren ließ sie diese erneut aufreißen, allerdings funkelte sie ihn jetzt an. Er massierte ihre Brüste, neckte sie, indem er sie zwischen Daumen und Zeigefinger nahm, zudrückte, um sie dann zu streicheln, und Helen meinte zu verbrennen.

»Fick mich endlich!«, verlangte sie keuchend. »Du verdammter Hurensohn!«

Er drückte wieder zu, legte den Kopf schief und lächelte. »Mit Letzterem magst du recht haben …« Kritisch betrachtete er sie, sein Blick glitt an ihr hinab bis zu ihrem Spitzenhöschen, dessen Saum knapp über dem Ende ihres Schamhügels endete und sich unter ihrer heftigen Atmung hob und senkte. Er ließ zwei Finger langsam an ihr hinabgleiten, zwischen ihren Brüsten, über ihren Bauchnabel hinab bis zu dem Höschen. Dort hakte er sie unter, strich einmal der Länge nach über ihren Unterbauch und betrachtete dann wieder ihr Gesicht.

»Ich soll dich ficken, ja?«

Sie nickte nur, derzeit hätte sie keinen Ton herausgebracht.

Wieder lächelte er auf diese eigentümliche Art, die sie nicht von ihm kannte. »Natürlich willst du das, das willst du ja immer.« Unvermutet zerrte er an dem dünnen Stoff ihres Höschens, es ertönte ein leichtes Reißen; das Gewebe schnitt tief in die zarte Haut, und dann spürte sie einen kühlen Luftzug an ihrer Feuchtigkeit. Wieder schluckte Helen, betrachtete ihn, so unglaublich heiß in diesem Zorn, dessen Ursprung sie sich nicht erklären konnte. Er legte den Kopf zurück, musterte sie durch halb geschlossene Lider und schob ohne Vorwarnung zwei Finger in sie hinein, wobei er sich über sie beugte.

Helen stöhnte erneut, unfähig, es zurückzuhalten, während er sie hart fingerte und seine Lippen wieder nah an ihre brachte. »Ja, das willst du, nicht wahr? Egal, ob von mir oder jemand anderem. Hauptsache, er besorgt es dir. Aber halt, du hast deine Bedingungen ein wenig modifiziert, richtig? Mittlerweile willst du gleich eine Hochzeit und ein Kind oben auf, damit du endlich auch finanziell gesichert bist und deine stinkende Drecksbude verlassen kannst.« Immer härter stieß er seine Finger in sie hinein, krümmte sie, wenn er am tiefsten in ihr war, sodass er an ihre feuchten Innenwände stieß. Seine Lippen waren weiß vor Tobsucht, und Helen fühlte sich nicht viel besser. Dringend wollte sie widersprechen, fühlte in sich jedoch mit einem Mal diese unsagbare Erschöpfung, gepaart mit Zorn und dem Verlangen, dass er sie endlich befriedigte. Laut stöhnte sie und wand sich unter seinen Berührungen.

Was wollte dieser Idiot von ihr? Wer war er überhaupt, was erzählte er ihr da für einen Scheiß? Konnte er nicht endlich seinen verdammten Schwanz auspacken, ihn in sie hineinstoßen, es ihr besorgen, und zwar anständig, und damit seiner einzigen Bestimmung nachkommen, die seinem Geschlecht eine Existenzberechtigung gab: die Befriedigung einer Frau?

Sie versuchte, ihre Beine abermals um ihn zu schlingen, die Dinge somit zu beschleunigen, doch diesmal hinderte er sie daran.

»Ich hab die Regie!«, murmelte er knurrend an ihren Lippen.

Seine Finger verließen ihren Körper, dann hörte sie das Geräusch, das ertönt, wenn ein Reißverschluss geöffnet wird, spürte kurz darauf die pralle Spitze seiner Erregung an ihrem geradezu triefenden Eingang, und als er mit aller Macht in sie hineinstieß, presste er zeitgleich seine Lippen auf ihre. Er zog sich nicht weit zurück, sondern stieß immer und immer wieder in sie hinein, sodass seine Hüftknochen im gleichen Takt auf ihre prallten – was mit der Zeit tatsächlich schmerzhaft wurde. Seine Hände hatten sich in ihr Haar gestohlen, waren zur Faust geworden, hielten sie so fest, dass es ebenfalls schmerzte, zwangen sie ihm noch entgegen; seine Zunge war längst in ihrem Mund und nahm diesen nebenbei so heftig in Besitz, dass sie glaubte zu ersticken. Ihre Brustwarzen rieben sich qualvoll an den Knöpfen seines Hemdes, während er immer und immer und immer wieder in sie stieß. Der Schweiß brach ihr am gesamten Körper aus, sie presste die Fingernägel mit aller Macht in seine Schultern, wollte ihm Lust und gleichzeitig Schmerz bereiten, wollte diese süßen Qualen weitergeben, wollte ihn die Leidenschaft und Verzweiflung fühlen lassen, die sie empfand, spürte, dass auch er inzwischen schweißüberströmt war, und schloss endlich die Lider, unfähig, noch mehr von der Welt aufzunehmen, zu sehr beschäftigt mit der derzeitigen Situation. Als er wie aus Versehen ihren G-Punkt berührte, drohte sie in einem gigantischen Orgasmus unterzugehen, doch er biss sie fest in die Unterlippe, holte sie damit schlagartig zurück, und hob den Kopf.

»Ich gebe das Kommando«, murmelt er erstickt, sobald sie die Augen aufgerissen hatte, »Verstanden?« Er wartete ihre Reaktion nicht ab, sondern presste seine Lippen wieder auf ihre, nahm ihren Mund abermals in Besitz und fickte sie weiter auf diese unvergleichliche Art, auf die er sie noch niemals genommen hatte.

Helen konzentrierte sich angestrengt darauf, nicht zu kommen, ohne über ihr Tun nachzudenken, ohne auch nur zu realisieren, dass sie sich ihm unterordnete, es erschien ihr die einzig richtige Reaktion. Unvermittelt richtete er sich auf, packte ihre Brüste sehr fest, sodass sie leise aufschrie, zog sich nun etwas weiter aus ihr zurück, betrachtete ihre Vagina, die er so hart wie nie zuvor gevögelt hatte, sah dann in ihr Gesicht auf und grinste, bevor er wieder zustieß. Hart, tief, brutal und …

… ein letztes Mal.

Ehe Helen wusste, wie ihr geschah, begriff sie, dass er gekommen war – ohne sie! Er zuckte in ihr, verströmte seinen Samen in ihrem unbefriedigten Körper, seine Hände hatten sich längst von ihren Brüsten gelöst und lagen auf ihren Schultern und er stöhnte zufrieden. Wütend rammte sie die Fingernägel in seine Schultern, schrie ihren Frust heraus: »Du verdammter Bastard!« Doch als sie hinabgreifen wollte, hin zu ihrer Klitoris, die so dringend nach einer einzigen, kundigen Berührung verlangte, hielt er ihre Hand fest, bevor sie auch nur die Hälfte des Weges zurücklegen konnte.

»Nein!«, sagte er leise und drohend. Da war wieder das Glitzern in seinen Augen, das sie auf seltsame Art anmachte und gleichzeitig ängstigte.

Ängstigte …

Pah!

Helen fuhr sich eilig mit der Zunge über die Lippen, bevor sie sich, mit den Ellbogen beidseitig aufgestützt, aufrichtete. Sie beobachtete mit kalter Wut, wie er seine Hose schloss, sein Hemd in Ordnung brachte und sie dann ansah.

»Was soll die Scheiße?« Das hörte sich so dunkel an, dass es auch von einem Mann hätte stammen können.

Er hob eine Augenbraue. »Ich habe dir eine Lektion erteilt«, erwiderte er fast sanft und in ihr keimte ein Lachen auf. Trotz der irrwitzigen Situation – oder vielleicht gerade deshalb. Meinte er wirklich, damit durchzukommen? Meinte er wirklich, den Obermacho herausstellen zu können – von dem sie bis vor wenigen Minuten nicht einmal gewusst hatte, dass dieser in ihm wohnte – und sie auf diese abgefuckte Art gefügig zu machen? ER hatte fremdgefickt – nicht sie. Und das wusste er ganz genau, denn neben all dem aufgesetzten Gehabe, war da auch dieses unsichere Flackern in seinen Augen, das nicht zu ihm und ganz bestimmt nicht zu dieser

Macho-Situation gehörte. Das Zeichen dafür, dass der Mann sogar unter einem extrem schlechten Gewissen litt.

Helen war nicht April. Treue war zwar auch für sie nicht nur ein Wort, doch sie war häufig selbst untreu gewesen, und zwar ohne das geringste schlechte Gewissen. Bisher hatte sie noch niemandem etwas geschuldet, schon gar nicht, ihn als Einzigen in ihren Körper zu lassen. Bis auf diesen hier, der meinte, sich auf ein Terrain wagen zu können, auf dem sie die ungeschlagene Meisterin war. Daher nahm sie diese spezielle Angelegenheit nach dem ersten Schock eher sportlich und als Hinweis, dass sie dringend ihre Beziehung überdenken mussten. Was ja nicht neu war.

Obwohl sie noch immer hektisch atmete, und ihr Körper nach Befriedigung schrie, ihre Finger nach wie vor begehrlich zuckten, um sie sich selbst zu beschaffen und auch die Verblüffung über Terence' Verhalten ganz und gar nicht vergessen war, kehrte allmählich das logische Denkvermögen zurück.

Lass ihn kommen!, beschwor sie sich. *Hör dir den Bullshit an, den er verzapft hat, und dann überlege, was du tun willst. Lass ihn kommen, bring dich in eine sichere Position, lass ihn in die Offensive gehen und die Deckung verlassen, sei nicht so blöd und mach dich angreifbar!*

Sie lächelte ihn schwach an, was nicht erwidert wurde. Es schien, als nähme er erst jetzt wahr, wo er sich befand. Offenbar hatte er bis hierher nur sie gesehen. Oder wohl eher ihre Pussy. Wenn er derart geladen bei ihr auftauchte, dann war die Schlampe, die er sich in der Nacht als Placebo genommen hatte, wohl nicht sehr hilfreich gewesen. Was für ein Pech!

Ihre Wut stieg und ihr Lächeln wurde breiter.

»Wo ist das Baby?«, erkundigte er sich, noch immer in diesem heiseren Knurren.

»Es schläft«, informierte sie ihn kühl.

»Wo ist April?«

»Weg.«

Terence neigte den Kopf zur Seite, kein noch so geringes Lächeln war zu sehen. »Wo ist sie?«, wiederholte er nun schärfer.

Helen seufzte. »Terence, ich werde dir nicht sagen, wohin genau sie entschwunden ist, einfach, weil sie mich darum gebeten hat, es für mich zu behalten. Das hat nichts …« Ihre Lippen kräuselten sich und es fiel ihr tatsächlich schwer, die nächsten Worte zu artikulieren, » … mit Respektlosigkeit zu tun, sondern mit Loyalität. Sie bat mich, während ihrer Abwesenheit auf die Kleine zu achten, ich sagte zu, deshalb bin ich hier.«

»Sie ist gestern Abend schon los?«

Helen entschied sich für eine kleine Lüge. »Ja.«

Er betrachtete sie ausdauernd und sehr angestrengt, dann nickte er. »Zieh dich an! Ich warte auf dich im Wohnzimmer!« Damit drehte er sich um und verließ den Raum. Bevor er aber endgültig verschwand, sah er sie über die Schulter hinweg noch einmal an: »Komm nicht auf die Idee, es dir selbst zu besorgen! Es hat seinen Grund, weshalb ich dich unbefriedigt zurückgelassen habe.«

»Oh, lass mich raten …« Helen hob eine Augenbraue, Zorn und Belustigung stritten sich noch immer in ihr. Irgendwie war dieses Theater ja ganz witzig. »Das ist die Strafe für mein verwerfliches Verhalten?«

»Nein«, erwiderte er knapp. »Das ist die Strafe dafür, dass du mich versetzt hast und ein Vorgeschmack darauf, wie … unsere …« Er überlegte. »… *Beziehung* ab sofort verlaufen wird. Ab jetzt bestimme allein ich die Regeln und du wirst dich ihnen unterordnen!«

Bevor sie etwas erwidern konnte, war er bereits gegangen. Offensichtlich war das *auch* ein Vorgeschmack darauf, wie ihre *Beziehung* ab sofort verlaufen sollte.

Helen hüpfte vom Schreibtisch und starrte ihm stirnrunzelnd nach. Vielleicht hatte ja sein Verstand gelitten. Manchmal bekam man einen Schlag auf den Kopf, der zunächst gar nicht so verheerend eingeschätzt wurde, und in Wahrheit war dort oben einmal alles durcheinander geraten. Möglicherweise litt er auch an einem

Hirntumor. Ha! Das war tatsächlich eine Erklärung für den Wesenswandel von attraktiv Jekyll zu sexy Hyde, Marke Christian Grey. Aber das war ja auch nur so ein Versager gewesen. Oder aber, es war irgendwas sehr, sehr Grauenhaftes passiert, das ihn durcheinandergebracht hatte – irgendeinen Grund musste es ja haben, dass er sich derart seltsam benahm.

Wie in Trance stahl sich ihr Finger abermals zu ihrer immer noch feuchten und verdammt sehnsüchtigen Mitte vor. Doch direkt über ihrer Klitoris verharrte sie … Und schließlich ließ sie den Arm unverrichteter Dinge wieder sinken.

Was solls?, dachte sie. *Schauen wir mal, wohin er will.*

Sie gehorchte nicht!, das musste sie sich nicht einmal selbst einreden, weil es schlicht nicht stimmte. Helen hatte nur eine Spur Gefallen an dem Müll gefunden, den er soeben veranstaltete. Es war – wie auch immer – nur ein Spiel, zumindest für sie. Sexspiele reizten sie, machten sie an, belebten die Dinge, wenn sie eingerostet schienen, auch wenn Helen diesen Zustand bisher nun wirklich noch nie erreicht hatte. Außerdem war die Angelegenheit spannend genug, um sich wenigstens anzuhören, worauf der edle Herr und Meister hinaus wollte. Dann könnte sie immer noch entscheiden, ob sie ihm den Kopf abriss oder vielleicht sogar mitspielte.

Sie überdachte diesen Entschluss noch einmal und lächelte dann.

Ja, damit konnte sie leben.

11. Kapitel

Greg

Diese Europäer hatten einfach keine Esskultur.

Missmutig starrte Greg die Kaiserkartoffeln an, die neben dem Schnitzel, das man auf dem Teller suchen musste, und BUTTERerbsen seinen Lunch darstellten. Es war exklusives Essen, die hiesige Kantine glich eher einem Sterne-Restaurant, als einer normalen Mitarbeiterversorgung, das Menü kostete auch nur schlappe 20 Euro. Welche er als Mitglied der Führungsriege natürlich nicht bezahlen musste, es aber trotzdem tat, weil man nun einmal immer mit gutem Beispiel voranging und darüber hinaus Bodenhaftung demonstrieren musste. Aber das alles schmeckte so unendlich fad. Kartoffeln kannte er – wenn es ein Mahl in seiner Heimat gewesen war – nur in pürierter Form. Dieses Fleisch war nicht nur kaum zu finden, sondern auch so gut wie ungewürzt. Wo war die gute alte BBQ-Soße, wenn man sie mal brauchte, oder wenigstens Ketchup?

Und Erbsen? Die waren für ihn in seiner Kindheit das Strafessen gewesen, wenn seine Mutter mal wieder zeigen wollte, wie gesund sie ihr einziges Kind ernährte – er hatte sich immer verweigert. So etwas würde sich in ganz Amerika auf keinem Teller in keiner noch so abgefuckten Cafeteria finden. Die Köche besaßen schließlich einen gesunden Überlebensinstinkt.

Greg wünschte sich zurück nach Hause, wo er mit April gemeinsam kochen würde. Irgendwas, das ihm gerade in den Sinn gekommen war und worauf er Appetit verspürte – oder eben sie, häufig auch sie beide gleichzeitig. Oft hatte er allein in der Küche gestanden, hatte gezaubert, hatte sich vorgestellt, wie sie das Endergebnis genießen würde. Wie ihre rosa Zunge über die von Fett triefenden Lippen lecken, wie sie ihn anhimmeln und sich am Ende für all seine Mühen bedanken würde. Nachdem die sechs Wochen vorüber gewesen waren, hatte sich herausgestellt, dass April nichts von ihrer Libido eingebüßt hatte. Im Gegenteil, so manches Mal hatte sie ihn an den Rand der totalen Erschöpfung gebracht und ihn damit gezwungen, einmal öfter in den Fitnessklub zu gehen. Nichts war für Greg grauenhafter, als die Vorstellung, irgendwann einmal zu versagen, keinen hochzubekommen, es ihr nicht besorgen zu können, nicht hart genug zu sein, um ihr zeigen zu können, dass er immer und in jeder noch so abwegigen Situation in der Lage war, sie zu befriedigen.

Alt zu werden!

Das mit dem Fitnessklub war eine gute Idee, auch hier gab es in der achtzehnten Etage des riesigen Towers ein eingerichtetes Center – nur für die Führungsetage. Die Frauen mussten schön, schlank und edel aussehen. Die Männer aber, und hierbei bezog er sich auf jedes Alter, hatten athletisch, trainiert und verdammt noch mal gesund zu sein. Es existierte schlicht kein Übergewicht in der McCarthy Global Financial Group. Das gab es auch nicht in der Firma seines Vaters – man wurde von klein auf in diese Richtung gelenkt, deshalb störte es Greg nicht sonderlich. Vielmehr hatte er – wie er gerade merkte – diesen höher-schneller-weiter-und- … SCHÖNER-Drang hinter sich gelassen, sofern er das positive Ergebnis nur allein feiern konnte. Was zählte der beste Erfolg, wenn man ihn nicht mit der Person teilen durfte, die man liebte?

Was waren der größte Stress und der erschöpfteste Zustand wert, wenn Greg nicht allabendlich beim Heimkommen daran erinnert wurde, warum er es tat? Was war das höchste Ansehen wert, wenn es niemanden gab, der sich mit ihm darin sonnte, der stolz zu ihm aufblickte, dessen rosige Wangen glühten und dessen Augen vor Freude funkelten?

Okay, es *gab* ja diese Person, auf die all dies zutraf und für die er all die Strapazen auf sich nahm – vielleicht war das das ganze Problem. Es gab sogar zwei … nur leider waren sie tausende Meilen von hier entfernt und daher dummerweise nicht verfügbar.

»Mahlzeit!«

Greg sah auf und beobachtete mit geringem Interesse, wie Bill sich zu ihm an den Tisch setzte. Das Tablett mit dem sehr hübsch angerichteten Essen, neben dem Glas Bier, platzierte er direkt vor sich und breitete die Serviette auf seinem Schoß aus. Dann linste er zu Greg hinüber: »Oh, du hast auch das Schwein mit dem Gemüse. Perfekt!« Keine Sekunde später hatte er das Besteck aufgenommen und aß in einer wahnsinnigen Geschwindigkeit und mit sichtlichem Vergnügen. »Isch gut, oder?«, erkundigte er sich, flüchtig aufsehend, bevor er sich wieder ganz seinem widerlichen Fraß widmete.

Greg griff zu seinem Weinglas – er verabscheute das europäische Bier, außerdem schmeckte so was ohnehin nur, wenn er es mit Terence in seiner Stammbar trank. Auf die Idee, sich zum Lunch ein Bier zu holen, wäre er niemals gekommen. Wein war eine Alternative zu Wasser – das er auch getrunken hätte, das ihn aber als verschrobenen Nerd hätte dastehen lassen. *Yeah!,* dachte er nicht ohne Groll. *Der erfolgreiche Manager von heute fängt schon beim Lunch mit dem Saufen an.*

Keine fünf Minuten später war Bills Teller geleert und er brachte direkt über dem Porzellan die aufgestützten Hände zusammen, bevor er seinen Cousin aufmerksam musterte. »Was ist los? Schmeckt es dir nicht?«

»Was?« Stirnrunzelnd betrachtete Greg seinen kaum angerührten Lunch und lächelte dann schmal. »Ich hatte keinen großen Appetit.«

»Oh!« Das schien Bill brennend zu interessieren. »Woran liegt's? Hast du gestern zu viel gebechert?«

»Bist du unter die Internisten gegangen, oder was?«, knurrte Greg ein wenig zu feindselig, als der Situation angemessen.

»Wow, wow, wow!« Bill hatte die Hände erhoben, doch seine Mundwinkel zuckten. »Ahhh, ich ahne, was du hast.«

»Ach ja?« Greg leerte sein Weinglas.

»Den Work-Out-Blues.«

»Ich war nicht trainieren.«

»Das meine ich auch nicht.« Bill grinste. »Barbara war gestern bei dir, wir alle wissen es, Baby. Die ganze Etage spricht davon.«

Greg's Züge verhärteten sich. »Barbara hat einen Drink bei mir geschlaucht und mir ihre übliche Scheiße ins Ohr gesäuselt. Sie war aber ganz bestimmt nicht *bei* mir und ich nicht IN ihr.«

»Baby«, konstatierte Bill und rief eine der Kellnerinnen, die hier für den Getränkenachschub verantwortlich waren. Nein, es war eben keine normale Kantine. »Einen doppelten Scotch!«, bestellte er mit Blick auf die Brüste, die durch den Ausschnitt der weit aufgeknöpften, aber im Grunde eher jüngferlichen weißen Bluse gut sichtbar waren.

»Natürlich, Sir«, zwitscherte sie und ging davon. Auf die Kleine deutend, sah er Greg an. »Weißt du, warum sie ihre Titten so deutlich zeigen?«

Greg antwortete nicht.

»Weil Dad es so wollte. Haha!« Bill lachte schallend. »Früher hatten sie in ganz Europa diese hässlichen Blusen bis zum Kragen geschlossen, dann kam Dad zu einer Stippvisite und ordnete an, dass die Bedienungen heißer sein sollen. ›Wir müssen jede Motivation mitnehmen, die wir kriegen können‹«, intonierte er in einer Imitation der dunklen Stimme seines Vaters. »Seitdem sind sie heiß und ich geh verdammt gern in der Cafeteria essen.« Greg antwortete immer noch nicht, während Bill sich nicht mehr einkriegte vor lauter Lachen. Irgendwann wischte er sich die Tränen aus den Augen. »Ehrlich, ich liebe mein Leben, und manchmal …« Er hob seinen Zeigefinger. »… manchmal liebe ich sogar meinen Dad.«

Noch immer sagte Greg nichts. Warum war ihm nicht schon viel früher aufgefallen, dass Bill so ein gottverdammter notgeiler Dummschwätzer war?

»Zu unserer Barbara. Baby, du hast den Jackpot geknackt, sie steht auf dich, das kann dir doch nicht entgangen sein.«

Das war es auch nicht. Alle Frauen waren scharf auf Greg McCarthy, noch mehr als auf Bill, weil Greg der Thronfolger war, so wie die Dinge sich derzeit darstellten. Aber Greg vermutete, die süße, clevere, dreckige und sehr erfolgsorientierte Barbara würde auch Bill ihre Zungenspitze ins edle Ohr schieben … wenn sie bei Greg gescheitert war. Was sie offensichtlich noch nicht so einschätzte, obwohl seine Botschaften am gestrigen Abend unmissverständlich gewesen waren. Fuck!

»Ich bin verheiratet.«

Bill lehnte sich zurück und betrachtete ihn mit erhobenen Augenbrauen. »Aber sind wir das nicht alle?«

»Du nicht, wie wäre es, wenn du sie mit in dein Zimmer nimmst? Dann hätte sie ihren Fick, auf den sie offenbar so dringend aus ist, und ich meine Ruhe.«

Bill winkte ab. »Sie ist mir zu fordernd, ich halte es mit Angelique.«

Angelique war seine Sekretärin für die Zeit ihrer Europatour, und er hatte sie bereits am ersten Abend zu einer unverbindlichen Nummer auf seinem Schreibtisch eingeladen.

Erfolgreich.

Eine von Bills Prämissen lautete: »Nimm deine Schlampen niemals mit in dein Bett. Du bekommst sie nämlich nur sehr schwer wieder raus!« Greg vermutete, dass diese Weisheit auch von William McCarthy stammte, der in Bills Alter längst verheiratet gewesen war, sich aber niemals um ein schnelles Abenteuer bringen ließ. Auch heute noch nicht. Seine Gattin wusste davon, duldete es nicht nur, sondern hatte es sogar akzeptiert. Die Ehe bestand ohnehin nur noch auf dem Papier, und Greg nahm stark an, dass sie über das Papier auch niemals hinausgegangen war. Sie hatten die drei Jungs, ihre Pflicht war getan, und seitdem ging Vanessa ausgiebig shoppen, jettete durch die Welt, hielt sich ihre eigenen Liebhaber und kam ihrem Ehemann nicht in die Quere.

Was für ein abgefucktes Leben. Und die Söhne folgten diesem Lifestyle, so wie es aussah.

»Wann wirst du Katherine heiraten?«, erkundigte er sich bei Bill. Katherine war Bills edle Verlobte, die selbstverständlich daheim in New York auf ihn wartete.

Bill winkte ab. »Falsches Thema, *uninteressantes* Thema. Wir waren bei Barbara.«

»Nein, wir waren bei Angelique.«

»Angelique wurde für heute schon bestens versorgt, obwohl …« Bill runzelte die Stirn. »Ich denke, ich könnte mir einen kleinen Fick zur Verdauung …«

»Ich will das nicht wissen!«, unterbrach Greg ihn grollend.

Bill breitete die Arme aus. »Und genau das ist dein Problem, Bruder!«

Vielleicht ging Bill davon aus, dass im Zuge von Greg's Arbeit in der Global-Group auch die Adoption vonstattengegangen war.

»Du solltest einfach lockerer werden. Gut, deine kleine Schlampe ist zu Hause, aber das wird sie auch noch sein, wenn du hin und wieder mal einen wegsteckst. So was entspannt, und … Nimm es mir nicht übel, aber du siehst so aus, als würdest du ein bisschen Entspannung bitter nötig haben.«

Oh, ja, Greg störte es sogar immens, wenn Bill seine Frau auf diese Art betitelte, und er wusste, dass er Aprils Ansehen nach deren Meinung hätte rächen müssen. So stand es in unzähligen Romanzen, die April mit Sicherheit alle gelesen hatte; so hieß das ungeschriebene Gesetz, das unter allen Frauen und einigen Männern kursierte; so lief es nur leider nicht im Real Life. Jedenfalls nicht in seiner Version davon. Hier waren alle Frauen Schlampen, sofern sie nicht aus ihren Kreisen stammten. Egal, wie lange sie schon Teil von ihnen waren, *nach* erfolgter Heirat, versteht sich. Wenn das Geburtsrecht nicht griff, waren sie Eingeheiratete, und eine Frau heiratete eben nur in ihren Kreisen ein, wenn sie mit den erforderlichen Diensten aufgewartet war. An die echte, wahre Liebe glaubte hier niemand, sie war auch nicht wirklich relevant. April war eine kleine dreckige Hure, die sich erfolgreich in die Familie geschlafen hatte. Das war die einhellige Meinung und er hätte Don Quichotte gespielt, wäre er so wahnsinnig gewesen, dagegen angehen zu wollen. Greg gab sich damit zufrieden, dass sie April in ihrem Beisein mit Respekt behandelten. Mehr konnte er – leider – nicht für sie tun. Allerdings tröstete er sich damit, dass sie diese Schmähungen ja nicht hören musste. Andernfalls wäre er nicht so relaxt gewesen, wie er es gerade war.

Irgendwie.

»Du redest hier von meiner Frau!«, knurrte er dennoch pro forma und schnippte das Mädchen mit der unangebrachten Aufmachung und den Riesentitten heran, um sich bei ihr noch einen Wein zu bestellen.

Bill zuckte mit den Schultern. »… Die eine Schlampe ist, das wirst du wohl kaum leugnen. Sie hat sich in dein Bett geschlichen, hat dich mit ihren Titten und ihrer Möse irgendwie geistig lahmgelegt, dir ein Gör angedreht und nun sitzt sie mitten im Honigtopf. Ziel erreicht, weitermachen. That's life!«

Greg sagte nichts, was hätte er auch erwidern sollen? So stellte sich die Sachlage nun einmal dar, und außerdem war er es müde, sich, April und was sie miteinander hatten, zu rechtfertigen. Ein Teil von ihm weigerte sich darüber hinaus, diesen widerlichen, uninteressanten Penner, der Bill mittlerweile in seinen Augen war, Einblick in sein Privatleben zu gewähren. Es war zu kostbar, zu edel, zu *gut*, um so etwas zulassen zu können. Und nein, ihm war zuvor nicht aufgefallen, was für ein gottverdammter Dummschwätzer dieser Typ war, weil er als Kind diese Verhaltensmuster einfach nicht gezeigt hatte.

Learning by Daddy, nannte Greg die Mutation, die mit dem einst so witzigen, moralisch perfekt aufgestellten Bill vor sich gegangen war. Irgendwann bekam er sie eben alle.

Außer mich, schwor er sich zum tausendsten Mal. *Mich wird er niemals bekommen.*

»Sie ist daheim, bringt deine Kohle um die Ecke und vögelt unter Garantie mit ihrem Personaltrainer. Wen interessiert es? Du bist verspannt, Baby, also brauchst du dringend *Ent*spannung. Hör auf den guten alten Bill, vernasch Barbara, fick sie solange, bis sie breitbeinig läuft, dann kriegt sie die Beförderung als Belohnung – unter uns, die steht ohnehin schon fest, Dad mag sie, ich frag mich nur warum.« Nonchalant zuckte er die Schultern. »Vielleicht bläst sie gut … Aber wie auch immer, sie muss es ja nicht wissen, dass sie so oder so aufsteigen wird. Deshalb bin ich sicher, sie wird mit ganzem Körpereinsatz arbeiten, um voranzukommen.«

Beide Männer schauten zu Barbara, die mit einigen Kollegen an einem ungefähr zehn Meter entfernten Tisch saß. Heute trug sie ein tiefrotes Kostüm, das mit goldenen Nähten etwas aufgelockert wurde. Die großen Creolen in ihren Ohrläppchen waren ebenfalls golden, das Haar glänzte wie Rubinrot in der Beleuchtung des Restaurants, es umgab ihren hübschen Kopf wie eine glänzende, duftende, wellige Masse, in die jeder Mann fast zwanghaft seine Finger tauchen wollte.

Ahhh, fuck, dachte Greg, er wollte seine Fäuste darin versenken, wollte fest zupacken, ihren Kopf zu sich herumwirbeln, sie auf die Knie zwingen und währenddessen seine Hose öffnen. Ohne mit der Wimper zu zucken, Greg hasste große emotionale Regungen im Gesicht eines Mannes, der es sich gerade professionell besorgen ließ. Es ließ ihn weich und schwach aussehen und teilte die Verlierer von den Gewinnern. Kein Mann, der als solcher angesehen werden wollte, hätte das Gesicht auch nur um ein Jota verzogen.

Dass sie professionell sein würde, war klar, die Spatzen pfiffen es von den Dächern, dass Barbara Wood sich mit der Beharrlichkeit eines Serienkillers von ganz unten aus der Poststelle durch die Betten nach oben gearbeitet hatte. Es fehlte ihr nicht am erforderlichen Know-how, auch ihre Ausbildung war gut gewesen, aber eben nur gut. Staatliche Highschool, staatliches College, kein Terrain, wo elitäre Millionäre gemacht wurden. Sie war nicht nur clever, sondern auch in der Lage, sich die Männer zu holen, die ihr den Weg ganz nach oben ebnen konnten und es auch würden. Mittlerweile hatte sie ihre Grenzen höhergesteckt, aber man munkelte, dass sie es am Anfang sogar mit ihrem stinkenden Abteilungsleiter daheim in New York getrieben hatte.

Sie war eine Schlampe, darüber waren Greg und Bill sich einig. Von ganz unten nach ganz oben, der abgefuckte amerikanische Traum, der nun einmal sehr häufig über die Vagina einer attraktiven Frau real wurde.

Dass diese kleine Hure, die durchaus Verstand hatte – aber was sollte das schon heißen? –, es ausgerechnet mit ihm treiben wollte, um noch weiterzukommen, empfand Greg rein menschlich gesehen als Beleidigung, sogar als unsauber, als Angriff auf sein Verständnis für Ästhetik. Doch einen zweiten Blick war diese rassige Schönheit allemal wert. Besonders auf die Entfernung, in der ihre schlanken Beine ganz genau zu sehen waren – sie hatte sie extra für Greg übereinandergeschlagen und etwas ausgestellt, davon war er überzeugt. Ihre zierlichen Füße steckten wie üblich in geradezu mörderisch anmutenden High Heels – heute in Rot, die Absätze ebenfalls golden. Sie luden jeden Mann dazu ein, ihre nackten Beine weit zu spreizen, sie nach oben zu ziehen und sich mit den Händen an ihren Schenkeln festzuhalten, während man in sie stieß. Diese Frau sandte ganz klare, direkte Zeichen und alle in Greg's Richtung.

Ja, sie war eine Schlampe, eine Hure, eine unwerte, käufliche Frau, aber gerade deshalb war sie auch so interessant. Weil man sie benutzen konnte, wann immer man sie wollte. Wie es Bill gesagt hatte, weil man einen wegstecken konnte, weil sie neben ihren sexuellen Reizen auch eine verdammt clevere Mitarbeiterin war, deren Weg bereits seit Jahren vorherbestimmt immer nur eine Richtung nehmen konnte: hinauf. Egal, ob sie die Beine weiterhin so freimütig spreizte oder nicht. Ungeschriebenes Gesetz unter den Männern war es aber auch, dass niemand ihr dies zu verstehen gab, denn man wollte, dass Barbara Wood ihre Beine für jedermann in der

Firma breitmachte. Mit den Jahren war sie – ohne davon zu wissen – zu einer Klippe geworden, die es zu nehmen galt. Jeder durfte mal rüber, jeder, der noch nicht über oder unter ihr gewesen war, wurde ermutigt, es zu tun – jeder wollte sie. Hätte Barbara Wood gewusst, welche Gespräche im Geheimen über sie geführt wurden, wäre wahrscheinlich selbst sie rot angelaufen, die so abgebrüht war, dass sie ihre Hände in kochendes Wasser hätte tauchen können, ohne ernsthafte Verletzungen zu riskieren. Möglicherweise hätte sie sogar gekündigt, was man unter allen Umständen vermeiden musste. Man liebte das sexhungrige Maskottchen.

Greg liebte sie nicht und wollte sie nicht, obwohl er in schwachen Momenten wie diesem, eine verdammt enge Hose bekam. Ihre Zunge gestern an seinem Ohr, die Zähne, die sein Ohrläppchen zwischen ihre nahmen, der heiße Atem an seiner Haut, ihr blumiger, frischer Duft, die rauchige Stimme, in der das Angebot so sprichwörtlich war, ohne dass sie es noch aussprechen musste. All das hatte er absolut nicht vergessen, und es war auch nicht spurlos an ihm vorbeigegangen. Er hätte sich gern einmal in ihr versenkt, für ein paar Minuten die Sinne verloren, für ein paar selige Sekunden in einem Orgasmus geschwelgt, ihre großen Brüste geknetet, ihre festen Nippel an seiner Haut gespürt, diese vollen Lippen auf seinen gehabt und seine verdammten Fäuste in diesem wallenden, flammenden, rubinroten Haar geballt.

Nur … der Preis wäre ihm zu hoch gewesen. Er als Einziger – davon war Greg überzeugt – hätte überhaupt einen Preis zu bezahlen gehabt. Seiner wäre Aprils Blick gewesen, womöglich das Scheitern seiner Ehe – obwohl er davon nicht überzeugt war –, aber über allem sein schlechtes Gewissen. Für einen Mann, der im geschäftlichen Bereich überhaupt kein Gewissen besaß, war das ein Ausnahmefall. Er würde mit ihrer Enttäuschung nicht leben können und noch schlimmer: Er würde mit *sich* nicht mehr, und ohne seine Frau und seine Tochter schon gar nicht mehr leben wollen.

Nichts davon sagte er, als Bill und er sich wieder ansahen. Doch es stand womöglich in seinem Gesicht geschrieben, denn sein Cousin betrachtete ihn aufmerksam und schüttelte dann den Kopf. »Dir ist nicht mehr zu helfen – momentan jedenfalls nicht. Sag mir Bescheid, wenn du dich von deiner geistigen Beeinträchtigung erholt hast, und ein bisschen Sauerstoff deinen Schwanz in Richtung Gehirn verlassen hat.«

Greg grinste und beugte sich unvermutet über den Tisch. »Sag mir eines, *Bill* …« Er betonte das letzte Wort so, als wäre es ein nicht unerhebliches Schimpfwort. »Warum um alles in der Welt soll ich mich so dringend auf diese Frau einlassen? Wolltest du die Kerze halten? Oder in einer dunklen Ecke deinen kleinen Schwanz wichsen, weil du selbst nicht in der Lage bist, sie dir zu nehmen?«

Damit leerte er sein Glas und ging. Das Tablett ließ er stehen, davon überzeugt, dass die Kleine mit den riesigen Brüsten, die sie aufgrund William McCarthys Anweisung hin öffentlich zur Schau trug, es schon richten würde.

Angekommen in seinem Büro ließ er sich in seinem Sessel hinter dem Schreibtisch fallen und verschränkte die Hände hinter seinem Kopf. Es war ein geniales Büro, im oberen Segment des Towers gelegen, der Schaltzentrale der hiesigen Niederlassung. Beinahe schien es, als hätte man es für ihn gebacken, denn es entsprach zu 100 Prozent seinem Geschmack. Und in gewisser Weise stimmte das sogar. Es gab ›Die Vorhut‹. Eine Gruppe aus fünf Männern und einer Frau, die in jene Städte vorreisten, welche er mit seinem Tross demnächst aufzusuchen gedachte, um alles so zu richten, dass es den Herren und Damen Global-Player gefiel. Was bedeutete: Die für den Zeitraum ihres Aufenthaltes bereitgestellten Büroräume wurden oftmals komplett anders designed, die Hotelsuiten renoviert und neu möbliert und die Gerichte dem Geschmack der Neuankömmlinge angepasst. Leider legte man auch immer Wert darauf, sie in die einheimische Küche einzuführen, was zu diesen Totalausfällen in der Kantine führte, wie er ihn heute wieder erlebt hatte. Es wurden sogar Köche angeworben, welche die Gerichte auf exakt die Weise zubereiteten, wie Greg, Bill oder, wenn er mit von der Partie war,

William sie besonders mochten. Es lag an Greg, dass er diese Extrabehandlungen ungern nutzte, wissend, dass es bei der Stammbelegschaft in den jeweiligen Städten nicht gut angekommen wäre.

Das war das Leben eines Multimillionärs. Er hatte es bisher nicht geführt, weil seine Eltern ihren Reichtum nicht annähernd so dekadent und nach außen hin sichtbar trugen, wie es William innerhalb seiner Firma tat. Nichts war zu teuer, um seinen Söhnen – wie er Bill und Greg neuerdings nannte – das Leben so angenehm wie möglich zu gestalten.

»Nur wenn ihr euch wohlfühlt, könnt ihr Leistung bringen. Ich fordere *Höchst*leistung und bedingungslosen Einsatz, und ich bin bereit, euch dafür einiges zu bieten.« Das hatte er ihnen gesagt, bevor sie ihre Marathonreise angetreten hatten. Damals hatte Bill Greg bedeutungsvoll angesehen, woraus Greg schloss, dass auch Bill diese besondere Seite seines Vaters bisher nicht gekannt hatte. Umso weniger wollte ihm in den Sinn, dass sein Cousin es so gelassen nahm, die Nummer zwei zu sein, wo er doch die Nummer eins hätte sein sollen – müssen, wenn man es genau nahm.

Greg seufzte.

Im Grunde konnte es ihm egal sein. Er fühlte sich in diesem Raum wohl und wenn er ganz ehrlich war, dann hatte er keine Zeit, um sich mit derartigen Nebensächlichkeiten auseinanderzusetzen. Denn William hatte zumindest in einer Hinsicht nicht zu viel versprochen: Arbeitsintensiv war seine Tätigkeit auf jeden Fall.

Und so senkte er die Arme, setzte sich gerade hin und drückte auf den Sprechknopf: »Belina?«

Kurze Zeit später erschien seine Assistentin. Sie war brünett, das lange Haar war immer nur sehr beiläufig im schlanken Nacken zusammengefasst und reichte ihr bis zur Hüfte. Es glänzte, das war ihm bereits am ersten Tag aufgefallen. Außerdem war sie sehr schlank gebaut, aber nicht dürr, blutjung, er hätte sie nicht älter als 25 geschätzt, und – was Greg unglaublich erfrischend fand: Sie war stets eher leger gekleidet – wenn man die Kleiderordnung in dieser

Etage in ihrer Gesamtheit betrachtete. Heute trug sie eine Designerjeans, die sich um ihren prallen, aber nicht fetten runden Arsch und die schlanken Beine wie eine zweite Haut spannte. An den Füßen entdeckte er leicht erhöhte Pumps, als Oberteil trug sie einen weißen Kashmir-Pullover, welcher der aktuellen Mode entsprechend sehr weit geschnitten war, und um die Taille mit einem breiten Gürtel zusammengehalten wurde. Ja, er war weit geschnitten, besaß aber einen so schwindelerregend tiefen Ausschnitt, dass Greg genau die zarte Spitze ihres BHs sehen konnte, dessen Körbchen schöne, wohlgeformte Brüste hielten. Ihre Nippel waren wie üblich aufgestellt – keine Frau in dieser Etage trug Push-ups, die diesen Anblick verhindert hätten – und drängten aufreizend gegen den Stoff. Greg war Mann genug, um sich für ein paar Sekunden zu wünschen, mit den Fingerspitzen leicht darüber fahren zu dürfen. Der Gedanke kam und ging fast im gleichen Moment wieder, doch insgesamt war die kleine Belina mit den strahlend blauen Augen und dem Schmollmund eine echte Augenweide.

»Sir?« Sie lächelte.

Greg lächelte zurück, erteilte ihr seine Anweisungen und dann machte er sich an die Arbeit.

Zwei Stunden später erschien Belina erneut, diesmal allerdings, ohne dass er sie gerufen hatte. »Sir, ich sollte Ihnen eine Viertelstunde vor Beginn der Vorstandssitzung Bescheid geben.«

Greg, der gerade in seine Unterlagen vertieft gewesen war, sah auf. »Was? Ja, danke.«

Er erhob sich, richtete seine Krawatte und schloss das Jackett, bevor er sich von Belina – welche lächelnd vor ihm stand und ihn mit Engelsgeduld beobachtete – die Mappe reichen ließ, in der alle relevanten Themen für die Sitzung noch einmal stichpunktartig festgehalten worden waren. »Eine Stunde«, schärfte er ihr dabei ein. »Dann rufen Sie mich. Denken Sie sich etwas aus, egal was. Meine Großeltern sind schon tot, was allgemein bekannt ist. *Diese* Ausrede fällt also schon mal aus.«

»Ich werde mir etwas einfallen lassen, Sir.« Ihr Lächeln war verdammt hübsch. Es versetzte ihm einen Stich, denn er fühlte sich zwanghaft an April erinnert. April, wenn sie mal nicht darauf achtete, wie sie sich benahm, sondern ganz April war. Auch das Haar trug seine Frau immer auf genau diese Weise. Als Belinas Duft in seine Nase driftete, war Greg versucht, die Augen zu schließen, denn sie roch sogar verdammt nach April. Schon wollte er sich danach erkundigen, welches Parfum sie benutzte, konnte sich aber auch diesmal noch im letzten Moment beherrschen.

Was war nur mit ihm los?

»In Ordnung«, murmelte er. »Vergessen Sie es bloß nicht!«

»Aber Sir«, sagte sie gespielt vorwurfsvoll mit ihrem süßen französischem Akzent. Greg grinste, nickte ihr zu und ging.

Den Gang entlang, um die Ecke und zu Bills Büro. Angelique sah frisch gevögelt aus, also hatte sein Cousin seine Ankündigung wohl wahr gemacht.

»Komm, Bill!«, brüllte er in den Raum, ohne die Assistentin – blond, ziemlich billig, Riesenvorbau –, mehr als eines abschätzigen Blickes zu würdigen, unter dem sie errötete. »Ich habe keine Lust, mich zu verspäten!«

Bill trat aus seinem Büro und richtete seine Krawatte. Er wirkte auch sehr gut gefickt und perfekt entspannt. Wo war Greg hier nur gelandet? »Ich eile, oh edler Herr und Meister«, hatte er die Nerven zu säuseln, bevor er Angelique einen feurigen Blick zuwarf und dann mit Greg abermals in den Flur trat.

Als Nächstes ging es zu den Aufzügen – die Meetingräume befanden sich in der unter ihnen liegenden Etage. Als sich die Lifttüren öffneten, schüttelte Greg benommen den Kopf, denn offenbar schwirrte dieser signifikante Duft noch immer in seiner Nase, der bei ihm wie ein Katalysator funktionierte. Er hatte sich sogar noch einmal verdoppelt. Kaum roch er ihn, verschwanden all die kleinen Sorgen und Probleme, die ihn sonst im festen Würgegriff hielten, und er fühlte sich, als hätte er einen Stimmungsaufheller geschnupft. Ja, verdammt, das Zeug hatte die Wirkung reinsten Kokses auf ihn. Vielleicht sollte er sich eine Flasche davon kaufen und immer mal daran schnüffeln. Wie hieß denn die Marke nur? Er würde Belina doch fragen, wenn er wieder zurück war.

Der Aufzug hielt und Greg verbannte alle überflüssigen Gedanken, bevor er mit Bill im Schlepptau zu dem riesigen Meetingroom strebte, der ihn fast zwanghaft an den Raum in Hunters Kanzlei erinnerte, in dem er vor gefühlten Ewigkeiten einmal mit Hunter und April gesessen hatte, um einen gewissen Vertrag zu besprechen.

Wie sie damals aufgetaucht war! Abgehalftert, leichenblass, rotzig, mit einem widerlich trotzigen Blick, und dennoch so unglaublich heiß, dass er sie am liebsten direkt auf dem riesigen Tisch gevögelt hätte.

Nun, heute gab es einen signifikanten Unterschied: Der Raum war voll, alle achtzehn Stühle waren besetzt, aber keiner von April. Acht von den Anwesenden gehörten zu seiner Crew, die alle links von der Stirnseite saßen, die übrigen zehn waren die Vorstandsmitglieder der Brüsseler Niederlassung. Der Stuhl an der Stirnseite war frei – für ihn, der er während seines Aufenthaltes den Vorstandsvorsitzenden, einen älteren, dynamischen Typ namens René Montpellier, in der Hierarchie noch überragte.

Doch Greg war professionell.

»Bitte!«, sagte er zu dem grauhaarigen, attraktiven Fünfundsechzigjährigen, dessen Miene deutlich sein Missfallen über die Entthronung ausdrückte, und deutete auf den Thron.

Sofort entspannte Montpellier sich. »Oh, excusez moi! Das wäre doch niescht nötig gewesen.«

›Du kleiner Lackaffe‹, dachte Greg und lächelte. Dann setzte er sich auf Montpelliers Stuhl direkt neben der Stirnseite, während der König wieder seinen Amtssitz einnahm. Nun ja, fast, denn Greg eröffnete und führte die Besprechung. Auch von seinem jetzigen Platz aus. Während er redete, spürte er Barbaras Blick auf sich liegen und ignorierte sie daher konsequent, denn so langsam ging ihm deren

Gehabe extrem auf den Geist. Ganz ehrlich. Bisher war er von ihrer Professionalität überzeugt gewesen, die sich eben auch auf ihre Sexgeschichten erstreckte. Aber wenn das so weiterging, würde er sie aus seiner Crew entfernen lassen, und ihm wäre fuckegal, wie sauer seine Kollegen sein würden – allen voran Bill McCarthy, der den Blick mal wieder nicht von ihr nahm. Da entschied er sich lieber für die süße Belina, die schien menschlicher zu sein.

Attraktiver war sie alle Mal …

… und extrem zuverlässig. Denn exakt sechzig Minuten später klingelte das Telefon, das direkt vor ihm auf dem Tisch stand. Er drückte die Lautsprechtaste. »Sir, ein unerwarteter Vorfall. Sie müssten sofort in Ihr Büro kommen.«

Greg verzog das Gesicht. »Oh, das ist aber unpassend. Sie wissen doch, dass ich in einem wichtigen Meeting sitze.«

»Aber, Sir, es ist wirklich dringend.« Verdammt, für diesen Akzent hätte er sie küssen können! Vielleicht sollte er April bitten, sich auch so eine Sprechweise anzugewöhnen, denn er fuhr sogar extrem darauf ab.

»Nun, wenn das so ist«, sagte er gedehnt, sah auf und blickte direkt in Barbaras Gesicht, die ihn – wie neuerdings üblich – nicht aus den sexy Augen gelassen hatte. Ihre Nippel drückten sich gegen den Stoff – ob sie die Teile heimlich stimulierte, damit sie ja auch immer standen? Auf jeden Fall war auch ihr BH niemals gepolstert. Greg hatte sich darüber nie Gedanken gemacht, bis er einmal ein paar BHs von April gesehen hatte, die allesamt mit einem Polster versehen waren.

»Meinst du, ich lass mir von jedem dahergelaufenen Arschgesicht auf die Nippel starren?«, hatte sie ihn angefaucht. Das war noch zu der Zeit ihres Deals – ohne Sex. »Ich bin Krankenschwester und werde ungefähr fünftausend Mal täglich angegrapscht und unentwegt angeglotzt!« So hatte er das wirklich noch nie gesehen, ab diesem Zeitpunkt aber sein eigenes Verhalten überprüft und ihr im stillen Recht gegeben. Tja …

»Es tut mir leid, aber ich muss Sie jetzt verlassen«, sagte Greg und erhob sich, bevor er sein Jackett schloss. »Alles Relevante dürfte besprochen sein, wenn es darüber hinaus noch Fragen gibt, wenden Sie sich bitte an Mr. McCarthy.«

Bill lächelte und Greg ging, ohne sich noch einmal umzublicken.

Sobald er im Flur war, wurde sein Gang viel beschwingter. Er hasste diese Meetings, denn sie waren total ineffektiv. Sinnloses Gerede, bei dem jeder versuchte, den anderen mit seinen aufgeblasenen, inhaltslosen Vorträgen zu übertrumpfen, man schaffte in der Zeit überhaupt nichts. Außerdem wurde überwiegend visuell gesprochen, was da an Nicht-Freundlichkeiten über den Tisch fegte, hätte keiner der Anwesenden laut auszusprechen gewagt. Konkurrenz belebte das Geschäft, aber in der Theorie praktizierte, nur den Emotionen freien Lauf lassende, hatte noch niemals Millionen umgesetzt.

Zielstrebig ging er zum Aufzug und atmete auf, da endlich dieser Duft verschwunden war. Aus seiner Nase versteht sich. Er überlegte, nicht in sein Büro zu gehen, Belina war ihm zumindest heute etwas zu gefährlich, denn sie erinnerte ihn zu sehr an die Dinge, die er momentan nicht haben durfte. Selbst das Wochenende war keineswegs so gesichert, wie er April Glauben gemacht hatte. Er würde es versuchen – ja. Aber wenn William beschloss, dass es irgendwelche angeblich unaufschiebbaren Termine zu bedienen gab, dann würde auch dieser Traum gestorben sein. Und verdammt, er wollte April.

Duftend!

Unter sich!

Über sich!

Vor sich!

In ihr!

Er wollte ihre Lippen, ihre Brüste, ihren Körper, ihre Stimme – einfach alles von ihr. Und er wollte endlich seine Tochter wiedersehen. Skype war eine geniale Erfindung, konnte aber persönliche Nähe nicht unbedingt herstellen.

Als der Lift hielt, schalt er sich einen verdammten Idioten, der selbstverständlich zurück in sein Büro gehen würde, weil er nämlich verflucht viel zu tun hatte. Es hörte sich nach viel Zeit an, aber es war fast unmöglich, sich innerhalb von vierzehn Tagen umfassend über die Vorgänge und internen Arbeitswege einer riesigen landesweiten Niederlassung zu informieren, einschließlich aller Manager mit nahezu umfassender Entscheidungsgewalt. Jede Filiale – wenn man die riesigen Betonklötze überhaupt so nennen wollte – hatte ihre Besonderheiten, es galt, auch die lokalen Eigenheiten der Belegschaft zu berücksichtigen. Über allem jedoch standen die jeweiligen politischen Verhältnisse: wer war wann geschmiert worden, wer war den McCarthys wohlgesonnen, wer stand auf der Kippe, wer musste dringend für ihre Sache gewonnen oder eben für immer und ewig gestürzt werden. Höchst illegal, diese gesamte Geschichte, denn die Hälfte von Greg's Aufgaben war es, korrupte Politiker zu verarzten und bei der Stange zu halten. Und in Brüssel sowie Den Haag befand sich gleich die gesamte Politikerriege der Europäischen Union auf dem Prüfstand. Obwohl, diese Dinge hatten sie recht gut im Griff. Sie saßen in allen Wirtschaftskommissionen in der leitenden Position, schrieben die Gesetzestexte vor, die immer ohne Änderungen abgenickt wurden – kurzum, sie machten die Politik der Europäischen Union.

Alles tanzte genau nach ihrer Pfeife …

Er hatte die Tür zu seinem Büro erreicht und öffnete die Klinke – ja, auf diesem seltsamen Kontinent gab es keine Türknaufs – so beschwingt, dass er grinsen musste.

Genau, McCarthy! Wir gehen die Gefahren immer frontal an und lassen uns garantiert nicht von einem abgefuckten Parfum unterkriegen!

… nur, dass es nicht abgefuckt war, sondern verdammt anregend. Und es schien seine Intensität während seiner Abwesenheit verdoppelt zu haben, vielleicht hatte Belina noch mal nachgesprüht, um ihn endgültig in den Wahnsinn zu treiben.

Die gesamte Luft lebte von diesem unaufdringlichen, leicht blumigen, nicht zu süßen, bestechenden Duft. Greg presste die Zähne zusammen, seine Miene verhärtete sich.

»Danke!«, knurrte er in Richtung Assistentin, die an ihrem Schreibtisch saß und ihn erstaunt ansah. Sie wollte etwas sagen, doch seine erhobene Hand hinderte sie daran, bevor sie auch nur loslegen konnte. »Später!«, stieß er hervor, durchmaß mit vier langen Schritten den nicht unbedingt kleinen Raum und rammte fast die Tür zu seinem Büro auf.

Dumm nur, dass es hier keine Entwarnung gab, sondern sich die Intensität von Duft und Katastrophe noch einmal verstärkte, was wieder einmal Greg's Zorn auf den Plan rief. Schließlich waren sie hier nicht in einem Puff, gottverdammte Scheiße. Bevor er aber herumwirbeln, zurück ins Vorzimmer stürzen und Belina nach allen Regeln der Kunst zusammenscheißen konnte, fiel sein im Raum umherschwirrender Blick auf ein Beinpaar. Genau genommen war es der untere Bereich dieser Exemplare, deren Füße in widerlich heruntergekommenen Stiefeln steckten.

Er hatte gedacht, sie hätte diese Geschmacksverirrungen endlich entsorgt.

Nebenbei hatte sein Herz zu einem Dauerlauf angesetzt und nicht vor, diesen demnächst zu beenden. Hart und verboten schnell schlug es gegen seine Rippen, sein Mund wurde trocken, kraftlos ließ er die Arme sinken, schaffte es aber, die Tür mit seinem Oberkörper zuzudrücken.

Scheiße!

Da war sie!

Sein Blick glitt an den Jeansbeinen hinauf – dass es sich um Designerjeans handelte, die nichts mehr mit den alten, verschlissenen gemein hatten, in denen sie damals in der Kanzlei aufgekreuzt war, verdarb den Gesamteindruck überhaupt nicht. Sie trug eines ihrer Leinenhemden – kein verblichenes Shirt – es war bereits wärmer als damals. Aber fuck, sie war es.

DIE – seine – April.

Als er endlich ihr liebliches, momentan leicht trotziges, Gesicht mit dem Blick erreichte, atmete er auf, es war wie ein Heimkommen, wie eine frische Brise Sauerstoff, nach jahrelangem Aufenthalt im schlimmsten Smog. Als wäre der Tag heller, als hätte sich die Wolkendecke plötzlich gelichtet, als hätte jemand einen frischen Stoß Energie durch seinen Körper gejagt. Selbstverständlich hatte er gewusst, dass sie ihm fehlte. Wie sehr aber, das erfuhr er erst in diesen Sekunden, als er bemerkte, dass er sich an ihrem Gesicht – nicht schön, aber so unendlich hübsch und ausdrucksvoll – nicht sattsehen konnte. Das meiste Make-up war während des langen Fluges verschwunden. Nur noch etwas verwischter Mascara erinnerte daran, dass sie überhaupt geschminkt gewesen war. Yeah, April war noch nie eines dieser geistlosen Modepüppchen gewesen. Sie war echt … sie war …

Das dunkle, so lange Haar wirkte leicht derangiert, als wäre sie gerade aus dem Bett aufgestanden. Oh ja, Greg konnte sich sehr genau daran erinnern, wie sie dann aussah. Er wusste auch noch ganz exakt, wie der Anblick auf ihn wirkte, wenn sie ihm den Rücken zukehrend, ihren nackten Körper dehnte und den süßen kleinen Arsch noch nach außen streckte. Wie sie dann die weichen, sanften Kurven ihrer Hüften erst in die eine, dann in die andere Richtung bog, während an den Seiten die Ahnung ihrer runden Brüste zu sehen war.

Er wusste alles …

Sie saß übrigens auf der Ledercouch, die mittig an der Längswand des Raumes stand, die Beine überschlagen, der obere Fuß wippend. Als sie wohl beschlossen hatte, dass er endlich wusste, wer da sein Büro in Beschlag genommen hatte, nahm sie das Bein herunter, stemmte rechts und links die Fäuste neben sich in das Leder und reckte den Kopf vor.

»Das ist vielleicht ein Saftladen!«, teilte sie ihm grimmig mit. »Ich habe EINE STUNDE gebraucht!« Wie zum Beweis stach der rechte Zeigefinger anklagend in die Luft. »EINE STUNDE, um hier reinzukommen! Ich hab dem Pförtner meinen Ausweis gezeigt, der war auch ziemlich schnell überzeugt, aber dann kamen diese Pseudo-Soldaten an. Und die …« Sie sah auf, hätten ihre Augen nicht gestrahlt, dann hätte er ihr die Vorstellung womöglich abgenommen. »Mein Pass ist doch nicht schon wieder gefälscht, oder? Ich meine … Wir sind diesmal *wirklich* verheiratet, es war nicht wieder ein Fake?«

Als er nicht antwortete, seufzte sie. »Wie auch immer, scheint ja zu stimmen, denn nach nur sechzig lauschigen Minuten in ihrem verdammten Verhörraum, oder wie das heißt, das stand nur auf Französisch dran, und ich kann auf Französisch nur merde … das heißt Schei… ahh, ich schätze, das kennst du. Na ja, also ich war bei diesen paramilitanten Heinis – wusstest du, dass die da rauchen? – na ja, dann waren sie wohl davon überzeugt, dass ich kein Bluff oder irgendein abgefuckter Attentäter bin, denn ich durfte doch tatsächlich hier hoch. In Begleitung von einem dieser Military Boys. Ich brauchte noch mal eine Viertelstunde, um deine Belina nebenan davon zu überzeugen, mich nicht zu verpfeifen. Aber sie ist cool.«

Greg sagte noch immer nichts. Er hatte sich allerdings in Bewegung gesetzt, ging langsam auf sie zu, die Arme vor der Brust verschränkt, ihr Gesicht nicht aus den Augen lassend, was sie mittlerweile sichtlich nervös machte. Aber noch überspielte sie es … Leidlich.

»Am Ende hat sie die Schnauze gehalten, was ich echt gut finde. Also nicht wirklich gut, ich mein, sie musste ja nur nichts sagen. Und … uhhh, tolles Büro hast du hier, hätte ich nicht gedacht, dass der Alte … Ach, das war ja nicht er, oder? War es schon so, als du ankamst? Ist bestimmt so ein Managerbüro für Durchreisende McCarthys? Okay, wie auch immer, war ja irgendwie klar, dass sie nur vom Feinsten hier haben. Ist ja immer alles nur vom Feinsten.«

Er hatte inzwischen den Tisch umrundet und stand direkt vor ihr. Die Arme nach wie vor verschränkt, die Augen halb geschlossen, sie von oben ansehend, während April jetzt doch endlich aufblickte. Sie schluckte trocken, fuhr sich mit dieser verdammten rosa

Zungenspitze über die Lippen, so wie sie es stets tat, wenn sie nervös war.

»Also«, setzte sie erneut an, doch diesmal unterbrach er sie.

Leise.

Aber dennoch sehr energisch.

»Wo ist June?«

»Oh, *June!*«, rief sie und schlug sich mit der flachen Hand an die Stirn, als ob ihr gerade eben erst wieder eingefallen war, dass sie eine wunderschöne Tochter hatten. »Ja, also … Äh …« April schluckte erneut, doch dann kehrte ihr Selbstbewusstsein zurück, dieses unerschütterliche Selbstvertrauen, das ihre Frechheit überhaupt erst ermöglichte. »So! Und wenn du mich erschießt, ist mir egal, ich hab sie bei Helen gelassen, denn ich musste dich sehen. Ich bin nämlich mit dir verheiratet, und ich finde, wenn man verheiratet ist, sollte man sich mindestens einmal im Monat sehen, sonst ist das Scheiße. Ich hätte June niemals mitnehmen können, sie hätte das nicht verkraftet, wäre total durch den Wind gewesen, aber ich …«

Sein Finger auf ihren vollen Lippen stoppte sie. Er hatte sich so schnell zu ihr heruntergebeugt, dass ihr keine Zeit zum Zurückweichen blieb. Glücklicherweise. Greg musterte eindringlich das geliebte, leicht erschrockene Gesicht, nahm jedes klitzekleine Detail wahr, überlegte sich in einem entlegenen Teil des Gehirns, dass die Heimat manchmal in sehr seltsamer Form auftrat und dass noch bizarrer war, wie schnell eine Person zur Heimat werden konnte. Dann lächelte er und zog sie mit beiden Händen an ihren Schultern hoch, bis sie ihm gegenüberstand. Mit dem Zeigefinger hob er ihr Kinn. »Halt den Mund«, flüsterte er. »Du hast mir auch gefehlt.«

Er senkte die Lippen, spürte, wie hektisch ihr Atem entwich, wie rasch sich schon jetzt ihr Brustkorb hob und senkte und küsste sie, wobei seine linke Hand sich in einem Akt der Verzweiflung auf ihren Hinterkopf stahl, packte ihr dichtes Haar, mit dem es kein anderes aufnehmen konnte, während er sie wie ein Ertrinkender küsste. Wen scherte schon, warum sie hier und wie sie überhaupt hierher gekommen war, sie WAR DA!

Nichts anderes interessierte.

Greg hörte ihr Stöhnen, das in seinem Mund landete, und das ihm den letzten Sinn für Vernunft raubte. Schon glitten seine Hände an ihrem schlanken Körper hinab, packten ihren Hintern; sie spreizte bereitwillig die Beine, die sich, sobald er sie angehoben hatte, um seine Hüften schlangen. Als sie seine harte Erregung an ihrer Weiblichkeit spürte, nur getrennt von einigen unsinnigen Lagen Stoff, stöhnte sie noch lauter, nun war sie es, die ihre Hand in *seinem* Haar verkrallte, sie neigte den Kopf, ließ ihn so auch den letzten, hintersten Winkel ihres Mundes erforschen und schmiegte dabei ihre Brüste an ihn. Nein, auch sie trug keine gottverdammten Push-ups mehr, aber nicht, weil sie andere Männer, sondern nur, weil sie *ihn* anmachen wollte. Und das tat sie – oh Gott, und wie! – während er durch den dünnen Stoff seines Hemdes ihre festen Nippel spürte, die sich aufreizend an ihm rieben und sie zur Unterstützung, den uralten Takt imitierend, ihr Becken kreisen ließ. Er spürte ihr Keuchen an seinem Mund, spürte, wie ihr aus der Nase entweichender Atem gegen seine Haut prallte.

Greg zog den Kopf zurück, betrachtete sie schweratmend. »Fuck!«, murmelte er dann und trug sie zu seinem Schreibtisch, wobei ein schmales Lächeln flüchtig seine Züge erhellte. Yeah, er hatte sie schon immer mal auf dem Schreibtisch vögeln wollen.

Und genau das würde er jetzt tun.

Sie kicherte, als er sie auf die Tischplatte setzte und lehnte sich auf ihre Arme aufgestützt zurück, sodass er die Blusenknöpfe öffnen konnte. Dabei ging er geschickt vor, sein vor Verlangen pochender Schwanz half ihm dabei. Jede verdammte Sekunde, die er hier wegen Unfähigkeit zu viel verbrachte, wäre eine verschenkte. Kurz darauf hatte er ihren blauen Spitzen-BH freigelegt – *ohne* Push-ups –, er beugte sich vor, küsste zart die festen Nippel, die versuchten, sich durch den Stoff zu pressen. Ihre schlanken Finger streichelten seinen Nacken, sie stöhnte laut und arbeitete sich dann zu seinem Hemd vor.

»Fuck!«, keuchte jetzt sie, ihre Finger bebten gewaltiger, sie hatte erheblich mehr Schwierigkeiten mit den Knöpfen. Ungeduldig half er ihr, lockerte seine Krawatte, während ihre Beine zu Schraubstöcken wurden, die ihn zu sich zwangen, an sich heran, so nah, dass er wie in Trance ebenfalls seine Hüften bewegte.

»Heilige Scheiße!«, fluchte er, strich unwirsch ihre Hände beiseite, um selbst das Öffnen zu übernehmen, wobei sie ihm atemlos zusah. Die feuchten, leicht geschwollenen Lippen, aus denen ihr hektischer Atem entwich, machten die Angelegenheit auf jeden Fall nicht einfacher. Inzwischen zitterten auch seine Hände. Selten, wirklich ganz selten zuvor, hatte er sie so sehr begehrt, wie genau in diesem Augenblick.

Sein Blick streifte ihre Brüste, die sich gegen den Spitzenstoff drängten, und er wanderte rasch weiter hinab, um nicht doch noch peinlich in seine Hose zu kommen.

Dann endlich war der letzte Knopf offen, er streifte das Hemd über die Schultern, schloss die Augen, als er ihre Handflächen auf seiner nackten Brust spürte und …

Die Tür wurde aufgerissen. In der nächsten Sekunde stand ein strahlender Bill im Raum. April stieß einen spitzen Schrei aus und presste die Arme vor ihre prallen Brüste, während Greg seinen Cousin anstarrte, als wäre dieser eine Ausgeburt aus einem Horrorfilm.

»Hey, Bro, ich habe … Oh!« Wie ein kleines Mädchen schlug Bill die Hand vor den Mund, doch Greg entging nicht, dass er ungeniert auf Aprils Brüste glotzte.

»Raus!«, knurrte Greg, sobald er seine Stimme wiedergefunden hatte. Und als Bill nicht sofort reagierte, wiederholte er den Befehl. Diesmal bedeutend lauter. »Verschwinde, verdammt noch mal!«

Bills Mund verzog sich zu einem sehr, sehr dreckigen Grinsen, während er noch einmal den Blick über Aprils nur in Spitzenunterwäsche gekleidete Gestalt gleiten ließ. Dann hob er die Hände. »Tut mir leid, Alter. Nichts für ungut. Ich wollte …«

Greg hatte nur Augen für seine Frau. »Das kannst du mir später sagen. Geh jetzt!«

Und endlich hatte sein Cousin wohl begriffen, denn er schenkte April ein letztes Lächeln und ging.

April und Greg sagten für eine lange Minute gar nichts. Stattdessen wartete er, dass sie den Schock überwand, was – wie er angenommen hatte – nicht allzulange brauchte. Sie war schließlich nicht in einem Mädchenkloster aufgewachsen.

»Was für ein Arsch!«, stieß sie schließlich hervor.

Greg, der endlich aus seiner Starre erwacht war, und sich das Hemd wieder übergestreift hatte, nickte, während er es zuknöpfte.

»Und was für eine Verschwendung«, fuhr April fort, die sich ihrerseits widerstrebend wieder anzog. Er hob ihr Kinn mit zwei Fingern und betrachtete sie – nun wieder grinsend.

»Wir holen es nach. Bald.« Sanft hauchte er einen Babykuss auf ihre süßen, halb geöffneten Lippen, bevor sein Gesicht wieder versteinerte. Dann machte er kehrt und ging mit großen Schritten in das Vorzimmer.

Belina sah entschuldigend auf, als Greg in den Raum gestürmt kam. »Sir, iesch …«

Seine Frau war im Nebenraum und gerade zutiefst gedemütigt worden, weshalb Greg plötzlich immun gegen den Duft oder den süßen Akzent war. »Sie sitzen hier, um genau das zu verhindern«, knurrte er und baute sich vor ihrem Schreibtisch auf. »Wenn Sie sich dieser Aufgabe nicht gewachsen fühlen, dann müssen Sie Ihren Stuhl räumen, verdammt noch mal! Ich könnte mir vorstellen, dass es genügend Hilfskräfte dort draußen gibt, die liebend gern hier tätig wären und mir derartige Überfälle kompetenter ersparen würden!«

Sie war blass geworden, ihre vollen, rot geschminkten Lippen bebten, doch das war Greg egal. Er deutete auf seine Bürotür: »Niemand kommt dort hinein, bevor ich ihm nicht ausdrücklich die Erlaubnis dazu erteilt habe. Ist das klar?«

Sie brachte es auf ein Nicken, was Greg genügte. An der Tür zu seinem Büro blieb er stehen und sah sich noch mal zu ihr um. »Das gilt natürlich nicht für meine Frau. Die darf zu jeder Tages- und Nachtzeit hinein. Egal, was ich gerade zu tun habe.«

Damit ging er.

Er hatte genug von diesem Theater. Genug von Belinas erschrockenem Blick, den er ihr plötzlich nicht mehr abnahm, genug von diesem aufgesetzten Gehabe.

Genug.

Greg wollte seine Frau und … hurra, wie genial: Zufälligerweise war sie sogar mal anwesend.

12. Kapitel

Terence

»Setz dich!«, knurrte er. Noch immer war er außer Atem, das Adrenalin jagte durch seinen Körper, es elektrisierte ihn, wie der Sex, den er eben gehabt hatte, und welcher der beste seines bisherigen Lebens gewesen war. Alles in ihm brüllte ein frenetisches »Yeah!« und er hätte am liebsten laut gelacht, weil er sich selten zuvor so befreit gefühlt hatte. Endlich, *endlich* hatte er einen Weg gefunden. *Den Weg*, wie es schien, er hatte den Verdacht, dass sein Vater vor ihm ebenfalls irgendwann diese Richtung eingeschlagen hatte, als es auf die herkömmliche, nette Tour einfach nicht hatte funktionieren wollen. Nachdem zur Abwechslung mal nicht er gefickt hatte, sondern von irgendeiner Schlampe – und Terence wusste genau, wer das gewesen war – gefickt worden war.

Sie folgte, was ihn noch einmal in der Überzeugung von der Richtigkeit seines Tuns bestärkte.

»Es gibt neue Regeln«, verkündete er, nachdem auch er sich gesetzt hatte. Ihre Wangen glühten, er wusste, dass sie innerlich vor Verlangen verging, und er bewahrte sorgfältig den Zorn in sich, der ihn überhaupt zu dieser Rücksichtslosigkeit befähigte. Er konnte und wollte nicht ohne sie leben. Im Moment zumindest nicht. Wie die Dinge in ein paar Monaten aussehen würden, stand auf einem ganz anderen Blatt und interessierte ihn derzeit nicht im Geringsten.

Doch bisher hatte er es versäumt, die Regeln zu diktieren, war in die Falle gegangen und hatte sich zu einem sehr schmerzhaften und vor allem unbefriedigten Leben ohne diese Frau verurteilt.

Dumm!

Fand er.

Jämmerlich!

Hätte ihm sein Vater attestiert.

Er war reich, *er* hatte das Geld, *er* diktierte den Fahrplan – das war ein uraltes und immer noch sehr, sehr aktuelles Gesetz.

»Ich werde dich nicht heiraten. Heute nicht, morgen nicht, auch nicht in fünfzig Jahren. Niemals. Es sind weder eine Ehe, Kinder oder ein Bi-Ba-Butzenhaus im Buckingham-Palace-Style geplant«, informierte er sie kühl. »Mir ist ehrlich schleierhaft, wie du überhaupt auf die Idee kommen konntest, dass es anders wäre.«

Er sah den Zorn und auch die Enttäuschung in ihren Augen aufblitzen, doch sie erwiderte nichts, womit sie wohl die erste Lektion begriffen hatte: Er entschied, wann sie etwas zu sagen hatte und wann nicht. Auch diese Regel entsprang der ungleichen Geldmittelverteilung in diesem Gespann, aber ebenso der Tatsache, dass er der Mann – und damit der Macher –, sie aber nur eine Frau, und damit immer der unterlegenere Part war.

»Ich bin gern mit dir zusammen, das werde ich nicht leugnen, es ist wohl offensichtlich.« Terence fuhr sich eilig mit der Hand durch sein volles Haar, weil ihr Blick spöttisch geworden war – zumindest bildete er sich das ein, denn als er sie wieder ansah, wirkte sie höflich konzentriert wie zuvor. »Ich will nicht auf dich verzichten und ich bin gern bereit, dich für deine …«

»… sag Dienste und ich werde dich auf der Stelle töten. Das ist ein Versprechen«, unterbrach sie ihn sehr leise und so zuckersüß, dass er wieder an eine Halluzination glaubte, doch diesmal veränderte sich ihr Gesichtsausdruck nicht. Sie wirkte ehrlich empört … und damit nicht mehr ganz so heiß, verlockend und willig, wie Terence das gerne wollte – und zwar für den Rest ihrer Bekanntschaft.

JA!

Das war das richtige Wort!

Be-kannt-Schaft.

Nicht Beziehung oder etwas Vergleichbares.

Terence lehnte sich zurück und musterte sie grimmig. »Stellen wir zunächst einmal eines klar«, sagte er langsam, eisig und mit dem Hauch der Autorität, wegen der er in der Etage des Versicherungskonzerns verschrien war. »Wenn ich rede, bist du still. Es steht dir jederzeit frei, zu gehen und diese Geschichte zwischen uns zu beenden. Lässt du dich aber auf das Arrangement ein, dann wirst du tun, was ich dir sage. Ich gebe dir zwei Sekunden, um dich zu entscheiden.«

»Ich bin hier als Babysitter, du Idiot. Ich *kann* gar nicht gehen«, erwiderte sie kühl und verschränkte defensiv die Arme.

Terence zuckte die Schultern. »Ich schätze, Greg wird gar nicht begeistert darüber sein, dass gerade du seine Tochter hütest. Ich engagiere eine Ersatzkraft, du bist raus.«

»Du bildest dir ehrlich ein, hier bestimmen zu können?«

Terence warf lachend den Kopf zurück. »Baby, nein, ich bilde mir nicht ein, der Bestimmer zu sein, ganz ehrlich nicht. Etwas Derartiges habe ich nicht mal mit sieben gedacht. Ist eher ein Begriff aus *deiner* Schicht. Ich betrachte nur die Rechtslage. Im Gegensatz zu dir bin ich nicht nur als langjähriger Freund des Kindesvaters bekannt, sondern genieße auch gewisse rechtliche Privilegien, wie die Patenschaft der Kleinen. Schon vergessen? Du allerdings hast sie nicht inne. Was auf dem Papier steht, das du irgendwann einmal mit mir in dieser Kirche unterschrieben hast, interessiert die Justiz einen Rotz, du bist nämlich nicht in der notariellen Version aufgeführt. Das bin nur ich.« Er deutete mit dem Daumen auf sich. »Glaubst du wirklich, Greg hätte zugelassen, dass eine Person wie du für die Geschicke seines Kindes verantwortlich werden könnte?«

Nun blitzte eindeutig Zorn in ihren Augen auf. »Weiß April davon?«

»Das entzieht sich meiner Kenntnis, aber ich gehe davon aus, dass Greg im Interesse des häuslichen Friedens seiner Gattin dieses geringfügige Detail verschwiegen hat. Des Weiteren gehe ich davon aus, dass April dich ohne Greg's Wissen mit seiner Tochter allein gelassen hat. Ich kam hinzu, entdeckte diesen Fehler und schritt als gesetzlicher Vertreter der Eltern ein. Wenn du mir nicht glaubst …« Er fasste sich leicht an den Kopf und betrachtete sie lächelnd. »OH, ich vermute, du hast doch eine Ahnung, schließlich bist du ja … *vom Fach.«*

Nun schluckte sie trocken und er sah, dass sie angestrengt überlegte, dann holte sie tief Luft. »Was, wenn ich nicht gehen will?«

Terence lächelte. »Ich wusste, dass du dich für diesen Weg entscheiden würdest, das unterstreicht deine Cleverness, Baby, die ich schon immer sehr bewundert habe.«

»Komm zur Sache!«, knurrte sie.

Er neigte den Kopf zur Seite. »Womit wir gleich bei der nächsten Regel wären, die du ab sofort zu befolgen hast, solange du mit mir diese – äh – Bekanntschaft pflegst.«

Ihre Mundwinkel zuckten spöttisch, aber wenigstens widersprach sie ihm nicht.

»Du wirst mich nicht unterbrechen, verstanden?«

Helen musterte ihn nur ausdruckslos.

»Das werte ich als Ja«, murmelte er. »Ich wusste, dass du nicht ohne bestimmte Gegenleistungen mit mir zusammensein wollen würdest, deshalb bot ich dir auch an, dir ein Apartment zu besorgen. Natürlich auch, damit du aus deinem Drecksloch herauskommst. Ich kann unmöglich mit einer Frau verkehren, die derart … inakzeptabel lebt. Du lehntest ab, wolltest alles, sozusagen das ganze Paket. Hast du inzwischen kapiert, dass es das nicht geben wird?«

Wieder antwortete sie nicht, nickte auch nicht oder schüttelte den Kopf, doch Terence ging nicht darauf ein.

»Du wirst zur Stelle sein, wenn ich dich treffen will.«

Keine Reaktion.

Terence lehnte sich noch etwas weiter zurück und schielte zur Bar. Er hätte jetzt gern einen Gin genommen, nur um sich ein wenig zu stärken, aber das hätte den Effekt versaut. In seinem Kopf türmten sich alle Wünsche und Fantasien auf, die sich in vielen Jahren zusammengeballt hatten. Hier war die Chance, sie sich alle zu erfüllen, und er wollte nicht den geringsten Fehler begehen. Für dieses Spiel hatte er sich keine einfache Partnerin ausgesucht, was er niemals vergessen durfte. Auch wenn sie momentan relativ unbewaffnet und damit harmlos wirkte. Er liebte ihre Sexabhängigkeit! Mit April wäre so etwas nicht möglich gewesen. Jedenfalls nicht, wenn er nicht Greg war … Okay, an April hätte er auch nie Interesse gehabt.

»Du wirst reden, wenn ich es dir sage, schweigen, wenn ich das will, ertragen, was ich verlange, nicht tun, was ich nicht gutheiße.«

Nun waren ihre Lippen gespitzt, aber sie sagte immer noch nichts.

»Ich werde dir ein Apartment kaufen, in dem du ab sofort wohnen wirst.«

Schweigen.

»Du wirst dort scin, wann immer ich dich treffen will.«

Schweigen.

»Keine anderen Männer! Kein Masseur, Fitnesstrainer, Friseur, Visagist oder bei der Maniküre und Pediküre. Ich will dich nicht in der Nähe irgendeines Mannes!«

Stille.

»Den Job in dieser billigen Anwaltskanzlei wirst du aufgeben, deinen Lebensunterhalt finanziere ich dir ab sofort. Du bekommst die Beträge nach meinem Ermessen. Bin ich mit dir zufrieden, dann wird es mehr sein, warst du nicht fügsam, dann kann es schon mal passieren, dass ich dir ausschließlich den Kühlschrank füllen lasse und du dich für einen Monat einschränken musst, womit du viel Zeit haben dürftest, über dein Fehlverhalten nachzudenken.«

Auch darauf hatte sie nichts zu erwidern.

»Du wirst mit mir nicht in der Öffentlichkeit auftreten und nichts über unsere Bekanntschaft verlauten lassen. Sollte irgendwer davon erfahren, werfe ich dich in hohem Bogen raus und du kannst dich auf eine saftige Strafe freuen.«

»Körperlich oder finanziell?«

Verwirrt sah er auf, dann wurde seine Miene eisig. »Ich hatte gesagt, dass du sprichst, wenn ich es dir gestatte, verdammt!«

Ihre Mundwinkel zuckten. Sie hob einen Finger und er beäugte sie mit zusammengekniffenen Augen, nickte dann aber. »Wie sollen diese Verhandlungen vonstattengehen, wenn ich nicht sprechen darf?«, erkundigte sie sich nicht uninteressiert.

»Gar nicht, weil es keine Verhandlungen *sind*«, informierte er sie, schon wieder ganz entspannt. »Ich diktiere die Regeln, dir steht es frei, zu akzeptieren oder in dein dreckiges, erbärmliches Leben zurückzukehren, wo dich bestimmt noch die eine oder andere Überraschung erwartet. Machen wir uns nichts vor: Ich bin der Schlüssel da raus, der einzige – und das weißt du ganz genau, sonst hättest du dich auf die Nummer niemals eingelassen.«

Das überdachte sie flüchtig, dann nickte sie auch an dieser Stelle.

Es überraschte ihn ein wenig, aber nicht sehr. Sie war eben eine berechnende Schlampe, was sollte er sagen? Trotzdem verspürte er diesen winzigen Stich im Herzen, der ihn maßlos ärgerte, weil er nicht hierhergehörte.

»Wenn du dich gut führst, dann werde ich dir ein Auto stellen, das du allerdings ausschließlich innerhalb der Stadtgrenzen nutzen wirst. Mit anderen Worten: Für die Zeit unserer Bekanntschaft ist es dir nicht erlaubt, New York zu verlassen. Bei dringenden, nicht aufschiebbaren Angelegenheiten wirst du vorher mein Einverständnis einholen.«

Nun tippte ihre Fußspitze, doch sie sagte nichts – sehr schön, Helen war, wie Terence nicht erst seit heute wusste, eine durchaus kluge Frau, die schnell lernte und sich den Gegebenheiten perfekt anpassen konnte, so sie es denn als für sich lukrativ erachtete. Was offenbar auf diese zutraf. Sein Zorn stieg zeitgleich mit seiner

Vorfreude und seiner Genugtuung. Er hatte sie korrekt eingeschätzt, sein Vater hatte immer recht gehabt. Obwohl er es dem Alten nicht gönnte, musste er es spätestens jetzt einsehen.

»Beim Sex verstehen wir uns prächtig, deshalb habe ich hier nichts weiter anzumerken, außer dass ich keine Migräneanfälle dulden werde, solltest du in der Zukunft auf derartige Ideen kommen. Für die üblichen fünf Tage monatlich bist du freigestellt, allerdings könnte es sein, dass ich mir andere Dinge ausdenken werde, um auf meine Kosten zu kommen. Ausfälle wegen Krankheit bedürfen eines ärztlichen Attestes – *meines* Arztes, falls du dich irgendwelchen Illusionen hingibst.«

Sie presste leicht die Lippen zusammen, und Terence musste einräumen, dass sie in ihrem stummen Zorn verdammt heiß war. Die Wangen glühten, wenngleich Helen sonst eher blass war. Die blauen Augen funkelten nur so und die Lippen, obwohl so fest aufeinandergepresst, wirkten sehr, sehr rot.

Blaselippen!, kam ihm in den Sinn und er unterdrückte hastig sein Schmunzeln. Die Vorfreude nahm immer weiter zu, er fühlte die Macht, dieses unvergleichliche Gefühl, das wohl jeden Menschen ereilte, der außerhalb aller moralischen Normen endlich das tun konnte, was er wollte. Oh, er würde ihr nicht körperlich oder mental schaden, einfach, weil das nicht seinem Wesen entsprach. Aber dass er es *könnte* – allein das verursachte denkbar heiße Endorphinschübe und beflügelte ihn so sehr, dass er glaubte, einen weiteren Orgasmus zu haben, wenn auch nur die sehr abgeschwächte Form. Nichts war mit dem Vergnügen gleichzusetzen, in ihren herrlichen Körper hineinzustoßen, ihre Enge zu fühlen, die heiße, erregende Feuchtigkeit zu spüren, die ihm zeigte, wie sehr sie ihn begehrte, sie unter sich stöhnen und sich winden zu sehen, sie auf sich mit wippenden, vollen Brüsten reiten zu lassen, die kleinen, dunkelroten Nippel fest zusammengezogen, das winzige, funkelnde Ringpiercing in ihrem Bauchnabel, die vollen, langen, blonden Haare, die sich in seiner Faust immer so unendlich sexy anfühlten.

Er würde sie sich sichern.

Für sehr, sehr lange Zeit. Bis …

»Wenn ich genug von dir habe, dann wirst du ohne Widerrede gehen. Sollte ich mit dir zufrieden gewesen sein, wirst du eine Entschädigung kassieren.« Seine Mundwinkel zuckten. »Keine sechs Millionen, das kann ich dir gleich sagen, ich bin nicht annähernd so irre wie Greg, aber das dürftest du bereits wissen. Ich werde dafür sorgen, dass du eine neue Anstellung erhältst, du sollst schließlich keine materiellen Verluste erleiden, im Gegenteil, ich will, dass du, so ich zufrieden mit dir bin, auf diese gemeinsame Zeit mit Freuden, Genugtuung und ohne Bedauern zurückblicken kannst.« Und auch das meinte Terence genauso, wie er es gesagt hatte. Ihm lag das Glück dieser Frau durchaus am Herzen, nur würde er dabei nicht an ihrer Seite sein, weil *er* nämlich dann unglücklich sein würde. Blöderweise bereitete es ihm derzeit auch akute Schwierigkeiten, sie sich an der Seite eines *anderen* Mannes vorzustellen, aber er hoffte, diesbezüglich würde die Zeit helfend eingreifen.

Damit stand er auf, ging endlich zur Bar und schenkte zwei großzügig bemessene Gins ein, wobei er mit dem Tonic sehr sparsam umging.

Vor Helen stellte er eines der Gläser ab, er selbst behielt das andere in der Hand und hob es. »Das Ganze wird selbstverständlich von meinem Anwalt schriftlich fixiert werden, sodass wir beide rechtliche Sicherheit haben.« Er prostete ihr zu, nahm einen großen Schluck, schloss die Augen, als die klare Flüssigkeit seine Kehle passierte, dabei angenehm wärmte, und lächelte sie schließlich an. »Und nun darfst du sagen, was du von meinem Vorschlag hältst.«

Helen grinste, ihre bisher starre Haltung löste sich ein wenig, sie hob lauschend den Kopf, schüttelte ihn dann – offenbar, weil von dem Babyphone auf dem Tisch keine Geräusche ausgingen – und nahm ihrerseits einen sehr kleinen, mäßigen Schluck aus ihrem Glas. Seine Mutter hätte an ihren Manieren ihre helle Freude gehabt.

Schließlich lehnte sie sich zurück und betrachtete ihn lange nachdenklich, bevor ihre rauchige, sinnliche Stimme im Raum ertönte. »Bist du also fertig mit deiner abgefuckten, wenig glaubwürdigen Fifty-Show, ja?«

Terence runzelte die Stirn. »Womit?«

Sie verdrehte die Augen. »Was für ein Idiot!«, meinte er zu hören, natürlich konnte er auch falsch verstanden haben, sie hatte sehr leise gesprochen. Helen holte tief Luft, beugte sich zu ihm vor, nahm das Glas, das sie zuvor sehr behutsam und ordentlich auf dem Tisch abgestellt hatte, wieder in die Hand und genehmigte sich einen weiteren Schluck. Obwohl er geschworen hätte, dass sie sehr gern viel mehr getrunken hätte, erlaubte sie sich wieder nur, kurz daran zu nippen. Dann wurde das Glas abermals sehr gepflegt abgestellt und schließlich beugte sie sich noch etwas weiter zu ihm vor, sodass ihr Oberkörper über der Tischplatte schwebte. »Was glaubst du kleiner Wichser, wer du bist?«, erkundigte sie sich im Plauderton. Terence wollte etwas erwidern, doch ihr Zeigefinger schnellte in die Höhe. »Jetzt. Rede. Ich. Und vertrau mir, DU tust verdammt gut daran, deinen Mund zu halten, kapiert?«

Seine Augen zuckten, doch er erwiderte nichts und sie lächelte. »Siehst du, es geht doch. Wo war ich? Ach ja, wenn du denkst, ich würde bei deiner Scheiße mitspielen, dann hast du dich getäuscht, du bist sowieso irgendwie einer extremen Täuschung aufgesessen. Vielleicht hat dich der Blitz beim Scheißen getroffen, du hast die falschen Tabletten eingeworfen oder doch über Nacht den Verstand verloren. So sehr, dass ich mich in den letzten Minuten echt für dich fremdgeschämt habe. Wenn du meine persönliche Meinung hören willst, das bist nicht du, sondern die Karikatur irgendeines Mannes, der du gern sein würdest, aus welchen Gründen auch immer. Auf jeden Fall hast du dich gründlich in mir geirrt, denn ich würde mich auf einen solchen Mumpitz noch nicht mal einlassen, wenn du der letzte Mann auf Erden wärst. *ICH* benutze die Männer, nicht umgekehrt, kapiert? Und bevor ich deinen arroganten Schwanz noch einmal in mich lasse, würde ich es höchstpersönlich für den Rest meines Lebens mit dem mickrigsten, billigsten Vibrator tun! Und jetzt nimm dich, deinen abgefuckten Millionärsarsch und verschwinde, bevor ich mich vergesse und handgreiflich werde!«

13. Kapitel

April

Sie saßen gerade beim Frühstück.

Im Bett.

April wollte Greg mit einem Honigbrötchen füttern, doch dieser weigerte sich standhaft und wie ein zickiges Kleinkind, es zu probieren.

»Das ist Teufelszeug!«, wehrte er dumpf ab, was April nur noch mehr anspornte, es ihm aufzudrängen.

»Koste!«

Wütend hielt er ihr Handgelenk fest und funkelte sie an. Ehrlich, mit den dunklen Schatten auf den Wangen und den schmalen Lippen sah er so unglaublich scharf aus. »April, wann begreifst du endlich, dass ich nein meine, wenn ich nein sage?«

»Nie«, erwiderte sie gemütlich und stieß ein etwas zu schockiertes »Oh SHIT!«, aus, weil der Honig prompt von dem Brötchen auf ihre nackte rechte Brust getropft war. »Ich bin klebrig«, beschwerte sie sich. »Verdammt, Greg! Tu doch was!«

Die Stimmung schlug sofort um einhundertachtzig Grad um. Er betrachtete mit schiefem Kopf das bernsteinfarbene Desaster, das sich soeben auf ihrer elfenbeinfarbenen Haut verteilte, richtete ihre Hand so, dass nicht noch weiterer Honig nachtropfen konnte, und sah sie dann feierlich an. »Halte aus, ich werde dich retten!«

Und wie er sie rettete!

Wenig später spürte April seine Zunge auf ihrer Haut, erst leckte er nur, und das sehr ausdauernd, später saugte er und ging dann weiter. Auf einmal war das Brötchen nicht mehr so wichtig. Greg warf das Tablett mit dem Frühstück fast vom Bett, weil es nicht schnell genug weichen wollte. Mit einem lauten Klirren stellte er es am Boden ab, küsste sich dann weiter an ihr hinab, bis ihre heiße Feuchtigkeit erreichte. Noch immer schrie sie nach seiner Zuwendung, auch wenn sie in den vergangenen Stunden bereits genug Liebe erhalten hatte. So viel Liebe, um genau zu sein, dass sie jeden Muskel ihres Körpers spürte. Sie hatten für keine einzige Sekunde geschlafen, und April dachte nicht daran, so etwas wie Reue zu verspüren. Für diesen Mann wäre sie auch achtundvierzig Stunden am Stück wach geblieben – solange er es ihr anständig besorgte, natürlich.

Genüsslich stöhnte sie auf, als er seine Zunge an ihrer Feuchtigkeit spielen ließ, bald ihre geschwollene Klitoris verwöhnte, zärtlich hineinbiss und sie dann wieder mit sanften Strichen beruhigte. Seine Hände hatte er unter ihren Hintern geschoben, wodurch er sie hielt, auch dann noch, als sie – gefangen in Lust und Verlangen – auszubrechen versuchte.

Er löste sich erst von ihr, als er seine steinharte, pulsierende Erregung an ihrem Eingang platzierte und aufsah. »Was auch immer du dir dabei gedacht hast, hier aufzutauchen, es war eine verdammt gute Idee.« Damit versenkte er sich so kraftvoll in ihr, dass April nicht die geringste Chance bekam, sich für ihn zu weiten. Sie fühlte, wie er an ihren von dem Marathon-Sex bereits in Mitleidenschaft gezogenen Innenwänden vorbei glitt, presste die Zähne in die Unterlippe, weil es stellenweise wirklich brannte, und riss keuchend die Augen auf, als er sich so tief in ihr vergraben hatte, dass sie meinte, er würde versehentlich – oder vielleicht auch gewollt, dieser Bastard war im Grunde seines Herzens ein gottverdammter Sadist! – ihre Gebärmutter berühren. »Verdammt!«, stieß er durch seine zusammengepressten Zähne hervor. »Damit hattest du nicht gerechnet, richtig, Baby? Total wundgefickt und ich bin noch immer nicht am Ende. Das werde ich nie sein! Niemals.« Dann bewegte er sich probeweise, ehe er sie lasziv, besitzergreifend und wie der verdammte Arsch, der er war, anlächelte. »Kommst du damit klar?« Als Nächstes zog er sich nicht etwa aus ihr zurück, sondern ließ die Hüften kreisen, vergrub sich nur noch tiefer in ihr, bis er ihren G-Punkt endlich fand, was sie vor Lust aufwimmern ließ.

Greg

Sie bäumte sich auf, ihr Rücken bildete ein Hohlkreuz, ihre Finger tasteten sich an seiner Haut hinauf, bis zu seinen Bizepsen, wo sich die festen Nägel tief vergruben. Der Schmerz animierte ihn nur noch, zögerte die Dinge aber gleichzeitig hinaus, weshalb er dankbar war, während er tiefer, härter und schneller in sie stieß, die Lippen fest zusammengepresst, den Schweiß auf der Stirn, sehnend nach dem Höhepunkt, von dem er niemals genug bekommen würde.

Er war fair genug, sie mitzunehmen – das unterschied sie grundsätzlich von anderen Frauen, auch wenn er mit keiner mehr vögelte. Als er merkte, dass sie nicht schnell genug nachkam, dass das Zucken ihrer Muskeln zwar da war, aber längst nicht energisch genug, um es über die Klippe zu schaffen, tastete er sich zu ihrer Klit vor, fand sie so unendlich feucht, und berührte sie nur einmal kurz, bevor sich endlich ihre Muskeln fest um ihn schlossen, ihre Innenwände so pulsierten, wie es sein gesamter Schwanz in ihr tat, bis er meinte, sie wären für ein paar glorreiche, heiße, unendlich orgiastische Sekunden eins. Er fühlte, wie sich seine Hoden zusammenzogen und seinen Samen aus ihm herausschossen. Wie er das Mal seiner Lust in ihr verteilte, während er nur leicht unterstützend seine Hüfte bewegte, als sie ihn mithilfe ihrer Beine an ihn presste. Die sinnliche – *seine* sinnliche – Frau schien noch mehr haben zu wollen, da sie sich voller Lust in dieser unvergleichlich anzüglichen Art über ihre vollen, vom Küssen geschwollenen Lippen leckte.

Oh, fuck!

Als der Orgasmus langsam abflaute, das Zittern der Muskeln nachließ und Greg wieder kohärente Gedanken formulieren konnte, schlug sie die Augen auf, konfrontierte ihn mit dem heute sehr dunklen Braun ihrer Iriden und grinste gesättigt.

»Der war gestohlen.«

»Ach ja?«, murmelte er und beugte sich hinab, um sie flüchtig zu küssen. »Ich dachte, es wäre mein gottverdammtes Recht, dich zum Orgasmus zu bringen, wann immer ich will.«

Ihr Lachen klang blumig, hell, wie die sanfte Brise an einem schönen, warmen Sommertag. »Was bist du doch für ein Chauvi …«

Greg grinste, erwiderte aber nichts. Wenn die Tatsache ihn bereits zum Chauvinisten machte, dass er sich das Recht herausnahm, seine Frau zu vögeln, wenn sie in seinem Bett lag, und zwar, ohne lange um Erlaubnis zu bitten,, dann war er wohl einer. Doch er würde einen Teufel tun und mit ihr streiten.

»Auf jeden Fall wirst du jetzt das verdammte Honigbrötchen essen. So viel ist mal sicher«, sagte sie mit ihrer vom Sex noch leicht rauchigen Stimme. Dann schob sie ihn energisch von sich, gleichsam aus ihrem Körper, was er stirnrunzelnd, aber ohne Gegenwehr zur Kenntnis nahm, und beugte sich hinab, um das Tablett mit dem Frühstück wieder aufzuheben. April griff nach der bereits fertigen Brötchenhälfte, musterte sie für einen langen Moment sehr kritisch und grinste ihn dann wieder an. Greg hatte währenddessen nur ihre Brüste im Blick, die seiner Ansicht nach viel mehr nach Honig schrien, als er es jemals zu tun beabsichtigte.

Der Überfall kam unerwartet. Aufrichten und sich auf ihn werfen waren fast eins, wobei sie diesmal so klug war, die klebrige Klebrigkeit in ihrer Hand in die Luft zu halten. Er spürte ihre Brüste auf seiner Haut, die festen Nippel, die sich dagegen drückten, fühlte zeitgleich seine Erregung wieder wachsen – und zwar in jedem Sinne des Wortes – und wusste, dass er ihr momentan nichts abschlagen konnte.

Sie richtete sich ein wenig auf, ihr Hintern lag auf seinen Beinen, ihre noch immer feuchttriefende Weiblichkeit berührte seinen harten

Schwanz und April riss für einen kurzen Moment die Augen auf, bevor sie tadelnd den Kopf schüttelte. »Nein, du hattest dein Vergnügen, jetzt kriege ich meins.«

Damit wurde ihm auffordernd das gottverdammte klebrige Brötchen (wer gab den Backwaren auf diesem Kontinent eigentlich ihre Namen, auf ihn wirkte es wie ein Bagel ohne Loch) an die Lippen. »Auf!«

»April, ich weiß wirklich …«

»AUF!«

Es war unfassbar, aber er gehorchte, wurde mit der Süße des Honigs konfrontiert, die sich mit der leicht salzigen Butter darunter vereinigt hatte, und seine Geschmacksnerven schrien vor lauter Verzückung auf. Doch er blieb relaxt.

Noch.

»Abbeißen!«

»Apr…« Weiter kam er nicht, da war das Brötchen in seinem Mund und er musste abbeißen, wenn er nicht grausam ersticken wollte. Greg hatte so eine Ahnung, dass April ihm ganz bestimmt nicht zu Hilfe geeilt wäre.

Sie saß vor ihm, aufgeregt wie ein kleines Kind, die Augen groß, die Wangen rot, sein Gesicht nicht aus den Augen lassend. »Und?«, fragte sie neugierig und legte den Kopf schief.

Greg kaute, schluckte energisch, gab vor, dabei nicht unerhebliche Mühe zu haben, und hustete dann. »Es ist viel zu süß!«

»Es ist Honig, der ist nun mal süß«, sagte sie abwinkend.

»Ich stehe aber mehr auf deftiges Frühstück.«

»Das du immer mit was Süßem beendest«, ergänzte sie, ihr Gesicht wurde immer länger.

»Außerdem mag ich den europäischen Fraß nicht.«

»Warum isst du ihn dann ständig?«

»Assimilation und kollegiales Verhalten motiviert das Personal. Besonders, wenn man ihm vor die Nase gesetzt wird«, returnierte er prompt. »Man muss einige Opfer auf sich nehmen, um seine Untergebenen bei der Stange zu halten.«

Tief durchatmend richtete sie sich wieder auf und lehnte sich zurück. »Du willst mir also sagen, dass es dir nicht geschmeckt hat, ja? Dieses unglaublich geile Brötchen, mit dem unglaublich geilen Honig und der unglaublich geilen Butter?«

»Äh … nein.«

»Nein?« Entgeistert sah sie ihn an. »Aber …«

»Siehst du und genau das ist dein Problem, Baby, du hörst eben nie richtig zu. Du hättest keine Chance bei den Verhandlungen, weil du nicht auf die Zwischentöne achtest und nur das wahrnimmst, was du hören willst.«

Sie verschränkte die Arme. »Wie ich es liebe, wenn dieser Mann mir Komplimente macht.«

»Aber du bist gut im Bett, was die Dinge wieder ausgleicht«, fügte er ernst hinzu, doch seine Mundwinkel zuckten.

April verdrehte die Augen. »Er wird immer besser ….«

»Und du bist die Mutter meiner Tochter, deshalb muss ich dich schon von Haus aus lieben.«

»Ach so ist das, ja? Du *musst* mich lieben, was hab ich doch für ein Glück!«

»Ich finde es übrigens nicht gut, dass du June …«

Sofort verschloss sich ihre Miene. »Wenn du damit ausdrücken willst, dass Helen nicht in der Lage ist, sich um unser Kind zu kümmern, dann …«

»Siehst du, wieder dasselbe, du hörst mir einfach nicht zu!« Er nahm sie an den Armen, zwang sie ihn anzusehen. »Obwohl diese Frau garantiert nicht mein Favorit unter unseren Freunden ist, traue ich ihr das durchaus zu, und ich habe auch nicht vergessen, dass sie sich damals um dich gekümmert hat.« Bedeutungsvoll sah er sie an. Es war bezeichnend für Greg, dass er nicht den Kopf senkte oder beschämt zur Seite schaute. Etwas, das womöglich andere, weniger opportune und selbstbewusste Männer wie er getan hätten, wenn die Sprache auf ihr größtes Vergehen kam. Eines, das er übrigens auch heute nicht vollends überzeugt als Verfehlung betrachtete, obwohl mehrere Indizien darauf hindeuteten, dass es genau das gewesen war. Oder mit anderen – Aprils – Worten ausgedrückt: Dass es die größte Scheiße war, die er zeit seines Lebens zu verantworten haben würde. Was geschehen war, war geschehen, Vergangenes konnte man schwerlich rückgängig machen, er hatte alles daran gesetzt, um die Scherben zu kitten und war erfolgreich gewesen. Außerdem hatte er es zum damaligen Zeitpunkt nicht besser gewusst, schließlich musste er, nach allem, was ihm von ihr bekannt gewesen war, davon ausgehen, dass sie ihm finanziell schaden wollte.

»Ich mag es einfach nicht, dass unsere Tochter nicht wenigstens bei ihrer Mutter ist«, fuhr er fort, ohne sie aus den Augen zu lassen. Bevor sie antworten konnte, sprach er weiter. »Mir ist völlig klar, dass du eine Auszeit brauchtest und June für so eine Reise noch zu klein ist, und weiß Gott, ich will keine Sekunde mit dir missen … Trotzdem habe ich ein schlechtes Gewissen.«

April, die sich längst in seine Arme gekuschelt hatte, seufzte. »Das hab ich auch. Und du musst mir glauben, dass ich niemals allein gefahren wäre, wenn ich nicht davon überzeugt gewesen wäre, dass es ihr bei Helen gut geht.«

»Oh, davon bin ich auch überzeugt«, sagte Greg trocken, sein Daumen strich unablässig an ihrem Arm auf und ab.

Sie sah auf. »Ach ja?«

»Ja.« Heftig nickte er. »Denn wenn nicht, ist sie tot, das weiß sie, deshalb …«

April schlug spielerisch auf seinen Arm. »Du wirst es nicht glauben, aber ich denke, Helen ist eifersüchtig. Sie hätte gern selbst ein Baby. Du müsstest sie sehen, wie sie mit June umgeht. Das wirkt so … liebevoll, und June springt voll auf sie an, was ein wahres Wunder ist, denn sie ist ein echtes Monster, das einem mit Freuden das Leben zur Hölle macht.«

»Endlich sind wir uns mal einig.«

»Ich sprach von June«, sagte April gedämpft, denn sie hatte die Wange auf seine nackte Brust gelegt.

»Meine Tochter!«, jubelte Greg tonlos. »Es ist doch klar, dass sie es dieser Frau so schwer wie möglich macht. Das ist sozusagen Familienauftrag.«

April stöhnte. »Mir macht sie es auch so schwer wie möglich, weil sie nun mal nicht einfach ist. Und …« Sie fuhr sich erschöpft über das Gesicht. »Ehrlich, ich liebe sie, aber nach drei Monaten nur mit ihr zusammen … Ich habs nicht mal gemerkt, aber ich glaube, ich hatte einen schweren Fall von Babykoller.«

Greg antwortete nicht, denn er war mit April absolut nicht einer Meinung. Natürlich war es mit einem Baby nicht einfach, aber sie war nun wirklich nicht die erste Frau, die sich um ihren Säugling kümmern musste. Selbstverständlich war es nicht immer leicht, doch das hatte niemand je behauptet. Und Greg war davon überzeugt – auch wenn er wusste, dass ihm diese Ansicht erneut das Prädikat ›Chauvi‹ eingebracht hätte – dass April bedeutend weniger Last zu schultern hatte als er. Egal, wie man es drehte und wendete, ein Baby war ein Baby, ein Konzern ein Konzern. Die Wertigkeiten – rein materiell und verantwortungstechnisch gesehen, Greg hütete sich, den emotionalen Faktor mit einzubringen – ergaben sich hierbei von selbst.

Doch Greg hütete sich selbstverständlich auch, etwas *dazu* zu sagen. Vielmehr lauschte er Aprils Bericht, lachte, wenn sie von Junes Späßen erzählte, freute sich, wenn sie über die Fortschritte ihrer Tochter berichtete, und hörte sich geduldig an, wie April mit ›dem kleinen Monster‹ zu kämpfen hatte, wenn es mal wieder nicht schlafen wollte.

Irgendwann verstummte sie, er spürte ihren heißen Atem auf seiner Haut, der immer gleichmäßiger wurde, wusste, dass sie kurz davor war, einzuschlafen und auch, dass er das nicht dulden durfte. Jedenfalls sein Einnicken, sie konnte schon schlafen. Greg seufzte, schlang seinen Arm etwas fester um ihren weichen, warmen, nach wie vor so einladenden Körper, und küsste ihre seidige Schläfe. Was hätte er darum gegeben, jetzt mit ihr einfach in diesem so bequemen Bett liegen zu bleiben. Ein bisschen dösen, noch ein wenig mehr Sex, oder einfach mal relaxen, mit dem Mensch, den er dazu benötigte. Okay, einem der Menschen, es gab da noch einen weiteren. Nur, weil er dies nun einmal nicht durfte, war er nicht sehr begeistert über ihr plötzliches Auftauchen. Dass June nicht dabei war, konnte er relativ gut verschmerzen, an dieser Front spielte wohl eher die Verantwortung gegen seine Zufriedenheit. Das Kind gehörte zu seinen Eltern – nicht zu einer durchgeknallten Emanze, die ihr wahrscheinlich soeben die Basics in Sachen Männerhass vermittelte.

Doch im Grunde …

Wieder seufzte er, wusste, ohne auf die Uhr blicken zu müssen, dass ihm noch ungefähr zwanzig Minuten blieben, bevor er unter die Dusche müsste. Der Tag im McCarthy-Tower begann sehr früh und hielt lange an. Es war Gesetz, dass der Chef immer als Erstes erschien – jedenfalls Williams Gesetz für einen Mann in Greg's derzeitiger Position. Wäre er einen Schritt weiter, würden wenigstens diese frühen Anfangszeiten der Vergangenheit angehören.

Mitten in sein Dösen platzte plötzlich der rockige Klingelton eines Handys. Seines war es nicht, er hielt es stets mit dem wenig spektakulären, aber deshalb auch nicht nervendem Summen. Diesmal unterdrückte er ein Stöhnen, während April sich bereits in seinen Armen regte.

»Scheiße«, murmelte sie, wühlte sich unter der Decke hervor und fiel fast aus dem Bett, bevor sie es auf die Beine schaffte. Sie stolperte zu ihren Sachen, kramte hektisch das Handy hervor und hielt es sich – inzwischen mit ausgewachsener Panik – ans Ohr.

»Was ist mit June? Ist sie …«

Stirnrunzelnd verstummte sie, Greg sah aber, dass die Furcht aus ihrem Gesicht verschwand und entspannte sich selbst ein wenig. »Was?« Wieder lauschte sie, ihr Blick fiel auf Greg und sie verdreht die Augen. Langsam setzte sie sich in Bewegung. »Ich verstehe.« Sie erreichte das Bett, wich Greg's einladend erhobenen Arm aus und ließ sich stattdessen nur mit halbem Hintern und ihm zugewandten Rücken auf der Matratze an der Bettkante nieder. »Unfassbar! Ja. Seh ich auch so, einmal Arschloch, immer Arschloch, und manchmal mutieren sie eben später. Ja. Das klär ich sofort, gar nichts wirst du tun, ich klär… das ist mir klar, jetzt beruhige dich, der Typ spinnt, das muss dir doch … *Helen, jetzt beruhige dich!* Hol diesen Idioten an den Apparat! JETZT!«

Damit sah sie über die Schulter zu Greg, während sie das Handy zuhielt. »Dein Kumpel ist gerade dabei, Helen aus dem Haus zu werfen, weil *er* seiner Ansicht nach die alleinige Verantwortung für *meine* Tochter trägt und sie als nicht fähig erachtet, sich um *meine Tochter* zu kümmern!«, stieß sie mühsam durch zusammengebissene Zähne hervor. »Klär DAS!«

14. Kapitel

Greg

Jetzt war es an Greg, sich eilig aufzusetzen. »Was?« Er wartete auf keine Antwort, sondern nahm ihr das Handy ab.

»Terence?«, sagte er mit veränderter, distanzierter Stimme in den Apparat.

»Oh, hey, es ist ja gigantisch, endlich mal wieder von dir zu hören, während hier alles den Bach runtergeht«, wurde er empfangen.

»Was ist bei dir los?«

»Was los ist?« Terence tat erstaunt. »Nichts weiter, ich komme nur hier an, will eigentlich meine Patentochter besuchen, und muss feststellen, dass sie sich in den Fängen dieser unfähigen, total ungebildeten, abartigen, verkommenen Person befindet. Reicht das Geld für eine Nanny nicht mehr?«

Ratlos sah Greg zu April, die seinen Blick versteinert erwiderte. Kurzerhand stellte er auf laut und legte den Apparat zwischen sie beide auf das Bett.

»Du bist also in unser Haus gekommen und hast dort Helen vorgefunden, die auf June aufpasst.«

»Das sagte ich bereits, spreche ich so undeutlich?«

Wieder sah Greg zu April auf und die wedelte mit der flachen Hand ein paar Mal vor ihrer Stirn hin und her. *Der Typ ist total durchgeknallt!*

»Du bist also der Ansicht, Helen versorgt unsere Tochter nicht anständig? Was ist denn los?«

»Was? Bist du jetzt nur noch bescheuert? Ehrlich, Greg, ich hätte nicht gedacht, dich mal daran erinnern zu müssen, aber du hast eine gewisse Verantwortung. Du kannst deine Tochter doch nicht …«

»Terence«, knurrte Greg. »Hat sie irgendetwas nicht so getan, wie es getan werden sollte?«

»Das weiß ich nicht, ich hab die Kleine bisher nicht gesehen. Angeblich schläft sie, wäre natürlich möglich, dass diese Hure …«

»TERENCE!«, donnerte April, während aus dem Hintergrund spöttisches Gelächter zu hören war, das eindeutig von Helen stammte.

Terence schwieg für einen langen Moment, bevor seine leise, denkbar wütende, kaum beherrschte Stimme abermals ertönte. »Du lässt sie mithören?«

Greg nahm den Apparat, stellte den Lautsprecher aus und hielt das Handy an sein Ohr. »Jetzt nicht mehr«, sagte er knapp und stand auf, um langsam im Raum auf und ab zu gehen, wobei er Aprils Blick permanent auf sich liegen fühlte. »Was soll das ganze Theater?«

»Das ist kein Theater, sondern dringend notwendig, wenn du mich fragst.«

»Das wage ich ernsthaft zu bezweifeln. April hat Helen bei June gelassen, und das ist völlig in Ordnung. By the way, seit wann ist es für *dich* nicht mehr in Ordnung?« Kaum gesagt, bereute Greg auch schon die Frage. Rasch hob er die freie Hand und ging – eher um Aprils finsterem Blick auszuweichen, als aus echtem Interesse –, in den Nebenraum seiner Suite, wo sich der riesige begehbare Schrank und mit ihm seine Kleidung befanden.

Kaum war er in der relativen Abgeschiedenheit, knurrte er wieder los. »Ich will nicht wissen, was du mit Helen hast, klar? Interessiert mich einen Scheiß! Was mich viel mehr interessiert, ist, wenn du wie ein Idiot in mein Haus rauschst, und die Entscheidungen meiner Frau infrage stellst. Dann macht sie nämlich *mir* die Hölle heiß, und darauf habe ich keinen Bock. Hast du das verstanden?«

Erneut herrschte Schweigen, doch als Terence schließlich anhob, klang er wenigstens halbwegs wieder wie der Mann, den Greg seit etlichen Jahren kannte und schätzte. »Du kannst mich jetzt nicht im Regen stehen lassen. Ich habe ihr angekündigt, dass sie fliegt, wenn …«

»Wenn was?«, fragte Greg kurz aufhorchend. »Was hat sie mit June getan?«

»Nichts!«, stöhnte Terence. »Was weiß ich, wie gesagt, ich hab die Kleine noch nicht zu Gesicht bekommen. Sie hat …« Ein Räuspern ertönte und nun stöhnte Greg. Er wurde soeben in die beschissene Beziehungskiste der beiden hineingezogen, und darauf verspürte er nun wirklich keine Lust. Nicht einmal annähernd! »Nenn es eine disziplinarische Maßnahme, kapiert? So lange sie hier ist, in deinem Luxusgehöft, kann sie die Konsequenzen nicht erkennen. Sie muss zurück in ihr Drecksloch, um die Härte der Lage zu begreifen!«

»Ach, sie hat dir den Laufpass gegeben?«, mutmaßte Greg amüsiert. »Na dann, herzlichen Glückwunsch. Besser könntest du es gar nicht treffen.«

»Du hast keine Ahnung!«, donnerte der wieder mal wütende Terence. »Also, schmeißt du sie jetzt raus?«

Greg suchte gerade den passenden Binder zu Hose und Hemd, die er eben schon rausgenommen hatte, und betrachtete die eher bescheidene Auswahl kritisch. »Nein«, erwiderte er kurz. »Sie bleibt. Aus der Nummer wirst du wohl anders herauskommen müssen, wenn ich auch nicht weiß, welche Nummer das sein soll … Verschon mich!«, knurrte er, als Terence etwas einwerfen wollte. »Ich habe für solche Kindereien keine Zeit und ganz bestimmt nicht die Nerven. Gib mir Helen!«

»Was?«

»Jetzt gib mir *Helen*, verdammt!«, grollte Greg, dessen Züge sich schon wieder vor Wut verzerrt hatten. Was war das alles für ein verdammter Kindergarten und warum wurde er da mit reingezogen?

Waren sie nicht schon vor Jahren vom College abgegangen?

»Perfekt!«, zischte Terence mit leicht hysterischer Unternote. »So viel zu Gute-Freunde-halten-zusammen! Das ist der Dank dafür, dass ich …«

Erschöpft lehnte Greg sich mit dem Kopf an die Wand und schloss die Augen. Der Arbeitstag hatte noch nicht einmal begonnen und er war bereits wieder bettreif … Oh ja, und wie! April war schließlich da. »Gib sie mir einfach«, sagte er müde.

Endlich gehorchte Terence und kurz darauf vernahm Greg die Stimme, die er von allen Stimmen, die es weltweit gab, am wenigsten hören wollte. Schon gar nicht, um sie vor seinem Freund zu schützen. Und dennoch fand genau das gerade statt.

»Greg?«

»Helen, ich hoffe daheim ist alles in Ordnung? Wie geht es meiner …«

»*Aprils* Tochter geht es ausgezeichnet, *ich* achte schließlich auf sie. Hattest du ernsthaft mit etwas anderem gerechnet?«

Greg verzog das Gesicht, als hätte er einen plötzlichen Anfall von Zahnschmerzen.

»Wie ich hörte, hast du meine Patenschaft für June bisher nicht notariell beglaubigen lassen«, fuhr sie auf ihre übliche forsche Art fort. »Nur Terence, was bestimmt ein bedauerliches Versehen war. Sobald April wieder hier ist, werde ich mit ihr besprechen, wie wir diesen Patzer aus der Welt schaffen können.«

»Hmmmm …« Fuck! Terence musste total ausgerastet sein, das hatte nämlich unter ihnen bleiben sollen. Wie oft kamen Pateneltern denn wirklich in die Verlegenheit, die Vormundschaft für ihren Schützling übernehmen zu müssen? Greg hatte nur für den Ernstfall vorarbeiten wollen. Denn ganz ehrlich, der Gedanke, dass Terence für June verantwortlich wäre, sollte April und ihm etwas geschehen, war um ein Vielfaches beruhigender, als seine Tochter bei dieser Emanze zu wissen, die das Ansehen von Junes Vater ganz gewiss nicht in Ehren halten würde. Aber das hatte doch niemals ans Tageslicht gelangen sollen, gottverdammt!

»Ich wusste, dass du meiner Meinung bist!«, flötete das Miststück. »Und was wolltest du noch?«

Greg räusperte sich. »Ich gehe davon aus, dass du dich während Aprils Abwesenheit gut um June kümmern wirst. Damit bin ich doch nicht zu voreilig, oder?«

»Aber ganz gewiss nicht, lieber Greg.«

Wenn sie in noch höheren Tönen sprechen würde, dann würden wahrscheinlich die sehr sensiblen Transatlantikleitungen kollabieren. Und ihn interessierte es derzeit einen Scheiß, ob das Ganze inzwischen ausschließlich über Satelliten funktionierte.

»Ich meine das verdammt ernst«, knurrte er in den Hörer. Dann grinste er, weil ihm erst jetzt auffiel, dass er nackt mit dieser aufgesetzten Emanze telefonierte. Wenn sie das gewusst hätte, wäre sie höchstwahrscheinlich in Kreischanfälle ausgebrochen. Interessanterweise ließ diese Gewissheit seine Coolness zurückkehren. Er stellte sich breitbeinig hin, betrachtete sich im Spiegel, befand das, was er sah, als ziemlich in Ordnung und grinste nur noch breiter. »Ich bin in Sachen April immer ein wenig risikofreudig, deshalb gebe ich dir diesen Vertrauensvorschub, obwohl mir nicht wohl bei der Sache ist. Du darfst Terence auf seinen Platz verweisen, das habe ich bereits getan. Sollte er sich weiterhin aufführen wie ein Idiot, steht dir das Sicherheitspersonal Tag und Nacht zur Verfügung. Ein Anruf und es sorgt dafür, dass er dich nicht länger belästigt.«

»Hey, der Typ ist dein Freund!« Das klang tatsächlich etwas aufgebracht, was vermuten ließ, dass es zwischen den beiden zwar ernsthaft gekracht hatte, die Geschichte aber beileibe nicht beendet war. Schade eigentlich, er hätte Terence eine bessere Frau gewünscht.

Greg lachte. »Der momentan nicht ganz bei sich ist, darin stimmen wir doch überein.«

Nun lachte auch sie. »Ja, das tun wir.«

Greg wurde wieder ernst. »Ich weiß nicht, welche Krise ihr gerade durchmacht und es geht mich auch nichts an. Alles, was ich will, ist, dass meine Tochter nichts von alledem mitbekommt. Deshalb: Solange er sich hübsch und still verhält, darf er gern bleiben, fängt er an, wieder seine gute Erziehung zu vergessen, lässt du ihn hinauswerfen. Ein Wort zum Personal und er kommt auch bis auf Widerruf nicht mehr auf das Gelände. Solltest du der Ansicht sein, er bräuchte dringend eine Einweisung ins städtische Irrenhaus, genießt du auch hier mein allergrößtes Verständnis. Das Einzige, was ich will …«

»… ist, dass es deiner Prinzessin gut geht, schon klar … Boss.«

Greg hob eine Augenbraue, entschied dann aber, nicht darauf einzugehen. Er verabschiedete sich mit einem geknurrten: »Wenn was ist, melde dich!«, und raffte seine Sachen zusammen. Wie auch immer, wenn er schon mal aus dem Bett raus war, dann konnte er auch gleich unter die Dusche gehen.

Ein wirklich cleverer Gedanke, er kam nur nicht weit. Im Schlafzimmer, durch das er nicht zwingend auf dem Weg zum Bad musste, aber *konnte*, erwartete ihn eine April, die nicht etwa lasziv, nackt und unglaublich lecker auf dem Bett lag, ein Bein angewinkelt, ein Arm über dem Kopf, die Lippen leicht geöffnet, mit der Zungenspitze darüber und die Finger der anderen Hand beiläufig auf ihrer Brust …

Nein, sie saß auf dem Bett, hatte sich ein Laken um ihren wunderbaren Körper geschlungen, womit all das, was er anbetete, verdeckt war, und betrachtete ihn wenig begeistert. »Kannst du mir bitte mal sagen, was das zu bedeuten hat?«

Greg sah sie nur kurz an. »Was? Terence ist durchgedreht, das hast du doch gemerkt!«

Er ging an ihr vorbei ins Bad, und schloss die Tür. »Sorry, ich muss mich fertigmachen.«

Sehr viel Zeit ließ er sich beim Duschen nicht, weil es einfach nicht seine Art war, und als er aus der Kabine trat, wäre er fast zurückgeprallt, denn in dem Dunst machte er April aus, die diesmal auf dem geschlossenen WC saß.

»Boah, April, ich pflege, das Bad allein aufzusuchen!«

»*Hast* du ja auch«, erwiderte sie gemütlich und wenigstens nicht mehr so argwöhnisch. »Ich bin nur dazugestoßen.«

Womit sie recht hatte. Er schlang sich ein Badetuch um die Hüften, betrachtete sie dann mit zur Seite geneigtem Kopf und grinste. »Egal, was du dir in deinem kleinen Hirn ausgedacht hast, es geht nicht, ich bin schon spät dran.«

»Ja.« Seufzend streckte sie die Beine von sich. »Schade, dass du dir nicht freinehmen kannst.«

Greg, der sich gerade die Zähne putzte, verharrte in der Bewegung und betrachtete sie im Spiegel. »Ich kann es wirklich nicht ändern, Baby«, sagte er dann bedauernd.

Sie erwiderte seinen Blick. »Ich weiß.«

»Aber …« Er putzte zu Ende und spülte die Bürste aus. »Ich werde zusehen, ob ich mich heute früher loseisen kann.«

»Das ist wirklich nett«, entgegnete sie und wieder trafen sich ihre Blicke im Spiegel.

Greg seufzte und schäumte sich die Bartpartie mit Gel ein. »Es tut mir echt leid«, sagte er dabei. »Das ist ja der Grund, weshalb ich nicht wollte, dass du einfach so herkommst, denn ich … *er* macht es mir nicht einfach.«

»Weiß ich«, wiederholte sie erneut. »Ich glaub, er macht das extra, damit wir uns nicht sehen.«

»Wäre möglich, stimmt aber nur zum Teil, weil alle anderen genauso gefickt sind. Es ist auf jeden Fall nichts Persönliches.«

Sie schnaubte. »Wer's glaubt!«

Greg, der mittlerweile den Rasierer in der Hand hielt, zog es vor, nicht zu antworten, was hätte er denn schon sagen sollen? Es gab in der Führungsetage eines Konzerns nun einmal keine Acht-Stunden-Tage. Und hätte er die Macht besessen, war er sich wirklich nicht sicher, ob er es geändert hätte, denn er liebte seine Arbeit und besaß Ehrgeiz genug, sie auch erledigt wissen zu wollen.

»Warum schaust du dir nicht die Stadt an?«, schlug er vor, als das Schweigen unerträglich wurde. »Brüssel ist nicht unbedingt das, was ich einen Touristenmagneten nennen würde, aber es gibt bestimmt das eine oder andere zu bestaunen. Frag mich nicht«, sagte er rasch, als sie ihn neugierig musterte. »Ich hab von dieser abgefuckten Stadt den Airport, dieses Hotel, dessen Bar und den verdammten Tower gesehen. Wenn ich morgens losfahre, ist es noch dunkel und die Straßen sehen aus wie alle anderen auch.«

Sie seufzte, nickte aber.

»Ich sage Joe Bescheid, er holt dich um …« Greg überlegte rasch. »Um zehn ab. Dann kannst du noch mal schlafen, wenn du magst.«

»Ich bin wach«, versicherte sie ihm. Greg fiel auf, dass sie noch immer das Laken um ihren Körper trug, und wie gern er sie aufgefordert hätte, es einfach fallen zu lassen. Wie damals auf Barbados in jener Nacht am menschenleeren Strand, an dem er sie womöglich zum ersten Mal tatsächlich geliebt und nicht nur gefickt hatte. »Ich hab ein Baby, da gewöhnt man sich das Schlafen irgendwann ganz ab.«

»Warum nutzt du den kleinen Urlaub nicht, um es dir wieder anzugewöhnen?«

Sie stand auf und schlich zu ihm. Erst direkt hinter ihm blieb sie stehen und ließ – Greg hätte beinahe aufgestöhnt – das Laken nun doch fallen. Ihre schlanken, fast vollständig unberingten Hände – nur *sein* Ring steckte stets auf dem entsprechenden Finger – arbeiteten sich erkundend über seine Schultern, bis sie daran Halt suchte und um ihn herum trat. Mit Schwung setzte sie sich auf den Waschtisch vor ihm und nahm ihm den Rasierer aus der Hand. Er wollte sie an der Umsetzung ihres lächerlichen Plans hindern, der Impuls war da, doch Greg überlegte es sich in letzter Sekunde anders. Ihm entging keine ihrer Bewegungen, als sie den Schaum sorgfältig von der Schneide wusch und sie dann an seiner rechten Wange ansetzte. »Das wollte ich schon immer mal tun«, murmelte sie dabei, während sie mit kindlicher Neugierde, schief gelegtem Kopf und der verdammten Zunge wieder zwischen den vollen Lippen, die Schneide an seiner Haut hinabgleiten ließ. Nachdem sie die Klinge abgespült hatte, folgte der nächste Versuch. »Ich mag es nicht, dass wir im Grunde überhaupt keine Ehe führen, Greg«, bemerkte sie dabei. »Mir ist klar, dass es so, wie es jetzt ist, nicht auf deinem Mist gewachsen ist, aber …« Sie spülte erneut aus und nahm sich den nächsten Teilstreifen vor. »Hat er nicht trotzdem gesiegt? Hat er uns nicht längst entzweit, hat er nicht erfolgreich dafür gesorgt, dass wir nicht zusammen sein können?«

Greg legte den Kopf in den Nacken und offenbarte ihr seine Kehle, damit sie auch diese von den dunklen Stoppeln befreien konnte. *Die ultimative Kapitulation!*, schoss es ihm durch den Kopf. Es fühlte sich nicht sonderlich riskant an.

»Du könntest mich jederzeit begleiten.«

»In der Theorie stimmt das«, erwiderte sie langsam, bevor sie die Klinge erneut reinigte, »aber in der Praxis ist das undenkbar. Das weißt du, ich und … er.«

»Hmmm, ich glaube nicht, dass dieser Mann sich jemals mit der Erziehung von Kindern auseinandergesetzt hat, Baby. Jedenfalls nicht von Kindern in diesem Alter.«

»Das stimmt auch wieder«, pflichtete sie ihm leise bei, die Stirn legte sich in Falten. »Meinst du, Bill hat …«

Lachend hielt Greg ihren Arm fest. Er nahm ihr den Rasierer aus der Hand und schob sie ein wenig zur Seite, um sich den restlichen Schaum vom Gesicht waschen zu können. »Darauf kannst du wetten. Es gibt nichts, was der Alte nicht weiß. Ob nun Bill oder jemand anderer.«

»Die paramilitanten Heinis?«

Greg betrachtete sie mit erhobener Augenbraue. »Die Leute daheim im Haus?«

»Wusstest du, dass ich komme?«

Diesmal grinste Greg nur. »Bilde dir nicht ein, dass er mir alles sagt. Nein, ich hatte nicht den geringsten Schimmer.« Er trocknete sich ab und trat an sie heran, seine Hände legten sich beidseitig auf ihre nackten Schultern und er schloss kurz die Augen, weil ihre steifen, kleinen Nippel sich aufreizend an seinem Oberkörper rieben. »Und es war eine der schönsten Überraschungen, die du mir jemals bereitet hast. Du hast keine Ahnung, wie gern ich jetzt mit dir in dieses riesige Bett dort drüben gehen würde. Und wenn nicht das, dann würde ich gern mit dir diese beschissene Stadt erkunden, irgendwas unternehmen, meinetwegen auch shoppen, es wäre mir egal. Hauptsache du bist dabei.« Seine Lippen streiften ihre glatte Stirn, er inhalierte tief ihren Duft und seufzte, bevor er sich von ihr entfernte und endlich auch die Hände von ihr löste. »Aber ich kann nicht. Es geht einfach nicht!«

Damit drehte er sich um und ging zurück ins Schlafzimmer, wo er sich anzog. Hoffend, sie würde ihm nicht folgen und weiter mit Fragen traktieren, die er nicht beantworten wollte, weil seine Antworten ihr nicht gefallen würden. Denn egal, wie sehr sie sich auch bemühte, er würde nicht nachgeben können, weil es nicht in seiner Macht lag.

April blieb, wo sie war, weil sie eben sein Baby war, und weil all die Zweifel, die ihn in den letzten Wochen bezüglich ihrer Ehe geplagt hatten, nur dieser verdammten Situation geschuldet gewesen waren, aber jeder Basis entbehrten. Zumindest diese Erkenntnis hatte ihr ungeplanter Besuch schon einmal gebracht.

Erst als er fertig angezogen wieder im Bad auftauchte, um sich an seinem Eau de Cologne zu bedienen, trafen sie erneut aufeinander. Sie saß noch immer auf dem Waschtisch, die Hände in ihrem nackten Schoß zusammengefaltet, die Füße übereinandergekreuzt, leicht wippend und die Stirn krausgezogen.

»Ist es mir erlaubt, zu sprechen?«

Er überlegte flüchtig, während er die duftende, sündhaft teure Flüssigkeit auf beiden Seiten seines Gesichts verteilte. »Okay, aber fasse dich kurz.«

April verzog das Gesicht. »Ich werde jetzt noch ein bisschen schlafen, dann werde ich deinen Joe kontaktieren – gehe ich recht in der Annahme, dass es mir nicht gestattet ist, allein diese mit

Sicherheit wundervolle Stadt zu erkunden?«

»Ja.«

»Dachte ich's mir doch«, sagte sie seufzend. »Also ich pfeif mir diesen Joe ran, werde ein bisschen in der Stadt umherlatschen, ungefähr fünftausend von deinen süßen Dollars aus …«

»Euros. Die hiesige Währung heißt Euro.«

Sie winkte ab. »Ist doch egal! Auf jeden Fall werde ich deine Kohle um die Ecke bringen. Für jede Menge Boots und Jeans und ausgeleierte Sweatshirts …«

Er sah auf die Uhr. »Baby, es …«

»… tut dir wirklich leid, aber du musst jetzt jagen gehen, schon klar.«

Greg nickte, doch sein Abgang aus der Hotelsuite glich eher einer Flucht, bei der er sich ganz bestimmt nicht umsah. Denn der Anblick ihres nackten Körpers, hätte ihn womöglich doch daran gehindert, endlich das zu tun, was nun einmal wichtig und richtig und vor allem erforderlich war, um sich seine kleine Familie überhaupt leisten zu können.

Wann genau war er eigentlich in die Leibeigenschaft übergegangen?

15. Kapitel

Helen

Sobald das Telefonat mit Greg beendet war, legte sie ihr Handy auf den Tisch und musterte Terence, der inzwischen im Türrahmen stand, und offenbar noch nicht wusste, wie er mit dieser etwas unerwarteten Entwicklung umgehen sollte.

»Tja«, sagte sie leise. »Das war wohl nichts.«

Er betrachtete sie und schnaubte. »Nur weil Greg aus Angst vor dem kleinen Flittchen von Frau, das sich erfolgreich …«

»Jetzt gehst du zu weit«, unterbrach sie ihn schneidend, und auch Helen erhob sich endlich. »Mir ist egal, welche Kosenamen dir für mich einfallen, ganz ehrlich, das geht mir drei Meilen am Arsch vorbei. Aber solltest du in deiner … Idiotie oder diesem Tourette-Anfall auch an April nicht vorbeigehen, dann werde ich dir so sehr die Hölle heiß machen, dass du nie wieder abkühlen wirst. Jetzt reiß dich zusammen, verdammt!«

Terence lachte trocken auf »Scheiße, du fühlst dich wie die Siegerin, richtig? Dabei hast du nur so ein verdammtes Glück, dass April bei Greg ist, er von Brüssel aus nicht sehr viel ausrichten kann und sie liebend gern ein paar Tage bei sich haben will, um endlich mal wieder einen wegstecken zu können. Wäre das Ganze passiert, während er in der Stadt ist, würdest du nicht mehr hier stehen.«

»Mag sein, so ist es aber nun mal nicht«, erwiderte Helen

süffisant. »Das ist dein Pech, würde ich sagen. Was ist jetzt also? Kannst du dich benehmen oder soll ich das Sicherheitspersonal ranrufen, damit es dich vor die Tür setzt? Ich hab die Erlaubnis von ganz oben.«

Terence musterte sie so wütend, dass sie die Schreibtischnummer am liebsten wiederholt hätte. Dann murmelte er etwas Unverständliches, machte auf dem Absatz kehrt und ging.

Allerdings nicht – wie könnte es anders sein – ohne seinem bühnenreifen Abgang noch den letzten Schliff zu verpassen. »Das wirst du bereuen.«

»Aber sicher!«, rief Helen und grinste, als die Tür endlich zufiel.

Nur nicht sehr lange, denn … Was auch immer sie sich gedacht hatte, *damit* hatte sie absolut nicht gerechnet. All das, was er in den vergangenen dreißig Minuten von sich gegeben hatte, war so jenseits all dessen, was sie glaubte, von diesem Mann zu kennen, dass sie leichte Verwirrung verspürte. Außerdem schmerzte ihr Unterleib vor lauter Lust und Verlangen. Dieser kleine Schweinehund hatte sie tatsächlich auf dem Trockenen sitzen lassen. Entschlossen, wenigstens diesbezüglich endlich Abhilfe zu schaffen, ging sie ins Bad, kam jedoch nicht weit, weil das Quaken aus dem Babyphone signalisierte, dass June aufgewacht war.

»Perfektes Timing, Kleines«, murmelte Helen, während sie die Treppe hinaufstieg. »Steckst du etwa mit Onkel Terence unter einer Decke?«

Es sah nicht danach aus, vielmehr war June wohl endlich ausgeschlafen, denn sie empfing ihre Tante mit einem breiten Lächeln und einer nassen Windel.

Helen lächelte zurück, ohne sich dazu zwingen zu müssen. Das Baby wischte all die wenig netten Erlebnisse der vergangenen Minuten zunächst weit in den Hintergrund. Und so beschäftigte sie sich damit, die Windel sowie die Wäsche zu wechseln. Es war zwar nicht erforderlich, aber June hatte so unendlich schöne Sachen, die sie alle wenigstens einmal getragen haben musste, bevor sie in ungefähr zwei Wochen herausgewachsen wäre. Kampfauftrag von

Mommy. Nachdem Helen ein Foto gemacht hatte, das sie besagter Mommy per Handy über den Ozean schickte, nahm sie das duftende, kichernde Bündel auf die Arme und ging mit ihm hinab in die Küche.

»Keine Ahnung, was deine Mutter hat, du bist doch ein wahrer Schatz«, murmelte sie dabei, bevor sie die Kleine in ihre Wippe platzierte und ihr die Flasche zubereitete. Wenig später saß sie in der Wohnstube und fütterte ihren Schützling. Dabei wanderten ihre Gedanken unweigerlich zu Terence. Da sie sich mit diesem Thema aber derzeit nicht befassen wollte, schickte Helen sie weiter, wieder über den Ozean, aber diesmal an den unfähigen Vater adressiert, der sich doch tatsächlich erdreistet hatte, sie an ihre Pflichten zu erinnern. Wäre es nicht um ein Baby gegangen, das Helen zufälligerweise sehr, sehr liebte, hätte sie ihm den Job vor die Füße geworfen.

Was bildete sich der Kerl eigentlich ein?

Was bildeten sich *die Kerle* im Allgemeinen eigentlich ein?

»Als würde ich dich im Stich lassen«, wisperte sie lächelnd und beobachtete June beim Trinken, bis ihre Gedanken erneut auf Wanderschaft gingen, und diesmal konnte sie es nicht mehr aufhalten.

Dann war das also das Ende?

Ja, das war wohl unleugbar. Sie war nicht überrascht, hatte mit dieser Möglichkeit ja durchaus gedealt, wenn auch nicht mit dieser Wendung. Unerwarteter war, dass es sie so unendlich traf. Der Gedanke, nie wieder auf die Art mit ihm zusammensein zu können, auf die sie die vergangenen Monate verbracht hatten, schmerzte unheimlich. Er war es nicht wert, das vergaß sie für keine Sekunde. Helen wollte vielmehr nicht in den Kopf, dass sie ihr Herz nach so vielen Jahren tatsächlich an den Falschen verschenkt haben sollte. Konnte man sich in einem Menschen wirklich derart täuschen?

Warum war ihr nicht viel früher aufgefallen, dass er in ihr nicht mehr als eine Hure sah, mit der er für eine Weile seinen Spaß haben konnte? Warum hatte sie das übersehen? Warum hatte sie sich gerade bei ihm eingebildet, dass er es ernst meinte? Vor ihm hatte es so viele andere gegeben, die gern mehr mit ihr gehabt hätten als ein paar belanglose Nächte. Jeden einzelnen Mann hatte sie so behandelt, wie Terence sie heute behandelt hatte. Warum war sie gerade ihm auf den Leim gegangen?

Warum?

Wieder betrachtete sie das friedliche Baby in ihren Armen, das mit geschlossenen Augen seine Milch trank. »Warum, warum, warum«, wisperte sie und bemerkte mit gehöriger Erschütterung, dass ihr tatsächlich die Tränen in den Augen standen. »Es ist geschehen, lässt sich nicht mehr rückgängig machen, also Schwamm drüber und weitermachen!«

Ihr Spruch, wenn wieder einmal alles den Bach runterzugehen drohte, wenn sie sich allein fühlte, von Gott und der Welt verlassen. Das war schon häufiger passiert, aber noch nie zuvor war ein Mann die Ursache dafür gewesen.

* * *

Vielleicht wollte es gerade deshalb heute nicht wirklich zünden. Denn anstatt, dass neue Energie ihren Körper flutete, sie gleich fünf Einfälle zur Besserung der Gesamtlage auf einmal ereilten und sie sich auf zu neuen Ufern machte, hockte sie auch noch eine Stunde später mit June im Arm da und wusste nicht sehr viel.

Inzwischen hatte sie sich mit der Kleinen nach draußen verzogen. Es war ein wirklich schöner Tag, vielleicht der erste Frühlingstag in diesem Jahr. Sie hatte das Baby trotzdem wie im tiefsten Winter angezogen, auch davon ein Foto gemacht und es April mit dem Vermerk: *Bitte an das Rindvieh weiterleiten!,* zugeschickt.

Nicht, dass er noch ihre Fähigkeiten als Nanny anzweifelte, der Sack. Sie sollte ein Gehalt für ihr Sitting verlangen, schließlich hatte sie es ihm ermöglicht, endlich mal wieder ausgiebig mit seiner Frau zu vögeln, und nicht behelfsweise mit einer der zahlreichen Schlampen, die täglich seinen Weg kreuzten. *Dass* er April betrog, also davon war Helen überzeugt. Männer wie Greg konzentrierten sich niemals nur auf eine Frau und schon gar nicht auf eine, die sie im Grunde ihres Herzens weder akzeptierten noch respektierten. Doch an dieser Front hatte sie alles getan, was sie hatte tun können und sich irgendwann resigniert zurückgezogen. Seitdem wartete sie darauf, ihre Freundin aufzufangen, wenn das verdammte Schwein endlich wieder seinen wahren Charakter auslebte. Also noch mehr als sonst, denn nach Helens bescheidener Meinung war seine ach so wichtige Tätigkeit in Europa nur der vollendete Ausbruch aus einer Ehe, die er bereits gehasst hatte, als er sie endlich doch mal schloss.

Das war nur ihre Meinung, und nein, sie war kein Pessimist, nur lebenserfahren. Leider nicht genug, wie sich heute gezeigt hatte. Leider nicht genug.

»Männer sind Schweine«, sagte sie zu June, die in ihrem hübschen Buggy saß, während Helen es sich auf der Terrasse in einem der Stühle bequem gemacht hatte. June hatte sie vorsorglich noch eine Wärmflasche unter die Decke gelegt, obwohl der Heizstrahler – hier war ja alles nur vom Feinsten – eigentlich ausreichte. Auch davon hatte sie selbstverständlich April ein Foto geschickt. Diesmal mit dem Text: *Schick es dem Hurensohn!*

Nur für alle Fälle.

June brabbelte etwas und strahlte sie an, Helen strahlte zurück.

»Ich wusste doch, dass du cleverer als deine Mommy bist!«, freute sie sich. »Du lässt dich garantiert nicht von einem Idioten hochnehmen. Und solltest du doch mal in die Gefahr kommen, keine Panik, Tante Helen ist zur Stelle.« Sie dachte über ihre Worte nach und fügte hinzu: »Streich das ›Tante‹, das klingt ja widerlich!«

June gluckste wieder, sabberte an ihrem Jackenärmel und Helen lehnte sich zurück. Auch sie hatte eine Decke auf ihren Beinen ausgebreitet, fühlte sich dadurch irgendwie geborgener in einer Situation, in der sie April so sehr brauchte wie nie zuvor in ihrem Leben.

»Ach ja?«, murmelte sie wütend und verdrehte die Augen. »Was für ein Quatsch!« Ihr Blick fiel auf das Baby. »Wir schaukeln das Kind ganz allein, was?«

June brabbelte, was Helen als Zustimmung nahm.

Dieser Arsch! Wenn er glaubte, so mit einer Frau umgehen zu müssen, dann war er bei ihr an der falschen Adresse! Im Grunde war es schon ein Hohn und eine absolute Beleidigung, dass er es überhaupt versucht hatte! Schließlich war sie nicht irgendein dämliches Weib, das dringend mal was zwischen den Beinen gebraucht hatte. Schließlich war sie nicht April!

»Nichts für ungut, Baby«, sagte sie rasch, als hätte April sie hören können. »So war es damals in Atlantic City aber wirklich, und ich war niemals so. Nie!«

Als sie diesmal tief Luft holte, glich es einem leichten Schluchzen. Erschrocken sah sie zum Baby, doch das hatte glücklicherweise nichts von ihrem Patzer mitbekommen.

Hilflos blickte sie zum Himmel, der bis auf ein paar Schönwetterwolken tiefblau und makellos war. Wenn es doch nur nicht so unendlich wehgetan hätte. So sehr, dass sie absolut machtlos gegen diese unsägliche Trauer in ihrem Herzen war, weil sie so etwas schlicht noch niemals erlebt hatte. Von Spiel konnte keine Rede mehr sein, Terence' Verhalten vorhin und auch die Art, wie er am Telefon über sie gesprochen hatte, war so abgrundtief verletzend gewesen, dass Helen momentan keine Möglichkeit sah, das jemals zu verkraften. Wie hatte sie so etwas verdient? Sie hatte doch die Zuneigung in seinen Augen gesehen und auch das Flackern, die Unsicherheit, den Beweis, dass er von seinem Tun absolut nicht überzeugt gewesen war. Aber warum tat er das dann? Warum nahm er ihnen dieses … was immer sie über viele Monate gemeinsam gehabt hatten und das Helen vorsichtig als Liebe bezeichnet hätte? War es wirklich ihr unbedachter, aber trotzdem von Grund auf ehrlicher Wunsch gewesen? Der Wunsch, mit ihm glücklich zu werden, ein Baby zu haben, es gemeinsam aufwachsen zu sehen, sich zusammen ein wenig Freude im Leben zu sichern. War das denn wirklich so falsch?

Nun liefen die Tränen, Helen hatte keine Chance, sie länger aufzuhalten. All ihre Träume, ihre heimlichen Fantasien, ihre klitzekleinen, Helen-untypisch so rosaroten Illusionen, von denen sie niemals jemandem erzählt hätte, weil sie viel zu kitschig waren, verließen mit einem Schlag ihr Herz, sodass sie scheinbar mittellos zurückblieb.

»Fuck auf dein Geld«, murmelte sie und wischte sich verstohlen die Nässe von den Wangen, was nur leider nicht viel brachte, weil ständig Nachschub anrollte. Endlich hatte June auch mitbekommen, dass irgendwas nicht stimmte, denn sie schaute Helen mit großen Augen an. Allerdings weniger bestürzt als vielmehr fasziniert. Wenigstens etwas.

»Ich wollte nur ein Baby«, schluchzte Helen, endgültig in ihrem Gejammer gefangen. »Stell dir mal vor, wie toll das geworden wäre. Baby-June mit Baby-keine Ahnung, die zusammen spielen und lachen und …«

Die Tränen versiegten so plötzlich, dass June das Gesicht verzog. Bevor nun sie mit dem Geheule anfangen konnte – höchstwahrscheinlich, weil Helen damit aufgehört hatte – nahm Helen sie auf den Arm und wiegte sie geistesabwesend hin und her.

Ja!

Sie hätte wirklich gern ein Baby von Terence gehabt. Nicht seines Geldes wegen, das konnte er sich in die Haare schmieren, obwohl sie durchaus der Ansicht war, dass ein Vater für sein Kind seinen Anteil leisten sollte, wenn er es mitsamt seiner Mutter schon ablehnte. Ihre hauptsächliche Trauer – so bildete sie sich jedenfalls ein – galt gar nicht unmittelbar dem Verlust von Terence, sondern der Tatsache, dass sie es nicht mehr geschafft hatte, ihr Baby entstehen zu lassen.

»Aber …«, wisperte sie durch taube Lippen und küsste Junes Köpfchen, ohne davon zu wissen. Vor ihrem geistigen Auge sah sie sich und Terence auf diesem verdammten Schreibtisch. Sie sah sich den ultimativen Sex haben, mit oder ohne Orgasmus war egal, denn *er* war gekommen. Er hatte seinen Samen in ihr verströmt. Die Pille nahm sie schon seit Wochen nicht mehr. Tatsächlich, seit ihr der

Gedanke gekommen war, sich wenigstens ihr Baby zu gönnen, wenn Terence sie schon nicht wollte.

Was, wenn die Entschädigung für einen vorenthaltenen Orgasmus ein Baby war? Was, wenn …

Die Gedanken kreisten noch etwas weiter, wurden immer wirrer und zusammenhangloser, aber nichtsdestotrotz auch wahrer. Seit wann heulte sie wie ein Schlosshund? Seit wann bemitleidete sie sich selbst? Seit wann meinte sie, die Welt hätte sich gegen sie verschworen? Seit wann glaubte sie, total allein zu sein? Mit anderen Worten: Seit wann reagierte sie derart über?

Noch ein paar weitere Minuten gingen ins Land, in denen sich die Gedanken in Helens Kopf überschlugen, bis sie plötzlich stillstanden. Festgekrallt an einem Satz, der innerhalb der vergangenen Sekunden zur Gewissheit geworden war.

»Ich bin schwanger!«

16. Kapitel

Greg

Seine Stimmung befand sich auf dem Nullpunkt, als er zu Joe in die Limousine stieg. Joe gehörte zu seiner Crew, auch wenn er sich immer im Hintergrund hielt. Der ungefähr vierzigjährige Mann wirkte wie eine Mischung aus Chauffeur und verdammt gut geschultem Bodyguard. Er trug stets einen schwarzen Anzug, das Haar war kurz geschoren, auf den Ohrring, den er mit Sicherheit früher getragen hatte, wie das Loch in seinem linken Ohrläppchen vermuten ließ, verzichtete er stets. Seine Schultern waren unverschämt breit, doch sein Auftreten von einer Eleganz, die man angesichts seiner Größe und seines etwas grobschlächtigen Gesichtes niemals vermutet hätte.

»Meine Frau ist in der Stadt, sie wird Sie im Laufe des Vormittags bitten, sie ein bisschen herumzufahren. Ich habe keine Termine außer Haus, daher dürfte das kein Problem sein. Achten Sie darauf, dass sie in der Innenstadt bleiben und … spielen Sie ein bisschen den Stadtführer. Geht das klar?«

Joe sah in den Rückspiegel, sein Blick war ausdruckslos wie immer. »Natürlich, Sir.«

Mehr sagte Greg nicht, während die dunklen Straßen vor den Fenstern der Luxuslimousine vorbeiflogen. Er kannte sie auswendig, was aber auch schon alles war, was er bisher von dieser abgefuckten

Stadt gesehen hatte. Interesse an mehr bestand nicht. Im Grunde ähnelten sich diese Metropolen sowieso auf erstaunliche Weise. Hatte man eine gesehen, kannte man alle.

Eine Viertelstunde später fuhren sie in die Tiefgarage. Sein Parkplatz befand sich genau vor der kleinen Treppe, die zu den Aufzügen führte. Den VIP-Aufzügen, kein normaler Angestellter würde sie jemals benutzen.

Greg wartete, bis Joe ihm die Tür aufhielt, und ließ sich von dem Riesen dann bis in den Lift begleiten. Hier trennten sich ihre Wege, Joe ging zurück zum Wagen, Greg fuhr hinauf in die 40. Etage des Towers, wo er sein Büro noch verwaist vorfand. Belinas Arbeitstag begann erst um neun Uhr, seiner zwei Stunden früher.

Seufzend ging er zu seinem Schreibtisch, ließ sich auf dem Stuhl dahinter nieder und starrte für einen langen Moment blicklos vor sich hin. Dann verzog sich sein Mund zu einem schmalen Grinsen und er griff nach seinem Handy.

Zehn Minuten später war erledigt, was erledigt werden sollte, der Bote hatte seine Nachricht, die Greg eilig verfasst hatte, auch schon entgegengenommen und er war endlich in der Lage, seinen Arbeitstag zu beginnen.

Gegen zehn klopfte es zaghaft an der Tür und Belina schob ihren hübschen Kopf herein. »Sir?«

»Kommen Sie rein!«, befahl er, ohne aufzuschauen, versah das vor ihm liegende Schriftstück zunächst mit seiner Unterschrift und blickte erst dann auf.

Ja, sie war hübsch, aber um ehrlich zu sein, konnte sie es nicht mit April aufnehmen. Ihr fehlte einfach das gewisse … *Etwas*. Diese Frechheit, die April nun einmal ausmachte. Offen lächelte er, versuchte ihr damit zu signalisieren, dass der Ärger von gestern vergessen war.

»Mr. McCarthy würde Sie gern sprechen.«

»Welcher?«

»William, Sir.«

»Welcher?«

Sie wurde rot. »Der jüngere, Sir.«

Greg lehnte sich zurück. »Dann bitten Sie ihn herein!«

Bill strahlte über das ganze Gesicht, als er sich auffallend nah an Belina vorbeischob. Er wartete, bis sie verschwunden war, schloss die Tür, lehnte sich dann aber mit verschränkten Armen in den Rahmen und betrachtete seinen Cousin mit sichtlichem Gefallen. »Jaaaa, so ist es schon viel besser. Genau das hat dir gefehlt, Bro. Endlich ist dieser unbefriedigte Zug um deinen Mund verschwunden. Du wirkst ein bisschen müde, die Nacht war wohl lang … oder kurz, wie man es nimmt.« Er kicherte. »Auf jeden Fall hat es sich gelohnt.«

Greg hatte sich längst wieder seiner Arbeit gewidmet. »Was willst du?«

»Oh, zunächst einmal nach dir schauen. Du bist schließlich nicht mehr der Jüngste, hätte ja sein können, dass sie dir den ganzen Saft aus dem Schädel gevögelt hat … und den anderen Saft weiter unten auch.«

»Langsam wirst du wirklich unerträglich widerlich … Bro.« Greg hob noch immer nicht den Blick.

Bill hatte sich in Bewegung gesetzt und stoppte erst, als er seinen Schreibtisch erreicht hatte. »Jetzt hab dich nicht so! Wenn du mich derart gut gelaunt empfängst, wird ja wohl noch eine kleine anzügliche Bemerkung drin sein.«

Darauf erwiderte Greg erst gar nichts. Bullshit kommentierte er aus Überzeugung nicht.

»Tut mir übrigens leid, dass ich gestern hier einfach so reingeplatzt bin. Man ist so an dein Mönchdasein gewöhnt, dass keiner auch nur auf die Idee kommen würde, dich vielleicht mal in einer – äh, delikaten Situation zu erwischen.«

Inzwischen klang er leicht enttäuscht, doch Greg sah sich noch immer nicht dazu veranlasst, etwas zu sagen.

»Auf jeden Fall scheinst du deine kleine Perle dort draußen

anständig zusammengestaucht zu haben, sie machte den Eindruck auf mich, als würde sie sich mir zur Not auch in den Weg werfen, damit ich nicht gleich hineingehe.«

»Dann hat sie offenbar endlich begriffen, was sie zu tun und was zu lassen hat.«

Bill gluckste. »Sei nicht zu hart zu ihr, sie hat es sicher nicht böse gemeint.«

Endlich sah Greg auf und musterte Bill mit erhobener Augenbraue. »Nicht böse gemeint? Willst du mich verarschen oder hast du heimlich Weihwasser statt Whisky erwischt? Ich gehe nicht davon aus, dass sie irgendwas *böse* meint, es wäre mir auch egal. Sie soll einfach ihren Job anständig erledigen! Es kann doch nicht sein, dass ich mich im Hochsicherheitsbereich dieses abgefuckten Towers befinde, und jeder Penner hier einfach reinplatzen kann!«

Bill griff sich ans Herz. »Das hat mich jetzt echt getroffen, Bro.«

»Perfekt!«

Sein Cousin räusperte sich und nahm endlich doch auf dem Stuhl Platz. »Hör zu, es tut mir wegen gestern wirklich leid. Ich habe April in eine ziemlich peinliche Lage gebracht, und ob du es nun glaubst oder nicht, das wollte ich ganz bestimmt nicht erreichen.«

»Das hatte ich auch nicht angenommen«, erwiderte Greg, klang inzwischen aber deutlich besänftigter.

»Ich hab mir gedacht, eine kleine Entschädigung wäre angebracht, außerdem bin ich zugegebenermaßen ein bisschen neugierig auf sie. Du enthältst sie der Familie ja ziemlich vor.«

»Was seine Gründe hat«, warf Greg ein, der sich wieder zurückgelehnt und die Hände vor seinem Körper gefaltet hatte.

»Sicher«, beeilte Bill sich zu sagen. »Aber du musst auch zugeben, dass alles sich echte Mühe gibt.«

Greg zog spöttisch seine Augenbrauen hoch, was Bill allerdings übersah.

»Also … ich hab heute Abend einen Tisch reserviert, im *Brasserie du Gourmet*, zwanzig Uhr. Seid bitte da, tu mir den Gefallen, gib mir die Chance, mich bei ihr in aller Form zu entschuldigen. Sie ist immerhin meine …« Er runzelte die Stirn und als sich das Schweigen in die Länge zog, lachte Greg auf.

»Geh und such nach dem Begriff, was April nun für dich ist. Ich …« Er fuhr sich flüchtig über die Stirn und stöhnte. »Okay, wir werden da sein, aber ich warne dich: Ein falsches Wort, ein falscher Blick und ich poliere dir die Fresse!«

»Ups!«, sagte Bill, grinste aber schon wieder. Offenbar hatte er die Suche nach dem korrekten Verwandtschaftsverhältnis vorfristig abgebrochen. »Keine Sorge. *Ich* weiß mich zu benehmen.«

Bevor Greg dies kommentieren konnte, war er verschwunden und Greg saß wie erstarrt in seinem Stuhl.

Fehler!, brüllte es in seinem Kopf. Das war ein gottverdammter Fehler! Wieso hatte er sich darauf eingelassen, verdammt noch mal! So was konnte doch nur daneben gehen, er lieferte sie Freihaus, und zwar der gesamten Hyänenversammlung, denn ihm war klar, dass Bill keine Chance ungenutzt lassen würde, um sie vorzuführen. Ob sie selbst das nun merkte oder nicht. Er hielt sein Telefon schon in der Hand, um seinem Cousin abzusagen, doch bevor er auch zur Tat schreiten konnte, überlegte er es sich anders.

Sie alle gingen von einem Fiasko aus, das war klar, übrigens auch, dass Bill, dieses Muttersöhnchen, sich vorab bei Daddy Rückendeckung geholt hatte. Aber was, wenn sie diesen Abend, allen Zweiflern zum Trotz, mit Anstand über die Bühne brachten? Das würde ihm auf jeden Fall einen besseren Platz einräumen, als er jetzt innehatte, wo er in jedem noch so geringen Belang der gottverdammte Bittsteller war und ständig Absagen kassierte, egal, was er gerade wollte.

Seufzend nahm er erneut das Handy und murmelte »Du wirst mich hassen, Babe …« Und dann wählte er Aprils Nummer.

17. Kapitel

April

April hatte nicht noch einmal geschlafen, einfach weil sie nicht konnte! Womöglich war dieser verdammte Babykoller so groß, dass ab sechs Uhr morgens eine biologische Schlafbremse arbeitete, die sie anhaltend daran hinderte, noch einmal ins Reich der Träume abzudriften.

Doch eigentlich gab es einen Grund, der viel naheliegender erschien: April hatte wieder geschwiegen, hatte sich wieder einlullen lassen, wieder den Mund gehalten, wo sie hätte reden, sich behaupten müssen. Denn Greg hatte sie abermals hintergangen, und zwar auf die gleiche perfide Art, wie er das immer tat.

Möglicherweise konnte er es sich nicht einmal vorstellen, doch sie hatte tatsächlich sehr wach und rege darauf geachtet, wer im Falle ihres gemeinsamen Ablebens für June verantwortlich wäre. Terence und Helen erschienen ihr wie das perfekte Gespann. Terence, weil er vernünftig und weitsichtig war und das Herz auf dem rechten Fleck hatte – egal, wie sehr er gerade durchdrehte. Sie wusste, dass er kein schlechter Kerl war, dass er in vielfacher Hinsicht sogar besser, beständiger und vor allem aufrichtiger war, als Greg. Doch auch Helen war wichtig gewesen. Helen, die dafür sorgen würde, dass June immer im seelischen Gleichgewicht bliebe, die diese eine Freundin sein würde, bei der June nachts um halb zwei mit

Liebeskummer klingeln könnte, die mit ihr um die Häuser ziehen und ihr den Kopf zurechtrücken würde, wenn sie sich verrannt hätte. Helen, mit der sie über alles sprechen könnte, auch über Jungs und Sex und …

Beide waren wichtig gewesen, weshalb auch beide bei der Taufe neben dem Becken gestanden hatten. *Beide!*

Von irgendwelchen notariellen Beglaubigungen, die danach noch vorgenommen werden mussten, hatte sie nichts gewusst, und Greg hatte es ja auch tunlichst vermieden, mit ihr darüber zu reden, nicht wahr? Und was hatten diese beiden *Scheißmänner* getan? Sie hatten ohne ihr Wissen Helen ausgebootet, einfach so. Weil man das eben so machte, wenn man McCarthy oder Blue hieß: Man behandelte die Frauen, als wären sie zu dämlich eins und eins zu addieren und schon ganz, lebenswichtige Entscheidungen erwachsen und logisch zu treffen.

Es hatte sie so wütend gemacht, dass sie vorübergehend nicht sprechen konnte. Und trotzdem hatte sie sich am Ende dafür entschieden, nichts zu sagen, es hinzunehmen, es gut sein zu lassen, weil sie wusste, dass Vorwürfe bei Greg nichts ausrichten würden. Und weil ihr gleichfalls klar war, dass er auf ihre Vergebung zwingend angewiesen war. Weil er eben immer wieder derartige Dinge tun würde, vielleicht sogar, ohne sich der Konsequenzen bewusst zu sein, um dann mit leeren Händen und gesenktem Kopf vor ihr zu stehen. Ratlos, verzweifelt, aber nicht in der Lage, die Dinge ungeschehen zu machen. Und … ja, sie hatte auch geschwiegen, weil sie eben nicht streiten wollte. Nicht in der wenigen Zeit, die sie miteinander hatten.

Das war so falsch gewesen, denn diesmal ging es nicht um sie, und ob sie nun vor irgendeinem Gesetz seine Frau war oder nicht! Diesmal ging es um June und deren Zukunft, deren gesunde Entwicklung, deren Chance auf ein glückliches Aufwachsen auch ohne ihre Eltern – so es denn so weit kommen würde. Sie hatte den Schwanz eingezogen, wie üblich, obwohl sie nicht einmal einen Schwanz hatte, verdammt noch mal!

Das ärgerte April so sehr, dass sie einfach keinen Schlaf fand. Außerdem machte sie sich wegen Helen und Terence Sorgen. April war nämlich der Meinung, dass die beiden sogar perfekt zueinander passten und auch, dass Helen, genau wie sie, Glück verdient hatte. Was wollte sie denn schon? Einen Mann und ein Baby, hey, das war doch nicht zu viel verlangt, oder? Dass Terence derart durchdrehte, wollte ihr einfach nicht in den Sinn. Ehrlich, bettelarme Typen waren scheiße, wenn sie da nur an Scott Heahly dachte, wurde ihr nachträglich noch übel. Aber mit den reichen Kerlen war es auch nicht einfach. Die hatten ständig Angst, dass man sie nicht um ihrer Selbst liebte, sondern nur an ihr Geld wollte, was übrigens auf ziemlich wenig Selbstvertrauen schließen ließ, nichts für ungut. Manchmal fragte sie sich, wie es wäre, wenn Greg und sie einen einfachen Job hätten, in einem Apartment leben würden, sich mit den normalen Alltagsproblemen einer Familie aus der Mittelschicht herumschlagen müssten und ansonsten ihr Leben leben würden. Wären sie dann vielleicht glücklicher?

April hatte in den letzten Monaten die Vorzüge davon, unbegrenzt Geld zur Verfügung zu haben, durchaus zu schätzen gelernt. Trotzdem war sie nicht sicher, ob sie in diesem – anderen – Fall nicht wirklich zufriedener gewesen wären. Aber dann fiel ihr ein, dass sie in diesem – anderen – Fall niemals an Greg's Seite gelandet wäre. Schließlich wären sie sich niemals begegnet und er hätte niemals im Suff so etwas wie Interesse an ihr gezeigt. Deshalb verwarf sie diesen ohnehin total dämlichen Gedanken wieder.

Es war, wie es war, und wenn sie Greg glauben wollte, was sie – dumm wie sie war – in diesem Fall trotz schlechter Erfahrungen tat, dann führte zunächst kein Weg an diesen ewigen Trennungen vorbei. Und wenn es sie noch so zermürbte, was es, selbst hier und jetzt, langsam aber sicher tat.

»Oh fuck!«, brüllte sie in die Stille der Suite und vergrub ihren Kopf im Kissen. Hoffentlich hatte jemand gehört, dass Mrs. Greg McCarthy ›oh fuck!‹ gebrüllt hatte. Das würde dieses schauerlich tote Gemäuer vielleicht mal ein bisschen beleben. Ehrlich, dieser

Hotelkasten war so bieder, old-school und verdammt langweilig, dass er dringend eine Verjüngungskur benötigte.

Als sie unter dem Kissen zu ersticken drohte, riss sie es vom Kopf, verschränkte die Arme und starrte zur Decke.

So!

Sie war in Brüssel, Greg war zufälligerweise auch da – sie war jetzt noch ganz verblüfft! –, nur hatte sie nichts davon, denn er musste ja arbeiten! Wie war das eigentlich mit Urlaub? War der ganz gestrichen oder durfte sie wenigstens noch darauf hoffen, ihren Mann zu Weihnachten zu sehen und vielleicht mal für eine Woche im Sommer auf Barbados?

Als ihr sofort die Erinnerungen an ihren viel zu kurzen Aufenthalt auf der sonnigen Halbinsel kamen, wischte sie diese energisch beiseite, denn offensichtlich würde sich so etwas ja kaum wiederholen, und das kotzte sie an.

ES KOTZTE SIE AN!

April hätte das nie gedacht, aber in gewisser Weise hatte sich ihr Zorn auf Greg, seitdem sie hier war, sogar noch verstärkt. Nein, revidierte sie sofort, seitdem er durch diese Tür verschwunden war, um *arbeiten zu gehen*! Bis er sie wirklich hinter sich geschlossen hatte, war die Hoffnung in ihr da gewesen, er würde sich in letzter Sekunde umdrehen – dreckig grinsend, natürlich – und so was sagen wie: *»Du glaubst doch nicht wirklich, dass ich jetzt in das abgefuckte Büro gehe, wenn du in der Stadt bist und ich in dir sein kann!«*

Wenn sie ehrlich war, dann hatte sie zwingend damit gerechnet … und verloren.

Abends würden sie sich treffen.

»Ha!«, schnaubte April.

Sie sollte sich SEHENSWÜRDIGKEITEN anschauen.

»PENNER!«

Sollte shoppen gehen!

»ICH GEHE NICHT SHOPPEN! Okay, nicht oft, jedenfalls!«

Er behandelte sie original wie eine von diesen gelangweilten

Tussis, über die sie damals in Pleasantville mit Helen so laut gelacht hatte. Diese Frauen, die ständig mit einer angewiderten Grimasse herumliefen, die so aussah, als hätte ihnen jemand ins Gesicht gepup…

Okay, es brachte ja nichts. April richtete sich auf, entschlossen, die gestohlene, ihr nicht wirklich zustehende Zeit ohne June zu nutzen. Schließlich – und zumindest hier stimmten Greg und sie wirklich mal überein – hatte sie ihre Tochter mehr oder weniger im Stich gelassen, um einmal über den Ozean zu jetten. Es wäre geradezu dämlich, sich nun nicht wenigstens zu amüsieren.

Sie wollte schon aus dem Bett springen, aber dann fiel ihr ein, dass dieser ominöse Joe sowieso erst gegen zehn kommen würde, um sie abzuholen, und sie sank ermattet zurück. Ihr blieben noch über zwei Stunden Zeit und sie hatte nicht vor, sich á la Pleasantville-Ladys aufzuhübschen. Oh nein! Im Grunde war es so einfach, sich an Greg zu rächen! Sie musste nämlich nur als April Palmer Brüssel unsicher machen. Zunächst kein Problem, weil wohl niemand sie als eine McCarthy identifizieren würde. Aber … sie hätte schließlich Joe dabei und noch besser: die McCarthy-Limo.

April grinste, inzwischen hatte sie die Augen wieder geschlossen. Ja, sie würde ganz Brüssel zeigen, mit wem genau Greg verheiratet war. Und wenn sie dann erschossen werden würde – okay, dann wäre ihr das auch egal. Auf jeden Fall würde es endlich mal wieder aufrüttelnde Schlagzeilen über die McCarthys geben, und sie würde höchstpersönlich dafür sorgen, dass diese erschienen, *bevor* Filthy-Finger-William seine paramilitärischen Einheiten losschicken konnte, um die Journalisten zurückzupfeifen!

Genau!

Selig in ihren Racheplänen gefangen, nahm sie das zaghafte Klopfen an der Tür der Suite zunächst gar nicht wahr. Erst als es bedeutend energischer wiederholt wurde, ging ihr auf, dass da wohl jemand zu ihr wollte.

Joe?

Aber es war doch noch nicht mal neun!

Hastig schlüpfte sie in einen der auf dem Boden liegenden flauschigen Bademäntel, band ihn zu und eilte zur Tür. Beinahe wäre sie gestürzt, doch diesmal gelang es ihr, die widerliche Falle in Form ihres Trolleys zu umschiffen. Er lag genau dort, wo sie ihn am Vorabend fallen lassen hatte. Ohne größere Unfälle erreichte sie die Tür und riss sie auf.

Von dem Neuankömmling sah sie nicht viel, weil dieser einen riesigen – wirklich riesigen – Strauß mit roten Rosen in den Armen hielt. Das Ganze war so verboten kitschig, dass April sogar das hysterische Kichern vergaß. Dann lugte ein Kopf seitlich hervor, der zu einem der ganz jungen Pagen gehörte, die in diesem Hotel tätig waren. In diesem antiken Kasten trugen sie noch die roten, mit Gold abgesetzten Uniformen und die dazu passenden Mützen. »Madam«, sagte er in gebrochenem Englisch. »Eine Lieferung.«

»Das sehe ich«, erwiderte April, die noch immer wie erstarrt im Rahmen stand. Erst als sie den fragenden Blick des Pagen sah, trat sie eilig zur Seite und ließ ihn ein. Glücklicherweise befand sich die Blumenflut bereits in einem riesigen Kübel, denn sie hätte echt nicht gewusst, wo sie das Zeug hätte unterbringen sollen.

»Das wurde dazu geliefert«, sagte er und reichte ihr ein lachsfarbenes Briefkuvert ohne Aufschrift, das April mechanisch entgegennahm. Nach einem letzten abwartenden Blick verzogen sich seine Mundwinkel einen Bruchteil nach unten. Er verbeugte sich – April kämpfte inzwischen ernsthaft mit einem hysterischen Anfall – und begab sich auf den Weg zur Tür. Langsam … sehr langsam. April hatte fast den Eindruck, er warte auf irgendwas, doch ihr wollte partout nicht einfallen, was das sein sollte. Dann schloss sich die Tür und sie starrte verdutzt das dunkle, erhabene, mit Sicherheit schweineteure Holz an, bis ihr endlich ein Licht aufging.

»FUCK!«, brüllte April McCarthy und stürzte zu ihrer Jeans, aus der sie ihre leicht zerfledderte Herrenbrieftasche zerrte, die ihr schon seit über zehn Jahren gehörte und auch so aussah. Dann stürmte sie auf den mit dicken Teppichen ausgelegten Hotelflur hinaus, von dem Pagen war keine Spur.

»Fuck, fuck, fuck!«

Wenigstens war der Teppich wirklich weich, denn ihr fiel auf, dass sie gar keine Schuhe trug. Als sie die Ecke umrundete, sah sie ihn gerade in den Fahrstuhl steigen und die Zifferntaste berühren.

»WARTE!«, brüllte sie, legte einen Sprint ein, der glatt in der olympischen Disziplin Gold geholt hätte, und kam schließlich schlitternd in der Kabine und circa fünf Zentimeter *vor* dem verblüfften Pagen zum Stehen. »Sorry«, stieß sie keuchend hervor und zerrte einen Fünf-Dollar-Schein aus der Brieftasche. »Vielen Dank für Ihre Mühe.«

Er betrachtete sie fragend, ihr fiel auf, dass der kleine Kerl in ein paar Jahren bestimmt etliche Frauenherzen brechen würde, sobald er ein Mann geworden wäre. Denn als er grinste, offenbarte er blitzweiße Zähne und seine blauen Augen funkelten vergnügt.

»Merci beaucoup«, sagte er und wenn April nicht alles täuschte, klang er eine Nuance dunkler als zuvor.

Sie nickte verwirrt, drehte sich um und … starrte auf die geschlossene Aufzugtür. Erst jetzt fiel ihr das leichte – sehr leichte –, aber deutliche Vibrieren der Kabine auf, welches signalisierte, dass sie sich in Bewegung befanden. Auf dem Weg nach unten.

In die Lobby.

Scheiße!

Hastig wirbelte sie wieder herum. »Halten Sie den verdammten FAHRSTUHL AUF!«

»Excusez-moi?«

»Du verstehst mich genau, du kleiner Arsch«, fauchte sie nur noch lauter und griff zeitgleich nach ihrem Ausschnitt, der … *da war.* Verdammt! Deshalb das süffisante Grinsen des kleinen Scheißers! April begriff, dass das Debakel nicht mehr aufzuhalten war, raffte den verdammten flauschigen Bademantel so fest um sich, das garantiert keine Haut mehr zu sehen sein würde, und schlug auch noch den Kragen hoch. Dann zerrte sie die Fünf-Dollar-Note wieder aus den klammen Griffeln des kleinen Arschlochs und wandte sich nach einem letzten tiefen Luftholen um.

Gewappnet für das Grauen.

In diesem Moment öffnete sich die Tür zur Lobby und April hielt die Luft an.

* * *

Am Ende wurde es nicht halb so peinlich, wie sie zunächst befürchtet hatte. Zwar war es nicht allgemein üblich, nur im Bademantel in der Lobby aufzutauchen, aber mit Sicherheit auch kein Skandal. Das Hotel verfügte sowohl über eine riesige Poolanlage, als auch über Sauna- und Wellnessbereich. Daher grinste sie nur in die Gesichter der wenigen Wartenden und ignorierte ihre roten Wangen sowie den Impuls, dem verdammten Pagen in seinen verdammten Hintern zu treten.

Als sie wieder in ihrem Flur war, empfing sie allerdings das nächste Problem, sie hatte nämlich die gottverdammte Chipkarte nicht mitgenommen. Weil sie ja dem bescheuerten, notgeilen Pagen, der garantiert noch nie zum Stich gekommen war, unbedingt eine Fünf-Dollar-Note in den aufgerissenen, gierigen Rachen hatte werfen wollen. Nun wurde April doch langsam etwas fahrig. Tränen der Wut brannten in ihren Augen, als sie vor deren geistigen Pendants bereits sah, wie sie wieder in die Lobby fuhr, um diesmal zu beichten, dass sie nicht mehr in ihre Suite kam. Und wenn sie bisher auch mit mehr Glück als Verstand einen Skandal vermieden hatte – dann wäre er nicht mehr aufzuhalten. Reporter lauerten in jeder Lobby eines Fünf-Sterne-Hotels, das hatte ihr schon Rosmerta Shaw in einer ihrer Belehrungssessions mit auf den Weg gegeben. Weshalb es dringend geboten war, derartige Vorfälle zu *vermeiden*!

Bevor sie allerdings völlig verzweifeln konnte, sah sie eines der Zimmermädchen, das den riesigen Putzwagen, der größer als es selbst war, leise über den Flur schob.

Ihre Rettung!

Diesmal wurde der Fünf-Dollar-Schein sehr gewinnbringend eingesetzt, denn nachdem die sehr freundliche Frau, die nur gebrochen französisch und gar kein Englisch sprach, ihr lächelnd die Tür geöffnet hatte, gab April ihr die Note in echter Dankbarkeit. Und sie schwor sich, für die Dauer ihres Aufenthaltes ab sofort an jedem Morgen einen Geldschein auf ihr Kopfkissen zu legen, Greg aber zu überreden, jede Trinkgeldzahlung für diesen widerlichen Pagen ein für alle Mal einzustellen. Wenn Greg, der manchmal echten Geiz zeigte, überhaupt so was wie Trinkgelder gab.

Glücklich wieder in ihrer Suite fiel ihr Blick auf den riesigen Strauß Rosen, der nun inmitten des Wohnzimmers stand und einen unglaublich süßen, leicht migräneverursachenden Duft verströmte. Sie versuchte, die Blüten zu zählen, kam aber ständig durcheinander und stellte irgendwann nur fest, dass es weit über vierzig waren. Erst dann fiel ihr der Briefumschlag wieder ein und sie hob ihn auf. Als sie Greg's Handschrift sah, schlich sich ein Lächeln auf ihre Lippen und ihre Wangen wurden wieder von einer Röte durchzogen, aber diesmal einer warmen, natürlichen, nicht knalligen, sodass sie glaubte, ihre Haut würde verbrennen.

Ihre Finger zitterten ein wenig, während sie sich, ohne hinzusehen, einfach auf den nächstliegenden Sessel sinken ließ:

›Baby,
du hältst mich für einen emotionslosen Klotz, und vielleicht bin ich das auch, aber auf jeden Fall ist mir nicht entgangen, dass wir uns nun seit fast exakt 48 Wochen kennen. Für jede einzelne bekommst du eine Rose, als Zeichen dafür, dass ich keinen einzigen Tag davon missen will, auch wenn ich manchmal einen anderen Eindruck erwecke. Ich hoffe – okay, ich bin davon überzeugt – dir irgendwann einmal einen so großen Strauß schicken zu können, der das ganze Haus füllen wird. Und ich bin ebenso davon überzeugt, dass du dann noch genau so fähig sein wirst, mich mit deiner Spontanität,

deiner Schönheit, deiner Frische und deinem Humor zu überraschen.

Danke, dass du so bist, wie du bist und danke, dass du mir einen Teil deines Lebens schenkst. Ich weiß das zu würdigen – mehr als du vielleicht denkst. Darüber hinaus danke, dass du hier aufgetaucht bist. Vielleicht ist es mir auch in diesem Fall nicht gelungen, dir zu zeigen, wie froh ich darüber bin, dass du, während ich diese Zeilen schreibe, zur Abwechslung einmal nicht tausende von Meilen von mir entfernt bist.

Ich liebe dich!

Immer!

Vergiss es niemals, denn es wird sich nie ändern, egal, was passiert, was du vielleicht hörst oder dir in einsamen Nächten zusammenfantasierst.

Greg.

P.S. Noch mehr Jeans und Boots würde ich zwar verkraften, aber wenn du einem ausgehungerten Mann eine Freude bereiten willst, dann ... beige Spitze, das Bett, sechs Uhr. Du, ich ... Kaviar und Cracker.

Bis dann!‹

»Wow!« April wusste nicht, dass sie etwas gesagt hatte. Rasch las sie die Zeilen noch einmal und versuchte dabei, sich Greg vorzustellen. Greg, der immer etwas unnahbar war und so selten über seine Gefühle sprach, dass es manchmal schon verletzend rüberkommen konnte. Sie hatte sich damit arrangiert, aber … vielleicht konnte er sich ja schriftlich besser ausdrücken? Auf jeden Fall war das ein Anfang – wenn auch etwas steifer. Wenn er darauf aufbaute, könnte irgendwann sogar ein Cyrano de Bergerac aus ihm werden.

Ihr kleines Lächeln wurde zu einem Strahlen, während sie wie aufgezogen durch den verdammten Raum hüpfte, das Blatt Papier an ihrem Herzen, die Augen geschlossen und sich wild im Kreise drehend.

Kurz darauf stoppte sie, denn irgendetwas fehlte. Sie sah sich um, entdeckte die Steroeanlage beim zweiten Rundblick und schaltete diese nach wenigen Fehlversuchen sogar ein. Es waren nur belgische Sender zu finden, und die spielten meistenteils diese verdammte französische Chansonscheiße, mit der April nun gar nichts anfangen konnte.

Bevor sie allerdings wirklich verzweifeln konnte, fand sie es:

Nickelback.
I'd come for you.

Auf irgendeinem der blöden belgischen Sender, die glücklicherweise nicht *nur* französische Chansonscheiße spielten.

Sie drehte die Anlage voll auf, zuckte zusammen und regelte sie hastig ein wenig zurück, befand das Ergebnis für annehmbar und begann, tanzend und Luftgitarre spielend, durch die Suite zu wirbeln und ganz nebenbei die Zähne zu putzen. Es war inzwischen nach neun, wenn sie Joe nicht auch noch im flauschigen Bademantel empfangen wollte, müsste sie sich langsam beeilen.

Oh, sie liebte diesen Song, denn er erinnerte sie an das, was sie empfunden hatte, als Greg damals wie ein Irrer in die Abtreibungsklinik gestürmt war, um ihr Baby vor der Vernichtung zu retten. Genau so hatte sie sich gefühlt, als würde er ihr den Text nacheinander stumm vorbeten. Greg brauchte sie mit derartigen Assoziationen nicht zu kommen, denn der hatte mit Lyrics von geilen Rocksongs nichts am Hut. Stattdessen hatte sie es Helen vorgespielt, die aber aufgrund ihrer Abneigung gegen Greg nur die Augen verdreht hatte.

Und so war es ein Geheimnis, das sie tief in ihrem Herzen trug, und von dem wohl niemand jemals erfahren würde: *I'd come for you* von Nickelback war IHR SONG!

Jawohl!

Zwischenzeitlich spielte wieder irgendein Chanson, weshalb April die Lautstärke rapide herunterdrehte, und erst jetzt fiel ihr auf, dass es schon wieder an ihrer Tür klopfte. Ein rascher Blick zur Uhr zeigte ihr, dass es nicht einmal annähernd zehn war. Also, was zum Teufel …?

Als sie die Tür aufriss, stand dieser verdammte Page davor. Wieder mit Blumenstrauß, aber einem nicht annähernd so bombastischen, wie jenem, der bereits im Zimmer stand. Es handelte sich um einen aufgeblasenen Frühlingsstrauß, bestehend aus allerlei bunten Blüten von allerlei verschiedenen Pflanzen. Ein Kärtchen war auch dabei – soweit April sehen konnte –, und außerdem trug dieser verdammte Page, der sogar mit an Sicherheit grenzender Wahrscheinlichkeit noch nie zum Stich gekommen war, ein süffisantes Grinsen in dem pickeligen Gesicht. Verdammt war der Typ eklig, zumal ein paar der prallen Pusteln auch noch gelblich glänzten. Den Blick jedoch hielt er ausnahmslos auf ihre Brüste gerichtet.

Was für ein Arschloch!

Sie riss ihm die Blumen aus der Hand, das Kärtchen auch, zischte ihm ein: »Verpiss dich!«, entgegen und schlug die Tür vor seinem grinsenden Gesicht zu.

»Penner!«, knurrte sie, obwohl er das garantiert nicht mehr hören konnte, und fetzte schließlich das Kärtchen auf.

Diesmal war es sogar mit goldenem McCarthy-Logo versehen.

Bill, der kleine Arsch, der sie gestern rein zufällig – ja, April glaubte auch noch an den Weihnachtsmann – in ziemlich peinlicher Situation erwischt hatte.

›Sehr geehrte April!
Es tut mir leid, sollte ich dich in Greg's Büro in Verlegenheit gebracht haben. Vielleicht wäre es an der Zeit, mir das Anklopfen anzugewöhnen. Ich hoffe, du nimmst meine Entschuldigung an. Schön, dass du in der Stadt bist, ich freue mich darauf, dich vielleicht später – diesmal in absolut unverfänglicher Situation – noch etwas länger zu sehen.
William – Bill – McCarthy.‹

»Nein, nehme ich nicht an!«, murrte April in den Raum hinein, in dem plötzlich wieder tödliche Stille herrschte. Sie hatte Bills Blick nicht vergessen, mit dem er sie damals auf der legendären Geburtstagsparty seines Vaters bedacht hatte. Nichts von alledem hatte sie vergessen. Und auch wenn ihr eigener Fall selbst bewies, dass es eben nicht so war – Greg's übrigens auch – meinte sie hier den Sinnspruch: ›Der Apfel fällt nicht weit vom Stamm‹ wieder einmal glänzend bestätigt zu finden.

Bill war genau so ein mieser, dreckiger Wicht wie sein verdammter Vater. Und um ehrlich zu sein passte es ihr überhaupt nicht, dass er ständig um Greg herum war. Denn dass bei dieser Konstellation nichts Gutes herauskommen konnte, war ihr klar. Sie beeinflussten Greg, an jeder Stelle und in jedem Belang – April wusste, dass es so war. Sie war davon überzeugt. Dumm nur, dass sie so selten gegensteuern konnte, weil sie meistens viele tausend Meilen vom Ort des verdammten Geschehens entfernt war.

Aber momentan nicht …

Momentan nicht!

Als sie aufsah, fiel ihr Blick wieder auf die Uhr. Allmählich wurde es höchste Zeit. Ihr blieben noch genau zwanzig Minuten, um sich für Joe, den Chauffeur, fertigzumachen.

Sie stürzte unter die Dusche, wählte danach aus ihrem schäbigen Klamottenvorrat die nächste halbwegs zerfetzte Jeans und das nächste heruntergekommene Sweatshirt, obwohl es die Erwartungen leider nicht ganz erfüllte – die total üblen, verwaschenen Stücke waren klammheimlich von Berta entsorgt worden, bevor April einschreiten konnte.

Dann schlüpfte sie in ihre Boots, kämmte sich das Haar ein paarmal, während sie mit dem Föhn davor herumfuchtelte, entschied irgendwann, dass es einfach reichen musste, und stellte mit einem nächsten Blick zur Uhr fest, dass die Frage nach dem verweigerten Make-up inzwischen eine eher zwangsläufige war. Ihr fehlte nämlich schlicht und ergreifend die Zeit, um sich noch anzumalen.

›Fuck drauf!‹, dachte sie wild, doch in ihrem Magen grummelte es unheilverkündend. Wenn sie eine Schlagzeile fabrizieren würde, dann wären sie tot. Zumindest daran gab es keinen Zweifel.

Als es an der Tür klopfte, war April diesmal schlauer und sah erst durch den Spion.

»Wow!«, formte sie lautlos mit den Lippen, und riss die Augen auf, bevor sie Gleiches mit der Tür tat. Vor ihr stand der vielleicht größte Mann, den sie zeit ihres Lebens begegnen würde. Er war mindestens zwei Meter und achtzig.

Mindestens, denn April musste den Kopf weit in den Nacken legen, um in sein ziemlich ausdrucksloses, aber gerade aufgrund seiner sprichwörtlichen Härte verdammt attraktives – *April, er ist heiß, verdammte Scheiße!* – Gesicht sehen zu können. Sein Kopf war kahl geschoren, er trug einen schwarzen Anzug, der maßgeschneidert sein musste, denn für diese Größe gab es garantiert nichts von der Stange, und an den Ärmeln sah sie genau die prallen Muskelpakete, weshalb sich ihr als Nächstes zwangsläufig die Frage stellte, wie denn wohl sein verdammter Bauch aussehen würde.

Sixpack?

Eightpack?

TWELVEPACK!

OVERPACK!

»Misses?«

April blinzelte eilig, sah dann wieder klar. »Äh, Jupp! Ich bin fertig.« Sie musterte sein Gesicht genauer – wobei sich übrigens erste Nackenschmerzen einstellten – konnte ihm jedoch keine noch so geringe Regung entnehmen. Also Joe störte sich schon mal nicht an ihrer Aufmachung.

Oh!

»Joe?«, vergewisserte sie sich etwas verspätet, und nun grinste er wirklich, wenn auch nicht sehr breit.

»Das will ich sehr hoffen, Ma'am.«

Sie nickte. »Moment, ich hole meine Jacke.« Hierbei handelte es sich um ihre ziemlich ausgefranste Jeansjacke, die sie nur behalten hatte, weil Greg sich daran sogar immens störte. Um ehrlich zu sein, hatte sie keine andere dabei. Blöd, weil sie Greg momentan gar nicht mehr ärgern wollte.

Als sie schon fast die Tür geschlossen hatte, stieß sie das Teil stöhnend wieder auf und stürzte abermals hinein. Am gestrigen Abend hatte Greg für sie extra eine Chipkarte geordert, die hübsch in ihrem Mäppchen auf dem Tisch lag. Dumm nur, wenn sie das Teil ständig vergaß.

Dann eilte sie wieder in den Flur, wo Joe noch immer dastand. Ungerührt und scheinbar ohne eine Regung getan zu haben. Nur eine Augenbraue war erhoben.

»Können wir?«, erkundigte sie sich leicht außer Atem.

»Natürlich, Ma'am.«

Gemeinsam gingen sie den Flur entlang.

»Joe?«

»Ja, Ma'am.«

»Wenn wir uns verstehen wollen, und ich schätze, das werden wir, Sie scheinen echt nett zu sein, nennen Sie mich bitte nicht Ma'am.«

»Okay … Mrs. McCarthy.«

April verdrehte erschöpft die Augen, aber mehr würde sie wohl nicht aus ihm rausholen.

18. Kapitel

April

Es gab einen bisher von ihr nicht entdeckten, geheimen Aufzug, der, wenn man einen geheimen Schlüssel benutzte, in keiner Etage anhielt, sondern nonstop durch bis in die Tiefgarage fuhr. Und auch hier gingen sie nicht etwa in den normalen Bereich – den es mit an Sicherheit grenzender Wahrscheinlichkeit gab. Stattdessen führte Joe April einen weiteren Flur entlang, in dem ihnen kein einziger Mensch begegnete, der aber, für diese Etage total unüblich, mit dem gleichen schicken dichten Teppich ausgelegt war, wie er auch in den oberen Stockwerken existierte.

Sie gelangten durch eine goldene Tür in einen erstaunlich hellen, nicht allzugroßen Raum, in dem vielleicht dreißig Fahrzeuge Platz hatten. Allein an der Aufmachung ahnte April bereits, wo genau sie sich befanden.

»Das ist der VIP-Parkplatz?«

»Ja, Mrs. McCarthy.« Joe hielt sich immer schön neben ihr.

»Es gibt tatsächlich einen *VIP-Parkplatz?*«

Wieder wurde sie mit dieser erhobenen Augenbraue bedacht, was wohl Joes spöttische Geste war. »Stellen Sie sich vor, der Präsident der Vereinigten Staaten übernachtet in diesem Hotel. Können Sie sich vorstellen, dass er in der Lobby erst mal eincheckt?«

April spitzte die Lippen. Das klang einleuchtend, und Joe schien so was wie Humor zu besitzen.

Sie hatten eine schwarze Limousine erreicht, an der aber kein McCarthy-Logo prangte. April wusste noch nicht, ob sie sich darüber freuen oder ärgern sollte, denn ein Aufsehenerregen, und zwar so, dass jeder sofort wusste, wer die Randale veranstaltete, war daher leider nicht möglich.

Sobald beide saßen – Joe hinter dem Steuer, April im hinteren Bereich – trafen sich ihre Blicke im Rückspiegel. »Ich nehme an, Sie wollen zuerst zum Friseur und Visagisten.«

Mist!

April nickte erschöpft. »Klar.«

Joe startete den Motor und ab ging die Post.

Die Scheiben waren so stark getönt, dass garantiert niemand in das Wageninnere sehen konnte. Blöd nur, dass April daher auch von dem, was außen vor sich ging, nicht allzu viel mitbekam. Sie war aber bald davon überzeugt, dass es auch nicht viel zu sehen gegeben hätte. Brüssel war eine triste, europäische Stadt, mit dem etwas groben, kalten, leicht heruntergekommenen Charme, den solche Städte nun einmal so an sich haben. April nahm New York da nicht aus, obwohl es auf einem anderen Kontinent lag. Die Leute, die hier lebten und aufgewachsen waren, liebten diese Stadt bestimmt, aber für einen Besucher machte sie wirklich wenig her, zumal der Himmel von einer dichten Wolkendecke überzogen war und die Szenerie noch zusätzlich in ein tristes Grau tauchte.

Lange fuhren sie nicht, bis Joe die Limousine in eine weitere Tiefgarage lenkte, die zu einem Bauwerk gehörte, das nicht ganz so hoch wie die Tower waren, die sie passiert hatten, allerdings in seinen räumlichen Ausmaßen ziemlich weitläufig zu sein schien. Hier gab es keinen VIP-Parkplatz oder Joe nutzte ihn einfach nicht, denn er steuerte den riesigen Wagen mit extremem Geschick in eine ganz gewöhnliche Parklücke.

April wartete nicht, bis er ihr die Tür geöffnet hatte, sondern stieg aus, sobald sie standen. Es galt, gleich die grundlegenden Dinge festzulegen, und sie war nicht erstaunt, als Joe ohne Probleme akzeptierte.

Er blieb so dicht bei ihr, dass er sie fast berührte, aber immer nur fast, was wohl seine Professionalität unter Beweis stellte, während er sie aus dem Parkhaus zu den Aufzügen geleitete und mit ihr drei Etagen hinauf fuhr. Sie stiegen in einer großen, sehr hell erleuchteten, aber zu Aprils Erstaunen nicht sehr belebten Ladenpassage wieder aus. In dreißig Metern über ihnen erhob sich ein gläsernes Kuppeldach, durch welches das Tageslicht in die Räume treten konnte. April fühlte sich zwanghaft an dieses gruselige Haus in Ithaka erinnert, und fröstelte kurz, bevor es ihr gelang, die Erinnerung abzuschütteln. Irgendwie musste sie das dringend mal hinter sich lassen, denn wie man es drehte und wendete, sie war Teil dieser verdammten Familie, deren Oberhaupt ihr beim bloßen Gedanken an ihn regelmäßig die grausamsten Schauder über die Haut trieb.

Joe führte sie zu einem riesigen Salon, der allerdings auch nur sehr spärlich besucht war. Auf den ersten Blick erkannte sie die gelangweilten Tussis, die hier zugegen waren, oder anders ausgedrückt, deren Ehemänner etliche Millionen schwer waren. So wurde sie auch behandelt, obwohl ihre Aufmachung nicht darauf schließen ließ. Offenbar war Joe ausschlaggebend, der mit finsterer Miene nicht von ihrer Seite wich, oder aber man war die seltsamen Marotten der Reichen bereits gewöhnt. Joe postierte sich breitbeinig innen am Eingang, was April zu einem Grinsen veranlasste, aber keiner der Angestellten fühlte sich bemüßigt, es irgendwie zu kommentieren.

Stattdessen kam Jacques, ein Friseur, der – davon war April nach einer Stunde überzeugt – zur Abwechslung mal nicht schwul war. Auch er wirkte keineswegs durch ihre Aufmachung angewidert und quatschte sie auch nicht voll, sobald er merkte, dass April keine Lust auf Gespräche hatte. Er schnitt und färbte ihr Haar, föhnte es danach sehr kunstfertig, und war erfreut, als April mit dem Ergebnis zufrieden war. Während der Einwirkungsphase der Farbe hatte sie

Helens Bilder in ihren Nachrichten gefunden, die diese ihr in schöner Regelmäßigkeit schickte. Ein paar Videos waren auch dabei, und erst als April ihre June sah, fiel ihr auf, wie sehr ihr die Kleine fehlte. Was hätte sie darum gegeben, sie jetzt in die Arme schließen zu dürfen und ihren Duft endlich wieder einzuatmen. Nein, sie hatte keinen Babykoller, eher wohl einen Away-from-the-Lover-Koller. Nicht ihre Entnervtheit wegen June hatte sie von dieser weggetrieben, sondern ihre Sehnsucht und ihr Zorn auf Greg. Es war gut, das endlich begriffen zu haben, denn so kam sie sich nicht mehr ganz so sehr wie eine Versagerin in Sachen Mutterschaft vor, wie noch wenige Minuten zuvor.

Lächelnd beantwortete sie Helens Nachricht, indem sie sich selbst knipste und dann schrieb:

> *Ich werde sie ihm zeigen, sobald er mich wieder auf ihn wütend gemacht hat. Momentan leider nicht ... verzeih mir.*
> *Was ist mit Terence? Hat er sich beruhigt? Ist er wieder zu Sinnen gekommen? WAS IST MIT IHM?*
> *Wir müssen dringend telefonieren.*
> *Küss June.*
> *Drück sie von mir!*
> *Erzähl ihr, dass ich sie liebe!*
> *Greg auch!*
> *Also er liebt sie! Du weißt schon!*
> *Danke!*
> *Für alles!*
>
> *April.*

Als Antwort kam nur ein erhobener Daumen, was wohl bedeutete, dass Helen gerade mit June beschäftigt war. Aber ein Daumen war kein Hilferuf, weshalb April relativ beruhigt die Augen schloss und darauf wartete, dass die Farbe genügend Zeit zum Einwirken gehabt hatte.

Danach ging es eine kleine Wendeltreppe hinauf, in die darüberliegende interne Etage – Joe folgte –, wo sich das Kosmetikstudio befand. Hier waren ausschließlich Frauen tätig, eine Blondine, die zu allem Überfluss auch noch Bridged hieß und mit an Sicherheit grenzender Wahrscheinlichkeit Silikon in ihren Brüsten hatte, betreute April. Als gerade die Schlammpackung von ihrem Gesicht heruntergenommen wurde, klingelte ihr Handy.

»Sorry«, sagte April mit einem halbwegs entschuldigenden Blick, denn sie schätzte, derartige Unterbrechungen wurden hier gleich mit dem Gesamtpreis abgegolten. Dann meldete sie sich, ohne vorher nachgesehen zu haben, wer störte. Es gab ja nur zwei Möglichkeiten und beide waren von oberster Priorität.

Es war Greg und er klang gar nicht begeistert.

»Das mit dem beigefarbenen Spitzenteil, dem Kaviar und den Crackern müssen wir nach hinten verschieben. Ach ja, und du solltest dir ein Abendkleid zulegen. Oberste Preisklasse und … äh, versteh mich nicht falsch, aber … äh …«

»Spuck's aus, Greg!« April hatte den Mund bereits zum Flunsch verzogen, denn egal, was jetzt noch folgen würde, ihr supersexy Sexabend würde in der geplanten Form nicht stattfinden, weshalb sie sauer war. Besonders, weil bereits seine Stimme dafür gesorgt hatte, dass sich ihre Gier nach ihm noch einmal verdoppelt hatte. Ehrlich, nur dieser Mann war in der Lage, durch den bloßen Klang seiner Stimme Schauer über ihre Haut zu jagen, die sich in jede verdammte Faser ausbreiteten und dieses gewisse Kribbeln verursachten, das bis in die Haarspitzen ging.

Verdammt!

»Geh zum Friseur und … schmink dich.«

April seufzte. »Was, wenn ich mich weigere?«

Darauf ging er erst gar nicht ein. »Ich werde um circa 18 Uhr in der Suite sein …«

»Das sagtest du schon. Sorry, hast du schon geschrieben, natürlich, nicht gesagt … Danke übrigens … es war …« Nun flüsterte sie doch, weil sie nicht wollte, dass Silikon-Bridged etwas davon mitbekam. Außerdem tat ihr Herz wieder einen Satz, sobald sie an die Rosen, aber ganz besonders an seinen unendlich schönen, wenn auch leicht gestelzten Brief dachte. »Das war echt, echt … unglaublich!«

Schlagartig veränderte sich seine Stimme, wurde sanfter, eine Spur dunkler und verführerischer. Sie wusste, dass er jetzt lächelte. »Oh, du hast es bekommen?«

Auch April lächelte, wenn auch wider Willen. »Dachtest du ernsthaft, es geht auf dem Weg verloren?«

»Nicht wirklich.«

»Fein, ach so, wir müssen den Pagen erschießen.«

»Äh … okay … warum?«

»Erzähl ich dir später. Also sechs Uhr, die Suite, April in Jeans und Boots?«

»Du hast alles Relevante erfasst, wie ich erfreut feststelle.«

»Was dich überrascht.«

»Ich würde lügen, wenn ich das verneinen würde.«

»Du bist ein Arschloch.«

»Und deine Eloquenz nimmt mit jedem neuen Tag zu, genau wie meine Liebe zu dir.« Letzteres hatte er mit so tiefer, sinnlicher Stimme gesagt, dass sich unter ihrem Kosmetiküberhang und dem Sweatshirt heimlich ihre Nippel aufstellen. April schloss die Augen.

»Red weiter!«

»Würde ich gern, aber ich muss arbeiten. Es …«

»… tut dir leid, ja, ja, ich weiß schon«, erwiderte sie seufzend.

»Okay, dann bis …«

»Greg!«

»Ja?«

»*Weshalb* soll ich mir heute Abend Lockenwickler in die Haare drehen, die geilste grüne Gurkenmaske auftragen und dich in Jogginghose, Flipflops und Kittelschürze empfangen?«

»Oh, das wird dich freuen«, erwiderte er trocken. »Bill will uns ausführen. Und wo er schon mal dabei ist, hat er das edelste Restaurant der Stadt ausgewählt. Nimm also ja die pinkfarbenen Wickler.«

Na wie genial!

19. Kapitel

Greg

Greg war milde überrascht, weil er es tatsächlich zustandegebracht hatte, den Arbeitstag hinter sich zu bringen, ohne oft darüber nachzudenken, dass April in seiner Suite auf ihn wartete oder gerade Brüssel unsicher machte. Dass sie dies auf ihre unnachahmliche Weise tun würde – also ganz im April-Jeans-Boots-und-Sweatshirt-Style –, verstand sich für ihn von selbst. Joe hätte ihn nicht darüber informieren müssen, was allerdings gegen halb elf telefonisch erfolgt war. Er tat es mit einem Grinsen ab. Sollten Beschwerden kommen, würde er sich schon was einfallen lassen.

Joe war übrigens keiner aus der Anscheißerriege, sondern Greg's Chauffeur und engster Vertrauter. Er hatte ihn vorsorglich informiert, damit Greg die Katastrophen aufhalten konnte, bevor sie überhaupt eingetroffen waren. Joe war der Einzige, den er noch aus seinen Zeiten aus des Vaters Firma kannte und der die Europatour mitmachte. Auch Agnes hatte er gebeten ihn zu begleiten, aber diese hatte aus familiären Gründen leider ablehnen müssen. Trotz des exorbitanten Gehaltes, das er ihr geboten hatte. Er konnte es verstehen. Zwar waren ihre Kinder bereits aus dem Gröbsten raus, aber bei ihrem Mann war Magenkrebs diagnostiziert worden, weshalb sie nicht von seiner Seite weichen wollte, abgesehen während ihrer Arbeitszeit, versteht sich. All das hatte sie ihm während jenes legendären Gespräches erzählt, in dem er sie für sein Büro bei Williams Firma von der Firma seines Vaters abwarb. Das war das erste und einzige Mal gewesen, dass sie überhaupt private Worte gewechselt hatten.

Joe Adair sorgte dafür, dass Greg sich heute auf seine Arbeit konzentrieren konnte, denn er wusste, dass der Mann seine Frau beschützen und Unheil von ihnen fernhalten würde. Dennoch stand Greg um exakt halb sechs auf und nahm seine Jacke.

»Wenn irgendwer was von mir will, ich mache heute früher Schluss«, sagte er Belina, die noch immer ziemlich in sich gekehrt war, wofür er noch immer nicht das geringste Verständnis aufbrachte. Außerdem benutzte sie tatsächlich das Parfum seiner Frau, was ihn inzwischen ärgerte. Es erschien ihm wie Blasphemie, obwohl … Als er die brünette Schönheit an ihrem Schreibtisch sitzen sah, schalt er sich, nicht zu hart zu ihr sein, denn sie war wirklich eine Schönheit, die ihren Job unterm Strich gut und nahezu fehlerfrei versah. Außerdem war sie ihm gewogen, was man nicht von vielen Menschen in diesem Kasten sagen konnte. Vielleicht wäre es ratsam, sich nicht die wenigen zu vergraulen, auf die das zutraf.

»Ja, Sir«, sagte sie jetzt mit furchtsamem Blick.

»Das Meeting ist verschoben?«

»Ja, Sir.«

»Die Termine für morgen bestätigt und alle nach achtzehn Uhr gecancelt?«

»Ja, Sir.«

»Hat irgendwer Schwierigkeiten gemacht?«

»Nein, Sir, alle haben Verständnis gezeigt, weil Ihre Frau in der Stadt ist.«

»Na, wenn das mal nicht reizend ist«, murmelte Greg trocken, doch Belina verzog keine Miene.

»Sie können jetzt übrigens wieder normal werden. Nur weil ich Sie einmal zurechtgewiesen habe, heißt das noch lange nicht, dass Sie ab sofort mit Scheuklappen durch die Gegend rennen müssen.«

Nun blinzelte sie, offenbarte schöne, dichte Wimpern, und Greg dachte sich, dass der Mann, der sie nachts unter sich hatte, ein Glückspilz war. »Sir?«

Greg seufzte und trat näher. Sie wich erschrocken zurück, als er die Fäuste auf ihren Schreibtisch aufstützte und sie kritisch musterte. »Ich mag es nicht, wenn eine verschrecke Maus in meinem Vorzimmer sitzt«, sagte er, ohne sie aus den Augen zu lassen, auch wenn sie nun den Kopf gesenkt hatte und er sich zwangsläufig mit ihrem glänzenden Haar zufriedengeben musste. »Sie haben einen Fehler begangen, ich wies Sie zurecht, Sie gelobten Besserung … So was kommt schon mal vor. Aber es ist kein Grund, mich neuerdings anzusehen, als wäre ich ein Monster.«

»Nein, Sir.«

»Und wenn Sie mich beim Antworten anschauen würden, dann käme ich sogar in die Verlegenheit, Ihnen zu glauben.«

Endlich hob sie den Kopf, ihre Lippen zitterten ein wenig und Greg lächelte, obwohl er sich insgeheim fragte, was dieses Theater sollte. Ja, er hatte sie ein bisschen hart angefahren, aber das hatten Chefs nun mal so an sich. Wenn sie so zart besaitet war, dann hatte sie sich offensichtlich den falschen Job ausgesucht.

Das sagte er ihr natürlich nicht, sondern lächelte noch etwas aufmunternder. »Sie können heute auch Schluss machen, Belina. Sollte jemand etwas dazu anzumerken haben, ich nehme die Schelte ganz auf meine breiten Schultern.«

Endlich schaffte sie es auf ein Lächeln, was ihn zufrieden kehrtmachen und aus dem Raum gehen ließ.

»Au revoir!«, wünschte er ihr noch und ging.

Belina

Sobald die Tür geschlossen war, nahm sie den Hörer von ihrem Diensttelefon und wählte eine Nummer, die keiner ihrer Kollegen kannte, am allerwenigsten ihr Chef. Ihr war gesagt worden, dass die Leitung abhörsicher sei, und Belina hatte keinen Grund das anzuzweifeln. Weshalb sie ohne Umschweife zum Thema kam, sobald am anderen Ende abgehoben worden war.

»Er ist gegangen.«

»Gut. Bist du weitergekommen?«

Sie seufzte. »Sir, ich … es ist nicht einfach …«

»Das hat keiner behauptet, deshalb haben wir dich ja auch auf den Posten gesetzt und keine Hafennutte.«

»Das ist mir klar, aber … ich meine, seine Frau ist in der Stadt, wie …«

»Seine Frau *ist* eine Hafennutte, es dürfte kein Problem sein, sie auszustechen. Dir bleibt noch etwas mehr als eine Woche, dann reist er ab und du hast verspielt. Das hast du doch hoffentlich nicht vergessen?«

Nervös spielte sie mit der Telefonschnur, ihr Mund war plötzlich so trocken, dass sie sich nach einem Glas Wasser sehnte. »Nein, Sir«, wisperte sie.

»Dann rate ich dir, dich mehr ins Zeug zu legen«, sagte die kalte Stimme am anderen Ende, bevor es in der Leitung klickte.

Der Teilnehmer hatte aufgelegt.

20. Kapitel

Greg

Nein, er hatte nicht die geringste Lust, zu diesem Essen mit Bill zu gehen, denn ihm war klar, was sein Cousin in seinem Spatzenhirn plante. Andererseits wäre es unklug gewesen, diese feudale Einladung auszuschlagen und Herrgott! Dann würde er eben seine hinreißende Frau der Brüsseler Schickeria präsentieren. Es gab mit Sicherheit Schlimmeres. Greg war davon überzeugt, dass sie über das Stadium der ewigen Eklats lange hinweg waren und April sich zu benehmen wusste. Er hätte den Abend nur viel lieber mit ihr in diesem breiten Bett verbracht. Allein der Gedanke an ihren warmen, weichen, so verdammt gut gebauten Körper führte dazu, dass seine Hose wieder eng, der Mund trocken und die Hände seltsam fahrig wurden, während Joe ihn ins Hotel kutschierte. Die beiden Männer hatten nicht mehr als erforderliche Worte miteinander gewechselt. Joe hätte ihm gesagt, wäre in seiner Abwesenheit irgendetwas geschehen, was ihm nicht gefallen hätte.

Und daher lehnte er sich so entspannt, wie es mit seiner hammerharten Erregung in der Hose ging, zurück, schloss die Augen und stellte sich vor, wie es wäre, auf das verdammte Dinner zu scheißen und April, die ihn in einem sündhaft teuren und garantiert sexy Abendkleid empfangen würde, auf dem verdammt flauschigen Suite-Teppich zu vögeln. Langsam, ausdauernd, und so lange, bis sie wieder auf diese hingebungsvolle Art seinen Namen stöhnte.

Ihm gefiel ihre neue Figur, er konnte sich nicht an ihr sattsehen, sie wirkte einladender auf ihn, als wäre darauf unsichtbar der Satz: *Fick mich, Greg!* tätowiert. Und allein der Gedanke daran, dass ihre gemeinsame Zeit sehr, sehr begrenzt war, trieb ihn beinahe in die Verzweiflung. Er wollte keine gestohlenen, hastigen Zärtlichkeiten, mit einem Blick immer auf der verdammten Uhr, weil der nächste Termin mit Sicherheit bereits wartete. Oder eben eine Woche Schlafentzug, weil sie notgedrungenerweise die Nacht zum Tag machten, er aber morgens pünktlich im Büro aufkreuzen musste. Und sein verdammter Arbeitstag war garantiert kein Urlaub. Wenn er seine Frau fünf Tage am Stück durchvögeln wollte, dann wollte er auch das tun dürfen, ohne ein schlechtes Gewissen haben zu müssen! Verdammt, das war doch der Sinn einer Ehe – jedenfalls in seinem Denken. Einen anderen konnte er nicht ausmachen.

Ah, verdammt! Das war eine Lüge!

Noch immer die Augen geschlossen stellte er sich vor, wie jeder normale Mensch abends zu ihr und June heimkehren zu können, und fand nichts als das freudig aufgeregte Pochen seines Herzens. Verdammt, er hatte keine Ahnung, wer seine Tochter war, hatte sie zuletzt vor etlichen Wochen gesehen, und Fotos konnten fehlenden Kontakt nicht wirklich wettmachen. Videos auch nicht. Sie veränderte sich nahezu stündlich, und er war nie da, um eines dieser Wunder mit April gemeinsam zu feiern. So sollte es für eine lange, lange Zeit laufen? Denn auch wenn das Auslandspraktikum seiner Lehre vorbei wäre – William hatte es irgendwann mal gönnerhaft so bezeichnet und Greg war geneigt, ihm zuzustimmen –, würde sich nicht viel an der Gesamtsituation ändern, außer vielleicht, dass er länger in einer europäischen Stadt bleiben würde als derzeit. War es das, was er sich vorgestellt hatte, als er begriff, dass April und er ein Paar und darüber hinaus Eltern sein würden?

Nein, das war es nicht. Viel Zeit, sich irgendwelche Illusionen auszumalen, war ihm nicht geblieben, und doch hatten die gemeinsamen Monate, in denen er ausschließlich in New York gearbeitet hatte, eine gewisse Erwartungshaltung bei ihm gebildet. Davon abgesehen, dass er kapiert hatte, wie gern er mit dieser Frau zusammen war. Tja, es war ein schöner, wenn auch in den letzten Wochen sexloser Traum gewesen, aber eben ein viel zu kurzer. In der Realität war er genauso allein, wie vor April, nur dass er jetzt mehr oder weniger regelmäßig mit ein und derselben Frau ins Bett ging und wusste, dass diese mit seinem Kind am anderen Ende der Welt auf ihn wartete und er die Verantwortung für sie trug.

Greg öffnete die Augen, darunter offenbarte sich ein unerwartet eisiger Blick.

Nein, so stellte er sich seine Wunsch-Zukunft nicht vor! Also warum sorgte er nicht endlich dafür, dass er sie so hinbog, wie er – und April, davon war er überzeugt – es gern hätten? Es war IHR Leben! Noch einmal stellte er sich die Frage, und diesmal verschwand sie nicht gleich wieder: Wann genau hatte er sich eigentlich in Williams Leibeigenschaft begeben?

Als er in dem Hotelaufzug hochfuhr, lächelte er noch, doch während er den Flur zu seiner Suite entlangging, kamen ihm allmählich Zweifel. Was, wenn April sich seinen Anweisungen widersetzt hatte und ihn tatsächlich in irgendeinem billigen Fummel empfangen würde? Oder sogar in den angedrohten Lockenwicklern. Aus Erfahrung wusste er, dass dieser Frau so ungefähr alles zuzutrauen war, wenn sie sich damit gegen das Establishment zur Wehr setzen konnte. Sie hasste Bill fast so sehr wie William. Was, wenn sie wirklich nicht fertig war und mit sanfter Gegenwehr das geplante Dinner boykottierte?

Eilig sah er auf die Uhr. Okay, es waren noch annähernd zwei Stunden Zeit, und …

Weiter kam er nicht, weil sich in diesem Moment die Tür öffnete, vor der er gerade angekommen war. Diejenige zu seiner Suite.

Nein, sie hatte nicht gemauert oder boykottierte irgendetwas. Von Fortsetzung ihres Kampfes gegen das ›abgefuckte Establishment‹ – wie sie es häufig nannte –, konnte ebenfalls keine

Rede sein. Auch wirkte April zwar nicht unbedingt begeistert, aber so heiß, wie er sie seit vielen Monaten nicht mehr gesehen hatte. Genau genommen seit dem Tag, an dem er sie mit in das Haus seines Onkels genommen hatte.

Ihm fiel auf, dass er sie wie besessen anstarrte, genauso wie er unbemerkt den Kopf schiefgelegt hatte und hin und wieder die Haltung verlagerte, um sie aus jeder verfügbaren Perspektive betrachten zu können.

Sie hatte wirklich keine Kosten und Mühen gescheut, denn an ihrem nicht mehr so dürren, aber immer noch schlanken, so weiblich geformten, umwerfenden, schwanzsteuernden Körper haftete ein cremefarbenes, bodenlanges Abendkleid, das ihre Figur umschmeichelte und ihre Vorzüge hervorhob. Es hatte keine zarten Träger, die Schultern lagen frei, während sich ein großflächiger Streifen vom Dekollcté bis zu ihrem Hals zog, der in einem breiten Band endete. Ihre Brüste zeichneten sich deutlich unter dem seidigen Gewebe ab und so konnte er dabei zusehen, wie sich ihre Nippel bei seiner Musterung aufrichteten. April hielt seit ein paar Monaten absolut nichts mehr von BH-Polstern. Genau genommen, seitdem sie nicht mehr in der Klinik arbeitete … Verdammt, warum dachte er neuerdings so häufig über diese blöden Polster nach?

Mühsam schluckend ließ er den Blick weiter hinabgleiten, blieb an ihren Hüften hängen, wusste, dass sich nicht weit darunter das Paradies befand, das mit an Sicherheit grenzender Wahrscheinlichkeit feucht und bereit auf ihn wartete. Er ballte die Hände zu Fäusten, weil er momentan nicht einmal daran denken durfte, seinen Schwanz in ihr zu versenken, und blickte weiter hinab, bis ganz nach unten, wo sich unter dem Saum des Hauchs eines Kleides zarte High-Heels zeigten. Dass es High-Heels waren, konnte er bereits an Aprils derzeitiger Größe feststellen, denn sie war um etliche Zentimeter höher als sonst. Dann ließ er den Blick wieder hinaufgleiten, über das zarte Kinn, an dessen rechter Seite ein winziger Leberfleck war, über ihre feurig roten, glänzenden, vollen Lippen, zwischen denen natürlich jetzt die rosa Zungenspitze sichtbar wurde – diese Frau wusste ganz genau, wie sie ihm zuverlässig den Verstand rauben konnte. Die kleine makellose Nase schloss an, dann folgten diese wunderbaren warmen, dunklen Augen, die mit Lidschatten in gleicher Farbe wie das Kleid betont waren. Die Wimpern waren so dicht und dunkel, dass sie leichte Schatten auf den Bereich unter ihren Augen warfen, wenn sie diese – wie jetzt – schloss. Ihre Stirn war noch immer so faltenfrei wie bei ihrem Kennenlernen, und sie war mit Sicherheit beim Friseur gewesen, denn das Haar war kunstvoll aufgesteckt. Viele kleine Löckchen bildeten einen Dutt, der mit einem breiten Band ebenfalls im Ton ihres Kleides umrahmt wurde. Nur eine einzige breite Strähne war aus dem Meisterwerk herausgelassen worden und diese strich sie gerade mit zarten Fingern, deren Nägel perfekt manikürt waren, beiseite.

Ihren fragenden Blick missachtend, schob er sie an den Schultern in den Raum. Die Tür kickte er mit dem Fuß zu. »Zieh den Fummel aus, wenn du nicht willst, dass ich ihm ernsthaften Schaden zufüge!«

Ihre Augen wurden groß, sie leckte sich doch tatsächlich mit der Zungenspitze über diese Waffen von Lippen. Doch dann hob sie wie in Zeitlupe die Arme über ihren Kopf in den Nacken, löste dort offensichtlich einen Knopf, der Stoff fiel mit einem leisen Rascheln zu Boden und sie stand in der verdammten cremefarbenen Spitzenwäsche vor ihm, die er sich gewünscht hatte. Einschließlich halterlosen Strümpfen, die am Ansatz ihrer Schenkel mit einem breiten Spitzenrand endeten. Er packte sie an ihren Hüften und drängte sie weiter in den Raum, zu dem verdammten Schreibtisch. Dort wirbelte er sie herum, platzierte ihre Hände auf der Tischplatte und knurrte: »Halt dich fest!«

Ihre Arme zitterten ein wenig, doch das war ihm egal. Selten, wirklich ganz selten, war er so scharf darauf gewesen, sich in ihr zu versenken, wie in diesem Moment. In seiner Hose pulsierte anklagend sein harter Schwanz, verlangte danach, befreit zu werden, und genau deshalb ließ er sich Zeit. Scheiß auf Bill und sein dämliches Essen – er brauchte gerade etwas anderes.

Fest schob er sein Knie zwischen ihre schlanken Beine, drängte sie auseinander, zog dabei scharf die Luft ein, weil ihr verdammter Duft ihm signalisierte, wie erregt sie war, und fuhr dann mit den Händen an ihren schlanken Seiten hinauf, bis er nach vorn zu ihren Brüsten griff. Ihre Nippel drängten sich durch den Spitzenstoff des trägerlosen Seiden-BHs, und er legte jeweils die flachen Hände darauf, ließ die Handflächen darüber wandern, warf den Kopf in den Nacken und schloss die Augen, als er fühlte, wie sie begann, ihren kleinen Arsch verlangend an ihm zu reiben. Immer und immer wieder über die Stelle, wo sein Schwanz atemlos zitternd auf seinen Einsatz wartete. Hektisch zerrte er die Körbchen herunter und stöhnte, als er ihre Brüste ohne störendes Beiwerk in der Hand hielt. Er knetete sie leicht und bemerkte zufrieden, dass sie ihren Hinterkopf an seine Schultern legte, den Kopf so weit zurückgebogen wie möglich, ihm durch das Hohlkreuz mehr Raum gebend, um sie zu verwöhnen, während ihr Becken unentwegt kreiste und ihr Hintern sich auf seine Erregung presste.

»Fuck!«, murmelte er, als er ihre Nippel zwischen seinen Fingern hatte. Er drehte sie leicht, fuhr dann mit den Handflächen lindernd darüber, fühlte sie erschauern und hörte sie stöhnen. Ein dunkler, lasziver, extrem fordernder Laut, der ihm direkt in den bereits überlasteten Schwanz fuhr.

Und so ließ er von ihren Brüsten ab, wenn auch nicht ohne Bedauern, glitt mit seinen Händen beidseitig an ihr hinunter, über ihren herrlichen Körper, bis sie auf ihrem flachen Bauch zusammenfanden und sich gemeinsam den Weg weiter hinab bahnten. Seine Finger überwanden mühelos den leichten Saum der hauchdünnen Pantys, er strich beidseitig über ihre Hüften und dann an ihren schlanken, so endlos langen Beinen hinab, wobei er ebenfalls in die Hocke ging. Kurz darauf sah er auf ihre heiße, lusttriefende Pussy, strich die beiden äußeren Lippen auseinander, was sie ein weiteres Mal erschauern ließ. Als er endlich ihre Feuchtigkeit spürte, stöhnte er wieder auf. Sie war nicht nur bereit für ihn, sie lief vor ihm förmlich aus. Unwillkürlich spreizte sie die

Beine etwas weiter und ließ den Oberkörper über die Tischplatte hängen. Als er seitlich zu ihr herumblickte, sah er, dass sie die Augen geschlossen hielt und ihre Nasenflügel bebten, durch die sie heftig die Luft einsog und wieder ausstieß. Die vollen Lippen, aber waren wie üblich von dieser vorwitzigen Zungenspitze geteilt.

»Soll ich dich ficken, April?« Dunkel, rau und sinnlich schwang seine Stimme durch den Raum, legte sich auf ihre Haut, hüllte sie ein in diese verdammte Leidenschaft, die nur er in Sekundenschnelle heraufzubeschwören vermochte. Mit seinem Zeigefinger zog er eine Spur über die Innenseite ihrer seidenweichen Haut, die ihn anschrie sie zu lecken, zu beißen und jedem zu zeigen, dass sie sein war.

Ihre Augen flogen auf, sie schaute nach unten, sodass sich ihre Blicke trafen. »Was fragst du so blöd?«, stieß sie wimmernd hervor, ihren Hintern verzweifelt nach einer festeren, befriedigenden Berührung kreisend.

Langsam ließ er zwei Finger an ihrer Feuchtigkeit entlanggleiten, neckte sie, streifte kurz ihren Kitzler, was ihr ein hohes Keuchen entlockte. »Sag es!«

Nun presste sie die Lippen aufeinander, seine eigenen verzogen sich zu einem leichten Lächeln, während er wieder ihre Klitoris streifte, diesmal jedoch etwas länger auf ihr verharrte.

»Fick mich!«, brach es in einem heiseren Schrei aus ihr heraus.

»Das ist doch ein Wort«, murmelte er, seine Hände legten sich zwischen ihre Beine beidseitig auf die Schenkel, die jetzt leicht zitterten, drückten sie noch weiter auseinander, bis er bequem mit dem Mund an ihre süße, feuchte, heiße Vagina herankam. Genüsslich leckte er sie, ergötzte sich daran, dass die Feuchtigkeit sich immer wieder erneuerte, hielt dabei ihre Beine fest, die immer heftiger bebten, und stöhnte, als sie sich seinem Mund entgegendrängte und wieder das Becken kreisen ließ. Er saugte an ihrem Lustpunkt, leckte dann wieder darüber, saugte erneut, während sie sich immer schneller bewegte, hörbar keuchte und er unter seinen Handflächen spürte, wie ihr der Schweiß ausbrach.

»Nein!«, knurrte er, als er fühlte, dass sie noch Sekunden von ihrem Orgasmus entfernt war, und stand auf, um endlich seine verdammte Hose zu öffnen. Seine Erregung sprang heraus, sobald er seine Shorts nach unten gestreift hatte. Er packte mit einer Hand ihre Hüften, platzierte sich mit der anderen an ihrem Eingang und schloss die Augen, weil das bereits genügte, um ihn fast kommen zu lassen. Diese Frau war die Einzige, die das schaffte, wenn er nicht einmal wirklich in ihr war, wenn ihr enger Eingang ihn nur neckte, ihn willkommen hieß und ihn lockte, alles über Bord zu werfen und einfach nur noch wie ein Verrückter in sie zu stoßen. Mühsam beherrscht presste er die Zähne in das Fleisch seiner Unterlippe und stieß zu.

»AH!«, schrien beide gleichzeitig, als er sich in ihrer heißen Enge vollständig versenkte. Seine Stimme klang rau und tief, während ihre viel höher als üblich war. Er bewegte sich nicht gleich, obwohl alles in ihm darum flehte, sie sich schnell, hart und gnadenlos zu nehmen, sondern betrachtete ihren feuchtglänzenden, wunderbar geformten Rücken und den festen Hintern darunter, während er hastig das verdammte Jackett über seine Schultern streifte. Mit einer Hand hielt er sie an der Hüfte fest.

»Beweg dich nicht!«, knurrte er, als er den Schlips lockerte und dieser kurz darauf den Abgang über seinen Kopf machte. Dann zerrte er an den Hemdknöpfen, riss einige in seiner Hast sogar ab und umfing sie schließlich mit den Armen – Haut an Haut –, stöhnte auf, als er ihren genialen, von Schweiß überzogenen Körper an seinem fühlte, pulsierte währenddessen immer noch heiß und sinnlich in ihr, und genoss das Gefühl ihrer hektisch arbeitenden Muskeln, die mit allen Mitteln versuchten, ihn dazu zu bringen, SICH ZU BEWEGEN!

Er *würde* sich bewegen … wenn er es für richtig hielt. Dankbar registrierte er, dass er ein wenig runtergekommen und damit den Orgasmus in die Ferne gerückt hatte. Dann packte er wieder ihre Hüften, seine Finger pressten sich tief in die Haut, während er ihr

den langsamen uralten Takt vorgab, in dem er sich aus ihr zog, um dann erbarmungslos wieder in sie zu stoßen.
»Halt dich fest!«, befahl er ihr, steigerte allmählich Tempo und Härte, bis irgendwann ihre Körper in gleichbleibenden Intervallen aufeinandertrafen. Der Schweiß lief ihm an den Schläfen hinab, er hörte ihr abgehacktes Keuchen, in das sich immer mal wieder ein: »Oh Gott!«, oder ein »Oh mein Gott, Greg!«, oder ein: »Ich komme gleich!« mischte. Haut traf auf Haut – die Musik der vertrauten Sinnlichkeit. Das hier, das konnten sie beide so verdammt gut.

»Das wirst du schön lassen«, stellte er mit zusammengepressten Kiefern klar. Den Oberkörper hatte er ein wenig zurück geneigt, um noch tiefer in sie zu stoßen und ganz nebenbei beobachten zu können, wie ihre Hinterbacken erzitterten, jedes Mal, wenn er sich bis zum Anschlag in ihr versenkte und sie dieses ganz bestimmte Stöhnen von sich gab. Knapp an der Schmerzgrenze, aber dennoch oder gerade deswegen voller Lust und Begierde. Ein exquisiter Anblick, der mit absolut nichts anderem gleichzusetzen war. Ihre Arme bebten, sie wurde fantastischerweise mit jeder Minute enger, weil ihre kontrahierenden, zitternden Wände sich unablässig an- und entspannten, während er immer und immer wieder in sie hineinstieß. Als er wusste, dass er es nicht mehr aufhalten konnte, schlang er die Arme um sie, seine Daumen fanden beidseitig ihre Brüste. Die elfenbeinfarbene Haut an ihrem Hals fing seinen Blick. Sie war so makellos, so perfekt, fast jungfräulich in ihrer Reinheit.

»Jetzt«, knurrte er und biss ihr fest in die linke Schulter. Aprils Schrei vermischte sich mit seinem tiefen, hörbaren Einatmen, als sie fühlbar losließ und sich bereitwillig gegen ihn drückte, während er seinen Samen in ihr verströmte.

»Gott!«

21. Kapitel

April

Sie hätte geschworen, sich nicht bewegen zu können, selbst wenn irgendwer die Ankunft der Aliens verkündet hätte. Also der *bösen* Außerirdischen, nicht der arroganten, aber friedlichen Vulkanier. Ihre Schulter brannte von seinem Biss, doch sie war davon überzeugt, dass er ihr damit das Leben gerettet hatte. Ansonsten wäre sie unter der Wucht des Orgasmus' gestorben. Noch immer summte ihr gesamter Unterleib, und sie fragte sich panisch, ob sie jemals wieder normal laufen könnte, besonders, weil ihr gesamtes Skelett sich verflüssigt zu haben schien. Ihre Beine zitterten so heftig, dass sie meinte, nicht länger stehen zu können. Aber das musste sie auch nicht, denn ihr Ritter hob sie in seine Arme, betrachtete sie unter halb gesenkten Lidern und trug sie dann zu dem großen, breiten Bett, in dem sie heute ursprünglich die Kaviar-Cracker-Sex-Party hatten veranstalten wollen.

Sanft bettete er sie mittig zwischen die weichen, flauschigen Kissen, beäugte dann stirnrunzelnd ihre Schulter, beugte sich urplötzlich vor und küsste zart die Stelle, in die er kurz zuvor so hinterhältig seine Zähne gerammt hatte. Dann legte er sich neben sie, wobei er seinen Kopf auf ihrem Bauch bettete. Sofort fanden sich ihre Finger in seinen dichten, immer noch fantastischerweise seidigen Haaren ein, wo sie mit den einzelnen Strähnen spielten. Sie war so müde, dass ständig ihre Lider zuzufallen drohten. Außerdem war ihre verdammte Frisur zerstört. Das Make-up nebenbei bemerkt garantiert auch.

Er sagte nichts, sondern ließ seine Finger hauchzart über ihre Haut wandern, gelangte irgendwann zu den Innenseiten ihrer Schenkel und stupste einen von ihnen an, weshalb sie folgsam die Beine etwas weiter auseinandernahm. Als sie seine Finger nun auf ihrer Scham spürte, aus der träge sein Samen floss, schloss April wirklich die Augen. Sie wollte keinen Sex, war zu müde, zu ausgelaugt und zu befriedigt, aber er schaffte es, dass ihr noch immer vom letzten Orgasmus bebender Körper ganz weit entfernt bereits wieder neues Verlangen nach ihm entwickelte.

»Greg?«

»Hmmm?« Er war aktuell dabei, zarte Kreise um ihren geschwollenen Lustpunkt zu ziehen, und als sie kurz aufsah, entdeckte sie, dass er ihre Vagina tatsächlich sehr intensiv und mit sichtlichem Interesse – wenn nicht sogar Faszination – betrachtete. Was für ein Kindskopf … manchmal.

Sie seufzte. Wirklich manchmal.

»Warum hast du mich gebissen?«

Prompt fühlte sie seinen Blick flüchtig auf sich liegen, erwiderte ihn aber nicht.

»Ich …« Er klang verlegen, räusperte sich aber dann, und sie fühlte seinen Finger auf ihrer Klitoris, bevor er mit der gesamten Hand ihren Schamhügel packte. »Es war ein etwas billiger Versuch, um …«

April schloss die Augen. »Um allen Männern zu zeigen, wem ich gehöre?«

Für einen Moment herrschte Stille, dann ertönte sein leises Lachen. Es klang ein wenig spöttisch. »Ich sagte bereits, dass es etwas billig war.«

»Aber es hat seine Wirkung mit Sicherheit nicht verfehlt.« April lächelte. »So wie die Scheiße brennt, *muss* eine Narbe zurückbleiben.«

Er ließ sie so schnell los, dass sie erschrak. Als er neben ihr auftauchte, glaubte sie zunächst, er wollte sich entschuldigen, doch sein glitzernder Blick sagte ihr etwas anderes. Und seine Worte auch. »Habe ich denn Grund, dich als mein Eigentum zu markieren?«

Verblüfft starrte sie ihn an, dann lachte sie. »Greg, ich habe daheim ein winziges Baby. Ich mache Tag und Nacht nichts anderes, als mich um June zu kümmern. Was soll diese bescheuerte Frage? Ehrlich, bis vor ein paar Stunden hatte ich glatt vergessen, dass ich auch noch eine Frau bin.«

Sein Blick blieb noch für einen Moment länger hart, doch dann stahl sich ein Schmunzeln auf seine Lippen. »Es wäre echt schade gewesen, wenn es dir nicht mehr eingefallen wäre.« Er betrachtete abermals die Stelle, an der er sie gebissen hatte, untersuchte sie nun etwas genauer und nickte. »Ich schätze, du hast recht, da wird eine kleine Narbe zurückbleiben.«

Damit bettete er seinen Kopf wieder auf ihren Bauch und für die nächsten Minuten schwiegen sie.

»Und du?«, fragte sie schließlich. »Wäre es ratsam, wenn ich dich auch markieren würde?«

»Das kannst du gerne tun.« Auch Greg klang schläfrig. Seine Finger spielten wieder an ihr herum, was ihm Spaß zu bereiten schien. Ein paar Mal hatte er einen davon sogar in ihr versenkt, was April ebenfalls sehr viel Spaß bereitet hatte. Sie war verblüfft, aber offensichtlich auch ziemlich ausgehungert. Denn ja, sie wollte ihn schon wieder, wenn auch nicht sonderlich dringend. Viel schöner war es, mit ihm zu reden. Endlich einmal … reden, sich austauschen. Bis vor wenigen Minuten hatte sie nicht gewusst, wie sehr ihr gerade das gefehlt hatte. »Ich glaube aber nicht, dass es erforderlich ist, denn ich habe nichts mit anderen Frauen … Und sind wir mal ehrlich, selbst wenn du deinen vollständigen Namen in meine Haut nagen würdest, würde sie das nicht davon abhalten, mit mir vögeln zu wollen.«

»Weil du so unwiderstehlich bist.«

»Nein.« Er klang trocken. »Weil ihr Frauen anders tickt. Ihr kämpft zu gern um einen Mann. So etwas würdet ihr nur als Kriegserklärung und Herausforderung ansehen.«

»Falsch! Verheiratete Männer sind unter *uns Frauen* tabu!«

Antwort war nur ein schallendes Lachen, was April ein bisschen wütend machte. Nur ein bisschen. Sie stützte sich auf die Arme und betrachtete ihn für eine Weile. »Aber dein komischer Biss soll irgendwen abhalten, ja?«

»Ja«, erwiderte er knapp.

»Und wieso?«

»Ehrenkodex unter Männern, du würdest es nicht verstehen.«

April verdrehte die Augen und ließ sich wieder zurückfallen. Was für ein Idiot!

»Allerdings könnte es schon passieren, dass die Frauen sich auf die Suche nach dem Verursacher machen, der mir so unglaubliche Schmerzen bereitet hat«, fuhr er fort, seine Stimme klang mit einem Mal wieder nüchtern. »Ihr rächt uns ja auch so unendlich gern.«

»Tun wir das?«, fragte sie erschöpft.

»Und wie. Nur wenn ihr täglich einen Mann retten könnt, hat euer Tag Struktur. Ohne geht es gar nicht. Jede Frau will einen schönen Mann erst retten und dann für sich erobern. Sie sehen einen Mann und sind zu hundert Prozent der Ansicht, dass genau sie auserwählt sind, um ihn zu ändern … zum Guten, eben ihn zu retten.«

»Aha.«

»Und wenn du so dämlich bist und deinen ganzen Namen in meine Haut beißt oder ritzt oder mit glühendem Feuerhaken auf mir verewigst …«

»Wow, kann es sein, dass an dir ein kleiner Sadist verloren gegangen ist?«

»… machst du ihnen ihren Rachefeldzug natürlich immens einfach. Ich sehe es schon vor mir, wie Hunderte von Frauen mit Pfefferspray und herausgetrennten BH-Bügeln bewaffnet erst die Sicherheitskräfte überwältigen und dich dann lynchen.« Er kratzte sich nachdenklich am Kinn. »Ich schätze, ich muss June rechtzeitig fortschaffen.«

»Greg, du spinnst! Du gehörst *mir*! Und ich kann mit dir anstellen, was ich will, da können noch so viele durchgeknallte Schlampen hinter mir her sein.« Damit küsste sie ihn sanft auf die Lippen, bevor sie sich wieder zurücklegte.

Sein dunkles, so befreiendes, weil völlig ungekünsteltes Lachen ertönte im Raum und sandte wohlige Schauer durch ihren Körper. Er tauchte über ihr auf. »Unfassbar, wie eifersüchtig du bist«, murmelte er und küsste sie zärtlich, bevor er das Gesicht verzog. »Was zur Hölle stinkt hier eigentlich so widerwärtig?«

»Was?« April schnupperte. »Du meinst das Süßliche? Äh, das sind deine Rosen.«

»Nein!«, widersprach er sofort. »Ich würde niemals irgendeine Pflanze kaufen, die einen derart ekelerregenden Geruch produziert. Wofür hältst du mich?«

April musterte ihn mit erhobenen Augenbrauen, doch dann fiel ihr ein, dass seine Rosen zwar einen intensiven Duft verströmten, ja, aber ganz bestimmt keinen widerlichen. Sie riss die Augen auf. »Ich weiß!«, stieß sie hervor, sprang vom Bett, quittierte das mit einem dumpfen Stöhnen – was ihn zum Lachen brachte – und humpelte dann in den Nebenraum, um kurz darauf mit Bills Frühlingsstrauß zurückzukehren.

»Du warst heute nicht der einzige Gentleman.«

»Von wem sind die?«

»Rate!«

Greg, der sich auf den Rücken gelegt hatte, stöhnte. Während er überlegte, betrachtete April ihn. Selten zuvor hatte sie die Gelegenheit gehabt, ihren Mann in all seiner Pracht und Herrlichkeit zu bewundern. Und verdammt, es kam einem Verbrechen gleich, denn er war wirklich, wirklich schön. Nicht einfach nur gut aussehend oder attraktiv, sondern eine Schönheit von einem Mann.

Dunkel hob sich seine gebräunte Haut von der hellen Bettwäsche ab. Seine Beine waren lang, aber nicht dürr, denn die Waden waren stramm und muskulös; seine Taille war schmal, aber dennoch atemberaubend geschwungen; er besaß zwar keinen Waschbrettbauch, aber einen dennoch sehr muskulösen, und dieses bewusste ›V‹ schloss sich perfekt daran an. April war bekannt, dass ihr Mann sich sehr oft im Fitnesscenter herumtrieb und sie begrüßte das. Jetzt wusste sie auch wieder, warum genau, denn seine Brust war schön definiert, seine Schultern waren breit, die Bizepse ausgeprägt, aber nicht zu aufgepumpt wie bei Joe, beispielsweise; seine Kinnpartie war markant und die Wangen nach dem Arbeitstag wieder leicht schattig. Wenn er ihn gewähren ließ, würde sein Bart in wenigen Stunden die von ihr bevorzugte Länge haben. Obwohl er auch glattrasiert wirklich gut aussah. Seine Nase war gerade, die Züge ein wenig herb, aber deshalb noch um ein Vielfaches interessanter, seine Wimpern waren dicht, die Augen klar, das Haar so unendlich dunkel und sein Blick so tödlich, weil ihr jemand anderes Blumen geschenkt hatte … April seufzte. Natürlich sah sie auch seinen momentan leider ziemlich schlaffen Penis. Trotzdem wirkte er so vollkommen und einladend, dass ihr Mund trocken wurde, weil ihr auffiel, dass sie ihn seit gefühlten Ewigkeiten nicht geschmeckt und nicht wirklich berührt hatte. Seit gefühlten Ewigkeiten hatte sie *ihn* nicht mehr markiert – indem sie ihre Zähne ganz leicht an ihm entlanggleiten ließ, was bei Greg immer dieses sexy Knurren provozierte. Sie wollte … Unbemerkt hatte sie sich in Bewegung gesetzt, ihre Hand schon ausgestreckt, bereit, sich jetzt und gleich zu nehmen, wonach ihr verlangte, als er sie ansah.

»Bill, richtig?«

April stoppte in der Bewegung. Sie trennten vielleicht noch zwanzig Zentimeter, doch es war zu spät. Resigniert drehte sie sich zu ihm um. »Erraten. Du kriegst den ersten Preis.«

»Und das wäre?«

»Ein Blowjob, von mir, mit viel Liebe, jetzt sofort!«, erwiderte April rasch und fühlte neue Hoffnung in sich aufkeimen.

Doch kaum seufzte Greg, wusste sie, dass sie verloren hatte, und zwar in mehrfacher Hinsicht, denn zwischenzeitlich hatte sie geglaubt, sich vielleicht aus diesem blöden Essen herauswinden zu können.

Greg setzte sich auf, ein Arm locker auf seinem angewinkelten Bein, mit der anderen Hand fuhr er sich durch die Haare. »Wie lange brauchst du, um das Fiasko irgendwie zu richten?« Damit nickte er auf ihren Kopf.

* * *

Nun, erstaunlich kurz.

Nur eine halbe Stunde später war April fertig, und was sie im Spiegel sah, war zwar nicht unbedingt das Gleiche wie vor Greg's boshaftem Überfall ohne Fortsetzung, aber es sah bestimmt nicht übel aus. Nur um Greg zu ärgern und weil sie Bill wenigstens ohne dessen Wissen eins auswischen wollte, hatte sie auch ihr Höschen angelassen, das ziemlich … äh, durchnässt war. Sie würde es wissen – und das genügte ihr für den Anfang ja schon.

Greg brauchte bedeutend länger, um sich fertigzumachen, und als er aus dem Bad trat, sah sie mit Bestürzung, dass er sich rasiert hatte. Allerdings entschädigte sie die frische Wolke seines Aftershaves, die ihr entgegen wehte und dafür sorgte, dass ihr Höschen noch ein wenig feuchter wurde. Genießerisch schloss sie die Augen, atmete tief ein und riss sie erschrocken wieder auf, als sie seine Lippen plötzlich an ihren spürte. »Egal, was du angestellt hast, jetzt siehst du sogar noch besser aus«, wisperte er rau.

»Ich hab gar nichts gemacht«, flüsterte sie zurück, glitt mit den Händen zwanghaft unter sein T-Shirt, das er immer unter dem Hemd trug, und mit gespreizten Fingern über seine muskulöse Brust. »So sehe ich immer aus, wenn Greg McCarthy mich durchgevögelt hat.«

»Hmmmm«, murmelte er, seine Hände hatten sich auf ihrem Hintern eingefunden – er zog sie mit einem Ruck an sich. »Und verdammt soll ich sein, wenn ich es nicht am liebsten sofort wiederholen würde.« Er stöhnte. »Du riechst so unglaublich nach … April.«

Sie grinste ihn spitzbübisch an. »Das ist mein Geschenk an dich, damit du heute Abend nicht vergisst, dass wir noch ein heißes Date haben, Mister.« Erst dann wurde ihr bewusst, dass sie gar nicht wissen konnte, wovon er sprach. »Äh, du meinst doch nicht mein Parfum, oder …«

Sein dunkles Lachen ging ihr wie üblich durch Mark und Bein, seine großen Hände glitten hinauf zu ihrem Rücken, wo sie fast dessen gesamte Fläche einnahmen, und seine Lippen bewegten sich zu ihrem Ohr vor. »Es ist die Mischung, Baby«, murmelte er. »Diese ganz eigene Komposition aus April und diesem Parfum. Keine andere Frau könnte so duften wie du, schon gar nicht, wenn du frisch von mir gevögelt bist.« Er hielt sie auf Armeslänge von sich und musterte sie belustigt. »Du hast deine Unterwäsche angelassen?«

Sie musste nichts sagen, ihr Blick war aussagekräftig genug, weshalb er erneut lachte, doch dann wurde er ernst. »Reiz ihn nicht zu sehr, Baby.«

April zuckte mit den Achseln. »Das muss er mir erst mal nachweisen. Wär ja möglich, dass ich von deinem bloßen Anblick scharf werde. Und mal ganz ehrlich, der Gedanke ist schon ziemlich weit hergeholt, dass er *das* riecht. Mir geht es eher so um … um den Gedanken.«

Er lehnte seine Stirn an ihre, betrachtete sie für einen langen Moment stumm, und lächelte dann. »Du hast recht. Ich schätze, ich halte ihn für subtiler als er ist. Und selbst wenn, damit wird er wohl klarkommen müssen.«

Dann ließ er sie seufzend los und sah auf die Uhr. »Wir haben noch eine Viertelstunde bis zum Losfahren. Ich ziehe mich besser an.«

»Okay«, sagte sie lax, ließ sich – enges Abendkleid hin oder her – in einen der ausladenden Sessel fallen und baumelte mit den Beinen. Greg sah über die Schulter zu ihr, seine Lippen verzogen sich zu einem Lächeln, bevor er kopfschüttelnd hinüber ins Schlafzimmer ging, um sich ebenfalls anzukleiden.

22. Kapitel

Greg

Es war ihm eine Freude, seiner Frau den Arm zu reichen und sie den Flur entlang zum Aufzug zu führen.

Okay, eine größere Freude wäre es gewesen, hätte er sie in das große Bett führen können, um ihr das Kleid postwendend wieder auszuziehen und dort weiter zu machen, wo sie wegen seiner Unbeherrschtheit begonnen hatten. Aber andererseits wollte er sie gern ausführen, sie der Welt als seine Frau präsentieren, ganz besonders aber Bill, in Vertretung dessen Vaters, der für den ganzen Müll im Grunde zuständig war. Auch vorhin schon hatte sie umwerfend ausgesehen, wie eine Göttin, wie Audrey, die irgendwie immer aus ihr zu werden schien, wenn sie für die High Society zurechtgemacht wurde. Nur war es eine blasse Audrey gewesen, eine mondäne, sehr bezaubernde, aber irgendwie leblose, umwerfende Schönheit.

Jetzt war sie ein strahlendes Inferno, eine detonierte Atombombe, ein kollabiertes Kraftwerk. Die roten Wangen, die sich vom Make-up nicht verbergen ließen. Diese leuchtenden, riesigen Augen, die allein ganze Romane erzählten – und alle handelten von dem unglaublichen Sex, den sie gerade gehabt hatte. Die kirschroten Lippen – diesmal hatte sie den Lippenstift weggelassen, weil er einfach nicht erforderlich war. Die Frisur, die nicht mehr ganz so straff und perfekt saß, wie zuvor, daher aber umso heißer wirkte, weil sich ein paar Strähnen gelöst hatten, welche sich jetzt sanft an ihrem Schwanenhals und auf ihre zarten Schultern ringelten. Das alles entsprach nicht unbedingt dem Outfit für einen Abend in der Oper, aber ihre Ausstrahlung, die sie stattdessen auf alle Anwesenden entfesselte, war es allemal wert. Außerdem gingen sie nicht in die Oper oder zu einem Staatsempfang, sondern inkognito in einem Brüsseler Restaurant essen. Und dafür war sie beinahe schon overdressed.

Und … als sie allein in der relativ engen Kabine des Aufzuges standen und sich die vorhandene Luft unweigerlich mit ihrem Duft vermischte, musste Greg grinsen. Fuck, sie roch nach purem Sex. Nach viel, viel nackter April, die unter seinen Händen zerfloss. Sie roch danach, gerade von ihm gevögelt worden zu sein. Hinzu kam seine Botschaft, die auf ihrer Schulter prangte – April hatte nicht mehr daran gedacht, Greg schon und es nach kurzer Überlegung dabei belassen. Jene Botschaft, die jedem lautlos zubrüllte: *Sie gehört mir!* Ganz bestimmt würde dies auch bei den Männern ankommen, für die sie gedacht war: William und Bill McCarthy.

Zu seiner Verwunderung waren sie pünktlich und stiegen Punkt 7:40 p.m. in die Limousine zu Joe, dessen Tag heute wieder verdammt lang werden würde, was Greg wie üblich nicht interessierte. Der Mann wurde so gut bezahlt, dass er mit derlei Unannehmlichkeiten zurechtkommen musste. Was er tat, wie er fairerweise zugab.

Kaum saßen April und er auf der ausladenden Rückbank, legte Greg seinen Arm um ihre zierlichen Schultern und zog sie an sich, bevor er seine Lippen auf ihrer Schläfe platzierte.

»Ich hoffe, ich verpatze es nicht«, murmelte sie unsicher.

»Kaum möglich«, erwiderte er. »Das ist kein Galaempfang, sondern ein Essen mit meinem Cousin.«

»Der versuchen wird, der Familie und der ganzen Welt zu demonstrieren, was für ein Trampel ich bin.« Ihre linke Hand hatte sich auf seinem Bein eingefunden, wo sie kleine Kreise zeichnete.

»Ganz ehrlich, deshalb bin ich nicht hergekommen.«

»Das dachte ich auch nicht«, erwiderte er kurz und schloss ebenso flüchtig die Augen, weil ihre Kreise immer weiter nach oben glitten.

»Warum gehen wir dann überhaupt hin? Du hättest doch auch sagen können, dass wir ungestört sein wollen.«

»Natürlich hätte ich«, räumte er ein. »Aber das wäre nicht sehr diplomatisch gewesen, verstehst du?«

Er musterte sie mit eindringlichem Blick, der offenbar leider auch keine Lampe in Aprils von Sexlust, unterdrückter Leidenschaft, Zorn und Müdigkeit gleichsam umnebeltem Kopf zündete. Greg seufzte. »Später.«

Damit zog er sie wieder an sich und blickte durch die getönten Scheiben hinaus auf ein von unzähligen Straßenlaternen erhelltes Brüssel, über dem sich der Himmel bereits indigoblau gefärbt hatte. Fremd war ihm alles, was er sah, und er spürte noch immer nicht die geringste Veranlassung, diesen Zustand zu ändern. Er war ein Wanderer entlang der Sphären, nirgendwo wirklich vorhanden, bis auf … nun ja, bis auf jene raren Momente, welche er in den Armen dieser Frau zubrachte, die ihn noch immer betrachtete, was er allerdings ignorierte. Ihre Zeit zum Reden würde später kommen, und er wusste nicht einmal, wann genau das sein würde. Ein Fehler, ein klitzekleiner Patzer, und sein derzeit noch leicht unausgegorener und von zu vielen Unsicherheitsfaktoren behafteter Plan wäre gestorben, bevor er auch nur in die Versuchung gekommen wäre, ihn umzusetzen.

Dass er das wollte, wusste er auch erst seit ein paar Minuten. Aber zumindest das würde sich mit an Sicherheit grenzender Wahrscheinlichkeit nicht mehr ändern.

23. Kapitel

April

Das *Brasserie du Gourmet* war von außen so nichtssagend, dass April zunächst glaubte, Joe hätte sich einfach in der Adresse geirrt.

Obwohl es bereits dunkel war, standen – wie in Europa vielerorts üblich – noch einige Stühle und Tische vor dem kleinen Ecklokal, das eher den Eindruck eines Pubs machte, als eines Sterne-Restaurants. Leute saßen nicht draußen, was wohl der verdammten Kälte geschuldet war, die ihnen trotz des anbrechenden Frühlings immer noch zusetzte. Neben dem Eingang war eine Tafel angebracht, auf der mit Kreide auf Französisch irgendwelche Tagesangebote angepriesen wurden.

Stirnrunzelnd sah sie zu Greg. »Bist du dir sicher, dass wir hier richtig sind?«

Er deutete mit dem Kinn auf einige Luxuskarossen, die ebenfalls gerade hielten. Chauffeure in Uniform und Schirmmütze stiegen aus, liefen herum und öffneten die hinteren Wagentüren, aus denen immer ein Typ in Anzug – wie Greg – und eine in Abendrobe gewandete Frau – wie April – stiegen.

»Mist«, murmelte April und griff Schutz suchend nach seiner Hand. »Scheint wohl so zu sein. Können die Franzosen keine richtigen Restaurants bauen?«

»Belgier, Honey«, berichtigte er sie mit einem Grinsen. »Und ich glaube, das können sie sogar ausgezeichnet, sie wissen ihre Geheimtipps nur zu tarnen.«

In diesem Moment öffnete Joe die Tür. Greg löste seine Hand, mit deren Daumen er eben noch beruhigend Aprils Handrücken gestreichelt hatte, stieg aus und hielt sie ihr sofort wieder entgegen, damit sie folgen konnte.

Kaum hatten sie den Schutz der Limousine verlassen, stürzten ein paar dunkle Gestalten auf sie zu. April sah nur noch Blitze, hörte dunkle Männerstimmen auf Französisch rufen, flüchtete sich instinktiv, so nah es ging, an Greg und hätte – wäre das verdammte Kleid nicht so verdammt eng gewesen – ihre Beine auch noch um ihn geschlungen.

Was!

War!

DAS?

»Cool bleiben, sie haben keinen Schimmer, wer wir sind«, murmelte Greg von irgendwo über ihr. Sie fühlte seine flache, warme Hand in ihrem Rücken, die sie nach vorn schob und ließ sich irgendwie durch die finsteren Wegelagerer führen. Als sie das Licht des Pub-Restaurants erreicht hatten, blinzelte April ein paarmal, weil die plötzliche Helligkeit, nach der Dunkelheit mit den Blitzeinlagen, ihren Augen wehtat. Allmählich konnte sie mehr als nur Schemen wahrnehmen und was sie sah, bestärkte sie in ihrer Annahme, versehentlich in einem Pub gelandet zu sein.

Es gab etliche runde Tische in dem verwinkelten Gastraum, um die Stühle gruppiert waren. Aber die Bar dominierte, die sich an der Längsseite um das Eck des Raumes der Eckkneipe zog.

»Da seid ihr ja endlich!«, ertönte in diesem Moment eine bekannte, aber nicht unbedingt gemochte Stimme. »Meine Gäste«, sagte er als Nächstes, wahrscheinlich zum Kellner. Dann stand William McCarthy, Junior, vor ihnen, in Anzug, attraktiv wie eh und je, mit strahlendem Lächeln sowie blitzenden, sichtlich aufgeregten

Augen. Bill McCarthy, kurz bevor er April – die Hure aus der New Yorker Bronx, die es erfolgreich in das Milliardenimperium geschafft hatte – wieder einmal bei einem von ihren legendären Ausrastern erleben durfte. April hätte ihren Arsch darauf verwettet, dass genau das die Ursache für seine glänzende Laune war.

»Wieso endlich?«, erkundigte Greg sich und sah auf die Uhr. »Wir sind exakt pünktlich.«

»Weil ich eben immer eine Viertelstunde früher da bin«, wurde er belehrt, bevor Bill sich April zuwandte. Seine Hand suchte die Stelle auf seinem Hemd, unter der wohl irgendwo das Herz lag – oder was auch immer sich an dessen Stelle befand. »Enchanté, Madam«, säuselte er, leider in perfektem Französisch. Penner! »Es ist mir eine außerordentliche Freude, dich begrüßen zu dürfen, April. Du siehst einfach hinreißend aus.«

April nickte und rang sich ein Lächeln ab. »Hey, Bill.«

Der war durch die wenig begeisterte und ganz bestimmt gesellschaftlich unzulässige Begrüßung nicht im Mindesten beeindruckt. Im Gegenteil, sein Lächeln wurde noch etwas breiter. »Wie ich sehe, hast du dich kein bisschen verändert. Und das ist gut, meine Liebe, das ist sogar perfekt.«

Ein Ober trat auf sie zu, April bemerkte, dass er für den heruntergekommenen Schuppen verdammt gut gekleidet war. Schwarze Hose, helles Hemd, breite dunkle Schärpe am Hosenbund, und durchaus attraktiv.

Bill sah auf und nickte als Antwort zu irgendeiner Frage, die der Franzose – sorry, *Belgier* – gestellt hatte. »Setzen wir uns erst einmal«, teilte er den beiden mit, und April fragte sich zum ersten Mal, ob das Restaurant ihm gehörte.

Sie hatten einen der runden Tische, die etwas abseits und nicht am Fenster standen. Womit sie aber immer noch mitten im Geschehen waren, denn der Raum war nicht sehr groß. April wollte sich schon hinpflanzen, als ihr in letzter Sekunde einfiel, wie die Dinge in diesem aufgesetzten Spiel liefen. Sie sah sich um und entdeckte Greg, der Bill gerade mit einem Blick bedachte, der eindeutig etwas mit der Machonummer: *This-Girl-is-mine* zu tun hatte. Bill trollte sich mit enttäuschter Miene, die April etwas verunsicherte, denn bisher hatte sie nicht den Eindruck gehabt, der Typ würde auf sie stehen. Okay, sie hatte ihn bisher auch nur einmal für ein paar legendäre Minuten und ein gemeinsames Foto gesehen.

In angebrachter Lautstärke – also fast flüsternd – dankend, ließ sie sich von ihrem Ehemann den Stuhl zurecht schieben, wobei sie sich fühlte, als wäre sie in einem Zug, der gerade rangiert wird, und sah dann mit einiger Erschütterung, dass die perfekte Tafel, an der sie soeben Platz genommen hatte, garantiert nicht an einen Pub erinnerte. Auch nicht an ein gewöhnliches Restaurant, in das sie früher manchmal gegangen war. Mist, es war wirklich ein Sterne-Schuppen! Sie sah auf, begegnete Greg's Blick, der neben ihr saß und schluckte, bevor sie sich hastig zur Ordnung rief.

Du kannst das!

Und das entsprach tatsächlich der Wahrheit. Darauf hatte sie sich innerhalb der vergangenen Monate akribisch vorbereitet, denn sowohl Greg als auch ihr war klargewesen, dass sie sich nicht ewig aus den Familiengalen heraushalten könnten. Vorgeschmack des Bevorstehenden war Junes Taufparty gewesen, die sie zwar sehr, sehr klein gehalten hatten, bei der aber Greg's Eltern nicht hatten fehlen dürfen. April hatte sich wirklich alle Mühe gegeben, und sich diesmal nur minimal argwöhnische Blicke ihrer Schwiegereltern eingefangen. Also hatte das trockene, widerlich langweilige Training mit Miss Shaw, mit dem sie sich in den letzten Monaten ihrer Schwangerschaft die Zeit vertrieben hatte, doch sein Gutes gehabt.

Genau daran versuchte April sich nun zu erinnern, während ein weiterer fr… belgischer Kellner an ihren Tisch trat. Offenbar wollte er die Weinbestellung aufnehmen. April war froh, nichts von dem Gesagten zu verstehen, denn so konnte sie nur hübsch ausschauen und sich ansonsten umsehen, während die Männer die verschiedenen Weine diskutierten.

Und wenn sie einhundert Jahre alt werden würde, sie würde nie kapieren, weshalb man wegen eines Gesöffs, das meistens total ekelhaft schmeckte, so ein Gewese machen konnte. Aber was wusste sie schon?

»Baby, wir haben den *Chardonnay Brut Perles de Sambre 2006* gewählt, ich hoffe, du bist damit einverstanden?«

Greg hatte seine Hand auf ihren Arm gelegt und als sie ihn anblickte, entdeckte sie den Humor in seinen Augen. Der Kerl zog sie schon wieder auf. »Oh!«, säuselte sie. »Welcher war es noch mal? Ich war gerade in Gedanken.«

Bill, der sich offenbar ausgeschlossen fühlte, beeilte sich, den für Aprils Ohren nichtssagenden Zungenbrecher zu wiederholen, und sie zog die Nase kraus. »Ich hoffe, er wird nicht zu trocken sein. Darling, du weißt, wie stark ich zum Sodbrennen neige.«

»Daran habe ich natürlich gedacht«, erwiderte er rasch und tätschelte ihren Arm. »Er gilt als trocken, aber du wirst sehen, er neigt eher in den halbtrockenen Bereich.«

»Ja!«, rief Bill, der offenbar an ADHS litt oder so. »Bei ihm findet sich eine angenehm hefig-fruchtige Grundnote, ganz gut balanciert, ansprechbare Crème, hervorragende Länge. Er wird in Fachkreisen auch die heimliche belgische Blume genannt.«

›Ist ja irre!‹ wollte April erwidern, lächelte stattdessen jedoch nur, immer noch hatte sie ausschließlich Augen für ihren Mann, der sie mittlerweile dreckig angrinste und das Ganze auch noch als charmantes Lächeln tarnte. »Ich wusste doch, dass ich mich auf dich verlassen kann«, murmelte sie und ließ einen Finger an seiner Schläfe entlanggleiten.

Er nahm ihre Hand und küsste deren Rücken. Obwohl es nur Show war, die sie mehr ärgerte als amüsierte, fühlte sie, wie sich von der Stelle, die seine Lippen berührt hatte, eine unerträgliche Wärme über ihren gesamten Körper ausbreitete, die nur ein Ziel kannte.

Mist!

Hastig entzog sie ihm ihre Hand und fühlte zu ihrem Entsetzen, dass sie rot wurde.

Mist!

Doch Greg, der zwar ein Arsch war, aber immerhin auf ihrer Seite stand, überspielte die Situation, indem er den nächsten Kellner begrüßte, der an den Tisch herangetreten war. Jetzt gab es die Speisekarten. April, dankbar, dass sie wenigstens den glühenden Kopf gesenkt halten konnte, schlug sie hastig auf, und wäre fast vom Stuhl gefallen, weil natürlich alles auf Französisch aufgeführt war.

Ausschließlich!

Diese Idioten kannten wohl die internationalen Gepflogenheiten nicht.

Mist!

Sie biss sich auf die Unterlippe, fühlte, wie ihr zu allem Überfluss der Schweiß ausbrach und ihr Herz in der Brust leichte Ausfallerscheinungen geltend machte, als ihr diesmal und absolut unerwartet Bill zu Hilfe eilte. »Wenn ihr was anderes wollt, dann können wir natürlich umdisponieren, aber ich dachte, wir nehmen das Acht-Gänge-Menü.«

MIST!

Hilfe war es zwar gewesen, aber acht Gänge bedeuteten jede Menge essenstechnische Herausforderungen, und – und das war noch viel schlimmer: Das Ganze würde ewig dauern.

Acht Gänge!

Acht Teller!

Achtmal auf- und abtragen!

Scheiße!

Ihren Untergang besiegelte Greg, der die Karte auf den Tisch legte und die Hände in der Mitte zusammenbrachte, während er Bill hocherfreut anlächelte. »Bestens, dann muss ich wenigstens nicht lange suchen. Mein Französisch ist nicht das beste.«

April hätte sich täuschen können, aber Bills Lachen klang leicht gezwungen.

Der Abend zog sich wie Kaugummi, was zum einen natürlich an der elend langen Gangfolge lag. Sie aßen Gänseleber mit Guanaja-Zartbitterschokolade in einer Vanille-Olivenöl-Emulsion, gefolgt von

Jakobsmuscheln und Tatar, glasiert mit Yuzucreme und Beluga-Kaviar – April bestand mit königlicher Würde und ignorierte Greg's Grinsen. Dem schlossen sich Wildgarnelen auf Möhrenconfit mit Kokos-Chilli-Fumet an. Ab diesem Moment wusste April, dass sie demnächst platzen würde. Sie war so satt, dass sie sich kaum bewegen konnte, doch in Wahrheit hatte das verdammte Dinner ja gerade erst begonnen! Klar waren es immer nur winzig kleine Portionen, aber in der Gesamtheit gesehen …

Ein frühzeitiger Ausstieg war unmöglich, hätte sie etwas auf dem Teller zurückgelassen, wäre wahrscheinlich der verdammte Küchenchef höchstpersönlich erschienen, um sich lauernd nach den Gründen zu erkundigen, und so half bloß, Augen zu und durch.

… was nur leider nicht ging, weil Bill fast unaufhörlich sprach. Und auch noch unaufhörlich mit ihr.

»Greg habe ich täglich, dich nur heute – das muss ich ausnutzen. Leider kennen wir uns ja so gut wie gar nicht, und ich würde zu gern die Frau näher kennenlernen, der es gelungen ist, dass Greg nicht nur mit *Freuden* sesshaft wird, sondern auch noch in Dads Firma einsteigt.«

Mist!

Nebenbei war der Raum um halb neun randvoll, kein Tisch war unbesetzt geblieben. Gegen neun erschien ein Typ in Frack, der sich nach kurzer Verbeugung, was von ein paar Leuten sogar mit einem laschen Klatschen begleitet wurde, hinter einen von April bisher unbemerkten Flügel setzte.

Ab diesem Moment wurde sie mit Live-Klaviermusik berieselt. Hätte hilfreich sein können, wäre sie laut genug gewesen. Doch die mussten irgendwas an der Akustik in diesem Raum gedreht haben, denn obwohl der Kerl spielte, als ginge es um sein Leben, konnte man sich trotzdem bestens bei Tisch unterhalten.

Ob man nun wollte, oder nicht.

April wollte eher nicht, aber das schien Bill McCarthy nicht zu bemerken oder er ignorierte es in seiner aufgeblasenen Arroganz einfach. Und Greg McCarthy, dieser kleine Arsch direkt neben ihr, sagte so gut wie gar nichts, sondern verfolgte ihre Unterhaltung mit sichtlichem Interesse, aß stoisch seinen Gang, egal worum es sich gerade handelte, schien absolut nicht satt zu werden, irgendwas verbal beitragen zu wollen und ganz nebenbei ihre Tritte – gut verborgen unter dem Tisch – nicht zu bemerken.

Oder er ignorierte sie auch einfach.

Dies schien der Tag der widerlichen Ignoranten zu sein.

»Und?«, erkundigte Bill sich gerade. »Wie geht es denn deiner Kleinen? Wie hieß sie noch gleich?«

»June«, erwiderte April zuckersüß, die soeben beschlossen hatte, dass Bill ein widerliches Arschloch war, auch wenn er sich im Grunde wirklich nett benahm. Aber wer nicht mal den Namen ihrer Tochter kannte, der konnte ihr …

»Ich war wirklich … sagen wir, leicht perplex, als ich von ihrer Taufe erfuhr«, sagte er. »Ganz ehrlich, ich hätte gern daran teilgenommen. Man hört so gar nichts von ihr, es ist schwer, überhaupt an Informationen zu kommen, Greg hüllt sich diesbezüglich auch eher in Schweigen.«

Okay, vielleicht konnte er den Namen auch nicht wissen. »Äh«, sagte April, sah hilfesuchend zu Greg, der soeben die letzten Reste von Gang vier verdrückte (Wolfsbarsch mit Morcheln und Spargel im Bärlauchsud) und dann einen Schluck Wein nahm, wobei er ihren Blick kategorisch mied.

Der Sack!

»Sorry, wir wollten im kleinsten familiären Kreis bleiben, sie ist etwas schreckhaft.«

»Oh!«, machte Bill und nahm seinen Wein. »Das ist natürlich verständlich. Ich hoffe, sie ist wohlauf?«

»Ja, es geht ihr prächtig, sie ist unser Sonnenschein.«

»Du hast sie daheim bei der Nanny gelassen?«

»Nein …« Nun war Greg der Treter unter dem Tisch, doch als sie ihn ansah, beschäftigte er sich scheinbar mit seinem Wein und hatte keinen Blick für sie übrig.

April wechselte absolut unelegant und durchschaubar die Spur.

»Doch! Natürlich, bei der Nanny!«

Bill hob eine Augenbraue. »Was nun, nein, ja?«

»Ja«, bekräftigte April, der schon wieder die Hitze in die Wangen stieg. Mist, warum konnte sie bloß nicht glaubhaft lügen?

Glücklicherweise ging Bill nicht darauf ein, sein Lächeln ließ aber darauf schließen, dass ihm ihre Lüge bewusst war.

Es konnte ihr egal sein. April verstand sowieso nicht, weshalb sie nicht einfach sagen durfte, dass ihre sehr fähige Freundin in der Zeit ihrer Abwesenheit auf ihre Tochter achtete. Schließlich war sie darüber hinaus immer noch die Patentante … Jedenfalls irgendwie. Bevor bittere Galle ihre Kehle hinaufsteigen konnte, weil sie dieses spezielle Vergehen immer noch nicht mit Greg ausgewertet hatte, meldete Bill sich wieder zu Wort.

»Und, hat sie schon Zähnchen, die kleine June?«

April sah auf. »Was? Wie kommst du denn darauf, sie ist nicht mal vier Monate alt!«

Bill lachte laut. »Hey, ich war auch verwundert, aber …« Er deutete auf Aprils linke Schulter. »Ich überlege schon seit unserer Begrüßung, wie das da zustande gekommen ist, und ich kann dir sagen, meine Fantasie läuft gerade Amok.«

Scheiße!

Glücklicherweise wurde gerade Gang Nummer fünf serviert. Seit Gang drei begrüßte April zum ersten Mal wieder das Auftauchen der drei Kellner, die jeweils hinter einem von ihnen Aufstellung nahmen, um dann auf ein lautloses Kommando hin synchron die Teller vor ihnen abzustellen. Es war wie eine Choreografie. Zwei zogen sich zurück, der Dritte verkündete monoton, worum es sich gerade handelte, während Bill übersetzte. April, deren Gesicht einer überreifen Tomate gleichen musste, konzentrierte sich auf ihren Teller, auf dem sich etliche Sorten Käse befanden, wenn sie das richtig sah. Also ein Käseteller, warum sagten die Heinis das nicht einfach? Und warum rettete Greg sie nicht einfach? Schließlich war *er* auf die bescheuerte Idee gekommen! Was in der Suite noch irgendwie romantisch-irre gewirkt hatte, machte April jetzt wütend, weil ihr klar wurde, dass er sie tatsächlich markiert hatte. Nicht in irgendeinem sado-besitzmäßigen Zusammenhang, sondern in Form eines Gebissabdrucks, den sie, wenn sie Pech hatte, bis zum Ende ihres Lebens mit sich herumtragen würde. Jeder würde ihr solche blöden Fragen stellen, sie würde ab sofort gedemütigt werden, wo auch immer sie so blöd war, sich mit freien Schultern blicken zu lassen.

Verdammt!

Sie würde nie wieder mit schulterfreien Tops unterwegs sein können! Ihre Haut würde ausbleichen, niemals wieder das Sonnenlicht sehen und niemals wieder den rauen Wind der Küste auf sich spüren. Sie würde keinen Bikini mehr tragen können, einen Badeanzug auch nicht. HA! Da blieb nur noch der Burkini, aber wenigstens würde sie dann ein Zeichen für Toleranz setzen, ja wie irre!

Andere ließen sich gegenseitig irgendwas tätowieren, und zwar an Stellen, die nicht gleich jeder sah. Greg, dieser sadistische, widerliche, egoistische, selbstgefällige, verlogene Bastard *biss sie*!

In die Schulter!

Der Kellner ging, sie griff ohne aufzusehen nach der Gabel, und bemerkte leider erst, als sie diese schon in das erste Käsestück gestochen und es zum Mund geführt hatte, dass sie das Messer benutzen musste.

Mist!

Während sie spürte, dass das Blut weiterhin ihr Gesicht eroberte – gab es da keine Obergrenze, oder was? – nahm sie also auch noch das gottverdammte Messer, schüttelte das Zeug von der Gabel und schnitt ein mundgerechtes Stück ab.

»Oh, das sieht aber gut aus«, freute sich Bill irgendwo auf der anderen Seite des Tischs und sie wünschte sich ein Attentat.

JETZT!

Er war der Sohn, Greg nur der Neffe, sie würde Greg einfach unter den Tisch zerren und darauf hoffen, dass die Terroristen Bill abknallten. Nur keinen Mucks von sich geben und warten, bis das

Blutbad angerichtet wäre, dann könnte sie wenigstens dieser Peinlichkeit entkommen.

Schöner Traum.

Der Käse schmeckte wie Pappe, sie hatte keine Chance, den Geschmack zu ergründen, obwohl es sich mit Sicherheit um ganz edles Zeug handelte.

»Also, wenn du mich fragst, sieht das wirklich ziemlich gefährlich …«

»Bill, sie will nicht darüber reden, das dürfte doch selbst dir nicht entgangen sein. Und wenn du es genau wissen willst, ich war der Verursacher. Alles Weitere geht dich nichts an, kapiert?«

April sah auf und direkt in Greg's unbewegtes Gesicht. Niemand, der ihn jetzt sah, wäre auf die Idee gekommen, dass er der Mann gewesen war, der gerade ziemlich bedrohlich geknurrt hatte. Er beachtete sie nicht weiter, sein Blick galt nur seinem Cousin, der … April konnte es nicht fassen … tatsächlich von einem Ohr zum anderen grinste.

»Wow, wow, wow, Alter, reg dich ab. Ich wollte sie nur ein bisschen hochnehmen.«

»Ist mir nicht entgangen«, sagte Greg und widmete sich wieder seinem Käse-Trauben-Feigen-Mist-Scheiß. April hatte noch nie weniger Appetit gehabt und sah auf einmal auch keinen Grund mehr, sich das Zeug weiterhin sinnlos hineinzustopfen, zumal es ihr ohnehin nicht schmeckte. Und so legte sie das Besteck ordentlich auf den Teller, achtete darauf, dass ihr Rücken auch ja durchgedrückt war und griff nach ihrem Weinglas, das sie selbstverständlich zum Mund führte – sie wollte ja nicht in die Kniggehölle kommen. Doch sie mied den Blick zu Bill, sah auch nicht zu Greg, sondern schaute sich im Raum um. Die meisten Gäste schienen diesen verdammten Acht-Gänge-Albtraum genommen zu haben, denn sie saßen auf ihren Stühlen wie angeklebt, obwohl sie schon seit über eineinhalb Stunden hier waren. Vielleicht wurde das Essen in diesem Lokal auch nur in extrem vielen Gängen serviert.

Der Pianist spielte immer noch, ohne Aussicht, dass er demnächst aufhören würde. Mit Grauen bemerkte April, dass sich inzwischen zwei Paare erhoben hatten, die irgendwie in dem kleinen Bereich zwischen Bar, Flügel und Tischen tanzten, ohne sich darum zu scheren, dass dafür gar kein Platz vorgesehen war. Wenn sich dieser Schuppen als so eine Art Dauerbrenner unter den Restaurants entpuppte, in denen man für gewöhnlich bis zum Morgen feierte, dann konnte sie ihre Hoffnungen, mit Beendigung des letzten Gangs endlich heimgehen zu können, wohl auch begraben. Bill schien sich nämlich prächtig zu amüsieren. Und er war nie um eine Frage verlegen. Selbst jetzt nicht, wo Greg ihn so barsch zurechtgewiesen hatte.

Viel zu früh drang wieder seine Stimme an Aprils gemartertes Ohr. »Und, wie war die Umstellung vom Nicht-Mutter-Sein auf die Mutterschaft?«

Sie sah ihn an, nahm noch einen Schluck Wein und dankte dem Kellner, der ihren Teller abräumte. Wenn sie es richtig anstellte, dann würde sie nicht viel sagen können, bevor der nächste Gang serviert wurde. Sofern sie korrekt mitgezählt hatte, fehlten noch sechs, sieben und acht.

April schluckte langsam, kostete den widerlichen Geschmack des staubtrockenen Weines extra aus und lächelte dann. »Es war kurz, aber ziemlich schmerzhaft. Wegen der Wehen, du weißt schon.«

Bill starrte sie an, für einen Moment tatsächlich ratlos, dann lachte er schallend los. »Sie ist wirklich eine Granate!«, versicherte er Greg, als hätte dieser das nicht schon längst gewusst.

Aprils Ehemann verzog nur kurz die Mundwinkel, bevor er sich wieder an seinen Wein hielt. Diesbezüglich waren sie bereits bei der dritten Flasche angelangt. April wusste momentan nicht, wer mehr trank, Greg oder sie, vermutlich hielt es sich die Waage.

Bill hatte sich von seinem jüngsten Lachflash erholt und lehnte sich zurück. »Was ich meinte, war die Umstellung. Klar, da ist die Nanny und du hast in ihr sicher jede Menge Unterstützung, aber du bist ja die Mutter und das ziemlich jung geworden. Wenn ich mich recht erinnere, war meine eigene Mom knapp dreißig, als ich geboren wurde und damit natürlich auch viel gefestigter. Ich stelle mir das … sagen wir mal … ein bisschen schwer vor, von heute auf morgen für ein so kleines Wesen verantwortlich zu sein, zumal Greg ja so gut wie kaum da ist.«

»Och, ich hatte neun Monate Zeit, mich darauf vorzubereiten, insofern ging das mit dem Gewöhnen schon. Außerdem betrachte ich mich auch mit sechsundzwanzig durchaus gefestigt genug, um für ein kleines Leben die Verantwortung zu übernehmen. Bei manchen kommt es halt früher, bei anderen später. Nein, unser Baby war nicht geplant, aber wir haben es trotzdem geschafft, uns in die Rolle reinzudenken, bevor es auf die Welt kam – deine Sorge ist also unbegründet. Und dass ich die ganze Zeit allein in New York herumhänge, habe ich ja wohl in erster Linie dir und deinem … Vater zu verdanken, oder sehe ich das falsch? Nein, hab ich mir gedacht. Also frag nicht so scheinheilig!«

»April …« Greg's Hand legte sich auf ihr leicht zitterndes Bein, doch sie beachtete ihn nicht. Vielleicht hatte sie wirklich ein bisschen zu viel Wein getrunken, aber, verdammte Scheiße, das war schon lange mal fällig gewesen! Mit aller Macht konzentrierte sie sich auf ihre verräterischen Hände, die nämlich nach ihrem emotionalen Ausbruch ebenfalls zitterten. April gönnte ihm den Triumph nicht, sie erfolgreich aus der Reserve gelockt zu haben.

Bill schien nicht beleidigt. Lachend hob er die Hände. »Schon gut, Greg. Ich schätze, das kommt wohl zwangsläufig. Wäre es nicht schlimmer, wenn sie anders reagieren würde? Die wenigsten Frauen bringen Verständnis auf, wenn ihre Männer so einen zeitintensiven Job versehen, wie du es tust. Besonders, wenn sie nicht damit aufgewachsen sind.«

Aprils Kopf fuhr hoch, aber bevor sie eine scharfe Erwiderung an den Eierschädel dieses Heinis pfeffern konnte, erschienen wieder diese Lakai-Kellner, die den sechsten Gang servierten. Irgendwelche Quadrate, mit irgendeiner Soße, die stark nach Knoblauch roch.

Yeah, dachte April. *Genau richtig, um das verdammte blutsaugende Monster zu verjagen.* Für Greg hatte sie auch keinen Blick mehr übrig, schließlich hatte er sie zurückgepfiffen, wie seinen verdammten Hund, und April hatte nicht vor, sich zurückpfeifen zu lassen!

Sobald die Kellner verschwunden waren und alle ihr Besteck in den Händen hielten – April eher, um auf die Quadrate einzuhacken, bis alles eine einzige, sämige Masse wäre, wetterte sie weiter.

»Was heißt denn, nicht damit aufgewachsen? Willst du damit sagen, irgendeine Frau würde dafür Verständnis aufbringen, wenn ihr Mann von dreißig Tagen vielleicht drei daheim ist? Und dass selbst dann noch im Stundenabstand das Handy klingelt? Meinst du wirklich, es hat irgendwas mit ihrer Herkunft zu tun, dass sie das scheiße findet?«

Sie spürte Greg's Hand auf ihrem Bein, die diesmal stärker drückte, und wischte sie energisch beiseite. Ihr Blick galt nur dem Cousin ihres Mannes. »Meinst du wirklich, es liegt an der Bildung oder an dem Geld, das sie in die Ehe mitgebracht hat? Willst du mir das sagen?«

Bill wirkte ungewohnt ernst, als er antwortete, während er immer mal wieder einen Happen von seinen Quadraten nachschob. »Nein, April. Aber sie wissen von vorneherein, worauf sie sich einlassen, wenn sie einen McCarthy heiraten. Einfach, weil sie sich viele Jahre darauf vorbereiten konnten, ihm zur Seite zu stehen, ihn zu stützen und nicht zu fordern. Ihn so zu nehmen, wie er ist.«

Furchtlos sah er sie an, obwohl April ihn beinahe mit Blicken tötete. »Willst du damit sagen ich schade ihm, wenn ich will, dass er öfter daheim ist und nehme ihn nicht so, wie er ist?«

Bill seufzte, sah zu Greg und auch April wagte einen Blick neben sich. Überrascht, ja fast verblüfft registrierte sie, dass Greg, der sich seinem Essen widmete, weder wütend noch angespannt wirkte. Nicht einmal die Tatsache, dass sie seine Hand beiseite geschlagen hatte, schien ihn sonderlich zu tangieren. Also wenn man Greg so betrachtete, schien alles in bester Ordnung.

Was für ein Opfer!

»Nein, natürlich schadest du ihm nicht, jeder kann sehen, wie viel dein Mann dir bedeutet, und du kannst mir glauben, dass ich ziemlich neidisch auf euer Glück bin. Das Problem ist, dass du ihn in eine Zwangslage bringst. Er will, dass du glücklich bist und gleichzeitig will er seine Aufgabe bestmöglich erledigen. Wie soll er, wenn er weiß, dass du währenddessen die Stunden bis zu eurem Wiedersehen zählst? Dass du nichts mit dir anzufangen weißt …«

»Bill, ich denke, es reicht«, ertönte Greg's ruhige Stimme. »Sie hat verstanden, was du ihr sagen willst.«

Fassungslos betrachtete April ihren Mann. »Du stimmst ihm zu?«

Er musterte sie bedauernd. »April …«

»Nichts April!«, fauchte sie. »Das ist …«

»Mäßige dich!«, knurrte er leise, aber dennoch so drohend, dass sie mitten im Satz verstummte. Mit brennenden Augen starrte sie ihn an. Er erwiderte ihren Blick, doch sie fand keine Wärme oder gar Vertrautheit, sondern nur Härte, Kälte und einen Ausdruck, der zu signalisieren schien. *›Er sagt doch nur die Wahrheit. Wenn es auch bitter ist. Und jetzt reiß dich gefälligst zusammen, wir sind hier nicht allein!‹*

»So ist das also«, war alles, was sie noch wispern konnte. Dann starrte April auf ihren Teller, unfähig, wenigstens die Gabel aus der Hand zu legen, unfähig, sich zu rühren oder einen der beiden Männer anzusehen und mit extremen Schwierigkeiten, ihre Lunge mit Sauerstoff zu füllen. Sie fühlte sich mit dem Rücken zur Wand stehend, genau wie damals bei der beschissenen Party, wo Greg im Duett mit diesem Bill sauer auf sie gewesen war. Dieses Gefühl, überall auf Unverständnis zu stoßen, wo sie doch davon überzeugt war, im Recht zu sein, würgte sie wie eine Eisenkette, die jemand extrem fest um ihren Hals gezogen hatte. Nur um Stück für Stück auch den letzten Millimeter Freiraum zwischen Eisen und Haut zu beseitigen.

Wie konnte er ihr so in den Rücken fallen?

Weshalb war sie überhaupt hier?

Warum war sie nicht zu Hause geblieben, bei ihrer Tochter und Helen, die sie beide mit Sicherheit mehr brauchten, als dieser Mann neben ihr, der noch immer keinen Ton hervorgebracht hatte, abgesehen davon natürlich, um sie mal wieder zur Beherrschung zu ermahnen?

Schweigen hatte sich über die kleine Tischgesellschaft gelegt, das diesmal selbst Bill nicht brechen wollte. Die Teller wurden abgetragen, der siebte Gang folgte und wurde stumm eingenommen: Rehrücken, kandierte Oliven, Amarena-Kirsch, Topfen-Serviettenknödel. Dem folgte schließlich der letzte Gang – endlich, sie saßen ja auch erst seit rund zwei Stunden hier. Es war irgendein kunstvoll angerichtetes Dessert aus mehreren Bestandteilen, für April hätte es auch ein Haufen Scheiße sein können, nichts konnte sie weniger interessieren. Höflicherweise nahm sie sogar ihren Löffel auf, obwohl sie für keine Sekunde vorhatte, etwas von dem Zeug zu essen. Ihr Mund war wie zugeklebt, die Zunge haftete scheinbar unlösbar an ihrem Gaumen, was aber gut war. Die Konzentration darauf hinderte ihre Wuttränen erfolgreich am Ausbrechen. Oh ja, keine Tränen der Verlegenheit drohten oder weil sie – bewahre sie jemand davor – weil sie so verdammt *traurig* war – nein, April war so wütend, dass sie am liebsten das edle Porzellan auf den edlen Boden, der ziemlich ausgetrampelt aussah, zerschlagen hätte. Eines nach dem anderen. So, dass alle Versammelten das Klirren und Scheppern für einen langen, sehr langen Zeitraum hätten genießen können. Ihre Faust krampfte sich um den verdammten Löffel, in dem sinnlosen Versuch, wenigstens ihn zu verbiegen und damit etwas Frust rauszulassen. Ohnmächtigen Frust, der irgendwie einen Weg suchte, weil sie sonst ersticken würde. Egal, was für eine Legierung es war, April schaffte es nicht, das Metall auch nur um einen Millimeter seiner Ursprungsform zu berauben, was sie nur noch wütender machte.

Doch das stimmte nicht ganz. Nach zehn Minuten innerlichen unaufhörlichen Gebrülls, merkte sie, dass dieser glühende, unwiderstehliche Zorn sich ein wenig legte. Nicht, dass sie deshalb weniger sauer gewesen wäre, ihre rasende Wut wurde bloß durch die rationale ersetzt. Diejenige, die sich leichter lenken ließ und bei der sie nicht ständig drohte, hoffnungslos vor den Hyänen der Brüsseler Schickeria zu eskalieren.

Als dann jemand ihr Weinglas nachfüllte – sie sah auf und entdeckte, dass es Greg war, der sie nicht aus seinen argwöhnischen, kühl musternden Augen ließ – war sie endlich in der Lage, sich wieder dem Raum und den Anwesenden insgesamt zu stellen.

Bill schien nur darauf gewartet zu haben, denn kaum war ihr Blick auf ihn gefallen – ungünstigerweise saß er ihr genau gegenüber – begann dieser Idiot wieder zu plappern.

Oh Mann!

»Es schmeckt himmlisch, oder?« Womit wohl das Dessert gemeint war. Weder Greg noch April antworteten, doch Bill scherte sich nicht darum. »Aber ganz ehrlich, noch einen Gang mehr hätte ich nicht verkraftet. Ich hatte ja gehört, dass sie gut sind, aber so gut …«

April seufzte, doch diesmal übernahm Greg die süffisante Erwiderung, was ihn in ihrem Ansehen wieder etwas steigen ließ.

»Sie hätten dir auch acht Gänge Tierinnereien servieren können, die hätten dich genauso satt gemacht«, erklärte er mit einem schmalen Lächeln. »Will sagen, es liegt wohl eher an der Masse, als an der Qualität, wenngleich ich einräumen muss, dass es hier wirklich exquisit ist.«

Bill strahlte, April fragte sich so langsam, ob der Typ Drogen inhaliert hatte, so begeistert hatte sie ihn gar nicht in Erinnerung. »Siehst du, was ich sage.« Dann schnippte er den Kellner an und bestellte die nächste Flasche Wein.

Greg versuchte abzuwehren. »Ganz ehrlich, ich bin …«

»Hey, das sind vielleicht vier Gläser, die wirst du ja wohl noch durchhalten, wo wir alle schon mal zusammen sitzen. Ich seh April so selten – eigentlich nie.«

»Dito«, erwiderte Greg lächelnd.

»Aber du hast sie noch in den nächsten Tagen, ich schätze, sie hat nicht vor, jeden Abend mit mir essen zu gehen.«

April hätte sich fast an ihrem aktuellen Schluck Wein verschluckt. Nein, ganz bestimmt nicht!

»Sicher nicht, weil es *meine* Zeit mit ihr ist«, stellte Greg klar, was April diesmal aber ärgerte. Ach, das beschloss der Affe einfach so, ja? Es könnte ja auch sein, dass sie hergekommen war, um das verdammt geile Brüssel mal einer intensiven Erkundung zu unterziehen. Hier sollte es ja so unendlich viele Sehenswürdigkeiten geben.

Arsch!

Sie warf ihm einen Blick zu, in dem er hoffentlich deutlich zu lesen bekam, dass er seinen Schwanz heute Nacht sonst wohin stecken könnte, aber ganz bestimmt nicht in sie, dann lächelte sie Bill honigsüß an. Als Rache an Greg gelang es ihr sogar ausgezeichnet.

»Ich finde auch, wir können ruhig noch ein wenig sitzen bleiben. Ich komme neuerdings so selten raus.«

»Das ist ja schade«, griff Bill das Thema sofort auf, wurde dann aber unterbrochen, weil der Kellner mit der neuen Flasche Wein an den Tisch trat. Das Prozedere, bis man das Ekelgesöff endlich trinken durfte, zog sich immer hin. Erst wurde die Flasche fachmännisch entkorkt, dann ein *winziger* Schluck dem Gastgeber in einem neuen Glas gereicht. Der verteilte die Brühe gefühlte fünf Stunden in seinem Mund – was übrigens so widerlich aussah, dass April immer schnell wieder wegschaute, aus Angst, ihr ohnehin hoffnungslos überfüllter Magen würde unter dem Anblick endgültig aufgeben. Dann wurde hoheitsvoll genickt und endlich durften auch die übrigen Leute am Tisch – April und Greg – in den Genuss der in Aprils Augen ungenießbaren Flüssigkeit kommen.

Jetzt wurde es sogar noch schlimmer, denn als Bill den Schwall Wein ein drittes Mal im Mund von einer Wange zur anderen gespült hatte, spuckte er das Ganze doch tatsächlich wieder ins Glas.

Oh – mein – Gott!

Diesmal hätte April wirklich fast gekotzt.

Er sagte etwas auf Französisch zu dem Kellner, das sich im Tonfall schon eher nach einem McCarthy anhörte, denn es klang ausnehmend barsch und befehlsmäßig, und April rechnete tatsächlich mit einem Eklat. Schließlich ließ er offenbar den Wein zurückgehen.

Innerlich freute sie sich bereits, rieb die in der Realität flach auf dem Tisch liegenden Hände ineinander, weil sie nämlich so erst einmal gerettet wäre. Und außerdem würden sie bestimmt frühzeitig gehen, wegen des unterirdischen Service in diesem Saftladen.

Perfekt!

Zu ihrem maßlosen Entsetzen deutete der Kellner eine Verbeugung an und verschwand.

»Sorry, er war korkig«, sagte Bill und April hätte geschworen, dass er dabei näselte. Was für ein arroganter …

In diesem Moment kam der Kellner bereits wieder, die Gläser wurden ausgetauscht, das ganze Entkorkungs-und-Kost-Ritual wiederholte sich, und diesmal wurde das Gesöff sogar von Lord Kacke akzeptiert.

Mist!

Als auch ihre – frischen – Gläser aufgefüllt waren, hob Bill seines. »Auf … euch«, sagte er nach kurzer Besinnung. »Sorry, wegen der Unannehmlichkeiten, so etwas passiert schon mal.«

In ihrer Verzweiflung hielt April sich an den Wein, der allmählich in ihrem Kopf leichte Wahrnehmungsschwankungen verursachte.

Bill genehmigte sich einen Schluck und musterte sie dann ernst. »Ich glaube, das ist das ganze Problem, du igelst dich mit deiner Kleinen daheim ein«, bemerkte er weise. »Deshalb fehlt es dir an Lebensinhalten. Früher hast du dich doch sehr in der Krankenfürsorge engagiert, oder?«

April warf Greg einen Blick zu, doch der hatte sich entspannt zurückgelehnt, zwei Finger lagen um den Stiel seines Glases, der andere Arm ruhte lässig auf seinem Oberschenkel. Woher wusste Bill das?

»Ja«, erwiderte sie schließlich zögernd, als klar war, dass Greg mal wieder nicht vorhatte, irgendwas zu sagen. »Damit könntest du recht haben, aber das lässt sich nun mal momentan nicht ändern … und es stört mich nicht«, fügte sie rasch hinzu.

Bill nickte. »Das denke ich mir auch, nur wird es dich auf Dauer eben extrem frustrieren, und natürlich wirst du deine Unzufriedenheit mit Greg's Abwesenheit erklären. Doch in Wahrheit betreffen deine Schwierigkeiten nur dich allein, da du Stück für Stück deine Identität verlierst.«

April nahm einen Schluck von ihrem Wein, denn obwohl sie ihn wirklich nicht leiden konnte, war da was Wahres dran. Sie hatte sich tatsächlich schon so manches Mal gefragt, wer sie überhaupt war, wenn sie morgens, nach einer mit June durchwachten Nacht, durch die Gänge des leeren Hauses gestolpert war, ihr blasses Gesicht im Spiegel betrachtet und ihre strähnigen Haare gekämmt hatte.

»Weißt du, es ist ganz einfach: Die Männer verdienen bei uns das Geld und die Frauen geben es aus.« Bill lächelte. »Das klingt antiquiert und wenig fair, ist es aber nicht, sondern nur gerecht, schließlich bringt ihr die Kinder zur Welt. Natürlich« fuhr er rasch fort, bevor sie gegen diesen Mumpitz Einspruch erheben konnte, »gibt es mittlerweile auch die Konstellation, dass beide einer geregelten Arbeit nachgehen, aber das fällt zumindest momentan für euch flach. Was tust du also? Du sitzt zuhause, hütest das Baby und langweilst dich. Klar bist du unausgeglichen.«

»ICH BIN NICHT UNAUSGEGLICHEN!«, donnerte April und ärgerte sich, weil dieser Idiot ihr gegenüber triumphierend lachte – der Idiot *neben* ihr übrigens auch, wie sie nach raschem Blick zu ihm entdeckte.

Das war ein verdammter Selbstschuss gewesen. Wieder spürte sie, wie das Blut ihre Wangen flutete und sie senkte hastig den Kopf. Doch sobald sie sich dessen bewusst wurde, hob sie ihn trotzig und griff erneut zum Weinglas. Sie maß die beiden jeweils mit einem vernichteten Blick. »Es ist nicht in Ordnung, in Gegenwart einer Lady über diese zu lachen.«

Sofort verstummten beide. »Das tut mir leid«, sagte Bill rasch und hob wieder die Hände. »Es war nur so offensichtlich …«

»Gut«, unterbrach April ihn unhöflich und ignorierte Greg's stechenden Blick. Der konnte ihr gestohlen bleiben. »Ich hab ein Baby, sitze nur zu Hause, weigere mich, eine Nanny zu engagieren, weil ich das für falsch halte, und bin deshalb so gar keine von den gelangweilten High-Society-Botox-Tussis, mit denen ihr es sonst so zu tun habt.«

»Oh, das mit den gelangweilten Tussis kann so bleiben«, sagte Greg versöhnlich. Mit einem Mal war er ihr sehr nah. Sie sah, dass seine Hand sich langsam zu ihrer vorstahl. Vielleicht war der Wein daran schuld, dass sie sich ihm diesmal nicht entzog. Oder auch nur sein verführerischer Tonfall, der, ganz nah an ihrem Ohr, dafür sorgte, dass ihre Knochen zu summen begannen. Außerdem berührte er beim Sprechen mit seinen Lippen ihre Haut – wann war er ihr eigentlich so nah gekommen? –, und erst jetzt fiel ihr auf, dass sein zweiter Arm sich um sie geschlungen hatte.

»Du baggerst mich an«, stellte sie mit Seitenblick zu ihm fest.

»Du bist meine Frau.«

»Trotzdem baggerst du.«

»Ja«, erwiderte er nur, und sie schnaubte, ließ sich dann aber küssen, wenn sie auch sofort ihren Kopf wieder zurücknahm. Frech blickte sie ihm in die funkelnden Augen, sah, wie er die Lippen aufeinanderpresste und grinste.

»Wir sind nicht unter uns, Baby.«

»Wollte ich auch gerade sagen«, rief Bill – die nervende Stimme aus dem Hintergrund. April blendete ihn einfach aus. Inzwischen hatte sich auch an den anderen Tischen das Stimmengewirr erhoben, sie hatten wohl alle ihre acht Gänge hinter sich gebracht. Aber keiner machte Anstalten zu gehen, stattdessen begannen die Leute jetzt vermehrt, spontan zu den mittlerweile lauteren Klavierklängen zu tanzen. Es hätte albern sein müssen, doch als April die vielen lachenden und sich sichtlich amüsierenden, ausgelassenen Paare beobachtete, die sich geschickt zwischen den Tischen bewegten, stieg Neid in ihr auf. Sie hätte gern mal wieder getanzt, nicht unbedingt zu solcher Musik und auch nicht in einem solchen Ambiente und vor solchem Publikum. Ihr schwebte eher ein dunkler Club vor, in dem die Wände von den rockigen Klängen vibrierten, in denen man die Pärchen dicht bei dicht stehen sah, jeder ein Glas in der Hand, in dem sich garantiert kein trockener Wein befand. Einer dieser Clubs, in denen sich verschwitzte, aber verdammt heiße Männer ihren Weg durch die Menschenmenge bahnten und wie zufällig die verdammt heißen Frauen berührten. Wo man tun und lassen konnte, was man wollte, weil jeder mit sich selbst beschäftigt war und sich einen Scheiß darum scherte, was die anderen taten. Dort, wo man abhängen konnte und tanzen und relaxen und … die Welt vergessen.

»Du hast recht«, sagte sie, zu Bill aufsehend. Greg hatte sie inzwischen wieder losgelassen und hielt sich an sein Weinglas. »Ich bin nie sehr häufig ausgegangen, aber oft genug, damit es mir jetzt fehlen kann.«

»Ach so?«, erkundigte Greg sich und sie musterte ihn scharf.

»Du wirst es nicht glauben, Mister Obermacho, aber es gab auch ein Leben vor dir. Und wenn ich mich recht erinnere, haben wir uns in einer Bar kennengelernt. Du durchschaust das Muster?«

»Was einer der weniger schönen Aspekte in der Chronik unserer Beziehung ist«, erwiderte Greg, der sie so langsam ehrlich nervte.

»Ja, aber eine Tatsache. Nur weil du sie verschweigst, ist sie nicht weniger wahr!«, fuhr sie ihn an. Oh Gott, heute reizte er sie bis aufs Messer. Allein dieses geschwollene Gequatsche. Gut, das Blitzen seiner Augen war heiß, aber es war auch eine Drohung und April ließ sich nicht gern bedrohen. Sie würde schon nicht *ruchbar* machen, dass sie im Anschluss knapp zwei Tage wie die Tiere durchgefickt hatten, um dann auch noch in irgendeiner heruntergekommenen Atlantic-City-Wedding-Church zu landen.

Seinem Blick ausweichend, welcher ihr pausenlos irgendwelche ungesagten, aber ganz bestimmt nicht freundlichen Informationen sandte, wandte sie sich Bill zu, der ihre Auseinandersetzung amüsiert beobachtet hatte.

»Wie du siehst, stimmen wir nicht in allem überein …«

»Was – denke ich – ganz normal ist«, erwiderte er lächelnd und hob sein Glas. »Ich finde, ihr seid ein schönes Paar.«

»Na, wenigstens einer«, knurrte Greg neben ihr, nahm aber auch sein Glas und trank einen guten Schluck.

»Auf euch!«, rief Bill wieder so begeistert, wie er es schon den ganzen Abend über gewesen war.

Sie nahm den nächsten großen Schluck Wein, und diesmal spürte April eine deutliche Wirkung in ihrem Kopf. Die lange Abstinenz hatte dafür gesorgt, dass sie nicht mehr annähernd so viel Alkohol vertrug, wie vor der Schwangerschaft.

»Also ich werde das beherzigen«, sagte sie, nachdem sie ihr Glas etwas zu schwungvoll abgestellt hatte und betrachtete Bill durch glasige Augen.

»Was?«

»Ich werde ausgehen.« Bekräftigend nickte sie. »Ich kann ja nichts dafür, wenn er …« Sie deutete mit dem Daumen neben sich, ohne sich die Mühe zu machen, Greg auch anzusehen. »… so gut wie nie da ist. Deshalb muss ich ja nicht versauern!«

»Das nenne ich mal eine hervorragende Einstellung!«, jubelte Bill.

»Ich auch«, sagte April. Die beiden prosteten sich zu – ob Greg auch trank, wusste sie nicht genau – und grinsten sich dann an. Endlich war sie auch mal mit jemandem im Bunde. Es fühlte sich ein bisschen fies an, aber auf jeden Fall sehr gut.

»Ich werde mir eine Nanny besorgen, und dann werde ich die Clubs unsicher machen. Natürlich so, dass keine Klagen kommen.« April kicherte. »Also du brauchst keine Angst zu haben, wegen schlechter Presse oder so.«

»Das halte ich für eine ebensogute Einstellung«, erwiderte Bill, nun eine Spur ernster.

April kicherte erneut und nickte heftig, bevor sie abermals zum Glas griff und einen großen, sehr großen, Schluck Wein nahm. »Das finde ich echt geil, Bill! Dass wir beide mal einer Meinung sind. Haut mich fast um!«
Sie zwinkerte ihm verschwörerisch zu und leerte ihr Glas. Erst, als sie es wieder abgestellt hatte, ging ihr auf, dass die beiden Männer am Tisch sich nicht gerührt hatten. »Wasis los? Keinen Durst mehr?«

Für einen langen Moment herrschte weiterhin Stille, dann räusperte sich Greg – der kleine, dreckige Verräter, der heute Nacht garantiert keinen Sex mehr bekommen würde – neben ihr.

»Ich glaube, wir fahren jetzt heim. April hatte genug Wein.«

24. Kapitel

April

April hätte froh sein müssen, endlich ins Hotel fahren und diesen widerlichen Abend hinter sich lassen zu können. Doch sobald sie an die kühle Abendluft traten, lichtete sich ihr Geist ein wenig, was aber leider nicht für eine umfassende Amnesie sorgte. Und so fühlte sie leichte Beklemmungen, als sie nebeneinander in die Limousine einstiegen, die Joe kurz darauf in Richtung Hotel lenkte.

Sie wagte es nicht, Greg anzusehen, der sich mit leichter Distanz neben sie gesetzt hatte. Sollte heißen, diesmal berührte er nicht mit seinem ihr Bein, und auch sein Arm war nicht um sie geschlungen. April riskierte einen raschen, hoffentlich keineswegs unterwürfigen Blick zu ihm, weil dazu nicht der geringste Grund bestand. Überraschenderweise fand sie keine Wut, eher wirkte er sehr in Gedanken verloren.

Sie blickte aus dem Fenster und sah wieder nichts außer unzählige Straßenlaternen an sich vorbeifliegen, die in ihr Übelkeit verursachten, weshalb sie sich irgendwann auf Joes Hinterkopf einpegelte. Das war beruhigender. Für den Rest des Weges zum Hotel versuchte sie, sich für die kommende Schlacht zu wappnen.

Schweigend stiegen sie aus, schweigend gingen sie, flankiert vom immer wachsamen Joe, der auch jetzt noch hellwach und relaxt wirkte, zu dem VIP-Aufzug, wo er sich zu Aprils Bedauern verabschiedete. Mist, sie war sicher, demnächst einen fähigen Bodyguard gebrauchen zu können.

Mit einer Hand auf ihrem Rücken geleitete Greg sie in den Aufzug, ließ aber den Arm sinken, sobald sie die Kabine betreten hatten. Auch während der Fahrt nach oben sagte er kein Wort, was sich auf dem Flur zu ihrer Suite fortsetzte.

Langsam war April ein wenig seltsam zumute. Das war nicht der Greg, den sie zu kennen glaubte und der immer und jede Situation, in der sie allein waren, augenblicklich für eine Grundsatzdiskussion nutzte. Besonders nach einem Abend wie diesem.

Dass er auch im Innern der Suite nichts von sich gab, nicht der kleinste Vorwurf seine Lippen verließ, gab ihr echt zu denken. Er nahm keinen Anlauf, um sie nach allen Regeln wegen ihres unglaublichen Benehmens zusammenzustauchen. Auch fiel er nicht über sie her, sobald die Tür geschlossen war, um ihr das 2500-Dollar-Kleid vom Leib zu reißen, das Höschen folgen zu lassen und seinen harten Schwanz in sie hinein zu rammen. Ohne Rücksicht auf Verluste, weil sie schließlich gar kein artiges Mädchen gewesen war. Nichts davon geschah. All ihren unausgesprochenen Drohungen zum Trotz hatte April auf Letzteres gehofft. Aber es lief ja selten im Leben so, wie man es sich wünschte … Mist!

Greg kickte im Gehen seine Schuhe aus, ging ohne Pause in das Wohnzimmer der geräumigen Suite und dort an die Bar. Er schenkte sich einen großzügen Whisky ein und sah über die Schulter zu ihr. »Willst du auch was?«

»Ein Wasser?« Als sie sein Schmunzeln sah, sank Aprils Beklommenheit ein wenig. »Ich hatte heute schon genug Wein, danke.«

»Also ein Wasser«, murmelte er und schenkte ihr das Gewünschte ein, bevor er mit beidem beladen zu ihr trat. Sie hatte sich inzwischen auf einem der Sessel niedergelassen, die Schuhe ausgezogen und massierte ihre schmerzenden Füße. Ehrlich, sie wusste schon, weshalb sie Boots, maximal Chucks bevorzugte. In diesen Fallen von Schuhen länger als fünf Meter zu laufen war blanke Folter. Und länger als zwei Stunden erst recht.

Als Greg das Glas vor ihr abstellte, musterte sie ihn argwöhnisch, doch er wich ihrem Blick aus, setzte sich in den anderen Sessel, der rund eineinhalb Meter von ihr entfernt stand, lockerte seine Krawatte und hob seinen Whisky. »Auf diesen wunderbaren, ereignisreichen Abend.«

Okay, das klang schon eher nach Greg.

Ohne ihn aus den Augen zu lassen, nahm sie einen winzigen Schluck von ihrem Wasser, während er fast sein gesamtes Glas leerte.

April seufzte. »Hör zu, ich weiß, dass ich …«

Seine erhobene Hand stoppte sie. »Ich will keine Entschuldigung hören, denn … ich mache dir keinen Vorwurf. Du bist ihm auf den Leim gegangen, aber wie hättest du auch anders auf seine ewigen Provokationen reagieren sollen?«

Sie zuckte mit den Schultern. »Gelassen, weil ich von Anfang an wusste, dass er auf Teufel komm raus provozieren würde?«

Greg lachte. »Und in einer perfekten Welt wären BHs verboten und die Frauen würden nur noch in Spitzenhöschen umherlaufen. Obwohl …« Er kratzte sich am bereits wieder leicht stoppeligen Kinn und dachte nach. »Wäre möglich, dass ich dann nur noch selten Blut in meinem Gehirn …«

»Ist dir schon mal aufgefallen, dass du mich ständig behandelst, als wäre ich geistig nicht voll auf der Höhe?« April hatte nicht streiten wollen, aber das war, bevor er einen dieser widerlichen Machosprüche losgelassen hatte. Das käme diesem Chauvi gerade recht, wenn die Frauen auch noch ihre nackten Titten vor ihm schwenken würden. Ja, das käme ihm gerade recht! Schätzungsweise würde er nur noch sehr selten den Blick heben.

Verdutzt sah er sie an. »Ich kann dir mal wieder nicht ganz folgen, April!«, erwiderte er scharf.

»Ich kann dir mal wieder nicht ganz folgen, April!«, äffte sie ihn nach. »Komisch, ist mir schon häufig aufgefallen, das kannst du nämlich so gut wie nie. GREG.«

»Ich habe versucht, die etwas angespannte Situation mit einem leichten Spruch aufzulockern«, entgegnete er genervt. »Himmelherrgott noch mal!« Mit einem Schluck leerte er sein Glas und strebte sofort zur Bar, um sich einen nächsten Drink einzuschenken. Zu allem anderen, was April derzeit extrem an ihm ärgerte, kam auch noch hinzu, dass dieser Mann den Alkohol nach wie vor wie Wasser in sich hineinschüttete. Hatte er immer noch nicht bemerkt, dass er damit auch nichts änderte?

Sobald eingeschenkt war, wandte er sich wieder zu ihr um, der Gesichtsausdruck grimmig. »Ja, du hast es versaut, das ist die Wahrheit! Anstatt über seine dämlichen Sprüche erhaben zu sein, was ich jeden verdammten Tag zustande bringe, musstest du dich mal wieder aufführen, als wärest du bisher nur in Frittenlokale eingekehrt. Du hast ihn bestätigt, klar?« Damit ließ er sich in den Sessel fallen, nahm einen riesigen Schluck und als er wieder anhob, klang er völlig normal. »Wolltest du das hören?«

April starrte ihn an, mal wieder unfähig, sofort etwas zu sagen. Warum war sie nicht schlagfertiger, verdammte Scheiße? Dann stellte sie behutsam ihr Glas ab und betrachtete ihn lange, bevor sie ihre Stimme erfolgreich wiedergefunden hatte. »Wenn ich mich recht erinnere, war sein erster Aufhänger das hier!« Damit deutete sie auf ihre Schulter. »Was allein du zu verantworten hast, oder hattest du sowieso vor, ihm den Zündstoff Freihaus zu liefern, damit er mich so richtig fertigmachen kann und nach Anlässen nicht lange suchen muss?«

Unwirsch fuhr Greg sich durch die Haare. »Das ist doch Bullshit!«

»Ach ist das so, ja?« April stand auf, plötzlich fand sie, viel zu nüchtern für diese verdammte Situation zu sein. Sie stürzte zur Bar, kippte sich jede Menge Gin in das nächstbeste Glas und nahm einen großen Schluck, bevor sie wieder zu ihm herumwirbelte.

»Es ist also totaler Bullshit, dass der Typ mich hinstellt, als wäre ich maximal drei und dabei in meiner Entwicklung zurückgeblieben? Das ist okay, ja?« Sie fasste sich an die Stirn. »Ach, ja, hatte ich ja fast vergessen, du hattest dazu ja nichts anzumerken, sondern hast lieber den Schwanz eingezogen.«

»Habe ich nicht.« Er schüttelte den Kopf und war dabei so bekotzt gelassen, dass April gleich noch ein bisschen saurer wurde. *Wenn* sie wütend war, dann hatte er gefälligst auch zu toben. Oder in sich zu gehen, beschämt und verdammt demütig angesichts der Urgewalt, die sich vor ihm auftat! Aber er hatte nicht so verdammt überlegen zu tun. »Ich weiß nur, wann es Sinn ergibt, etwas zu sagen, und wann nicht. Du weißt das offensichtlich nicht.«

Langsam, wie ein wildes Tier, kurz bevor es aber so was von tödlich zuschnappte, pirschte April sich an ihn heran, ihr Glas dabei an den Lippen, damit er nicht sah, wie sehr sie bebten. »Ach nein?«, wisperte sie und kam erst direkt vor ihm zum Stehen. Er sah sie furchtlos an, was in ihren Augen bescheuert war, denn momentan wollte sie ihn wirklich und wahrhaftig killen. »Meinst du echt, ich hätte nicht bemerkt, was für eine miese Scheiße abläuft? Meinst du ehrlich, ich bin so bescheuert, wie er mich heute Abend hingestellt hat?«

»Davon war keine Rede«, sagte er, nachdem er in aller Gemütsruhe einen Schluck von seinem Drink genommen hatte. »Ich wollte eher zum Ausdruck bringen, dass du die hohe Kunst der Selbstdisziplin nicht beherrschst, was dich übrigens ehrt, denn genau das macht dich so unverwechselbar, einzigartig und originell.«

Sie ließ das Glas sinken und starrte ihn an. »Weil ich so witzig bin in meiner Gossenmentalität?«

»Nein, weil du unverbraucht genug bist, um dich noch zur Wehr zu setzen, auch wenn du deinem Gegner dabei in die Karten spielst. Jemand, der in dieser Disziplin bewandert ist, würde niemals angreifen. Du verstehst die Kunst des subtilen Krieges nicht, April, sondern gehst frontal auf dein Opfer los.« Er nahm einen nächsten Schluck. »Das wollte ich damit ausdrücken.«

Auf seine verdammt logische Art hatte er ihr mal wieder alle Munition geraubt, denn so sehr April es auch wollte, sie fand keinen Punkt, an dem sie hätte angreifen können.

Mit gesenktem Kopf schlich sie zurück zu ihrem Sessel und ließ sich ächzend hineinfallen, bevor sie einen Schluck von ihrem Gin nahm, der ihr auf einmal absolut nicht mehr schmeckte. Vielleicht, weil das Zeug pur war, möglicherweise aber auch, weil sie heute wahrlich schon genug Alkohol zu sich genommen hatte.

Irgendwann hob sie den Kopf. »Aber du hast mich hängenlassen, Greg. Du hast einfach geschwiegen, als dieser kleine Wichser sich über mich lustig gemacht hat. Und eines will ich dir auch noch sagen:« Sie hob einen Finger, der leider bebte, aber das war ihr egal. »Ich werde niemals akzeptieren, dass du nie zu Hause bist. Wenn die Frauen aus deinen Kreisen so bescheuert sind, das zu tun oder es für eine Art Lifestyle halten, schön für sie, auf mich trifft das nicht zu. Dein Geld ist mir egal, was …« Verzweifelt hob sie beide Arme, vergaß dabei, dass sie das verdammte Glas noch in der Hand hielt, weshalb ein ordentlicher Schwall Gin auf den edlen Teppich schwappte.

»Scheiße!«, murmelte sie, nickte dann aber heftig. »Schön, dann hast du eben noch was für deine bescheuerte Liste über Aprils Unarten. Aber dir musste doch längst klar gewesen sein, dass ich nichts mit den über gelangweilten Tussis zu tun habe. Ich meine, du kannst doch nicht ehrlich der Ansicht gewesen sein, dass ich zu dieser abgefuckten Scheiße Ja und Amen sage, das kannst du doch nicht ehrlich gedacht haben!« Während ihrer Rede fuchtelte sie ungehalten mit ihrem Ginglas hin und her, weshalb noch mehr des durchsichtigen Zeugs auf dem Teppich landete. Greg entging kein – einziger – Tropfen. Inzwischen hatte er die Arme verschränkt, seine Miene war die übliche eisige Maske, was Aprils Wut weiter steigerte. Tatsächlich fühlte sie erste Tränen und das machte sie wiederum noch saurer, weil man alles, wirklich alles bei Greg tun konnte. Nur zu heulen, das war keine so gute Idee.

»Schön!«, schrie sie. »Ist eben der Teppich versaut, das bezahlst du aus der Portokasse, denn wir führen zwar keine echte Ehe, und sehen uns auch kaum und deine Familie hält mich für eine hohle Nuss, dein verdammter Onkel meint sogar, mich ungestraft fingern zu können, was übrigens sogar stimmt, aber finanziell ist alles in bester Ordnung. Nur ist das nicht meine Meinung, das ist nicht das, was ich denke. Das bin nicht ich!«

Damit waren ihre Energien allesamt verbraucht. Sie sank zurück, schloss die Augen, nahm noch einen Schluck von dem Gin, den sie in ihrem Glas belassen hatte – er schmeckte immer noch ekelhaft – schluckte und riss die Augen ruckartig wieder auf. Man sollte seinem Tod ja immer besser in die mörderische Pupille schauen. Natürlich hatte sie sich ausgeliefert. Im Grunde schon, seit sie früher an diesem Abend freiwillig die Suite verlassen hatte. Ab diesem Moment war alles schief gelaufen, was hatte schieflaufen können. Bill bildete dabei nur den absoluten Höhepunkt. Aber sie war nicht eingeknickt, sie war aufrecht geblieben und hatte sich den dämlichen Doktrinen nicht unterworfen. Aufrecht in den Tod, das war …

Als er sich bewegte zuckte sie zusammen und der unaufhörliche Strom an Gedanken kam jäh zum Stillstand. Ohne sie aus den Augen zu lassen, stand er auf, das Gesicht jene eiserne Maske, die sie zugleich liebte, als auch fürchtete, wenn nicht sogar hasste.

Alles zusammen. Alles auf einmal, das war ja das Verwirrende!

Langsam ging er auf sie zu, die Arme hatte er sinken lassen, und dabei bewegte er sich so geschmeidig, dass April wieder den Raubtiervergleich zog. Auch wenn sie ohne Neid einräumte, dass er umso vieles besser aussah, als sie in ihrer bescheuerten Darbietung vorhin.

Erst direkt vor ihrem Sessel machte er Halt und blickte aus halb geschlossenen Augen zu ihr hinab. Sie sah diese Kiefermuskeln unter der nicht mehr ganz so glatten Haut spielen, sah, dass seine Nasenflügel beim Atmen leicht bebten und dass seine Stirn von einigen Falten verunziert wurde. Der Duft seines Aftershaves stieg ihr in die Nase, was wie üblich nicht ohne Wirkung blieb, wenn er ihr so nah war. Wie sollte sie seiner überwältigenden Präsenz auch widerstehen, wo sie diese doch viel zu selten wahrnehmen konnte? Eine Immunisierung war da gar nicht möglich!

Er beugte sich so urplötzlich zu ihr hinunter, dass ihr der Atem stockte. Seine Hände legten sich beidseitig auf die breiten Sessellehnen, und dann war sein Gesicht ihrem so nah, dass sie trocken schluckte. Seine Lippen berührten leicht ihren Mundwinkel, bevor sie zu ihrem Ohr wanderten und auf dem Weg eine hauchzarte, feurige Spur zogen. Beim Sprechen berührte er ihr Ohr, was einen Schauer nach dem nächsten durch ihren Körper jagte.

»Ich vermisse dich auch«, räumte er so samtweich, so dunkel, so unendlich sehnsüchtig ein, dass ihr fast die Tränen gekommen wären. Aber nur fast. »Du hast keine Vorstellung, wie sehr du mir fehlst. In jeder beschissenen Minute, die ich ohne dich sein muss. Ich mache dir keinen Vorwurf, verdammt, wie könnte ich?« Sie hörte seinen Atem, spürte, wie er ihr Ohrläppchen sanft zwischen seine Zähne nahm, während seine Hände an ihren Seiten hinauf wanderten, über ihre Brüste bis zu ihrem Hals, wo er ihren Kopf in beide Handflächen nahm. Dann erst sah er sie wieder an. »Lass uns nicht streiten. Bitte – nicht jetzt. Nicht heute Abend.«

Sie fuhr sich mit der Zunge über die Lippen, ihr Herz schlug so heftig gegen ihren Brustkorb, dass es fast schmerzte. »Okay!«, wisperte sie rau, vollkommen hypnotisiert von ihm. »Okay!« Damit schlang sie die Arme um seinen Nacken, presste ihre Lippen auf seine und … merkte, wie verzweifelt sie ihn wirklich vermisste. Ihn jetzt so nah zu spüren, zu schmecken, zu atmen, das war Leben für sie. Ohne ihn war sie wie tot.

Greg empfand wohl genau dieselbe rasende Sehnsucht wie sie, denn als hätten sie sich abgesprochen, hob er sie mit einem Mal hoch und ließ sich selber auf dem Sessel nieder. Ohne einmal seine Lippen von ihren zu lösen.

Sie keuchte als sie mit gerafftem Rock rittlings auf ihm zum Sitzen kam und sich die harte Erregung in seiner Hose an ihre empfindliche Mitte drückte. Sie glühte. Sie brannte, sie brauchte mehr.

»Oh Gott!« Mit diesem, nicht mehr zu unterdrückenden Stöhnen fuhren ihre Hände herab, sie öffnete die Hose, während sie seinen

Hals küsste. Keuchend ließ er den Kopf zurücksinken und schloss die Lider. Schon glitt sie mit der Hand durch den Schlitz, sie brauchte ihn mit einem Mal so dringend wie nie davor. Es war ihre Versicherung, dass alles irgendwie doch in Ordnung war, dass sie alles doch irgendwie schaffen könnten und sich liebten.

Sobald sie seine samtige Haut berührte, die Hand um seine steinharte Erregung schloss und ein paar Mal auf und ab rieb, stieß er heiser hervor: »April .. Fuck …« Und das fuhr geradewegs zwischen ihre Beine. Sie pochte förmlich und ein heftiges Ziehen brachte sie um den Verstand. Sie wollte, nein, sie *brauchte* ihn in sich. JETZT.

Ohne weiter darüber nachzudenken gab sie ihrem Verlangen nach, ging etwas nach oben, schob einfach ihr Höschen zur Seite und ließ sich auf seiner bereiten, pulsierenden Männlichkeit nieder. Langsam … denn er war groß und sie nicht vorbereitet. Dabei stockte der Atem in ihrer Kehle, sie biss sich lustvoll auf die Unterlippe, während Greg seine Fingerspitzen in die Haut über ihren Hüften bohrte und sie brennend anstarrte …

»Was tust … du … mit mir?«, fragte er abgehackt, als er noch gar nicht richtig in ihr war und stieß mit einem Ruck nach oben, sodass er sie komplett ausfüllte. Ihr entwich ein leises Kreischen, sie krallte sich in seinen Nacken, als er wieder die Führung übernahm, ihr Becken in eisernem Griff und nach oben stieß.

Hart.

Und schnell.

Und verzweifelt.

Heilige Scheiße!

April fühlte den Orgasmus bereits jetzt kommen, warf ihren Kopf zurück, passte sich seinem Takt an und stöhnte lauter – jedes Mal ein wenig mehr. Immer heftiger wurde der Strom in dem beide mitgerissen wurden, immer intensiver ihr Stöhnen, immer zitternder ihre Hände … und immer drängender ihre Bewegungen.

»Ich komme gleich und, verdammt, ich will, dass du mit mir kommst.« Als sie seine heisere, angespannte Stimme hörte, öffnete sie die Augen und sah ihn an, diesen wunderschönen Mann unter ihr

– ihren Mann. Er starrte sie intensiv und finster an, in seinem Blick glühte die Leidenschaft, während er mit einer Hand ihren Nacken packte und sie zu sich zog. Er küsste sie auf eine Art, dass sich alles in ihrem Kopf – in dem die Dinge ohnehin schon rotierten – noch mehr drehte. Mit dem anderen Arm umschlang er ihre Hüfte, drückte sie fest auf seinen Schwanz, sodass er ganz tief in ihr war, sie in Besitz nahm und kein Blatt zwischen sie beide passte, dirigierte ihre Hüften leicht nach vorne und hinten. Genau das hatte sie gebraucht.

»Oh Fuck …«, keuchte er direkt an ihrem Mund, sein Atem brach sich schwer an ihren Lippen, als er fühlte, wie sie sich um ihn herum zusammen zog … und auch er konnte es nicht mehr aufhalten.

Sie explodierten.

Sie flogen.

Sie fielen.

Und brachen danach von Schweiß überströmt, absolut erschöpft, aber genauso befriedigt zusammen …

* * *

April glaubte schon, dass er eingeschlafen wäre, als seine Stimme in der Dunkelheit ertönte. Überraschenderweise klang er überhaupt nicht schläfrig. »Du musst dich bei Bill vorsehen, er spielt mit gezinkten Karten. Jede deiner Äußerungen landet sofort bei William und wird unter Garantie gegen dich verwendet.«

April richtete sich auf und versuchte, sein Gesicht auszumachen, konnte jedoch nur die Augen erkennen, die wieder diesen eigentümlichen Glanz aufwiesen. »Also soll ich aufgeben? Also soll ich so tun, als wäre alles in bester Ordnung?«

Er schwieg für eine lange Weile, bevor er seufzte. »Alles andere würde die Dinge nur dramatisieren. Begreifst du nicht? Du kannst nicht mit dem Kopf durch die Wand – er würde dich sofort stoppen und das so, dass du es niemals wieder vergisst. All das habe ich dir aber bereits lang und breit erklärt! Verdammt, du kannst doch nicht davon ausgehen, dass wir immer und immer wieder die gleichen

Diskussionen führen. Es wird sich nichts ändern, nur weil du das so einfach beschlossen hast, kapier das endlich! So funktioniert das nicht! Im Übrigen halte ich auch seinen Vorschlag, dass du wieder vermehrt ausgehen sollst, für eine Falle. Er geht davon aus, dass du dich … nun, dass du in alte Verhaltensmuster zurückfällst, dass du dich vielleicht zu Dingen hinreißen lassen könntest, die nicht unbedingt zu einer Ehefrau passen. Gerade du bist diesbezüglich gefährdet, wenn du Alkohol getrunken hast. Wer wüsste das besser als ich? Ich rate dir, nicht mit Helen die Clubs unsicher zu machen.«

April, deren Körper noch immer von seinen Berührungen summte, von der ein Teil ihres Kopfes noch immer in seinen gemurmelten Zärtlichkeiten schwelgte und in dem Gefühl, die Eine, die Einzige für ihn zu sein, fühlte sich, als hätte jemand ihren Schädel mit Anlauf gegen eine riesige Betonwand gerammt.

Nichts wollte ihr einfallen, obwohl die Wut – wieder frisch entfacht – in ihrem Bauch grummelte. Sie schnaufte fast, weil der gesamte Frust irgendwie rausmusste, und als sie endlich wieder wenigstens verbale Fetzen in ihrem Hirn lokalisieren konnte, hörte sie seinen gleichmäßigen Atem.

Fassungslos beugte sie sich vor. »Greg?«

Er reagierte nicht, egal wie laut sie rief, und so musste sie schließlich einsehen, dass dieser ignorante Penner einfach eingeschlafen war.

Mitten in einer Grundsatzdiskussion!

Wenn sie sich bisher noch gefragt hatte, wie viel sie ihm wert war und wo genau sie auf seiner ganz eigenen Prioritätenliste kam – nun, diese Frage war hiermit wohl beantwortet. Auf jeden Fall nach seinem Schlafbedürfnis.

Außer sich vor Wut zog sie ins Wohnzimmer um und schaltete den Fernseher ein. Es gab sogar ein paar amerikanische Sender – na ja, bei dem Preis, den die hier pro Nacht aufriefen, war das ja wohl auch das Mindeste –, doch April konnte sich auf nichts konzentrieren. Weder auf die Tierdoku noch auf irgendeine belanglose Soap, die sie daheim längst als nicht sehenswürdig befunden hatte.

In ihr loderte so glühend die Wut, dass sie in dieser Nacht keinen Schlaf finden konnte, für keine einzige, verdammte Sekunde. Und da war sie hierhergekommen, um endlich mal länger als drei Stunden am Stück zu schlafen.

Perfekt!

Und wer war daran schuld?

Greg – das Arschloch – McCarthy.

Wer auch sonst?

25. Kapitel

Greg

Nein, Greg war wirklich nicht sauer, war es für keine Sekunde gewesen und davon überzeugt, es auch in Zukunft nicht zu werden. Egal, was noch geschehen würde. Allerdings war eine Welle in Bewegung geraten, die er an diesem Abend noch hätte aufhalten können. Zu durchschaubar war Bills Spiel und zu sehr war er darauf vorbereitet gewesen. Es war fast ein wenig enttäuschend, so umfassend in seinen Ahnungen bestätigt worden zu sein.

Warum er es nicht tat? Warum er nicht frontal gegen dieses abgekartete Spiel vorging, sondern jede spitze Bemerkung und jede Anfeindung seiner Frau nahezu widerstandslos hinnahm, anstatt – wie er es verdient hatte – Bill aus dem Lokal zu zerren und ihm ordentlich die Fresse zu polieren?

Vielleicht, weil er begriffen hatte, wie unglücklich April wirklich war, und dass es sein gottverdammter Job war, sie glücklich zu machen, wobei er gerade gründlich versagte. Oder vielleicht auch, weil er nicht gewusst hätte, dass June noch keine Zähne haben konnte. Was war ihm über die Entwicklung eines Säuglings bekannt? Über allem jedoch – obwohl zu diesem Zeitpunkt im Grunde das Spiel längst gelaufen war – hatte ihn Aprils Mut fasziniert. Diese glühende Unerschrockenheit, mit der sie ihre kleine Familie verteidigt hatte. Das war infam und naiv gewesen – richtig. Aber es war um einhunderttausend Mal mehr wert, als das, was er seit Monaten bot. Anstatt sich dafür einzusetzen, dass sie gemeinsam den angetretenen Weg beschreiten konnten, hatte er regelmäßig den Schwanz eingezogen, auch wenn er lange Zeit nicht imstande gewesen war, es sich in dieser grauenhaften Form einzugestehen. Er hatte seine Feigheit mit Diplomatie verwechselt, seine infantile Stummheit, mit Cleverness und das Verschließen seiner Augen vor all den vielen Dingen, die ganz und gar nicht so liefen, wie er sich das wünschte, für das erforderliche Maß an Abgeklärtheit.

Damit war nun Schluss. Das hatte er sich bereits vor Aprils genialer Einlage geschworen, die übrigens dafür gesorgt hatte, dass er sie am liebsten direkt auf dem Tisch vor allen Anwesenden gevögelt hätte. Er liebte es, wenn sie sich nicht knebeln ließ, sondern stolz und trotzig auf ihre Meinung beharrte.

Greg war entschlossen, nicht länger tatenlos zuzusehen, wie seine Ehe zerstört wurde. Einziger Wermutstropfen war, dass er April über seine glorreiche Erkenntnis nicht informieren konnte. Stattdessen würde er in aller Seelenruhe zusehen, wie die Katastrophen nach und nach eintrafen. Wie die Pläne derer, die so aktiv an der Vernichtung seiner Familie arbeiteten, scheinbar aufgingen. Das nervte ihn, war er doch im Grunde ein Mensch, der die Tragödien lieber aufhielt, *bevor* sie geschehen konnten. Jetzt in der beschissenen Situation zu stecken, sich zurücklehnen und dem Treiben tatenlos zuschauen zu müssen, machte ihn noch einmal nervöser. Er konnte nur hoffen, dass Aprils Vertrauen in ihn so groß war, wie seines in sie, und dass sie dann, wenn es an der Zeit war, die Scherben aufzulesen, bereit war, ihm zu vergeben. Dummerweise war April schon jetzt ziemlich sauer auf ihn, was ihn gehörig nervte, aber das nur am Rande.

Als Bill am nächsten Morgen Gregs Büro betrat, grinste er über das ganze Gesicht.

»Oh, oh, oh – was habe ich da gehört? Ärger im Paradies?«

Greg machte sich nicht einmal die Mühe zu fragen, woher er die freudige Nachricht hatte. Möglicherweise waren sie etwas zu laut gewesen. ›Was willst du?‹, wollte er fragen, besann sich aber im letzten Moment. »Das freut dich, richtig?«, erkundigte er sich stattdessen.

Bill verdrehte die Augen, dann ließ er sich lässig in den Stuhl vor Greg's Schreibtisch fallen. »Also … ich finde, es war das Mindeste, dass du diesen Abend mit ihr ausgewertet hast, nichts für ungut. Eines hat er jedenfalls gebracht, denn ich glaube, ich habe das Geheimnis gelüftet.«

»Welches Geheimnis?«

Er zuckte mit den Schultern. »Na, wie sie dich dazu bringen konnte, derart abzudrehen, dass du ihr nicht nur einen Bastard gemacht, sondern sie auch noch geheiratet hast. Also noch mal, nachdem du dich so elegant aus der ersten Nummer herauswinden konntest. Das hat mich seit Ewigkeiten beschäftigt, weil es mir einfach nicht in den Schädel wollte.«

»Ach?«, sagte Greg, lehnte sich zurück und legte lässig eine Hand auf sein übergeschlagenes Knie. »Und das wäre?«

Bill grinste. »Sie ist der pure Sex. Du hattest sie gestern gerade gevögelt, oder? Das war zu riechen, ehrlich, die Kleine riecht wie ein Labor für Potenzmittel. Jeder würde auf sie abfahren, es ist also nicht unbedingt deine Schuld.«

»Gut zu wissen«, murmelte Greg, dessen falsches Grinsen mittlerweile den Abgang gemacht hatte, was Bill nicht entging. Rasch hob er die Hände.

»Hey, das ist nur die Wahrheit, und ich kann dir flüstern, dass ich nicht der Einzige war, dem das aufgefallen ist.«

»Da ist mir wohl was entgangen.«

»Weil du eben den Blick dafür nicht hast, du warst sowieso ein bisschen abwesend, hattest deinen Schwanz wohl gedanklich noch nicht aus ihr rausgezogen? Bisschen zu wenig Zeit nach den Wochen, in denen du auf Handbetrieb umgeschaltet hattest? Was ich immer sage, du bist bescheuert, dir das anzutun, davon bekommt man bloß Matsch im Schädel. Wenn ich da nur die Kleine dort draußen nehme. Also *die* hätte ich mir längst schon mal auf einen unverbindlichen Fick ins Zimmer zitiert, sie bettelt doch förmlich …«

Nun lächelte Greg doch wieder. »Warum ist mir bisher entgangen, wie unglaublich vulgär und geschmacklos du doch bist, Bill?«, erkundigte er sich sanft. Und mit leichter Besorgnis: »Weiß dein Dad davon?«

Bill war unbeeindruckt. »Der hat es erfunden. Und ich weiß echt nicht, was du hast, seit wann bist du so eine Mimose?«

»Seitdem du über meine Frau sprichst wie über jede dahergelaufene Hure?«

»Die dir gerade in die Eier getreten hat, schon klar. Die dich vor versammelter Mannschaft zum Idioten stempelt, und du lässt es ihr durchgehen.«

»Ich dachte, du wüsstest, dass sie ihre Abreibung dafür kassiert hat, als wir unter uns waren?«

Darauf erwiderte Bill nichts, weshalb Greg ein schauerlicher Verdacht kam. Keine Hotelzimmertür oder -wand war so dünn, dass man jede Einzelheit hätte mitbekommen können, ganz bestimmt nicht seine. Die logische Schlussfolgerung war so naheliegend wie vernichtend. Er versuchte, seine Gesichtszüge zu ordnen, bevor Bill etwas von seiner Erleuchtung mitbekam.

Bill seufzte und stand auf. »Wie auch immer, ich fand es jedenfalls echt interessant, so viel kann ich sagen. Und … nur ein Tipp am Rande, lass sie nicht mehr trinken, ich glaub, sie reagiert auf das Zeug allergisch.«

Bevor Greg eine scharfe Erwiderung formulieren konnte, war Bill bereits verschwunden. Für einen langen Moment heftete sich Greg's Blick auf die inzwischen geschlossene Tür, dann stand er auf und schenkte sich an der Bar einen Whisky ein. Mit dem Glas in der Hand ging er wieder an seinen Schreibtisch, und saß lange einfach da, während er es allmählich leerte. Die Finger seiner freien Hand trommelten dabei auf den Tisch.

Was tun? Er könnte Joe in seine Suite schicken, eine halbe Stunde und seine Vermutungen wären bestätigt oder eben widerlegt.

Beides wäre zwar sehr informativ, aber in letzter Konsequenz wenig hilfreich. Er konnte aber auch einfach stillhalten, Bill, William und ihre Handlanger in Sicherheit wiegen und dies für sich nutzen. Wenn es auch schwerfiel.

Sein Handy signalisierte den Eingang einer SMS. Seufzend nahm er es heraus und klickte die Nachricht an.

»Soll ich dir von Helen senden! Mit dem Hinweis: *Schick es dem Hurensohn!*«, stand da von April, dann sah er June und Helen, die in die Kamera grinsten und seine Mundwinkel verzogen sich unwillkürlich ebenfalls.

Okay, da sie ihm die Nachricht weitergeleitet hatte, hatte April ihm den gesamten Abend und ihre Auseinandersetzung noch nicht ganz vergeben, und auch der Sex hatte nicht klärend eingegriffen. Was Greg nach reiflicher Überlegung aber relativ kalt ließ. Je saurer sie war, desto schärfer wurde sie im Bett – insofern bestand kein Grund zur Beunruhigung.

Sie würde den Tag wieder in der Stadt verbringen, heute sogar wirklich einmal, indem sie diese besichtigte, obwohl er sich immer noch nicht im Klaren darüber war, was genau sie sich ansehen wollte. Und heute Abend würde er sie vögeln. In jedem Raum, den diese verdammte Suite hergab.

Genau das!

Greg war sowieso davon überzeugt, dass ein Paar die meisten Meinungsverschiedenheiten im Bett beilegen konnte.

»Bitte, Sir«, sagte eine sanfte Stimme. Im Unterbewusstsein hatte er längst bemerkt, dass Belina den Raum betreten hatte, ihr Duft eilte ihr voraus. Sie war an seinen Schreibtisch getreten, beugte sich zu ihm vor, sodass er in ihren Ausschnitt schauen konnte – es gab keinen anderen Weg, den sein Blick nehmen konnte, nicht mal theoretisch, nicht mal, wenn er Eunuch gewesen wäre. Heute trug sie nämlich wieder eines dieser flauschigen Sweatshirts, mit V-Ausschnitt, und unter dem hellen Wollstoff einen dunklen, mit Spitze besetzten BH.

Nett. Greg sah auf, das Gesicht unbewegt. »Danke«, sagte er und nahm ihr die Tasse Kaffee ab, die er wohl geordert haben musste. Genau konnte er sich nicht mehr daran erinnern, ihre Brüste waren derzeit einfach zu präsent. Sie lächelte ihn an und ging. Als sich die Tür hinter ihr geschlossen hatte, seufzte Greg und widmete sich seiner Arbeit.

Bis wieder sein Handy den Eingang einer Nachricht signalisierte. Diesmal stammten die Fotos von April selbst. Sie hatte auch eine Bildunterschrift hinzugefügt. Umsichtig, wie sie war. ›Wir amüsieren uns prächtig!‹ stand da, zusätzlich mit etlichen Smileys versehen. Ja, so sahen die Aufnahmen auch aus. Joe und April amüsierten sich prächtig in Brüssel. Beide lachten in die Kamera – seit wann lachte dieser Wichser überhaupt? Beide aßen Eis, beide tranken Starbucks-Kaffee – nichts für ungut, aber das hätte sie auch in New York haben können. Der mit Sicherheit überbezahlte Versager von Chauffeur hielt ihre Hand, während sie auf dem Rand eines Springbrunnens balancierte. Offenbar nutzten sie andere Touristen als Komplizen, die das Ganze genauestens dokumentierten. An dieser Stelle hörte Greg auf, sich diesen unerträglich albernen Müll reinzuziehen. Es tat seinem Gemüt nicht gut, außerdem zuckte sein linkes Auge, was nie ein gutes Zeichen war. Seine Hände ballten sich zu Fäusten und er starrte für ein paar Sekunden stumpfsinnig auf seine Tischplatte, bevor er sich wieder seiner Arbeit widmen konnte.

Gegen Mittag klopfte es und Belina erschien abermals im Raum. Inzwischen wirkte sie nicht mehr ganz so verschreckt wie zuvor. »Sir, noch einen Kaffee?«

Sie lächelte ihn an, Greg nahm einen tiefen Atemzug von seinem Lieblingsparfum, und ertappte sich dabei, dass er seine langbeinige, äußerst attraktive Assistentin mit dem tiefen Ausschnitt viel länger betrachtete, als das sonst der Fall war. Seine jämmerliche Rache an April, weil sie davon gar nichts mitbekommen würde. Aber trotzdem verspürte er eine gewisse Genugtuung, denn was er sah, war garantiert nicht übel.

Ihre Haut war makellos, er entdeckte nicht den winzigsten Leberfleck; und die runden Halbmonde ihrer vollen Brüste – nein, keine Push-ups – hoben sich auf exquisite Weise davon ab. Seine Finger zuckten nervös, gierten danach, ein einziges Mal hineinzugreifen, nur um die Dinger zu befühlen. Okay, sobald ihm das bewusst wurde, herrschte er sich an, gefälligst zu sich zu kommen. Aber die Versuchung war da gewesen – wie auch immer –, weshalb Greg sich verdammt schuldig vorkam. Jedenfalls, bis ihm Aprils Fotos einfielen, die sie ihm noch immer in schöner Regelmäßigkeit schickte. Fast einmal alle fünf Minuten gab sein Handy jenes widerliche Piepen von sich, das den Eingang einer neuen Nachricht signalisierte. Dass sie Joe dabei auf eine ganz perfide Tour missbrauchte, war ihm klar, auch wenn er nicht ganz sicher war, ob er dem Arsch nicht trotzdem die Eier abreißen sollte, aber …

Ein Poltern im Vorzimmer ließ sowohl Belina – die noch immer nicht gegangen war – als auch Greg aufschrecken.

»Hallo?«, rief eine sehr vertraute Stimme. »Ist jemand hier?«

Greg seufzte, musterte Belina, die leicht enttäuscht wirkte, aus welchen Gründen auch immer, und lehnte sich in seinem Stuhl zurück. »Hier, April!«

Kurz darauf kam seine Frau in den Raum gerauscht. Sie trug ihre abgefuckte Jeansjacke, dazu natürlich die Skinny-Jeans – es musste sich um die engsten handeln, die im weltweiten Sortiment dieser Marke erhältlich waren, denn er bildete sich ein, die Konturen ihres Tangas zu sehen. Unter der Jacke lugte ein Rollkragenpullover hervor, der ungefähr fünf Nummern zu groß war. Draußen musste erheblicher Wind herrschen, denn ihr offenes Haar wirkte leicht zerzaust. Allein die Vorstellung, dass sie in diesem Zustand diesen Tower betreten hatte, provozierte Greg zu einem entnervten Stöhnen, dem er allerdings keinen Auslauf gewährte. Denn nun würde auch der letzte Arsch vom Reinigungspersonal wissen, dass es sich bei Greg McCarthys Frau um eine leicht skurrile Person handelte.

Und er würde Glück haben, wenn sie diese Schlussfolgerung zogen und keine weniger schmeichelhafte.

Doch ihre Wangen waren gerötet, die Lippen so tiefrot, dass er zweimal hinsehen musste, bis er sicher war, dass sie wirklich keinen Lippenstift verwendet hatte, die Augen glänzten und sie wirkte insgesamt so unglaublich … *April*, dass er ihr unmöglich sauer sein könnte.

Auch wenn er es musste.

Ihr Blick glitt über ihn, zu Belina, die Augen verengten sich, und Greg stöhnte ein weiteres Mal. Dann hatte sie sich unter Kontrolle und grinste. »Hab mir gedacht, dass du bestimmt nicht an deinen Lunch denkst und dir was geholt.«

»Wow!«, sagte Greg und sah zur Tür, durch die Belina gerade verschwand, nicht jedoch, ohne April einen Blick aus erhobenen Augenbrauen zuzuwerfen. Also sie glaubte schon mal nicht daran, dass April McCarthy ein sehr reicher und daher leicht extravaganter Mensch war. Belinas Meinung war ihm allerdings egal. »Und was hast du mir mitgebracht?«

»Also das war so«, sagte April und schwang sich mit Anlauf auf die Couch, wo sie die Beine baumeln ließ. Vielleicht hatte sie ja was geraucht oder eingeworfen. Das Angebot in der Stadt war – wie Greg wusste – reichhaltig und auch für Laien problemlos zu bekommen. »Ich bin drei Stunden lang mit Joe durch diese verdammte Stadt gezogen – Sehenswürdigkeiten haben wir auch entdeckt, hab dir Fotos geschickt, hast du sie bekommen?«

»Ja«, sagte Greg, ohne das Gesicht zu verziehen. »Sie waren toll!«

»Findest du?« April strahlte. »Ich nämlich auch. Und Joe ist gar nicht so staubtrocken, wenn er erst mal ein bisschen aufgetaut ist. Dann kann man mit ihm echt Spaß haben. Wo war ich? Also, wir haben in dieser total langweiligen, beschissenen Stadt Ewigkeiten nach irgendeiner Möglichkeit gesucht, um was zu Futtern zu kaufen. An den sogenannten Sehenswürdigkeiten sind wir eigentlich nur durch Zufall vorbeigekommen. Aber du wirst es nicht glauben, da war … nichts! Absolut nichts. Jedenfalls nichts Vertrauenswürdiges und deshalb …« Damit zog sie eine fettriefende Tüte aus ihrem Rucksack. »Also … am Ende stand die Wahl zwischen KFC, Subway oder McDonalds. Ich hatte echt keine Ahnung, welches Junkfoot du am liebsten magst, und deshalb hab ich von jedem etwas mitgenommen.« Während sie sprach, hatte sie noch vier weitere dieser Fetttüten herausgekramt, die sie nun alle auf dem 2000-Dollar-Kristalltisch deponierte. Dann sah sie ihn mit großen Augen an. »Gibt es in diesem Saftladen Teller oder so?«

Es war irre! Es war entgegen allem, was Greg jemals von seinen Eltern für ein erfolgreiches Leben mit auf den Weg bekommen hatte. Es war sogar grauenvoll infantil.

Und es machte so unendlich Spaß.

Greg hatte mal was von McDonalds gehört, auch wenn er persönlich noch nie in einem gewesen war, nicht mal als Student. Derartige Fast-Food-Tempel galten in seiner Familie als der Versuch, die Menschheit zu killen, bevor die McCarthys ihr den letzten Cent abpressen konnte, daher waren sie mit der Ausgeburt der Hölle gleichzusetzen. Die anderen Fast-Food-Anbieter kannte er gar nicht, aber er kostete alles, fand alles unterirdisch und aß es trotzdem, weil es auf interessante Weise befriedigte. Das lag am Fett, nahm er an. Wenn dem Körper auf einmal derartige Mengen an Fett, Kohlenhydraten und Zucker zugeführt wurden, konnte man sich ja nur innerhalb eines ausgewachsenen Endorphinrausches befinden.

Für Getränke hatte April auch gesorgt, sie holte vor Greg's staunenden Augen einen Sixpack Coke heraus, die Greg auch noch nie getrunken hatte. Zu süß.

Heute ließ er sich auf das Zeug ein, es war ekelhaft, aber er sagte keinen Ton. Diese ausgelassene, fast kindische April machte ihn so an, dass er sie am liebsten auf dem verdammten Tisch flachgelegt hätte, oder auf dem Boden, egal wo. Hauptsache in ihr sein, ein wenig von ihrer jugendlichen Art absorbieren, zusehen, wie er sie in den Himmel fickte, wie sie ihn wieder an ihrem Leben teilhaben ließ, endlich wieder eins mit ihr zu sein. Doch aus Erfahrung war er klug geworden. Nach diesem Auftritt würde auch Bill wissen, dass sie im Haus war, und der – davon war Greg überzeugt – würde es sich nicht nehmen lassen, irgendwann hier reinzuplatzen.

Ihm wäre es egal gewesen, nach all dem Fett und Zucker fühlte Greg sich wie nach einem riesigen Joint. Er lachte zu laut und ausgelassen, starrte unentwegt auf Aprils Brüste und konnte sich nicht überwinden, sie wegen der Joe-Einlage anzufahren, obwohl sie sogar darauf wartete. Das erzählten ihm ihre neugierigen, nach einer Weile sogar leicht fassungslosen Augen. Und gerade das überzeugte Greg, es zunächst auch dabei zu belassen. Er war entschlossen, niemals nach ihrer Pfeife zu tanzen, egal, wie sehr er sie liebte. Das war eine grundsätzliche Frage, in der er ganz bestimmt keinen mit Sicherheit folgenschweren Fehler begehen würde.

Irgendwann war alles aufgegessen und auch jede Cola ausgetrunken; sie hatten etliche Küsse getauscht und er sich über jede Kleinigkeit von Brüssels Sehenswürdigkeiten aufklären lassen, die nach Aprils Ansicht überhaupt keine Must-Sees waren, sondern maximal See-them-if-you-are-here-if-not-then-not-Orte.

»Nichts, was dich vom Hocker reißt, ganz ehrlich. Außerdem sind die Leute unfreundlich und ich versteh sie auch nicht, weil sie nur französisch sprechen«, klärte eine verdrossene April ihn auf.

Greg lehnte sich zurück und sah auf seine Uhr. »Es tut mir …«

»… wirklich leid, ich weiß, aber du musst noch arbeiten und ich deshalb gehen, ich weiß. Ob mir das gefällt? Nein, aber ich glaub, das Essen war das seit Langem Größte, was wir miteinander getan haben und was einem Ehepaar gleichkommt. Also tagsüber meine ich.« Während sie sprach, räumte sie die Tüten wieder ein und sah nicht auf. Alles verpackte sie in einer mitgebrachten Plastiktüte, auch die Dosen fanden dort ihren Platz, dann stand sie auf und knickste leicht.

»Sir, es war mir eine ausnehmende Freude, mit Ihnen zu speisen.«

Sanft lächelte er. »Das war es für mich auch.«

»Ich werde nun entschwinden, damit Sie in Ruhe mit Ihrem Versuch fortfahren können, die Weltherrschaft an sich zu reißen und der reichste Mensch des Erdballs zu werden.«

»Das finde ich sehr löblich.«

Sie befand sich bereits auf dem Weg zur Tür. Als sie die Klinke in der Hand hatte, wandte sie sich zu ihm um und es war unverkennbar, dass sie seine Nähe erschreckte, denn er befand sich direkt hinter ihr.

»Ich wäre gern länger geblieben«, wisperte sie, nachdem sie den gröbsten Schock überwunden hatte.

»Ich weiß«, sagte er und lächelte, weil ihre Wangen sich rot färbten. »Wie wäre es, wenn wir den Kaviar-Cracker-Negligé-Plan heute umsetzen?«

Sie biss sich auf die Lippen, sah dann aber unter ihren Wimpern zu ihm auf. »Das wäre eine Möglichkeit, Mister. Wenn Sie pünktlich sind, ansonsten könnte ich schon schlafen, und ich darf unmöglich in meinem Schönheitsschlaf gestört werden, weil ich sonst nämlich bald aussehe wie eine dieser vertrockneten Hexen, die man immer bei euren wüsten Partys sieht. Dann müsste ich straffen und botoxen lassen, was wiederum eine Menge Schotter …«

»Ich habs verstanden«, stoppte er sie schnell und hob ihr Kinn mit einem angewinkelten Finger, sodass sie ihn direkt ansehen musste. »Warte auf mich«, hauchte er, dann küsste er sie. Sobald ihre Lippen sich berührten, zog er sie an sich, seine Hände fuhren an ihrem Körper hinab zu ihrem kleinen Arsch, der in dieser engen Hose provozierend seine Rundungen offenbarte. Er ließ sie seine Erregung spüren, wartete, bis sie aufstöhnte und seine Schultern packte, bevor er sie unvermutet freigab.

»Warte auf mich«, wiederholte er, dann wandte er sich um, ging zu seinem Schreibtisch, und als er sich setzte, wobei er zwangsläufig wieder zur Tür schauen musste, war sie verschwunden.

Schade.

Greg hatte nicht vor, auch nur eine Sekunde länger zu bleiben. Nicht heute, wo ihn die Kaviar-Cracker-Geschichte erwartete. Gegen neunzehn Uhr, also kurz bevor er gehen wollte, klingelte sein Handy.

»Was?«

Es war Bill, der ihm bedauernd mitteilte, dass irgendeine Krisensituation eingetreten sei, weshalb ein sofortiges Meeting mit Liveschaltung zu William unumgänglich wäre.

»Was für eine gottverdammte Krisensituation?«

»Syrien?«, sagte Bill scharf. »Das …«

»… ist doch nichts Neues, verdammt noch mal.«

»Richtig. Eine Viertelstunde, Konferenzraum.« Damit legte Bill auf und Greg betrachtete fluchend den Apparat.

Schließlich seufzte er und schickte April eine kurze Mail:

Weltherrschaftsergreifung zieht sich länger hin. Ich beeile mich, beweg dich nicht und schlaf um Himmels willen nicht ein!

* * *

Vier Stunden später verließ er endlich den Meetingroom. Es war gelaufen, wie er es bereits im Vorfeld vermutet hatte: Dieses Treffen hätte problemlos auch am morgigen Tag stattfinden können, man hatte ihn also absichtlich hier festgehalten, fern von seiner wartenden Frau, davon war er überzeugt. Während des Marathons hatte er gegrübelt, und war zu dem Schluss gekommen, die Dinge anders anpacken zu müssen. So würden sie auf Dauer ja nicht weiterkommen. Zunächst einmal musste April hier weg; denn mit jeder Minute, die sie so nah war, die beiden aber daran gehindert wurden, sich zu sehen, stieg die Qual – er war sich nicht zu schade, genau dieses Wort in Gedanken zu verwenden.

Greg wusste, dass es ihn einiges kosten würde, aber er fand keinen anderen Weg, um diesem Fiasko in absehbarer Zeit ein Ende setzen zu können. Er war von seinem Plan nicht im Geringsten überzeugt, wusste nicht einmal, wie er reagieren sollte, sobald er

April gesehen hätte. Dennoch war er entschlossen, ihn durchzuziehen. Weil es sein musste.

Am Ende machte sie es ihm leicht.

Als er die Suite betrat, lief der Fernseher, irgendein Rocksong – April saß mit angezogenen Beinen im Sessel und trug irgendein ausgewaschenes Shirt – kein Cremefarbenes und Spitze fand er auch nicht.

»Den Kaviar hab ich gegen zehn zurückgehen lassen. Das Zeug hat schon gestunken.«

Greg legte das Jackett ab und lockerte seine Krawatte. »Ja, das halte ich für eine gute Entscheidung.«

Sie sah ihn nicht an. »Den Champagner auch. Er war garantiert schal.«

Er kickte seine Schuhe aus und öffnete sein Hemd. »Davon gehe ich aus. Das Meeting wurde überraschend einberufen, ich konnte ihm leider nicht fernbleiben.«

»Verständlich«, erwiderte sie. Erst jetzt sah er, dass sie eine Packung Chips in den Händen hielt, aus der sie immer mal ein paar nahm und sich in den Mund warf.

Greg griff sich ein Bier aus der Minibar und setzte sich auf den anderen Sessel. »Wie ich sehe, hast du dich auch ohne mich amüsiert.«

»Ja.« Sie nickte heftig. »Ich hab es mir zweimal unter der Dusche selbst gemacht und danach überlegt, mir einen von diesen süßen Callboys aufs Zimmer kommen zu lassen. Du weißt schon, diese Typen, die vernachlässigte Frauen trösten.«

Greg trank einen Schluck Bier. »Oh, ich nehme an, du hattest mit Joe schon genug Spaß, der Callboy wäre vielleicht ein bisschen zu viel des Guten gewesen.«

Sie stockte kurz. »Wir *haben* uns amüsiert, ja, aber zum Stich ist er nicht gekommen.«

»Was eine herbe Enttäuschung für dich war, ja, ich brauche sehr wenig Fantasie, um mir das auszumalen. Vor allem, wo Sex eine fraglos entspannende und so befriedigende Angelegenheit ist – wenn man ihn bekommt. Die Idee mit dem Callboy verstehe ich auch, solltest du sie weiter verfolgen, beauftrage die Agentur bitte nicht, solange wir in einem International-Hotel in Europa untergebracht sind. Die schlechte Presse wäre *mir* egal, William nur leider nicht. Und außerdem … weißt du …« Er nahm noch einen Schluck von seinem Bier. »Ich bin noch von der alten Schule. Die Vorstellung, die Leute könnten glauben, ich wäre nicht imstande, es dir anständig zu besorgen, setzt mir schon zu, das räume ich durchaus ein.«

»Oh Mann, ich liebe es, wenn du so geschwollen quatschst!«, sagte sie und streckte die Beine von sich. Dann nahm sie einen Schluck von dem Wein, der auf dem Tisch stand und warf ein paar Chips hinterher. Die Rockmusik dröhnte, irgendwelche langhaarigen, offensichtlich unter Drogen stehenden Pseudostars rannten über die Bühne, schwangen ihre Fake-Gitarren und kreischten in ihre Mikrofone, wobei Greg stark davon ausging, dass es sich um Playbackaufnahmen handelte.

»Also darf ich mir Herrenbesuch ins Haus kommen lassen, ja?«, vergewisserte sie sich.

Greg zuckte mit den Schultern. »Ich will nicht behaupten, dass ich darüber froh bin, aber die Sexabstinenz kann einem schon zu schaffen machen. Und nachdem wir nun wissen, dass du nach Junes Geburt dem Sex doch nicht abgeschworen hast und ich nicht regelmäßig meinen Pflichten nachkommen kann …« Seine Mundwinkel zuckten. »… würde ich einer gelegentlichen Beauftragung eines dieser kleinen Strichjungen nicht im Wege stehen. Allerdings bestehe ich auf Einhaltung gewisser gesundheitlicher …«

»DU BIST WIDERLICH!«, zischte sie ihm entgegen.

Er griff nach der Fernbedienung und schaltete endlich diesen grauenhaften Background ab, dann sah er sie an. »Ich habe nur beobachtet und meine Schlüsse gezogen«, erwiderte er eisig.

»Oh ja, das habe ich auch. Ich sage nur Belina.«

Das verwirrte Greg jetzt doch. »Was ist mit der?«

April schoss aus ihrem Sessel hoch und baute sich mit verschränkten Armen vor ihm auf. »WAS MIT DER IST?«, brüllte sie unvermutet los. »Meinst du, ich bin bescheuert? Sie sieht aus wie ich! Sie benutzt sogar mein Parfum. Du hast dir eine gottverdammte Kopie von mir in dein Vorzimmer gesetzt!«

Greg lachte auf und schüttelte den Kopf. »Du siehst Gespenster, dabei kannst du doch so untervögelt nun auch wieder nicht sein. Drogen?«

»Ja, und wenn dir nichts mehr einfällt, dann verarschst du mich, dabei ist das NICHT WITZIG!« Ihre kleinen Fäuste hatten sich geballt, ihre Augen blitzen, die Wangen waren gerötet – sie war fast unerträglich schön.

»Da gebe ich dir ausnahmsweise mal recht, das ist nicht witzig. Nichts von der derzeitigen Situation. Es ist nicht witzig, dass meine Frau meinen Chauffeur anbaggert, wie eine drittklassige Hure, und mich überall unmöglich macht. Es ist auch nicht witzig, dass sie nicht fähig ist, einen einzigen Abend in Gesellschaft zu verbringen, ohne einen Eklat auszulösen. Nein, das alles ist wirklich absolut nicht witzig!«

Fassungslos starrte sie ihn an und es dauerte eine lange, sehr lange Weile, bevor sie hervorstieß: »Du bist so ein dreckiger Heuchler.«

»Natürlich. Wenn ich dir die Wahrheit mitteile, dann heuchele ich. Ich muss sagen, deine Argumentation ist nicht sehr stimmig.« Er nahm einen Schluck von seinem Bier und sah in ihren Augen den dringenden Wunsch, ihm die Flasche aus der Hand zu schlagen. *Yeah, Baby*, dachte er nicht ohne Humor, doch sein Gesicht blieb eisig.

»Wie soll ich sonst reagieren, wenn ich ständig mit deinen widerlichen Lügen konfrontiert werde?«, erkundigte sie sich, ihre Lippen waren weiß vor Zorn, während Greg sie scheinbar ungerührt betrachtete.

»Lügen? Jetzt kann ich dir nicht mehr folgen, aber das ist ja nichts Neues.«

»Was war mit Helens Patenschaft? Was war damit, dass du sie ohne mein Wissen ausgebootet hast? Was war …«

Greg stellte sein Bier ab und musterte sie ernst. »Es gibt Dinge, die du in deiner beschränkten und sehr gewöhnlichen Denkweise nun einmal nicht in ihrer Komplexität überschauen kannst. Helen als Patin und damit gesetzlichem Vormund für meine Tochter zu berufen, gehört dazu. Diese Person besitzt weder die geistige noch die emotionale Reife, um sich adäquat um mein Kind kümmern zu können. Darüber hinaus lehnt sie mich als Person ab, weshalb ich leider davon ausgehen musste, dass sie mein Andenken nicht in Ehren halten würde, falls mir etwas zustieße. Dass du in deiner rein emotionalen, unbedachten Art, die dich durchaus auszeichnet, dies nicht überschauen würdest, und dass dies so eine Art Beste-Freundinnen-forever-Angelegenheit ist, die nichts, aber auch überhaupt nicht mit nüchternen, rationalen Überlegungen zu tun hat, war mir klar. Aber … ich werde nicht zulassen, dass die Zukunft meines Kindes …«

»ES IST AUCH MEIN KIND!«, brüllte April, ihre Arme hatte sie auseinandergerissen, sie hingen nun an ihren Seiten herab, die Fäuste waren nach wie vor geballt. »Ich höre die ganze Zeit dein Kind, deine Tochter, dein Andenken, verdammt, du KENNST SIE DOCH GAR NICHT! Du siehst sie nicht, du beschäftigst dich nicht mit ihr, du hast keinen Schimmer von deiner Tochter. Aber du bildest dir ein, über ihre Zukunft bestimmen zu können? Allein? An meiner Meinung vorbei, weil die viel zu beschränkt ist?«

Greg überdachte jedes von ihr gesagte Wort und nickte dann bedächtig. »Ja.«

Das schlug dem Fass den Boden aus. Sie hatte mit allem gerechnet, aber nicht damit. Mitleidlos betrachtete er sie, nahm ihre bebenden Lippen in sich auf, auch, dass sie in dem kurzen Shirt extrem sexy und zum Flachlegen aussah. Aber offenbar stand das momentan nicht in Aussicht.

Nun ja, er hatte auch nicht damit gerechnet.

»Ich …« Sie stieß die Worte so mühsam hervor, dass sie tatsächlich rot im Gesicht anlief. »Ich glaube, es war ein gottverdammter Fehler, überhaupt hierherzukommen.«

»Ich bedauere, dass du das so siehst.«

Dafür fing er sich einen abgrundtief bösen Blick ein. »Ich werde packen.«

»Tu das«, sagte er in gleichem Ton, was ihm diesmal einen ungläubigen Blick einbrachte. Und ehrlich, dieser hätte auch von ihm stammen können.

Während April packte, telefonierte Greg mit Joe, der bereits zu Bett gegangen war, und dann mit dem Airport, um ein Nonstopticket nach New York City zu buchen.

»Der nächste Flug geht in zwei Stunden«, teilte er April mit, die in Jeans, Sweatshirt, Boots und Jeansjacke wieder vor ihm aufgetaucht war. Der Zorn war offenbar verschwunden, sie war nur ziemlich bleich und nickte.

»Joe wird dich fahren, er ist in fünf Minuten hier.«

Wieder erfolgte nur ein Nicken.

»Vielleicht hätten wir das wirklich besser timen …«

Ihre erhobene Hand stoppte ihn. »Rede nicht weiter, Greg. Halt …« Sie schluckte mühsam. »Halt einfach den Mund.«

Das tat er dann: Greg hielt den Mund, bis Joe klopfte und April mitnahm.

Es gab nicht nur keinen Kuss, auch jeder verbale Abschied blieb aus. Mit starrem Blick trat sie in den Flur, dann fiel ihr noch etwas ein, denn sie fingerte in ihrer Jacke herum und reichte ihm ihre Chipkarte für die Suite. Er nahm sie wortlos entgegen und zwei Wimpernschläge später ließ sie ihn tatsächlich allein.

Greg sah ihnen nach, bis sie am Ende des Flurs um eine Ecke verschwanden. Dann ging er zurück in seine nun wieder einsame Suite. Bloß dieser unverkennbare Duft von April erzählte noch davon, dass sie kurzfristig hier gewesen war und sein Leben wie so häufig komplett auf den Kopf gestellt hatte.

Langsam trat er zur Bar, nahm sich diesmal einen Whisky und trank ihn auf ex, bevor er sich in den Sessel fallen ließ und dumpf vor sich hinstarrte.

Irgendwann ertönte seine Stimme im dunklen, so stillen Raum.

»Fuck!«

26. Kapitel

April

Auch noch, als sie aus dem Flugzeug am JFK in New York stieg, waren die Tränen nicht ganz getrocknet. April hatte *nicht* ununterbrochen geheult, das ließ schon ihr Stolz nicht zu. Aber immer, wenn sie sich die Ungeheuerlichkeit von Greg's Verhalten überlegte, stürzte die salzige Flut wie aus heiterem Himmel erneut über sie herein. Sie verstand überhaupt nicht, was passiert war! War es wirklich möglich, dass Greg ausrastete, nur weil sie ihn einmal – ein gottverdammtes Mal – für seine Scheiße zur Rede gestellt hatte? Gut, sie hatte mit Joe ein bisschen geflirtet, aber mal ehrlich, welche Frau hätte das bei einem solchen Mann nicht getan? Und nein, ihr war ganz bestimmt nicht Belina entgangen. Die hübsche Belina, mit den riesigen Brüsten, die April auf verblüffende Weise ähnelte, und die immer ein Gesicht zog, das auf akute Zahnschmerzen schließen ließ, wenn sie April sah.

Belina, deren Kleidungsstil verdächtig an Aprils erinnerte – auch wenn es die Deluxe-Version davon war.

Belina, die nicht nur die gleiche Haarfarbe hatte, sondern auch exakt die gleiche Frisur.

Belina, die sogar das gleiche Parfum benutzte!

Greg hatte sich eine gottverdammte Kopie von seiner Frau engagiert, das war die Wahrheit! So kompensierte er also die

Tatsache, dass sie nicht verfügbar war. Perfekt! Und da wagte dieser Idiot, ihr zu unterstellen, sie würde in – wie hatte er es ausgedrückt? – ›delikate Situationen‹ kommen, wenn sie ausginge? Wo er sie sich Freihaus schuf? Und ihr riet dieses Opfer, sich einen Callboy ins Haus zu holen, weil sie ja offensichtlich sexabhängig war?

Was für ein Arsch!

Was für ein gottverdammter Arsch!

Was für ein elender Versager! Als wäre das nicht schon genug, war sie bedauernswertes Geschöpf mit ihm verheiratet, und um dem Ganzen die Krone aufzusetzen, liebte sie ihn auch noch!

Mann!

Hätte sie sich nicht jemanden aussuchen können, der wenigstens emotional etwas besser aufgestellt war?

Direkt neben der Gangway wartete bereits eine schwarze Limousine auf April, in die sie von zwei Joe-Typen freundlich hineingebeten wurde. Ehrlich, selbst wenn sie Helen und June hätte überraschen wollen, wäre das wohl nicht möglich gewesen. Allerdings hatte sie ihr Kommen angekündigt, um Greg nicht noch mehr in seiner unterirdischen Meinung von ihr zu bestätigen. Sowohl beim Sicherheitsdienst, als auch bei ihrer Freundin. Und nach einem *›Wow!, das ging ja schnell!‹*, bombardierte Helen sie seitdem mit Mutmaßungen, was *›der kleine Wichser‹* nun wieder angestellt haben könnte. Irgendwann hatte April entnervt das Handy ausgeschaltet, und als sie es jetzt wieder anstellte, waren sage und schreibe 75 neue Nachrichten eingetroffen.

Sie scrollte hinunter und ihr Herz fing an zu rasen, als sie auch drei von Greg darunter fand. April zögerte, ihr zitternder Finger schwebte über der ersten Nachricht, unsicher, ob sie diese lesen sollte, oder nicht.

Am Ende dachte sie egoistisch und klickte sie an.

> *›Ruf mich an, sobald du angekommen bist. Wir müssen reden. G.‹*

»Heilige Scheiße, was ist er romantisch!«, murmelte sie verbittert, fühlte die nächsten Tränen in ihren Augen brennen und befahl ihnen barsch, sich gefälligst ein – einziges – Mal zu beherrschen. Sie durfte nicht verheult bei Helen auftauchen, verdammt noch mal!

Es war Vormittag, der Verkehr führte nach New York hinein, nicht aus der Stadt heraus, weshalb sie die Strecke relativ schnell zurücklegten. Zu schnell für Aprils Geschmack, die noch damit beschäftigt war, ihre Selbstdisziplin, von der ihr laut Greg zu wenig zur Verfügung stand, wieder zurückzuerlangen. Glücklicherweise fiel ihr ein, dass sie auch dem Fahrer keine Show liefern wollte, und so besann sie sich endlich, senkte flüchtig den Blick und schaffte es tatsächlich, ihre Tränen im Zaum zu halten.

Als sie die breite Auffahrt hinauffuhren, fühlte April einen schmerzhaften, aber nichtsdestotrotz freudigen Stich in der Brust. Jetzt so nah, überragte eine Person ihr gesamtes Denken und schob alles andere zunächst beiseite. Sie konnte es kaum erwarten, dass der Wagen endlich hielt, als sie auch schon ausstieg, den verdammten Chauffeur nicht weiter beachtete, sondern die Treppe hinaufeilte und die Tür aufreißen wollte.

Erst hier fiel ihr ein, dass sie keinen Schlüssel dabei hatte. Und so kam es, dass April zum ersten Mal die Klingel benutzte, die sich rechts neben der riesigen Eingangstür befand.

Sie klingelte Sturm, hämmerte immer wieder auf diesen verfluchten Knopf ein, und ärgerte sich, als sie die verdammte, sehr wohlklingende Klangabfolge (Chopin, wenn sie sich nicht täuschte) wahrnahm. Sie hätte eher einen schrillen Alarm-Ton bevorzugt. Einen, den man auch hörte, wenn man gerade im Koma lag.

Nach einer Weile wurde von einer verdutzten Berta geöffnet, eine sehr füllige Frau in den Fünfzigern, deren sanftes Gemüt jedoch schon ihrem dicklichen Gesicht zu entnehmen war.

»Mrs.!«, rief sie und griff sich ans Herz.

»Die Mrs. ist es, genau!«, jubelte April, bevor sie sich an der völlig verdatterten Frau vorbei drängte. »Wo sind sie?«, rief sie ihr über die Schulter zu.

»Die Miss ist mit June auf der Terrasse«, wurde ihr geantwortet, womit sie ihre Schritte nach rechts lenkte, durch das Wohnzimmer zu den offenen Flügeltüren und hinaus an die frische Luft.

Und da waren sie!

Helen, mit einer Decke über ihren Beinen und einer Tasse neben sich auf dem Tisch – vermutlich mit Tee –, den Kinderwagen vor sich. Da sie ihn vor- und zurückschob, versuchte sie vermutlich gerade, June zum Schlafen zu bringen. Doch darauf konnte April momentan keine Rücksicht nehmen. Sie grinste ihre Freundin an – zu mehr hatte sie keine Zeit –, und dann, endlich, hob sie den dick eingepackten, so unendlich geliebten Babykörper aus dem Wagen heraus. Tief sog sie den Duft ein, fühlte ihr Herz so stark gegen ihren Brustkorb hämmern, dass sie meinte, es würde sie einfach killen. Selten, ganz selten, war sie von ihren Gefühlen so überwältigt gewesen. Die Tränen liefen ihr die Wangen hinab, während sie das kleine Gesicht unaufhörlich küsste, was June übrigens mit erstaunlicher Geduld über sich ergehen ließ.

Aprils Hass auf ihren Ehemann stieg ein weiteres Mal um 100 Prozent.

Dieser verdammte Mann hatte dafür gesorgt, dass sie ihr Baby im Stich ließ, nur um ihn außer der Regel, die drei Tage im Monat umfasste, sehen zu können.

Was für ein Idiot!

Was für ein gottverdammter, idiotischer Idiot!

Es dauerte lange, bis die beiden Frauen zu einem Gespräch kamen. Zunächst musste June zu Ende geküsst werden, dann bestand April darauf, sie windeln zu gehen, dann musste sie ihr die Flasche geben, dann versuchte sie höchstpersönlich, das Baby in ihrem breiten und so einsamen Ehebett zum Schlafen zu bringen, was – wie Helen mit einem Augenverdrehen angekündigt hatte – natürlich gründlich schief ging. June amüsierte sich königlich und gluckste vor sich hin, während April ständig die Augen zufielen.

Nach einer Stunde gab April auf und ging mit dem Baby wieder hinunter ins Wohnzimmer, wo Helen sie erwartete.

Mit ausgestreckten Armen, um ihr die Kleine abzunehmen. »Folgen Sie mir und staunen Sie!«, befahl sie barsch und küsste June, bevor sie wieder hinaufging, allerdings diesmal ins Babyzimmer.

Sie hatte die Jalousien zur Hälfte geöffnet, sodass sowohl Tageslicht als auch durch das geöffnete Fenster frische Luft hineinströmte.

»Das ganze Geheimnis des Fiaskos ist, dass die Kleine dich perfekt im Griff hat«, sagte sie, während sie June behutsam in ihr Bett legte. »Schlag mich, aber diese Monster wissen ganz genau, mit wem sie das anstellen können und mit wem nicht. Schlaf Baby«, wisperte sie, zog die Spieluhr mit Mozarts kleiner Nachtmusik auf und bedeutete April mit dem Kopf, gefälligst den Raum zu verlassen,

»Wie oft geht das gut?«, erkundigte sich April leise, während sie vor der geschlossenen Tür ausharrten.

»Die Erfolgsquote liegt bei sechzig Prozent«, brummte Helen, die sich aber sichtlich Mühe geben musste, um nicht vor Stolz von einem Ohr zum anderen zu grinsen.

»Und was machst du im Falle des Scheiterns?«

»Ich ziehe uns beide an, lege sie in den Wagen und setz mich auf die Terrasse. Spätestens dort schläft sie immer.«

Na ja, so ungefähr hatte April es auch stets versucht, leider lag ihre Erfolgsquote erheblich niedriger. Doch diesmal hatten sie Glück, aus dem Zimmer drangen nur noch ein paar vergnügte Gluckslaute, und nachdem die beiden Frauen im Wohnzimmer saßen, übermittelte der Babyphone-Empfänger, dass June sich mal wieder eine Geschichte erzählte.

»Wenn die erst reden kann, wird sie so schnell nicht mehr damit aufhören«, stellte Helen fest, die sich auf die Couch in den Schneidersitz niedergelassen hatte. Mit den Händen umfasste sie ihre Fußgelenke und betrachtete April mit großen Augen.

»Erzähl!«

»Ich will erst einmal einen Kaffee. War ein verdammt langer Flug«, wich April aus und flüchtete sich in die Küche. Noch war sie nicht bereit für Helens Schimpftiraden. Wartend stand sie an dem Automaten und beobachtete scheinbar fasziniert, wie sich die beiden darunter stehenden Tassen allmählich mit edelstem Macchiato füllten.

»Ewig kannst du mir nicht entkommen«, hauchte eine tiefe, gruselige Stimme in ihr Ohr, und sie schrie auf, wobei sie einen großen Ausfallschritt zur Seite vollführte. Dann wirbelte sie herum und starrte Helen an, die sich unbemerkt hinter sie geschlichen hatte und sie nun grinsend ansah.

»Mann! Ich hab nur ein Herz! Wie kannst du mich so erschrecken?«

Helen zuckte ungerührt mit den Schultern. »Ich weiß, dass du gesund bist, also übertreib nicht.« Dann stemmte sie die Hände in die Hüften. »Und wenn du meinst, hier rumschweigen zu können, während ich vor Neugierde platze, dann hast du dich geschnitten.« Sie hob einen belehrenden Finger: »Versau es dir nie mit deinem Babysitter!«

April seufzte, trug den Kaffee ins Wohnzimmer, machte es sich in ihrem Lieblingssessel bequem, während Helen wieder auf der Couch Platz nahm, und dann erzählte sie alles, was in Brüssel geschehen war. Natürlich in Auszügen, eher stichpunktartig und weitestgehend ohne emotionale Beteiligung, was ihr keineswegs schwerfiel. Sie war viel zu müde, um sich noch groß einzubringen, außerdem übernahm das Helen schon zuverlässig. An jeder spannenden Stelle kam ein:

»Nein!«

Oder ein:

»Der kleine Arsch!«

Oder ein:

»Das hat er jetzt nicht wirklich gesagt, oder?«

Oder ein:

»Er hat sich eine *Pseudo-April* ins Büro geholt? Also darauf könntest du dir ja glatt was einbilden. Wichser!«

Oder ein:

»Das kleine, dreckige Opfer!«

Und zuletzt ein:

»April, bei mir wäre der Typ tot.«

Die Angesprochene seufzte. »Na ja, ich bin lieber gegangen, weil ich doch wegen June nicht in den Knast kann.«

Das überdachte Helen ausgiebig, und nickte dann. »Ja, verständlich, obwohl ich dich einmal die Woche mit ihr besuchen gekommen wäre. Ehrensache.«

»Oh, vielen Dank.«

Helen lächelte. »Immer, Baby.«

»Also …«

»Nein!« Aprils erhobene Hand stoppte sie, bevor sie zur Auswertung von Aprils Bericht kommen konnte. Erfahrungsgemäß dauerte die immer länger. »Jetzt will ich erst mal haarklein erfahren, was *hier* stattgefunden hat.«

Helen hatte nicht die geringsten Skrupel, April wirklich haarklein jede noch so schlüpfrige Begebenheit bei Terence' letztem Besuch zu erzählen. Alles wurde erst berichtet, dann auf den Prüfstand gehoben und nach allen Regeln der Therapeuten-Kunst analysiert. April lehnte sich bald lächelnd zurück, ließ Helen plappern, wütend und sauer sein, während sie glücklich aus dem Schneider war.

Nach eingehender psychologischer Begutachtung des blonden männlichen Opfers kam Helen zum naheliegendsten Schluss:

»Der Typ ist ein Arschloch! Außerdem hat er nicht mehr alle Latten am Zaun, ehrlich, vielleicht hat er eine über den Schädel bekommen, würde mich nicht wundern. Oder einen Hirntumor, wär doch möglich, oder?«

April nickte, denn aller Entspannung zum Trotz war das, was Terence mit ihrer Freundin veranstaltet hatte, wirklich ein starkes Stück. »Ich sehe das auch so, er will dich nicht verlieren, aber heiraten will er dich auch nicht. Der hat dich auf deinen Platz verwiesen, damit du endlich weißt, was du bist und zu erwarten hast. Er hält sich dich warm, um dich bei Bedarf wieder hervorzuholen.« Allein der Gedanke machte April so wütend, dass sie die Fäuste ballte und endlich doch einen Wein holte. Sie mussten ja wenigstens ihr Wiedersehen feiern. Doch zu ihrer großen Verblüffung wollte Helen davon nichts wissen.

»Was ist los? Bist …«

Doch Helen winkte ab. »Meinem Magen geht's nicht so gut. Womöglich liegt das an dem ganzen Theater.«

»Ja«, sagte April und nickte heftig, während sie sich an der Weinflasche zu schaffen machte. Sprich: Sie schraubte sie einfach auf, Korkflaschen kamen ihr nicht ins Haus, jedenfalls kaufte sie so einen Schrott nicht, und Greg war ja sowieso nie hier. »Das wäre es mir auch. Ehrlich, ich dachte …« Sie goss einen gehörigen Schwall Wein in ihr Glas und hob es, bevor sie sich mit einem angezogenen Bein zurücklehnte und einen großen Schluck nahm. Dann musterte sie ihre Freundin mitleidig. »Ich dachte, er wäre der Hauptgewinn. Wirklich, ich hab dich um ihn beneidet, weil er so … weil er so unglaublich nett war, so verständnisvoll, so anders als Greg damals. Und ihr wirktet so glücklich. Aber das …« April schüttelte den Kopf. »Als wäre er von irgendeinem Frauenhasser aufgestachelt worden.«

»Ach, das kriegt der schon ganz allein hin«, erwiderte Helen trocken. »Er musste bloß die Arschlochseite in sich rauslassen, die er bisher geheimgehalten hatte. Wahrscheinlich, um mich nicht gleich zu vergraulen.«

April musterte sie mitleidig. »Ehrlich, es tut mir so leid.«

»Ach ja?« Helen kicherte, was ein wenig irre klang. Aber nur ein bisschen. »Mir nicht … also nicht sehr. Die wichtigste Neuigkeit habe ich dir nämlich noch nicht mitgeteilt und damit habe ich ihn so oder so an den Eiern.«

»Oh! Was soll das sein?«

Helen verdrehte die Augen. »Ist das nicht offensichtlich?«

April dachte nach. »Äh, nicht wirklich, nein.«

Auf einmal strahlte Helen über das ganze Gesicht und sie breitete die Arme aus. »Ich bin schwanger!«

»WAS?« Aprils Augen wurden groß. »WAS? Oh mein Gott, das ist … Seit wann weißt du es?«

»Seit ein paar Tagen.«

»Warst du schon beim Arzt? Ich meine, Arzt oder Schwangerschaftstest?«

»Weder noch«, erwiderte Helen zu ihrer Überraschung. »Ich glaube auch nicht, dass die schon das richtige Ergebnis erkennen würden. Zu frisch. Ich weiß es hier.« Sie tippte auf ihre Brust, womit wohl das Herz gemeint war. »Tief in mir wusste ich es sofort.«

»Äh …« Darauf fiel April wirklich nichts ein.

»Ja, mir ist klar, wie irre sich das für dich anhören muss, aber ich weiß einfach, dass er mir bei dieser wüsten Schreibtisch-und-du-gehörst-mir-Nummer ein Kind gemacht hat. Ich bin mir zu tausend Prozent sicher.«

»Äh …«

»Sieh doch die Fakten«, beschwor Helen ihre leicht verblüffte Freundin, offenbar hatte sie mit einer solchen Reaktion gerechnet. »Ich will keinen Alkohol mehr trinken – mein Körper schützt das Baby.«

»Das *angebliche* Baby.«

Helen betrachtete sie leicht ärgerlich. »Weißt du, mir war gar nicht klar, dass du so gottverdammt negativ bist, April.«

Die zuckte nur mit den Schultern.

»Und ein bisschen mehr Freude hätte ich mir auch gewünscht!«

»Ich versuch's ja«, versicherte April hastig. »Aber … findest du nicht, dass das ein bisschen voreilig wäre?«

»Nein. Das ist eine rein emotionale Angelegenheit, da geht man nicht mit Logik ran. Ich weiß es einfach. Und hör auf, mir das auszureden!«

April gab es tatsächlich auf. Wenn Helen unbedingt glauben wollte, schwanger zu sein, dann – um Himmels willen –, sollte sie es eben glauben. Das Erwachen würde kommen, wenn sie einen Test gemacht hatte – nach Ablauf der Karenz natürlich. Und dann könnte April sich immer noch daran machen, die Scherben aufzulesen und sie zu trösten.

Den Rest des Tages verbrachten die beiden Frauen damit, sich über Männer an sich aufzuregen und June Stundenvorträge über deren wahres, verbrecherisches Wesen zu halten, nachdem diese von ihrem Mittagsschläfchen aufgewacht war. Nebenbei sah April alle paar Sekunden auf ihr Handy, entdeckte manchmal eine neue Nachricht von Greg, die sie hin und wieder sogar las, aber niemals beantwortete.

Er klang nicht weinerlich – was sie auch nicht befürwortet hätte.

Da war auch kein Flehen – was zwar auch nicht unbedingt ihrem Bild von ihm als gestandenen, so unglaublich männlichen Mann entsprochen hätte, was aber in Anbetracht der Scheiße, die er verbrochen hatte, akzeptabel und vor allem verständlich gewesen wäre.

Er bat auch nicht um Vergebung.

Nein, Greg, dieser idiotische Arsch, ließ sie noch einige Male wissen, dass er mit ihr reden müsse, dass ihr kindisches Verhalten mal wieder deutlich mache, wie unreif sie doch sie und dass seine Aussage deshalb genau zutreffend gewesen wäre.

»Schick ihn in die Wüste«, empfahl Helen, sobald sie einen Blick auf die Nachrichten geworfen hatte.

»Da ist er schon«, erwiderte April, der gar nicht wohl war, denn sie hatte den untrüglichen Verdacht, dass die Dinge gerade komplett gegen den Baum fuhren.

Sie könnte es aufhalten, sie müsste nur anrufen, sich seine Belehrungen anhören – wenn diese überhaupt kommen würden. April konnte sehr wohl zwischen den Zeilen lesen, und allein die Tatsache, dass er ihr im Stundenabstand schrieb, erzählte schon so unglaublich viel darüber, wie es ihm wirklich ging.

Doch sie tat es nicht, flüchtete sich in ihren Stolz und ließ daher die Katastrophe sehr wissend geschehen. Aus der Überlegung heraus, dass es wohl erst ganz grausam werden musste, bevor es besser werden konnte.

Je länger sie mit Helen zusammen war, desto klarer wurde, wie sehr ihre Freundin unter der Trennung von Terence litt. Sie sagte es nicht – Helen war keine Frau, die ihren Kummer in die Welt oder auch nur in das Wohnzimmer ihrer Freundin hinaustrug –, doch April sah es daran, wie stark sie sich an June klammerte, wie blass sie geworden war, wie wenig sie aß, wie strähnig ihr sonst so umwerfend schönes Haar war und wie dunkel ihre Augenringe.

Nicht zuletzt jedoch war es erkennbar an der fixen Idee, schwanger zu sein, von der Helen nicht nur keineswegs abließ, sondern die ständig neue Blüten trieb. Mittlerweile bestand sie auf entkoffeiniertem Kaffee – obwohl Kaffee nun wirklich nicht verboten war. Sie aß nicht einmal mehr Steak – April dachte an ihre eigene Schwangerschaft zurück, in der sie verrückt nach rotem Fleisch gewesen war. Sie hätte sich in eine Kuh hineinlegen können und das, wo sie im Normalfall jedes Tier, das ihretwegen sterben musste, heimlich beinahe beweinte. Ganz bestimmt hatte sie mehr Fleisch während der neun Monate gegessen, in denen June in ihr gewohnt hatte, als in den letzten fünf Jahren zusammengenommen.

Helen überlegte laut, wie lange sie wohl June noch hochheben dürfe und ob sie nicht schon denkbar dicker geworden wäre – was in Anbetracht ihrer beginnenden Magerkeit ein grotesker Witz war.

Nachdem April das Treiben einen Tag lang ertragen hatte, fiel ihr Bill McCarthy wieder ein. Zwangsläufig, denn zumindest ein Teil von ihr war in Brüssel bei Greg geblieben und kreiste gedanklich ständig um ihn und seine verkorkste Familie. Bill hatte am Abend des *Dinners des Grauens* jede Menge Müll erzählt, aber es war mindestens ein Satz dabei gewesen, der ihr nach wie vor im Gedächtnis haften geblieben war.

Ausgehen! Warum, verdammter Mist, ging sie nicht mehr aus?

Sie verkroch sich in diesem Haus, wartete auf Greg und damit auf jemanden, der sich, wenn überhaupt, einmal alle paar Wochen für wenige Tage blicken ließ, die man an einer Hand abzählen konnte. Was bedeutete, dass ihr das Leben langsam entglitt, und sie dessen Sinn nur noch an ihrer Tochter und deren widerlichen Arsch von Vater festmachte.

Das konnte, das *durfte* sie nicht zulassen.

Es dauerte noch einmal zwei Stunden, bis sie am Abend, einen Tag nach ihrer Heimkehr – June war gerade von Helen ins Bett gebracht worden und hatte bisher noch keinen einzigen Mucks von sich gegeben, das verräterische Stück – zu Helen sagte:

»Wir waren schon Ewigkeiten nicht mehr aus.«

»Was?« Helen hatte gerade ihren sehr, sehr flachen Bauch betrachtet und die Haut dort zusammengeschoben. Nun sah sie auf. »Wie meinst du das?«

April zuckte mit den Schultern. »Ausgehen, einen draufmachen, tanzen, vergessen, sich amüsieren. Du weißt schon! Das haben wir schon ewig nicht mehr getan, weshalb wir unsere Erinnerungen dringend auffrischen sollten. Was sagst du?«

Helen überlegte, wobei die dunklen Schatten unter ihren Augen enorm zur Geltung kamen. »Klingt nicht übel«, sagte sie schließlich. »Aber was ist mit June?«

»Dann müssen wir eben einen Babysitter engagieren«, erwiderte April sofort. »Wir beide nehmen die Alte so lange auseinander, bis wir sicher sein können, dass sie keine verkappte Kindsmörderin ist oder es auf meinen Mann abgesehen hat. Okay, der ist ja sowieso nicht da …«

Nein, er war nicht da, und nachdem April eiserne Funkstille hielt, meldete er sich immer seltener. Es tat sogar sehr weh, und April wusste, dass sie sich in eine Falle hineinlaboriert hatte. Mittlerweile waren sie bei dem Stadium angelangt: *Wer sich zuerst bewegt, ist tot.*

Wer würde den Anfang machen?

Da April dringend Ablenkung von diesen widerlichen Gedanken brauchte, beschlossen die beiden Frauen, am nächsten Morgen mit der Suche nach einem Babysitter zu beginnen und am kommenden Samstag auszugehen. Somit hätten sie eine Woche Zeit, das würde reichen, um die beste, genialste und vertrauenswürdigste Nanny von ganz Amerika zu finden.

Das war auf jeden Fall ein Plan und damit eine Aufgabe. Eine willkommene Abwechslung zur Kartharsis, in der sie bisher gesteckt hatten.

27. Kapitel

Greg

Eine Woche später

Fuck Brüssel!

Fuck Frauen!

Fuck McCarthys!

FUCK HELEN!

Fuck Welt!

Greg machte derzeit eine leichte Krise durch. Anfänglich, weil April nicht ans Telefon ging – wenn er es über das Festnetz versuchte, nahm diese Helen ab, die sich derart unerträglich provozierend aufführte, dass er kurz davor war, alles stehen und liegen zu lassen, heimzufliegen, diese Schlampe achtkantig aus *seinem* Haus zu werfen, June zu küssen, mit dem Babysitter, den er eigenhändig engagieren würde, an die frische Luft zu schicken, und April dann so lange durchzuvögeln, bis die wieder normal war.

Natürlich war ihr Verhalten eine Reaktion, mit der er hatte kalkulieren müssen, nachdem er sie mehr oder weniger aus der Stadt geekelt hatte. Aber es wäre doch eine willkommene Überraschung gewesen, wenn sich die Dinge ein einziges Mal nicht nach seinen düsteren Vorahnungen entwickelt hätten, oder?

Nun, das hatten sie aber. Daher kam Greg, wann immer er sich in einem seiner Selbstmitleids-Wut-Anfälle suhlte, ziemlich schnell wieder zu sich und beschwor sich, jetzt nicht die Nerven zu verlieren.

Die Nächte waren sehr lang, er verbrachte sie immer öfter in der Hotelbar, weil ihn der Anblick des leeren, riesigen Bettes in seiner Suite anwiderte. Unter der Dusche hatte er das Verhältnis mit seiner Hand wieder aufgenommen. April war zu kurz da gewesen, das hatte nicht annähernd genügt, um ihn auf andere Gedanken zu bringen. Und verdammt, wie hätte es das auch? Den ganzen Tag war er mit sexy Frauen zusammen, die nicht müde wurden, ihnen ihre Vorzüge zu demonstrieren. Seine Welt bestand bald wieder nur noch aus Brüsten in allen Größen und Formen – keine davon war abstoßend, nicht mal die von der gottverdammten Kaltmamsell in der Kantine. Darüber hinaus waren da noch Beine. Lange Beine, an denen man zwanghaft seine Finger entlanggleiten lassen wollte. Beine, die aufgrund der Seidenstrümpfe, in denen sie steckten, auch noch glänzten, als wären sie frisch eingeölt worden. Greg hätte geschworen, in den allermeisten Fällen handelte es sich um diese spitzenbesetzten Fick-Mich-Strümpfe, die am Schenkelansatz endeten – nicht störend, wenn man die Beine für eine ganz zwanglose Nummer auf dem Schreibtisch öffnete, um an das zu gelangen, was sich in der Mitte befand. Oh, die gottverdammten High Heels würden natürlich auch nicht stören, sondern ihn nur noch geiler machen. Besonders, wenn sie hinter seinem Kopf im Takt zu seinen Stößen mitwippten, weil er diese langen Beine jeweils auf seine Schultern geparkt hatte.

Es war ein abgefucktes Märchen, dass man auf keine andere Frau mehr abfuhr, wenn man eine bestimmte von ihnen liebte. Liebe und Sex waren zwei grundverschiedene Dinge. Eine gewöhnliche Frau fickte man einfach nur, ohne einen großartigen Gedanken an ihre Persönlichkeit zu verschwenden, die geliebte Frau ehrte man beim Ficken. Greg wollte die anderen auch gar nicht ehren, so wie er April ehrte (wenn er sie nicht gerade in die Schulter biss, ja, ja). Er wollte sie nur durchnehmen und endlich ein wenig Druck ablassen, ein bisschen von diesem unglaublichen Stress runterkommen, der nur bedingt auf seinen Job zurückzuführen war. War das denn zu viel verlangt?

Ja.

Das war es.

Und da Greg das wusste – allem Ärger zum Trotz –, überstand er seine Tage mit Anstand, um sich abends eben zunächst in die Bar und später in seine Dusche zurückzuziehen.

Was für ein beschissenes Leben!

Überraschenderweise suchte Bill nun verstärkt seine Nähe. Er war ja schon vorher eine regelrechte Klette gewesen, aber mittlerweile schien er mit einer Art Superhaftkleber an Greg's Seite geschweißt zu sein. Es nervte, doch Greg biss die Zähne zusammen und sagte nichts zu Bills Treiben. Jeder machte sich eben so gut es ging selbst zum Trottel. Greg nahm sich diesbezüglich nicht etwa aus, im Gegenteil, ihm war aufgegangen, dass er mit Bill an der Spitze der Idioten lief, die sich von Mr. William McCarthy instrumentalisieren ließen. Nur war er wenigstens nicht stolz drauf, auch wenn das im Grunde nichts zur Sache tat.

Zwei Tage vor seiner Abreise nach Den Haag saß Greg in seinem Büro und überlegte, was er mitnehmen sollte. Den Rest würde sowieso das Abräum-Kommando einpacken. In diesem Falle handelte es sich gleichfalls um die Vorhut. Sie würden in Den Haag alles zu ihrer Zufriedenheit hergerichtet haben, um hier die Reste einzusammeln, die Greg und seine Crew zurückgelassen hatten, und in die Niederlande zu schaffen.

Als Bill eintrat, hatte er wie so häufig nicht zuvor geklopft und fing sich dafür von Greg einen entnervten Blick ein.

»Hey!« Er hob die Hände. »Ich weiß zufälligerweise, dass ich dich garantiert nicht in flagranti erwischen werde.«

Greg ging nicht auf das Geplänkel ein. Irgendwann war alles mal abgenutzt, selbst Bills unerträgliche Anzüglichkeiten. Gestern Abend hatte dieser ihm übrigens im Vollsuff mitgeteilt, dass er gegen eine schnelle Nummer mit April nichts einzuwenden hätte – vorausgesetzt, sie wäre dann nicht auch angebumst. »Das scheint ihre Masche zu sein«, hatte er gelallt. »Ist zwar älter als die Kohle, aber offenbar immer noch sehr wirksam.«

Es war jämmerlich und peinlich gewesen. Und als Greg sich ausmalte, welche Grimasse April ziehen würde, wenn sie jemals von Bills Fantasien erführe, bekam es sogar leicht witzige Züge. Daher hatte Greg seinem Cousin eher lustlos eine aufs Maul angeboten, bevor er in seine Suite gegangen war, die seit Neuestem wieder so unglaublich kalt und einsam wirkte. Dort hatte er ungefähr zwanzig Nachrichten an April verfasst, von der er glücklicherweise keine abgeschickt hatte. Es war nicht viel, was er sich von jenem Mann, der er gern sein wollte, bewahrt hatte, aber er beabsichtigte, wenigstens seinen Stolz zu retten. Da er auch ordentlich gebechert hatte, waren einige Nachrichten dabei gewesen, die gut und gern als ausgewachsenes Betteln durchgegangen wären.

Baby, bitte, ruf mich an.

Baby, bitte, so bringt das doch nichts.

Baby, bitte, du fehlst mir.

Baby, bitte, ich will dich bei mir. Jetzt, nackt, unter mir, ich in dir, immer und immer wieder …

So etwas in der Art, auf jeden Fall war es grauenvoll emotional gewesen, obwohl Greg überhaupt kein emotionaler Typ war und gut daran tat, nicht gerade jetzt eine solche Seite in sich zu entdecken und auszuleben.

»Also, was willst du?«, erkundigte er sich bei seinem Cousin, der noch immer begeistert wirkte.

»Ich komme mal wieder im Auftrag meines Dads – du kannst mich aktuell als seinen Botenjungen betrachten …«

»Was nicht neu ist, machen wir uns nichts vor«, erwiderte Greg lächelnd.

Kurz bekam Bills ewig begeisterte Fassade leichte Risse, doch bevor die Dinge akut zu werden drohten, hatte er sich wieder unter Kontrolle. »Ich weiß, du würdest gern einen Zwischenstopp in New York einlegen, aber das ist diesmal nicht möglich. Am Sonntag findet in Den Haag bereits das erste Meeting statt. Deshalb … sorry.«

Greg betrachtete seinen Cousin schweigend, dann schüttelte er den Kopf. »Manchmal ist dein Benehmen so durchsichtig, dass es peinlich wird.« Er lehnte sich zurück und öffnete sein Jackett, um sich mehr Bewegungsfreiheit zu verschaffen. »Ich hatte nicht vor, das Wochenende in New York zu verbringen, also steht der engen Terminplanung nichts im Weg. Noch Fragen?«

Bill betrachtete ihn mit zweifelnd erhobener Augenbraue, doch dann verzog sich sein Gesicht zu der üblichen Grimasse, die Greg langsam aber sicher sogar extrem hasste. Er ließ beide flachen Hände auf seine Knie klatschen. »Dann ist ja alles in bester Ordnung!« Damit erhob er sich und strebte zur Tür. »Wir sehen uns nachher beim Meeting.«

»Aber sicher doch«, sagte Greg lächelnd, aber sobald sich die Tür geschlossen hatte, veränderte sich sein Gesichtsausdruck, denn Bill hatte ihn eiskalt erwischt. In Wahrheit hatte Greg bereits alles in die Wege geleitet, um sehr wohl einen Kurzstopp bei seiner Familie einzulegen. Nie wäre dieser wichtiger gewesen als jetzt, wo sie im Streit auseinandergegangen waren. Und Bill wusste das natürlich. *Natürlich*! Ursprünglich hatte er ihr sofort hinterherfliegen wollen, als sie vor einer Woche in dieser beschissenen Nacht-und-Nebel-Aktion abgereist war – ja, er hatte nach einer halben Flasche Whisky die Nerven verloren. Hatte seinen verdammten Plan, sie aus der Stadt zu ekeln, als total dämlich eingestuft und sich beschworen, das Problem mit seiner verdammten Leibeigenschaft auch anders lösen zu können. Allerdings war er aufgrund eines dringenden Meetings wegen SYRIEN gestoppt worden, bevor er den Jet besteigen konnte. Und so hatte er sich wieder vertrösten lassen, war abermals eingelullt worden, um erneut feststellen zu müssen, dass man ihn zum Narren gehalten hatte.

»Wichser!«, knurrte Greg.

Er brauchte einen langen Moment, um sich wieder auf seine Tätigkeit konzentrieren zu können, war aber selbst überrascht, wie gut es ihm am Ende gelang, all das, was ihm zusetzte, wenigstens für den Moment aus dem Gedächtnis zu streichen.

Als er aufsah, war es weit nach der üblichen Lunchzeit, die er komplett verpasst hatte. Das geschah ihm sonst nie, weil Belina pünktlich genug Bescheid sagte. Nur heute war keine langbeinige und nicht mehr ganz so verschreckte Belina aufgetaucht und hatte ihn aus seiner Konzentration gerissen. Greg stand auf und ging in das Vorzimmer.

Sie saß am Tisch. Als er eintrat, sah sie auf, und sofort zeichnete sich Erschrecken auf ihrem Gesicht ab.

»Oh, excusez moi, iesch 'abe ees vergesen!«

Fuck, das klang wirklich unglaublich heiß.

Greg winkte ab. »Kein Problem, dann esse ich heute mal hier. Vorausgesetzt, Sie besorgen mir etwas Essbares.«

Beim letzten Wort wirkte sie schon wieder furchtsam, was Greg derart auf die Nerven ging, dass er sich in sein Büro zurückzog. Ganz ehrlich, sie sollte verdammt noch mal einfach nur sexy sein, wenn sie schon dieses gottverdammte Parfum benutzte. Alles andere war doch totale Verschwendung!

Eine halbe Stunde später brachte sie ihm ein paar Sandwiches, die er ohne viele Worte entgegennahm und nebenbei aß. Eine weitere Stunde später klopfte es zaghaft an und Greg sah auf.

»Ja!«, brüllte er – die Tür war mit dickem Leder verkleidet.

Es war wieder Belina, die nah am Eingang blieb und die Hände auf den Rücken legte.

»Sir, ich wollte …«

»Ich habe Ihnen schon fünftausend Mal gesagt, dass Sie mich nicht stören sollen, wenn ich mitten in der Arbeit bin. Meine Frau ist nicht mehr in der Stadt, deshalb fällt mir nichts ein, was es wert wäre, meine Anweisungen nicht zu befolgen. Herrgott noch mal, ich bin übermorgen weg, dann können Sie sich mit einem anderen Chef herumschlagen, der vielleicht nicht so dreist ist, Weisungen zu erteilen, von denen er auch noch verlangt, dass diese befolgt werden.« Erst als sie sich nicht regte, sah er auf und stöhnte, weil sie mal wieder leichenblass geworden war und immer noch neben der Tür stand. Er zwang sich zu einer etwas freundlicheren Art und Weise, auch wenn er wirklich keine Zeit für die Mitarbeiterbetreuung hatte, verdammt noch mal!

»Ich bin ein bisschen im Stress, mir bleiben nur noch ein paar Stunden. Wenn ich etwas zu unsanft war, dann nehmen Sie es mir nicht übel.«

»Nein, Sir«, sagte sie.

»Also, was wollten Sie?«

»Ich …« Sie runzelte die Stirn. »Nichts, Sir, bitte entschuldigen Sie die Störung.«

Damit ging sie raus und ließ Greg entgeistert zurück.

Er versuchte, sich auf die Arbeit zu konzentrieren, war aber nicht sehr erfolgreich. Zum einen meldete sich April nicht und zum anderen hielt sich Belina jetzt auch nicht mehr an die Regeln. Diese ungeschriebenen Regeln, die besagten, dass Assistentinnen immer sexy waren, lächelten, aber keinen Status als eigenständige Menschen innehatten – sprich, keinen eigenen Kopf besaßen und keine eigene Meinung zum Besten geben wollten. Nicht falsch verstehen, Greg war schon bekannt, dass sie existierten und irgendwie auch ein Privatleben hatten, aber das sollten sie gefälligst nach Arbeitsschluss ausleben. Er für seinen Teil wollte nur eine Assistentin, die ihm eben assistierte, und Mitarbeiter, die eben mit ihm arbeiteten. Oder für ihn.

An mehr war er nicht interessiert.

Verdammt, warum hatte Agnes Mann nur unbedingt an Krebs erkranken müssen! Es hätte doch auch eine harmlose Gastritis sein können oder eben ein Magengeschwür. Hätte er Agnes dabei gehabt, dann wäre all das überhaupt nicht passiert und er hätte wenigstens im Büro seine Ruhe gehabt.

Irgendwann erhob er sich stöhnend, wissend, dass er jetzt ins Hotel fahren würde, und auch wissend, dass ihn vorher aber die Belina-Barriere erwartete.

Als hätte er es geahnt, saß sie absolut in sich gekehrt auf ihrem Stuhl. Sie sah nicht einmal auf, als er zur Tür trat.

»Tja«, sagte er, unüblich heiter, in dem dämlichen Versuch, sie mit seiner guten Laune anzustecken. »Jetzt bleibt nur noch ein Tag.«

»Ja, Sir«, hauchte sie, ohne aufzusehen.

»Dann sind Sie mich los«, fügte er hinzu, die Hand schon auf der Klinke. Eine Strähne löste sich aus ihrem Haar und fiel auf die Tischplatte, denn sie hielt den Kopf noch immer gesenkt. Ehrlich, gab es in diesem verdammten Kasten keinen Vertrauenspsychologen?

Greg rang mit sich, wusste, er sollte gehen und brachte es nicht übers Herz, was ihn ärgerte, denn verdammt, was ging sie ihn an?

Schließlich gab er sich einen Ruck und trat zu ihr. Wieder stützte er beide Fäuste auf die Tischplatte und betrachtete ihren Haarschopf, weil sie ja besagte Tischplatte anstarrte, die zarten Hände ineinanderverkrampft, an deren Fingern sich kein einziger Ring befand.

»Also«, sagte er nach einer Weile. »Darf ich erfahren, was los ist?«

Wortlos schüttelte sie den Kopf und er sah zu seinem Entsetzen, dass eine Träne auf die Tischplatte tropfte.

Verdammt!

Heulende Frauen waren so ungefähr das Letzte, womit Greg umzugehen wusste. Dennoch versuchte er es wieder, was hätte er auch sonst tun sollen, er wollte schließlich nicht wie ein Schwein dastehen.

»Was genau wollten Sie denn vorhin, als ich Sie wie ein Neandertaler angegiftet habe?«

»Nichts, Sir.«

Jetzt riss doch sein Geduldsfaden. »Herrgott, jetzt sehen Sie mich gefälligst an, wenn ich mit Ihnen spreche!«

Das tat sie prompt, und er wurde mit ihren vor Tränen schimmernden Augen konfrontiert. Aber auch Trotz war vertreten, der ihm etwas Hoffnung machte. »Ich wollte Sie bitten, früher gehen zu können«, stieß sie hervor.

»Und warum haben Sie nicht?« Sie betrachtete ihn mit hochgezogenen Augenbrauen. »Okay, ich verstehe«, sagte Greg und seufzte. »Und weshalb wollten Sie früher gehen?«

»Weil ich mich nicht wohlfühle«, erwiderte sie nasal und angelte nach einem Kleenex.

»Das ist interessant«, erwiderte Greg und setzte sich in den Stuhl vor ihrem Schreibtisch. »Hätten Sie es nicht angesprochen, wäre ich nie auf die Idee gekommen.«

Damit rang er ihr ein schmales Lächeln ab. Okay, ein Anfang. Er hatte keine Ahnung, weshalb es ihm plötzlich so wichtig war, seine Assistentin aufzuheitern, aber das war es. Unbestritten. Und verdammt, er hatte doch sowieso nichts Besseres vor. Abgesehen davon, April Nachrichten zu schreiben, die er ohnehin nie abschicken würde. Und selbst wenn – Helen würde zuverlässig dafür sorgen, dass seine Frau nicht zurückschrieb, davon war Greg überzeugt. All das konnte er auch noch später tun und wieder bestätigt sehen.

»Lassen Sie mich raten. Ein Mann steckt hinter dem ganzen Dilemma?«

»Von welchem Dilemma reden Sie?«

Diesmal war es an Greg, die Augenbrauen zu heben, was sie zum Kichern brachte. Ahhhh, es funktionierte also perfekt.

»Wenn Sie es genau wissen wollen, ja«, räumte sie schließlich ein.

»Sie haben ihn verlassen und nun bereuen Sie es?«

»Wie kommen …«

»Weil niemand so dämlich wäre, *Sie* zu verlassen«, erklärte Greg ernst.

Das nächste schwache Lächeln folgte und ihre bisher leicht stumpfen Augen bekamen wieder etwas Glanz.

»Hat er aber«, wisperte sie und senkte hastig den Kopf. Also ein böser Anfall von Liebeskummer. Das war nicht Greg's Metier, er hielt sich im Allgemeinen strikt jenseits dieser Dinge, aber … Ja, er hatte heute wirklich nichts vor, und verdammt, in zwei Tagen würde er die süße Belina aller Voraussicht nach niemals wiedersehen. Selbst wenn er häufiger in dieser Stadt aufschlagen würde, dann doch nie mehr auf so intensive Art. Also …

»Was würden Sie dazu sagen, wenn wir noch ein gepflegtes Bier trinken gehen?«

Ihre Augen wurden groß, doch er wusste bereits, dass er gewonnen hatte, auch wenn sie sich noch etwas zierte. »Ich …«

»Das kürzen wir ab. Ich bin allein, Sie sind allein, und wir sollten das Ende unserer gemeinsamen Arbeitszeit anständig begießen. Kein Aber!«

Jetzt strahlte sie, was ihren Attraktivitätsfaktor um mindestens 100 Prozent steigerte. »Gern«, hauchte sie, nahm seine Hand, die er ihr bot und ließ sich in ihren leichten Mantel helfen, bevor Greg das Licht löschte und die beiden gemeinsam zum Aufzug gingen.

Er führte sie nicht in die Hotelbar oder in eine der in dem Tower befindlichen Bars, die stark von Leuten frequentiert wurden, die ihn kannten. Stattdessen ließ er Belina die Wahl – schließlich kannte sie sich bedeutend besser in Brüssel aus.

»Ich bin hier geboren«, vertraute sie ihm an, als Joe sie zu der von ihr ausgewählten Bar fuhr. »Geboren, aufgewachsen und zur Uni gegangen. Oh, College bei Ihnen.«

Greg grinste. »Beide Begriffe können unter Umständen angewendet werden. Du hast Geschwister?«

Irgendwie musste er ja das Eis brechen, das noch immer zwischen ihnen stand. Wie eine dicke, undurchdringliche Mauer, auch wenn ihr Akzent unverändert süß war.

»Ja, zwei«, erwiderte sie und lächelte ihn an. Ein hübsches Lächeln, nur um ›schön‹ nicht zu verwenden. Erneut fiel ihm die unglaubliche Ähnlichkeit zu April auf. Sie sahen sich nicht unbedingt im Gesicht ähnlich, aber die Figur, das Haar, die Gestik, selbst Teile der Mimik waren wie kopiert. Heute trug sie wieder Jeans – wenn auch ein sehr erlesenes Modell –, darüber eines ihrer offenbar geliebten hellen, weiten, tief ausgeschnittenen Sweatshirts und eine dunkle, enge Lederjacke. Gelacht hatte er, als sie vor dem Einsteigen in die Limousine kurz haltmachen mussten, damit sie sich ihre Chucks anziehen konnte.

»Sorry«, hatte sie verlegen gesagt. »Aber nach einem Tag in den Heels kann ich in denen nicht mehr laufen.«

»Kein Problem«, hatte er ihr trocken versichert. »Der Anblick ist mir nicht neu.«

Nein, das war er nicht. Belina war tatsächlich wie ein Abziehbild seiner Frau. Und das in nahezu jeder Hinsicht. Auch das verdammte Parfum trug sie wieder, das sich hier, in der Enge des Wageninneren, ungehindert ausbreiten konnte.

Nun grinste sie. »Sind Sie bereit zu einem Ausflug in Brüssels Unterschicht?«

Greg hob eine Augenbraue. »Ich schon, die Frage ist eher, ob die es auch ist.«

Belina lachte glockenhell und reichte ihm ihre Hand, bevor sie ausstieg. Sie waren zwischenzeitlich nämlich angekommen.

Es war keine heruntergekommene Spelunke in der Bauarbeiter und Trucker beim Abendbier saßen und hin und wieder einen Shot dazu kippten. Eher handelte es sich um die Mischung aus Bar und Kneipe, in der sich das junge Brüsseler Volk zu versammeln schien. Ein langer Tresen zog sich über die gesamte Längsseite des Raumes, vor dem etliche Barhocker standen. Darüber hinaus gab es – wie in Belgien üblich – viele kleine, runde Bistrotische, um die maximal drei Stühle gruppiert waren. Sie entschieden sich für einen abseitsstehenden Tisch, nachdem sie ihre Getränke hatten. Es waren zunächst zwei Bier – auch darin waren sich die Belgier einig: Bier löschte mit Abstand am besten den Durst, wenn man im Grunde gar keinen hatte.

Als sie sich gegenüber saßen und der Wirt die kleine Kerze in der Mitte des Tischs angezündet hatte, stießen sie an, nahmen einen Schluck und Greg lehnte sich zurück, um sich im Raum umzusehen.

»Gehst du häufiger hierher?«

»Früher, ja«, erwiderte sie. »Heute nicht mehr so oft. Ich bin keine Studentin mehr.«

»Nein, das bist du nicht«, sagte er und lächelte dann. »Wie fühlt es sich an, mit seinem Chef hierherzugehen?«

»Seltsam«, erwiderte sie, doch dann grinste sie ihn frech an. »Aber du *bist* ja nicht mehr lange mein Chef, deshalb geht das in Ordnung, denke ich.« Ganz zwanglos war auch sie zum ›du‹ übergegangen. Überhaupt erinnerte kaum noch etwas an das in sich gekehrte Mädchen, das er aus dem Tower entführt hatte, um es ritterlich aufzubauen.

»Was ist nun mit deinem Verflossenen?«

Ihre Miene umwölkte sich. »Ich … will nicht über ihn reden. Er ist ein Schwein, das schon viel zu lange meinen Kopf in Beschlag nimmt.« Sie deutete mit dem Zeigefinger auf ihre Schläfe.

»Das nenne ich die richtige Einstellung«, erwiderte Greg und lächelte, weil ihre Wangen sich leicht rot gefärbt hatten. Auch dieser Anblick war ihm nicht fremd.

Sie unterhielten sich, tauschten belanglose Informationen, gingen aber niemals ins Detail. Belina war clever, wie Greg wenig überrascht feststellte. Sie verstand es perfekt, delikate Themen zu umschiffen, denn ihr war mit Sicherheit klar, dass er sich zu keiner zu persönlichen Äußerung hinreißen lassen würde. Mit jeder Minute stellte er mehr fest, was für eine angenehme Gesellschaft sie war. Nie aufdringlich, nie zu kokett, aber in ihrer Präsenz sogar umwerfend schön. Mit jedem Bier, das er trank, nahm ihre Attraktivität zu. Darüber hinaus umschwirrte ihr verdammter Duft seinen bald ziemlich umnebelten Kopf, und ihr Ausschnitt war so verboten tief, dass er ihre Brüste die ganze Zeit beobachten konnte, weil sie sich nämlich ab Bier Nummer drei dauerhaft über den Tisch zu ihm vorbeugte. Sie war süß, ihr Lachen heiß, ihre Stimme angenehm dunkel und leicht angeraut, ihr Auftreten sexy, aber nicht aufdringlich. Hinzu kam Greg's Zorn auf seine Ehefrau, der sich, seitdem April abgereist war, dauerhaft in seinem Magen befand. Er brodelte nur auf Sparflamme, war in seiner Wirkung deshalb aber nicht weniger vernichtend. Eher noch schlimmer, weil er unermüdlich arbeitete.

April hatte es doch gesagt, sie wollte fremdficken, wollte sich einen Callboy nehmen, wollte sich amüsieren, sein Fehlen ausmerzen, sich vergnügen. Dass große Teile davon im Streit geäußert worden waren, interessierte ihn in dieser Situation, in der er krampfhaft nach Argumenten für einen Seitensprung suchte, absolut nicht. Sie hatte ihm angedichtet, dass Belina von ihm als Art Kopie seiner Frau engagiert worden war, dabei hatte er mit der Einstellung dieser Assistentin nicht das Geringste zu tun gehabt. Im Allgemeinen übernahm diesen Job irgendeine der Mitarbeiterinnen aus seinem ständigen Stab. Hier in Brüssel war es anders gewesen, weil Belina mit den internen Abläufen bestens vertraut war.

Greg's Augen verengten sich.

Ja, es war im Grunde wirklich seltsam, dass Belina ihm vor die Nase gesetzt worden war, wo doch sonst seine Assistentin – oder eben der Assistent – immer von der Konzernhauptniederlassung in New York gestellt wurde. Das war zum einen auf die sprachliche Barriere zurückzuführen, aber auch eine Angelegenheit des Vertrauens. Sie konnten nun einmal nicht davon ausgehen, dass sich in den zahlreichen Niederlassungen nur dem Konzern loyal ergebene Mitarbeiter befanden. Ganz schön riskant, es diesmal auf diese Art zu handhaben, auch wenn Belina mit Sicherheit ein optischer Gewinn war.

Schließlich glich sie auf geradezu verblüffende Weise seiner Frau …

»Ich bin so froh, dass wir beide doch noch zueinandergefunden haben«, sagte Belina und rief sich somit in Erinnerung. Er blinzelte heftig, um sie nicht mehr verschwommen zu sehen, und war daher live dabei, als sie ihre vollen Lippen mit der Zunge benetzte und ihn auf diese umwerfende, schwanzsteuernde Art anlächelte, die sie am heutigen Abend schon häufiger gezeigt hatte.

»Doch noch?«, erkundigte er sich, während die Gedanken in seinem Kopf Achterbahn fuhren.

Ihre Augen wurden groß, doch dann lächelte sie abermals. »Ich glaube, es ist … es ist auch schon egal. Es war ein bisschen anders. Ich … Also, dass Jean sich von mir getrennt hat, lag an mir. *Nur* an mir, ich …« Sie beugte sich über den Tisch und hauchte einen Kuss auf seine unbewegten Lippen. »Ich konnte nur noch an dich denken. Ich … wollte dich von Anfang an. Ab dem Moment, in dem du durch die Tür kamst.«

»Jetzt überraschst du mich«, gestand er leise und legte sein Kinn in seine aufgestützte Hand, um ihr tief in die dunklen, leuchtenden Augen zu schauen. Sie hielt seinem Blick stand, blinzelte nicht einmal, nur ihre Lippen hatten sich geteilt und ihr Lächeln war noch ein wenig verführerischer geworden.

»Lass uns tanzen!«, sagte er unvermutet. Belina wirkte ein wenig verdutzt, widersprach aber nicht, als er ihr seine Hand hinhielt, sondern ließ sich auf die winzige Tanzfläche führen, auf der sich schon etliche Paare zu den französischen Chansons oder Popstücken wiegten, die hier größtenteils gespielt wurden.

Greg zog ihren schlanken, sexy Körper fest an sich, seine flache Hand fand ihren Rücken, die andere nahm ihre Finger und hielt sie nah bei sich, während auch sie sich zu bewegen begannen. Körper an Körper, er spürte jede ihrer verführerischen Rundungen, die sie zusätzlich gekonnt in Szene setzte. Ihre Brüste pressten sich gegen seinen Oberkörper, ihr Becken rieb sich an seinem und ihre Lippen blieben zu diesem seltsam strahlenden, fast triumphierenden Lächeln verzogen.

»Du bist eine sehr schöne Frau, Belina«, stellte er fest und ließ seine Lippen über ihren Hals streifen. Sie erschauerte und stöhnte leicht, bevor sie sich noch näher an ihn presste.

»Rede weiter, ich mag das.«

Greg lächelte. »Ich wette, du kannst es kaum erwarten, dass ich dich endlich flachlege, in Wahrheit hast du darauf spekuliert, dass ich es bereits im Büro tue. Am besten auf meinem Schreibtisch. Ein heißer, geiler, kleiner Fick. War es der Schreibtisch, den du dir mit uns beiden vorgestellt hast?« Er klang sanft, zärtlich und sexy, während sich seine Hand an ihrer schlanken Gestalt über ihren unteren Rücken zu ihrem Hintern vortastete.

»Auf der Couch«, raunte sie und stöhnte erneut, als er ihren Arsch packte.

»Dachte ich es mir doch«, murmelte er selbstsicher.

Belina hob ihm das Gesicht erwartungsvoll entgegen, die Augen halb geöffnet, ihn unter den dichten, künstlich verlängerten schwarzen Wimpern ansehend, unverkennbar auffordernd. Wie in einem verdammten Porno näherte er sich langsam ihrem Mund … fluchte leise ein »Fuck«, und dann küsste Greg sie tatsächlich. Nicht kurz, nicht so, dass man von einem Kompromiss ausgehen konnte, um sie nicht vor den Kopf zu stoßen, aber ihr unmissverständlich die Grenzen aufzeigend. Mit der Hast eines geplagten, erregten Mannes, packte er das seidige Haar am Hinterkopf, bog ihren Kopf mit sanfter, gespielter Gewalt zurück; sie waren stehengeblieben, Greg presste seine Lippen so fest auf ihre, dass sie überrascht in seinen Mund keuchte, während er ihn fast brutal mit seiner Zunge eroberte, bevor sie noch ganz wusste, wie ihr geschah. Er registrierte nicht die geringste Überraschung, weil sie nicht lange brauchte, um sich zu fangen. Sobald sie Wachs in seinen Händen war, sich beinahe wie eine verdammte, räudige Katze an ihn schmiegte, stahlen sich ihre Hände unter sein Jackett. Sie atmete heftig, doch als sie versuchte, unter sein Hemd zu gelangen, beendete er den Kuss.

»Das reicht«, sagte er, ihren roten Schmollmund nicht beachtend. Noch immer hielt er sie fest, bettete ihren Kopf an seine Schulter und hielt sie dabei locker im Genick fest. »Die Fotos dürften im Kasten sein«, wisperte er an ihrem Ohr, und als sie erstarrte, packte er fester zu. »Bill? Nicke, wenn ich richtig liege.«

Vorsichtig bewegte sie zustimmend ihren Kopf.

»Perfekt«, hauchte er in ihr mittlerweile glühendes Ohr. »Und jetzt werden wir unser Bier austrinken und dann zu dir fahren, damit es davon auch noch ein paar Aufnahmen gibt, das war doch der Plan, richtig?«

Wieder nickte sie kaum merklich. Ein Beben hatte ihren Körper erfasst.

»Na, dann wollen wir ihn doch nicht enttäuschen. Du bist ein Profi, davon gehe ich aus, weshalb du – wenn ich dich jetzt loslasse – verdammt hingerissen von meinen Kusskünsten sein wirst. Aber das versteht sich ja fast von selbst. Sind wir uns da einig?« Sein Griff wurde etwas fester, doch sie machte keine Anstalten, sich zu widersetzen. Wie leicht diese Art von Frauen zu durchschauen war.

Als auch das von ihr abgenickt worden war, lächelte Greg und ließ sie los. Nur, um sofort ihre Hand zu nehmen, und ihr einen Kuss auf die Schläfe zu hauchen, bevor er sie zu ihrem Tisch zog. Sein Gesicht war die unbewegte Fassade wie immer, doch in seinem Inneren wirbelten die Gedanken nur so umher.

Bloß sein Schwanz, der hatte sich kein einziges Mal gemeldet, was Greg für sehr, sehr artig hielt. Nichts für ungut, aber er stand nun mal nicht auf Nutten. Schon gar nicht auf solche, die man auf ihn angesetzt hatte, um ihn endlich zu Fall zu bringen.

28. Kapitel

April

Samstag

Helen und April saßen gemeinsam auf der Couch und sahen sich an. Inzwischen hatten sie tatsächlich eine Nanny engagiert. Eigentlich sollte sie sich nur am Abend um June kümmern, wenn die beiden die Clubs der Stadt unsicher machen würden. Zwar war Jannice in ihrem Alter, wirkte aber um ein Vielfaches gefestigter – jedenfalls momentan. Ein Blick in die Gesichter der beiden Frauen hatte genügt, damit sie beschloss, das Kind aus den Fängen dieser negativen Energie zu entfernen.

April war zu ausgepowert, um zu widersprechen. Außerdem war sie froh, Jannice überhaupt beschäftigen zu dürfen, denn – was sie nicht bedacht hatte: Die Nanny hatte natürlich zuvor von den Sicherheitshyänen abgenickt werden müssen, und das hatte bei den zwanzig Interessentinnen für die Stelle, die sich vor Jannice vorgestellt hatten, schon mal nicht funktioniert. Bei Jannice konnte sie also davon ausgehen, dass diese Frau so rein und sauber wie ein Neugeborenes war. Perfekt!

»Ich bin mir nicht sicher, ob wir überhaupt gehen sollen«, sagte April irgendwann finster. »Ehrlich, ich habe nicht die geringste Lust.«

Natürlich war das für Helen der Startschuss. Ihr Kopf hob sich und sie betrachtete ihre Freundin mit plötzlich wieder feurigen Augen. »Und *wie* wir gehen werden. Und wie! Gerade, weil du keinen Bock hast, das zeigt nämlich in Wahrheit nur, wie psychisch abhängig du von dem Trottel bereits bist. Und was genau habe ich dir immer gepredigt?« Sie betrachtete April wie eine geduldige Lehrerin, die darauf wartete, dass ihr Schüler irgendeine Gesetzmäßigkeit auswendig hersagte.

»Dass wir uns niemals von einem Mann abhängig machen dürfen, wobei du dich nicht unbedingt auf den materiellen Aspekt einer Beziehung bezogen hast – wie auch immer sich eine solche darstellt –, sondern vielmehr auf die mentalen Belange, da unser Geschlecht stets dazu neigt – wenn wir einen Mann zu nah an uns heranlassen –, sie über Gebühr in unsere Köpfe und Herzen zu lassen. Eine Krankheit, die Beziehungen zwischen Menschen und den Ausgeburten des Fegefeuers – kurz Männer genannt – erst möglich gemacht hat. Würden wir uns nicht mehr von dem Verstand umnebelnden Schleier, den man gemeinhin als Verliebtheit kennt – in grausameren Fällen auch als Liebe – und dem Verlangen nach körperlicher Vereinigung – auch hemmungsloser, abartiger, dreckiger, befriedigender Sex genannt – umhüllen lassen, wären wir niemals so dämlich, uns auf die Typen einzulassen. Da wir nicht ganz ohne sie können – was übrigens eine himmelschreiende Ungerechtigkeit und ein definitiver Fehler in der Matrix ist –, stehen wir täglich erneut vor der Aufgabe, ihnen so viel zu geben, dass wir es überhaupt mit ihnen aushalten, aber nicht zu viel, um jeden Bezug zur Realität zu verlieren. Diese Waagschalen gilt es immerfort neu auszuloten, gegebenenfalls Korrekturen vorzunehmen und, wenn sich das Ungleichgewicht zu sehr zu Gunsten des Teufels neigt – in wenigen Fällen schlicht Mann genannt –, das vorübergehende Bündnis aufzulösen. Womanwoper forever!«

Helen, die ihr atemlos gelauscht hatte, klatschte begeistert in die Hände. »Das hast du so schön gesagt!«

»Irre, oder?«, kommentierte April lakonisch, seufzte dann aber.

»Was hast du, Kleines?«, erkundigte sich Helen auf eine, sogar für ihre Verhältnisse, äußerst überfürsorgliche Art.

»Nichts«, erwiderte April, der die gesamte Angelegenheit mit einem Mal etwas zu heiß wurde, und sprang auf. »Wir hatten gesagt, wir gehen aus, und verdammte Scheiße, dann tun wir das auch!«

Helen hatte sich ebenfalls erhoben und grinste. »Das ist mein Mädchen! Du hast eine halbe Stunde!«

Damit machte sie sich auf den Weg in ihr Zimmer, während April ihr fassungslos hinterher brüllte: »Soll das ein Scherz sein? Solange brauche ich allein, um die Klamotten auszusuchen!«

Das schien Helen nicht gehört zu haben, denn eine Antwort erfolgte nicht. Und so ging April mit hängenden Schultern in ihr Schlafzimmer und versuchte sich daran zu erinnern, was man anzog, wenn man vorhatte, die Welt der Clubs unsicherzumachen.

Wenig später stand sie vor ihrem begehbaren Schrank, der mittlerweile randvoll mit Designerklamotten war, die sie nicht unter Mordandrohung für das Bevorstehende angezogen hätte. Als sie wusste, dass sie erst einmal zu keinem Ergebnis kommen würde, entschied sie, zunächst unter die Dusche zu gehen. Während das heiße Wasser über ihren Körper prasselte und sie sich mit ihrem Lieblingsduschbad einseifte, spürte sie allmählich die gewohnte Wirkung. Es war schon immer ihr Lebensmotto gewesen: *Wenn du dich unwohl fühlst, wenn du nicht aus noch ein weißt, dann geh duschen, schließ für ein paar Minuten die Augen, katapultier dich aus der Gegenwart heraus in das Paralleluniversum, in dem es keine Probleme und Sorgen gibt, und versuche, dich selbst zu finden. Dann wird alles leichter sein.*

Irgendwann sah sie ein, dass sie schrumpelige Haut riskierte, wenn sie noch länger hier herumstand, und sie drehte seufzend das Wasser ab. In ein Handtuch gehüllt, die Haare mit einem weiteren zu einem Turban gebunden, trat sie in das Schlafzimmer. Grinsend hörte sie die rockigen Klänge, die von unten zu ihr hinauf drifteten, betrachtete begeistert das hohe, langstielige Glas, das auf ihrer Frisierkommode aufgetaucht war und in dem die Flüssigkeit lustig vor sich hin sprudelte.

Ja, das machte die Dinge schon leichter. Mit dem Sektglas in der Hand, zu *Fall out Boy* tanzend, nahm sie einen großen Schluck, und unternahm dann einen erneuten Versuch in ihrem Schrank. Diesmal war sie erfolgreicher. Nachdem sie ein eher gewöhnliches Bustier, Höschen, knallenge Jeans und ein weites, schulterfreies Oberteil, das nur an zwei schmalen Stellen an den Schultern zusammengehalten wurde, entnommen hatte, genehmigte sie sich einen nächsten Schluck Sekt, tanzte noch ein wenig durch den Raum und zog sich dann an. Als Nächstes trug sie Make-up auf, wobei sie darauf achtete, ihre Augen ja schön dunkel zu tuschen. Sie wollte verrucht aussehen, um all die gemeinen Sextäter, die nur darauf warteten, April vom Pfad der Ehefrauentugend zu geleiten, noch richtig anzustacheln … und sie dann eiskalt abblitzen zu lassen.

Was für ein gottverdammter Trottel, ehrlich!

Er stellte sie wie irgendeine wankelmütige, dumme Schlampe hin, die in ihrem Leben maximal zwei unbekleidete Schwänze gesehen und natürlich auch gleich in sich reingelassen hatte. Weshalb sie für sich eine wandelnde Lebensgefahr war, die man nicht ohne Aufsicht unter die Menschen gehen lassen durfte. Nein, es ging dabei nicht etwa um ihre Sicherheit – jedenfalls redete sie sich das gerade ein – sondern nur um den Ruf der Familie.

Den beschissenen Ruf der gottverdammten Familie, deren Oberhaupt sich durch die ganze Welt fickte und sich an jeder Frau vergriff, wenn er Lust dazu verspürte. So war es! Und sie war ein Risiko!

Sie!

Das ärgerte sie so sehr, dass sie ihre Augen noch dunkler schminkte, dazu einen extrem breiten schwarzen Lidstrich wagte, der leicht an Amy Winehouse erinnerte, und zu allem Überfluss auch noch den ganz dunkelroten Lippenstift wählte, den sie gleich dreifach auftrug. Dann schminkte sie sich mit dem dunkelsten

Rouge, das sie in ihrem Make-up-Bestand finden konnte, einen extremen Wangenknochenkontrast in ihr Gesicht und toupierte das braune Haar, obwohl sie ursprünglich vorgehabt hatte, das Ganze einfach glatt auf ihren Rücken fallen zu lassen.

»Und das ist alles deine Schuld!«, wisperte sie dabei, bevor sie in ihre Chucks schlüpfte, Jacke sowie Clutch griff und die Treppe hinab eilte, wo Helen sie schon erwartete. Helen, die so schön war, wie April sie seit Ewigkeiten nicht gesehen hatte. Zu ihrem hochgesteckten Haar, aus dem einige Strähnen herausgelassen worden waren, hatte sie ein mitternachtsblaues, enges Kleid an, dessen Rock die Taille zunächst stark betonte, bevor er weit bis knapp über ihre Schenkel fiel. Dazu trug sie hochgebundene, goldene offene Heels, die ihre Beine noch etwas länger erscheinen ließen, als sie schon von Natur aus waren. Wäre sie nicht Aprils beste Freundin gewesen und auch noch eine, die in einer erheblichen Krise steckte, dann wäre bei April möglicherweise Neid aufgekeimt. Sie würde niemals so aussehen, egal, wie sehr Miss Shaw sich ins Zeug legte. Schon, weil sie kleiner und nicht blond war.

»Du weißt aber schon, dass wir nur in einen Club gehen?«

Helen betrachtete sie leicht verwirrt, dann lachte sie. »Nur ein Club, ja? Na wie auch immer, komm!«

Was April nicht bedacht hatte, Helen aber offensichtlich schon, war die Tatsache, dass sie in keinen gewöhnlichen Club fahren *konnten*. Oder, ganz von vorn begonnen, *selbstverständlich* fuhren sie nicht selbst, sondern wurden chauffiert. Diesmal vom Limousinenservice, der die Familie betreute und offenbar von Helen vorsorglich geordert worden war. Der Chauffeur war ein Latino von circa dreißig, mit einem atemberaubenden Körper, der in seiner verdammten Uniform noch extra zur Geltung kam, wie sie gesehen hatte, als er ihnen die Wagentür aufhielt. Als sie in den weichen Polstern saßen und der Wagen sich sofort in Bewegung setzte, betrachtete April ihre Freundin stumm. Irgendwann fand sie ihre Stimme wieder.

»Wolltest du auf Nummer sicher gehen, falls du nichts aufreißt?«, erkundigte sie sich mit einem Nicken nach vorn, wo der unglaublich heiße Chauffeur gerade die Limousine durch die Sicherheitsschleuse fuhr.

»Bitte!«, kam es empört von ihrer Freundin, und April musste ihr zustimmen. Also eines war unbestritten: Helen St. James hatte noch niemals Schwierigkeiten gehabt, etwas für eine Nacht aufzureißen. Ganz bestimmt nicht. Und so wie sie aussah, würde diese Erfolgsserie garantiert nicht gerade heute abreißen.

Schweigen kehrte ein, denn Helen fühlte sich in Wahrheit ganz und gar nicht gut. Terence hatte sich seit seinem legendären Abgang nicht wieder gemeldet, nicht einmal mittels einer Textnachricht. Helen tat zwar, als würde es ihr nichts ausmachen, aber April kannte die Wahrheit – und das war wohl nur zwangsläufig. Auch sie hatte damals gelitten, als Greg sie in einem seiner großherrlichen Anfälle aus seinem damaligen Apartment geworfen und sich kein einziges Mal gemeldet hatte. Natürlich hätte er keine Chance bei ihr gehabt, schließlich ließ eine April Palmer sich von niemandem ungestraft hinauswerfen. Trotzdem hatte sie sich gewünscht, er würde es wenigstens versuchen. Dass er es nicht getan hatte, traf sie damals schwer. Frauenlogik – niemand hatte jemals behauptet, dass diese rational dachten und Männer sie verstehen könnten, selbst wenn sie wollten.

Sie griff Helens Hand, drückte sie fest und sah dann aus dem Fenster, vor dem die Vororte New Yorks vorbeiflogen. Offenbar befanden sie sich auf direktem Weg nach Manhattan, was sie einigermaßen verblüffte.

Nein, sie fuhren tatsächlich in keinen x-beliebigen Club, wie April bald einsehen musste, denn diese befanden sich alle jenseits der Insel mit ihren überteuerten Preisen und Luxusbars. Als sie Helen fragend ansah, zuckte diese mit den Schultern. »Du hast dich nicht darum gekümmert, also habe ich mit den Jungs verhandelt, bis sie uns überhaupt gehen ließen. Bilde dir nicht ein, dass das einfach gewesen ist. Dieser Club wird es werden.«

Damit deutete sie auf ein grelles Reklameschild, an dem sie gerade vorbeifuhren: ›Manhattans Plaza‹.

»Und nur mal nebenbei, das ist der angesagteste Laden in ganz New York.«

April sagte nichts mehr, ihre Freude, so denn überhaupt vorhanden gewesen, war auf null Komma null gesunken. Nein, es würde kein Revival ihrer heißen, tollsten Zeit geben, in der sie an fast jedem Wochenende *ihre* Clubs unsicher gemacht hatten. Indie-Rock, Bier aus Plastikbechern, jede Menge Beat, kein Stress, locker abhängen und ab und an ein Joint. Genau das hatte April vor Augen gehabt, als sie diesen Abend plante. Keinen Nobelschuppen, der schon von draußen so unglaublich widerlich nach Geld stank, dass jeder vernünftige Mensch sofort floh. Vor der roten Kordel, hinter der zwei Typen in der Statur Joe Adairs mit vor dem Körper ineinander gefalteten Händen wachten, stand eine Schlange von ungefähr 200 Wartenden. Alle waren so widerlich aufgetakelt wie … ja, wie Helen, die blöde Kuh.

»Du hättest mir wenigstens sagen können, wohin es geht«, knurrte April, als die Limousine gerade in eine dunkle Einfahrt setzte. »Ich bin total underdressed!«

»Möglich, aber wenn ich dich vorher eingeweiht hätte, dann hättest du gekniffen und ganz ehrlich, ich halte es keine Sekunde länger in diesem Haus aus.«

Besorgt musterte April ihre Freundin, denn das war garantiert keine Anti-Liebes-Erklärung ihr Haus betreffend, sondern der Tatsache geschuldet, dass Terence Auster spielte. Weshalb ihre sonst so toughe Freundin langsam aber sicher depressiv wurde. Auch das war April nicht entgangen, sie wusste nur partout nicht, was sie dagegen tun konnte, außer das Gespräch mit Terence zu suchen, was Helen ihr jedoch strikt verboten hatte.

»Nein!« Sie hatte sie derb am Arm gepackt und wie eine Irre angesehen, als April den Vorschlag ganz nebenbei einmal fallen lassen hatte. »Das ist die gegnerische Seite, kapierst du das nicht? Greg und Terence vs. April und Helen. Wenn du Terence anrufst, dann sieht es aus, als ob du zu Kreuze kriechst. Oder ich. Oder wir beide. Wir müssen das jetzt durchstehen bis *sie* angekrochen kommen. Verdammt, das sind wir allen Frauen auf Erden schuldig! Womanpower, schon vergessen?«

April wusste nicht, wann der Streit mit ihrem Mann globale Ausmaße erreicht hatte, und um ehrlich zu sein, schmeckte es ihr auch nicht sonderlich, denn bisher hatte sie geglaubt, über derartige Teeniemanöver hinaus zu sein. Wenn sie das Bedürfnis hatte, mit Greg zu telefonieren, dann würde sie es tun. Egal, dass es vielleicht so aussah, als würde sie angekrochen kommen. Allerdings verspürte sie momentan so gar nicht das Bedürfnis. Und dass sie Terence nicht kontaktieren sollte … Nun das war Helens Entscheidung, und April würde sich ihr fügen, auch wenn sie das für einen Fehler hielt.

Auf dem VIP-Parkplatz angekommen, half der unglaublich sexy Chauffeur ihnen aus dem Wagen. Helen schmachtete ihn an, weshalb April sie rasch mit sich zog. »Hör auf mit der Scheiße!«, zischte sie ihr durch die zusammengebissenen Zähne zu. »Das bringt nur Ärger!«

Helen betrachtete sie mit hochgezogenen Augenbrauen, schüttelte dann aber bloß den Kopf und grinste den heißen Fahrer an, der die Anmache unverhohlen erwiderte.

Sie wurden an irgendwelchen riesigen Männern in der Breite von Schränken vorbei in das Innere eines Clubs entführt, wie April ihn nie zuvor gesehen hatte. Die Clubs aus ihrer Sturm-und-Drang-Zeit waren meist auf leicht heruntergekommenen, stillgelegten Werksgeländen untergebracht gewesen. Was den Vorteil hatte, dass man tun und lassen konnte, was man wollte, und den Nachteil, dass alles irgendwie total versifft war, weshalb man selten die besten Klamotten anzog. Außerdem gab es kaum Lampen – sparen war angesagt –, daher hatte man sich immer mehr an den anderen entlanggetastet, als dass man wirklich etwas gesehen hatte. Mit Ausnahme der Kontrolllampen an den Mischpulten und der eher geringen Beleuchtung der Bars, an denen der Alkohol in

Plastikbechern ausgeschenkt wurde, war es dort immer stockfinster gewesen.

Hier empfing sie ein Mehr-Etagen-Eventort, der stellenweise von Lasern grell erhellt wurde. Allerdings machte sie auch weniger in Szene gesetzte Plätze aus, an denen bequeme Leder-Knautsch-Sofas standen. Die Elite der Stadt tanzte ausgelassen zu den Charthits – was April ja schon mal extrem nervte. *Niemand*, der irgendwas auf sich hielt, tanzte zu diesem kommerziellen Scheiß. Sie sah vereinzelt Biergläser, aber meistens trank die durchweg sehr nobel gekleidete Gesellschaft Champagner oder hochprozentigen Alkohol.

Der Boden bestand aus Spiegelfliesen, daher war April extrem erfreut, ihre Chucks angezogen zu haben, weil sie auf Absätzen elend zugrunde gegangen wäre. Allerdings war sie die Einzige weit und breit, die auf dieses Schuhwerk zurückgegriffen hatte. Die Yuppies – oder die Yuppie-Söhne – trugen alle Anzüge mit Krawatte, jedoch hatten sie ihre Jacketts wohl an der Garderobe abgegeben. Offenbar war es auch erlaubt, die Hemdärmel hochzukrempeln, weshalb sie wie *lässige* Yuppies und Yuppiesöhne aussahen. Die Frauen waren alle mindestens so aufgebrezelt wie Helen, wobei diese eher unterem Standard entsprach. April sah sündhaft teure Kleider, Jumpsuits, Stiefel mit Mörderabsätzen, die fast bis zur Wade reichten, Dekolletés, in denen tausende von Dollar in Form von edlem Designer-Schmuck hingen. Wie benommen zog sie Helen mit sich und beachtete dabei keinen der vielen Blicke, die sie abschätzig musterten, weil sie wirklich absolut underdressed war – und das war sehr, sehr freundlich ausgedrückt. Glücklich fanden sie eine freie Couch, auf die April ihre Freundin drückte und sich daneben zwängte. Dann lehnte sie sich kurz zurück, schloss die Augen, um den Schock zu verkraften, und funkelte Helen schließlich wütend an. »Danke! Vielen, vielen Dank, dass du mir diese Peinlichkeit überhaupt erst ermöglicht hast. Was wäre mir entgangen, hätte ich mir wenigstens *den* Scheiß erspart!«

Helen tat unschuldig. »Ich finde es hier echt nett!«, verkündete sie strahlend, winkte einem Kellner – in diesem Schuppen servierten tatsächlich Kellner! – und bestellte ein Glas Champagner sowie ein Wasser mit Zitrone.

»Du *bist* nicht schwanger!«, knurrte April. »Du kannst so viel Champagner saufen, wie du willst, dein Kind kann nicht geschädigt werden, weil es überhaupt nicht *existiert*!«

Helen schüttelte ungerührt den Kopf. »Weißt du, es besteht kein Grund, gleich unhöflich zu werden, nur weil du ein bisschen von der Situation überrumpelt bist. Sieh doch, kein Mensch beachtet dich!«

Das stimmte sogar. Sobald sie sich gesetzt hatten, ging jeder wieder seinen eigenen Geschäften nach. Niemand schien sich für sie zu interessieren, außer ein Typ in Yuppie-Anzug, der auffallend häufig zur scharfen Helen hinüber blinzelte. Als sie ihn lange genug ignoriert hatte, um ihrem Gefühl für Stolz zu entsprechen, winkte sie lächelnd zurück. Ahh, sie war also wirklich auf der Suche. Das war für April der Beweis, dass sie garantiert nicht schwanger war. Allein der Gedanke an einen fremden Mann war – als April selbst ein Kind erwartet hatte – Grund genug für einen ausgiebigen Besuch auf der Toilette gewesen, um zu kotzen.

Der Kellner brachte die Getränke und April nahm einen großen Schluck, ohne erst mit Helen anzustoßen, welche die erneute Abfuhr mit Fassung nahm. Nebenbei sah sie sich im großen Raum um; unbemerkt hatte ihr übergeschlagenes Bein begonnen, zum Takt des aktuellen Titels – Lady Gaga, unfassbar! – zu wippen. Dann fiel ihr Blick auf etwas, das sie die Augen aufreißen und Helen am Arm packen ließ.

»DA!«

Helen sah in die Richtung, in die Aprils überhaupt nicht peinlicher Finger deutete. Sobald es ihr klar wurde, senkte sie ihn.

Da war das Supermodel Lara Delmonte. Eine rassige dunkelhäutige Schönheit, die momentan auf jedem verdammten Hochglanzmagazin zu sehen war. Bei ihr saß niemand anderes als Johnny Dewees, ein mehr durch seine Drogenexzesse als durch seine Filme bekannter Schauspieler, der sich vor ein paar Jahren an das

Supermodell gehängt hatte. Man munkelte, die beiden hätten zwischenzeitlich sogar heimlich geheiratet.

»Wir befinden uns hier im VIP-Bereich des Clubs, Baby«, sagte Helen, doch auch sie war nicht halb so cool, wie sie sich zu geben versuchte. Unentwegt sah sie zu dem Promi-Paar hinüber, das mit ein paar anderen Frauen und Männern, die April alle in die Modebranche einordnete, in einer Ecke saß. »Natürlich triffst du hier auf ein paar bekannte Gesichter.«

April war schon einen Schritt weiter. »Was sieht sie nur in ihm? Er ist so …« Ihr Blick glitt über die wunderschöne Frau mit dem glatten, dunklen Haar, das in dem grellen Laserlicht besonders glänzte. Sie hatte es zu einem schlichten Pferdeschwanz gebunden, aber bei ihr wirkte es wie die teuerste Frisur, die man sich in der 5th Avenue zaubern lassen konnte. Ihr überschlanker, sehr großer, dunkler Körper steckte in einem knappen Designerkleid. Selbst auf diese Entfernung zeichneten sich unter dem dünnen Stoff deutlich ihre kleinen Nippel ab; beim Sitzen konnte man die makellosen Schenkel sehen, und an den Beinen trug sie schwarze, lederne Overknees mit einem mörderischen Absatz.

Dewees wirkte dazu wie das Negativ, obwohl er blond und ziemlich blass war. Er trug hautenge Lederhosen, darüber irgendein Hemd, das über seine schmalen Hüften reichte, und eine Jeansjacke, die noch heruntergekommener war als Aprils. Außerdem hatte er ein Basecap verkehrt herum aufgesetzt. Der Typ war nicht schlank, sondern wies die charakteristische Dürrheit eines Junkies auf.

»Er wird sie in seinen Sumpf runterziehen, du wirst sehen«, murmelte April. »Und am Ende wird sie wie Amy enden.«

»Das ist nicht gesagt«, erwiderte Helen und klang etwas verschnupft. »Nicht alle Frauen sind so dämlich, sich von einem Schwächling von Mann zerstören zu lassen.«

April sah ihre Freundin an. »Und du gehörst zur Gewinnerseite.«

Helen lächelte. »Ja. Und du auch.«

Sie antwortete nicht, doch erstaunlicherweise ging es ihr ab diesem Zeitpunkt besser. April fühlte sich unglaublich wohl damit, einfach hier zu sitzen, sich die Leute anzusehen, von denen nicht wenige tatsächlich sehr prominent waren, und langsam ihren Champagner zu trinken. Helen wurde nach ein paar Minuten aufgefordert und befand sich bald mit einem sehr attraktiven Typ – Yuppie, selbstverständlich – auf der Tanzfläche.

Im Grunde war es so wie immer.

April hatte ihre Freundin auch früher eher als eine Art Anstandsdame begleitet. Sie hatte das Treiben von der Seitenlinie aus betrachtet, während Helen den Fang für den Abend klargemacht hatte. Allerdings hatte es niemals lange gedauert, bis sich auch zu April irgendwer gesetzt hatte. Das waren immer die Verlierer der Gesellschaft gewesen, die in April einen leichten Fang gewittert hatten. Und manchmal war sie das sogar gewesen. Wenn sie da nur an Scott dachte … Ehrlich, kein einziges Mal hatte sie auch nur einen halbwegs anständigen Kerl in einem Club oder einer Bar kennengelernt, und damit bezog sie Atlantic City mit ein. Vielleicht hätte sie sich beizeiten ein anderes Jagdgebiet zulegen sollen.

Quatsch!, belehrte sie sich streng, sobald sie das gedacht hatte. Fakt war doch, sie war ja niemals der Jäger gewesen, sondern immer die Beute. *Auch* in Atlantic City, obwohl sie sich damals etwas anderes eingebildet hatte.

»Ja, sieh mal einer an!«

Verwirrt blickte sie auf und ihre Augen wurden groß.

Vor ihr stand – und es schien, als wäre er auf eine Art geheimen Ruf aus dem Erdboden gestampft worden – Scott Heahly.

Jener Scott, der sie mit einer simplen Nachricht auf einem aus einem karierten Schreibblock herausgerissenen Blatt Papier abgespeist hatte, bevor er sie einfach so verließ. Jener Scott, der im Grunde dafür verantwortlich war, dass sie jetzt die unglückliche Mrs. McCarthy war.

Er sah erstaunlich gut aus. Vielleicht waren es die Designerklamotten, die er trug, oder der Haarschnitt – als sie mit ihm zusammen gewesen war, hatte Scott sich die Haare immer von ihr schneiden lassen. Er hatte sich einen Drei-Tage-Bart stehen lassen, das Hemd unter dem weiten Jackett war am Kragen um drei Knöpfe geöffnet, darunter sah sie gebräunte Haut und eine schmale, blitzende Goldkette. Bis hin zu den Schuhen war er eine echte Erscheinung. Also eine positive.

Sie suchte in sich nach dem alten Groll, konnte ihn aber nicht finden. Viel zu neugierig war sie auf den Mann, der sie anstrahlte und so anders war, als der, den sie bis vor wenigen Monaten zu kennen geglaubt hatte.

»Darf ich mich zu dir setzen?«

»Tu dir keinen Zwang an«, erwiderte sie grinsend, und als er neben ihr saß, ihr eine unbekannte, aber garantiert nicht übel riechende Wolke seines Aftershaves in die Nase stieg, da begriff sie erstaunt, dass er nichts mehr mit jenem Scott Heahly gemein hatte, der ihr damals so fies den Laufpass gegeben hatte.

»Was um alles in der Welt tust du hier?«, erkundigte sie sich mit ehrlichem Interesse.

Er gluckste und winkte einen Kellner heran, bei dem er weltmännisch – also leicht herablassend – einen Scotch bestellte. »Willst du auch was?«

»Ich hab noch.« Sie deutete auf ihren Champagner.

»Dann war es das fürs Erste.« Sobald die Bedienung gegangen war, lächelte er April an. »Die Frage könnte ich auch zurückgeben.«

»Na ja, ich … äh, bin mit einer Freundin hier«, sagte sie schnell.

»Oh! Du hast Freunde in der Upperclass?«

»Sieht so aus. Und du?«

»Ich *gehöre* in die Upperclass«, sagte er wieder mit diesem Anflug von Arroganz. Sie sah, dass seine Lippen immer noch einen Tick zu breit waren. Ein leichter Schönheitsmakel, nichts Weltbewegendes, doch ihr war das früher schon aufgefallen. »Ich hatte Glück.«

»Nachdem du mich hängenlassen hast, meinst du?«

Hastig hob er die Hände. »Wow! Du verlierst keine Zeit, oder? Okay … Ehrlich, das war …« Scott runzelte die Stirn, nahm ohne Dank sein Glas von der Bedienung entgegen und prostete April zu.

Nachdem er einen Schluck genommen hatte, setzte er sich zurück, den Arm auf der Lehne der Couch und somit nur Millimeter von ihrem Gesicht entfernt. »Ich hatte damals das Gefühl zu ersticken. Ich musste raus, musste weg, einfach … irgendwas Neues probieren.«

»Aha. Und das konntest du mir nicht irgendwie sagen?«

»Als ich ging, wusste ich nicht, dass ich nicht wiederkommen würde.«

April lachte ganz ohne Groll. »Junge, du hattest fast deine ganzen Klamotten mitgenommen.«

Er wirkte nur mäßig ertappt. »Ich war halt jung und … ziemlich durch den Wind. Und ich hasste es, auf deine Kosten zu leben.«

April nickte, nahm einen Schluck von ihrem Champagner, ohne ihn aus den Augen zu lassen, und beschied dabei, dass dieser Typ sie *null* interessierte. Ob mit oder ohne Designerklamotten. Die waren eben nicht alles, außerdem gewöhnte man sich ziemlich schnell an den Anblick, wenn er einen pausenlos umgab. Und wenn man wusste, wie ein Mann aussah, wenn er besoffen das Klo vollkotzte, wenn er jammerte, weil er die Grippe hatte, und vor allen Dingen, wie klein sein Schwanz war, dann war man auf Lebzeit aller Illusionen beraubt. Egal, wie teuer seine Klamotten mit einem Mal waren.

»Weißt du was? Schwamm drüber, die Welt hat sich weitergedreht und ich mich auch. Also erzähl, wie kommst du in diesen Nobelclub? Musstest du die Rausschmeißer bestechen?«

Scott lachte, sie sah, dass er einen überdimensionierten, silbernen Ring am kleinen Finger seiner rechten Hand trug. Was für ein Poser!

»Nein, du wirst es nicht glauben, ich mache mich ganz gut an der Börse. Bin da jetzt groß im Geschäft.«

»Wow!«, staunte April. »Das nenn ich mal eine echt steile Karriere.«

Scott grinste. »Die du mir niemals zugetraut hättest, gib es zu. Aber du hast recht: Schwamm drüber, ich bin echt froh, dich getroffen zu haben, April. Verdammt, wir hatten eine geile Zeit zusammen.«

Nun ja, wie man es nahm, doch April hatte längst beschlossen, sich von Scott nicht den Abend verderben zu lassen. Sie trank noch einen Champagner, den Scott großzügig bezahlte, offenbar sollte das die Entschädigung dafür sein, dass er sich über viele Monate an ihr schadlos gehalten hatte. Er erzählte von seinem Apartment in Manhattan, für das er etliche Morde begehen musste, um es zu bekommen, wie er sie augenzwinkernd wissen ließ. Als er sie fragte, wo sie wohne, antwortete sie ausweichend.

»Nicht ganz so lauschig gelegen, schätze ich.«

»Doch nicht immer noch in diesem Loch?«

»Nein, *das Loch* habe ich hinter mir gelassen«, erwiderte sie lächelnd. Die kleine Kanalratte!

Egal. Mit seiner aufgesetzten blasierten Art machte er nur deutlich, was für ein gottverdammter Penner er war und dass er sich kein Stück verändert hatte. Vor allem aber war er, wenn überhaupt, dann neureich. Sein Reichtum konnte genauso schnell gehen, wie er gekommen war. Denn jemand, der es wirklich hatte, sprach nicht so großkotzig darüber. Noch immer war er bloß ein widerliches Charakterschwein. Ganz besonders aber wurde immer offensichtlicher, dass er es nicht im Mindesten mit ihrem Mann aufnehmen konnte. Und wie man es drehte und wendete, es kam immer aufs Gleiche heraus: Wäre Scott nicht der gottverdammte Arsch, der er nun mal war, dann hätte sie Greg nie kennengelernt.

»Ich bin echt froh, dass es dich gibt, Scott!«, platzte es aus April heraus, die inzwischen bei ihrem dritten Glas angekommen war und daher nicht mehr jedes ihrer Worte auf die Goldwaage legte. Sofern sie das überhaupt jemals getan hatte.

»Das freut mich, Baby«, sagte er und spielte aufgesetzt mit einer ihrer Locken. April wurde schlagartig übel, doch sie grinste nur noch breiter. Irgendwie wartete sie noch auf den geeigneten Moment, um ihm seine Frechheiten heimzuzahlen, was in einem fulminanten Showdown erfolgen musste – damit er es auch ja nie vergaß.

Okay, sie hatte ihm doch nicht vergeben, jetzt war es amtlich.

»Wollen wir tanzen?«, fragte er plötzlich. April nickte verblüfft, doch erst, als sie auf der Tanzfläche waren, erkannte sie, dass gerade eine der langsameren Balladen gespielt wurden.

Mist!

Sie lächelte, ließ sich von ihm in den Arm nehmen und versuchte während der kommenden zwei Minuten, erstens nicht darauf zu achten, dass sein Hemd ziemlich durchgeschwitzt war, und zweitens, dass sein Schweiß in Verbindung mit dem garantiert sündhaft teuren Aftershave keine männlich herbe Note ergab, sondern einfach nur widerlichen Gestank.

Sie spürte seine Hand auf ihrem Rücken und dann seine Lippen an ihrem Ohr. »Gib es zu, wir hatten wirklich eine geile Zeit, Baby.«

Wenn er sie noch einmal ›Baby‹ nannte, würde sie ihm in die Eier treten. Und ihr war echt scheißegal, welches Model, welcher Schauspieler oder sonstige Star ihr dabei zusah. Niemand kannte sie hier und Scott – darauf hätte sie sogar ihren Arsch verwettet – garantiert auch nicht.

»Wirklich, ich habe ziemlich oft an dich gedacht, hab mich gefragt, was du jetzt so machst, ob du immer noch in dieser abgefuckten Klinik arbeitest und mit dieser nuttigen Blondine abhängst. Wie hieß sie noch gleich?«

»Helen«, sagte April trocken. Was für ein Opfer!

Seine Hand strich an ihrem Rücken hoch und runter und er drückte sich noch etwas enger an sie. »Wie das damals rübergekommen ist, tut mir leid, ehrlich, ich wollte dich nicht verletzen oder so.«

»Das hast du auch nicht«, erwiderte sie. »War nur blöd, dass du mir nicht Bescheid gesagt hast, denn ich hatte für zwei eingekauft und das flog nun alles weg. Auf die Art hätte ich eine Menge Kohle sparen können.«

Sein Glucksen war die erste Antwort. Dann sah er sie an … Igitt, diese Sommersprossen in Verbindung mit den leichten Hautunreinheiten … Das war ihr schon damals sehr, sehr widerlich aufgestoßen. Offenbar hatte er seine post-pubertären Hautprobleme immer noch nicht in den Griff bekommen.

»Das habe ich schon damals so an dir geliebt. Deine unglaubliche Schlagfertigkeit und dass du so witzig bist.«

»Ja, und *wie* witzig«, echote April. »Oh, hey Helen!«

»Ich sag ja, du bist dir nie zu schade für einen Joke«, witzelte er weiter, »als wenn diese Schlampe jemals in solch einen Club reingelassen …«

»Wenn das nicht der gute alte Wichser Scott Heahly ist«, ertönte in diesem Moment Helens Stimme, und April hätte geschworen zu spüren, wie sich die ohnehin schon sehr kleinen Eier – passend zu seinem Schwanz – des guten alten Scott Heahly schlagartig nach innen verzogen. Er ließ von April ab und betrachtete sie schockiert, bevor er neben sich sah, wo Helen gerade mit dem Kerl vorüber tanzte, den sie offenbar als Bettgenossen für den heutigen Abend auserkoren hatte. Nun allerdings blieb sie stehen, einen Arm locker um die Taille ihres aktuellen Lovers geschlungen. »Wie viel musstest du den Türstehern zahlen, um hier reingelassen zu werden, oder gehörst du zum Reinigungspersonal und wolltest mal ein bisschen Luft der Reichen und Schönen schnuppern?« Helen zwinkerte. »Völlig verständlich, mein Junge. Aber lass deine verdammten Wichsfinger von meiner Freundin. Du hast …«

»Nein, Scott mischt jetzt bei den ganz Großen mit«, unterbrach April sie schnell, denn der Typ sollte ums Verrecken nicht erfahren, wie am Boden zerstört sie damals gewesen war, nachdem er sie sitzengelassen hatte.

»Ach, tust du das, ja?« Der Kerl, der neben Helen stand, schien nichts von ihrem Gespräch mitzubekommen. Er hatte nur Augen für Helens Ausschnitt, wobei sein Blick ziemlich glasig wirkte. April tippte auf einen riesigen Joint, den er vor nicht allzulanger Zeit inhaliert haben musste.

Umso besser, denn Helen kannte keine Gnade. »Dann sieh bloß zu, dass du deine Pfoten diesmal bei dir behältst. Denn wenn du deine Karriere als elender Grapscher fortsetzt, könnte es sein, dass sie dir irgendwann abgehackt werden. Schönen Abend noch.«

Damit stieß sie den bekifften Yuppie neben sich an, der – wie April neidlos zugab – wirklich gut aussah, und sie tanzten weiter.

Mit erhobenen Augenbrauen musterte April ihren Ex, der leicht rot im Gesicht angelaufen war. »Was soll ich sagen, nein, es war kein Witz, ja, Helen ist meine Begleitung, nein, du hast bei ihr keinen besonders guten Eindruck gelassen.«

Er kam bemerkenswert schnell über den Schock hinweg. »Ah, fuck drauf!«, knurrte er und ehe April wusste, wie ihr geschah, hatte er sie wieder an sich gezogen. Seine Lippen kamen ihren gefährlich nah – verdammt, er hatte widerlichen Mundgeruch. »Du hast mir gefehlt.« Offenbar interessierte ihn nicht, dass sie sich inzwischen mit beiden Händen gegen ihn sträubte, seine Lippen fuhren an ihrer Wange entlang – ein grauenvoller eisiger Schauder wanderte langsam über ihren Rücken –, und er presste sie an sich, sodass sie deutlich seine mickrige Erregung unter seiner Hose zu spüren bekam. »Ich hab viele ausprobiert, dachte, da muss es noch mehr geben als April Palmer, aber …« Eine Faust packte spielerisch ihr Haar. »Aber du warst immer die Beste.« Damit presste er seine Lippen auf ihre und April dachte, sie würde sterben.

Mit aller Macht hielt er sie fest, versuchte angestrengt, seine Zunge zwischen ihre Zähne zu bekommen, und wenn Scott auch ein Arsch vor dem Herrn war, so war er darüber hinaus leider auch nicht sonderlich schwach. Es gelang ihm problemlos, sie an Ort und Stelle zu halten. Obwohl sie sich immer noch gegen ihn stemmte, inzwischen mit beiden Fäusten auf seiner Brust, zeigten ihre Befreiungsversuche so gut wie keine Wirkung. Außerdem musste sie ja auch noch darauf aufpassen, dass dieses kleine Rindvieh seine Zunge außerhalb ihres Mundes beließ.

Da niemand zu ihrer Hilfe eilte, fühlte sie sich mit jeder Sekunde mehr wie ein gefangenes Tier. Nebenbei ging sie inzwischen schwer davon aus, dass Scotts Gehirn innerhalb der vergangenen Monate verdammt gelitten haben musste.

Am Ende tat sie das Einzige, was ihr blieb: Ihr Bein befand sich eingekeilt zwischen seinen, deshalb brauchte sie nur das Knie zu heben und es ihm mit aller Kraft in die verdammten Weichteile zu rammen.

Der Kuss wurde sofort unterbrochen.

Als Nächstes verabreichte sie dem Kerl eine schallende Ohrfeige – er hatte bisher nur Zeit gehabt, sich stöhnend mit beiden Händen den Schritt zu halten und sie mit plötzlich bleichem Gesicht fassungslos anzustarren. Aber das genügte April noch nicht. Um ihren Showdown perfekt zu machen, packte sie ihn am Kragen seines 200-Dollar-Hemdes und zog ihn nah an sich heran. »Du bist das widerlichste Stück Scheiße, das ich jemals in mein Bett gelassen habe. Der Tag, an dem du endlich abgehauen bist, war der glücklichste meines Lebens. Du bist ein Versager im Bett, dein Schwanz ist so groß wie die Hälfte einer verdammten Salzstange, außerdem stinkst du erbärmlich. Scheiße, wenn ich einen Orgasmus wollte, musste ich es mir selbst besorgen, du Idiot. Jeder einzelne, den ich bei dir hatte, war ein Fake! Und jetzt lass mich in Ruhe!«

Damit ließ sie ihn los. Er ging wie ein nasser Sack zu Boden. Etwas verdattert registrierte April, wie die Umstehenden zu applaudieren begannen, während *jetzt!* gleich drei von den wirklich riesigen Ordnern kamen, den Kerl packten und aus dem Raum schleiften.

Fassungslos sah April ihnen nach. Ein Mann in lässigem Anzug, der witzigerweise eine Sonnenbrille trug, trat leicht gehetzt wirkend auf sie zu.

»Dieser bedauerliche Vorfall tut mir leid«, versicherte er. »Mein Name ist Johnson, ich bin der Manager.«

»Äh …« Ratlos sah April zu Helen, die ebenfalls aufgetaucht war, doch die zuckte nur mit den Schultern.

»Geht es Ihnen gut?«, erkundigte er sich, eine Hand schwebte über ihrer Schulter, legte sich aber nicht darauf. Vermutlich meinte er, sie könnte das vielleicht als gewagten Übertritt interpretieren.

»Äh … ja, natürlich.«

»Das freut mich. Meine Männer haben bereits die Cops geholt …« Er hob eine Hand. »Keine Sorge, Sie werden nicht behelligt werden. Ich wollte Sie nur darüber in Kenntnis setzen, dass alles wieder in Ordnung ist.«

Aha … April war viel zu erschrocken, um sich wirklich auf die Worte dieses seltsamen Mannes zu konzentrieren, der Johnson hieß und einen winzigen Diamanten in jedem Ohrläppchen trug. Das schien Helen auch endlich zu begreifen, denn sie mischte sich ein. »Vielen Dank, Sir. Ich denke, alles ist so weit in Ordnung.«

Die Miene des Typen hellte sich auf. »Dann … wünsche ich den Damen weiterhin einen angenehmen Abend«, sagte er und verschwand wieder in der Menge.

April sah ihm ratlos nach, und Helen legte ihr einen Arm um die Schultern. »Mach dir keine Sorgen, hier ist keine Presse, niemand kennt dich oder ihn.« Sie führte April zu ihrer Sitzgruppe, ihr Freund/Tanzpartner/vorübergehende Fickgenosse folgte ihnen, in den Händen balancierte er drei Gläser – zweimal Champagner, einmal Wasser mit Zitrone urteilte April, die in einem weit entfernten Winkel ihres benommenen Gehirns tatsächlich die Nerven hatte, sich über den Inhalt Gedanken zu machen.

Nachdem sie saßen, nahm Helen Aprils Hand. »Sobald ich mitbekommen hab, was vor sich geht, bin ich losgelaufen und hab die Sicherheitsleute geholt. Ich dachte, die anderen würden einschreiten …«

»Nee, die haben erst Beifall geklatscht, als die Show vorbei war.« Mit zitternden Händen nahm April eines der Gläser und genehmigte sich einen großen Schluck.

»Es war für die angetrunkene Bande nicht unbedingt deutlich zu erkennen, dass du keinen Bock auf die Scheiße hattest«, sagte Helen, ohne jede Spur von Spott. Sie war auch viel zu ernst, um etwas Derartiges zu vermuten. »Klar wusste ich, was abging, ich meine, das war Scott, und du hast versucht, ihn abzuwehren. Aber …« Sie zuckte mit den Schultern und betrachtete ihre Freundin bedauernd.

April lachte auf, nahm noch einen Schluck und lachte dann noch lauter. »Jetzt mal ehrlich, ist das ein widerlicher Versager?«

Helen kicherte mit. »Und wie! Ich dachte, er fällt in Ohnmacht, als er mich sah.«

»Haha, ich auch. Er glaubte, ich hätte einen Witz gemacht.«

»Was soll er sein? Ein Broker?«

»Na ja, jedenfalls hat er so was erzählt.«

Helen betrachtete April mit erhobenen Augenbrauen. »Baby«, sagte sie feierlich, was April sofort in den nächsten Lachflash stürzte. Jetzt, wo sie gerettet und drüber hinaus Sieger in der Schlacht gewesen war, wich allmählich die Anspannung von ihr. »Dieser Idiot darf vielleicht die Börsenräume putzen – vielleicht –, aber kein Mensch wäre so dämlich, den an irgendwelchen Aktiengeschäften teilhaben, geschweige denn, Entscheidungen treffen zu lassen.«

»Ich glaub auch«, pflichtete April ihr bei. »Wie auch immer, es ist mir scheißegal. Ich schätze, er wollte sowieso nur ein bisschen protzen. Aber ganz ehrlich: War der schon immer so widerlich?«

Helen nickte ernst. »War er. Widerlich, von sich selbst überzeugt, ein Typ, der seine Hände nicht bei sich behalten konnte, und ein Versager. Du wolltest es nur nicht sehen, weil Liebe nun mal blind macht.«

April nickte und sah in die Ferne.

»Ja«, sagte sie gedehnt und nahm einen großen Schluck von ihrem Sekt. »Damit hast du wohl recht.«

29. Kapitel

Greg

Der Morgen war taubengrau und zu allem Überfluss hatte starker Regen eingesetzt, als der Jet in Richtung Den Haag abhob. Die Flugdauer sollte kaum eine Stunde betragen, weshalb Greg sich nicht die Mühe machte, bei der eilfertigen Stewardess etwas zu trinken zu ordern. Obwohl der Anblick ihres prallen Hinterns in dem engen Uniformrock verdammt heiß war. Sobald ihm klar wurde, was er tat, schaute er angewidert aus dem Fenster. Nur, um sich dann darüber bewusst zu werden, dass er doch nur das getan hatte, was alle taten. Garantiert hatte er nicht vor, etwas an seiner Natur zu ändern, nur weil er wusste, dass diese verdammte Schlampe von einer blonden Emanze April unaufhörlich die größte Scheiße zuraunte.

»Fick dich!«, murmelte er, die Augen hatte er geschlossen.

»Nichts für ungut, aber dafür suche ich mir immer Unterstützung.«

Seufzend hielt Greg seine Lider noch etwas länger gesenkt, bevor er sich dem Grauen widmete, das direkt ihm gegenüber Platz genommen hatte. Bill lächelte allerdings nicht, er grinste auch nicht, um genau zu sein, war er überraschend ernst.

Zu ernst. Auf der Suche nach einer Erklärung für die Trauermiene sah Greg eilig an ihm hinab. Nebenbei klopfte sein Herz auf einmal sehr, sehr stark.

»Was ist los?«, erkundigte er sich mit gelangweilter Miene, als er den Briefumschlag in Bills Händen entdeckt hatte, inzwischen sicher, dass es das war, worauf er gewartet hatte. Gleichzeitig war er jedoch bereits jetzt von glühendem Zorn erfüllt. Ja, sie würden es drauf angelegt haben, aber verdammt, warum hatte sie auf den Köder einsteigen müssen?

»Ich … habe heute Morgen, bevor wir losfuhren, eine Depesche von Dad bekommen«, begann Bill.

»Eine Depesche«, wiederholte Greg, seine Mundwinkel zuckten.

»Yeah«, erwiderte Bill gedehnt und senkte den Blick auf den bräunlichen Umschlag im DIN A4 Format, dessen Inhalt offensichtlich von hoher Brisanz war. Für eine Weile herrschte Schweigen, bevor er entschlossen aufsah.

»Ich muss dir leider mitteilen, dass wir unverrückbare Beweise für die Untreue deiner Frau haben.«

»Was?« Greg's Herzklopfen hatte sich von einer zur nächsten Sekunde gesenkt. Greg – der Ehemann, der diese Bezeichnung endlich wieder mit Recht tragen wollte – stritt sich mit Greg – dem eifersüchtigen Ehemann, dessen Zorn so lichterloh glühte, dass er meinte, innerlich zu verbrennen.

Der Erste gewann – für den Moment. Das Gesicht zu einer undurchschaubaren Miene verzogen deutete er auf den Umschlag. »Darf ich das sehen?«

Ja, das waren unverrückbare Beweise, und wiederum waren sie das keineswegs, wenn man die Sachlage genau betrachtete. Denn er sah keine April, die sich in irgendwelchen fremden Betten wälzte. In Wahrheit war sie nur tanzend mit irgendeinem durchschnittlich aussehenden Mann abgebildet. Auf einem weiteren Foto küsste er sie. Oder sie küssten sich, das war aus der Momentaufnahme nicht auszumachen. Greg's Blick haftete auf ihrem Gesicht, das so fremd wirkte, als hätte sie sich maskiert. So lange er sie kannte, hatte er sie noch nie so finster geschminkt gesehen. Hatte sie es drauf angelegt, hatte sie das so gewollt, um sich an ihm zu rächen? Wenn es von ihr geplant gewesen war, hatte sie ihnen ihr Spiel noch leichter gemacht, als es ohnehin schon gewesen sein musste. Denn wer suchte, der würde auch finden, davon war Greg überzeugt.

Dies waren keinen Montagen – das war ganz klar April, die ganz klar einen Fremden küsste. Wie gern hätte er sie jetzt angerufen, auf der Stelle! Ahhh, fuck, wie gern hätte er alles stehen und liegen gelassen, wäre zu ihr geflogen, hätte sie angebrüllt, hätte sich ihre Story angehört, um dann … nun ja, um dann vielleicht dahinter zu gelangen, dass er sich tatsächlich in ihr geirrt hatte. Auch diese Gefahr bestand durchaus, Greg hatte das nicht vergessen. Er beschwor sich, das auch niemals zu tun, egal, wie sehr sie ihm fehlte und wie weit er gerade jetzt auf ihre absolute Loyalität bauen musste.

Der überwiegende Teil jedoch klammerte sich geradezu an die andere Möglichkeit, dass es eben tatsächlich ein Versehen gewesen war, vielleicht hatte der Typ sie abgefüllt, er hatte selbst erlebt, dass April nach der Schwangerschaft nichts mehr vertrug. Das würde dann nach sich ziehen, dass er ihr den Alkohol in seiner Abwesenheit außerhalb des Hauses verbot … klang archaisch, aber Greg war auch kein sonderlich moderner Mann.

Sein Blick heftete sich auf ihre tiefroten Lippen, die auf denen eines anderen lagen, und er wollte dem kleinen Wichser nicht einfach nur die Fresse polieren. Nein, Greg wollte ihn killen. Langsam. Blutig. Endgültig. Was machte *sein* süßer, voller Mund auf dem dieses Versagers?

Er wollte aufsehen und fragen, um wen es sich handelte – das wussten diese Penner nämlich mit an Sicherheit grenzender Wahrscheinlichkeit. Entweder, sie hatten ihn auf sie angesetzt oder er war längst mit einer größeren Summe und der Androhung erheblicher Schmerzen zum Schweigen gebracht worden. Doch Greg tat nichts dergleichen. Er starrte das Paar noch etwas länger an, bis er sichergehen konnte, seine Züge unter Kontrolle zu haben, und schaute dann auf. Sobald sein Blick auf Bills traf, der ihn nicht aus den Augen gelassen hatte, hob dieser die Hände.

»Hey, ich bin nur der Überbringer, also sieh mich nicht so an!«

Greg blinzelte nicht einmal. »Wer ist der Kerl?«

»Keine Ahnung, ich erhielt heute nur die Bilder, wir sollen um drei bei Dad antanzen, er ist extra rübergeflogen.«

Greg ließ sich langsam in die Polster sinken, ohne seinen Cousin aus den kühlen Augen zu lassen.

»Ich will erst mit April darüber …«

»Du kennst die Spielregeln, Greg!«, wurde er von Bill unterbrochen, der ebenso kühl sprach. »Solange sie sich an gewisse Normen hielt, war es okay, inzwischen existieren diese Fotos und sie ist offiziell zu einem Ärgernis geworden.«

»Ich werde mich nicht scheiden lassen!«, knurrte Greg, obwohl er wusste, dass er einen Fehler beging. Sogar einen, der seine Pläne akut ins Wanken brachte. Doch das war ihm momentan egal. Was tat er überhaupt hier? Warum wies er den verdammten Piloten dieser verdammten Maschine nicht einfach an, den Kurs zu ändern, nonstop nach New York zu jetten, damit er April zur Rede stellen konnte?

Bill sagte nichts mehr, doch seine Miene drückte aus, was Greg längst wusste. *›Junge, das entscheidest längst nicht mehr du. Game over!‹*

***

»Ich werde mich nicht scheiden lassen.« Inzwischen machte Greg sich ein Spiel daraus, diesen Satz immer und immer wieder zu sagen, wissend, dass er seinen Onkel damit zur Weißglut trieb. Dieser saß ihm in seiner ausladenden Suite gegenüber, hielt ein Glas Brandy in der Hand, blickte ihn grimmig an und sah wie üblich unverantwortlich attraktiv aus. Inzwischen ging er mit großen Schritten auf die siebzig zu, wirkte aber wie gerade mal fünfzig, wenn überhaupt. Man munkelte, dass er sich die Schläfe extra leicht eingrauen ließ, weil er damit noch ein wenig smarter rüberkam. Nur seine Augen, die waren ganz bestimmt nicht gut aussehend, sondern eiskalt, berechnend und unerbittlich.

»Die kleine Schlampe ist soeben dabei, unsere Familienehre in den Dreck zu ziehen«, knurrte er. »Es hieß, du solltest sie unter Kontrolle halten, was dir offenbar nicht gelungen ist. Derzeit hurt sie sich durch halb New York …«

»Ich weiß von *einem* Kuss«, warf Greg ein, der nickte, als der Butler herantrat. »Ein Whisky.« Mit einer Verbeugung entfernte sich der Typ wieder.

William verzog das Gesicht. »Willst du mich verarschen? Natürlich hurt sie sich durch die Gegend, offenbar kann sie nicht leben, ohne regelmäßig einen Schwanz zwischen ihren Beinen zu haben. Das hatte ich dir alles aber vorher gesagt, mein Junge.« Greg ballte die Fäuste und öffnete sie wieder, diese Übung wiederholte er mehrfach, was seinem Onkel nicht entging. Er lächelte. »Du kannst mich gern wieder schlagen, das ändert aber nichts an den Tatsachen. Sie ist außer Kontrolle, womit unser Deal keinen Bestand mehr hat.«

»Sagt wer?«

William lachte. »Ich, mein Junge, ich.«

Greg schüttelte den Kopf. »Ich werde das allein mit ihr klären.«

»Negativ, selbst wenn ich der Ansicht wäre, dass ihr noch etwas klären könntet – und ich bin vom Gegenteil überzeugt –, du bist hier unabkömmlich.«

Langsam verschränkte Greg seine Arme. »Solange ich nicht einwillige, wird überhaupt nichts passieren. Ich sehe das nicht als Grund …«

In diesem Moment klingelte Greg's Handy. Er wäre nie auf die Idee gekommen, in dieser Situation ranzugehen, hätte er nicht den Namen auf dem Display gesehen. Zum ersten Mal seitdem sie abgereist war. Prompt klopfte sein Herz in doppelter Geschwindigkeit.

»Moment!«, knurrte er und meldete sich, wobei er die zornige Miene seines Onkels ignorierte.

»April?« Seine Stirn war gerunzelt, während er lauschte, und bevor er etwas erwidern, bevor er auch nur annähernd begreifen konnte, was sie ihm mitgeteilt hatte, wurde am Ende bereits aufgelegt. Entgeistert starrte er William an, der ihn nicht aus den Augen gelassen hatte.

»Ich denke, die Situation hat sich soeben geringfügig verändert«, sagte er langsam.

»Inwiefern?«

»Das war April. Sie verlangt die Scheidung.«

30. Kapitel

April

Einige Stunden zuvor am anderen Ende der Welt ...

April fragte sich dumpf, was sich dieser widerliche kleine Arsch dabei gedacht hatte, sie einfach so zu *küssen.* Nach mehr als einem Jahr Funkstille, verdammt noch mal! Wie krank musste man in seinem verdammten Schädel sein, um zu glauben, ein Kuss würde genügen, um alles wieder geradezurücken? Jetzt mal unabhängig von der Tatsachc, dass man ihr diesen widerlichen, schwammigen Kerl auch nackt auf den Bauch hätte binden können, und abgesehen von jeder Menge Kotzkrämpfen wäre garantiert nichts passiert. War er wirklich schon immer so ekelig gewesen und sie hatte es in ihrer verdammten Verliebtheit nur nicht bemerkt? Oder hatte erst Greg – verdammt, da war es wieder – mit seiner widerlichen Perfektion dafür gesorgt, dass sich ihre Wahrnehmungsfähigkeit in Sachen Männern verschoben hatte?

Noch immer brannten ihre Lippen, weil sie so gemein missbraucht worden waren – übrigens, der Typ sabberte! Aber auch ihre Wangen glühten, vor Scham. April konnte es nicht fassen! Selten hatte sie sich elender und hinterhältiger gefühlt, als in dem Moment, in dem dieser Knaller sie küsste. Womit sich nämlich Greg's Befürchtungen bewahrheitet hatten, wenn er sich das Ganze bestimmt auch nicht unbedingt auf diese Art vorgestellt hatte. Aber am Ende hatten auf jeden Fall ihre Lippen die eines anderen berührt – das war die ungeschönte Wahrheit. Und ja, April wusste, dass sie nicht schuld war, aber darum ging es nicht, verdammt noch mal! Es ging um die vollkommene Treue, darum, dass sie sich irgendwann einmal geschworen hatte, niemals wieder einem anderen Mann auf eine ganz besondere Weise nahezukommen, und ein Kuss gehörte eindeutig dazu.

Ganz bestimmt sagte sie Helen nichts von ihren Schwierigkeiten, weil diese sie dann höchstwahrscheinlich in eine Anstalt eingewiesen hätte. Als die erste Aufregung vorüber gewesen war und April wieder normal atmen konnte, hatte Helen zu den Cops gehen und Anzeige erstatten wollen – was die freundlichere Alternative gewesen war. Denn ihr anderer Vorschlag hatte gelautet, Scott zu suchen, zu finden und ihn zu killen. Es war April nur mit Mühe gelungen, sie zu beruhigen. Schließlich war Helen wieder tanzen gegangen und alles hatte danach ausgesehen, als würde sie in ihre alten Verhaltensmuster zurückfallen. Sie würde sich den Kerl, der schon seit Stunden nicht mehr von ihrer Seite wich, erst weichklopfen, um die Nacht dann mit heißem Sex in ihrem Apartment zu verbringen, ihn morgens rausschmeißen und letztendlich wieder bei April aufschlagen. Abgesehen davon, dass sie es diesmal weiter hätte, hatte sich offensichtlich nicht viel geändert. April, die nach der Scott-Einlage mit einem Gin-Tonic und angezogenen Beinen in ihrer kuscheligen Zweisitzercouch saß und jeden, der auch nur in ihre Nähe kam, durch ihren Blick davon fluchte, machte sich schon mal darauf gefasst, allein nach Hause zu fahren.

… äh, sich fahren zu lassen, sollte das natürlich heißen.

Doch dann kam alles anders. Nachdem Helen über eine Stunde lang eng umschlungen auf der Tanzfläche ihren Körper an ihrer neuesten Eroberung gerieben hatte – was pornoreif war, heiße Zungenküsse inbegriffen – löste sie sich plötzlich von ihm und schüttelte den Kopf. Sowohl April als auch der Typ waren schlicht fassungslos. Dann ging sie zu April, nahm wortlos ihre Hand – eine Verständigung wäre bei der hier herrschenden Lautstärke ohnehin nicht möglich gewesen – und zog sie nach draußen, wobei sie fast vergessen hätte, den Hintereingang zu benutzen, so in Gedanken war Helen.

Als der Chauffeur sie in Empfang genommen hatte und sie sich in der dunklen Limousine auf dem Heimweg befanden, herrschte noch immer Schweigen. April sah mit Grauen, dass Tränen auf den Wangen jener Frau glitzerten, die nach allem, was sie bisher wusste, niemals heulte.

Niemals!

»Er hat mich zerstört«, wisperte sie. »Ich kann nicht mehr ficken.«

Das hätte witzig klingen sollen, tat es nur nicht.

»Blödsinn«, sagte April und nahm ihre Hand. »Du …« Es fiel ihr schwer, es auszusprechen, aber sie riss sich zusammen, »… du *denkst*, dass du schwanger bist. Natürlich hemmt dich das ein wenig, aber das hat nichts damit zu tun, dass du auf immer und ewig für alle anderen im Eimer bist.«

»Bist du sicher? Ich konnte ihn nicht mal richtig küssen!« Sie hob die Hände und blickte zur Wagendecke. »Was habe ich dir nur getan, dass du mich so sehr strafst?«

Diesmal kämpfte April wirklich mit einem hysterischen Kichern, doch sie konnte sich abermals beherrschen. »Ich glaube, du strafst dich selbst«, wisperte sie und nahm ihre Hand fester. »Und ich weiß echt nicht, ob das wirklich eine Strafe ist. Du liebst ihn nun mal, und auch wenn er das vielleicht nicht erwidert, dann glaubst du doch, sein Baby zu bekommen. Meinst du wirklich, du könntest einfach weitermachen wie vor Terence?«

Helen heulte nur noch mehr, sagte aber nichts mehr, verfestigte bloß den Griff ihrer Hand, während April aus dem Fenster sah. Leichter Neid war in ihr aufgekeimt, weil Helen – die sich momentan so verdammt unglücklich wähnte – in Wahrheit so glücklich war. April bezweifelte nämlich für keine Sekunde, dass Terence sie liebte, nur an die angebliche Schwangerschaft konnte sie noch immer nicht glauben. Man wurde nun mal nicht einfach so schwanger – okay, außer sie, aber das war nun wirklich eine Ausnahme gewesen.

Dennoch war April froh, in dieses gesamte Terence-Helen-Chaos mit hineingezogen zu werden. Somit musste sie sich nicht mehr zwangsläufig mit ihrem eigenen Leben auseinandersetzen, das immer mehr in Richtung Fiasko steuerte, weil Greg sich nämlich schon seit zwei Tagen nicht gemeldet hatte. Natürlich hatte sie ihn strikt ignoriert und ihn von Helen abwimmeln lassen. Aber das war nicht der springende Punkt, denn sie hatte seine Nachrichten und Anrufe trotzdem *registriert*! Gab er so schnell auf? War sie ihm wirklich nicht mehr Mühe wert? Und wenn dem so war, was bedeutete das für ihre Zukunft, für ihre Ehe, für das, was sie vermeintlich gemeinsam hatten?

Schlaf fanden sie nicht, weil Helen die ganze Nacht durchheulte. Zunächst überzeugte April sich davon, dass June schlief. Jannice tat das Gleiche im Nebenzimmer, das extra für die Nanny vorgesehen war. Dann setzte April sich zu ihrer Freundin, nahm sie in den Arm und versuchte, sie zu trösten. Die Tränenflut schien unaufhörlich zu fließen, ihr Körper wurde von Schluchzern geschüttelt, weshalb April wieder einmal, wenn auch mit Widerwillen, wenigstens in Erwägung zog, dass Helen wirklich schwanger war.

Hin und wieder mussten sie wohl eingenickt sein, denn die Nacht war trotz allem sehr schnell vergangen.

Als es klingelte, schreckte April tatsächlich aus tiefem Schlaf hoch. Sie hatte keine Ahnung vom Hier und Jetzt und schaute desorientiert in der Gegend umher, während Helen sich neben ihr mit verheultem Gesicht aufraffte.

Als es wieder klingelte, zuckten beide synchron zusammen.

»Da ist jemand an der Tür«, bemerkte Helen.

»Glaub ich auch«, nuschelte April, die im Gegensatz zur angeblich schwangeren und daher abstinenten Helen auch noch mit einem Kater zu kämpfen hatte.

»Dann mach doch mal auf!«, schlug Helen vor, als April sich nicht rührte. »Sonst werden wir den Lärm nie wieder los.«

Wie auf Kommando klingelte es erneut, beide zuckten abermals zusammen und April quälte sich von der Couch. Kurz strauchelte sie, wich aber dem kleinen Beistelltisch aus, bevor sie mit dem Oberschenkel dagegen krachen konnte, und wankte zur Tür. Nachdem sie sich vergewissert hatte, dass ihre Kleidung alles verdeckte, was sie verdecken sollte, öffnete sie.

Vor der Tür stand ein Mann aus der Sicherheitsmannschaft, die das Gelände bewachte. Unschwer an seiner Uniform erkennbar, die in ihrem Tarnmuster stark an die der GIs erinnerte. »Ein Briefumschlag wurde für Sie abgegeben«, sagte der Typ, der maximal dreißig sein konnte, in zackigem Ton. Fehlte nur noch das Salutieren. »Wir beurteilen ihn als sicher.« Damit reichte er ihr ein großes Kuvert, diesmal schnellte seine Hand wirklich an sein Barett, er knallte die Hacken zusammen – April kämpfte akut mit Atemnot. Dann ging er zu seinem Jeep, der am Fuß der Treppe parkte und brauste davon.

Als sie wieder in die Wohnstube trat, hatte Helen sich aufgesetzt und in eine Decke gehüllt. Die Dämmerung war vorüber, es war inzwischen vollständig hell, und daher sah man die Spuren ihrer Tränen mehr als deutlich. Allerdings wies nichts drauf hin, dass sie demnächst wieder losplärren würde.

»Was ist das?«, erkundigte sie sich mit Blick auf den Umschlag.

»Keine Ahnung«, murmelte April, warf das Kuvert auf den Tisch und ging erst einmal Kaffee kochen.

Nachdem dieser getrunken war, meldete sich June. April machte der Nanny begreiflich, dass sie sich selbst um ihr Baby kümmern würde. Eine Stunde später trug June nicht nur eine frische Windel, sondern auch saubere Wäsche, außerdem hatte sie ihr Morgenfläschchen getrunken. Jetzt lag sie auf ihrer Kuscheldecke, inklusive Tonnen von Spielzeug – das sie wie üblich nicht im Geringsten interessierte – auf dem Boden. Die beiden Frauen aber

saßen höchst in sich gekehrt um den braunen Umschlag herum.
»Du solltest ihn aufmachen«, sagte die bleiche Helen, die wie ein Zerrbild ihrer selbst wirkte.

»Ich will aber nicht«, wisperte April.

»Deshalb solltest du es sogar schnell tun«, empfahl Helen mit einem seltsamen Lächeln. »Kennst du nicht den Spruch: Lieber ein Ende …«

»Der trifft nicht immer zu.«

»Aber diesmal auf jeden Fall. Egal, was dort drin ist, es wird wichtig sein.«

April reagierte nicht, starrte immer noch den Briefumschlag an, der wie eine Bombe aussah, auch wenn sie wusste, dass er das im Sinne des Wortes nicht sein konnte, im übertragenen aber schon. Es war eine fiese, atomare, widerliche Bombe, mit der Gewalt, all das zu zerstören, was sie hatte. Woher sie das wusste? Da gab es hunderte kleiner Gründe, die in der Zusammenfassung genau einen ausmachten: Intuition.

Sie überlegte, ihn einfach zu verbrennen, dieses perfide Spiel, das die Absender betrieben, nicht mitzuspielen, sich gegen zu stemmen, ihnen höhnisch in die dreckigen, unsichtbaren Visagen zu lachen und zu sagen: *»Netter Versuch, aber nicht mit mir! Gebt euch beim nächsten Mal mehr Mühe!«*

Die Tatsache, *dass* es ein nächstes Mal geben würde, und ein weiteres und noch ein weiteres, bis sie endlich wie gewünscht reagierte, befähigte sie schließlich, sich dem Inhalt zu stellen. Nach einem tiefen Luftholen griff sie zu dem Papier, fetzte es an der Klebefalz auf und zerrte – komisch sie spürte nicht die geringste Überraschung – etliche Hochglanzfotos hervor. Groß, dem DIN-A4-Umschlag entsprechend und messerscharf, obwohl sie teilweise bei Nacht und teilweise in einer dunklen Bar aufgenommen worden waren. Auch als sie sah, wen Greg da küsste, umarmte und auf diese besondere Art anlächelte, die sie nur allzugut kannte, spürte sie nicht die geringste Verblüffung – nur die Übelkeit nahm stetig zu und ihre Finger zitterten.

Die kleine belgische April-Kopie, die gute Belina, hatte es also geschafft. Dass genau dies ihr Ziel gewesen war, hatte April gewusst, sobald sie die Kuh länger als drei Minuten beäugt hatte. Da blieb ihr doch nur zu sagen: Herzlich Glückwunsch, denn dafür hatte Greg sie doch engagiert, nicht wahr? Nein, sie glaubte nicht, dass er von Anfang an vorgehabt hatte, sie flachzulegen. Aber es war eben passiert und dafür konnte er nicht wirklich etwas, wo seine Ehefrau doch nicht verfügbar war. April war sicher, genau so würde er argumentieren, wenn sie ihn zur Rede stellte. Sie spürte keine Wut, nichts von alledem, was in ihrem Bauch gerade hätte rumoren müssen. Da war nur tiefste Resignation und absolute Ratlosigkeit: Wie sollte sie jetzt reagieren?

Nach einer Weile, in der Helen sie offenbar ein paar Mal vergeblich angeredet hatte, wurden ihr die Bilder aus der Hand genommen. April richtete ihren unfokussierten Blick auf ihre Freundin, blinzelte einige Male, bis sie diese auch tatsächlich wahrnahm, und beobachtete, wie Helen mit offenem Mund nacheinander die Bilder betrachtete. Schließlich sah sie auf, die Hand mit den Fotos sank in ihren Schoß.

»Was für ein widerlicher Arsch!«

* * *

»Nein, ich werde mich nicht scheiden lassen und das ist mein letztes Wort!«

April hätte sich am liebsten die Ohren zugehalten, um endlich den ununterbrochenen Redestrom auszublenden, den Helen seit Stunden über sie herabregnen ließ. Zwischenzeitlich war die Nanny doch aus ihrem Zimmer gekommen, hatte die Sachlage insofern erfasst, dass mal wieder eine Krisensituation vorlag, und war mit June aus der Schusslinie hinaus in den Garten geflüchtet.

»Also lässt du mit dir Scheibe spielen?«

»Nein, ich lasse mit mir nicht Scheibe spielen«, stieß April mit zusammengebissenen Zähnen hervor. »Ich habe nur nicht vor, genau das zu tun, was – wer auch immer mir diese Scheiße zugeschickt hat – erwartet.«

»Also nimmst du es hin?«

»Nein!«

»Gut, was hast du dann vor?«

Ja, das wusste April auch nicht, und weil sie nicht zum Nachdenken kam, würde sie vermutlich niemals zu einer Lösung gelangen. Helen ließ sie ja einfach nicht zur Ruhe kommen. Immer wieder sah sie die Bilder vor sich, wie Greg diese Belina berührte, wie er sie anlächelte, sie küsste – er hatte sie tatsächlich geküsst! Mit diesen wunderschönen *Lippen, die April gehörten! Per Gesetz!* Sie sah die beiden wieder vor einer Haustür, die mit an Sicherheit grenzender Wahrscheinlichkeit zu dem Apartment der Schlampe führte, in der unmissverständlichen Absicht, hineinzugehen und das zu Ende zu bringen, worauf sie seit Wochen hingearbeitet hatten. Es tat weh.

Es tat weh!

Verdammt noch mal!

So sehr, dass sie stellenweise dachte, ihr würde das gottverdammte Herz brechen. So weh tat es. Aber Scheidung? Scheidung, ohne ihm ihren Schmerz ins Gesicht gebrüllt, ohne seine Version gehört zu haben?

»Welche Version?«, konterte Helen, als April mit diesem Argument kam. »Willst du wirklich hören, in welcher Stellung er sie gefickt hat? Oder hoffst du auf ein paar bereits zigmal wiedergekäute Ausreden?«

»Nein! Schon mal darüber nachgedacht, dass er von irgendwem hereingelegt wurde? Wir dealen hier mit total anderen Leuten, als du sie kennst. Leute, die versuchen, ihm zu schaden. Uns zu schaden. Der Familie, allen!«

»Oh, dass er hereingelegt wurde, halte ich für bewiesen«, sagte Helen gedehnt. »Sonst hättest du nie von dem Beschiss erfahren, denn offensichtlich wurde er ja heimlich bei seiner Scheiße fotografiert.«

»Aber …«

Helen nahm sie am Arm und sah sie eindringlich an. »Ich weiß, dass du ihn liebst. Bei Gott, ich weiß es, und du weißt, dass ich es akzeptiert habe, auch wenn es mir schwerfiel. Ich dachte sogar, er liebt dich auch. Ganz ehrlich! Nur deshalb lebt der Arsch noch – was ein Fehler war, wie sich gerade herausgestellt hat.«

April lachte trocken auf, doch Helen ging nicht darauf ein.

»Er hat dich betrogen! Ich würde meinen Arsch darauf verwetten, dass es nicht das erste Mal und garantiert nicht das letzte Mal war.« Sie seufzte und strich April eine Strähne aus der Stirn. »Wie es aussieht, bist du vom Regen in der Traufe gelandet. Wenn du all das viele Geld abziehst und June natürlich – nur theoretisch«, sagte sie rasch, als April ihr einen ungläubigen Blick zuwarf, »dann ist er auch nicht mehr wert als Scott, denn im Grunde haben die beiden genau das Gleiche getan: Sie haben dich beschissen. Ich sage nicht, dass er dich nicht mag, vielleicht sogar auf seine verquere Weise liebt – ich steck ja in dem Idioten nicht drin. Aber April … Das ist nichts für dich, das war es noch nie! Kannst du ihn wirklich mit anderen Frauen teilen?«

April, deren Augen zwar brannten, aus denen aber keine einzige Träne rann, schüttelte den Kopf.

Helen streichelte ihre Wange. »Ich weiß«, wisperte sie. »Ich kenne dich gut genug. Er wird das niemals lassen. Ich …« Es war ihr anzusehen, dass ihr das Nachfolgende zu sagen nicht leicht fiel. »Ich behaupte nicht, dass er sich genauso verhalten würde, wäre er in der Stadt und würde an jedem Abend zu euch heimkommen – das steht auf jeden Fall nicht fest. Aber offenbar kann er mit der Trennung von dir – oder eher deiner Vagina – nicht umgehen und braucht etwas zum Fremdficken. Und wenn du mich fragst, dann hat er das von langer Hand geplant. Er hat sich eine Kopie von dir ins Vorzimmer gesetzt, und als ihm danach war, hat er deren Aufgabengebiet eben erweitert. Und er wird das in jeder verschissenen Stadt genauso tun. Immer und immer wieder, wenn er es nicht schon früher getan hat. Spätestens jetzt ist der Knoten geplatzt und er wird nie wieder damit aufhören. Warum sollte er auch? Ich weiß nicht viel über diese komische Ansammlung aus Halsabschneidern, in die du eingeheiratet hast, aber dass der alte McCarthy ständig fremdfickt, das weiß so ungefähr jeder. Greg passt sich an. Er muss!« Sie zuckte mit den Schultern. »Die Frage ist eben nur, ob du dich in die Reihe der betrogenen Ehefrauen einreihen willst. Mit jeder Menge Geld, aber ohne Greg. Und April!« Sie nahm sie an den Schultern und betrachtete sie ernst. »Das ist nicht nur dahingesagt, es ist wirklich eine Überlegung wert, deren Schlussfolgerung nur du selbst dir beantworten kannst. Würdest du es des Geldes wegen schaffen, über seine Untreue hinwegzusehen? Könntest du damit auf Dauer umgehen? Du hättest auf jeden Fall ein sorgenfreies Leben.«

April musste nicht nachdenken. »Nein!«

Helen lächelte und streichelte liebevoll ihre Wange. »Ich weiß, und genau das macht dich zu dem Menschen, der du bist. Zu einem kostbaren Menschen, der es verdient hat, die einzige Frau im Leben eines Mannes zu sein. Nicht nur die Erste.«

Sie saßen fast den gesamten Nachmittag zusammen. Worte wurden nicht viele gewechselt, April dachte nach und ertappte sich irgendwann erschrocken dabei, dass sie bereits den Abgesang des kurzen Lebensabschnitts mit Greg eingeläutet hatte.

Immer wieder zogen die Bilder ihrer gemeinsamen Zeit vor ihrem inneren Auge vorbei. Sie sah sich und ihn in dieser Bar in Atlantic City, dann in dem Hotelzimmer und war wieder dabei, als er sie vor die Tür setzte. Noch einmal ließ sie die Situation in der Kanzlei vor ihrem geistigen Auge passieren und all das, was dem gefolgt war. Das riesige Apartment in Pleasantville, die Party, William, Barbados, sie allein in der kleinen Wohnung in der Bronx, die sie inzwischen längst aufgegeben hatte, Greg, der bleich, mit dunklen Schatten unter den Augen und Fünf-Tage-Bart in den OP-Saal gestürmt kam. Seine etwas seltsame Liebeserklärung – an der Stelle bekam sie tatsächlich wieder eine Gänsehaut, wie an jenem Tag, als es passierte. Die Zeit danach, wie glücklich sie waren, Junes

Geburt. All das, was ihre kurze, aber so intensive Ära ausmachte.

Am Ende aber sah sie wieder die Fotos von ihm mit dieser anderen Frau, die sie imitierte. Offenbar war April auswechselbar. Anscheinend war es nur der Typ Frau, den er liebte, nicht eine bestimmte Person.

Konnte sie damit umgehen?

Nein, das konnte sie nicht. Es zerriss sie fast, wenn sie nur daran dachte.

Am Ende war es jedoch ein anderer Umstand, der sie tatsächlich das Handy nehmen und Greg's Nummer wählen ließ.

Trotz all des Kummers, all der seelischen Schmerzen, die so groß waren, dass sie auch körperlich ihre Spuren hinterließen, hatte sie bisher keine einzige Träne verloren. April kannte das schon und wusste es daher korrekt zu bewerten. So lange es Hoffnung gab, so lange sie zwar vor Kummer fast verging, aber immer noch genügend Hinweise darauf existierten, dass sich alles zum Guten wenden würde, da konnte sie weinen. Tag und Nacht und Nacht und Tag. Sie konnte ganze Meere nur durch ihre Tränen erschaffen – das hatte sie schon mehrfach unter Beweis gestellt, in etwa jedenfalls. Wenn April McCarthy – bald wieder Palmer – aber wusste, dass sie bereits verloren hatte, befand sie sich jenseits aller Tränen. Und bei Gott, diesmal hatte sie fast alles verloren, was ihr lieb und teuer war, nur June und Helen waren ihr geblieben. Ihr rationaler Verstand arbeitete viel zu angestrengt, um sich noch in derartige Emotionsausbrüche zu flüchten.

Sie hielt den Finger auf dem Rufknopf. »Ich werde einen Anwalt brauchen.«

Helen nickte und suchte ihr Handy heraus.

»Einen guten, es wird nicht leicht werden, mich mit ihnen zu einigen. Ich muss damit rechnen, dass sie mir June streitig machen.«

Helen knurrte. »Das können sie ja mal versuchen, die Arschlöcher.« Sie sah auf. »Ich kann ihn wirklich nicht leiden, aber James Graham ist der beste Anwalt, den ich je kennengelernt habe.

Er wirkt immer ein bisschen dämlich, aber bei Verhandlungen ist er knallhart. Ich vereinbare sofort einen Termin.«

»Okay«, wisperte April, die das Gefühl hatte, jemand hätte ihr frontal ein glühendes Schüreisen in den Magen gerammt. Die Realität verschwamm vor ihren Augen; zunehmend hatte sie das Gefühl, in dichte Watte gepackt zu sein, während sie den Rufknopf aktivierte.

Es klingelte dreimal, bevor Greg sich meldete.

Drei!

Verdammte!

Male!

Sonst war er gleich beim ersten Klingelton verfügbar gewesen. Jedenfalls, wenn *sie* am anderen Ende war. Als sie seine dunkle, sexy Stimme hörte, so vertraut, so … *normal* … hätte sie beinahe losgebrüllt. Doch April hatte emotionale Ausbrüche tatsächlich längst hinter sich gelassen.

»Greg? Ich will die Scheidung. Informiere deine Anwälte.«

Damit legte sie auf, denn es war alles gesagt, vor allem hätte sie nicht die Kraft gehabt, noch ein weiteres Wort auf die so wichtige, beherrschte Art zu äußern.

Sie sah Helen an, die gerade mit ihrem Chef telefonierte. Laut ihrer Aussage war dieser gar nicht gut auf sie zu sprechen. Sie feierte nämlich immer noch krank – wie er es nannte. Doch offensichtlich hörte er ihr trotzdem zu, während ihre Freundin vor ihren Augen immer undeutlicher wurde.

Als April fühlte, dass ihr Mageninhalt den Rückwärtsgang eingelegt hatte, stürzte sie ins Bad, ohne auf Helens Rufe zu achten. Sie schaffte es gerade noch so bis zur Toilette, bevor sie auf die Knie ging und sich jämmerlich erbrach.

Doch von Tränen war auch jetzt nicht die geringste Spur zu sehen.

31. Kapitel

Greg

Drei Wochen später

Die Stimmung war angespannt, Greg's Mund trocken und mit der abgefuckten Klimaanlage schien irgendetwas nicht zu stimmen, denn hier war es viel zu heiß, verdammte Scheiße!

Hunter, der direkt neben ihm an dem riesigen Konferenztisch saß, war die Ruhe in Person, aber das war auch sein Job.

Er sah auf die Uhr. »Ich hoffe, sie sind pünktlich.«

Greg antwortete nicht. Es war April, daher würde sie ganz bestimmt nicht pünktlich sein, das war nun einmal Gesetz. Genauso, dass sie umwerfend aussehen würde, egal, wie sie hier aufkreuzte. Wie zum Beispiel auch, dass er den dringenden Drang verspüren würde, sie auf diesem abgefuckten Konferenztisch zu ficken – das stand ohnehin noch aus! Und natürlich würde sie – ob gewollt oder nicht – die Szene für sich einnehmen, kaum dass sie ihr beigetreten war. Außerdem war klar, dass Greg sich unnahbar und wie ein gottverdammter Pisser benehmen würde.

Dies war ein geschichtsträchtiger Raum, Hunter hatte das offensichtlich nur vergessen oder er hatte die Bedeutung niemals begriffen. Beides war Greg gleich. Er hätte nicht gedacht, noch einmal so unsicher, so aufgeregt und mit derart klopfendem Herzen in eine Situation zu stürzen, wie es heute der Fall war. Nebenbei war sein Zorn auf April keineswegs abgeklungen, weshalb er unglaublich gern ein klärendes Gespräch mit ihr unter vier Augen geführt hätte. Er hätte alles darum gegeben, hätte er die Geschichte mit diesem Kuss in diesem Club endlich mit ihr klären können. Nur konnte er das nicht. Sie ließ es einfach nicht zu.

Als sich endlich die Tür öffnete, und dieser Assistent, der vor fast genau einem Jahr auch in der Kanzlei gewesen war, seine Frau und ihren Anwalt hereinführte, war Greg nicht in der Lage, den Blick von ihr zu nehmen. April hatte sich nicht für das total verlotterte Outfit entschieden, war aber auch weit von der Dame von Welt entfernt.

Jeans.

Chucks.

Ein einfaches, aber hübsches Oberteil.

Eine Jeansjacke darüber – diesmal in relativ neuem Zustand –, die Haare hatte sie im Nacken zusammengebunden, außerdem fiel ihm auf, dass sie wenig Make-up trug. Und sie sah ihm nur kurz in die Augen, bevor sie den Blick auf Hunter richtete.

Sieh mich an!, dachte Greg, doch wie üblich gehorchte sie natürlich nicht. Wenigstens etwas, das sich noch nicht verändert hatte.

Anders als damals, als sie sich zum ersten Mal in diesem Raum zusammengefunden hatten, erschien April heute in Begleitung. Ihr Anwalt wirkte genauso, wie man es von ihm auch nur erwarten konnte:

Laut.

Billiger Anzug.

Aufgesetztes Grinsen, Marke: *›Keine Sorge, das Kind kriegen wir schon geschaukelt! Ich rieche geradezu die Milliarden, die wir euch aus dem Ärmel leiern werden. Bin auch bekannt als der Milliardenschnüffler. Wenn wir heute Abend den Raum verlassen, dann wirst du gerupft sein, wie ein Huhn, Baby.‹*

Ja, Greg kannte diese Art von Idioten, die irgendwann einmal durch Zufall ein Jurastudium abgelegt hatten. In jedem anderen Fall hätte er sich nicht damit zufriedengegeben, dass sie sich von so einem Versager vertreten ließ, nicht einmal, wenn sie sich im sprichwörtlichen Krieg befunden hätten. Aber für die gegenwärtige Situation war es gerade gut.

Hunter nahm die Begrüßung vor. »Das ist James Graham, er übernimmt die rechtliche Vertretung Mrs. McCarthys. Mr. Graham, Mr. McCarthy, mein Mandant.«

Die beiden Anwälte schüttelten sich die Hände, während Greg die ausgestreckte des gegnerischen Anwaltes glatt übersah. Sein Blick galt ohnehin nur seiner Frau, die sich auf der gegenüberliegenden Seite eingefunden hatte, genau auf dem Platz, an dem sie auch beim letzten Mal gesessen hatte. Übrigens mied sie es immer noch, ihn anzusehen, und ihre Jeansjacke hatte sie auch anbehalten. Sobald sie saß, legte sie die Arme vor sich auf den Tisch und die kleinen Hände ineinander.

Der Ehering fehlte, wie Greg bemerkte, während das Gegenstück an seiner Hand immer noch prangte, als wäre nichts geschehen. Erst wollte er diesen Fehler ungeschehen machen, doch dann entschied er sich anders. Nein! Wenigstens dieses Zeichen wollte er setzen. Sinnlos, nutzlos, vielleicht sogar ein stückweit infantil, doch es war ihr nicht entgangen. Denn ihr Blick, offenbar verzweifelt auf der Suche nach einer Alternative zu seinem Gesicht, war zwischenzeitlich auch über seine Hände gestreift und bei der linken hatte sie kurz innegehalten.

›*Nimm das, Mrs. McCarthy!*‹, dachte Greg mit einem Anflug von Belustigung.

Graham, der begeisterte Anwalt, der garantiert aus Texas oder irgendeinem anderen Südstaat stammte, in dem man morgens noch zur Arbeit ritt und seinen Colt sichtbar für alle am Hosenbund trug, klatschte in die Hände. »Tja, wie schön, dass wir alle heute hier zusammengefunden haben. Sie machen einen so sympathischen Eindruck, ich kann mir absolut nicht vorstellen, dass Sie etwas

Hinterhältiges gegen meine Mandantin im Schilde führen. Aber wie sage ich immer?« Er zog mit einem Zeigefinger das rechte Lid herunter, sodass der Augapfel beinahe aus seiner Höhle fiel und glupschte zu Greg hinüber. »Holzauge sei wachsam.«

Greg betrachtete ihn mit erhobener Augenbraue, bevor sein Blick auf April herumschwenkte. Die hatte Greg heimlich beobachtet, sah jetzt aber schnell zu Hunter, und weil es ihr dort offenbar auch nicht gefiel, war dieser idiotische Graham ihr nächstes Ziel.

Hunter räusperte sich, wobei er tat, als hätte dieser Versager nie etwas von sich gegeben. »Wir haben uns heute hier zusammengefunden …«

Greg musste sich zusammenreißen, um nicht laut zu lachen. War das nicht der falsche Text?

»… um die Ehe der beiden Herrschaften auf eine für beide Seiten akzeptable Weise zu beenden. Mein Mandant hat mich im Vorfeld beauftragt, seiner Noch-Ehefrau an dieser Stelle mitzuteilen, dass er keineswegs das Ziel verfolgt, sie auf irgendeine Art zu benachteiligen, auch soll dieses Prozedere in keinem Racheakt münden.«

Grahams Schnauben erfüllte den Raum, was dazu führte, dass sich Hunters Stirnfalten noch einmal verdichteten. Er hatte Greg nämlich dringend davon abgeraten, eine derartige Ankündigung zu machen.

»Auch wenn sie sich vielleicht zurückhält – was noch lange nicht feststeht –, ihr Rechtsbeistand wird um jeden Cent feilschen. Das ist der größte Fall seiner jämmerlichen Laufbahn, und er hat sich vorgenommen, das fette Schwein zu schlachten und alles mitzunehmen, was irgendwie möglich ist. Vergessen Sie nicht, dass Sie millionenschwer sind, Ihre Frau aber mehr oder weniger mittellos ist. Mein Vorschlag: Lassen wir sie kommen, sie werden ihre Forderungen extrem hoch ansetzen, um noch genügend Raum für Zugeständnisse zu haben und trotzdem zu bekommen, was sie wollen. Er wird rücksichtslos sein, er wird immer wieder auf Ihre

Abwesenheit während der Ehe zu sprechen kommen – ich wüsste nicht, was sie sonst als Grund angegeben haben könnte.« Nun, diesbezüglich war Greg schlauer, er wusste es sogar ganz genau, hatte Hunter aber nicht darüber aufgeklärt. Er würde früh genug damit konfrontiert werden. Was Hunter anging, lagen alle Karten hübsch ausgebreitet auf dem Tisch. »Weshalb wir dann den gegenteiligen Trumpf aus der Tasche ziehen«, hatte er weiter gesagt und gegrinst. »So weit ich informiert bin, weiß Ihre Frau nichts davon, dass Sie über Ihren Fehltritt informiert sind? Das ist gut, sehr gut, auf diese Art können wir ihrem Rechtsverdreher im geeigneten Moment das Maul stopfen.«

»Nein!«, hatte Greg schlicht gesagt.

Hunter war fast vom Stuhl gefallen. »Wie, nein?«

»Nein, wir werden alle Manöver dieser Art lassen«, hatte Greg erwidert. »Mir ist klar, dass ihr Anwalt sich aufführen wird, als befände er sich an einem Buffet, auf dem die Millionen wie Gratisproben im Supermarkt angeboten werden. Aber der Typ wird nie mehr als ein Statist sein! Am Ende interessieren nur April und ich.«

Hunter hatte gestöhnt. »Genau das hatte ich befürchtet. Sie haben noch nicht einmal akzeptiert, dass Sie sich nicht mehr als Ehepaar gegenüberstehen, sondern als gegnerische Parteien, und in der Mitte befindet sich das Kind. Seien Sie wenigstens so clever, sofort das alleinige Sorgerecht anzustreben, um ihr diesen Trumpf zu nehmen.«

Greg hatte auch das abgelehnt, weshalb Hunter recht verzweifelt in diesen Versuch, die Dinge außergerichtlich zu regeln, gegangen war. Doch Greg war froh, Hunter zu haben, keinen von Williams Bluthunden, obwohl sein Onkel genau diese mit Greg in den Scheidungsring hatte schicken wollen. Greg hatte sich mit Hinweis auf die jahrelange Tätigkeit von Hunter, Carter & Son aus der Affäre gezogen, was seinem Onkel gar nicht geschmeckt hatte. Nun, er würde sich an dieses Gefühl gewöhnen müssen.

In der Gegenwart überging Hunter Grahams Schnauben, er lächelte ihn nur süffisant an. »Ich ging mit Ihrem heutigen Erscheinen davon aus, dass Sie an einer einvernehmlichen Klärung interessiert sind. Wenn das nicht der Fall ist, dann können wir dieses Treffen auch abkürzen. Ich bin sicher, Sie werden sich bei Gericht hervorragend behaupten können.«

Graham grinste. »Warum so bissig, Butch? Sie werden verstehen, dass ich für meine Mandantin das Beste herausholen will. Ganz sicher werden wir uns nicht von ein paar salbungsvollen Worten einlullen lassen.«

»Natürlich nicht. Ich nehme an, Ihr Honorar ergibt sich aus der Summe, die Sie hier ›herausholen‹?«

»Oh, das war billig«, klagte Graham, ohne dass das Grinsen an Gewicht verlor. »Nun denn, sind Sie fertig mit der Eröffnungsrede?«

»Noch nicht ganz«, erwiderte Hunter und lächelte. Er grinste nie, war aber auch nicht ungefährlich. »Eine Ehe soll geschieden werden, die gerade einmal fünf Monate Bestand hatte.«

»Da muss ich gleich erneut widersprechen«, trumpfte Graham auf. »Nach Kenntnis meiner Mandantin ist sie bereits seit über einem Jahr mit Ihrem Mandanten verheiratet. Die Ehe wurde ohne ihr Wissen annulliert, sie wurde sogar zu einem höchst bizarren Geschäft mit ihm überredet – immer in dem Glauben, sie sei mit Ihrem Mandanten verheiratet …«

»Ein Geschäft, das ihr sechs Millionen Dollar eingebracht hätte«, warf Hunter eisig ein.

»Ein Geschäft wider den guten Sitten, weil ihr eine gravierende Tatsache vorenthalten worden war. Nämlich, dass die Ehe, die im Alkoholrausch im Mai letzten Jahres geschlossen wurde, zu diesem Zeitpunkt keinen Bestand mehr hatte. Um den Skandal perfekt zu machen, wusste sie bis zum Tage ihrer *tatsächlichen* Eheschließung nichts davon.«

»Und sie hat meinem Mandanten vergeben.«

Graham lächelte. »Natürlich hat sie das, weil sie eine herzensgute, grundehrliche, sehr moralische Person ist. Nur ist das hier nicht das Thema. Fakt ist doch, dass IHR MANDANT!« Offenbar wähnte er sich bereits im Gerichtssaal, denn er hatte den Finger auf Greg gerichtet und die Stimme dramatisch erhoben. »Dass IHR MANDANT seine Frau bereits von Anfang ihrer Beziehung an belogen und betrogen hat, während meine Mandantin stets mit offenen Karten spielte und sich nicht nur gegen die Anfeindungen seitens der Familie meines Mandanten behaupten, sondern auch ihr gesamtes bisheriges Leben aufgeben musste. All das war Bestandteil des haarsträubenden Vertrages, den sie einging, um dem geliebten Mann nah sein zu können.«

Greg kämpfte mit dem Husten, Hunter betrachtete den hoch motivierten Anwalt zweifelnd und April sah aus, als würde sie am liebsten auf der Stelle im Boden versinken.

Tja, Baby, das sind Anwälte.

Er war nicht spöttisch, es ärgerte ihn sogar, wie der Typ sich hier aufführte und in welch peinliche Situation er April damit brachte, denn eines war Greg klar: Sie hatte garantiert nicht gewollt, dass dieses Meeting so ausartete. Ihre Wangen glühten nicht, so wie sonst, stattdessen war sie leichenblass. Erst jetzt fielen ihm diese tiefschwarzen Schatten unter den von ihm so geliebten Augen auf. Er wollte um diesen verdammten Tisch herumgehen, ihre Hand nehmen – wenigstens das –, ihr sagen, dass alles gut werden würde, dass sie nur durchhalten müsste, doch er konnte nicht. Nicht, weil die Situation es nicht zuließ, sondern weil er wie gelähmt war.

Gelähmt von ihrer Anwesenheit an sich.

Gelähmt von ihrem Duft.

Gelähmt von diesem Treffen, das so unendlich falsch war und nicht zu ihnen passte.

Gelähmt von dem, was ihm, ganz besonders aber ihr, noch bevorstand.

Darüber hinaus musste er wenigstens annähernd die Fassade wahren. Hunter war zwar loyal, doch wie weit war Greg nicht bekannt. Außerdem war auch Graham ein unbekannter Faktor. Wer wusste schon, ob man nicht auch an ihn herangetreten war?

»Um die Dinge auf den Tisch zu bringen, wir wissen von dem Seitensprung Ihrer Mandantin.«

Damit hatte Hunter offenbar eine Bombe hochgehen lassen, denn sowohl April als auch ihr Anwalt rissen die Augen auf.

»Wa…«

Bevor sie weitersprechen konnte, hatte Graham ihr seine fleischige Hand auf den Unterarm gelegt, Greg hätte sie am liebsten weggeschlagen. Der Typ grinste Hunter an. »*Wir* wissen von keinem Seitensprung … seitens meiner Mandantin. IHR Mandant hingegen hat sich nachweislich mit seiner Assistentin vergnügt, was auch der Grund dafür ist, weshalb wir hier sitzen.«

Hunter lachte herzlich. »Das ist …«

»Ein bedauerlicher Unfall gewesen«, fiel Greg ihm hart ins Wort. Plötzlich fühlte er eine wunderbare Ruhe in sich. Neben der Wärme, die sich in seinem Körper ausbreitete. Er hatte es gewusst, verdammte Scheiße! Er hatte es gewusst, aber der kleine Stachel des Zweifels war geblieben – wie auch nicht, verdammt, er liebte diese Frau. Er liebte sie mehr als sein Leben. Und er war ein Mann, der nun einmal nicht teilte, was er liebte. Aprils Gesichtsausdruck, der inzwischen leicht verstört wirkte, war nicht falsch zu interpretieren. Nichts von dem, was William und Bill ihr andichteten, war so passiert. Egal wie die Fotos zustandegekommen waren, sie hatte ihn garantiert nicht betrogen. Jetzt musste er die Dinge nur noch in die richtigen Bahnen lenken.

Er nickte. »Ich nehme an, dir wurden Fotos zugespielt?«

Graham platzte dazwischen. »Ich habe meine Mandantin angewiesen, nicht auf direkte Fragen zu antworten. Also würden Sie …«

»Ja«, sagte April fest, mit einem Mal sah sie Greg an. Frontal, mit großen, tiefen, dunklen, anklagenden, aber auch so liebenden Augen. Das war dieses stumme Flehen, mit dem sie auszudrücken schien: *Sag mir, dass es nicht so war. Gib mir einen Grund, wieder an dich zu glauben.*

»Sie zeigen mich in … äh … verfänglichen Situationen mit meiner Brüsseler Assistentin?«

April nickte.

Greg seufzte. »Es tut mir leid.«

Ihre Augen wurden größer, doch Greg sprach gleich weiter. Er klatschte in die Hände. »Nun, meine Herren, womit der Schuldige am Scheitern dieser Ehe wohl zweifelsfrei ermittelt wäre. Ich räume mein Fehlverhalten ein, und erwarte Ihre Vorschläge.« Letzteres hatte er wieder an Graham gewandt gesagt.

Hunter war für einen Moment so verblüfft, dass er sichtlich nach Luft schnappte. Dann sah er zu Graham. »Auf ein Wort mit meinem Mandanten.«

Graham lehnte sich zurück, grinsend, natürlich, und trommelte spielerisch mit den Fingern auf die Tischplatte. »Nur zu.«

Mit einem Nicken forderte Hunter Greg auf, ihm aus dem Konferenzraum zu folgen und stampfte sichtlich wütend davon.

Weit gingen sie nicht, bereits vor der Tür wirbelte Hunter zu ihm herum.

»Was soll das?«, knurrte er Greg an. Letzterer hatte den Typ selten so wütend erlebt. »Wenn Sie so weiter machen schlage ich vor, Sie überschreiben der Kanaille am besten gleich Ihr gesamtes Vermögen …«

»Ich hoffe, mit Kanaille meinen Sie diesen Wichser von Anwalt …«, warf Greg ein.

Doch Hunter war nicht zu bremsen. »… dann sparen wir eine Menge Zeit.«

Greg musterte ihn eisig. »Ich weiß, was ich tue.«

»Ach so? Wie zum Beispiel, mich nicht darüber zu informieren, dass auch Sie sich bei irgendeiner außerehelichen Nummer fotografieren ließen?«

»Davon war mir bisher nichts bekannt.«

»Vielleicht hätten Sie mal nachfragen sollen, *weshalb* die Dame die Scheidung wünscht. Oder eher, welchen Aufhänger sie nimmt, denn dass dies auf eine elende Abzocke hinausläuft, dürfte Ihnen doch wohl klar sein. Ich flehe Sie an, lassen Sie mich meine Arbeit machen. Lassen Sie mich intervenieren, lassen Sie mich den Fehltritt der Dame …«

»Sie haben ihre Reaktion gesehen, ich zweifele die Echtheit der Aufnahmen an.«

»Ach, tun Sie das, ja?« Hunter stand kurz vor der Hysterie. »Und soll ich Ihnen was sagen? Das ist mir FUCK EGAL! Ich lasse zur Not eigenhändig noch ein paar Montagen anfertigen, mit denen wir sie in die Enge treiben können. Hier geht es …«

»Ich weiß genau, worum es hier geht«, erwiderte Greg kurz. »Nur Sie haben mal wieder nicht den geringsten Schimmer. Alles wird so gehalten, wie ich es angeordnet habe, auch wenn Sie sich an meine Weisung, nichts von dem angeblichen Seitensprung verlauten zu lassen, schon einmal nicht gehalten haben. Im Nachhinein bin ich Ihnen sogar dankbar, dafür. Wir lassen uns den Forderungskatalog dieses Idioten vorlegen, Sie erheben dann und wann Einspruch, halten sich aber ansonsten bedeckt. Das *gemeinsame* Sorgerecht kommt auf den Tisch, ihr Seitensprung wird nicht mehr erwähnt, meiner nicht infrage gestellt, und sie bekommt auf jeden Fall das Haus, auf die Art, die wir besprochen haben. Das hatte ich sowieso geplant. So wird es gemacht, und ich rate Ihnen, sich ab sofort strikt an meine Anweisungen zu halten, denn ansonsten werde ich mir einen anderen Rechtsverdreher suchen, der sich meinen Instruktionen nicht widersetzt.« Hunter sah so aus, als wäre er so weit, Greg's Drohung zu akzeptieren und ihm tatsächlich einen Anwaltswechsel nahezulegen. Greg seufzte. »Vertrauen Sie mir doch einfach. Nur noch ein einziges Mal. Wie wäre das?«

Hunter wirkte, als litte er grausame Schmerzen, doch schließlich nickte er widerwillig. »Wenn Sie mir irgendwann erklären, weshalb genau ich Sie diesem Versager ans Messer liefern soll.«

»Oh, das werde ich«, sagte Greg zuversichtlich. Er lächelte, allerdings kam es nicht sonderlich fröhlich rüber. »Bald.«

Damit gingen sie wieder in den Raum, wo Graham gerade sehr

leise, aber eindringlich auf April einsprach, die ihn teilnahmslos betrachtete.

Nachdem die beiden wieder Platz genommen hatten, klatschte Graham begeistert in die Hände. »Haben Sie sich einigen können? Perfekt, dann dürfen wir jetzt endlich zur Tat schreiten?«

Hunter nickte mit sichtlicher Abscheu im Gesicht und Greg lehnte sich zurück. Seine Hände befanden sich flach auf dem Tisch, während er April, die wieder die Tischplatte anstarrte, nicht aus den Augen ließ.

Alles in allem ging Graham noch zahm an die Angelegenheit heran. Er forderte eine Entschädigungszahlung von zehn Millionen Dollar für jeden Monat Ehe – inklusive des Zeitraumes, in dem April *gedacht hatte*, Greg's Frau zu sein. Darüber hinaus forderte er das Haus, das alleinige Sorgerecht für June, dass Greg die alleinige Schuld am Scheitern dieser Ehe auf sich nahm, und eine einmalige Entschädigungszahlung für June in Höhe von 200 Millionen Dollar. Außerdem wurde Greg ein Besuchsrecht bei seiner Tochter eingeräumt: einmal im Monat für drei Stunden.

»Ich hörte, Ihr Mandant ist zeitlich so sehr eingebunden, dass er auch während der Ehe seine Tochter nicht häufiger gesehen hat«, verkündete Graham gerade süffisant grinsend. »Wir beide waren der Auffassung, dass wir an diesem Rhythmus nicht rütteln sollten. Kinder sind ja so sensibel.«

Greg sah zu April, deren Wangen jetzt tiefrot waren. Nun ja, er hatte eine ungefähre Vorstellung, wer für das Gift zuständig war, das hier versprüht wurde. Er konnte nicht mal sauer sein, hassen, wüten oder wenigstens die eine oder andere Morddrohung in Richtung Helen St. James schicken.

Zu einigen Zugeständnissen war der Flachwichser von Anwalt auch bereit, die er nun verkündete – Hunter benötigte zu diesem Zeitpunkt beinahe ein Beatmungsgerät, denn er schnappte hörbar nach Luft und sein Gesicht war rot vor Zorn. Aber er beherrschte sich und eskalierte nicht.

»Meine Mandantin verpflichtet sich im Gegenzug, keine Interna über die Ehe in der Öffentlichkeit preiszugeben. Sie wird weder im Fernsehen auftreten noch irgendwelche Exklusivinterviews geben. Auch bei eventuellen Galen wird sie nicht auftauchen. Sie ist relativ unbekannt und will diesen Status beibehalten. Ich denke, damit kommt sie den Gepflogenheiten der Familie sehr entgegen?«

Greg antwortete nicht und Hunter brachte nur ein Grunzen zustande, doch das interessierte Greg nicht. April hatte währenddessen kein einziges Mal aufgesehen, die Röte war aus ihren Wangen gewichen, weshalb sie nun wieder extrem bleich aussah.

»War das alles?«, erkundigte Greg sich.

Graham war sichtlich überrascht, dass sich der Mandant wieder direkt zu Wort meldet. Doch er fing sich schnell wieder. »Fürs Erste. Ich denke, wir haben Ihnen genügend Stoff zum Nachdenken gegeben, weshalb eine dreißig minütige Pause keine schlechte Idee wäre. Ich würde vorschlagen …«

»Sie halten endlich Ihren Mund«, sagte Greg sehr leise. »In den vergangenen« er sah auf seine Uhr »zwei Stunden haben Sie bis ins kleinste Detail dargelegt, was Sie alles fordern und haben wollen und beanspruchen und meinen. Das reicht tatsächlich fürs Erste. Am heutigen Tag werden nur noch zwei relevante Dinge festgehalten und festgesetzt.« Er sah zu Hunter, dessen Miene sich inzwischen wieder etwas aufgehellt hatte. »Sie sind dran.«

Hunter lächelte und lehnte sich zurück, in der rechten Hand hielt er einen Kugelschreiber, mit dem er unaufhörlich auf dem Tisch herumtrommelte. »Zunächst teilt mein Mandant unbedingt die Meinung, dass Mrs. McCarthy mit der gemeinsamen Tochter im Haus verbleiben sollte. Er hat darüber hinaus keine Einwände, was eine zeitnahe Übereignung auf den alleinigen Namen MISS June McCarthy betrifft.«

April sah auf, die Augenbrauen leicht erhoben.

»Das bedeutet, dass das fragliche Objekt einschließlich Gelände der gemeinsamen Tochter …«

»In Ordnung«, sagte April, was Graham wieder auf den Plan rief. Er beugte sich zu ihr vor. »Mrs. McCarthy …«

»In Ordnung«, wiederholte sie fest und sah ihm unerschrocken in die Augen.

»Schön«, sagte Hunter. »Dann wäre das schon einmal geklärt. Des Weiteren wird Mr. McCarthy bis zur endgültigen Klärung der Sachlage monatlich einen Betrag von 20 000 Dollar …«

»Das ist ja wohl ein Scherz!«, rief der aufgebrachte Graham, alle Jovialität war blanker Fassungslosigkeit gewichen. Hunter schien ihn allerdings nicht gehört zu haben, denn er sprach unbekümmert weiter. »Jedoch wird mein Mandant alle anfallenden Lohn- und Gehaltskosten des Personals übernehmen, was keine große Umstellung wäre, weil dies ohnehin vom Finanzbüro der Familie vorgenommen wird. Daher steht die Summe ausschließlich für die Begleichung des Lebensunterhaltes zur Verfügung.«

»Damit bin ich einverstanden«, sagte April, die allmählich ihre Stimme wiederzufinden schien.

»Dann sind wir uns schon wieder einig«, freute Hunter sich, der Graham inzwischen überhaupt nicht mehr beachtete. »Für die endgültige Klärung der Angelegenheiten …« Hunter deutete auf den Zwanzig-Seiten-Vertrag, den Graham mitgebracht hatte. »… werden wir einige Zeit benötigen, in der wir jeden von Ihnen vorgeschlagenen Punkt sehr intensiv prüfen und bewerten werden. Ich schlage vor, dass wir uns von heute an in genau vier Wochen wieder hier treffen, um die letzten Details zu besprechen.«

Abermals beugte sich der Wichser von Anwalt zu April vor, doch die sah wieder nur Hunter an. »Das klingt fair.«

»Mrs. McCarthy!«, donnerte Graham, und jetzt schaute sie endlich wieder zu ihm.

»Ich sagte, das klingt fair«, wiederholte sie auf derart feste, strikte Art, dass Greg sein Strahlen nicht mehr tarnen konnte. »Wir können wohl kaum erwarten, dass sie das hier und jetzt und sofort entscheiden. Das würde niemand tun und auch niemand verlangen.«

Nun sah sie zu Greg, ohne rasch wegzusehen, sondern frontal und sehr ernst. »Ich will keinen Krieg.« Hunter schnaubte, doch sie gönnte auch dem gegnerischen Anwalt keinen Blick. »Bitte, ich will das anständig über die Bühne bringen. Was auch immer du vorzuschlagen hast, ich werde mir alles sehr genau anhören und mit Graham beratschlagen.«

Greg nickte. Er betrachtete sie abwägend und sagte dann: »Wenn die Herren kurz den Raum verlassen würden, ich möchte mit meiner Frau ein paar Worte unter vier Augen wechseln.«

»WAS?« Graham lachte schallend. »Natürlich, damit Sie Ihren Psychoterror …

Gleichzeitig protestierte Hunter: »Sir, ich rate Ihnen dringend, dies zu unterlassen. Was immer Sie ohne Zeugen …«

Greg schloss für einen kurzen Moment die Augen, dann hörte man seine zornige Stimme im Raum. »RAUS!«

Diesmal wirkte Hunter tatsächlich, als wolle er auf der Stelle sein Mandat niederlegen. Graham nicht, der wollte nur so viel Honorar wie möglich kassieren und sah davon soeben eine erhebliche Summe gefährdet. Weshalb er sich strikt weigerte, seine – seiner Ansicht nach hochgradig labile, weil von der Seuche der Liebe geschlagene – Mandantin mit diesem Kerl alleinzulassen.

Doch schließlich erhoben sich beide Männer und verließen den Raum. Nicht ohne viel Gezeter und Weltuntergangsszenarien, die sie ihrem jeweiligen Mandanten noch innerhalb eines schier endlosen Schwalls prophezeiten. Ändern konnten sie es dennoch nicht, denn … die Mandanten zahlten, sie waren nur die Mittler. Am Ende galt immer das Wort des Kunden, was nach einheitlicher anwaltlicher Meinung zwar ein großer Fehler war, sich nach derzeitiger gesetzlicher Lage nur leider nicht ändern ließ.

Als sie endlich von außen die Tür geschlossen hatten, stand Greg auf und ging um den Tisch herum. Er setzte sich neben seine Frau – denn das war sie noch immer – und nahm ihre schlanken, erstaunlich kühlen Hände in seine. Es dauerte einen Moment, in dem sie beharrlich ihren Schoß musterte, doch dann sah sie auf. Aus der Nähe waren ihre Augenringe noch tiefer und dunkler. Er kannte diesen Anblick: Das verhärmte Gesicht, die stumpfen Haare, die glanzlosen Augen –, und verdammt, er musste für keine Sekunde überlegen, wann er sie zuletzt in diesem Zustand gesehen hatte. Nein, diese Wendung war nicht geplant gewesen, aber verflucht, wenn er ihr und sich – oh ja, sich genauso – nur ein bisschen helfen konnte, dann würde er es tun. Es war seine gottverdammte Pflicht! Er hatte das für keine Sekunde vergessen. Und etwas, das sich so gut und richtig anfühlte, wie, ihre zarten Hände in seinen zu halten, das konnte nicht falsch sein.

»Wie geht es June?«

»Gut«, hauchte sie gebrochen. Er hasste es, sie so zu sehen.

Greg lächelte, allerdings nicht sehr lange. »Wie geht es dir?«

Sie zog einen Mundwinkel und gleichzeitig ihre Brauen hoch. Ihre Augen schienen zu sagen: ›Das fragst du jetzt nicht wirklich, oder?‹

Greg nickte. »Ja, ich weiß«, murmelte er und küsste rasch ihre beiden Handrücken. Erstaunlicherweise machte sie keine Anstalten, ihre Finger zurückzuziehen, sondern betrachtete ihn nur mit zur Seite geneigtem Kopf und leicht argwöhnischem, neugierigem Ausdruck. »Es tut mir so leid«, sagte er dann und sah ihr in die plötzlich feucht schimmernden Augen. »April, hätte es eine Möglichkeit gegeben, dich vor diesem Theater zu verschonen, dann hätte ich es getan, das schwöre ich.«

Erste Tränen rollten über ihre blassen Wangen und sie zog die Nase hoch, was Greg leicht grinsen ließ. »Was soll das denn heißen?«, schluchzte sie und wirkte unvermittelt wütend. »Hättest du uns nicht um unser Leben gebracht? Hättest du uns nicht betrogen? Hättest du nicht die erstbeste Möglichkeit genutzt, um alles, was wir hatten, zu vernichten? Wärst du nicht mit ihr ins Bett gegangen? Wärst du …«

Sein Zeigefinger verschloss ihren Mund und er betrachtete sie eindringlich. »Glaubst du wirklich, ich hätte dich mit einer dahergelaufenen Schlampe betrogen, mit deren Anstellung ich übrigens nicht das Geringste zu schaffen hatte? Schätzt du mich denn wirklich so charakterlos ein?«

April entzog ihm ihre Hand, was ihn wie einen Idioten frösteln ließ. Aber sie fuhr sich nur mit dem Handrücken über ihre Augen und sah ihn verständnislos an. »Was?«, hauchte sie mit brüchiger Stimme.

Greg seufzte und lachte trocken auf. »Okay, als die Bilder von dir und diesem kleinen schmierigen Wichser bei mir eintrafen, auf denen du ihn küsst, da gingen bei mir auch erst mal die Lichter aus, das kannst du mir glauben! Obwohl ich mit etwas Derartigem gerechnet hatte. Um ehrlich zu sein, in Wahrheit habe ich sogar darauf gebaut.«

Ihre Augen weiteten sich, schlagartig waren die Tränen Geschichte. »WAS?«

Greg nickte grimmig. »Ich gebe zu Protokoll, dass ich die Möglichkeit in Betracht zog, du könntest wirklich untreu gewesen sein, wenn auch nur als eine von vielen.« Seufzend betrachtete er sie. »Hast du denn niemals wenigstens überlegt, ob es sich vielleicht nicht ganz so verhält, wie auf den Fotos zu sehen?« Sie schluckte nur, eine Antwort erfolgte nicht, doch die Augen füllten sich wieder mit Tränen. Hastig wischte er sie von ihren Wangen, hauchte jeweils einen Kuss darauf und rückte diesmal nicht wieder von ihr ab. »Vertrau mir«, wisperte er in ihr Ohr. »Bitte, Baby, vertrau mir. Ich liebe dich, ich würde niemals mit einer anderen schlafen … oder sie auch nur ficken.« Sie schluchzte auf, ihre Hände krallten sich in seine Schultern, was er als Zugeständnis wertete. »Ich musste diese Geschichte ohne dein Wissen durchziehen, weil ich davon ausgehe, dass wir an keinem Ort ungestört sind. Weder in unserem Haus noch in meinem Hotel oder wohin wir uns möglicherweise flüchten könnten. Ich habe einen Plan.« Die einzige Frau, die Macht über sein Herz hatte, saß vor ihm und weinte um ihn. Um ihre Beziehung. Um … alles. Er konnte es kaum ertragen. Seine Brust wurde eng, ein Gefühl, das er nicht leiden konnte, deshalb rieb er sich mit einer

Hand über die schmerzende Stelle und räusperte sich. »Willst du ihn hören?«

Zu seiner Überraschung schüttelte sie heftig den Kopf, er spürte ihre Hände, die sich fast brutal um sein Gesicht legten und seinen Kopf zurück schoben, glaubte bereits, sie tatsächlich verloren zu haben, als sie ihn für einen langen Moment betrachtete. Mit Augen, aus denen die Tränen nur so strömten, mit bebenden Lippen und so unendlich verzweifelt, dass er leise aufstöhnte, weil er nicht in der Lage war, ihren Schmerz zu lindern.

»Oh Greg!«, stieß sie hervor, ehe sich ihre heißen Lippen auf seine pressten. Das war so nicht geplant gewesen, und ihm war auch nicht wohl dabei. Hunter hatte ihm zwar versichert, dass sie in diesem abgefuckten Raum zur Abwechslung mal nicht belauscht wurden, aber was galt schon das Wort eines Anwaltes, der mit der Familie McCarthy dealte, wenn …

»Oh, fuck«, murmelte er an ihrem Mund, bevor sich seine Hand auf ihren Hinterkopf stahl, eine Faust voll ihres seidigen Haars packte und die andere ihr Kinn umfasste. Sie keuchte in seinen Mund, schluchzte im gleichen Moment und schmiegte sich wie eine Ertrinkende an ihn, als er die Regie übernahm. Ihr schlanker, so vertrauter Körper an seinem und die vollen Brüste, die sich an seinem Hemd rieben. Diese langen Beine pressten sich an ihn, die ihn schon immer um den Verstand gebracht hatten … Es waren harte, entbehrungsreiche Wochen gewesen. Wochen voller Zweifel, Wochen voller Sehnsucht, aber auch angefüllt mit ausgewachsenem Zorn und der Frage, wie es überhaupt so weit hatte kommen, wie um alles in der Welt er dies hatte zulassen können. Aber wie sehr sie ihm tatsächlich fehlte, wurde ihm erst jetzt bewusst, als sie endlich wieder in seinen Armen lag. Sie weinte unaufhörlich; benetzte auch seine Wangen, der Kuss schmeckte salzig und steigerte daher die Verzweiflung noch, die von beiden spätestens jetzt in ihrer gesamten Macht Besitz ergriffen hatte.

Als er sich schließlich von ihr löste, geschah es fast in einem Akt der Notwehr, weil er wusste, dass er sie sonst nie wieder loslassen würde. Sie gehörte ihm, verdammt noch mal!

Ihm!

Und Greg war inzwischen bereit, alles zu vernichten, was sich ihnen in den Weg stellte, nur um seine Familie endlich wieder bei sich zu haben. Er nahm sie an den Schultern, zwang sie, ihn anzusehen, und sprach eindringlich auf sie ein.

Und April hörte zu …

April

Trotz des in ihr herrschenden Ausnahmezustandes, versuchte sie, sich auf seine Worte zu konzentrieren und nicht auf seine, auf sie so imposant wirkende Erscheinung, das überwältigende Gefühl, ihn endlich wieder berühren zu dürfen, oder den geringfügigen Umstand, dass er *nicht* mit einer anderen im Bett gewesen war. Sie bezweifelte für keine Sekunde, dass er die Wahrheit sagte, sondern hatte diesen Teil der unglaublich brisanten, alles verändernden, vor Hoffnung strotzenden Informationen, die er ihr innerhalb der nächsten viel zu kurzen Minuten zukommen ließ, sofort als Realität akzeptiert. Einiges davon klang zu schön, um wahr zu sein, vieles war Labsal für ihre geschundene Seele, aber ein paar Dinge verursachten in ihr leider auch das nackte Grauen. Denn der Albtraum war unglücklicherweise noch nicht überstanden. Sie zuckte ein paar Mal zusammen, und wäre er nicht da gewesen, um sie festzuhalten und beschwichtigend auf sie einzureden, wäre sie vor lauter Angst geflohen.

Das Weinen stellte sich irgendwann wieder ein, doch es geschah in einer Mischung aus Verzweiflung, weil vor ihnen noch ein steiniger Weg lag, Erleichterung, weil sie Greg noch nicht ganz verloren hatte, und Erschöpfung, weil sie schon jetzt nicht mehr kämpfen wollte, es aber offensichtlich musste.

Gott, warum musste es so kompliziert sein?

Viel zu früh ließ er sie los und musterte sie fragend. »Bist du einverstanden?«

April musste eine Weile überlegen. Nicht, weil sie seine Worte anzweifelte, sondern weil sie ernsthaft infrage stellte, dem Kommenden gewachsen zu sein. Zu groß war ihre Furcht, zu gewaltig das, was vor ihnen lag.

Doch dann sah sie ihn, seine geliebten, so unendlich attraktiven Züge, die traurigen Augen, die ihr schon beim Eintreten aufgefallen waren, die schattigen Wangen und Kinnpartie und nahm wieder seinen unglaublichen Duft wahr.

Wie konnte sie denken?

Wie konnte sie überlegen?

Wie konnte sie überhaupt in Zweifel ziehen, nicht alles zu tun, um wieder mit ihm zusammensein zu können? In Wahrheit hatte sie doch gar keine Wahl!

»Okay«, wisperte sie und erwiderte sein Lächeln, das sofort auf seinen Zügen erblühte. »Okay«, murmelte sie noch einmal, hob den Blick und sah ihm mit letzter Kraft fest in die Augen. »Ziehen wir die Sache durch!«

32. Kapitel

April

Als April an diesem Abend heimkehrte, ging sie zu allererst zu ihrer Tochter, die bei Helen auf der Couch in ihrer Babywippe lag, und nahm sie fest in die Arme. Sie schmiegte ihre Wange an die weiche Schläfe des Babys und starrte für lange Zeit aus dem Fenster.

Helen, die bisher kein Wort verloren, ihre Freundin nur mit wachsender Nervosität beäugt hatte, hielt es irgendwann nicht mehr aus.

»Und? Was war nun? Hat James ihm die Socken *und* die Boxershorts ausgezogen? Hat der Wichser gebrüllt? Oder vielleicht geweint? Erzähl schon! Ich hoffe, er ist jetzt pleite.«

April wandte sich zu ihrer Freundin um und seufzte. »Du weißt, dass es so einfach nicht abläuft.«

»Warum nicht?«, erkundigte sich Helen schulterzuckend. »Wenn du genügend Munition hast, die ich James und dir ja wohl gegeben habe … Also, so wie ich das sehe, müsstest du aus diesem Meeting als Multimillionärin rausgegangen sein.«

April lächelte schwach. »Du vergisst nur, dass Greg auch einen Anwalt hat.«

Helen winkte ab. »Kein Problem für James, ich kenne den Kerl. Das nimmt der als Ansporn, um noch knallharter zu werden.«

April schwieg, obwohl sie im Stillen nicht halb so überzeugt von

James Graham war. Jedoch hatte sie nicht einmal annähernd Anstalten gemacht, sich vielleicht einen anderen, *fähigeren*, in den Kreisen der Upperclass besser bewanderten Rechtsbeistand zu suchen. Schon die Tatsache, dass Helen über vier Stunden gegenüber James aus *APRILS* Nähkästchen geplaudert hatte, war ihr gehörig gegen den Strich gegangen. Allerdings war sie sprichwörtlich zu erschöpft gewesen, um sich gegen die Rachefantasien ihrer Freundin zur Wehr zu setzen. Die Trennung nagte zu schwer an ihr, denn die Tatsache, dass ihre Ehe offenbar gescheitert war, bevor sie überhaupt jemals eine echte Familie hatten sein können, war nicht mit einem Schlag beiseite zu wischen gewesen. Nicht für eine Frau wie April, die ihr Ja-Wort nur ein Mal hatte geben wollen. Seitdem sie die Fotos bekommen hatte, auf denen Greg sich mit dieser Schlampe vergnügte, war ihr, als würde sie sich in einer Blase befinden, die sie mit ihrer durchsichtigen, aber keineswegs zu dünnen Membran erfolgreich von der Realität fernhielt. Erst heute, als Greg auf diese erstaunliche, unnachahmliche Art gezeigt hatte, dass er noch immer der Alte war, und dass sie ihn nicht verloren hatte, war ein kleiner Riss entstanden, durch den sie wieder etwas von der Gegenwart wahrnehmen konnte. Allerdings nicht genug, um sich mit Helen über ihre Ehe oder ihre Scheidung unterhalten zu wollen. Mochte ihre Freundin glauben, sie hätte in dieser Hinsicht das Zepter in der Hand und würde April mit Kraft ihres Greg-Hasses auf die lukrativste Weise aus ihrer Ehe führen – April hatte es immer besser gewusst. Sie hatte einfach den Weg des geringsten Widerstandes gewählt, wissend, dass sie so am wenigsten belästigt werden würde, aber niemals außer Acht lassend, dass sie am Ende das letzte Wort haben würde.

Nicht Helen.

Und auch nicht Graham.

Genauso, wie sie es heute auch bewahrheitet hatte, wovon sie Helen nichts, aber auch rein gar nichts erzählen würde. Ungeplant war Helen zu einer Art Feindin geworden. Eine, die entschlossen war, sie aus der ›Ehehölle mit diesem Schwein‹ zu befreien. Nur wollte April gar nicht befreit werden. Nicht, wenn es eine Chance gab, sie bestehen zu lassen. Und ja – das behielt sie allerdings sehr tief in ihrem Herzen – selbst, wenn Greg tatsächlich fremdgegangen wäre, woran jetzt berechtigte Zweifel angebracht waren.

Selbst dann …

Sie nahm sich das Recht heraus, ihn zu schlagen, fünf Jahre lang auf dem Sofa schlafen zu lassen, ihm Ultimaten zu stellen, ihn sogar ein Stück weit zu hassen. Aber deshalb gleich die Scheidung verlangen? Wo er alles war, was sie neben ihrer Tochter jemals gewollt hatte? Und wo die Situation, in der sie steckten, nie leicht gewesen war? Auch sie hatte geküsst – klar, es war Scott gewesen und der Kuss war nun wirklich nicht freiwillig geschehen, aber er *war* geschehen … und es gab Fotos. Allein die Vorstellung, dass es von diesem Übergriff Aufnahmen gab, die man Greg zugespielt hatte, sandten ihr abwechselnd heiße und kalte Schauder über den Rücken. Und er hatte das nicht gegen sie verwendet, hatte Hunter sofort gestoppt, sobald der damit anfing.

Greg hatte gewusst, dass sie ihn nicht betrogen hatte.

Er hatte es gewusst!

Und ihr musste man ein paar verdammte Fotos zukommen lassen, damit sie den Glauben an ihren Mann verlor und sich kopfüber in die Scheidungsschlacht stürzte? War es nicht naheliegend, dass mit Greg eine ähnlich miese Geschichte abgezogen worden war, wie offensichtlich mit ihr? Nein, sie wollte ums Verrecken nicht die Scheidung und bestmöglich aus dieser Ehe hervorgehen. Und sie war auch keine von diesen konsequenten Frauen, die einen einmaligen Seitentritt nicht verzeihen konnten. Solange er einmalig blieb. Das mochten manche Frauen als Fehler betrachten, doch April hatte nur dieses eine Leben und diese eine große Liebe. Sie würde sie nicht kampflos wegwerfen, jetzt schon gar nicht mehr.

All das wusste sie inzwischen, war aber entschlossen, nichts davon Helen mitzuteilen. Die hätte ihr nur wieder ins Gewissen geredet, und April wollte nicht mehr reden. Außerdem durfte sie das neuerdings auch gar nicht mehr, was die Dinge nicht einfacher gestaltete.

Dennoch konnte sie sich ein stilles, halb zufriedenes Lächeln nicht verkneifen, und wenn sie sich noch so viel Mühe gab. Genau das entging Helen absolut nicht; sie hätte April womöglich auf die Streckbank gepackt, um herauszubekommen, was nun wirklich passiert war, wenn sie nicht selbst mit den neuesten, spektakulären Nachrichten hätte aufwarten können, die sie unbedingt an die Freundin bringen wollte. Es war Helen hoch anzurechnen, dass es ihr gelang, über drei Stunden dichtzuhalten und sich Aprils stockende Erzählung anzuhören, bevor es aus ihr herausbrach.

Sie zog einen kleinen, länglichen Gegenstand unter dem Sofakissen hervor und zeigte April mit einem »Tada!« ihren positiven Schwangerschaftstest.

»Ist der echt?«, fragte April verblüfft. Insgeheim hatte sie fest mit dem Ende von Helens Schwangerschaftsfantasien gerechnet, sobald diese endlich den verdammten Test gemacht hätte.

»Jetzt beleidigst du mich«, maulte Helen. »Außerdem wusste ich gar nicht, dass man sich die Dinger mit positivem Ergebnis kaufen kann.«

»Dann …« Immer noch betrachtete April stirnrunzelnd das Stäbchen, unsicher, wie weit sie mit ihrer Heuchelei gehen sollte und vor allem, wie viel sie vor sich verantworten konnte. »Dann, herzlichen Glückwunsch«, nuschelte sie schließlich.

»JAAAA!«, jubelte Helen, die in ihrer unbändigen Freude nichts von Aprils Schwierigkeiten mitbekam. »Gott, wie gern würde ich das mit dir begießen, aber ich darf ja nicht.« Sie seufzte aufgesetzt, dann wurden ihre Augen groß. »Aber *du* könntest für uns beide trinken und ich nehm halt Wasser.«

»Das wäre eine Idee«, sagte April vorsichtig, die sich Mühe geben musste, beim Thema zu bleiben, denn immer wieder wanderten ihre Gedanken zu Greg. Wie er vor ihr gesessen hatte, diese ernste, vergötterte Miene, diese traurigen, verständnisvollen Augen, diese Liebe, die aus ihnen sprach. Liebe für sie. Und das in einem Moment, in dem sie wenigstens angefangen hatte, sich damit abzufinden, diesen besonderen Ausdruck niemals wieder in seinen Augen sehen zu dürfen. Das konnte Frau schon mal leicht aus der Bahn werfen.

Helen war auf jeden Fall außer sich vor Freude. Während April den ihr aufgenötigten Champagner trank, hielt sie sich an ihr Wasser, streichelte immer wieder über ihren flachen Bauch und redete sich in eine Art Babyrausch. Was alles gekauft werden müsse, die bräuchte ein größeres Apartment, sie müsse sich möglicherweise einen neuen Job suchen, denn Graham und Meyer hätten so gar kein Verständnis für Mütter, aber das war ihr egal – alles, was eventuell störend sein könnte, war ihr egal.

»Ich bekomme ein Baby«, wisperte sie mit feuchten Augen. »April, ein richtiges, knuddeliges, süßes Baby. Er wird mit June spielen und ihr den Kopf verdrehen und …«

»Wieso er?«

»Na weil wir doch schon ein Mädchen haben.« Helen rieb sich über die Stirn und streichelte dann wieder ihren Bauch. »Sag mal … wie wäre es, wenn ich hier einziehe?«

April zuckte mit den Schultern. »Ich glaub nicht, dass wir irgendeine Veränderung bemerken würden. Du wohnst doch sowieso schon hier, oder wann warst du zum letzten Mal in deinem Apartment?«

Interessanterweise stemmte Helen empört die Hände in die Hüften. »DU bist genau wie ER! Nur weil ich hier ein paarmal übernachtet habe, heißt das noch lange nicht, dass ich auch hier wohne! Und wenn ich dir auf die Nerven gehe, dann kann ich auch einfach abhauen, du musst es nur sagen, bloß keine falsche Bescheidenheit! Wär ja möglich, dass du auch dringend renovieren musst.« Aufgesetzt sah sie sich in dem Raum um, dessen Wände blütenweiß waren.

April seufzte. »Verdammt, so war es doch gar nicht gemeint, als würdest du mich jemals stören. Ich meine doch nur, dass du sowieso schon die ganze Zeit da bist – wofür ich dir sehr, sehr dankbar bin, und nicht nur wegen June. Also wäre es kaum eine Veränderung, wenn du dein Apartment aufgeben würdest.«

Helen hatte ihren Groll schon wieder vergessen. »Oh ja, das wird so geil. Das ›Haus der ledigen Mütter‹. Wir mit unseren beiden Süßen, sie werden gemeinsam zur Schule gehen …« Ihre Stirn legte sich in Falten. »Meinst du, wir können June ein Jahr zurückstellen lassen, damit … Ach, der kleine Byron wird einfach so hyperintelligent sein, dass er schon mit fünf eingeschult werden kann.«

»Sie werden sowieso mit fünf eingeschult.«

»In die Vorschule.«

April seufzte. »Ja, die ist aber gleichzeitig die 1. Klasse. Also müsste er schon mit vier in die Schule kommen, und ganz ehrlich ich bin mir …«

»Ach«, unterbrach Helen sie und winkte eilig ab. »Das klären wir, wenn es so weit ist. Jetzt will ich erst einmal glücklich sein. *Glücklich sein …*« Sie lachte los. »Hahaha, ich stelle mir schon das Gesicht von James vor, wenn ich ihm morgen den Test unter die Nase halte. Er wird ausrasten und kann nichts tun, weil ich ihm schließlich deinen Fall besorgt habe. Dabei dürfte er ungefähr genauso viel verdienen wie sonst in einem Jahr. Er *kann* mich gar nicht feuern.«

»Wieso sollte er dich feuern?«, erkundigte April sich, die immer noch nur mit halbem Ohr zuhörte. Gerade hatte sie wieder Greg's Lippen auf ihren gefühlt und ärgerte sich, den Kuss nicht gegen alle Widerstände länger ausgedehnt zu haben. Sie würde niemals genug von ihm kriegen, und wer wusste schon, wann sie das nächste Mal die Gelegenheit bekommen würde …

»Hast du mir nicht zu gehört? Die hassen Mütter! Okay, oder wohl eher deren unkalkulierbare Kinder. Als sie mich eingestellt haben, musste ich eine Erklärung unterschreiben, *nicht* schwanger zu werden. Na ja, die hab ich nun gebrochen.«

April blinzelte. »Solche Klauseln sind ungesetzlich.«

»Nein, sind sie nicht. Nicht wenn ich unterschreibe. Das sind Anwälte, glaubst du wirklich, die lassen mich einen Vertrag unterzeichnen, der nicht wasserdicht ist?«

Womit sie nicht ganz unrecht hatte. April lächelte müde. »Sollen die dich doch feuern, dann finden wir eben was Neues für dich.«

»Richtig!«, erwiderte Helen. »Außerdem bin ich nicht so dämlich wie du, ich habe nämlich vor, vom Kindsvater Alimente zu verlangen. Und zwar seinem Vermögen angemessene. Mich will er nicht – gut, ich habs kapiert.« Ihre Züge waren von einer Sekunde zur anderen hart geworden. »Aber er hat ohne Verhütung mit mir diese verdammte Schreibtischnummer abgezogen …«

»Dachte er nicht, du nimmst die Pille?«

Helen zuckte mit den Schultern. »Er hatte mich vor Ewigkeiten gefragt, da führten wir eine Beziehung. Als er wie ein Idiot hier hereinstürmte, führten wir keine mehr. In Wahrheit hat das Schwein mich wie eine Nutte behandelt. Also, schlag mich, aber wenn ein vernünftiger Mann in den Puff geht, dann benutzt er einen Gummi. Oder er riskiert eben ein böses Erwachen. Hey, der Idiot hat Glück gehabt! Anstatt eines Trippers hat er sich halt ein Kind eingefangen. Kann ich was dafür? Nein! Sein Problem!«

April musterte sie kritisch; zum ersten Mal, seitdem sie hier angekommen war, genoss Helen ihre ungestörte Aufmerksamkeit. »Auf die Art wirst du nicht glücklich werden, Süße, und das Kind auch nicht«, sagte sie leise. »Hass ist keine Basis, egal, für was. Wenn du das Kind nur willst, um ihm eins …«

»Falsch«, sagte Helen, auch sehr verhalten, nur klang es bei ihr recht bedrohlich, und sie beugte sich zu April vor. »Ich will mein Baby, ich wollte es schon lange, VON IHM! Mit ihm wollte ich das Ganze erleben und ja, dir dürfte ganz genau klar sein, wie ich mich momentan fühle, weil ich am Ende eben nur das Baby haben werde. Aber es ist mit Abstand das Beste und Kostbarste, was ich von diesem Versager bekommen konnte. Jetzt weiß ich es, womit ich wohl noch mal Glück gehabt habe. Ich mag ihn hassen – obwohl das für mich ein viel zu intensives Wort ist, das er nicht verdient hat.

Hass und Liebe liegen viel zu eng beieinander. Für diesen Kerl empfinde ich maximal Verachtung und mehr wird es nie wieder werden. Aber dieses Baby …« Sie legte ihre flache Hand auf ihren Bauch. »… Dieses Baby ist mir alles wert. Ich werde für den Kleinen kämpfen, ich werde streiten, ich werde alles tun, damit es ihm gut geht. Und das bedeutet eben auch und in erster Linie, dem widerlichen Vater mitzuteilen, dass er einer wird.«

Damit zog sie ihr Handy aus der Hosentasche, und machte eine sehr deutliche Aufnahme von dem positiven Schwangerschaftstest. Neugierig rutschte April näher, als sie das Foto tatsächlich an Terence schickte.

Mit dem Vermerk:

»Überraschung! Du hast den Jackpot geknackt. Wann wollen wir uns treffen?«

33. Kapitel

Greg

»Zwei Bier!«

Die beiden Männer setzten sich an ihren Stammplatz direkt am Tresen und Greg fühlte sich für einen kurzen Moment, als wären die vielen Monate, in denen er ohne Bar und vor allem ohne Terence hatte auskommen müssen, nie existent gewesen. Als wären sie innerhalb der vergangenen Minuten einfach gekillt worden.

Dann betrachtete er seinen Freund und wusste, dass sich die Zeit nun mal nicht ausradieren ließ. Ihm war klar, wie er selbst aussah – konnte er sein müdes, abgezehrtes Gesicht doch allmorgendlich im Spiegel bewundern. Und auch an Terence waren die vergangenen Wochen nicht spurlos vorbeigegangen. Er wirkte um Jahre gealtert; das noch bis vor Kurzem absolut faltenfreie Gesicht wies nun an der Stirn ein paar tiefe Runzeln auf. Auch der Anzug, den sein Freund sonst so gut wie nie in seiner Freizeit trug, verstärkte möglicherweise diesen Eindruck noch. Oder aber die Tatsache, dass nicht das geringste Lächeln in seinem Gesicht zu finden war. Und das bei einem Menschen, der Greg in der Vergangenheit mit seinem ewigen Gegrinse so manches Mal gehörig auf den Geist gegangen war. Terence war normalerweise der Mann mit dem Sonnengemüt, derjenige, der immer irgendetwas Positives an einer Situation fand.

Selbst dann noch, wenn Greg sie schon längst als absolut negativ eingestuft hatte.

Nun ja, wenn man bedachte, wer genau über ihn gekommen war, oder wohl eher unter ihn, dann war die verheerende Veränderung nicht ganz so verwunderlich. Terence tat ihm leid, doch er hatte selbst genügend Probleme zu wälzen, als dass er sich auch noch mit den Kindereien der beiden auseinandersetzen konnte.

Als das Bier vor ihnen stand, prosteten sich die Männer schweigend zu und nahmen einen tiefen Schluck. Keiner machte Anstalten, irgendwas zu sagen. Schon die Verabredung war ungewohnt schweigsam vonstattengegangen.

Als Greg aus Hunters Kanzlei gekommen war, hatte er Terence eine kurze Textnachricht geschickt:

In einer halben Stunde, Bar?

Die Antwort war keine drei Minuten später eingetroffen.

Geht klar!

Nun beobachteten beide angestrengt den Barkeeper, der mit seinen Gläsern und Flaschen herumhantierte. Die Gedanken wirbelten diesmal nicht in Greg's Kopf, sondern standen still. Geistige Schockstarre – so nannte er diesen Zustand.

Angesichts dessen, was mit dem heutigen Tag hinter ihm lag und ihm in naher Zukunft noch bevorstand, hatte sein Gehirn beschlossen, sich eine vorübergehende, umfassende Auszeit zu gönnen. Er wollte nicht denken, taktieren, planen oder grübeln. All das würde zuverlässig und mit aller Macht am nächsten Morgen einsetzen, doch dieser Abend – und wenn es nach ihm ging, die kommende Nacht – gehörten ihm, seinem Bier und Terence.

Abgesehen von April hatte sich auch tatsächlich alles aus seinem Kopf verflüchtigt, was ihn mental in Beschlag nehmen konnte. Dafür war sie umso offensiver am Werk. Egal ob er die Augen schloss oder angespannt offenhielt. Immer sah er dieses Gesicht vor sich, das auf seine kaum geschminkte, leicht mitgenommene, so bleiche Art noch viel einprägsamer gewesen war, als wäre sie wie das blühende Leben in den Konferenzraum gerauscht. Dabei hatte sie sich durchaus Mühe gegeben, frisch, locker, lässig und provozierend wie üblich aufzutreten. Ein cleverer Anwalt – also nicht ihrer – hätte ihr geraten, sich ihren Gegnern in dezenter, aber durchaus exquisiter Kleidung zu präsentieren. April hatte ihr übliches Outfit gewählt und jedem der Anwesenden damit demonstriert, dass sie noch immer sie selbst war, dass niemand sie gebrochen hatte und dass sie aktiv für ihre Rechte eintreten würde. So, wie sie es immer gehalten hatte. Ohne sich darauf zu verlassen, dass andere dies für sie übernahmen, obwohl sie mit dieser Haltung häufig ins Hintertreffen geriet. Sie hatte sich einen vergleichsweise unbekannten und garantiert nicht kostspieligen Anwalt genommen, anstatt einen Rechtsverdreher aus der Upperclass zu engagieren, der die Stunde womöglich doppelt so teuer wie Hunter gewesen wäre – weil der ihnen mittlerweile Freundschaftspreise machte. Womit sie zum zweiten Mal die Regeln gebrochen hatte. Für Greg war es die ultimative Demonstration gewesen, dass sie nicht vorhatte, ihn auf Teufel komm raus auszunehmen, auch wenn dieser Graham vor lauter Gier und angesichts der Möglichkeiten fast gesabbert hatte.

April war eben April. Eine Person, die sich nicht kaufen ließ, unbestechlich in ihrem Wesen und trotzig an ihrem Glauben festhaltend, dass das Gute auf Erden noch lange nicht ausgestorben war. Wie sollte er Bill, der in seinem ganzen Leben noch keinen einzigen aufrichtigen Menschen getroffen hatte, den Charakter und die Denkweise dieser außergewöhnlichen Frau begreiflich machen?

Bill …

Greg nahm einen neuen Schluck von seinem Bier und wischte sich mit dem Handrücken über den Mund.

Oh ja, Bill …

Es hatte lange gedauert – viel zu lange, wenn man es genau bedachte – aber inzwischen war Greg so zornig auf seinen Cousin, dass er ihm besser für die nächsten Wochen aus dem Weg ging.

Noch musste er sich nämlich bedeckt halten, und wenn dieser Typ noch ein einziges Mal eine seiner Beleidigungen gegen April in die Atmosphäre entließ, dann würde Greg die Nerven verlieren. Seitdem er sie heute gesehen und dabei wieder einmal hautnah demonstriert bekommen hatte, wie anders sie war, als Bill es in seiner blumigen, vulgären Art immer umschrieb, hatte sich auch dieser spezielle Kreis geschlossen.

Keine Zugeständnisse mehr.

Greg verstand nicht, weshalb er so lange gute Miene zum bösen Spiel gemacht hatte. Nun ja, er war nicht geradeheraus, er war nicht offen, und er war auch nicht von der Aufrichtigkeit seiner Mitmenschen überzeugt, sondern ein berechnender Bastard. Also, was wunderte er sich?

Als sein Handy summte, war er für einen langen Moment versucht, es einfach zu ignorieren. Ein Blick auf das Display hätte ihn auch fast davon überzeugt – wenn man vom Teufel sprach –, doch dann rief er sich in Erinnerung, dass die Zeit, in der er ein Weichei war, endgültig der Vergangenheit angehörte und er meldete sich.

»Bill?«

Sein Cousin klang überhaupt nicht gut aufgelegt. »Wo bist du, verdammte Scheiße? Du solltest mit dem 16-Uhr-Flug kommen. Ich stehe hier an dem abgefuckten Airport, warte darauf, dass der Jet landet und erfahre gerade, dass der sich gar nicht in der Luft befindet.«

»Seit wann bist du meine Eskorte?«

»Wir wollen gleich zum Meeting weiterfahren, schon vergessen?«, knurrte er. »Wo BIST DU?«

»Nicht bei dir«, teilte Greg ihm grinsend mit, räusperte sich dann aber und fuhr etwas ernster fort. »Ich habe es mir anders überlegt. Die Sitzung fand erst heute statt, Hunter musste kurzfristig umdisponieren. Ich habe noch bis zum Ende der Woche in der Stadt zu tun, dann komme ich nach London. So lange werdet ihr euch gedulden müssen.«

»Negativ!«, knurrte Bill. »Du wirst sofort losfliegen!«

Greg lächelte. »Ich befinde mich mitten in einer Scheidung, die verdammt kostspielig werden wird. Und ich werde dann kommen, wenn ich hier alles Relevante geklärt und dafür gesorgt habe, dass ich danach nicht restlos pleite bin.«

»Das kannst du vergessen. Die kleine Schlampe bek…«

»Bye Bill, und grüß deinen Daddy von mir, er wird sich schon wieder beruhigen.«

Damit legte Greg auf, wobei der Zorn ihm die Kehle zuschnürte. Kalter Schweiß brach ihm auf der Stirn aus und er leerte sein Glas in einem Zug, wobei er bei dem Barkeeper bereits mit dem Finger Nachschub bestellte.

»Du wirst Ärger kriegen, schätze ich?«

Verdutzt sah Greg neben sich, entdeckte Terence, und erst jetzt fiel ihm ein, dass sein Freund ja auch noch anwesend war.

»Möglich«, erwiderte er kurz. »Interessiert mich aber nur am Rande.«

Die beiden Männer nahmen dankend ihre neuen Gläser entgegen und Greg registrierte ermattet, dass das Schweigegelübde wohl gerade rettungslos verloren gegangen war, denn Terence ergriff abermals das Wort. »So? Bisher hatte ich nicht den Eindruck, als würdest du auch nur irgendwas tun, was Onkel William nicht in den Kram passt.«

»Die Zeiten ändern sich«, sagte Greg, und im Grunde nur, um von diesem brisanten Thema abzulenken: »Wie ich hörte, steht es bei dir und *Helen* …« Ihren Namen betonte er sehr deutlich. »… auch nicht sonderlich rosig.«

»Themenwechsel!«, knurrte Terence und nahm einen großen Schluck von seinem Bier.

Greg lachte und klopfte ihm auf die Schulter. »Lass alles raus, Kumpel, das entschlackt und entspannt unheimlich. Versuchs mal!«

»Nein!«, wurde er ruppig abserviert und es legte sich wieder Schweigen über die Männer, womit Greg sein Ziel erreicht hatte. Er trank sein Bier, bestellte dann und wann Nachschub, ohne den Plan, demnächst damit aufzuhören, und versuchte, einfach nichts zu denken. Schon gar nicht an Aprils Lippen, an ihre Haut und ihre verdammten Brüste, die sie heute wieder gegen ihn gepresst hatte – BH ohne Polster, was ja klar war … Nein, er *dachte* einfach nicht daran, denn das hätte ihm in Erinnerung gerufen, dass sie in der Stadt, nur wenige Kilometer von ihm entfernt, in ihrem Bett lag und vielleicht auf ihn wartete.

Verdammt!

»Sie ist eine Schlampe!«, knurrte Terence unvermittelt neben ihm los.

Greg zuckte zusammen und blinzelte, bevor auch er knurrte. »Das nimmst du zurück, ansonsten polier ich dir die Fresse, und wir wissen beide, dass du gegen mich chancenlos bist. Warum meint jeder, meine Frau …«

»Die doch nicht«, unterbrach Terence ihn mürrisch. »Obwohl ich zu der auch meine eigene Meinung hab. Nichts für ungut, aber wer schon fremdfickt …«

»Hat sie nicht!«, sagte Greg schneidend, doch sein Zorn war längst wieder verraucht. Kinder und Betrunkene durfte man nun mal nicht schlagen, außerdem hatte er ein paar verbale Waffen im Ärmel, die höchstwahrscheinlich ebenso zielsicher trafen, wie ein Faustschlag in die Leber.

»Wie, sie hat sich von dem Kerl nicht die Zunge in den Hals stecken lassen?«

»Woher …« Bevor er weitersprechen konnte, fiel Greg ein, dass er sich eines Abends in Den Haag in der Hotelbar vollaufen lassen, in seinem Rausch Terence angerufen und ihm sein Leid geklagt hatte. »Das war anders«, sagte er nun unwirsch. »Würde zu weit führen, dir das jetzt auseinanderzunehmen. Außerdem waren wir bei Helen. Lenk nicht immer ab!«

Terence musterte ihn zweifelnd, schüttelte den Kopf und nahm einen neuen großen Schluck Bier. Dann wischte er sich in identischer Geste wie Greg kurz zuvor über den Mund und sah ihn an. »Sie ist eine Schlampe!«, äußerte er in einem Das-ist-nun-mal-Fakt-Ton.

»Eine dreckige, kleine, verhurte Schlampe, die sich von mir anbumsen lassen hat, als sie merkte, dass ich sie nicht heiraten will.« Er lachte glucksend auf und schüttelte wieder den Kopf. »Als würde ich so was heiraten. Das Miststück! Sie sind gut, um mal einen wegzustecken, das muss man ihnen ja neidlos zugestehen. Bei solchen Frauen kann man für den Moment vergessen, das kriegt keine anständige hin, weil sie es einfach nicht draufhaben. Hast du mit Keira jemals so heißen Sex wie mit April gehabt? Ach so, mit Keira hattest du vorsichtshalber ja erst gar nicht gefickt. Und ich wette, du wusstest warum. Diese Mädchen aus der Unterschicht sind irgendwie … anders, frivoler, nicht so zimperlich. Tja, bis sie dann beschließen, dich abzuzocken, dann sind sie auch nicht zimperlich, sondern kommen gleich mit der ganz großen Kelle. Ist ja nicht so, dass ihnen ein paar Tausender reichen würden, nein, die wollen gleich Haus und Kind und Ehe …« Er lachte auf. »Oh ja, eine gottverdammte Ehe, damit sie sich bei der Scheidung endgültig gesundstoßen können. Schätze, du weißt, wovon ich rede.«

Greg war mit jedem Wort ein wenig nüchterner geworden, obwohl das Bier zwischenzeitlich seinen Schädel ziemlich umwölkt hatte. »Was ist passiert?«, erkundigte er sich, als Terence einen Schluck von seinem Bier nahm. »Ich dachte, sie wäre es? Die Frau, nach der du nie gesucht hast? Die eine …«

»Hab ich nie gesagt!«, wurde er von Terence angefaucht.

»Nicht mit diesen Worten, aber …«

»Auch nicht anders!« Terence rutschte näher und sah Greg ernst an. »Das. Habe. Ich. Nie. Gesagt!«

»Aber gedacht.«

»Nein.«

»Aber *heimlich* gedacht«, beharrte Greg. »Alter, du warst wie ausgewechselt. Hast mir ständig vorgehalten, dass ich mich nicht entscheiden könne, und dass April mir weglaufen würde, und wie heiß das doch mit der Emanze …« Als er Terences sturen Blick sah, seufzte er. »Also war das neulich nicht nur ein Streit?«

»Nope!«, sagte Terence und nahm einen Schluck von seinem Bier. »Das war ernst.«

»Und jetzt ist es vorbei?«

»Japp!« Wie schon zuvor ließ er das ›P‹ ploppen. »Ich hab ihr gesagt, was sie zu tun und zu lassen hat, sie hat auf mich verzichtet, ich hab ihr einen Tritt in den Arsch verpasst und ihr gesagt, dass ich mir eine andere Nutte suche.«

»Aha …« Ohne seinen Freund aus den Augen zu lassen nahm Greg einen neuen Schluck von seinem Bier. Irgendwie bezweifelte er, dass Terence ihr in den Arsch getreten hatte. Helen mochte eine widerliche Emanze sein, die an dem Vortrag dieses Graham heute einen erheblichen Anteil gehabt hatte. Aber dass diese Frau sich von irgendeinem Mann ungestraft abservieren ließ, konnte er nicht glauben.

»Und jetzt?«

»Jetzt hat sie mir die Rache geschickt«, murmelte Terence, fingerte in seiner Hose nach seinem Handy, und nachdem er gefühlte fünf Ewigkeiten mit einem nicht mehr ganz sicheren Finger gescrollt hatte, hielt er Greg ein Bild unter die Nase.

Dieser musste nur einen kurzen Blick riskieren, um zu wissen, worum es ging. Den Anblick hatte er aufgrund eines Schockmoments in seinem eigenen Leben für immer verinnerlicht.

»Verstehe ich nicht«, sagte er dumpf.

Terence verzog das Gesicht. »Was gibt es daran nicht zu verstehen? Sie hat sich absichtlich anbumsen lassen und mir heute das Bild geschickt!«

»Aber ich denke, du hast sie abserviert?«

»Ja, vorher habe ich sie noch flachgelegt, meinst du, ich bin irre? Ein Fick umsonst, den lass ich mir garantiert nicht entgehen.«

»Wow, Terence …« Greg stellte das Glas ab und musterte seinen Freund. »Was ist los mit dir? Irgendwie machst du mir gerade Angst. Wo ist mein allseits geliebter Terence, der Menschenfreund und Frauenversteher geblieben?«

»Der ist tot«, knurrte Terence. Und nach einer Weile: »Sie hat sich das Kind absichtlich machen lassen! Das war reine Berechnung. Bei unserem letzten Mal hat sie es drauf angelegt.«

»Sie hat dich also absichtlich heiß gemacht, obwohl du sie abservieren wolltest?«

Terence runzelte die Stirn und schwang unwirsch eine Hand. »Die Braut macht dich *immer* heiß! Verdammt wenn sie nichts kann, das auf jeden Fall. Wenn sie vor dir steht, mit diesen Haaren – hast du schon mal ihr Haar angefasst …?«

»Verschon mich!«, knurrte Greg, doch Terence schien ihn überhaupt nicht zu hören.

»Das ist … das ist so seidig, so … keine Ahnung, was für Zeug sie nimmt, aber so was habe ich noch nie berührt. Und diese Lippen, an denen kann kein vernünftiger Mann vorbeigehen. Sie schminkt sie auch immer noch so tiefrot …«

»Also hatte sie sich extra aufgedonnert, um dir den Todesstoß zu verpassen und sich noch anbumsen zu lassen? Ja, das sieht ihr …«

»Nein!«, sagte Terence. »Hatte sie nicht, sie hat schließlich den Babysitter für deine Tochter gegeben, weil ihr euch durch Europa vögeln musstet.«

Greg stöhnte, nahm einen Schluck von seinem Bier und stützte seinen Kopf in eine aufgestellte Hand, während Terence sich für die nächsten Minuten in Schwärmereien über Helen erging. Die Lippen waren ja der Wahnsinn, die Titten auch, und diese verdammten Beine – keine Frau hätte so lange Beine wie Helen. Diese Wespentaille – sie aß ja auch so wenig, dass er sich schon immer gefragt hatte, wie sie damit überleben konnte. Ob er sich schon mal ihre Figur genauer angesehen hatte? Greg war nicht sicher, was Terence getan hätte, wäre das von ihm bejaht worden, denn in den folgenden Minuten stellte sich auch heraus, wie eifersüchtig er war.

»… irgendein Wichser seinen Schwanz in *meine* Muschi steckt, bringe ich das Schwein um!«, knurrte Terence gerade. »Sie dieselt sich immer ein mit diesem Parfum, keine Ahnung, wie das heißt, ich nenne es nur den Schwanzversteifer.«

Es wurde Greg bei Weitem zu intim, er wusste bereits jetzt genug über diese Pseudo-Beziehung, um reichlich Material für ein Leben mit den widerlichsten Albträumen zu haben. Doch endlich redete Terence, und das war ja auch nicht zu verachten.

»Okay, anscheinend hast du einen Narren an ihr gefressen. Schon mal an die Möglichkeit gedacht, dass sie wirklich auch nur mit dir zusammen sein will?«

Terence sah ihn aus trüben Augen an, wobei er sich offenbar fragte, ob sein Kumpel noch ganz dicht war. Dann seufzte er und winkte ab. »Erstens *hatte* ich einen Narren an ihr gefressen – geb ich ehrlich zu, auch wenns wehtut.« Er schwang verächtlich eine Hand. »Kommt ja in den besten Familien mal vor, oder? Zweitens: Ja, ich dachte auch, dass es bei ihr ähnlich liegt, lief ja auch alles wunderprächtig. Bis sie auf diese abgefuckte Idee mit der Hochzeit und so kam, das hat mir irgendwie die Augen geöffnet. Außerdem ist sie jetzt ja schwanger, und damit hat sich das Ganze sowieso erledigt.«

»Was hast du vor?«

»Was wohl? Ich werde erst mal abklären lassen, ob ich wirklich für das Drecksbalg …«

Greg hatte ihn schneller am Kragen, als er selbst darüber nachdenken konnte, und es ging ihm ganz bestimmt nicht um Helen, die Frau war ihm egal. Terence nicht.

»Jetzt reiß dich zusammen!«, knurrte er seinem Freund ins Gesicht. Erst als dieser genickt hatte, ließ er ihn wieder auf den Barhocker sinken und demonstrierte dem argwöhnischen Barkeeper seine offenen Handflächen. »Du vergisst dich, Mann!«, knurrte er weiter und orderte noch zwei Bier. »Vor ein paar Monaten hast du mir unentwegt die Ohren vollgesäuselt. Helen hier, Helen da, Helen seitwärts, Helen vorne. Es war unerträglich widerlich. Okay, nun ist es nicht mehr so, soll vorkommen, aber deshalb ist das noch lange kein Grund, dich derart über sie auszulassen. Das ist einfach … das ist … Scheiße!«

Terence musterte ihn lange mit seinen vom Bier getrübten Augen und sackte dann vor Greg förmlich zusammen. »Ich weiß«, knurrte er. »Können wir dieses Thema lassen? Das macht mich aggressiv!«

Nichts, was Greg lieber tat. Und so saßen die beiden für die nächsten Stunden mehr oder weniger schweigend nebeneinander und gaben sich die Kante.

Keiner der zwei Männer hatte auch nur einen Blick für die sexy Frauen übrig, die sehr zahlreich in der Bar vertreten waren und gegen einen unverbindlichen Flirt garantiert nichts einzuwenden gehabt hätten. Sie hatten bereits genügend Probleme, außerdem waren sie unabhängig voneinander davon überzeugt, dass diese *immer* auf Frauen basierten.

Also die Probleme.

34. Kapitel

Greg

Es brauchte lange, bis Greg, der seine Tage in New York in einem Hotel verbrachte, am nächsten Morgen wach geworden war. Die Biere, deren genaue Anzahl er nicht einmal ahnte, und sie auch niemals erfahren wollte, steckten ihm in den Knochen, vor allem jedoch in seinem Schädel, und er ächzte, als er sich aus dem Bett quälte.

Soweit er wusste, war er nicht vor drei Uhr im Bett gelandet, und das auch erst, nachdem er den am Boden zerstören Terence heimgebracht hatte. Der Alkohol hatte geschafft, dass er für ein paar wenige Stunden nicht an April gedacht oder von ihr geträumt hatte oder sogar mit einem riesigen Ständer aufgrund seiner feuchten Teenieträume von ihr aufgewacht war. Diese Erfolgsserie hielt leider nicht an. Sobald er mit seinem dröhnenden Schädel unter der Dusche stand, schlich sie sich wieder in seine vordersten Gedanken. Die Erinnerung an ihren hoffnungsvollen Blick führte dazu, dass er sich hingerissen von ihrem Bild vor Augen unter dem strömenden heißen Wasser selbst befriedigte, bevor er gigantisch kam.

An die Fliesen … nun ja, das Muster war ja nicht neu.

Dennoch hatte er Schwierigkeiten, in den Spiegel zu schauen. Diesmal, weil er darin einen gottverdammten Versager sah, der sich morgens unter der Hoteldusche einen runterholte, nachdem er in

Seelenruhe dabei zugesehen hatte, wie man ihm seine Frau und seine Tochter raubte.

Das war es nämlich gewesen.

»Yeah«, knurrte er grimmig, als er sich die Zähne putzte und sich wegen dieser widerlich schmeckenden Zahnpaste fast übergab.

Beim Rasieren waren alle Gedanken an seine Verfehlungen jedoch bereits wieder in der Versenkung verschwunden. Greg war noch nie ein Mann gewesen, der sich zu lange mit der Vergangenheit beschäftigte, egal, wie schuldig er sich gemacht hatte. Allein würde er die vor ihm liegende Schlacht nicht gewinnen können. Er brauchte Unterstützung, und ihm fiel nur eine Person ein, die den Mut, die Veranlagung und den Namen hatte, sich William McCarthy in den Weg zu stellen. Ein einziger, um genau zu sein, und der war neuerdings nicht unbedingt gut auf ihn zu sprechen, was Greg ihm nicht mal verübeln konnte. Höchstwahrscheinlich hätte er selbst in einer ähnlichen Situation genauso empfunden. Doch momentan hatte er keine Zeit für irgendwelche emotionale Rücksichtnahme und er hatte auch nicht vor, demütig zu Kreuze zu kriechen. Greg würde einfach versuchen, sich die Unterstützung zu holen, die er benötigte. Wenn er scheiterte, dann hatte er eben Pech gehabt.

Eine Stunde später saß er in der Limousine, während Joe ihn zum Anwesen seiner Eltern fuhr. In Gedanken versunken schaute Greg aus dem Fenster, konnte zum ersten Mal seit Wochen wieder die vertraute Architektur New Yorks genießen, das auch seine Heimatstadt war – was April übrigens gern mal vergaß. Nur weil er in einem gänzlich anderen Viertel aufgewachsen war, hieß das noch lange nicht, dass er keine Beziehung zum größten Mülleimer der Welt hatte. Auch er kannte die vielen Vorteile dieser Stadt, auch er liebte den Central Park und war bestens in der einzigartigen Kulturszene bewandert. Doch auch er wusste um die schier unüberwindlichen sozialen Probleme, mit denen hier seit Jahrzehnten gekämpft wurde, und auch er stand schweigend an jedem 11. September und gedachte jenen Menschen, die vor gut 15 Jahren während der unvergesslichen Anschläge auf das World-Trade-Center umgekommen waren. In einem Gebäude, das dem Firmentower seines Vaters oder seines Onkels verblüffend geähnelt hatte.

Aber das ließ April selten gelten, weil er, wie sie ihm öfter einmal erklärt hatte: »Das wahre New York noch nie erlebt hast. Dürfte dir zu dreckig sein, außerdem gibt es da zu viele Ratten.«

Na ja, wenn sie meinte.

Seine Lippen verzogen sich zu einem leichten Lächeln, doch dann zwang er sich zur Konzentration, denn was vor ihm lag würde nicht einfach werden, und die Zeit drängte.

Als der Wagen vor dem Haus seiner Eltern hielt, beschlich ihn wie üblich dieses Gefühl einer gewissen Enge, was angesichts der schon grotesken Riesenhaftigkeit des Schlosses tatsächlich verwunderlich war. Er würgte es hinunter, dankte Joe, bevor er ausstieg und betont beschwingt die Freitreppe erklomm. Nachdem er sein Kommen telefonisch angekündigt hatte, war er nicht verwundert, dass das Hausmädchen bei seinem Anblick keinerlei Überraschung zeigte, obwohl sie sich noch nie gesehen hatten.

»Guten Tag, Sir«, sagte sie und knickste, bevor sie ihm aus dem Jackett half. »Ich wurde angewiesen, Sie in den Salon zu bringen, die Herrschaften …«

»… kommen gleich, schon klar«, vollendete er lächelnd den Satz. »Ich kenne mich hier aus, Sie brauchen mich nicht zu begleiten.« Das vielleicht fünfundzwanzigjährige, unscheinbare Mädchen wurde rot, knickste erneut und machte dann, dass es wegkam. Als Greg die hohe, große Halle durchschritt und schließlich in den Salon einbog, verzog er seine Lippen zu einem trockenen Grinsen. Alles war noch genauso, wie bei seinem letzten Besuch oder auch wie vor zwanzig Jahren. Zeit seiner gesamten Kindheit waren immer nur die üblichen Renovierungen vorgenommen worden; sein Vater achtete mit Argusaugen darauf, dass das Mobiliar unangetastet blieb. Greg's Blick wanderte zur Bar, er hätte gern einen Brandy genommen, entschied sich aber dagegen. Das Bier vom Vorabend hatte sein System noch nicht ganz verlassen, und es war ratsam, seinem Vater so nüchtern wie möglich gegenüberzutreten. Denn der Alte würde hart verhandeln, schließlich wollte Greg keine Kleinigkeit.

Als die beiden endlich erschienen, unterdrückte Greg ein erschöpftes Stöhnen. Es war gerade einmal vier Uhr am Nachmittag und seine Mutter hatte von seinem Kommen gewusst, trotzdem war sie schon wieder sichtlich angetrunken. Was ihren Manieren allerdings keinen Abbruch tat. Wie eine Elfe, fast schwebend, eilte sie zu ihm, küsste ihn auf beide Wangen und säuselte: »Ohhhh, mein Lieber, wie schön, dass du dich mal wieder blicken lässt. Wo ist denn deine Frau?«

Womit schon mal geklärt war, dass sie über seine bevorstehende Scheidung bereits ins Bild gesetzt worden waren. Nun ja, er hatte mit nichts anderem gerechnet.

»Nicht hier«, erwiderte Greg und wandte sich seinem Vater zu, der hinter seiner Frau stand. Die beiden reichten sich die Hände. »Greg.«

»Dad.«

Sofort wurde der Kontakt wieder gelöst und Greg setzte sich, während George die Drinks zubereitete. Greg hatte nie darüber nachgedacht, aber heute fiel ihm zum ersten Mal auf, dass selbst diese vermeintliche Alltäglichkeit, wie, den Sohn im Salon zu empfangen, einem ganz genauen Ablaufplan unterworfen war. Na ja, irgendwie kein Wunder, dass seine Mutter soff.

Als alle ihr Getränk in der Hand hielten, setzte auch George sich und musterte seinen Sohn. »Dein Anruf hat uns einigermaßen überrascht, wir dachten, du würdest in Europa weilen.«

»Dort weilte ich auch …« Greg verzog das Gesicht, aber seinen Eltern war der Witz offenbar entgangen, denn sie blinzelten nicht einmal, weshalb er fortfuhr. »Dringende Angelegenheiten zwangen mich unvorhergesehen, zurückzukehren.«

»Welche wären das?«

»April verlangt die Scheidung.« Als Greg den triumphierenden Blick sah, den seine Eltern tauschten, fügte er knurrend hinzu. »Der ich nicht zustimmen werde.«

George lehnte sich zurück. »Diese Entscheidung solltest du noch einmal überdenken, mein Sohn. Überrascht sind wir nicht, es war nur eine Frage der Zeit, bis sich herausstellen würde, dass du es mit dieser Frau nicht lange …«

»*Sie* hat die Scheidung eingereicht!«

Sein Vater ignorierte den Einwurf. »… aushalten wirst. Ihr seid nun einmal nicht kompatibel. Wie gut, dass es sich nicht zu lange hingezogen hat. Umso wichtiger ist es, jetzt die richtigen Schritte zu wählen. Sie wird eine enorme Abfindung fordern, besonders, weil ja dieses Kind da ist, aber ich schätze, mit den erforderlichen Überredungskünsten – die dein Onkel perfekt beherrscht – dürften sich ihre Ansprüche rapide senken. Übergib die Angelegenheit den Anwälten – *nicht Hunter*, der ist für Derartiges zu zahm –, lass dich von dem Konsortium deines Onkels vertreten, und du wirst sehen, bald ist sie nur noch eine unschöne Erinnerung, die auch nicht ewig anhalten wird.«

»Das Kind nimmst selbstverständlich du«, mischte sich Ginger an dieser Stelle ein. »Du kannst unmöglich verantworten, dass dein Fleisch und Blut in diesem … Umfeld aufwächst. Wir sind dir natürlich behilflich, aber ich sage dir gleich, dass ich mein Kind großgezogen habe und als Mutter meines Enkels nicht zur Verfügung stehe.«

»Nein, dazu würde auch die Zeit nicht reichen, bei all den Verpflichtungen, denen du nachkommen musst, einschließlich denen deinem Schnaps gegenüber.«

»Greg!«, donnerten Ginger und George unisono, wobei Ginger ein wenig lallte.

Der musterte seine Eltern eisig. »Habt ihr immer noch nicht eingesehen, dass sie meine Frau ist? Muss ich immer und immer wieder von vorn beginnen? Immer und immer wieder unter Beweis stellen, dass ich weiß, was ich tue, wenn ich ja sage? Verdammt, ihr wart bei der Hochzeit *und* der Geburt meiner Tochter dabei, ihr habt gesehen, wie June getauft wurde, und ihr könnt immer noch nicht glauben, dass es mir ernst ist?«

George war wenig von Greg's emotionalem Vortrag beeindruckt. »Du sagtest, sie hätte die Scheidung eingereicht.«

»Ja, weil sie glaubt, ich wäre ihr untreu gewesen«, erwiderte Greg knurrend. Doch dann musterte er die ratlosen Mienen seiner Eltern und seufzte. »Nein, war ich nicht, ihr wurden Fotos zugespielt, die das dokumentieren sollen. Ich …« Er holte tief Luft. »Ich hätte gern unter vier Augen mit dir gesprochen.«

George hob eine Braue, Greg sah, dass sein Vater am liebsten abgelehnt hätte, doch am Ende siegte die Neugierde und er stand auf.

»Mein Büro.«

Ginger widersprach nicht, es ging ums Geschäft, sonst würden sich die Männer nicht zurückziehen, und bei geschäftlichen Dingen schwiegen Frauen seiner Kreise. Okay, April nicht, die würde niemals schweigen, aber dafür war sie auch April.

***

Das Büro seines Vaters befand sich im ersten Geschoss. Dies war nicht die einzige Gemeinsamkeit zu William McCarthy, der seinen privaten Arbeitsraum ähnlich positioniert hatte. Auch die Einrichtung entsprach dem selben Stil. Beide Räume waren mit den gleichen, schweren Mahagonimöbeln ausgestattet, nur beschäftigte sein Vater keine Privatsekretärin, die er gern mal nach dem Dinner vernaschte. Sozusagen zum Dessert. Er gebot seinem Sohn mit einer zackigen Handbewegung, sich auf den Stuhl vor dem Schreibtisch zu setzen, womit alle Zweifel bezüglich der Tatsache, dass Greg heute als Bittsteller auftrat, besiegelt waren.

Ewigkeiten hantierte George McCarthy an seinen Schubfächern herum, öffnete eine Lade, schloss sie wieder, öffnete die nächste und zog endlich einen sauberen, riesigen schwarzen Aschenbecher aus Turmalin hervor, neben einer großen Zigarrenkiste, die ganz offensichtlich aus Cuba stammte. Bedächtig hielt er Greg die Schmuggelware hin, verzog leicht verächtlich das Gesicht, als dieser ablehnte und nahm sich selbst eine. Zunächst einmal wurde sie sehr bedachtsam geklopft, bevor er die Spitze mittels goldenem Spitzenschneider stutzte, sie dann, endlich, anzündete, ehe er sich zurücklehnte, genüsslich den Rauch aus seinem Mund gleiten ließ und seinen Sohn durch den blauen Dunst betrachtete.

»William rief mich vorgestern an, um mir die Gesamtlage zu umreißen. Ich nehme an, du sitzt in der Scheiße und dein Daddy soll es richten?«

35. Kapitel

April

April saß mit June auf dem Arm am Fenster des großen Wohnzimmers und betrachtete andächtig den grauen Himmel. Seit Tagen fühlte sie sich wie gelähmt, alle Muskeln und Sehnen in ihr waren bis zum Zerreißen angespannt, während sie auf das Eintreffen der Invasoren wartete. Vielleicht wäre es besser gewesen, hätte sie von der nahenden Bedrohung nichts gewusst. Dann hätte sie bis zum Zeitpunkt X leben können, als wäre nichts geschehen. Okay, abgesehen von der Tatsache, dass sie sich in Scheidung von dem Mann, den sie liebte, befand, natürlich.

Dieses Warten machte sie fertig. Bei jedem Geräusch zuckte sie zusammen und blickte auf der Suche nach Fluchtwegen hektisch umher. Dass es eine ganze Wachmannschaft gab, die im Zweifelsfall mit ihrem Leben für ihre Sicherheit einstehen würde, war nicht mehr von Bedeutung, denn vor dieser speziellen Gefahr würde man sie nicht beschützen.

Niemand.

Keiner.

Nicht einmal Greg.

Er hatte ihr gesagt, sie müsse es durchstehen. Irgendwie. Hatte ihr eingeschärft, was sie tun müsse, wie man den Pager aktivierte, um ihn zu rufen, und wie sie das Smartphone mit wenigen

Handgriffen so präparierte, dass sie alles mitschneiden könne. Vor allem aber war immer und immer wieder derselbe Satz gefallen: »Du musst das irgendwie überstehen. Nachdem du den verdammten Pager bedient hast, werde ich ungefähr zwanzig Minuten brauchen, bis ich bei dir sein kann. Bis dahin musst du cool bleiben.« Egal, was passieren würde. Es wäre wichtig und er wisse ganz genau, was er damit von ihr verlange, aber das wäre ihre einzige Chance. »Könnte ich es dir abnehmen, würde ich es tun. Doch er hat nicht *mich* als den Störfaktor in der Familie ausgemacht, sondern dich, und genau den gilt es zu vernichten. Du musst ihn aus der Deckung locken, ihn in die Offensive treiben, ihn zu Äußerungen bewegen, die er möglicherweise sonst nie getätigt hätte. Und wenn das überhaupt jemand kann, dann bist du das.« Noch jetzt hörte sie den Tonfall seiner Einpeitscherstimme, der in der Rückschau total bescheuert klang.

Von wegen!

Sie hätte ihrem Impuls nachgeben und sofort aus der Stadt verschwinden sollen. Das war nämlich das Erste, was ihr durch den Kopf geschossen war, nachdem er sie in Hunters Kanzlei in seinen grandiosen Plan eingeweiht hatte.

Bloß weg hier!

Aber nein! Ein Blick in seine Augen und auf seine verdammten Lippen und sie war mal wieder aller intelligenten Überlegungen beraubt gewesen und hatte zugestimmt. Hätte er in diesem Moment von ihr verlangt, sich von der George-Washington-Bridge zu stürzen, hätte sie das womöglich auch getan.

Verdammt!

Helen war auch nicht da, was natürlich geplant war, denn sie durfte ja nichts von alledem wissen, weshalb April sie zur Arbeit geschickt hatte.

Greg hatte dazu eine weitere seiner unschlagbar logischen Erklärungen übrig gehabt: »Es hilft absolut nicht, wenn sie hysterisch herumbrüllt, das verschärft die Lage sogar noch, und er wird garantiert keine ungeplanten Aussagen von sich geben, sobald

Zeugen dabei sind. Du musst sie irgendwie aus der Schusslinie bringen.« Auch an June hatte er gedacht, doch diesbezüglich hatte April sich geweigert. Das Baby gehörte zu ihr, es war Teil dessen, was sie zum Ärgernis für diese verdammte Sippe machte. Brächte sie ihre Tochter weg, würden sie womöglich ahnen, dass sie etwas wusste. Dem hatte Greg nicht widersprechen können. Und so hatte sie Jannice zu deren Eltern in Kalifornien geschickt, in der Hoffnung, in den drei Tagen ihrer Abwesenheit würde die erwartete Katastrophe über sie hereinbrechen. Selbst Berta hatte sie für die kommenden Tage freigegeben, was der Frau überhaupt nicht gefallen hatte, obwohl es keine Lohnkürzungen geben würde. Ihrer Ansicht nach besaß April nämlich nicht die geringsten hausfraulichen Fähigkeiten. Weshalb sie offenbar drohte, innerhalb der kommenden drei Tage im Dreck umzukommen, jetzt, wo die tüchtige Berta nicht täglich für Abhilfe sorgte. Sie hätte das nie gesagt, aber ihre Blicke sprachen Bände, als April ihr die freudige Nachricht von dem außerplanmäßigen Urlaub mitgeteilt hatte.

April war es egal, sie hatte andere Sorgen, und dass sie putzen konnte, sofern sie es für erforderlich hielt, das musste sie auch niemandem beweisen, denn das wusste sie bereits. Momentan war es hier geradezu klinisch rein, weshalb es auch diesbezüglich keine Ablenkung gab. Und so saß April und wartete auf die Katastrophe.

Doch genau diese blieb aus. Der Tag verging wie die vorangegangenen: ohne Vorkommnisse. Am Abend kam Helen, schimpfte auf die Kanzlei und James im Besonderen, der ihr jetzt nur noch damit in den Ohren lag, seine Mandantin – womit April gemeint war – zu bearbeiten, damit die nicht doch noch umkippte. »Sie ist dem Kerl hörig«, sagte Helen in einer sehr gelungenen Imitation ihres Chefs. »Und das weiß er ganz genau. Dieser verdammte Staranwalt und er warten nur darauf, dass sie einlenkt. Und wenn sie es tut, kann ich nichts mehr für sie erreichen.« Helen musterte April mit erhobenen Augenbrauen. »Ich bin geneigt, ihm recht zu geben.«

»Tja«, sagte April, bemüht, dem neuerdings immer sehr kritischen und argwöhnischen Blick ihrer Freundin standzuhalten. »Das liegt zu allererst daran, dass mir keiner von euch eine gesunde, kritische und vor allem logische Gesamthaltung zutraut. Du kannst deinem Chef bestellen, dass er keine Angst zu haben braucht, sein Honorar steht und ich werde auch ganz bestimmt nicht umkippen. Was macht der Kleine?«

Wie üblich ging Helen sofort auf den plumpen Themenwechsel ein. Ihre Augen bekamen diesen leicht besessenen Glanz, der immer erschien, wenn die Sprache auf das Kind in ihrem Bauch kam, und ihre Hand legte sich wie in Trance darauf. »Es geht ihm gut. Ehrlich, er ist jetzt schon ein Sonnenschein, mir wird kaum übel …«

»Was nicht ist, kann noch werden, du bist ganz am Anfang«, retournierte April trocken, froh, der Auseinandersetzung noch einmal erfolgreich aus dem Weg gegangen zu sein. Denn ganz ehrlich, ihr fehlte mittlerweile die Kraft, sich ständig neu zu behaupten. Sie wusste, dass Helen es nur gut meinte und dass ihr Chef bloß seinen Job anständig verrichten wollte. Gerade deshalb setzte es ihr zu allem anderen auch noch unheimlich zu, dass sie die beiden gerade ziemlich gemein hinterging.

Um nichts zu riskieren, ging sie früh ins Bett und schützte Müdigkeit vor, die ja auch durchaus vorhanden war, nur mit der Schlaffähigkeit haperte es gewaltig. Irgendwann holte sie June zu sich, kuschelte sich an sie, versuchte, sich an der Wärme und Vertrautheit des kleinen Körpers ein wenig aufzubauen, und scheiterte. Außerdem konnte sie es nicht lassen, ständig auf ihr Handy zu schielen, in der Hoffnung, er hätte irgendeine klitzekleine, möglicherweise sogar belanglose Nachricht hinterlassen. Irgendein Zeichen und wenn es verschlüsselt gewesen wäre. Das hätte dem Ganzen einen gewissen Touch von einer Top-secret-Agententätigkeit gegeben – Mr. & Mrs. McCarthy –, was unglaublich spannend gewesen wäre und es unwirklicher hätte erscheinen lassen. Doch ihr Handy gab nicht das geringste Geräusch von sich. Weder rief er an – womit sie nach dem, was sie neuerdings wusste, auch nicht mehr rechnete. Aber er schickte auch keine SMS oder irgendein geheimes Zeichen. Okay, überraschend kam es nicht. Greg hatte ihr gesagt, dass er sich nicht melden könne, und ja, auch den Grund hatte er ihr nicht vorenthalten.

»Sie werden dein Handy angezapft haben, meines sowieso, den Festnetzanschluss, das gesamte Haus dürfte ebenfalls verwanzt sein, so wie mein Hotelzimmer abgehört wird. Du bist also niemals allein, vergiss das nicht.«

Ha!

Wie hätte sie denn auch, verdammt noch mal?

Seitdem April wusste, dass sie in einem besseren Big-Brother-Container wohnte, war es ihr fast unmöglich, sich in diesem verdammten Haus unbekümmert zu bewegen. Selbst das Atmen nahm sie nur noch vor, wenn es unbedingt erforderlich wurde. Sie hatte dummerweise vergessen, Greg zu fragen, ob sich der Lauschangriff auch auf die Bäder und WCs erstreckte, weshalb sie nur noch mit fließend Wasser zur Toilette ging, und bloß duschte, wenn es unumgänglich wurde. Das war einfach kein Zustand verdammte Scheiße!

Und sie konnte nichts, absolut gar nichts dagegen tun! Außer zu warten.

Der kommende Morgen kam und als June wach wurde, hatte April keine einzige Sekunde geschlafen. Sie alberte eine Weile mit der Kleinen herum und versuchte so, sich abzulenken. Leider gelang das nur sehr kurz, weil ihre kleine Tochter dann vehement nach ihrer ersten Mahlzeit verlangte. Es war zu früh, Helen hatte die Stätte des kommenden Grauens noch nicht in Richtung Anwaltskanzlei verlassen und ließ auch die neueste sich ihr bietende Gelegenheit nicht aus, um April noch einmal eindringlich ins Gewissen zu reden. Während April mit Baby und Fläschchen am Frühstückstisch saß und mit aller Macht versuchte, die Augen offenzuhalten, schwafelte Helen fast ununterbrochen, was allerdings total ohne Wirkung blieb. Genau wie das Koffein – das verursachte in diesem Stadium der

Übermüdung nur noch Übelkeit, hatte aber keinen nennenswert belebenden Effekt mehr.

Und so ließ sie die Worte an sich vorbeirauschen, nickte hier und da, verzog das Gesicht, wenn es angebracht war und lächelte, wenn Helen versöhnlichere Worte fand. Als sie schließlich aufstand und nach ihrer Tasche griff, um zur Arbeit zu gehen, war April unendlich froh. »Stell nichts an, was ich nicht befürworten würde«, sagte sie zum Abschied.

»Nein, Mom«, erwiderte April lakonisch, und kniff ein Auge zusammen, weil sie ihre Freundin auf die Art irgendwie klarer sah.

Helen lachte, wurde dann aber ernst. »Wirklich, überlege, was du tust, ja? Bitte, ich will nur nicht …«

»… dass ich am Ende wieder am Boden zerstört bin«, vollendete April den Satz, den sie inzwischen fast singen konnte. Niemand wollte das, wenn sie es recht bedachte. Helen nicht, James nicht und Greg auch nicht. Keiner kam auf die Idee, dass April selbst entscheiden konnte, wie weit sie bereit war, ihr Seelenheil zu riskieren. Jeder meinte permanent, es ihr vorschreiben zu müssen.

»Bye, Baby«, gurrte Helen und küsste June auf die Stirn, was diese mit einem Lächeln beantwortete, trotz Nuckel, sie trank nämlich noch immer an ihrer Flasche.

Dann waren sie allein und April betrachtete versonnen ihre kleine Tochter, die so viel Ähnlichkeit mit ihrem Vater hatte. Sie konnte Helen mit ihrer Babybesessenheit verstehen, denn ein Kind von dem Mann, den man liebte, war so viel, wenn man ihn nicht haben konnte. Nur genügte es leider nicht.

»Nein, es genügt nicht«, wisperte sie.

Als Nächstes räumte sie das Frühstücksgeschirr weg. Sie hatte Helen extra angewiesen, es stehenzulassen, um wenigstens etwas Beschäftigung zu haben. Schon, um Berta zu beweisen, dass sie sehr wohl putzen konnte, schüttelte sie auch noch die Betten auf und staubsaugte in den unteren Räumen.

Doch dann war sie abermals zur Untätigkeit verdammt, was ihr allmählich wirklich aufs Gemüt schlug. Kein Mensch konnte sein Leben auf die Dauer mit bloßem Warten verbringen. Da musste man ja zwangsläufig einen gehörig an der Klatsche bekommen. Inzwischen zuckte sie tatsächlich bei jedem noch so kleinen Geräusch zusammen. Als das Aggregat des Kühlschrankes ansprang, drohte sogar ein Herzinfarkt und sie sank mit akuter Schnappatmung auf einen der Küchenhocker.

Als ihr die Decke endgültig auf den Kopf zu fallen drohte, und sie begann, die Schatten der vor dem Haus stehenden Bäume als feindliche Übermacht zu identifizieren, beschloss sie, dass alles Warten einmal ein Ende haben musste. Vielleicht hatte Greg sich getäuscht und es drohte überhaupt kein Überfall!

Je länger sie diese Möglichkeit in Erwägung zog, desto wahrscheinlicher klang es für sie. Es war doch total dämlich, hier die Tage mit dem absoluten Nichtstun zu verschwenden. Wobei sie sich in den schillerndsten und damit grauenvollsten Farben ausmalte, was alles passieren würde. Und das, wo möglicherweise absolut nichts zu geschehen drohte!

Eine halbe Stunde später war April davon überzeugt, dass sie recht hatte. Irgendwie beflügelte sie ihre neue Gewissheit, es war, als hätte sie unsichtbare Ketten gesprengt, die sie bisher ans Haus gefesselt hatten. Und so stürzte sie mit June die Treppe hinauf, zerrte ein paar leichte Sachen und ein Regenjäckchen hervor; der Himmel hatte sich während der letzten Stunde zugezogen und drohte, eine wahre Flut über den Landstrich zu entfesseln. Sie selbst begnügte sich mit kurzer Jeans, Tank-Top, Jeansjacke, Chucks und ihrer Handtasche.

Der perfekte Anti-McCarthy-Ausgehlook.

»Und jetzt gehen wir shoppen«, wisperte sie Baby-June zu und fegte mit ihr wieder die Treppe hinab. Der Kinderwagen stand in der Kammer, die von der geräumigen Diele abging. Es handelte sich um so ein Teil, auf das der Autokindersitz nur aufgesetzt wurde, denn

April hatte beschlossen, einen spontanen Besuch in der Mall zu machen.

»Von wegen, hier herumhocken und versauern«, sagte sie June, während sie den Cosy befestigte. »Wir sind doch nicht bescheuert. Oder?«

June hatte ihr mit erhobenen Augenbrauen gelauscht und hob nun ein Beinchen – was April als Zustimmung wertete.

Als sie fertig war, riss sie – den Wagen hinter sich herziehend – beschwingt die Haustür auf und prallte in eine Gestalt. »Au!«, rief sie überrascht. »Pass doch auf, du Idiot!«

Heftig rieb sie sich die Stirn. Erst als die Stimme ertönte, ging April auf, dass sie gerade den Beginn des Showdowns verpasste, denn verdammt, vor dieser Tür stand nicht einfach irgendwer. Gäste wurden angekündigt, keiner konnte April überfallen; wer immer sie zu besuchen wünschte, musste vorher durch die Sicherheitsschleuse.

Bis auf …

»Hallo William«, sagte sie tonlos. All die Leichtigkeit, die eben noch ihren Kopf beherrscht hatte, war wachsender Übelkeit gewichen. Er stand vor ihr mit Bill im Schlepptau, dem verdammten Grinser, und betrachtete sie lächelnd.

»Oh, du wolltest gerade gehen?«

»Ja, ein wenig spazieren mit meiner Tochter«, nuschelte sie und wusste nicht, welchem Instinkt sie zuerst nachgeben sollte, welchen sie nachgeben *durfte*. Die Tür vor Williams Nase zuknallen wäre eine Option gewesen, nur leider *durfte* sie das nicht. Dieser Überfall war es schließlich, worauf sie gewartet hatte – und nicht nur sie allein. Außerdem drängte sich der verhasste Milliardär bereits an ihr vorbei ins Hausinnere, womit diese Chance vertan war. June aus dem Cosy und an sich zu reißen, wäre eine weitere Alternative gewesen, aber sie konnte nicht riskieren, dass die Kleine in Gefahr geriet. Aprils bescheidener Meinung nach war dieser Typ zu allem fähig, und sie wollte wirklich nicht herausfinden, ob er sich auch an Kindern vergriff.

Es gab aber noch eine dritte Option und diese hatte sie fast aus den Augen verloren, obwohl es die naheliegendste war. Schlimmer noch, sie war am *wichtigsten*. Während April den Wagen zurück ins Haus schob, glitt ihre Hand verstohlen in ihre Handtasche. Sie musste ein wenig an dem glatten Metall suchen, bis sie den Knopf gefunden hatte, den sie – so wie Greg es ihr gezeigt hatte – energisch drückte. Gleich mehrmals, nur für den Fall, dass es beim ersten Mal nicht funktionierte. Der Kloß in ihrem Hals verdichtete sich, der Schweiß brach ihr auf der Stirn aus und sie meinte, an einem Herzinfarkt zu sterben, während sie – die beiden Eindringlinge nicht aus den Augen lassend – nun auch ihr Smartphone zu aktivieren versuchte. Das war ein bedeutend schwierigeres Unterfangen, weil sie nicht hinsehen konnte, ohne sich zu verraten. April ging auch nicht davon aus, dass die beiden Männer in aller Seelenruhe zugesehen hätten, wie sie mit ihrem Handy herumhantierte. Greg hatte ihr zwar gesagt, was sie tun sollte, aber ohne auf die Items schauen zu können …

Verdammt, ohne Sichtkontakt war sie geliefert, denn sie würde das Handy nicht nutzen können!

Verfickte Scheiße!

In diesem Moment drehte sich William, der sich bisher in der Diele umgesehen hatte, zu ihr um, und Aprils wilde, unausgesprochene Flüche verstummten abrupt in ihrem Kopf. »Hübsch hast du es hier«, bemerkte er ohne den geringsten Spott. »Ich nehme an, das ist eine bedeutende Verbesserung zu den Verhältnissen, in denen du früher gelebt hast?«

Sie räuspert sich. »Ja.« Aus dem Augenwinkel beobachtete sie Bill, der sofort nach dem Eintreten im Wohnzimmer verschwunden war, nun wieder zurückkehrte und knapp nickte.

Was hatte das Arschloch getan?

»Und das ist wohl die kleine June«, sagte der ekelhafte Onkel in diesem Moment. Er trat zum Cosy, in dem June freudig vor sich hin strampelte, und April handelte instinktiv. Sie drängte sich ruppig an ihm vorbei und zerrte mit flatternden Händen an den Sicherheitsgurten. »Sie mag keine Fremden«, stieß sie dabei mit zusammengepressten Zähnen hervor und hätte beinahe gestöhnt, weil ihre Augen brannten. *Keine Tränen!,* beschwor sie sich. *KEINE! Gottverdammten! Tränen!*

»Das ist ja traurig«, bemerkte William so dicht neben ihr, dass sich ein eisiger Schauder über ihren gesamten Körper ausbreitete. Der Duft seines sündhaft teuren Aftershaves stieg ihr in die Nase, und obwohl es ein durchaus angenehmer Geruch war, verursachte er bei ihr einen Würgereiz. »Offensichtlich hast du die Regeln aus unseren Kreisen noch immer nicht verinnerlicht, Mädchen. Aber das ist nicht verwunderlich, ich hatte deine Chancen diesbezüglich niemals sehr hoch eingeschätzt. Der Mensch kann nun einmal nicht aus seiner Haut. Deshalb bleiben die Klassen im Allgemeinen ja auch unter sich. Das verhindert kleinere und größere Unfälle.« Er lächelte sie an, sah dann über ihre Schulter, wo sich Bill befand. Ehe April wusste, wie ihr geschah, wurde sie von hinten an den Armen vom Cosy-Gestell weggezerrt und musste ohnmächtig zusehen, wie dieses Monster sich über ihr Baby beugte und tatsächlich das feine, so kostbare, reine Gesichtchen berührte.

Teuflisch grinsend – ihr konnte er nichts vormachen, auch wenn er dabei noch so offen, weltmännisch, gewinnend und scheiß attraktiv aussah.

»FASS SIE NICHT AN, DU BASTARD!«, brüllte April, die meinte, ihr Herz würde stehenbleiben. Die Tränen drängten nun resoluter nach vorn und sie zwang sie noch energischer zurück. Lächelnd sah William auf, wieder galt sein Blick Bill. Dieser wirbelte April brutal herum; in der nächsten Sekunde wurde ihre Wange taub und ihr Kopf flog so heftig zur Seite, dass sie meinte, die Halswirbel knacken zu hören. Erst, als sie, von der Wucht des Schlages zu Boden gegangen, wieder zu sich kam, begriff sie, dass sie soeben mit aller Härte geohrfeigt worden war. Tränen der Wut sammelten sich in ihren Augen, während sie hilflos dabei zusah, wie das Schwein ihre Tochter aus dem Cosy barg und sie auf den Arm nahm.

»Mir war schon immer klar, dass du ein aufsässiges Flittchen bist, dem man zunächst einmal Manieren beibringen muss«, erklärte er, während er nur Augen für die Kleine hatte, die ihn misstrauisch beäugte. Sein Zeigefinger stupste das kleine Näschen an, und April hätte fast wieder aufgebrüllt, weil er damit zuverlässig ein Lächeln provozierte. So reagierte sie immer, sie war ein Baby, ein *aufgeschlossenes* Baby, eines, das jeden anlächelte. Verdammt! Der Typ witterte einen schnellen Sieg, dabei hatte June nur das getan, was sie eben immer tat!

»Mein Neffe hat es während eurer Ehe nicht zustande gebracht, dir ein anständiges Verhalten einzubläuen, und so bleibt wie üblich alles an mir hängen«, fuhr er fort und sah wieder zu seinem Sohn. »Da sich die Hausherrin« – das Wort betonte er auf so herablassende Art, dass er auch ›Abfall‹ hätte sagen können – »offensichtlich nicht in der Lage sieht, uns angemessen zu bewirten, werden wir das wohl selbst übernehmen müssen.« Damit stieg er mit June auf dem Arm über April hinweg, ohne sie eines Blickes zu würdigen, und Bill folgte ihm. Er jedoch musterte die am Boden sitzende Frau noch einmal, betrachtete grinsend ihre Brüste, die sich deutlich unter dem leichten Stoff ihres Tops abzeichneten, und ging dann auch ins Wohnzimmer.

Und April fand sich plötzlich allein wieder.

Das war ihre Chance!

Mit bebenden Fingern nestelte sie das Smartphone aus der Tasche und brauchte genau drei Anläufe, um es zu entsperren, weil nicht nur ihre Hände, sondern ihr gesamter Körper zitterte. Ihre Wange brannte wie Feuer, ihr Atem ging rasselnd und schmerzte in ihrer Brust, und ihre Lippen bewegten sich lautlos.

›Nun mach schon, nun mach schon, nun mach schon, gottverdammte Scheiße!‹

»Mädchen, kommst du? Zeig doch wenigstens ein bisschen Manieren, damit ich den Glauben an die verkommene Menschheit nicht ganz verliere!«, ertönte in diesem Moment Williams Stimme und sie wusste, ihr blieben noch Sekunden. Mit dem Mut der

Verzweiflung gelang es ihr, endlich das verdammte Mikrofon einzuschalten, sie ließ das Handy wieder in ihre Tasche fallen, die nach wie vor über ihrer Schulter hing. Gerade, als sie die Hände in den Schoß gelegt hatte, erschien Bill im Türrahmen.

»Komm, Schlampe, oder soll ich dir Beine machen?«

»Sorry, ich musste erst mal zu mir kommen, ich bin es nicht gewöhnt, verprügelt zu werden«, erwiderte sie, wenn auch ihre Stimme brach. Ihr Mund war schneller gewesen, als ihr Kopf, doch sie wollte, dass auch die Ohrfeige dokumentiert wurde und sie schwor sich, diesen Bill dafür bluten zu lassen. Wenn nichts anderes, dafür würde sie sich rächen. Niemand! Niemand schlug sie ungestraft.

»Manchmal schreit eine Frau geradezu nach einer körperlichen Züchtigung.« Bill gluckste, kam währenddessen aber bedrohlich auf sie zu. »Nicht meine Formulierung, sondern die aus den Familienstatuten. Hast du nie gelesen? Tja, das ist nicht das Einzige, was du eben nicht weißt und auch nie erfahren wirst, weil es dich schlicht nichts angeht. Nicht, dass es häufig geschehen würde, unsere Frauen wissen, wie sie sich zu benehmen haben. Aber …« Er griff sich an die Stirn. »Ich vergaß den großen Fehler: Hierbei handelt es sich ja auch um *Frauen*. Verzeih mir.« Damit hatte er sie erreicht und griff nach ihrem Haar, doch April wich ihm geschickt aus, und rappelte sich eilig auf. Sie schwankte ein wenig, fühlte, dass ihre Gesichtshälfte anschwoll und musterte ihn trotzdem wütend.

»Ich kann allein gehen!«

Bill lachte und schüttelte den Kopf. »Du bist ziemlich einfach gestrickt, aber wenigstens unterhaltsam, das muss ich ihm lassen.«

April antwortete nicht, sondern beeilte sich, ins Wohnzimmer zu gelangen, wo William es sich mit dem Baby auf dem Arm auf ihrer Couch bequem gemacht hatte. Strahlend sah er ihnen entgegen. »Sie ist ein außergewöhnliches Persönchen, die Bastard-Gene wirken kaum, was mich ungemein beruhigt. Ich denke, wenn sie erst unter unseren Fittichen ist, wird sie sich prächtig entwickeln und ein achtbares Mitglied der Familie werden. Was man von ihrem Vater leider nicht behaupten kann.«

April stolperte zu ihm und hielt ihm gebieterisch die Arme entgegen, doch William lächelte. »Du hast es immer noch nicht begriffen, nicht wahr? Dieses Kind gehört dir ebenso wenig, wie irgendetwas in diesem Haus, dein Auto, die Kleidung, die du trägst und das Geld, das du in deinem Portemonnaie hast.«

Sein Blick glitt zu ihrer Handtasche und für einen winzigen Moment glaubte April, aufgeflogen zu sein, doch dann grinste er. »In Wahrheit ist das alles mein Eigentum. Nichts hast du, nichts bist du, ich hatte eigentlich geglaubt, dir das bereits begreiflich gemacht zu haben. Aber offensichtlich handelt es sich bei dir um eine äußerst renitente Person, bei der man die Lektionen immer mal wieder auffrischen muss. Und genau deshalb habe ich mir die Mühe gemacht, dir persönlich einen Besuch abzustatten. Setz dich!«

April dachte nicht daran! Ja, ihr Gesicht brannte fürchterlich. Aber mit dem Handy in der Tasche, das alles aufnahm, und der Tatsache, dass sie diesen verdammten Pager aktiviert hatte, fühlte sie sich bedeutend sicherer. Sogar ein wenig verwegen, als wäre Greg längst hier.

»Gib mir meine Tochter!«, wiederholte sie leise, fühlte dann jedoch, wie sie abermals an den Schultern gegriffen und in den nächstliegenden Sessel verfrachtet wurde.

William betrachtete sie kopfschüttelnd. »Renitent, wie ich schon sagte. Bill, einen Brandy, ich hoffe, Greg hat einen ordentlichen im Haus.«

Bill gehorchte ohne Widerworte – offensichtlich war er es nicht anders gewöhnt. »Cien Lustros«, sagte er, nachdem er mit den Flaschen herumhantiert hatte.

William verzog das Gesicht. »Nun ja, nicht meine erste Wahl, aber in der Not …«

Als das Glas vor ihm stand, nahm er es und beäugte die Flüssigkeit genau, bevor er April zuprostete und einen Schluck nahm. »Bill!«, kommandierte er dann, und als sein Sohn – der wohl eher eine Art Lakai war – zu ihm getreten war, übergab er ihm June. Bill McCarthy hatte noch nie ein Baby in den Armen gehalten, was unschwer an seiner angewiderten Grimasse zu erkennen war und daran, dass er die Kleine mit weit ausgestreckten Händen vor sich hielt. »Pack sie in diesen Sitz im Flur. Darin lässt sie sich nachher wohl besser transportieren!«, befahl der Alte und wandte sich wieder April zu. »Nun denn, kommen wir zum Geschäftlichen.«

April verkrampfte ihre Hände im Schoß, während im Flur June zu schreien begann. Gott!

William störte sich erst einmal nicht daran. »Zunächst die Fakten, damit du weißt, wohin die Reise geht. Das Kind ist Eigentum der Familie, du besitzt keinerlei Rechte darauf, du kannst es gern versuchen, aber ich versichere dir, du schaffst es nicht einmal in einen Gerichtssaal. Auch die Anwälte gehören mir – jeder, wenn ich es will. Gleiches gilt für die Staatsanwälte, für die Richter … nun ja«, er gluckste amüsiert auf. »Im Grunde gehört mir das gesamte Establishment.«

April sagte nichts und William nickte, während sich das Gebrüll im Flur allmählich zu einem Kreischorkan steigerte. Ihre Finger zuckten, sie wollte hinstürzen, doch noch gelang es ihr, sich nicht zu bewegen. Noch.

»Diese Ehe – wenn man das Desaster so bezeichnen will – hätte niemals geschlossen werden sollen. Dir ist es nicht nur erfolgreich gelungen, dich in das Bett meines Neffen zu ficken, sondern auch, ihm so den Kopf zu verdrehen, dass er nicht mehr klar, logisch und vor allem familienkonform denken und entscheiden kann. Deshalb bin ich froh, dass dieser Müll nun ein Ende hat. Nur ahne ich, dass Greg noch immer nicht in der Lage ist, die richtigen Entscheidungen zu treffen. Wir haben ihn in die korrekte Richtung gedrängt, doch er stellt sich stur – nun ja, das zeichnet ihn aus.« William gluckste erneut und sah dann auf. »Bill, stell diesen Lärm ab, man kann ja sein eigenes Wort kaum verstehen!«

Sekunden später tauchte der nun leicht gestresst wirkende Bill im Türrahmen auf, hinter sich zog er den Cosy – June war nicht angeschnallt, was in April leichte Übelkeit verursachte. »Es schreit und will nicht aufhören.«

William überlegte kurz, dann sah er zu April. »Du hast zwei Minuten.«

Das ließ die sich nicht zweimal sagen, sie stürzte zu ihrer Tochter, schob dabei diesen schmierigen Bill einfach aus dem Weg und riss das Baby mit zitternden Händen aus dem Kindersitz. Mit den Lippen an der hochroten Schläfe, wisperte sie hektisch: »Schhhhhht, alles gut, Mommy ist da, alles gut.«

Himmel, wo blieb bloß Greg? WO verdammte Scheiße blieb er?

»Das reicht«, sagte William.

April sah ihn feindselig an. »Wenn ich sie hinlege, brüllt sie wieder!«

William verdrehte die Augen. »Keine Erziehung, aber wen wundert es? Gib sie ihm!«

Damit deutete er auf Bill, und als April zögerte, wiederholte er das Gesagte noch einmal, klang diesmal aber sehr leise und sehr gefährlich. »Gib. Sie. Ihm!«

»Sonst was?«

William lachte herzhaft. »Das willst du nicht herausfinden, Mädchen.«

Nein, das wollte sie nicht, obwohl es gut gewesen wäre, schließlich schnitt sie alles mit. Doch sie konnte nicht verantworten, dass June vielleicht mit Gewalt ihren Armen entrissen wurde. Deshalb überreichte sie ihre Tochter diesem widerlichen Mann, den sie fast so sehr hasste wie den, der sie zurück in den Sessel befahl, kaum dass June ihre Arme verlassen hatte. Bill setzte sich mit dem Baby in den anderen freien und betrachtete die Kleine angewidert, aber wenigstens weinte sie nicht mehr.

»Du bekommst eine halbe Million Dollar, wenn du ohne jeden Aufstand verschwindest. Du wirst das Kind nie wiedersehen und alle Ansprüche an sie ohne weitere Verhandlungen abtreten. Es wird keine Krokodilstränen geben und du wirst keinen Kontakt zu Greg halten. Ich verlange, dass wir nie wieder etwas von dir hören.«

April starrte ihn nur mit großen Augen an. Das konnte unmöglich sein Ernst sein. Selbst ihm musste klar sein, dass sie niemals auf dieses Angebot eingehen würde.

»Und wenn nicht?«, wollte sie tonlos wissen.

William lächelte. »Dann wirst du mit dem geballten Zorn der Familie Bekanntschaft machen, allen voran aber mit meinem. Ich habe es dir schon einmal gesagt, und ich wiederhole mich gern noch einmal: Niemand fickt mit meiner Familie und mir. Wer in diesen Clan einheiratet bestimme ich, du bist bei der Eignungsprüfung leider durchgefallen. Solltest du dich nicht auf mein Angebot einlassen, werde ich nicht nur dich vernichten, sondern deine Eltern und deine Freunde – wie war das mit Miss St. James, die sich momentan so frank und frei ebenfalls in diesem Haus eingenistet hat? Sie alle werden mit dir gemeinsam untergehen, ich werde euch zertreten wie die Würmer, die ihr seid. Willigst du ein, dann hast du genügend Geld, um an einem Ort, den ich bestimme, noch einmal von vorn zu beginnen. Ich rate dir, überlege gut, was du tun willst, denn dies ist deine letzte Chance, halbwegs anständig aus dieser Geschichte herauszukommen. Ansonsten …«

»Ja? Ich bin ganz Ohr. Was ansonsten?«

Aprils Mund war schlagartig staubtrocken, sengende Blitze jagten durch ihren Körper, alle mit dem Ziel, ihren Magen hoffnungslos durcheinanderzubringen, sodass ihr innerhalb von Sekundenbruchteilen so übel war, dass sie meinte, sich auf der Stelle übergeben zu müssen. Sie fühlte regelrecht, wie das Blut ihren Kopf verließ, wie ihre Lippen spröde wurden und ihre Augen von ungeweinten Tränen brannten.

Er war da.

Direkt hinter ihr.

Sie müsste sich nur umdrehen und wäre gerettet.

Verdammt!

Dumm nur, dass April keinen Muskel rühren konnte, ihr Blick lag auf William, der in seiner teuflischen Attraktivität fast unwirklich erschien, während Bill, wie sie im Augenwinkel sah, die

Gesichtszüge entglitten. April war so erschöpft, dass sie nicht einmal Genugtuung empfinden konnte.

Greg betrat den Raum, wie unschwer am leichten Klacken seiner Absätze zu vernehmen war. Nach ihm folgten noch weitere, also war er nicht allein gekommen.

Wer …?

»Ja, wen haben wir denn da?«, erkundigte sich William gerade. »Greg mit Daddy als Verstärkung. Oh, Ginger ist auch noch dabei, das ist ja eine richtige Familienversammlung!«

»Hol June«, sagte die dumpfe Stimme in Aprils Nacken, die dafür sorgte, dass ihre Haut kribbelte. Wenn er so sprach, dann war er wütend.

Sehr wütend.

Und dann legte man sich tunlichst nicht mit ihm an … es sei denn, man hieß April, aber die besaß auch außerordentliche Rechte.

Dann begriff sie, dass er vielleicht sie gemeint hatte, doch bevor sie auch nur ihre Beine lokalisieren konnte, eilte Ginger an ihr vorbei – auch heute wirkte sie in ihrem dunklen Kostüm wieder wie die Dame von Welt, die sie war. Einschließlich einer leichten Alkoholfahne, die sie mit sich führte. Ihr Gesicht offenbarte nicht die geringste Regung, als sie Bill wortlos das Kind abnahm. Bill war verständig genug, keinen Einwand zu erheben. Ginger verschwand mit dem Baby aus dem Raum, während Greg direkt hinter April Aufstellung nahm. Seine warmen Hände legten sich auf ihre Schultern, einer seiner Daumen befand sich an ihrer hektisch pochenden Halsschlagader und strich beruhigend an ihr auf und ab.

»Was suchst du in meinem Haus?«

William lächelte noch immer. »Wir sollten diese Auseinandersetzung besser dr…«

»Was suchst du in meinem HAUS und bei meiner Frau?«, wiederholte Greg, grollender diesmal.

»Du wirst nicht in diesem Ton mit mir reden, mein Junge!« Das kam nicht mehr leise und fast sanft, das Lächeln war auch endlich verschwunden. »Ich bin dabei, deinen Dreck zu beseitigen, weil du nicht die Eier hast, es selbst zu tun.«

Kaum fühlbar hatte sich der Griff um ihre Schulter ein wenig verfestigt, doch ansonsten war Greg nicht der geringste Stress anzumerken, als er antwortete. »Was du Dreck zu nennen pflegst, ist meine Familie. Hast du wirklich geglaubt, ich würde auf den Fake mit der kleinen Nutte hereinfallen, die ihr mir untergeschoben habt?«

William sprach nun durch zusammengepresste Zähne. »Ich sage dir noch einmal: Wir klären das später! Nicht vor dieser Schlam…«

»Du solltest dringend dein Vokabular überprüfen, William«, meldete sich zum ersten Mal George, der sich bisher im Hintergrund gehalten hatte. »Wie auch immer, du redest von der Frau meines Sohnes.«

»Die ein Flittchen ist, machen wir uns nichts vor.«

»Ach so?« Noch immer klang Greg sehr ruhig. »Ich habe mich ein wenig kundig gemacht, schwer war es ja nicht, und ich muss sagen, viel Mühe habt ihr euch nicht gegeben. Das Personal des Clubs hat einstimmig ausgesagt, dass an diesem Abend ein Übergriff auf meine Frau stattfand und der Verursacher aus den Räumen entfernt und den Cops übergeben wurde. Es war ebenfalls nicht sonderlich kompliziert, dahinterzukommen, um wen es sich handelte: Scott Heahly.« Greg lachte schallend und die nächste Welle Gänsehaut überzog Aprils Körper. Wenn er wütend war, dann wirkte er gleichsam bedrohlich als auch unwiderstehlich. Um das zu wissen, musste sie sich nicht zu ihm umdrehen. Denn dann ähnelte er dem attraktiven Teufel, der mit dem Brandyglas in der Hand auf der Couch saß und dem Vortrag seines Neffen mit erhobenen Augenbrauen lauschte. »Er wird aus der Nummer straffrei rausgehen, das war von Anfang an klar, und selbst wenn nicht wird er es wohl mit erhobenem Kopf tragen, denn ihr werdet ihn mit einem ordentlichen Sümmchen abgefunden haben, nicht wahr? Die gesamte Nummer war so dilettantisch vorbereitet, dass es fast peinlich ist. Und April hätte euch euren abgefuckten Plan sogar fast noch versaut, weil sie entgegen aller Annahmen nicht mitspielen wollte. Aber euer

Paparazzo war gut, er wusste genau, wann er den Auslöser betätigen musste, um den falschen Eindruck zu erwecken. Ich schätze, auch ihm werdet ihr für das richtige Foto ein ordentliches Sümmchen bezahlt haben.«

William verzog das Gesicht, während Greg sich nicht beirren ließ. »Und mir setzt ihr diese Nutte vor die Tür. Das ist keine Beleidigung, im Gegensatz zu meiner Frau war es tatsächlich eine Hure! Ich muss sagen, sie hat das Ganze wirklich professionell aufgezogen, ich wäre nicht im Traum auf die Idee gekommen, wer sich tatsächlich hinter der süßen Fassade verbirgt. Aber dann lief ihr die Zeit davon. Sie hatte nur noch zwei Abende, um mich ins Bett zu bekommen und wurde in ihrer Hast nachlässig. Aus dem kleinen, schüchternen Mäuschen wurde einfach zu schnell ein Vamp und das hat mich einigermaßen verwirrt. Ein paar Drinks, ein paar Drohungen und ein Scheck und schon hat sie mir erzählt, was ich wissen wollte. Sie nur unter Druck zu setzen reicht nicht, man muss auch dafür sorgen, dass sie in der Folge die Schnauze halten. Ich habe ihr übrigens empfohlen, ihre Story schriftlich festzuhalten und irgendwo zu hinterlegen, wo ihr garantiert keinen Zugriff haben werdet. Das dürfte in Europa und dem Milieu, in dem sie normalerweise verkehrt, kein großes Problem darstellen. Nur für den Fall, dass sie mit Racheakten zu rechnen hat, bei euch weiß man ja nie so genau. Ehrlich!«, höhnte er. »Ich hätte nicht gedacht, dass du dich so reinknien würdest. Mir auch noch diesen Drecksack dort hinten als Spion an die Hacken zu kleben.«

Bill verschränkte langsam die Arme. »Halt die Fresse, du Wichser.«

»Yeah, das ist dein Wesen, ich weiß, Baby, lass einfach alles raus, das entspannt fast so gut, wie heißer Sex auf dem Schreibtisch.« Greg zwinkerte ihm zu und lachte wieder. »Was hat er dir geboten? Ein stressfreies Leben in der Karibik, wenn du dafür sorgst, dass April von der Bildfläche verschwindet?«

»Ich denke das reicht jetzt!«, knurrte William leise.

Zu Aprils Überraschung lenkte Greg ein. »Ja, das tut es. Fürs

Erste zumindest, was uns betrifft. Meine Frau hat genug Dreck für ein ganzes Leben gehört.«

Er trat um April herum, sie spürte seinen Finger unter ihrem Kinn und wusste, dass er sie mit Absicht bisher nicht angesehen hatte. »Frauenschläger, ja?«, knurrte er, seine Augen blitzten. Er richtete sich auf und sah über Aprils Kopf hinweg zu seinem Vater. Der trat näher, und so wurde April mit dem vierten attraktiven McCarthy in diesem Raum auch noch visuell beehrt. George – Clooney – McCarthy betrachtete schweigend ihr Gesicht und sah dann zu seinem Bruder. Der verzog keine Miene.

»Ich schätze, den Rest klären wir draußen«, sagte er. Und als William sich nicht gleich bewegte, schaltete sich Greg wieder ein.

»Ich habe vor dem Haus zehn von *meinen* Männern postiert, die nur auf mein Kommando warten, um euch von hier gewaltsam zu entfernen. Deine Jungs aus der Wachmannschaft habe ich mit sofortiger Wirkung in die Wüste geschickt, du darfst dich später damit auseinandersetzen, denn sie werden wohl alle bei dir aufschlagen. Was bedeutet, du hast momentan niemanden als deine abgefuckten Bodyguards, die draußen warten und mittlerweile außer Gefecht gesetzt sein dürften. Also entweder, du gehst freiwillig, oder ich mache dir Beine und verdammt, es wäre mir eine Freude, dir höchstpersönlich in deine gottverdammten Nüsse zu treten. Nur die Anwesenheit meiner Frau hält mich davon ab. Deshalb, wenn dir dein gottverdammtes Leben lieb ist: RAUS!«

April konnte es nicht fassen, aber William stand auf, doch er ging nicht schweigend, in sich gekehrt oder gar besiegt. Sein letzter Blick galt Greg. »Das letzte Wort ist noch nicht gesprochen«, verkündete er bedrohlich, dann nickte er seinem Sohn zu und endlich verließen sie den Raum.

George folgte ihnen, und als die Eingangstür mit einem lauten Knall in den Rahmen einrastete, zuckte April zusammen.

36. Kapitel

Greg

Sobald die Tür geschlossen war, nahm Greg seine Frau am Arm, zog sie vorsichtig aus dem Sessel und betrachtete ihr mit Tränen überströmtes Gesicht, dessen linke Wange stark angeschwollen war. Es hatte ihn seine gesamte Beherrschung gekostet, Bill und seinen Onkel nicht zu erschießen. Eine gottverdammte Waffe hätte er sich problemlos bei den Bodyguards draußen besorgen können. Sein Vater hatte ihn zwar darauf vorbereitet: »Das wird nicht ohne Gewalt abgehen, Greg!«, doch als er seine Frau sah, waren bei ihm trotzdem die Sicherungen durchgebrannt. Aber dies war nicht der richtige Zeitpunkt für Racheakte. Die würden später kommen. Jetzt war nur April von Bedeutung. April und seine Tochter.

»Es … tut mir leid«, stieß sie aus Gründen, die nur sie kennen konnte, hervor und wischte sich mit zitternden Händen über die Wangen, doch ihre Tränenflut konnte das nicht stoppen. »Ich schätze, ich hab versagt.«

Greg betrachtete sie kopfschüttelnd, entschied dann aber, dass es nicht den geringsten Sinn ergab, jetzt mit ihr zu diskutieren, seufzte und zog sie an sich, bevor er beschützend seine Arme um sie schlang und sie vorsichtig hin und her wiegte. Er legte das Kinn in ihr Haar, schloss die Augen, atmete hingerissen ihren Duft ein und fand zunächst kein Wort, das er sagen, keine Frage, die er stellen und keine Tat, die er vollbringen wollte – außer sie zu halten. Und so standen sie, irgendwie wieder vereint, aber irgendwie auch noch sehr weit voneinander entfernt, weil der Weg nun einmal nicht so leicht zu bewältigen gewesen war, um einfach zur Tagesordnung übergehen zu können.

Nach einer Zeitspanne undefinierbaren Ausmaßes löste er sich ein wenig von ihr und betrachtete sie besorgt. »Geht es wieder?«

Sie schüttelte den Kopf, lächelte aber interessanterweise. »Natürlich geht es«, murmelte sie dabei. »Alles andere würde ich ihm einfach nicht gönnen. Und was jetzt?«

»Jetzt?« Greg nahm ihre Hand zwischen seine und führte sie zu der Couch, auf der sie sich beide eng nebeneinander niederließen. »Jetzt können wir uns daran machen, die Scherben zusammenzufegen. Irgendwie.«

April

April war so ausgelaugt, dass sich nicht einmal das verheißungsvoll anhören konnte. Noch immer steckte ihr die Angst in jeder Faser ihres Körpers. Auch Greg's Showdown-Auftritt hatte diese nicht vernichten können. Jetzt an die Zukunft zu denken, erschien ihr absolut grotesk, weil sie offenbar nicht einmal die Kraft hatte, die nächste Stunde durchzustehen. Sie konnte sich treiben lassen, in der Hoffnung, Greg würde wissen, was zu tun war. Aber die Geschehnisse aktiv gestalten? Die Regie übernehmen? Irgendetwas tun, damit die Dinge besser wurden?

Nein!

Es war gut, seine Nähe zu spüren, auch wenn sie allmählich begriff, dass es nicht ein Piff!, ein Paff! und ein Puff! geben würde, und alles wäre beim Alten. Zu viel war geschehen, zu viel zerstört worden, es würde lange dauern, bevor sie wieder dort angelangt wären, wo sie aufgehört hatten. Obwohl April nicht sicher war, an diesen Stand ihrer Ehe überhaupt noch einmal zu wollen. Wären sie so einig gewesen, wie sie es hätten sein müssen, dann wäre William mit seinen Handlangern – allen voran sein schmieriger Sohn – niemals so weit gekommen.

DAS war die Wahrheit!

Doch jetzt wollte sie nur ihre Ruhe und überhaupt nicht denken. Erst einmal begreifen, dass sie gerettet war und dann zu sich kommen. Sie spürte, wie er die Arme wieder um sie schlang, fühlte, wie ihr Kopf in seinen Schoß gebettet wurde, konnte sogar lächeln, weil sie ihrem persönlichen Glück mit einem Mal so nah war, legte prompt eine flache Hand auf den Reißverschluss seiner Jeans – wow, der Mann trug heute Jeans –, und spürte die nicht mehr ganz so weiche Wölbung darunter, während ihr bereits die Augen zufielen. Seine ungewohnt sanften und zärtlichen Finger in ihrem Haar, die es unablässig aus ihrem Gesicht strichen, obwohl dort schon lange keine einzige Strähne mehr war, wirkten noch zusätzlich einschläfernd. Bevor sie ganz ins Reich der Träume hinübergedriftet war, fiel ihr ein, dass sie seit Tagen nicht mehr als eine Stunde am Stück geschlafen hatte. Wahrscheinlich das Adrenalin, dachte sie sich, und dann …

… wachte April mit einem Ruck auf, weil sie das Gefühl hatte, ins Bodenlose zu fallen. Es war dunkel und sie hatte nicht die geringste Ahnung, wo sie war. Hastig richtete sie sich auf, fühlte, dass er noch da war, und war sofort ein wenig beruhigter. »Wie sp…«

»Schhht!«, wurde sie sofort unterbrochen und ein sanfter, aber energischer Finger verschloss ihre Lippen. Erst jetzt – nachdem sich ihre Augen wenigstens annähernd an die Dunkelheit gewöhnt hatten – erkannte sie, dass er June im Arm hielt, die offensichtlich schlief.

»Meine Eltern sind irgendwann gegangen, offensichtlich haben sie gemerkt, dass sie nur stören, und ich wollte dich nicht wecken. Du sahst so aus, als würdest du den Schlaf brauchen.«

»Du hast die ganze Zeit hier gesessen?«,wisperte sie angestrengt zurück, konnte aber nichts gegen die Wärme ausrichten, die sich in ihrem Bauch ausbreitete. Verdammt, er hatte ihren Schlaf bewacht, wie süß war das denn?

Die neuerdings in ihr dauerhaft wohnende Helen-Stimme widersprach jedoch sofort. *›Ja, weil er Schiss hat, meine Liebe. Weil der kleine Idiot Schiss hat, dass du ihm nicht verzeihen könntest. Was du doch hoffentlich nicht vorhast, oder? April, du setzt auf eine Totgeburt. Er wird dich wieder und wieder verletzen, er wird …‹*

April wischte sie energisch beiseite, aber wo sie schon mal beim Thema war: »Wo ist Helen?«

»Sie ist in ihrem Zimmer. Als sie mich sah, ist sie mit einem komischen Schnauben abgehauen. Wär auch möglich, dass sie sauer ist, weil ich gesagt habe, dass June bei mir bleibt.«

April grinste, weil sie wusste, dass Greg es auch tat.

»Hat June gegessen?«

»Mom hat noch die Flasche zubereitet, bevor sie ging. Sah übrigens ziemlich nach Flucht aus«, berichtete er in seinem seltsamen Flüsterton. »Möglich, dass sie mit unserer Art des Zusammenlebens nicht ganz klar kommt.«

»Verständlich«, murmelte April, die ihre Schwiegereltern mit dem Stock im Arsch vor Augen hatte. Dann seufzte sie und streckte sich. »Ich würde jetzt wirklich gern ins Bett gehen.«

»Gute Idee«, sagte Greg sofort, rührte sich aber nicht.

»Was ist?«

»Wenn ich mich bewege, wird sie vielleicht wach.« Das klang so panisch, dass April sich ein Lachen verdrücken musste. Das erste seit gefühlten fünf Ewigkeiten.

»Ich schätze, das müssen wir einfach in Kauf nehmen«, sagte sie leise und stand auf, bevor sie auch Greg auf die Beine half. Er war nach dem Stunden-Sitz-Marathon leicht gehandycapt.

June wurde nicht wach, sie blinzelte nicht einmal oder zuckte zusammen, als Greg sie behutsam hinauftrug und mit angehaltenem Atem in ihr Bettchen legte. Dann wichen sie rückwärts aus dem Raum, wobei sie das Baby nicht aus den Augen ließen, doch noch immer ertönte nicht das geringste Geräusch. Und als auch die Tür erfolgreich geschlossen war, ohne dass sich irgendetwas an der himmlischen Stille geändert hatte, wischte Greg sich betont ermattet über die Stirn.

»Verdammt, ich hatte wirklich nicht die geringste Ahnung, wie schwer es ist, einen solchen Zwerg zufriedenzustellen.«

April betrachtete ihn lächelnd. Die stoppeligen Wangen, die müden Augen, das zerzauste Haar, das halb aufgeknöpfte Hemd, unter dem die braune Haut hervorlugte, von der sie wusste, wie seidig sie sich unter ihren Fingerspitzen anfühlte. Dann die tief sitzende Jeans … Und erst jetzt begriff sie. Erst jetzt war sie imstande, die Realität anzuerkennen, zu *kapieren*, dass er tatsächlich da war.

Auch Greg schien es in diesem Moment zu verinnerlichen, denn er betrachtete sie mit zur Seite geneigtem Kopf, sein schmales Lächeln war verschwunden, sie glaubte sogar, so etwas wie Furcht in seinen Augen auszumachen. Obwohl sie doch wusste, dass dieser Mann sich niemals vor irgendwas fürchtete.

Er war schließlich ein waschechter McCarthy.

»Ich«, würgte sie schließlich mit offensichtlichen Anstrengungen hervor. »Ich weiß nicht genau …«

Greg grinste, was allerdings nicht ganz aufrichtig wirkte. »Ich auch nicht.«

»Dann …« Sie warf der Schlafzimmertür einen kurzen Blick zu und er folgte ihm.

Sein Ausdruck wurde ernst. »April, das habe ich nicht im Sinn, ehrlich, das … Ich *kann* warten! Glaubst du wirklich, darauf wäre ich jetzt aus? Wofür hältst du mich?«

Ha! April konnte ihn nur mit erhobenen Augenbrauen ansehen, so wie sie das immer tat, wenn er derartigen Bullshit von sich gab. Denn Greg war einer der ungeduldigsten Männer, die sie je kennengelernt hatte. Besonders, wenn es Sex betraf. Und wenn er ihn nicht in schöner Regelmäßigkeit bekam, dann wurde dieser Mann verdammt unangenehm. Seine Worte waren zwar salbungsvoll und klangen sehr nobel und ritterlich und das alles, doch sie stimmten einfach nicht.

»Okay, ich kann nicht warten«, räumte er knurrend ein.

Er trat zu ihr, war ihr mit einem Mal wieder so nah, wie sie es sich heimlich wünschte, und betrachtete sie abwartend, als rechne er mit einem hysterischen Anfall, einer Ohrfeige oder sogar einem Rauswurf. April nahm seufzend seine Hand und führte ihn ins Schlafzimmer. Dann standen sie in dem großen Raum, der ursprünglich ihnen beiden gehört hatte, jetzt allerdings nur noch von ihr bewohnt wurde. Und sie wollte ihn, fühlte sich mit jeder Faser zu ihm hingezogen, als wäre er ein Magnet, und sie das bedauernswerte Metall, dessen Elektronen alle auf ihn gepolt waren. Das bekannte Verlangen erfasste sie, ihre Nippel stellten sich unter ihrem Top auf, ihre Fingerspitzen zuckten und sie fühlte, wie die Erregung bereits von ihr Besitz ergriff. So war es immer, wenn sie vor ihm stand, und schon ganz, wenn sie so lange nicht zusammengewesen waren. Sie brauchte ihn – als Ganzes. Als Mensch, als Freund, aber eben auch seinen Schwanz in sich, der dafür sorgte, dass sie sich wohlfühlte, dass ihre Knochen summten, dass sie diese endlose Zufriedenheit in sich spürte, die das Leben erst lebenswert machte. Es war zu lange her, dass er auf diese ganz eigene McCarthy Art über sie, vor allem aber IN SIE gekommen war. Gott! Nur mit Mühe unterdrückte sie ein sehnsüchtiges Stöhnen und fuhr sich rasch mit der Zungenspitze über die trockenen Lippen. Sie war durstig … nach Wasser und nach ihm. Ganz ehrlich, sie hätte so ungefähr alles gegeben, um beides jetzt bekommen zu können. Doch es war so … seltsam. Auf diese Art war es so einfach, so unspektakulär so … nicht richtig.

Das sollte es also gewesen sein, nach all dem Trouble, den sie miteinander durchgemacht hatten? Er kehrte zurück, sie gingen ins Bett, hatten heißen, hemmungslosen Sex und alles wäre wieder beim Alten? Nein, so würde, so *konnte* es nicht funktionieren! Sie wusste es, setzte sich aber trotzdem wieder in Bewegung. Das Bett war nur noch wenige Meter entfernt, und dort wartete Vergessen, dort wartete Befriedigung, dort wartete vielleicht cin wenig Heilung, ein wenig Gesundung, ein wenig … *Glück!*

Greg schien es ebenfalls zu spüren, denn auf dem Weg zum Bett blieb er stehen. Als sie sich zu ihm umsah, wurde sie mit seinem zweifelnden Gesichtsausdruck konfrontiert und fühlte sofort ein gewisses Schuldbewusstsein. Mist!

»Ich schätze, es ist besser, wenn ich in einem Gästezimmer schlafe«, bemerkte er trocken. Und nein, April widersprach nicht, auch wenn sie es wollte, auch wenn ihr Körper lautlos nach ihm schrie, auch wenn sie so gern wenigstens etwas Einigkeit wiederhergestellt hätte. Aber es war nicht richtig, bei heißem Sex alle Unstimmigkeiten aus der Welt zu ficken. Das wusste sie, all ihrem Verlangen zum Trotz. Außerdem wollte sie vorrangig nicht nachgeben, weil sie ihn so sehr brauchte – möglicherweise wie nie zuvor in ihrem Leben –, sondern weil er nicht enttäuscht sein sollte. Diesmal erkannte sie ihren Fehler und beging ihn deshalb nicht.

Helen hatte nicht mit allem Unrecht, was sie ihr anlastete, es fiel April schwer, das einzusehen, doch es war die Wahrheit. Manchmal neigte sie zu Zugeständnissen, mit denen sie sich selbst verriet, nur um einen Mann zufriedenzustellen.

Und auch das musste endlich aufhören.

Der Ansicht schien Greg wohl auch zu sein, denn er diskutierte absolut nicht. Auch führte er keinen seiner üblichen Wutanfälle auf, die immer dann auftraten, wenn er zunehmend unter Sexentzug litt. In Wahrheit sagte er überhaupt nichts. Er lächelte nur leicht, nahm sehr zärtlich ihr Gesicht in seine Hände und küsste ihre Stirn, dann nickte er und ging.

Fassungslos sah April auf die Tür, die sich hinter ihm geschlossen hatte. Richtig und falsch ergab plötzlich keinen Sinn mehr, weil es nebensächlich geworden war. Sie hätte niemals damit gerechnet, dass er wirklich gehen würde.

Das war … unfassbar!

Er hatte sie zurückgelassen, unbefriedigt und unbeGREGt wie sie war, ohne noch einmal zurückzublicken, ohne Bedauern, ohne *irgendwas!*

Nachdem sie einsehen musste, dass er demnächst auch nicht zurückkehren würde, schlich sie in ihr riesiges, einsames Bett, kuschelte sich in die Kissen und dachte darüber nach, wie beschissen das Leben im Allgemeinen und die Männer im Besonderen doch manchmal waren.

Okay, öfter.

Eigentlich immer.

Ständig … Musste irgendwas mit dem Y-Chromosom zu tun haben, anders konnte sie sich das Ganze nicht erklären.

Da war er endlich hier, nach so vielen Wochen, die in ihrem Denken die Länge von Jahren gehabt hatten. Da schien es endlich wieder mit ihnen bergauf zu gehen – also irgendwie, auf jeden Fall war er schon mal in diesem Haus und das war doch wenigstens ein Anfang, oder? Und dann verzog der Typ sich ins Gästezimmer?

Was für ein Feigling!

Was für ein *elender, widerlicher Feigling!*

An Schlaf war nicht zu denken, April *hatte* bereits geschlafen. Sehr gut übrigens, weil *er* ja da gewesen war. Na ja bis er den Schwanz einzog und einfach abhaute. Perfekt! Und das, wo ihr Körper bereits auf eine Greg-Nacht eingestellt gewesen war. In Wahrheit hatte sie ihm doch nur seine THEORETISCHEN Grenzen aufzeigen wollen, zuzüglich der Lektion, dass man mit Sex nun mal keine Probleme lösen konnte, was auch wichtig gewesen war. Irgendwann musste er ja mal davon erfahren. Und sie hatte ihm darüber hinaus demonstrieren wollen, dass sie eben nicht ständig Ja und Amen zu dem sagte, was er tat. Das alles hatte er lernen und sie dann ordentlich vögeln sollen.

Aber doch nicht gehen, verfluchte Scheiße!

Irgendwann warf sie sich auf den Rücken und starrte die Decke an. Das konnte doch nicht sein Ernst sein, verdammt! Schließlich waren sie immer noch verheiratet.

»Wir sind verheiratet, du gottverdammter Arsch!«, knurrte sie, was so tief klang, dass sie vor ihrer eigenen Stimme erschrak. Kurzfristig, dann stöhnte sie über ihre Blödheit.

Und nein, sie würde nicht zu Kreuze kriechen und vielleicht noch sein Zimmer stürmen, um ihn zur Rede zu stellen oder zu überfallen oder zum Sex zu nötigen, oder … ach ja, nur fürs Protokoll:

Sie wollte Sex!

Sie – April – wollte Sex mit ihm – Greg –, dem rücksichtslosesten, emotionslosesten, kaltschnäuzigsten, unromantischsten Klotz aller Zeiten. Und das war ihr verdammtes Recht. Okay, war es nicht, denn dieses spezielle Gesetz konnte ihr gestohlen bleiben. Sie schlief mit jemandem, wenn sie meinte, dass sie mit ihm schlafen wollte, nicht, weil ihr Familienstand ihr das Vögeln und Vermehren vorschrieb.

»Soweit kommts noch!«, höhnte sie in die Dunkelheit, die irgendwie immer dunkler zu werden schien. Nun ja, und wenn sie zu nichts zu zwingen war, dann Greg wohl auch nicht. War ja irgendwie immer eine Sache von Geben und Nehmen in diesem gesamten Ehegedöns – das übrigens nach Aprils bescheidener Meinung total überbewertet wurde.

Die Minuten vergingen, dehnten sich zu gefühlten Stunden und Aprils Geist dachte nicht einmal daran, endlich zur Ruhe zu kommen. Wie hätte sie auch schlafen können, wo sie wusste, dass *er* im Haus, aber nicht bei ihr war? Monatelang hatte sie die Nächte ohne ihn verbracht, hatte sich mit ihrer Tochter über die endlosen Stunden in der Finsternis gerettet, hatte wirklich alles getan, um sich bis zu dem Moment zu schleppen, wo er endlich wieder da sein würde. Okay, okay, dazwischen lag noch eine Beinahescheidung, während derer die Dinge noch schlimmer gewesen waren, weil sie sich damals nicht einmal mehr mit Hoffnung hatte ruhigstellen können. Aber ganz ehrlich: Sehr viel besser fühlte sie sich momentan auch nicht! Im Grunde hatte sich nichts an dem Zustand von vor wenigen Stunden verändert!

Schließlich schlug sie die Decke zur Seite, stand auf und stürzte, so wie sie war, in ziemlich knapper Unterwäsche, die Treppe hinunter und in die Küche. Dort nahm sie sich ein Wasser, das sie bewusst lasziv an den Kühlschrank gelehnt trank, mit einem Bein von sich gestreckt, das andere angewinkelt, den Arm exakt so gehoben, dass man einen perfekten Blick auf ihre nur mäßig bedeckten Brüste hatte. Und mit dem anderen Arm hob sie das Haar am Hinterkopf. Scheiße, sie machte sogar einen extremen Kussmund beim Trinken – obwohl Greg das nicht mal gesehen hätte, wäre er im gleichen Raum gewesen – was er nicht war. Erfolg war, dass sie sich verschluckte, weil man in dieser Haltung vielleicht sexy aussah, aber nicht trinken konnte! Nachdem sie das Wasser aus ihrer Lunge gehustet hatte und auch wieder frei atmen konnte, klapperte sie extra laut mit den Schranktüren, doch ihr sogenannter Ehemann ließ sich nicht blicken. Die ganze Show war vergebens.

Als Nächstes beschloss sie, sich einfach auf die Couch zu legen und ihm aufzulauern. Irgendwann würde er schon kommen und dann würde er sehen, was er angestellt hatte.

Der Arsch!

Da ihr das nach nochmaliger Überlegung ein wenig zu kindisch erschien, stellte sie irgendwann die Flasche zurück in den Kühlschrank und beschloss, sich endlich wieder erwachsen zu benehmen. Sie seufzte, doch bevor sie tatsächlich nach oben gehen konnte, erblickte sie die offene Terrassentür, und ihr Herz blieb fast stehen. Sofort waren die Bilder von Barbados wieder präsent und sie hätte am liebsten aufgestöhnt, denn wohin ging Greg, wenn er allein sein wollte?

Er ging *an die frische Luft!*

Das tat er immer!

Eilig nahm sie die Decke vom Sofa und schlang sie sich um. Es ging weniger darum, dass es kalt war, sondern eher um die Symbolik dahinter. Damals, auf der Halbinsel, wo sie ihre bislang unbeschwerteste Zeit miteinander verbrachten, hatte sie sich ein Laken um den Körper geschlungen.

Dann trat sie hinaus auf die Terrasse, deren Platten noch immer etwas Wärme von der Sonne abgaben, die diese den ganzen Tag über aufgeheizt hatte. Hier fand sie ihn nicht, das wäre auch zu einfach gewesen. Stattdessen stolperte sie fast an einer großen Erle über ihn, an deren Stamm er angelehnt im Gras saß. Es war die Glut seiner Zigarette, die ihn verriet.

Er schien sie erwartet zu haben, weil Greg weder überrascht wirkte, noch einen Ton sagte. Es war sehr dunkel, denn es herrschte Neumond, sodass sie in der Finsternis nur das Blitzen seiner Augen ausmachen konnte, aber kein weiteres Detail seines Gesichtes. Bloß dieses verdammte Blitzen dieser verdammten Augen! Als er an der Zigarette zog, wurde auch sein Gesicht geisterhaft erhellt, aber nur für einen kurzen Moment, dann warf er den Stummel beiseite.

Erst direkt vor ihm blieb sie stehen. Er legte den Kopf in den Nacken, um sie anzusehen, sagte aber immer noch nichts. Nun, dann wollte er nicht sprechen, das war okay, schätzte sie. Und so ließ sie sich neben ihm nieder, lehnte sich an ihren Teil des breiten, leicht knorrigen Stammes und wartete darauf, dass Greg als Erstes das Schweigen brach.

April musste fast fünf Minuten und eine weitere Zigarettenlänge ausharren. Zwischenzeitlich hatte sie sich schon geärgert, die Flasche Wasser nicht mitgenommen zu haben. Hin und wieder etwas davon zu trinken, hätte das Warten ein wenig verkürzt.

Schließlich, als sie schon meinte, er wäre zu Stein erstarrt, rührte er sich.

»Ich muss morgen noch einmal weg.«

Womit schon mal geklärt war, dass er im Grunde zu bleiben beabsichtigte.

»Wohin?« Ihre Stimme klang etwas belegt.

Er wandte den Kopf flüchtig in ihre Richtung, richtete das Gesicht aber gleich wieder geradeaus. »Nach London«, erklärte er betont beiläufig. »William hat mich vor einer halben Stunde angerufen und zu sich zitiert. Es gibt abschließend noch einige Dinge zu klären, sagt er.«

Sie sah ihn an. »Greg, du *kannst* nicht dorthin fliegen. Er wird so ungefähr alles versuchen, damit wir doch noch scheitern. Ich traue dem Kerl zu, dass er dich kidnappt und auf eine einsame Insel verfrachtet, oder so.«

Greg lachte leise. »Na ja, das droht wohl weniger, aber er wird versuchen, seinen nicht unerheblichen Einfluss geltend zu machen, so viel ist sicher. Ich werde George mitnehmen.«

Das erleichterte sie immens. »Gut.«

Greg klang nicht sehr beruhigt. »Was aber auch bedeutet, dass ich dich wieder allein lassen muss.«

»Damit komme ich klar.«

»Auch nach heute?«

Spontan wolle sie ›ja!‹ sagen, doch dann dachte sie an die brutale Ohrfeige, die Bill McCarthy ihr einfach so verabreicht hatte, und dass es garantiert noch mehr Männer in dem Clan gab – ob nun Familienmitglieder oder Angestellte –, denen es nichts ausmachte, eine Frau zu schlagen, und sie schwieg betreten.

Seine Hand tastete nach ihrer. »Keine Sorge, für euren Schutz ist gesorgt. Die Wach…«

»…leute wurden ausgetauscht, ich weiß. Als du es deinem Onkel sagtest, war ich dabei.«

»Okay.«

»Was ist mit den Wanzen?«

»Das Haus wurde durchkämmt, während du geschlafen hast, ich denke, dass Joe alle gefunden hat.«

»Okay.« Das erleichterte sie noch mehr.

»Ich …« Er verstummte und als sie ihn rasch ansah, erkannte sie, dass er grübelnd in die Ferne starrte.

»Was?«

»Ich will dich nicht allcinlassen«, brach es völlig überraschend aus ihm heraus und April lehnte sich an seine Schulter.

»Ich will auch nicht, dass du gehst.«

»Das ist gut zu wissen«, brummte er und klang schon eher nach dem Greg, den sie kannte. Er legte einen sehnigen, muskulösen, warmen und so vertrauten Arm um sie, und April rückte ein bisschen vor, um ihm Platz zu machen. Dann kuschelte sie sich an ihn und schloss die Augen. Ihre Hände fuhren über seinen nackten Bauch, er trug nur Shorts, verdammt, es hatte so viel Intimität, so viel von Heimat und echter Wärme, so mit ihm zu sitzen. Beinahe wie vorhin, als sie in seinen Armen geschlafen hatte.

»Greg?«, sagte sie nach einer Weile.

»Hmmmm?«

Doch sie sprach nicht weiter, sondern wand sich aus seinen Armen und stand auf. Inzwischen hatten ihre Augen sich an die Dunkelheit gewöhnt, weshalb sie seine Züge etwas besser ausmachen konnte. Er beobachtete sie unter seinen langen Wimpern hervor, während sie die leichte Decke fallen ließ und nur noch in Spitzenunterwäsche vor ihm stand. Sein Gesicht in seiner Gesamtheit konnte sie kaum erkennen, aber sie hätte geschworen, dass das Funkeln seiner Augen zugenommen hatte. Es konnte natürlich auch Einbildung sein, so genau wollte sie es gar nicht wissen. Aber dass er zischend Luft holte, war ihr Bestätigung genug.

»Was?«

Eilig legte sie ihm den Zeigefinger auf den Mund, dann trat sie einen Schritt zurück, fühlte ihr verräterisches Herz in ihrer Brust pochen und musste grinsen – irgendwie war es total bizarr, dass sie noch immer in Atemnot geriet, wenn sie vorhatte, ihren Mann zu verführen. Aber das war auch mit Sicherheit keine normale April-verführt-Greg-Situation. Zunächst öffnete sie ihren BH, streifte erst den linken, dann den rechten Träger über ihre Schultern, bevor sie ihn mit einem lasziven Lächeln zu Boden warf. Als Nächstes schlüpfte sie aus ihrem Höschen und ließ auch dieses achtlos ins Gras fallen. Für einen langen Moment stand sie einfach nur da, erfreute sich an der kühlen Nachtluft auf ihrer bereits erhitzten Haut, schloss die Augen und genoss gleichzeitig seinen Blick, der über ihren Körper glitt.

Kalt und warm. Beides war auf seine Art unvorstellbar anregend.

»Komm her«, sagte er so leise, dass sie erst meinte, sich verhört zu haben. Doch er hatte sie wirklich gerufen, sein gekrümmter Zeigefinger und der zur Seite geneigte Kopf, einschließlich dieser funkelnden Augen sagten es ihr. Und so trat sie einen Schritt vor. Sobald sie sich in seiner Reichweite befand, umfasste er beidseitig ihre Beine.

»Ich habe diese eine Nacht in Barbados am Strand nie vergessen«, wisperte sie, als sie sich vor ihm auf die Knie sinken ließ. Ihre Hand tastete nach seinem Ständer, der unter seiner Shorts bereits voll und prall nach vorn ragte und sie verbiss sich ein Stöhnen, weil allein das Gefühl, ihn anzufassen so unsagbar gut war. Ein Versprechen auf mehr, auf viel, viel, viel mehr. Während sie sanft an seinem Hals saugte und knabberte, befreite sie ihn mit seiner Hilfe von dem Stoff und schob die Shorts ein wenig hinab. Dann positionierte sie sich über ihm, ließ seine Spitze an ihrer Feuchtigkeit entlanggleiten und presste sie fest auf ihren Kitzler. Diesmal stöhnten beide. Seine Hände packten ihre Brüste, deren Spitzen sich aufgestellt hatten, und spielten mit ihnen. April stöhnte, warf den Kopf zurück und ließ sich gleichzeitig langsam auf ihn hinabgleiten, fühlte, wie er sie ausfüllte, genoss es, allmählich von ihm gedehnt zu werden, wie er Millimeter für Millimeter ihren Körper zurückeroberte. Als seine Hände auf ihre Schulter glitten, sah sie ihn an, ihre Blicke versanken ineinander, und so entging ihr nicht, wie er die Zähne sexy in seinen Lippen vergrub, wie sich gleichzeitig seine Finger in ihre Schultern pressten, wie er leichten Druck nach unten ausübte, bis sie ihn fast vollständig in sich aufgenommen hatte. Hingerissen starrte sie ihn an, fühlte ihn fast in sich pulsieren und wie sich ihre Innenwände begehrlich um ihn schlossen, ihn festkeilten, als wollten sie dafür sorgen, dass er sie nie wieder verließ.

Seine Hände wanderten gemächlich an ihren Seiten hinab, bis sie ihre kurvigen Hüften erreichten, wo er fest zupackte und sie ein wenig nach oben zwang. Sie stieß einen kleinen Schrei hervor, weil er sich zu abrupt aus ihr zurückgezogen hatte, schloss jedoch hingerissen die Augen, als sie sich wieder senkte, ihn erneut in sich aufnahm, noch tiefer diesmal, noch umfassender, noch herrlicher, noch …

»Greg!«, stöhnte sie leise, sinnlich und auch ihre Hände fanden seine Schultern, als er den Rhythmus steigerte, sie immer schneller hochdrückte und herunterzog; ihre Beine unterstützten ihn, immer heftiger prallten ihre Körper aufeinander. Haut traf auf Haut, wenn er sich am tiefsten in ihr versenkte; ein kühler Windhauch fuhr ihr durch das Haar, warf einige Strähnen in sein Gesicht und ihre Nippel stellten sich weiter auf, bis sie fest und klein an seiner glatten Brust auf und abglitten.

Seine Hand packte ihr Haar, er zog sie an sich, und seine Lippen berührten ihr Ohr. »Fuck, du hast mir so gefehlt. Ich liebe es, in dir zu sein, in deiner unglaublich heißen, engen Pussy.«

»Ja«, keuchte sie, ließ sich wieder auf ihn zurückprallen, nur um sich im beinahe gleichen Moment wieder nach oben zu stemmen. Schweiß hatte ihre Haut überzogen, und sie sah auch Greg's Stirn in der Dunkelheit feucht glänzen.

»Sie gehört mir, hast du verstanden?«, knurrte er besitzergreifend, wickelte seine Faust um ihr Haar und zwang sie noch näher. »Du gehörst mir. Jetzt und immer.« Unterstützend stieß er in sie hinein, wenn sie auf ihm zum Sitzen kam, seine Zähne waren aufeinandergepresst, als er ihren Kopf ruckartig zurückzog und ein wenig nach hinten wich, sodass sie ihm direkt in die Augen sehen konnte. »Sag es!«, forderte er dumpf. »Sag es!«

»Ich gehöre dir«, keuchte sie, ihre Fingerspitzen vergruben sich in seiner Haut, ihr Atem kam immer hektischer und sie meinte, an dem Druck, der sich inzwischen in ihr aufgebaut hatte, zu sterben. Wenn sie nicht bald losließ, würde sie platzen.

»Sag, ›Meine Pussy gehört dir!‹«

»Greg!«, wimmerte sie, das Haar hing jetzt in feuchten Strähnen zwischen ihren Brüsten und an ihrem Rücken hinab.

»Sag es!«, forderte er noch gebieterischer und funkelte sie an.

»Meine Pussy«, stöhnte sie, »gehört dir.« Ihr Tonfall war heiser und leicht trotzig. »GREG!«

»Nein!« Mit einem Ruck schob er sie von sich, sodass sie rücklings im seidigen Gras landete. Schon kam er wieder über sie, seine Hand legte sich unerbittlich um ihr Kinn, zwangen ihre Lippen auseinander, bevor er seine auf sie presste, sofort ihren Mund in Beschlag nahm, auch dort jeden Winkel neu für sich beanspruchte, während seine Hand sich zwischen ihre Beine stahl. Er ließ einen Finger an ihrer triefenden Nässe entlanggleiten, sparte dabei ihre hoffnungsvolle, geschwollene Klit aber aus. Stattdessen rutschten zwei seiner Finger in sie hinein, April saugte sie förmlich in sich auf, unrettbar verloren in ihrer Leidenschaft, und während er sie mit den Fingern vögelte, löste er die Lippen von ihr, um ihr in die Augen zu sehen.

»Das gehört mir«, knurrte er. »Das alles ist meins, nie wieder wird irgendwer es schaffen, zwischen uns zu stehen, hast du mich verstanden?«

»Ja«, keuchte sie, ging ins Hohlkreuz, hob ihm ihr Becken entgegen, um ihn irgendwie noch tiefer in sich aufzunehmen, aber seine verdammten Finger waren zu klein, zu kurz, zu wenig, das war nicht genug – sie hatte sie viel länger und größer in Erinnerung gehabt. Mist!

»Bitte, Greg!«, jammerte sie und warf den Kopf hin und her. »Bitte, ich brauche dich.«

»Ich weiß«, murmelte er die lindernden, verständnisvollen Worte, die sie hören musste. Seine Finger verschwanden, er glitt zwischen ihre Beine und dann spürte sie seine kühle Zunge an ihrer Weiblichkeit, die sich an ihrer gesamten Länge entlangzog, genüsslich die Feuchtigkeit aufnahm und sie hörte ihn stöhnen. Seine Hände packten ihre Schenkel, hielten sie fest, während er immer und immer wieder leckte, sich dabei Zeit ließ und ihrer Klitoris weiterhin keine Beachtung schenkte. Erst als sie sich aufbäumte, als sie sein Haar packte und in höchster Not zog, da pustete er sanft den kleinen Nervenknoten an – April keuchte.

Er ließ seine Zunge darum kreisen, in schneller Abfolge einige Male – Aprils Hände in seinem Haar wurden zu Fäusten, ihre Knie zuckten unkontrolliert und sie spreizte die Beine noch weiter für ihn. Ihre Hüften drängen sich seiner verdammten, so unglaublich talentierten Zunge entgegen, und als er an ihrem Lustpunkt saugte, trieb er April über den Rand. Sie fiel nicht einfach nur so in den Abgrund, sondern wurde vom Sog der Begierde, der Leidenschaft und der unglaublich befreienden Erlösung in eine scheinbar endlose Tiefe mitgerissen. April schrie ihre Lust ungehemmt in die sternenklare Nacht hinaus. Sie kam so gewaltig, dass ihr tatsächlich kurzzeitig die Sinne schwanden, während Greg nicht etwa aufhörte, sondern weiter leckte, immer wieder über ihre Klitoris, immer wieder daran saugte, ihre zitternden Beine gnadenlos am Boden hielt, und leckte, leckte, womit er den Orgasmus künstlich in die Länge zog, bis April glaubte, unter der Wucht der Emotionen zu sterben.

Sie schrie nicht mehr, sondern war damit beschäftigt, irgendwie Luft in ihre ausgepumpten Lungen zu bekommen. Ihre Hände, die sich eben noch in seinem Haar vergraben hatten, waren kraftlos ins Gras gefallen, ihr gesamter Körper war von einem Schweißfilm überzogen und bebte unkontrolliert. In ihrem ganzen Leben hatte sie sich noch nie so endlos befriedigt und erschöpft gefühlt, wie jetzt, als seine Zunge mit einem Mal verschwand, er wieder über ihr auftauchte und sie anlächelte.

»Ja«, knurrte er, »du gehörst mir.« Das Wissen um seine verdammte Besitzgier ließ sie, obwohl sie gerade durch seine talentierte Zunge gekommen war, noch feuchter werden.

Als sie die Spitze seiner prallen Erregung an ihrem Eingang spürte, schüttelte sie heftig den Kopf. »Nein, Greg, ich kann ni…«

Weiter kam sie nicht, weil er sich bereits langsam in sie hineinschob, ihr Gesicht nicht aus den Augen lassend, die Arme links und rechts neben ihr aufgestützt, die Zähne zusammengepresst, die

Kiefermuskeln spielend. »Du kannst«, murmelte er dumpf und stöhnte tief auf, als er sich ganz in ihr versenkt hatte. Er wartete einen Moment, gab ihr die Gelegenheit, sich an seine Größe und Präsenz in ihr in gleichem Maße zu gewöhnen und zog sich dann langsam wieder aus ihr zurück.

»Für mich kannst du es«, murmelte er dabei. Ihre Finger vergruben sich in seiner muskulösen Brust, als er sich mit aller Macht wieder in ihr versenkte, doch auch diesmal verharrte er, ließ es langsam angehen, zog sich nur allmählich zurück, während er seine Arme angewinkelt neben sie aufstützte, sodass er seine Finger in ihrem Haar vergraben konnte. »Du kannst es«, murmelte er und küsste ihre tiefroten Lippen, bevor er den Kopf zurücknahm, den Blick nicht von ihrem Gesicht nehmend. April schloss die Augen und fühlte – unfassbar – wie sich der Druck allmählich erneut in ihr aufbaute. Wie von selbst schlangen sich ihre Beine um ihn, sie warf den Kopf zurück, hieß ihn in ihrem Körper willkommen. Ihre kleinen Hände wanderten über seine Brust zu seinen Schultern, wo sie sich in seiner Haut vergruben, während er nun schneller in sie hineinstieß, dabei aber die Intensität nicht minderte, sondern immer wieder bis zum Ultimo in sie eindrang. Sie spürte, wie ihr der Schweiß hinab rann, hingerissen von dieser immensen Kraft, die nicht nachließ, während sie schon wieder jenseits aller Geduld den nächsten Orgasmus herbeisehnte. Er war ein besitzergreifender Bastard. Aber er war *ihr* besitzergreifender Bastard.

Greg schien von der Situation nur mäßig vereinnahmt. Als seine Stimme abermals ertönte, klang er maximal etwas gepresst. »Warte«, knurrte er, als sich ihre Muskeln bereits wieder verdächtig zusammenzogen. »Herrgott! Warte!«

Sein drohender Unterton bewirkte, was April nicht für möglich gehalten hatte. Sie entfernte sich um winzige Millimeter von ihrem Ziel, fuhr sich mit der Zungenspitze über die trockenen Lippen, während er wieder und wieder in sie hineinstieß, eines ihrer Beine warf er dabei über seine Schulter, überdehnte ihre Muskulatur, um sich noch tiefer in ihr versenken zu können. Sie schloss die Augen, verdrehte sie hinter den Lidern, glaubte bereits wieder, vor Sehnsucht nach der Erlösung zu vergehen, anstatt ihrer Finger presste sie nun ihre Fingernägel in seine Haut und als sie ihn hörte: »Oh, fuck … Jetzt, Baby!«, war es wie eine Neugeburt, endlich die inneren Fesseln zu lösen, endlich nicht mehr festzuhalten, die Muskeln ihrer Bestimmung nachgehen zu lassen und zu kommen.

Wie beim ersten Mal verlor sie komplett den Bezug zur Realität, zersprang in tausend Einzelteile, die einmal durch die gesamte Galaxie geschleudert wurden. Sie klammerte sich an ihn, als er sie in die Arme nahm, verbarg ihr Gesicht in seiner Halsbeuge, inhalierte tief seinen männlichen Duft, gemischt mit dem Parfum ihrer Erregung und versuchte keuchend, wieder zu Atem zu kommen.

Am Himmel waren die ersten hellen Vorboten des Morgens zu sehen. April fröstelte, als die Brise, die eben noch lau gewesen war, mit einem Mal Aufwind nahm und ihre schweißnasse Haut streifte. Sofort verfestigten sich seine Arme um sie. Er hatte bisher nichts gesagt, und als sie den Kopf zurücknahm und ihn betrachtete, entdeckte sie, dass er sie ansah.

»Was?«

Greg presste die Lippen zusammen und schüttelte den Kopf. »Ich bin nur froh, wieder zu Hause zu sein. Bei dir«, erwiderte er. Dann stand er mühelos mit ihr im Arm auf und trug sie hinauf in ihr gemeinsames Schlafzimmer, wo er sie auf das weiche Laken bettete und sich dann mit schiefgelegtem Kopf vor sie hockte. Ihre Blicke fanden sich, versanken ineinander, bis April sich mit Macht von seinen Augen losriss und an ihm hinabsah – endlich einmal wieder. Offensichtlich hatte sie zu lange auf diesen Anblick verzichten müssen, denn kaum nahm sie die breite, glatte Brust in Augenschein, bekam sie wieder Atemnot und das Herz pochte in ihrer Brust, als wollte es einen Weltrekord aufstellen. Er war aber auch so unsagbar schön: die ausgeprägten Bizepse, die schmale Taille, diese verdammten Bauchmuskeln – nein, kein Waschbrettbauch, aber verflucht, er war nah dran! Sehr nah! Diese breiten Stränge, die sich in dieses ›V‹ verjüngten, dessen Anblick sie jedes verdammte Mal von null auf hundert brachte, selbst jetzt, wo sie geschworen hätte, keinen einzigen Muskel mehr bewegen zu können. Und dann dieser … April riss die Augen auf und betrachtete die Erregung – ehrlich, der Mann war offenbar niemals lange zu befriedigen.

Noch immer hielt er den Kopf seitlich geneigt, ließ ihre Musterung über sich ergehen und lachte leise, als sie die steifen Tatsachen betrachtete. »Ich musste lange auf dich verzichten.« Der entschuldigende Unterton in seiner Stimme bewirkte, dass es ihr warm ums Herz wurde.

»Ich hoffe, du musstest auch lange auf Sex an sich verzichten, egal mit wem«, rutschte es ihr heraus.

Sofort verschwand sein Lächeln und er beugte sich zu ihr vor, einen Arm neben ihr aufgestützt. »Hast *du* denn darauf verzichtet?«

April fühlte keine Enttäuschung oder gar Frust. Dies mussten sie einfach klären, bevor an ein Weitermachen überhaupt zu denken war. »Ja«, erwiderte sie.

»Ich bin froh«, sagte er ernst und ganz ohne Groll.

»Und du?«

Er lächelte, fuhr mit dem Daumen über ihre vollen Lippen und nickte. »Ja.« Dann legte er seinen Arm um sie, zog sie zu sich herum, sodass sie mit dem Gesicht zueinander lagen und schwieg.

April, die tausend Fragen hatte, tausend Dinge mit ihm besprechen wollte, und wenn es nur eine nähere Erklärung zu der ›Nutte‹ war, über die er sich seinem Onkel gegenüber geäußert hatte, verspürte momentan nicht den geringsten Drang, das Schweigen zu brechen.

Nein.

Im Moment wollte sie einfach nur seine Gegenwart genießen.

Seine Haut fühlen.

Seinen Duft in sich aufnehmen.
Seinen Körper bewundern.
Sich in seinen Augen verlieren.
Seine Lippen auf ihre herbeisehnen …
… und schweigen.

37. Kapitel

Greg

Mit dem Morgen kam der nächste Abschied.

Sie hatten keine einzige Minute geschlafen, sich nach dem unglaublich guten Sex einfach nur aneinandergeklammert und miteinander geschwiegen. Keiner der beiden hatte Anstalten gemacht, großartig zu reden. Die Zeit der Aussprachen würde kommen, da war Greg sicher, auch wenn er sie am liebsten für immer und ewig verschoben hätte. Was ihn betraf waren die Dinge geklärt und sie konnten wieder zur Tagesordnung übergehen.

Frauen tickten bekanntermaßen anders, weshalb er sich vornahm, wenn es so weit war, geduldig zu sein, April zuzuhören, sein Interesse zu zeigen und tatsächlich mit ihr zu sprechen. Es wäre eine Möglichkeit, um ihre Zweifel an seiner Liebe zu zerstreuen, die ihr so offensichtlich zusetzten.

Als sich die ersten Sonnenstrahlen am Himmel zeigten, räusperte er sich und rückte ein wenig von ihr ab. Sie wirkte müde, aber so unendlich sexy mit ihren dunkelroten Lippen und den rosigen Wangen, dass er die Welt an sich ein weiteres Mal verfluchte.

»Ich muss mich anziehen«, murmelte er.

»Nein«, widersprach sie sofort und legte besitzergreifend ein sehr langes, schlankes, gebräuntes Bein über ihn.

Greg lachte, wurde aber sofort wieder ernst. »Ich muss.« Als sie den Kopf senkte, seufzte er und hob ihn wieder mit einem angewinkelten Finger, um ihr in die Augen blicken zu können. »Drei Tage!«, beschwor er sie. »Baby, drei Tage. Nutze die Zeit, um dir währenddessen von Helen anzuhören, wie groß dein verdammter Fehler war und dass du es bis zum Rest deines Lebens bereuen wirst, mich wieder ins Haus, ins Wohnzimmer und in dich gelassen zu haben.«

Ihre Mundwinkel hoben sich ein wenig. »Das wird grausam, verdammt!«

»Kann ich mir vorstellen, aber es ist *deine* Freundin. Da kann ich dir leider nicht helfen.« Sein Blick glitt an ihrem nackten Körper hinab, verweilte flüchtig auf ihren Brüsten, die auf so natürlich geschwungene Weise genau die richtige Form besaßen, und ja, sie schienen wispernd auf ihn einzusprechen. Leise, kaum wahrnehmbar und deshalb so bestechend, weil man sich konzentrieren musste, um sie überhaupt zu verstehen.

> *›Was soll der Fuck, du hast sie gerade zurück und willst sie wieder den Fängen dieser widerlichen Emanze überlassen, die sich als gemeingefährliche Umpolerin betätigt? Bist du wahnsinnig? Was, wenn sie diesmal erfolgreich ist? Was, wenn du zurückkommst, und April vor dir steht: »April, April! (Und nein, das ist kein gottverdammter Scherz!), ich hab dir doch nicht vergeben. Ha, ha, ha! Was hast du dir denn eingebildet, du Idiot? Nimm dich, deine Hoffnungen und Träume und hau endlich ab!« Was dann?*
> *Was soll der Scheiß?*
> *WAS?‹*

Doch es gab keinen Ausweg, noch war nicht alles geklärt, so einfach waren die Stolperfallen, die ihren Weg säumten, eben nicht zu beseitigen. Und daher küsste er sie noch einmal, sah nicht weiter an ihr hinab, dorthin, wo das Ziel seiner gesamten Träume lag, wo er sich hätte in ihr vergraben können, um sie wieder und wieder und wieder zu spüren – inzwischen wissend, dass er niemals von ihr genug bekommen würde. Er wusste, dass ihn einladende Feuchtigkeit empfangen würde, wusste, dass sie allein von seinem Blick in Flammen stand, er konnte riechen, wie es in ihr aussah, verdammt! Das unausgesprochene Angebot nicht nutzen zu dürfen, bereitete ihm beinahe Schmerzen.

In einer Hinsicht hatte Bill recht: Sie war tatsächlich wie eine Sirene – für Greg zumindest. Das war sie von Anfang an gewesen. Er hatte sie gesehen und war nicht mehr von ihr losgekommen. Allen widerlichen Begleiterscheinungen zum Trotz, wie zum Beispiel der Tatsache, dass sie nicht einmal annähernd mit der Schönheit und Klasse der Frauen mithalten konnte, die er damals gewohnt war. Was übrigens eine Sinnestäuschung gewesen war, doch zum damaligen Zeitpunkt hatten sich ihm die Dinge nun einmal so dargestellt. Verdammt, er hatte sie im Suff sogar geheiratet! Und das, wo er die gesamte Collegezeit und etliche ultimative Besäufnisse ohne größere Zwischenfälle oder Filmrisse überstanden hatte. Warum war er so dämlich gewesen und hatte nicht gleich erkannt, wie besonders sie für ihn war?

Ja, weil er eben ein Idiot war, was sollte er sagen?

Mit einem dumpfen Stöhnen schob er sie von sich und setzte sich auf, die Beine bereits über den Rand des breiten Bettes geschwungen, das sie bisher viel zu selten gemeinsam benutzt hatten. Greg raufte sich das Haar und ließ dann die Hände sinken, um blicklos zur Badtür zu starren.

April rappelte sich hinter ihm auf. »Was …?«

Doch sein erhobener Finger gebot ihr zu schweigen. Er stand auf und ging wortlos in jenes luxuriöse Badezimmer, das April und er gemeinsam mit dem Architekten eingerichtet hatten. Selbst er als Mann, für den ein Badezimmer nicht mehr als ein reiner Nutzraum war, musste jedes Mal aufs Neue feststellen, wie außergewöhnlich es mit seinen hellen, beheizten Fliesen war, mit seiner extremen

Weitläufigkeit, der riesigen Dusche – die mit ganz bestimmten Hintergedanken installiert worden war. April hatte erklärt: *»Ich will mit dem Baby zusammen duschen, da brauche ich Platz.«* Dann die riesige Wanne – die ebenfalls aus sehr guten Gründen so groß ausgefallen war. Greg hatte erklärt: *»Ich will mit meiner Frau stundenlang im Schaumwasser liegen, und beim Sex nicht ständig eine Überschwemmung verursachen!«* Mit der großen, beleuchteten Spiegelfront, den zwei Waschbecken, den flauschigen Läufern, konnte man sich hier einfach nur wohlfühlen.

Heute hatte er für die Schönheit des Raumes keinen Blick übrig, obwohl er ihn seit vielen Wochen zum ersten Mal betrat. Schleppend ging er zur Dusche, stellte das Wasser ein, pinkelte dann und betrachtete sich dabei finster im überdimensionalen Spiegel.

Er wirkte wie ein grauenvoll übermüdeter Greg McCarthy, der gern zurück zu seiner Frau ins Bett gegangen wäre, um die kommenden Tage dort mit ihr zu verbringen. Seine Tochter hätte er sicher dann und wann auch zu sich geholt, sie aber ansonsten in die treuen Hände der Nanny gegeben, die im Laufe des Tages aus ihrem Heimaturlaub zurückkehren würde.

Er hätte ein wenig geschlafen, jede Menge Kaviar und Cracker gegessen und darüber hinaus von April gekostet. Pausenlos. Er hätte sich in ihrem Körper versenkt, hätte dafür gesorgt, dass sie sich endlich vollständig daran erinnerte, wem genau sie gehörte – nein, er ging von dieser Formulierung nicht ab, scheiß auf die Emanzipationskacke –, und er hätte diese grauenhafte Helen aus seinem Haus verbannt.

Und dann, wenn er fürs Erste genügend von sich in seiner Frau verteilt gehabt hätte, *dann* hätte er sich allmählich mit ihr an die Zukunftsplanung gemacht. Die stand derzeit nämlich gänzlich offen, was ihn nicht sonderlich störte.

Das hätte er getan, wenn die Welt ein Ort der Glückseligkeit und das Leben eine Ansammlung freudiger Sonnentage in der Karibik gewesen wäre.

So verhielt es sich nur leider nicht und das war grausam.

Drei Tage, beschwor er sich. *Genau drei Tage, und dann hat das alles ein Ende.*

Die Frage war nur, ob es das wirklich haben würde.

Er runzelte die Stirn, wandte sich von seinem ratlosen Gesicht ab und stieg endlich unter das heiße Wasser, das seinen Dampf bereits im ganzen Raum verteilt hatte. Gefühlte Minuten stand er reglos unter dem Strahl, konnte sich nicht entschließen, auch nur einen Finger zu rühren. Weder in Richtung Duschbad, Shampoo noch zu seinem Schwanz. Wobei Letzteres, wie er mit einigem Galgenhumor erkannte, heute ja nun wirklich nicht nötig war.

Es war angenehm, sich diesen Momenten der Ruhe hingeben zu können, nochmals die Realität auszusperren und sich einzubilden, dass es vor den Fenstern dieses Hauses, das er noch immer sehr mochte, keine feindliche Welt gab, die ihn bald ein weiteres Mal restlos vereinnahmt haben würde. Er war müde, er wollte Sex, er wollte vergessen, er wollte …

… April.

Fuck!

Als sich zierliche Hände von hinten auf seinen Bauch legten, spannte er im ersten Moment erschrocken die Muskeln an, doch dann schloss er die Augen, gab sich ganz der Magie ihres Körpers hin, der sich an seinem feuchten Rücken rieb, und diesen verdammten Händen, die langsam an ihm hinab wanderten, bis sie seine pulsierende Erregung fanden. Sein Schwanz schlug jeden Hochklassesportwagen ohne Schwierigkeiten, denn er war von null auf hundert in drei Sekunden, jedenfalls, wenn April in der Nähe war.

Greg legte den Kopf in den Nacken, genoss es, wie sich ihre steifen Nippel an seinem Rücken rieben und sie ihn in eine Hand nahm, eher lässig an seiner Länge entlangstrich und von hinten ein Knie zwischen seine Beine schob, bis es seine Hoden berührte.

»Du kannst nicht einfach so gehen«, wisperte sie angestrengt. »Bitte.«

Greg presste die Lippen zusammen, weil sie etwas fester zupackte, seine Hand legte sich auf ihre, erkundete ihre Bewegungen, und er stöhnte, als sie sich schließlich vor ihn stellte. Erst jetzt öffnete er die Augen einen Spalt; ohne den Kopf vorzunehmen betrachtete er sie unter halb geöffneten Lidern, wie sie zu ihm aufsah, ihn noch immer wichsend. Sie hatte ihn fest in der Hand, und gerade wollte er es gar nicht anders, unterstützend schob er seine Hüften leicht vor und zurück. Das nächste Stöhnen entkam seinem Mund, als er ihre vollen Lippen betrachtete, die selbst jetzt tiefrot waren. Der Wunsch kam aus heiterem Himmel, aber garantiert nicht überraschend, denn wann immer er ihren Mund vor sich hatte, wollte er sich in ihn schieben, wollte, dass sie ihn verwöhnte, dass sie ihm erneut ihre Fähigkeiten demonstrierte. Nur ihm! Seine Hände fuhren wie von selbst in ihr inzwischen durchnässtes Haar, während die andere ihre Schulter fand und sie langsam hinab drückte.

Sie gehorchte, und er lehnte sich scheinbar erschöpft gegen die Fliesen, ließ das strömende Wasser in sein Gesicht rieseln, während sie sich hungrig an seinem Schwanz zu schaffen machte. Sie war schon immer die Beste gewesen, verstand es, ihn mit ihrer Zunge, ihren Lippen und ihren gottverdammten Zähnen in den Himmel zu blasen, während ihre Finger mit seinen Eiern spielten, dafür sorgten, dass heiße und kalte Stromstöße fast gleichzeitig durch seinen Körper rasten. Wie bei ihrer ersten Begegnung in Atlantic City wurde seine Atmung immer flacher, das Herz trommelte gegen seine Rippen und seine Hüften bewegten sich im Takt, den ihre verdammt heißen Lippen ihnen wiesen. Seine Hand in ihrem Haar wurde zu einer festen Faust, während er ihr noch zusätzlich das Tempo vorgab. Unter seinen geschlossenen Lidern verdrehte er hingerissen die Augen, pumpte immer wieder in sie hinein. Fickte ihren Mund in diesem uralten sinnlichen Rhythmus, fast nicht fähig seinen Höhepunkt noch länger hinauszuzögern. Mit einem Mal riss er die Augen weit auf.

»Fuck!«, knurrte er und zerrte sie an den Schultern hoch. Es gab tatsächlich ein kleines *Plopp*!, weil sie sich sprichwörtlich an ihm festgesaugt hatte. »Das hast du dir so gedacht«, sagte er leise und neigte den Kopf zur Seite, ihre leicht erschrockenen Augen nicht aus seinen lassend. Das dunkle, feuchte Haar hing in dicken Strähnen teilweise über ihren Rücken oder über ihre Brüste, die es halb verdeckte, weshalb er es bedächtig beiseite schob. Das Wasser perlte an ihrem Gesicht herab, verfing sich in den langen Wimpern, tropfte nach und nach auf die Wangenknochen und lief an ihren Wangen hinab; andere Tropfen bahnten sich den Weg über ihre Stirn, die Nase, um auf den kirschroten, leicht geschwollenen Lippen zu stranden, die ihn eben noch so fabelhaft verwöhnt hatten. Sie zitterte ein wenig, obwohl es garantiert nicht kühl war, die Brüste standen frech in die Höhe, die Spitzen hatten sich wieder zusammengezogen, genauso, wie er es liebte, ihr Bauch war wieder flach – sogar etwas zu flach, wenn er es recht bedachte – darunter begann ihr Schamhügel, ihre Pussy, die er aus dieser Perspektive kaum sehen konnte, und dann diese endlos langen Beine – von denen er es liebte, wenn sie um seine Hüften geschlungen waren –, welche in die zierlichen Füße übergingen, die sie noch immer viel zu oft in diesen hässlichen Boots verbarg.

Sie war vollkommen, diese Schönheit gemischt mit ihrer Natürlichkeit, so unglaublich perfekt in ihrer Imperfektion.

»Fuck!«, knurrte er, wirbelte sie herum und schob sie gegen die Fliesen. Allein der Anblick ihrer prallen Hinterbacken, an denen das Wasser herab perlte, ließ ihn fast kommen. Mit der rechten Hand packte er ihr schweres Haar, schob dabei mit dem Knie ihre Beine auseinander, seine pulsierende Erregung zwischen ihre Schamlippen und ließ die Spitze ein paarmal an ihrer heißen Feuchtigkeit entlangstreichen, bevor er fast wie von selbst in sie hineinglitt. Eine Hand hielt ihre Hüfte, die andere ihr Haar, während er sich immer und immer wieder tief in ihr versenkte. Den Kopf hatte er leicht in den Nacken gelegt; den Oberkörper etwas vorgebeugt, beobachtete er das Spiel ihres Hinterns, wenn er gegen ihn prallte, genoss ihre Enge – das hatte sich auch nach June nicht geändert –, stöhnte leise, weil ihre Muskeln sich bereits wieder verdächtig um ihn schlossen und unter seinen Stößen erzitterten. Wenn er am tiefsten in ihr war, keuchte sie auf, das heiße Wasser prasselte unaufhörlich auf sie nieder. April hatte sich mit den flachen Händen an den Fliesen abgestützt, an denen es ebenfalls herablief, fing die Wucht seiner Stöße mit ihrem Becken ab, presste ihren kleinen Hintern ihm entgegen, wollte mehr von ihm, immer noch ein wenig mehr …

… und er gab ihr mehr.

Seine Lippen fanden ihren Hals, küssten sie, saugten die feuchte Haut ein und leckten darüber, während er unaufhörlich in sie hineinstieß.

»Oh Gott!«, stöhnte er, als er den Orgasmus kommen spürte, wissend, dass er ihn diesmal nicht zurückhalten konnte. Er schlang einen Arm um sie, fühlte ihre steifen Nippel an seiner Haut auf und abstreichen und kam mit einem finalen, heftigen Stoß, bevor er seinen Kopf seitlich auf ihren Rücken bettete und die Augen schloss.

»Fuck!«

* * *

Als sie wieder zu Atem gekommen waren, löste er sich aus ihr, drehte sie an ihrer Schulter herum und sah in ihr erhitztes Gesicht, in dem die strahlenden Augen wieder einmal alle physikalischen Gesetze zu negieren schienen. »Ich werde jetzt gehen«, knurrte er, keinen Widerspruch duldend. »Und du bleibst genau hier, bis ich verschwunden bin. Sonst komme ich hier niemals weg!«

Ohne ihre Antwort abzuwarten, drehte er sich um und verließ den Raum. In Windeseile trocknete er sich ab, nahm irgendwelche Sachen aus seinem Schrank, ohne ein zweites Mal hinzusehen, zog sich an und griff zuletzt seinen Trolley, den Joe inzwischen aus dem Hotel geborgen hatte. Er sah nicht einmal hinein, sondern nahm ihn so, wie er war, und floh aus dem Haus.

Joe wartete bereits im Wagen und fuhr los, sobald Greg die Autotür zugeschlagen hatte.

Und Greg sah kein einziges Mal zurück.

38. Kapitel

Greg

Am Airport wartete im VIP-Bereich bereits sein Vater.

Er wirkte trotz der frühen Stunde gut aufgelegt, Greg hatte ihn selten zuvor überhaupt in diesem Zustand gesehen, egal, zu welcher Tageszeit.

»Nun ja«, sagte er, als sie in Begleitung der Bodyguards zum Rollfeld chauffiert wurden. »Das war nur der erste Streich. Ich konnte mit meinem Bruder gestern nicht mehr lange sprechen, er war zu aufgebracht.« Überrascht blickte Greg zu seinem Vater, als der tatsächlich gluckste. »Hab ihn ehrlich selten so wütend erlebt.«

Als Greg den Jet sah, musterte er seinen Dad ein zweites Mal verblüfft, doch der zuckte nur mit den Schultern. »Er stand aufgetankt und startklar hier rum, wir brauchen einen Jet, und es bleibt schließlich in der Familie. Du darfst niemals vergessen, dass all das Geld, mit dem mein Bruder die Welt unsicher macht – sein Privatvermögen außen vorgelassen – nun einmal uns allen gehört. Er neigt dazu, es zu verdrängen, der Rest von uns weniger. Dann und wann ist es daher angezeigt, ihn daran zu erinnern.«

Und so kam es, dass sie die Reise nach London in genau dem Jet antraten, den William seinem Neffen in seiner grenzenlosen Großzügigkeit zu Beginn von dessen Global-Trotting überlassen hatte. Das war insofern angenehm, weil Greg die Flugbegleiterinnen kannte und diese im Gegenzug ihn. Damit war die Frage nach dem gewünschten Getränk schon einmal überflüssig geworden.

Nachdem sie beide ihre Drinks hatten, lehnte George McCarthy sich zurück und musterte seinen Sohn interessiert. »Wie hat April den Überfall aufgenommen?«

»Ich konnte sie im Vorfeld darauf vorbereiten, deshalb … den Umständen entsprechend gut, denke ich.«

George hob eine Augenbraue und nahm einen Schluck. »Da sie davon wusste, hätte ich angenommen, dass sie die Kleine fortschafft …«

Greg beugte sich vor. »Und warum? Hätte ich sie nicht vorgewarnt, dann wäre sie auch mit meiner Tochter da gewesen. Versuche erst gar nicht, ihr irgendein Fehlverhalten anzudichten, Vater! Einzig unsere Familie hat sich – wie üblich – entgegen sämtlicher Gesetze von Anstand, Moral und … Legalität benommen. Ihre Wange ist immer noch geschwollen, verdammt noch mal! Und ich konnte den Kerl immer noch nicht anständig dafür zur Rechenschaft ziehen!«

»Sie hätte ihn nicht hineinlassen müssen.«

»Darauf bezog ich mich nicht, auch wenn ich nicht wusste, dass ich Übergriffe gutheißen muss, nur weil ich ein Familienmitglied in mein gut bewachtes Haus hereinbitte.«

»So war das …«

»Nein, so war das sicher nicht gemeint.« Greg fühlte seinen Zorn ein weiteres Mal anschwellen und diesmal hielt er ihn nicht zurück. Es war an der Zeit, ihm endlich Auslauf zu gewähren, ansonsten würde er ersticken. Wütend kippte er seinen Brandy hinunter und starrte seinen Vater an. »Nachdem ihr gestern fort wart, wies ich Joe an, das Haus auf den Kopf zu stellen. Er fand ohne große Schwierigkeiten zehn Wanzen, die Telefone waren angezapft – sie hatten es übrigens ausgestellt, sobald sie da waren, Bill hat das übernommen. Ich schätze, die beiden wollten mit meiner Frau ungestört sein. Verdammt, wir müssen davon ausgehen, dass selbst die Post geöffnet wurde. *Dein ehrenwerter Bruder* hat das veranlasst, und zwar im Namen der ganzen Familie, wie du mir selbst gerade erklärt hast. Die Wachleute waren gekauft, jedes private Wort wurde mitgehört und wenn möglich gegen uns verwendet.«

Das war George nicht bekannt gewesen, es war offensichtlich, dass er davon zum ersten Mal hörte. Seine Lippen wurden schmal und der Blick nahm diesen bedrohlichen Glanz an, den Greg schon als Kind gefürchtet hatte. »Wenn das wirklich stimmt, dann ist William zu weit gegangen. Entschieden zu weit. Seit wann weißt du davon?«

Greg winkte ab. »Es gab schon vor Wochen gewisse Unregelmäßigkeiten, denen ich aber zunächst nicht nachging. Ich wollte keine schlafenden Hunde wecken. Aber seitdem war ich wachsam.«

»Du hättest mich sofort …«

»*Du* hattest unmissverständlich klargemacht, dass du davon nichts wissen willst, wenn ich in Schwierigkeiten kommen sollte«, unterbrach Greg seinen Vater und die Männer starrten einander finster an. Beide dachten an Junes Taufe, die George McCarthy zum Anlass genommen hatte, um seinen Sohn umfassend darüber aufzuklären, wie unzufrieden er mit der Gesamtsituation war.

Einige Wochen zuvor …

Sie hatten sich in Greg's Arbeitszimmer zurückgezogen, während im Wohnzimmer die wenigen Taufgäste weilten, und George verlor keine Zeit. Sobald sie saßen, legte er los:

»Du wendest dich von mir ab, wirfst deine Fähigkeiten, die *ich dich* gelehrt habe, diesem Mann vor die Füße; du heiratest diese unerträgliche Person, zeugst mit ihr sogar ein Kind, ziehst in ein Haus, das weit unter deinem Stand ist … Wann kommst du endlich zur Vernunft?«

»Das bin ich bereits, danke der Nachfrage«, erwiderte Greg mit schmalen Lippen. Wie üblich hielten beide Männer ihr Brandyglas in der Hand.

»Wenn das so ist, habe ich nichts weiter zu sagen«, knurrte George McCarthy. »Du wirst umfassend auf die Schnauze fallen, es ist nur eine Frage der Zeit, bis das eintrifft. Aber ich werde dir nicht da raushelfen. Meine Tür ist ab sofort für dich geschlossen!«

»Nein!« Es war Ginger, die soeben eingetreten war, was einen niemals zuvor da gewesenen Vorfall darstellte. Betrunken hin oder her, sie wirkte in ihrer Wut fast göttlich. Nun ja, ein Fake, was aber die wenigsten wussten. Doch in diesem Moment bewunderte Greg diese immer noch gleißend schöne Frau und vergaß seinen gesamten Groll gegen sie, den er über all die Jahre angesammelt hatte.

»Ich werde das nicht noch einmal zulassen. Niemand entzweit meine Familie.« Sie starrte George an. »Gut, wir sind mit der Wahl seiner Frau nicht einverstanden …«

»Hört, hört«, sagte Greg, weil er den Eindruck hatte, irgendetwas zu dem Bullshit von sich geben zu müssen, doch er wurde ignoriert.

»… und er ist für deinen Bruder tätig, anstatt für dich, was nicht zuletzt auch auf dich zurückzuführen ist, George.« Letzterer verzog das Gesicht und starrte demonstrativ auf sein Glas. »Aber das Kind ist bereits in den Brunnen gefallen und das sprichwörtlich. Schließlich sind wir mittlerweile Großeltern. Bitte sorge nicht dafür, dass wir ein weiteres Mal ohne unseren Sohn dastehen. Du weißt genau so gut wie ich, dass William nur auf so etwas wartet.«

Sie hatte tatsächlich gefleht, was Greg auch jetzt noch, rund vier Monate später, nicht wenig verblüffte. Noch mehr verwirrt hatte ihn aber, dass sein Vater eingelenkt hatte. Er brummte zwar, bescheinigte Greg fortgeschrittenen Hirnschwund und dass er eine Schande für ihren Zweig der Familie sei. Doch schließlich erklärte er sich einverstanden, trotz des empörenden Verhaltens seines Sohnes weiterhin gute Miene zum bösen Spiel zu machen.

Das war mehr, als Greg jemals für möglich gehalten hätte.

»Das betraf deine Frau, nicht diesen Eunuchen«, sagte George soeben in der Gegenwart.

Greg starrte seinen Vater an und lachte schallend. »Gut«, sagte er, als er sich wieder beruhigt hatte. »Das ist wirklich fantastisch, denn sein Auftritt, den du gestern in meinem Haus miterleben durftest, war nur die Spitze des Eisberges …« Greg runzelte die Stirn. »Nein, war es nicht. Ich gebe dir sogar recht, denn ich habe mich wirklich eigenhändig in die Scheiße laboriert. Allerdings nicht mit April …«

Nun war es an George, die Augenbrauen hochzuziehen und an Greg, dies einfach zu ignorieren, »… sondern, indem ich auf seine Erpressung überhaupt erst einging. *Das* war mein Fehler, aus der heutigen Sicht der einzige. Und es ist höchste Zeit, dass ich ihn korrigiere. Denn solange William ein Teil meines Lebens ist, werde ich mit meiner Frau und meiner Tochter niemals in Ruhe und Frieden leben können.«

Noch immer wirkte George relativ ratlos und so erzählte Greg ihm endlich die *gesamte* Geschichte, auch wenn er sich dabei wie ein kleiner Bengel vorkam, der zu Daddy rannte, weil man ihn geärgert hatte. Allerdings … blieb es nicht bei den Dingen, die ihn persönlich betrafen. Greg versorgte seinen Vater auch mit einigen höchst brisanten geschäftlichen Informationen, was … nun, auf jeden Fall ungesetzlich, wenn nicht sogar menschlich gesehen höchst verwerflich war. Aber seit wann hielten sich die McCarthys an geltendes Recht oder die Regeln von Anstand und Moral? Er passte sich nur an – und zumindest das hatte er nicht erst mit dem heutigen Tag getan. Dies war sein Dank für die Hilfe, die er von seinem Vater verlangte, denn diese würde bedeutend umfangreicher ausfallen, als George momentan auch nur ahnte. Wie groß das Ausmaß war, erzählte Greg seinem Dad innerhalb der kommenden acht Stunden, die es benötigte, um von New York nach London zu fliegen.

Als der Jet landete, war Greg zufrieden, denn George war so wütend, dass er es kaum erwarten konnte, seinen Bruder endlich zur Rede zu stellen. Außerdem glaubte Greg, in den Augen seines Vaters ein kaum merkliches Funkeln entdeckt zu haben. Dem alten Mann bereitete diese ungeplante Reise durchaus Spaß; schon, weil er sie mit seinem Sohn unternahm – wenn dies auch nicht an vorderster Stelle rangierte.

Nun, wie auch immer, er würde sich dem Gespräch jedenfalls nicht alleine stellen müssen, sondern hätte den besten Zeugen dabei. George war währenddessen so frei gewesen, William telefonisch darüber zu informieren, dass er seinen Sohn zu diesem konspirativen Treffen begleitete, was dieser ohne große Überraschung zur Kenntnis genommen hatte.

Zunächst jedoch fuhren sie ins Hotel, in dem diesmal keine Vorhut dafür gesorgt hatte, dass auch das kleinste Detail nach Greg's Vorlieben gerichtet wurde. Die Suite war trotzdem sehr behaglich, besonders, weil Joe im Vorfeld überprüft hatte, dass diesmal kein noch so geringer Lauschangriff vorgenommen wurde. Greg hielt das Smartphone bereits in der Hand, wollte April anrufen, der Finger schwebte über der Kurzwahl, doch dann schüttelte er den Kopf, ging ins Bad, nahm den Akku aus dem Handy und ließ Wasser in das Waschbecken ein, in das er beides schließlich versenkte. Er hob den Kopf, betrachtete sich stirnrunzelnd im Spiegel und seufzte.

»Du lässt nach, McCarthy. Verdammt du lässt sogar gefährlich nach. Und das zu einem Zeitpunkt, wo genau das verboten ist. *Verboten, du Pisser!*«

Er schrieb eine kurze Nachricht auf den Hotelblock und rief Joe, zu sich. »Rufen Sie meine Frau an und lesen Sie ihr einfach den Zettel vor. Nehmen Sie ein Münztelefon, nicht das Festnetz, keinen Hotelanschluss und um Himmels willen kein Handy.«

Wenn sein Chauffeur überrascht war, dann ließ er sich zumindest nichts davon anmerken. Er nickte knapp und ging, während Greg ihm grübelnd nachsah und schließlich wieder in seine Suite ging.

Es hatte lange gedauert, bis er tatsächlich verinnerlicht hatte, mit wem er es zu tun hatte. Aber besser spät als nie.

* * *

Vater und Sohn aßen im Hotelrestaurant zu Abend, wobei George sich permanent über die ungenießbare englische Küche aufregte, obwohl er ein französisches Gericht gewählt hatte. Währenddessen vereinbarte er telefonisch mit seinem Bruder ein Treffen in einer Bar im Herzen Londons, die sowohl Greg als auch George McCarthy selbst von früheren Besuchen bekannt war. Und dann ließen sie sich von Joe, der inzwischen wieder aufgetaucht war und Greg mit einem Nicken bestätigte, dass sein Auftrag ausgeführt wurde, in die Bar chauffieren.

Als sie ankamen war ihre Verabredung noch nicht eingetroffen.

George grinste. »Damit hatte ich auch nicht gerechnet, er verspätet sich absichtlich. Alles Taktik – die uns natürlich egal ist. Er hat es hier nicht mit Anfängern zu tun.« Sie suchten sich einen etwas abgelegeneren Tisch in dem exklusiven englischen Pub und bestellten ihre Whiskys. Und als der Wirt die Getränke gebracht hatte, musterte George McCarthy seinen Sohn ernst.

»Du glaubst, er wäre am Boden und würde einlenken, aber so ist es nicht.«

Greg, der seinem Vater direkt gegenübersaß, schüttelte den Kopf. »Nein, das habe ich ganz bestimmt nicht geglaubt. Vergiss nicht, dass ich ihn kenne.«

George nickte. »Gut, es ist besser, sich nicht von ihm überrumpeln zu lassen. Er ist ein gefährlicher Mann.«

Greg antwortete nicht, denn all das war ihm bekannt.

»Er wird Forderungen stellen, Forderungen, die dir nicht gefallen werden. Und wir können noch so viele Pläne im Vorfeld schmieden, wenn er nicht damit einverstanden ist, dann sind wir mattgesetzt. William weiß das und er wird mit diesem Trumpf spielen.«

»Es ist deine Niederlassung«, sagte Greg scharf.

»Nein, sie gehört der Familie. Nicht vergessen, vergiss es niemals!«, sagte der Alte, der vielleicht zehn Jahre älter als sein Sohn wirkte, eindringlich. »Ich habe sie initiiert, richtig, im Grunde aus privaten Gründen, weil es sich damals aus taktischer Sicht anbot, doch sie befindet sich nicht auf US-amerikanischem Boden und somit spielt sie in Williams Geschäftsbereich.«

Greg sah kurz auf und senkte dann den Blick in sein Glas. »Dann wird der Plan wohl nicht durchführbar sein. Ich habe keine Lust, mich vom Regen in die Traufe zu begeben und wieder unter seiner Fuchtel zu stehen. Er wird niemals lockerlassen. Ginge es nur um mich – dann wäre es kein Problem, doch er kämpft gegen April, und das kann ich einfach nicht länger dulden.«

George winkte ab. »Das gilt es heute zu klären. Also halte deine berechtigten Aggressionen gegen die beiden im Zaum, denn … wir wollen etwas von ihnen, allerdings haben wir einige Trümpfe in der Hand, es ist ein Patt – William weiß es und er wird alles daran setzen, diese Situation so schnell wie möglich zu seinen Gunsten zu ändern – oder eben die Unebenheiten auszugleichen. Das ist *unser* Trumpf. Nun ja, und, dass ich meinen Bruder seit über fünfzig Jahren kenne und weiß, wie er tickt.« George verzog grimmig sein Gesicht. »Er hielt sich immer für den Cleveren von uns beiden, wäre nie auf die Idee gekommen, dass er nur der Skrupellosere ist. Intelligenz lässt sich nicht am Erfolg ausmachen, aber das wird der kleine Billy niemals begreifen. Es ist besser, ihn in dem Glauben zu belassen, dass er der Größte ist, denn er liebt es, sich gönnerhaft zu zeigen und die Wünsche der Leute nach seinen Gnaden zu erfüllen.«

Wieder sah Greg auf und musterte seinen Vater stumm, doch dann nickte er, ja, das stimmte. Offenkundige Härte ließ William sein Umfeld selten spüren, er sah sich viel lieber als den strengen, aber gerechten Patriarchen, der seine Familie mit Zuckerbrot und Peitsche führte. Der kleine Wichser!

»Achte auf deinen Gesichtsausdruck«, knurrte George. »Sie kommen.«

Damit lehnte er sich zurück, seine Miene war nichtssagend bis abweisend, Greg ähnelte ihm auf äußerst anschauliche Weise – hier war zum ersten Mal deutlich erkennbar, dass die beiden auf jeden Fall miteinander verwandt sein mussten. Auch wenn wohl die wenigsten davon ausgegangen wären, dass es sich um Vater und

Sohn handelte. George McCarthy wirkte schlicht zu jung und in seiner Attraktivität zu ungebunden, um in ihm einen Familienvater zu vermuten.

Gleiches traf auf das ankommende Herrenpaar zu, welches in identischer Weise so breit grinste, dass man hätte annehmen können, die beiden Männer würden Werbung für die neueste Zahnpastainnovation laufen.

Besonders William schien fast außer sich vor Freude zu sein. »George, Greg, es ist mir eine echte Freude. Ganz ehrlich«, fügte er etwas leiser hinzu. George McCarthy war aufgestanden, die beiden Brüder klopften sich im Brother-Style auf die Schulter, bevor William Greg seine Hand entgegenhielt.

»Nun, hast du dich ein wenig beruhigt?«, erkundigte er sich verschmitzt lächelnd.

Greg erwiderte gar nichts. Bill war übrigens nicht halb so relaxt wie sein Vater, er ließ Greg nicht aus den schmalen Augen, welcher im Gegenzug einige deutliche visuelle Todesversprechen in Richtung frauenprügelnden Cousin sandte.

George und William entging das nicht, weshalb William auf seine lakonische Art die beiden Männer zur Ordnung rief.

»Wow, wow, wow, Jungs!« Er hatte die Hände erhoben, doch seine Augen blitzten bedrohlich. »Wir haben uns hier *nicht* getroffen, um Unfreundlichkeiten zu tauschen, sondern um einen Konsens zu finden und unsere Unstimmigkeiten beizulegen. Wir sind eine Familie!«, Letzteres knurrte er tatsächlich. »Umarmt euch!«

Greg lachte auf und schüttelte den Kopf, dann setzte er sich, ohne Bill eines Blickes zu würdigen, womit William unverrichteter Dinge mitten im Raum stand. George hatte bereits wieder Platz genommen und musterte seinen Sohn tadelnd, doch Greg war nicht bereit, diese Patennummer weiter zu spielen. Deeskalation hin oder her, das ging dann doch zu weit.

»Vielleicht solltet ihr euch einfach setzen?«, schlug er vor, als weder Bill noch William sich bewegten. »Zu brüderlichen Umarmungen sizilianischer Art wird es vorerst nicht kommen.«

Bill betrachtete ihn mit nach wie vor verengten Augen, doch William lachte bereits wieder. »Ich mag die trockene Art deines Sprösslings und dass er sich ungern verbiegen lässt. Das spricht von einem klar definierten Charakter – genau das, was die Familie so dringend benötigt.« Er nahm endlich Platz und musterte George. »Sie sind die nächste Generation, wir werden ja auch nicht jünger, allmählich sollten wir unsere Nachfolger bestimmen.«

»Ich dachte lange Zeit, alles Notwendige in dieser Richtung getan zu haben«, erwiderte George humorlos und ohne echtes Interesse. »Ich habe einen Sohn, habe ihn entsprechend ausgebildet, ließ ihn die besten Schulen besuchen und das erforderliche Studium an Yale absolvieren, bevor er seine Ausbildung in meiner Firma machte. Du wirst zugeben, dass ich mit Fug und Recht behaupten konnte, für meinen Ruhestand vorgesorgt zu haben.«

»Erstens kommt es anders und zweitens, als man denkt«, erwiderte William gutmütig, doch sein Lächeln wirkte alles andere als versöhnlich. Eher schien er sich diebisch zu freuen. »Es ist immer die Frage, wie attraktiv wir unseren Kindern den Einstieg in unsere Firmen machen. Du bist da offensichtlich ein wenig ins Hintertreffen geraten, hast ihm nicht die Entfaltungsmöglichkeiten eingeräumt, die er gerne gehabt hätte, und so ist er eben zu jemandem gegangen, der ihm all das bieten konnte, was er sich wünscht.« Er breitete die Arme aus. »Zu mir!«

George sah ihn nur mit erhobenen Augenbrauen an, und Williams Blick fiel wie zufällig auf Bill. Er lachte schallend. »Nun ja, auch die Fähigkeiten sind von entscheidender Bedeutung. Bill ist ein guter, sehr folgsamer Junge. Ich liebe ihn, er ist mein Sohn, mein Erstgeborener.« Wieder lächelte William. »Nur mit dem Geschäftssinn hapert es ein wenig. Ihm fehlt das gewisse …« Er hielt eine Hand in die Luft, an der sich der Daumen an den übrigen Fingern rieb … »der gewisse Esprit … das Fingerspitzengefühl … Greg ist da besser aufgestellt, aber ich habe keine Zweifel, dass aus Bill eines Tages ein perfekter Nachfolger wird. Er braucht eben nur mehr Zeit, Greg hat den Ausfall … nun, weniger dramatisch gemacht.«

William stockte, seine Augen wurden groß und er lehnte sich zurück. »Wenn ich dir damit in deine Planung gepfuscht habe, dann tut es mir sehr leid, aber der Junge wollte nun einmal bei mir anfangen.«

Greg verzog spöttisch die Mundwinkel. »Nun ja, von wollen kann keine Rede sein.«

Das ignorierte William, wechselte aber geschickt das Thema. Er hob sein Brandyglas zum Toast. »Auf unsere Familie«, intonierte er feurig. »Auf dass wir niemals entzweit werden, egal, welche subversiven Kräfte auch immer dies im Sinn haben. Mögen unsere Feinde nachts schweißgebadet aufwachen, mit der Gewissheit, sich an uns ihre Zähne ausgebissen, ihr Geld sinnlos verpulvert und ihre Zeit verschenkt zu haben. Man sagt, nichts währt ewig – ich sage, mit einer Ausnahme. DEN McCARTHYS!«

Heilige Scheiße!

Die übrigen drei Männer nahmen wortlos ihre Gläser – William war für seine pathetischen Ansprachen berühmt, auch wenn Greg ihn selten zuvor so aufgedreht erlebt hatte. Er tippte auf Koks, obwohl er bisher nie etwas über eine Affinität seines Onkels zu Drogen gehört hatte. Doch die geschraubten Worte, die geweiteten Pupillen, dieses aufgedrehte, fast schon manische Benehmen … das deutete darauf hin. Oder Meth – beides wurde in seinen Kreisen gern eingeworfen. Kleinste Mengen genügten, um für die nächsten 12 Stunden fit zu sein – nachdem man schon 48 hinter sich hatte.

Sie nahmen einen höflichen Schluck, und als die Gläser standen, ergriff William wieder das Wort. Keiner der Anwesenden hatte mit etwas anderem gerechnet.

»Wir haben hier eine ungewöhnliche Situation.« Sinnierend betrachtete er sein Glas. »Du hast deinen Willen durchgesetzt, wobei ich dir nochmals versichere, dass du einen folgenschweren Fehler begehst, wenn du bei dieser Frau bleibst. Sie ist nichts für einen Mann wie dich und eine Familie wie die unsere.«

»Diese Platte kannst du ausstellen, das habe ich ihm schon vor Monaten gesagt«, ging George dazwischen. Die beiden Brüder tauschten einen grimmigen Blick, dann nickte William.

»Ich wusste das, jeder hat sein Möglichstes gegeben, um die Katastrophe aufzuhalten, und deshalb werde ich mir auch alle weiteren Belehrungen sparen. Er wird sie bereits gehört haben.«

George lachte. »Nun ja, die wird er verinnerlicht haben und auch ich warte nur darauf, dass er den Karren gegen den Baum fährt.« Wieder wechselten sie einen langen Blick, und Greg ging zum ersten Mal auf, dass sich die Brüder nicht halb so fern waren, wie sie immer vorgaben. Da herrschte eine unausgesprochene Einigkeit zwischen ihnen, die ihm nicht geheuer war. Es fiel ihm schon schwer genug, sich Williams süffisantes Geschwafel anzuhören, ohne zu explodieren. Wenn sich jetzt noch sein Vater gegen ihn stellte, dann – nun, dann hatte er komplett in die Scheiße gegriffen und auf das falsche Pferd gesetzt.

Greg hatte ganz vergessen, dass es niemals nur schwarz und weiß gibt, vielleicht war es ihm auch nie wirklich aufgegangen.

»Ich habe ihm angeraten, die Staaten zu verlassen.«

William hatte gerade einen Schluck von seinem Brandy genommen, den er mit gespitzten Lippen im Mund behielt und andächtig nickte. »Das ist eine glänzende Idee«, sagte er, nachdem er geschluckt hatte. »Zumal ich bisher die Hoffnung noch nicht aufgegeben hatte, dass er die Leitung von Europa dennoch übernehmen würde, wie ich gestehen muss …«

Bill schnaubte verächtlich – wofür er von seinem Vater einen eisigen Blick kassierte.

Aber George lachte leise und schüttelte den Kopf. »Traumtänzer«, murmelte er vor sich hin.

Und Greg eskalierte nun doch noch. Seine Faust landete auf dem Tisch. Glücklicherweise befanden sie sich in einer so exklusiven Bar, in der Derartiges schlicht ignoriert wurde. Der Whisky kostete das Glas 20 Pfund, da war ein eventuelles Ausrasten des Gastes inklusive. »Nachdem meine Familie und ich systematisch abgehört wurden, nachdem dieser kleine Wichser …« Er deutete auf Bill und seine Stimme war kaum zu hören, so tief, dunkel und angefüllt mit Hass war sie. »… nicht nur meine Frau geschlagen hat, sondern auch noch eigens auf mich angesetzt wurde, um mich zum Fremdficken zu bringen, nachdem ihr versucht habt, das Gleiche bei meiner Frau zu erreichen, nachdem selbst die abgefuckte Wachmannschaft, die zum Schutz meiner Frau und meiner Tochter abgestellt worden war, nichts Besseres im Sinn hatte, als diesen Schutz eben nicht zu gewähren, nachdem du versucht hast, meiner Frau die Tochter zu rauben und – und darauf verwette ich meinen Arsch – ihren Anwalt gekauft hast, damit er dich in jeder Sekunde über den Stand der Verhandlungen auf dem Laufenden hält, nach all dem, hast du die verdammten Nerven, *das* anzunehmen?«

William wirkte nicht im Geringsten beeindruckt. Er zuckte mit den Schultern. »Die Familie war gefährdet, ich musste handeln. Hättest du das Flittchen nicht geheiratet …«

»SIE IST KEIN FLITTCHEN!«, grollte Greg.

William und George wechselten einen dieser viel zitierten Blicke und George hob ermattet die Hände: ›Da ist nichts zu machen!‹

Doch William lächelte Greg an. »Sie ist eines, ich kenne ihre Vorgeschichte. Jede Frau, die sich in ihrem Leben mit mehr als zwei Männern einlässt, ist eine bessere Hure. Und auch nur dann, wenn sie für ihre Dienstleistungen keine Bezahlung genommen hat, was leider in den meisten Fällen nicht zutrifft. Sonst ist sie nämlich eine ganz gewöhnliche. Es gibt viele Arten, dieses Gewerbe auszuüben. Manche Frauen merken nicht mal, dass sie groß im Geschäft sind. Denn auch, wenn sie sich für gewisse Gegenleistungen aushalten lassen, ist das eine Form der Prostitution. Außerdem waren die McCarthys bisher stolz darauf, keine gebrauchte Ware in die Familie zu bringen.« Er beugte sich vor und musterte Greg eindringlich. »Das sage ich dir, ich würde es niemals öffentlich äußern, was sich von selbst versteht. Aber die gebrauchte Ware ist für das Vergnügen da, eine Ehefrau hat mit Vergnügen nichts zu tun. Du hast deinen Fokus verloren, weil sie dir die Sinne vernebelt hat, ich *musste* reagieren! Genau wie dein Vater reagiert hat, als er zu mir kam und mich um Hilfe bat.«

Fassungslos betrachtete Greg seinen Erzeuger. Er fühlte, wie das letzte Bisschen seiner Kontrolle zu schwinden drohte, und versuchte angestrengt, sie irgendwie zu behalten. Was hatte er April gepredigt? *Selbstbeherrschung! Gib ihnen nicht, was sie so dringend haben wollen, denn wenn du durchdrehst, dann hast du bereits verloren.*

»Ich ging zu ihm, nachdem du mit deiner … Frau bei uns aufgekreuzt warst und keine Anstalten machtest, diese … Beziehung zu beenden«, sagte George McCarthy, der ihn aus wachsamen Augen musterte. Wachsam nicht in Form von Furcht, sondern reinem Interesse daran, wie er reagieren würde. »Das musste ich, du drohtest …«

»Die Familienehre in den Dreck zu ziehen«, vollendete Greg, der nach außen hin erstaunlich ruhig wirkte. »Ja, ich weiß.«

George nickte. »Mit den anderen Vorkommnissen habe ich nichts zu tun. Seitdem du in die Firma meines Bruders übergewechselt bist, hatten wir nur noch sporadisch Kontakt.«

Greg gestattete sich ein leichtes Aufatmen und William strahlte. »Ich hatte gedacht, du hättest ihn von allem anderen in Kenntnis gesetzt. Mein Fehler.«

George verdrehte nur die Augen, offenbar war er für die durchsichtigen – und sie waren mit Absicht durchsichtig – Manöver seines Bruders so gar keinen Nerv.

»Nun ja, wie auch immer, ich tat, was ich tun musste, um die Familie zu schützen. Anscheinend vergisst du, was daran hängt, mein Junge. Das Glück des Einzelnen – ich bin fair genug, dir zuzugestehen, dass du das im Sinn hast, auch wenn du meiner Ansicht nach auf dem Trockenen fischst – ist dem Erfolg der Familie immer untergeordnet. Das ist unser Credo!« Tadelnd schüttelte er den Kopf. »Niemand hätte interveniert, wenn du ihr ein Apartment eingerichtet und sie dir ohne großes Gewese gehalten hättest. Jeder von uns hat …« Er blickte kurz auf und grinste. »Nun ja, mein Bruder nicht, aber mit Ausnahme Georges …« Er nickte zu Greg,

»und dir … unterhält jeder von uns auf die eine oder andere Art Affären. Selbst Bill, der erst im kommenden Monat heiraten wird.«

Greg sah nicht mal zu seinem Cousin. Was ging ihn dieser Versager an?

»Willst du es dir nicht noch einmal überlegen? Man achtet dich, die Kritiken in Europa sind überragend, du würdest ein großer Gewinn für den europäischen Markt sein. Schon ganz, wo du dich endlich mit ganzer Kraft auf das Geschäft konzentrieren könntest. Die Scheidung ist bereits eingereicht, du müsstest sie nur noch durchziehen, wir würden dafür sorgen, dass sie dir nicht mehr in die Quere kommt und alles wäre zufrieden« Er sah auf, begegnete Greg's unbewegtem Gesichtsausdruck und seine Züge verhärteten sich. »Deine Ablehnung trifft mich enorm, es ist sehr, sehr schade, dass du dir diese Chance entgehen lässt, vor allem aber ist es unklug, mein Sohn.«

»Er ist immer noch *mein* Sohn«, schaltete sich George an dieser Stelle wieder ein. »Das scheinst du in letzter Zeit öfter mal zu vergessen. Wir haben uns darauf geeinigt, dass er *gemeinsam* mit seiner Frau und dem Kind die Staaten verlässt.«

»Oh, ist das so?«

»Ja, das ist so«, knurrte Greg dazwischen, dem es gehörig gegen den Strich ging, dass man über ihn sprach, während er danebensaß.

»Und wohin, wenn ich fragen darf?«

»Das geht dich nichts an!«, grollte Greg und ignorierte Bills als Husten getarntes Lachen. Jetzt war es beschlossene Sache, dass diese Karikatur eines Mannes heute noch bluten würde.

»Er wird eine … Niederlassung *meiner* Firma übernehmen«, verkündete George mit hörbarem Triumph in der Stimme. Greg sah auf. Bill, der so unterbelichtet wie unerträglich war, musterte seinen Onkel stirnrunzelnd, doch William war sofort im Bilde.

»Ja, darauf hätte ich auch allein kommen können«, sagte er seufzend. »Aber irre ich mich, oder schafft dics cinen gewissen Interessenkonflikt zwischen meiner und deiner Firma?«

»Das hatten wir schon vor Jahren geklärt.«

»Richtig, solange es eine unbedeutende kleine Filiale war – und sind wir ehrlich, mehr ist es auch heute nicht. Wenn dort aber plötzlich der designierte Chef des europäischen Marktes auftaucht, um den neuen …« Er beugte sich vor. »Du hast doch vor, ihm die Leitung zu übertragen?«

»Nein, ich werde dort als Sachbearbeiter fungieren!« Greg knurrte immer noch, doch William beachtete ihn gar nicht, der führte die Verhandlung ausschließlich mit seinem Bruder.

»Wenn er die Leitung übernehmen will, sehe ich viel Raum für hässliche Gerüchte.«

»Die man mit einer entsprechenden Erklärung aus der Welt räumen könnte.«

William dachte nach und nickte langsam. »Ja, das könnte man. Allein, mir fehlt die Begründung. Warum sollte er die Krönung ausschlagen, und stattdessen den Posten eines Lakaien besetzen, der weit unter seinen Fähigkeiten liegt?«

»Wie wäre es, wenn du diese Aufgabe der PR-Abteilung überlässt? Sie haben nicht sehr viel zu tun, dann können sie auch mal für ihr Geld arbeiten.«

William nickte, sein Blick war in die Ferne gerichtet. Dann betrachtete er die Gläser, die auf dem Tisch standen und allesamt leer waren und winkte den Barkeeper heran. »Noch einmal das Gleiche, bitte!«

Er wartete, bis die Getränke gebracht worden waren und legte währenddessen einen grübelnden Gesichtsausdruck auf, der reine Show war. Alles an diesem Mann war reine Show, das hatte Greg inzwischen begriffen. Sein wahres Gesicht zeigte er nur höchst selten, und Greg war nicht sicher, ob er schon mal in das zweifelhafte Vergnügen gekommen war.

Als die Bedienung wieder verschwunden war, hob William sein Glas, wartete mit einer Engelsgeduld, bis die drei übrigen Männer ihn imitierten – auch wenn Greg nicht die geringsten Ambitionen hatte, mit diesem Mann zu trinken – und nahm dann einen herzhaften Schluck.

»Gut«, sagte er endlich, nachdem die Gläser wieder standen, und faltete die Hände der aufgestützten Arme zusammen. »Ich mag dich, Greg, ich mochte dich schon immer, das war nie ein Geheimnis, und ich weiß, dass die Jugend ihre Fehler selbst machen muss. Natürlich verschwendest du mit diesem lächerlichen Ausbruch wertvolle Zeit, in der du an deiner Karriere arbeiten könntest. Ich bin mir nicht sicher, ob du diesen Rückstand noch einmal aufholen kannst. Schließlich bist du inzwischen dreißig.«

»Richtig, und was hat mein Alter damit zu tun?«, fragte Greg, wurde allerdings noch immer ignoriert, auch wenn William jetzt ihn fixierte.

»Es tut mir weh, dich sehenden Auges in dein Unglück rennen zu lassen – genauso wie dein Vater damit erhebliche Schwierigkeiten haben dürfte.«

Nun spuck's schon aus, du verdammtes Arschloch!, dachte Greg. *Was ist der gottverdammte Preis?*

»Aber ich bin geneigt, deinem Ansinnen zu entsprechen.«

»NEIN!« Bill war plötzlich aufgesprungen, seine glattrasierten Wangen zeigten rote Flecken, die Lippen waren geteilt, die Augen funkelten und er hatte seine Krawatte so weit gelockert, dass sie irgendwo unter dem dritten Hemdenknopf rangierte. »Das ist inakzeptabel«, knurrte er, sein Blick lag ausschließlich auf seinem Vater, der ihn mit erhobenen Augen betrachtete. »Dieser Pisser schleicht sich hier ein, bringt diese dreckige Hure mit, bekommt von allen den Arsch gewischt, wird MIR VOR DIE NASE GESETZT!«

Wow, Greg hatte gar nicht gewusst, dass Bill so tief knurren konnte. Es beeindruckte ihn trotzdem nicht – übrigens auch nicht seinen Vater oder den Onkel. Die wirkten eher leicht gelangweilt. *Was für zwei arrogante Arschlöcher,* dachte Greg, der sich das Grinsen diesmal nicht verkneifen musste, denn Bill verzögerte erheblich, dass William endlich mit der beschissenen Sprache herausrückte.

»Er baut die größte Scheiße, bringt die ganze Familie in Verruf, fickt dieser dreckigen Schlampe ein Kind in den Bauch und schickt sie nicht etwa in die Wüste, sondern *heiratet* die Nutte und spielt mit ihr süße Familie! Mich hättest du enterbt, verdammte Scheiße! Ich will, dass er endlich für den Müll bezahlen muss, den er verzapft!«

Schwer atmend hielt er inne und betrachtete seinen Vater. Greg störte am meisten das Flehen in dem debilen Blick. Warum war ihm nie aufgefallen, dass Bill so von Hass zerfressen war? So sehr, tatsächlich, dass er offensichtlich allmählich seinen gesunden Menschenverstand einbüßte. Obwohl, er hatte ja immer geahnt, dass sein Cousin unter Greg's Bevorzugung durch seinen Vater litt. Also war er am Geschäft doch nicht so uninteressiert, wie er ihn in Brüssel hatte glauben machen wollen. War alles nicht sein Problem, interessierte auch nur am Rande, aber es verzögerte die Dinge dramatisch, und das, wo Greg hier ohnehin schon wie auf glühenden Kohlen saß.

»Bist du fertig?«, erkundigte William sich nüchtern. »Dann setz dich hin, ich war es nämlich noch nicht.«

Fassungslos beobachtete Greg, wie der Idiot sich tatsächlich wieder auf den Stuhl fallen ließ und krampfhaft das Whiskyglas zwischen die Hände nahm. Was für ein kleiner Wichser! Doch dann fiel ihm wieder Aprils blaue Wange ein, ihm fiel ein, wie abfällig er über sie sprach, zuletzt vor weniger als einer Minute – war er es wirklich schon so sehr gewöhnt, dass es ihn nicht mal mehr berührte? Er erinnerte sich auch daran, dass er Greg in vollstem Ernst erzählt hatte, wie gern er mal seine Frau ficken wolle. Daher wurde das aufkommende Mitleid im Keim erstickt und durch seinen Zorn ersetzt.

Abwartend musterte er seinen Onkel und konnte sich nur mit Mühe davon abhalten, nicht einfach mit den verdammten Fingern auf den Tisch einzutrommeln. »Eine Bedingung habe ich dennoch in den Raum zu werfen«, fuhr William fort, als hätte es die Unterbrechung niemals gegeben. »Du wirst mit deiner Frau und deiner Tochter zu Bills Trauung kommen, damit wir der Öffentlichkeit Einigkeit demonstrieren. Sieh zu, dass sie sich anständig benimmt.« Dröhnend lachte er und sah zu George. »Nicht dass ich sie wieder vor einem

Schmierer von der Presse retten muss.«

George lachte nicht und Greg musterte seine Onkel finster.

Yeah, wofür du dann erst mal deine dreckigen Finger in MEINE MUSCHI geschoben hast, du Wichser!

Doch er sagte es nicht, denn Williams Blick wirkte alles andere als erheitert, und wenn er noch so laut lachte.

»Ihr werdet den Tag mit Anstand und Würde hinter euch bringen, sie wird sich benehmen, eure Tochter wird offiziell der Familie und der Welt vorgeführt und dann …« Er seufzte und lehnte sich zurück, die Hände auf dem Bauch zusammengefaltet. »Dann geht, in Gottes Namen.«

Greg wartete, aber mehr folgte nicht, womit das Thema wohl tatsächlich erledigt war.

Unfassbar.

Er sah zu seinem Vater, der nickte knapp.

Zeit zu gehen.

Ein humorloses Lächeln legte sich auf Greg's Lippen, während er auf seine Chance lauerte. Die ließ nicht lange auf sich warten.

»Damit wäre der offizielle Teil beendet, wir wären euch dankbar, wenn ihr zwei alte Brüder, die sich viel zu selten sehen, unter sich lassen könntet«, sagte William und George nickte.

Greg konnte gar nicht schnell genug aufstehen. »Die Rechnung übernimmst du, William? Natürlich tust du das – Bill, die alten Herren wollen ihre Ruhe, hast du nicht gehört?«

Bevor der was sagen konnte, hatte Greg schon seine sehr schwere Hand auf Bills Schulter gelegt und geleitete ihn zum Ausgang der Bar. »Wir nehmen unsere Limousine, Dad«, rief Greg noch, als sie bereits in der Tür waren und an Bill gewandt, der ihn mit versteinerter Miene musterte: »Komm, ihr wohnt doch auch im Four Seasons, oder?«

Sobald sie in der lauen Nachtluft standen, umringten die Bodyguards sie. Zwei von ihnen waren von William, einer – Joe – von Greg. Sein Vater hielt es mit dem Begleitschutz, wie er – zu viel war auffälliger und damit gefährlicher, als wenn man sich völlig unbekümmert auf den Straßen bewegte. In den allermeisten Fällen erregte man damit nämlich kein Aufsehen und weckte somit auch keine Attentäter … Manchmal musste man diese aber auch nicht wecken, weil sie schon lange wach waren, und dann war es natürlich ein Risiko, was er ja gern einräumte. Heute zum Beispiel war der Fall ganz verzwickt, denn der potenzielle Attentäter würde sogar mit Bill in der Limousine mitfahren, und er war verdammt wach. Dumme, dumme Falle.

»Wir nehmen meinen Wagen«, wiederholte Greg auf die übliche befehlsgewohnte Art.

»Ich rufe mir ein Taxi«, knurrte es dumpf neben ihm.

Verdattert sahen die beiden Männer Bill an, der keinen im Besonderen anschaute.

»Ich will nicht mit dem kleinen Wichser in einem Wagen fahren«, knurrte er und deutete auf seinen Cousin.

Letzterer erholte sich als erster von dem Schock. »Er ist betrunken«, verkündete er Joe. »Beachten Sie ihn einfach nicht. Wir fahren zusammen und keine Widerrede!« Damit drängte er den betrunkenen Bill ins Auto. Joe stieg vorn ein und der Wagen brauste los.

Bill, der sich zunächst widerstandslos hatte abführen lassen, wurde nun doch noch wütend. »Was willst du kleines Scheißerchen von mir?«, wisperte er giftig. »Du bist ein dreckiger Wichser, du holst Daddy, damit er dich aus der Scheiße herauspaukt, in die du dich trotz aller Warnungen hineingeritten hast. Du bist …« Seine Lippen zogen sich vor den Zähnen zurück und dann spuckte er Greg tatsächlich vor die Füße. »Dreck!«

Greg sah nach vorn, im Rückspiegel traf sein Blick den des Chauffeurs und Bodyguards. »Joe, wir legen einen kleinen Umweg ein. Mir wäre ein tiefer dunkler Wald sehr angenehm.«

»Was?« Verwirrt sah Bill ihn an, doch Greg beachtete ihn nicht. Er sah angestrengt aus dem Fenster, seine Fäuste öffneten und schlossen sich, und seine Lippen waren zu einem schmalen Strich zusammengepresst. Er hasste es, seine Rache vorbereiten zu müssen, hätte Bill liebend gern direkt vor der Bar das gegeben, was dieser kleine Pisser so lange schon verdiente. Die Schläge gegen April bildeten da nur den verdammten Schaum auf dem ganzen Desaster. Doch er hatte sich irgendwie zusammengerissen, wissend, dass ihm wegen der Bodyguards maximal ein Schlag in den Magen gelungen wäre, bevor man ihn gestoppt hätte, und das wäre viel zu billig gewesen.

Leider machte er soeben die Erfahrung, dass sich glühende Wut nicht konservieren ließ, um sie zum gegebenen Zeitpunkt hervorzuholen. Entweder, man ließ sie im Moment des Affekts heraus, oder man riskierte, dass man unfreiwillig abkühlte. Das passierte gerade mit Greg, denn die Bar hatte sich mitten in London befunden, weshalb sie eine lange Weile benötigten, um in den Wald zu gelangen. Joe hatte nicht nachgefragt, sondern war einfach gefahren, und Bill schien es die Sprache verschlagen zu haben.

Irgendwann vereinzelten sich die Häuser, die Straßenbeleuchtung wurde ebenfalls eher sporadisch, bis sie ganz verschwand; Bäume häuften sich, erst zwei, drei, dann kleinere Gruppen, und schließlich fuhren sie an den ersten Wäldern vorbei. Greg wartete noch ein paar Gabelungen ab, dann rief er: »Hier!«

Die Limousine stoppte sofort. Greg öffnete die Tür und ging um den Wagen herum, um auch auf Bills Seite zu öffnen. Der schaute ihn verdutzt an, konnte wohl immer noch nicht glauben, was soeben geschah, zumal Joe einfach sitzen geblieben war und nichts zu hören oder zu sehen schien. Nun ja, er hatte schließlich auch Aprils Gesicht nach Bills kosmetischer Rosskur mit dessen Hand gesehen.

Greg fackelte nicht lange und er sagte auch nichts. Am Kragen zerrte er Bill aus der Limousine, der begriff endlich, was zu passieren drohte. Und verdammt er war keineswegs schwach. Nein, auch Bill besuchte regelmäßig das Fitnesscenter, auch Bill trainierte und achtete auf eine sportliche, definierte Figur. Da blieb Kraft nie lange aus. Aber Greg war ein zorniger Ehemann, dessen Frau in seiner Abwesenheit unter Druck gesetzt und misshandelt worden war, und das verlieh ihm den erforderlichen Funken mehr Adrenalin im Blut, der ihn seinem Gegner überlegen sein ließ. Sein Zorn war wohl doch noch nicht abgekühlt.

Er verpasste Bill einen Faustschlag auf das Kinn, der befühlte die Stelle mit der Hand, sah Blut und holte mit gefletschten Zähnen aus, aber Greg blockte den Konterschlag von Bills rechter Faust ab, den der linken auch und landete einen schönen Schlag in die Leber. Beim Ausweichen musste er einen leichten Hieb in den Magen einstecken, hielt aber mit einem in Bills Nieren dagegen, der diesen zu Boden gehen ließ.

Er riss ihn am Kragen wieder hoch, schlug noch dreimal in sein Gesicht, die Nase brach bereits beim zweiten Mal – Scheiß auf die elende Hochzeit, denn Bill würde nicht sehr nett aussehen. Dann nahm er sich noch einmal die Leber vor, ein weiteres Mal die Nieren und war inzwischen leicht außer Atem, was er sogar begrüßte. Schweiß hatte sich auf seiner Stirn angesammelt und Bill längst jede Gegenwehr aufgegeben. Er war wieder zu Boden gegangen, das Gesicht blutig, die Augen bereits zuschwellend und sich schwärzlich färbend. Doch Greg wollte ihn plötzlich nicht mehr nur schlagen und leicht verletzten. Er wollte ihn ins Krankenhaus bringen, wollte nicht nur Bill bestrafen, sondern William gleich mit, weil er nicht wusste, ob er jemals in die Verlegenheit gelangen würde, April – und auch sich – bei Bills Vater zu rächen. Schlag um Schlag landete er und war nicht wählerisch, wohin seine Hiebe trafen. Wenn Bill sein Gesicht schützte, dann schlug er auf seinen Torso ein, schützte Bill den, dann war sein verdammter Schwanz dran.

Seine Frau ficken?

Versuch es jetzt, du dreckiger Wichser!, dachte er wütend. Seine Zähne waren nun ebenfalls gefletscht, Bills Wimmern erfüllte die Nacht, als ein starker Arm den nächsten Schlag aufhielt, der direkt in den Hoden des Schweins landen sollte.

Als Greg wütend herumfuhr, sah er in Joes wachsames Gesicht.

Nein!

»Es reicht, Sir«, sagte er fast sanft, ließ aber Greg's Handgelenk nicht los.

FUCK!

Doch Greg sah ein, dass es wirklich genug war. Schwer atmend starrte er auf sein Opfer hinab, das zusammengekrümmt am Boden lag – die Hände zwischen den Beinen – und nickte. »Okay.«

Die beiden Männer stiegen wieder in die Limousine, ohne sich um Bill zu scheren.

Erst nachdem Joe den Motor angelassen hatte, sah er zu Greg, der diesmal neben ihm Platz genommen hatte. »Was ist mit ihm?«, erkundigte er sich und wies leicht mit dem Kopf nach draußen.

»Der wird schon nicht geklaut«, sagte Greg, ohne seinen Chauffeur anzusehen.

Joe nickte, telefonierte jedoch trotzdem mit seinen Kollegen, die noch immer vor der Bar standen und nannte ihnen ohne weitere Erklärung die Koordinaten. Dann fuhr er Greg ins Hotel, wo dieser, kaum in seiner Suite angelangt, seinen Trolley nahm, den er nicht einmal geöffnet hatte, und ging.

Mission erfüllt.

39. Kapitel

Greg

Fuck auf Flugzeiten!

Fuck auf das widerliche Londoner Regenwetter!

Fuck auf Airports, elende Kontrollen, das ewige Warten, bis das Gepäck endlich verladen war.

Fuck auf alle subversiven Kräfte, die in geballter Form auf die Geschehnisse einwirkten, damit er nicht heimkam. Es zermürbte Greg, machte ihn aggressiv und ließ ihn an allem zweifeln, was er sich gebetsmühlenartig einredete.

Alles wird gut.

Alles wird verdammt noch mal gut.

Alles! Wird! Gut! Weil! Ich! Sonst! Durchdrehe!

Nach fünf Stunden, von denen er allein zwei im Jet auf dem Londoner Flughafen ausgeharrt hatte, weil wegen strömenden Regens die verdammte Starterlaubnis nicht erteilt wurde, war Greg unglaublich demoralisiert. Und als sie gegen fünf Uhr endlich abhoben, konnte das seine Stimmung auch nicht mehr sonderlich steigern, weil nämlich noch rund acht Stunden in diesem Flieger auf ihn warteten, bevor er überhaupt auf eine Landung auf dem JFK hoffen konnte.

Acht Stunden!

In seiner Frechheit hatte er sich übrigens nochmals des Jets seines Wichsers von Onkels bedient. Der Typ besaß einen ganzen Hangar mit den verschiedensten Flugmaschinen, es würde nicht auffallen, und in all der Aufregung hatte William offenbar vergessen, Greg zur Persona non grata zu erklären. Oder aber George hatte dafür gesorgt, dass dies nie passieren würde. Es interessierte ihn nicht, nichts von dem, was die Brüder untereinander besprochen haben mochten, scherte ihn auch nur einen Dreck! Greg hatte bloß im Sinn, endlich, *endlich* heimzukommen.

Wenn er mit April von seinem neuen Smartphone aus an *ihrem* neuen Smartphone sprach, klang sie mit jedem Mal distanzierter. Ein Fremder hätte es vielleicht nicht bemerkt, aber Greg, dessen Antennen derzeit besonders sensibel in Richtung Ehefrau ausgerichtet waren, erkannte jede Veränderung sofort. Sie wich seinen Fragen aus, sobald diese etwas tiefer gingen, und beantwortete alle belanglosen nur einsilbig. Greg hatte gewusst, dass es nicht gut gewesen war, sie alleinzulassen, bevor sie alles miteinander geklärt, bevor ein ernsthaftes Gespräch stattgefunden hatte. Sex konnte viel, aber er konnte keine Barrieren einreißen, wenn sie bereits zu dicht und zu hoch waren.

Die anfängliche Genugtuung, seine Interessen durchgesetzt zu haben, war längst elenden Vorwürfen gewichen. Warum nahm er diese Frau immer als selbstverständlich, warum hatte er sich selten um ihr Wesen gekümmert, um ihre Seele, um das, was sie ausmachte?

Und vor allem: Wie sollte er ihr begreiflich machen, dass sie ihren schlimmsten Albtraum noch einmal wiederholen musste – auch wenn er sicher war, dass William seine Finger diesmal garantiert nicht in seine Frau stecken würde?

In den kommenden acht Stunden tat Greg kein Auge zu, obwohl er hoffnungslos übermüdet war. Er lehnte jedes alkoholische Getränk ab und hielt sich ausschließlich an Kaffee, davon aber in rauen Mengen. Was ein Fehler war, wie er leider zu spät bemerkte. Denn das Koffein machte ihn noch nervöser. Irgendwann trommelte er dauerhaft mit den Fingern auf die Lehne seines Stuhls und bestellte sich in seiner Not einen ekelhaft schmeckenden Fencheltee, der aber auch keine große Wirkung zeigte.

Als er endlich am JFK aus dem verdammten Flieger steigen konnte und sich schwor, nie wieder einen Jet seines verbrecherischen Onkels zu benutzen, weil die offensichtlich verhext waren, fühlte er nicht etwa Erleichterung. Stattdessen stiegen seine dunklen Vorahnungen sogar noch. Und das bei einem Mann, dem derartige Omen bislang immer suspekt gewesen waren.

Er nickte den Bodyguards zu, die ab dem Airport übernahmen, ließ sich in die Polster der Limousine sinken und schloss die Augen, riss sie aber gleich wieder auf, weil seine Lider viel zu sehr flatterten, um sie still zu halten.

Die Fahrtzeit zog sich ewig hin, da er natürlich genau in die nachmittägliche Rushhour kam. Als er endlich vor dem Haus vorfuhr und kein Rettungs-, Streifen- oder Leichenwagen davor parkten, wirkte auch das nicht sonderlich beruhigend auf ihn, schließlich konnten sie ja schon wieder weg sein.

Es war ein von Licht erfüllter Sommertag, die Sonne hatte ihren Zenit bereits verlassen, strahlte aber noch immer mit fast unverminderter Stärke auf die beschauliche Landschaft des New Yorker Vororts nieder, in dem er das Haus hatte bauen lassen. Greg sah zum Himmel, registrierte, dass sich keine einzige Wolke dort oben tummelte, und schöpfte aus diesem Anblick den Mut, relativ unbedarft das Haus zu betreten.

Stille empfing ihn.

Nichts deutete auf eine Katastrophe hin, von der frisch in den Dienst zurückgerufenen Haushälterin war keine Spur, sie hatte wohl schon Feierabend gemacht. Aber auch seine Frau ließ sich nicht blicken – mit oder ohne Tochter, von der übrigens auch nichts zu hören oder zu sehen war.

Mehrere Fenster waren weit geöffnet, durch welche die warme, frische Sommerluft hereinströmte. Doch während Greg die Räume durchschritt, sah er nur Ordnung und Sauberkeit, es machte in der Gesamtheit einen fast verlassenen Eindruck. Der April-Touch fehlte total.

Als er sichergehen konnte, dass sich keine Menschenseele hier befand und vom Treppauf- und Treppablaufen leicht außer Atem wieder im Wohnzimmer ankam, fiel sein Blick auf die offene Terrassentür und er trat langsam näher.

Sobald er April auf der Terrasse entdeckte, legte sich Ruhe über ihn. Grabesruhe, vielleicht, aber andererseits auch eher die Gelassenheit, die Delinquenten vor ihrer Hinrichtung empfinden mussten. Wissend, dass das Kommende unausweichlich war und zu erschöpft, um sich länger zur Wehr zu setzen. Gern hätte er es noch hinausgezögert, doch das war wohl nicht möglich. Ein Teil von ihm war sogar dankbar dafür. Warum nicht jetzt das klärende Gespräch, bevor sie Gefahr liefen, genau dort weiterzumachen, wo sie aufgehört hatten und in die nächste Falle tappten?

Zunächst ging er jedoch in die Küche, angelte eine Flasche Bier aus dem Kühlschrank, öffnete sie und warf den Kronkorken achtlos auf den Tisch, um wenigstens diesem die nervende, unnatürliche Makellosigkeit zu nehmen. Dann trat er endlich auf die Terrasse.

Sie saß an die Hauswand gelehnt, in kurzer, ausgefranster Jeans mit einem Tank-Top und achtlos zu einem Knoten zusammengebundenen Haaren. So achtlos, dass etliche Strähnen außen vorgelassen worden waren, was ihr diesen unglaublich heißen sexy Touch verlieh – aber etwas Derartiges war wohl momentan nicht zu von Belang. Ein Knie war angewinkelt, auf dem der Arm mit der Flasche Bier lag, an der sie hin und wieder blicklos in die Ferne schauend nippte. Nach kurzer Überlegung ließ Greg sich neben ihr auf dem Boden nieder, fühlte sich dabei an jenen Tag in seinem New Yorker Apartment auf der Terrasse erinnert, als ihm zwischen etlichen Brandys aufging, dass er diese Frau liebte und das Kind, das sie erwartete, auch. Er musste lächeln. Es fühlte sich an wie die gute alte Zeit. Damals, als nur er sich selbst im Wege gestanden hatte, als die Dinge noch so einfach gewesen waren, als es bloß auf ihn selbst angekommen war.

Sie wirkte nicht im Mindesten über sein Auftauchen überrascht, zunächst bezweifelte er sogar, dass sie ihn überhaupt bemerkt hatte. April befand sich offensichtlich in ihrer eigenen Welt, ganz in Gedanken versunken, deren Inhalt er sich nicht auszumalen wagte. Irgendwann nahm er einen Schluck Bier, schloss die Augen, weil das nach all dem Kaffee und Tee – verdammt, Letzteres dürfte niemals jemand erfahren, ansonsten wäre sein Ruf für alle Zeiten im Arsch – himmlisch schmeckte und sah sie schließlich an. »Was hast du?«

Zum ersten Mal bedachte sie ihn mit einem Blick, der schon wegen der immer noch leicht bläulich schimmernden Wange so seltsam anmutete, dass ihm ein schauerlicher Gedanke kam.

Er räusperte sich. »Hat William irgendwen hierhergeschickt? Wurdest du wieder unter Druck gesetzt …«

»Nein«, sagte sie in aller Gelassenheit und nippte an ihrem Bier. »Nichts in der Art. Du kannst dich beruhigen.«

»Das ist aber nicht möglich, verdammt, so lange du dich so komisch benimmst!«, entfuhr es Greg und diesmal war es an April zu lächeln.

»Du bist immer so extrem ungeduldig. Kaum fällt man mal nicht gleich mit der Tür ins Haus, drehst du durch.«

Sprachlos sah er sie an, entschied sich dann aber, doch wieder an seinem Bier zu nippen, denn es schmeckte immer noch gut. »Wo ist June?«, fragte er, nachdem er geschluckt hatte.

»Helen ist mit ihr zu ihren Eltern gefahren.«

Greg stoppte in der Bewegung, seine Augen wurden schmal. »Was sind das für Leute?«

»Helens Eltern, eben.«

»April, ich will wissen, wo sich meine Tochter aufhält, verdammt noch mal! Du lässt zu, dass diese Frau mein Kind zu wildfremden Menschen mitnimmt, denen es auf jeden Fall schon mal gelungen ist, eine derartig gestörte Person großzuziehen. Das ist nicht unbedingt vertrauenerweckend!«

»VERDAMMT NOCH MAL, ES IST AUCH MEINE TOCHTER!« April hatte so laut gebrüllt, dass ihre Stimme von den Bäumen in der Ferne zurückgeworfen wurde. Ihre freie Hand hatte sie zu einer festen Faust geballt und sie starrte ihn wütend an, fuhr aber in leicht gemäßigterem Ton fort: »Es ist nicht nur dein Kind, meins auch. Ich kenne ›diese Leute‹, wie du sie zu nennen pflegst und habe entschieden, dass ihr kein Unheil droht, wenn Helen mit ihr nach Ithaka fährt, wo ›diese Leute‹ übrigens leben. Stell dir vor, ganz allein bin ich zu dieser Einschätzung gelangt, irre, oder? Der Vater ist Professor an Cornell, die Mutter freie Künstlerin, und das Haus, in dem sie wohnen, ist ein kleines Vermögen wert, das sind ›DIESE Leute‹. Ich hatte den Eindruck, es wäre nicht richtig, June hierzuhaben, wenn wir uns streiten, sie musste schon genug Stress durchmachen.«

»Ach, dann war das geplant?« Greg starrte zu den Bäumen, die eben noch Aprils Gebrüll aufgefangen hatten.

»Was, dass wir streiten? Nein, ich weiß nur, wie du reagierst, deshalb habe ich schon mal vorgesorgt.«

»Worauf?«

»Häh?«

»Worauf soll ich denn reagieren? Ich meine, wäre es nicht ratsamer, Themen, die uns in einem Streit eskalieren lassen, besser gleich außen vor zu lassen?«

»Ja, natürlich wäre es ratsamer«, sagte sie, mit einem Mal gefährlich leise. »Nur leider ist das nicht immer möglich, weil man damit irgendwann die Scheiße zwangsläufig turmhoch unter das Sofa gekehrt hat und einem der Laden mit seinem Gestank um die Ohren fliegt!«

Greg nickte und sah sie immer noch nicht an. Verdammt …

»Im Grunde ist das Thema längst auf dem Tisch: Du sprichst mir die Fähigkeit ab, geringste Entscheidungen für unsere Tochter zu fällen, obwohl du meistens gar nicht da bist. Also muss ich davon ausgehen, dass du mich für geistig eingeschränkt hältst.«

Greg stöhnte. »Das hatten wir doch alles schon, April …«

»Ja, ich war so frech, hin und wieder auf den Tisch zu bringen, was mich so extrem nervt, dass ich dich manchmal echt gern schlagen würde. Nur hast du dich immer auf deine unnachahmliche Art aus der Nummer herausgewunden. Du verpackst ein paar Banalitäten in eloquente Sätze, schmierst mir, wenn es erforderlich ist, ein bisschen Honig um den Bart …«

»Welchen Bart?«

»Okay, das reicht.« April rappelte sich auf und machte Anstalten, ins Haus zu gehen. Er bekam sie gerade noch so am schlanken Knöchel zu fassen, um das Schlimmste zu verhindern. »Das war blöd, entschuldige.«

Sie schüttelte den Kopf. »Aber begreifst du denn nicht, Greg? Das ist Teil des Problems, des *gesamten* Problems! Dein beschissener Onkel hin oder her, aber hast du wirklich geglaubt, wenn dieser Typ nicht mehr heimlich rumnervt, wäre alles in Ordnung?«

»Nein«, erwiderte er wahrheitsgemäß.

Überrascht sah sie ihn an. »Was?«

Greg lächelte. »Nein, habe ich nicht. Diesmal bist du es, die mir akute Dummheit unterstellt.«

April stöhnte und ließ sich neben ihn wieder gegen die Hauswand sinken. Gemeinsam leerten sie in einträchtig ihr Bier, dann sah sie ihn wieder an. »Diesen Vortrag, den Bill mir in Brüssel …«

»Bill ist ein Wichser!«, knurrte Greg, die Augen verengten sich, doch sie ließ sich nicht beirren.

»Darüber sind wir uns einig, aber in seiner Blödheit äußert er hin und wieder sogenannte Wahrheiten, und die haben mir die Augen geöffnet.«

»Fuck«, murmelte Greg, hob angesichts ihres wütenden Blicks jedoch die Hand. »Das war nicht witzig gemeint.«

Sie musterte ihn noch einen Moment länger, dann nickte sie »Okay …« und verschwand, während Greg einfach sitzen blieb. Es erschien ihm die einzig richtige Reaktion, denn wie eine Flucht hatte es diesmal nicht gewirkt.

Als sie wiederkehrte, hatte sie zwei neue Flaschen Bier dabei, eine davon reichte sie ihm, die andere behielt sie, während sie sich wieder neben ihm an der Hauswand hinabließ. Nachdem beide einen großen Schluck genommen hatten, musterte sie ihn von der Seite. »Liebst du mich?«

Er stockte in der Bewegung – die Flasche hatte er gerade angesetzt – doch dann trank er noch einmal, diesmal bedeutend mehr und sah sie schließlich an. »Wenn es so etwas wie Liebe gibt, ich bin mir immer noch nicht sicher, ob es nicht eher eine Mischung aus Abhängigkeit und gefährlicher übersteigerter Zuneigung für eine Person ist … dann, schätze ich … ja, dann liebe ich dich.«

Vorsichtig sah er sie an, doch zu seinem grenzenlosen Erstaunen lächelte sie. »Das hast du nett gesagt.«

Er nickte und sah wieder nach vorn. Nach einer Weile hob er diesmal an. »Und du?«

»Ja«, sagte sie sofort.

»Das kam ziemlich schnell.«

Stöhnend verdrehte sie die Augen. »Weil ich mir sicher bin, weil ich es nun mal weiß! Wäre es dir lieber gewesen, wenn ich erst mal fünf Minuten Grübelei eingelegt hätte? Hättest du dich dann wohler gefühlt oder besser?«

Greg dachte darüber nach und schüttelte dann den Kopf. »Nein.«

»Siehst du!« Triumphierend sah sie ihn an, doch das Grinsen erstarb, sobald es geboren war und sie lehnte sich wieder zurück. »Ich glaube, das ist das ganze Problem«, konstatierte sie so weise, dass er mit einem nächsten Lachen zu kämpfen hatte. Er bezwang es, ahnend, dass es nicht sehr hilfreich gewesen wäre, sich gerade jetzt über sie zu amüsieren. Und wenn sie noch so süß war. Doch das Kätzchen besaß durchaus Krallen, wie sie ihm in der nächsten Sekunde wieder einmal bewies.

»Ist dir schon mal aufgefallen, dass jede einzelne Entscheidung, die uns beide betrifft, von dir allein gefällt wurde? Du entscheidest, ich habe mich unterzuordnen.«

Greg sah sie verdattert an. Aber das war doch …

»Das war von Anfang an so und hat sich bis heute nicht geändert«, fuhr April fort, ihre rosa Lippen bebten. »Ich bin ja ein bisschen blöd und hab dem gar keine so große Beachtung geschenkt. Aber Bill hat es dann irgendwie auf den Punkt gebracht. So läuft das bei euch immer, oder? Ihr seid die Macher und die Frauen an eurer Seite irgendwie Statisten, die die Beine breitmachen und euch den Nachwuchs schenken.« Sie richtete sich langsam auf, wirkte ein wenig größer, als sie tatsächlich war, und ihre Augen funkelten ihn an.

Verdammt, sie war wirklich noch nie schöner gewesen, nur leider war das momentan nicht unbedingt wichtig. Blöd!

Mann!

Als sie immer noch nichts sagte, ging ihm auf, dass er offensichtlich etwas erwidern sollte, und Greg räusperte sich. »Das ist seine Meinung, aber nicht die der Allgemeinheit. Mein Vater hat meine Mutter noch niemals betrogen und noch nie geschlagen.« Bei der Vorstellung, was dann geschehen wäre, musste Greg grinsen. »Ich kann mir auch nicht vorstellen, dass er das in einem Stück überlebt hätte.«

»Aber er hat die Entscheidungen getroffen!«, beharrte sie.

Greg überlegte. »Die Aufgaben meiner Eltern waren von Anfang an geteilt«, sagte er dann behutsam. »Er hatte seine Firma und meine Mutter die gesellschaftlichen Verpflichtungen und mich – okay, für mich gab es die Nanny. Aber ich glaube wirklich nicht, dass meine Mutter der Meinung ist, deshalb weniger als mein Vater geleistet zu haben.«

»Du weichst mir aus«, erklärte sie kühl.

Greg fuhr sich seufzend durch seine Haare. Okay! »Ja, er *hat* die Entscheidungen getroffen, weil es sein Job ist, verdammt! Wenn du noch in der Klinik arbeiten würdest, dann würdest du mich doch auch nicht fragen, ob du Patient auf Zimmer 200 den Arsch wischen sollst, oder nicht!«

»Nein, würde ich nicht«, erwiderte sie, betont geduldig, doch sie biss die Zähne aufeinander, ihre kleinen Fäuste waren geballt. »Aber wenn ich beschließen würde, demnächst in eine andere Stadt zu wechseln, weil dort die Bezahlung besser ist, DANN würde ich es mit dir besprechen und auch von deiner Meinung abhängig machen. Wenn ich das Haus zum Kotzen finden würde und der Ansicht wäre, ich würde ein neues wollen, dann würde ich DAS AUCH MIT DIR BESPRECHEN! Wenn ich auf einmal statt Acht-Stunden-, Zwölf-Stunden-Dienste schieben würde, dann auch. Ich würde besprechen, wenn ich Terence – der ein kleiner Wichser ist, darin sind wir uns wohl einig – nicht mehr als Paten für meine Tochter akzeptieren würde, und ich würde besprechen, in welcher Schule ich June anmelden wollte. Würdest du das auch tun?«

Greg rieb sich erschöpft die Augen, dann sah er auf. »Ja, das würde ich.«

»Ach echt?« Diesmal klang sie etwas schrill. »Das halte ich für ein verdammtes Gerücht! Du hast mich immer vor vollendete Tatsachen gestellt, wenn es unsere GEMEINSAME Zukunft betraf, selbst wenn die damit im Grunde erledigt war, weil wir so gut wie keine gemeinsame Zeit mehr *hatten!* Du hast es mir mitgeteilt und das war's. Gefragt hast du nie. Aber das ist ja nicht alles! Oftmals hat es nicht mal das gegeben. Oftmals hast du einfach getan, was dir in den Sinn kam, *ohne* es mir zu sagen. Sogar an dem, was ich wollte, vorbei. Du hast Helen als Paten abgelehnt …«

»Das Thema hatten wir schon geklärt!«

Sie sprang auf, die Fäuste nun extrem fest geballt und beugte sich zu ihm herab. »Nein, Greg, das hatten wir nicht wirklich! Wir haben nämlich gar nichts geklärt. Ich habe dich nur wissen lassen, dass ich das unter aller Sau finde, du hast die Augen verdreht und damit war dieses spezielle Thema gegessen! So läuft es immer. Du erzählst mir nichts! Dass ich nicht mehr verheiratet bin, dass ich keine gültigen Papiere habe, dass ich keinen Mann mehr habe und keine Patin, und auch nicht, dass du vorhast, unsere Tochter auf irgendein gottverdammtes Internat am Arsch der Welt zu schicken!«

Sie riss aus der hinteren Hosentasche ihrer verboten kurzen Jeans einen Brief und warf ihn ihm vor die Füße. Verdutzt starrte er auf den Umschlag. »Da!«, brüllte sie. »Das ist dein neuester Clou, kam gestern mit der Post, als du mal wieder aus ganz wichtigen Gründen unterwegs warst. Und genau das, Greg, DAS! macht unsere Ehe kaputt. Weil wir nämlich überhaupt keine führen. Ich bin so eine Art seltendämliches Anhängsel, dass du in diesem abgefuckten Haus abgeparkt hast. Ich darf June windeln und ihr die Flasche geben, ich darf sie an- und ausziehen, darf die Nächte mit ihr durchmachen, wenn sie mal wieder nicht schlafen will, und ich darf mit ihr zum Arzt fahren, wenn sie krank ist. Aber wenn ich sie mit meiner besten Freundin losschicke, um mich mit meinem Mann mal gepflegt auseinandersetzen zu können, dann ist das schon wieder zu viel! Das ist dein Part, das entscheidest du, dann ist es *deine* Tochter.«

Tränen der Wut rannen an ihren bleichen Wangen hinab.

Greg konnte sie nur anstarren, er war wie vor den Kopf gestoßen, denn das hatte er bisher niemals infrage gestellt. Offen gesagt sah er darin auch gar kein Problem. Irgendwer musste doch die Entscheidungen treffen, oder? Er konnte nun einmal nicht jede Kleinigkeit erst mit April abstimmen, das würde die Dinge verwässern, verkomplizieren, das war doch …

Als er sah, dass die Tränen zwar immer noch liefen, ihr Gesichtsausdruck aber diesen gefährlich wissenden Zug angenommen hatte, der immer auf ihr Gesicht trat, kurz bevor sie eine ihrer Konsequenzen verkündete, lenkte er rasch ein.

»Ich … wusste nicht, dass du damit ein Problem hast, und ehrlich, mir war nicht klar, dass dir das so zusetzen würde. Ich …« Er runzelte die Stirn. »Das wird doch immer so gemacht. Der Mann entscheidet.«

»Ja, bei dir vielleicht. In deinen kranken, steinreichen Kreisen«, stieß sie hervor. Ihre Arme schlang sie um sich selbst, als wolle sie sich festhalten. Dabei wirkte sie so verloren, dass er eilig aufstand und zu ihr ging, nicht genau wissend, was er jetzt tun sollte. Wann war er eigentlich so hilflos geworden? Er löste ihre Arme, legte stattdessen seine um ihren steifen Körper, zog sie an sich und schloss die Augen, sein Kinn ruhte in ihren Haaren.

»Bitte, lass uns das klären, ich wollte dich nicht übergehen oder verletzen oder nicht achten, ich …«

»Schon klar«, wisperte sie, was ihn jetzt doch überraschte. »Du weißt es nicht besser.«

Greg stöhnte, rieb ihren schmalen Rücken und wiegte sie ein wenig. »Vermutlich hast du recht, aber …« Doch dann ließ er von ihr ab und brachte sie auf Armeslänge, um sie ansehen zu können. Nachdem er sich geräuspert hatte, sah er sie eindringlich an. »Ich glaube, wir sollten das in aller Ruhe besprechen, April. Verdammt, ich WILL, dass diese Scheiße hier funktioniert. Ich würde alles dafür geben, und du musst mir einfach glauben, dass ich nie irgendwas … Boshaftes im Sinn hatte. Ich habe es einfach getan, weil ich es für das Richtige hielt.«

»Schon klar«, flüsterte sie erneut.

»Wollen wir reden?«, wiederholte er, versuchte sich an einem zaghaften Lächeln, während ein Teil von ihm danebenstand und es offensichtlich nicht fassen konnte. Aber interessanterweise war es ihm egal, ob er sich selbst für ein Weichei hielt oder gegen die Statuten der Familie McCarthy verstieß, das tat er doch ohnehin andauernd. Greg wollte wirklich, dass es funktionierte. Er hätte so ungefähr alles getan, damit es das endlich, endlich tat.

Behutsam legte er einen Arm um ihre schmalen Schultern und führte sie von der Terrasse. »Wenn wir anfangen wollen, die Entscheidungen zusammen zu fällen«, sagte er dabei leise. »Dann habe ich schon mal ein gutes Auftaktthema.«

Als sie antwortete, klang sie bereits bedeutend munterer. »Ach ja? Und das wäre?«

»Was würdest du dazu sagen, wenn wir zu Bills Hochzeit gehen?«

»Oh Gott, nein!«

»Hmmm, ich dachte mir, dass du so reagieren würdest …«, erwiderte er, ohne die Spur von Spott. »Nur leider – fürchte ich gibt es keinen Ausweg.«

Sie hatten das Wohnzimmer erreicht, wo er sie in einen Sessel drücken wollte, doch April schüttelte den Kopf. »Nein, ich mag ihn nicht. Lass uns … lass uns auf *unsere* Weise sprechen. Nicht verhandeln.«

Greg hob die Augenbrauen. »Und das wäre?«

April grinste. »Cracker … Kaviar … und …«

»Fuck, du hast ein Cremefarbenes besorgt?« Seine Augen blitzten hoffnungsvoll.

»Nein, du Niete. Ich wollte Bier anfügen«, sagte sie trocken und ging.

Lächelnd sah Greg ihr nach, das Eis war gebrochen.

* * *

Wenig später waren sie im Schlafzimmer – angezogen, aber es war ein Anfang. Sie hatte tatsächlich Cracker und Kaviar im Haus – und noch etliche Flaschen Bier.

»Okay«, sagte Greg, als sie mit angewinkelten Beinen auf dem Bett saß, in die Kissen gekuschelt, während er es sich vor ihr bequem gemacht hatte, die Hand, welche das Bier hielt, auf seinem ebenfalls aufgestellten Bein, zwischen ihnen die salzigen Kekse und die Fischeier.

»Zuerst … Die Anmeldung für June hatte ich gemacht, als du noch in der Klinik warst. Die Wartezeiten sind exorbitant. Und …« Er fuhr sich durch die Haare. »Ich glaub, das macht jeder Vater so. Natürlich hätte ich dir davon erzählt, aber ich hab sie vergessen, ganz ehrlich.«

»Nein!« Sie schüttelte den Kopf. »JEDER Vater richtet für seine Tochter ein Sparbuch ein, während die Frau mit dem Baby noch im Krankenhaus liegt.«

»Geld …«

»… spielt keine Rolle«, vollendete sie den Satz und nahm einen Schluck von ihrem Bier, ohne ihn aus den Augen zu lassen. »Aber hatten wir uns nicht darauf geeinigt, dass wir June nicht so erziehen?«

Überrascht sah er auf. »Wie, so?«

»Na so … materiell!«

Greg lachte. »Nein, hatten wir nicht, wenn ich es recht bedenke. Und nur die Tatsache, dass sie nicht alles bekommen soll, was sie sich vielleicht wünscht, hat mit immaterieller Erziehung rein gar nichts zu tun. Es wird ihr trotzdem an nichts fehlen.«

Das überdachte April und zu seiner großen Freude nickte sie diesen Beitrag ab.

»Die Schule ist sowieso hinfällig«, führte er weiter aus.

»Ach, warum?«

»Weil wir nicht mehr hier sein werden, damit June sie besuchen kann.«

Ihre Blicke versanken ineinander. »Wir gehen weg?«, erkundigte April sich leise.

»Ja. Ist es ein Problem, dass wir New York verlassen?«

Zu seiner immensen Erleichterung überdachte sie das nur sehr kurz und schüttelte dann den Kopf. »Nein, ich glaube, wir sollten hier verschwinden. Dein Onkel ist mir ein bisschen zu nah. Wann?«

»Sobald wir auf der beschissenen Hochzeit waren.«

»Zu der wir müssen?«

»Das ist der Freifahrtschein – Williams Bedingung.« Sie hatte sich gerade einen Cracker mit einer riesigen Ladung Kaviar beladen und hielt inne, um zu ihm aufzusehen. »Das wird Ärger geben.«

»Er wird es uns nicht einfach machen, da stimme ich dir zu«, räumte Greg ein. »Er will seinen gottverdammten Showdown. Aber wir werden das durchstehen.«

»Sagst du mir, wohin wir gehen?«

Greg grinste. »Nope. Das ist aber eher dem Überraschungseffekt geschuldet, wenn du verstehst. Keineswegs meiner nicht vorhandenen Achtung vor dir. Ich habe den Entschluss auf dem Flug gefasst – und hoffe wirklich, du kreidest mir diesen Alleingang nicht an.«

Sie betrachtete ihn mit erhobenen Augenbrauen, dann zuckte sie mit den Schultern und versenkte den Cracker in ihrem Mund. »Okay«, sagte sie kauend, schluckte und musterte ihn mit zur Seite geneigtem Kopf. »Aber dort – wo immer dort ist – entscheiden wir dann gemeinsam, wie die Schulbildung *unserer* Tochter ausfällt, ja?«

»Ist abgenickt.«

»Siehst du«, freute sie sich. »Es geht doch!«

Greg betrachtete sie drohend. »Treib es nicht zu weit.«

»Oh, guter Mister McCarthy, Sir. Ich wollte Sie nicht verärgern, Sir. Bitte nicht schlagen, Sir«, jammerte sie, doch er ging nicht darauf ein.

»Wie kommt es, dass Helen wohlhabende Eltern hat und selbst in derart … ärmlichen Verhältnissen lebt?«

Sie sah auf, er entdeckte Zorn in ihren Augen, doch dann seufzte sie. »So genau weiß ich das nicht, Helen erzählt nicht viel von sich selbst. Nur so viel: Sie war in ihrer Jugend nicht unbedingt einfach. Selbst ihren Eltern – Generation Flower-Power – ging das wohl zu weit. Sie haute ab, als sie gerade 18 war, entschlossen, es allein zu schaffen. Da hatte sie die Highschool noch nicht beendet.«

»Kein Studium?«

April schüttelte den Kopf. »Ich glaub, das war einer der Gründe, die ihrem Dad zugesetzt haben. Helen wollte keinen akademischen Abschluss, und ich schätze, das hat sie nie bereut.«

Greg lachte und schüttelte den Kopf. »Bullshit.«

»Wie meinen?«

Er dippte einen Cracker in den Kaviar und schob ihn dann in den Mund. »Das ist totaler Bullshit. Sie hat ihre Zukunft weggeworfen.«

»Weil sie nicht studieren wollte, hat sie ihre Zukunft weggeworfen?«

»Ja!« Greg nickte. Als sie das Gesicht verzog, schüttelte er den Kopf. »Nein, du kannst mir sagen, was du willst, das war bescheuert. Hättest du nicht auch lieber studiert, wenn du gekonnt hättest?«

»Sicher«, erwiderte sie langsam. »Aber Helen und ich haben ganz andere Interessen.«

»Ja, Helen fickt sich durch die Gegend und du hast in der Klinik geschuftet.«

»Sie hat auch gearbeitet«, widersprach sie energisch.

»Sie hätte es besser haben können.«

»Das wollte sie aber nicht«, sagte April nun gefährlich leise, und nahm einen Schluck von ihrem Bier. »Nur weil dir ein bestimmter Lebensweg richtig und gut erscheint, muss er nicht für jeden passen. Helen wollte ihre Freiheit, sie hat mal fallenlassen, dass sie sich in dem offenen Familiengebilde ihrer total fortschrittlichen Flower-Power-Eltern wie in einem Gefängnis vorgekommen ist. Die sind schlimmer als jeder erzkonservative Kasten«, erinnerte sich April. »Sie wollen ständig, dass du dich selbst findest, aber wenn deine Selbstfindungsphase nicht in die von ihnen gewünschte Richtung geht, drehen sie durch. Mit drei Jahren Harfenunterricht, mit vier Spanischgrundkurs – du kennst diese alternativen Eltern selbst.«

»Nein«, sagte Greg kurz. »Ich kenne nur die erzkonservativen.«

April seufzte. »Wie auch immer. Sie brach aus und … irgendwann näherten sie sich wieder an. Wie meistens.«

Greg musterte sie. »Vermisst du deine Eltern?«

April kicherte los. »Nein, keine Sorge, ich bin froh, wenn ich sie nicht sehen muss.«

»Nie wieder?«

Sie zuckte mit den Schultern. »Keine Ahnung, momentan kann ich glänzend auf sie verzichten.«

Das beruhigte ihn ungemein. »Sie bleibt mit June über Nacht?«

»So war es geplant«, erwiderte April vorsichtig.

»Das Kindermädchen?«

»Hat frei.«

»Die Haushälterin?«

»Hat auch frei.«

»Wir sind also ganz allein?«

April fuhr sich mit dieser unglaublich heißen Zungenspitze über die Lippen. »Könnte man so sagen.«

Greg stellte die Cracker auf den Boden, ließ den Kaviar folgen, dann verschwand sein Bier und schließlich nahm er Aprils aus deren Hand.

»Schlag mich«, murmelte er an ihrem Mund. »Aber ich halte das für ein Zeichen.«

»Ach ja?«, wisperte sie und streifte mit ihren vollen, einladenden Lippen seine, während ihre Hände auf seinem Rücken hinabfuhren. »Was für eins?«

»Ich brauch kein Negligé, um dich heiß zu finden.«

»Das ist gut zu wissen.«

Bevor er sie küsste, und für die nächsten Stunden nicht mehr damit aufhörte, hob er jedoch noch einmal den Kopf. »Ist es gut? Ich meine, ist es *wirklich* gut?«

April lächelte. »Ja, es ist gut.«

»Dann bin ich ja beruhigt«, knurrte er, seine Hände hatten sich schon längst an ihrem herrlichen Körper hinabgestohlen und verharrten auf ihren geschwungenen Hüften. »Dann bin ich wirklich beruhigt.«

Und dann küsste er sie endlich.

40. Kapitel

April

Zwei Wochen später

»Bodyguards, dass ich nicht lache!«, grollte Helen, als sie aus der Limousine ausgestiegen waren und sofort von drei bulligen Riesen in Anzügen umringt wurden. Einer von ihnen war Joe, der April zuzwinkerte, was sie verschwörerisch erwiderte.

»Du wolltest, dass ich mitkomme, ich wollte, dass ich mitkomme und Greg lässt mich nun mal nicht ohne Schutz vom Grundstück. Das kann man blöd finden, vielleicht ist es sogar angebracht, aber ich werde ihm mit Sicherheit nicht vorwerfen, dass er Angst um mich hat.«

Damit hakte sie sich bei ihrer Freundin unter und gemeinsam strebten sie die kleine Einkaufspassage entlang, in der Helens Frauenarzt seine Praxis unterhielt.

Helen schnaubte. »Der Typ hat keine Angst um dich, der lässt nur ungeniert seinem Kontrollwahn Auslauf. Jetzt, wo er einen Grund nennen kann, kennt er sowieso keine Grenzen mehr. Aber mir war klar, dass er dich mit seiner Scheiße einlullen würde. Die Liebe …« Sie seufzte und zog die Nase kraus. »Die Liebe ist so eine selbstvernichtende Erfindung für uns Frauen.«

»Ja, ja, schon klar.«

April hatte beschlossen, einfach nicht mehr Helens Schimpftiraden gegen Greg zu lauschen, die nämlich absolut nicht aufgehört hatten. Auch dann nicht, als Greg keine Einwände dagegen erhoben hatte, dass sie mit ihnen im Haus wohnte. Was April übrigens für extrem großherzig hielt. Nun, Helen nicht, sie hatte sich bei April bedankt und Greg mit einem sehr, sehr boshaften Blick bedacht, was der mit Fassung getragen hatte. Überhaupt war Aprils Mann in letzter Zeit viel genügsamer, was dazu führte, dass auch April allmählich ihre Zuversicht zurückfand. Vielleicht lag es aber nur daran, dass ihre Tage in dieser Stadt gezählt waren. Etwas, was Helen übrigens noch nicht wusste. April wartete noch auf den geeigneten Moment, um es ihr zu erzählen.

Die Praxis, in der ihr Arzt saß, bestand aus einigen großen, hellen Räumen, in denen sich die Frauen – meistens schwangere – zu stapeln schienen. Hinter dem Tresen saß eine mütterliche Schwester, die lächelnd Helens Terminkärtchen in Empfang nahm. »Es könnte ein wenig dauern, das macht doch nichts?«

Bevor Helen antworten konnte, mischte April sich ein: »Nein, absolut nicht«, und zog Helen zu zwei freien Stühlen.

»Wir haben einen Termin«, beharrte Helen.

»Ja, aber es ist nun mal voll, also warten wir«, sagte April beschwichtigend und hielt ihr eine der zahlreichen Zeitschriften hin.

»Lies!«

Und so warteten sie. Es verging eine halbe Stunde nach dem anberaumten Termin, dann eine Stunde. Zwischenzeitlich steckte einer der Bodyguards, die draußen warteten, seinen Kopf zur Tür herein und vergewisserte sich, dass seine Schützlinge noch lebten. Was zu einigen befremdlichen Blicken der Patienten und Schwestern gleichermaßen führte. Helen war schon wieder in ihrer Babyblase gefangen. In dieser versank sie mindestens einmal täglich und tauchte manchmal für Stunden nicht daraus auf. April hatte den Verdacht, dass sich diese Anfälle in der kommenden Zeit noch verdichten würden.

Seitdem Terence sich gemeldet hatte, war allerdings auch dieser feine herbe Zug um Helens Mund dauerhaft vorhanden. Denn der werdende Vater war nicht zu ihr gekommen, um sie zur Rede zu stellen. Oder vielleicht sogar, um sich mit ihr zu freuen. Oder – April ahnte, dass Helen auch das nicht gänzlich ausgeschlossen hatte –, um sich mit ihr über das Kind zu freuen und sie doch endlich um ihre Hand zu bitten.

Stattdessen hatte er eine SMS geschrieben, die nur aus wenigen Worten bestand:

Meine Anwälte werden sich zur gegebenen Zeit bei dir melden. Sobald du ein ärztliches Attest vorzuweisen hast, lasse mir davon bitte eine beglaubigte Kopie zukommen.
T.

Das klang nicht nach dem Kriegsangebot, das es möglicherweise war. Eher nach nüchtern, sachlicher Abhandlung einer nüchternen, sachlichen Angelegenheit. Keine Emotionen – egal ob positiv oder negativ. Und das, wo Helen vor Emotionen nahezu übersprudelte. Doch April hatte damit gerechnet, denn wie sollte Terence denn schon reagieren? Wenn man ungewollt Vater wurde und ein gewisses Maß an Anstand besaß, dann konnte man sich nur auf eine Art benehmen: Man *klärte* die Angelegenheit. Aber für Helen war ein weiteres Stück von ihren noch immer nicht ganz vernichteten Heile-Welt-Fantasien abgebröckelt.

Als sie dann endlich aufgerufen wurden, atmete April erleichtert auf. Die Luft hier war stickig, Helen ziemlich unleidlich und ihr ewiges Gezische: »Aber wir haben doch einen Termin, verdammt!«, leider auch nicht sehr hilfreich.

Dr. Rosenbaum war ein älterer, sehr freundlicher Arzt mit grau meliertem Haar, der April sofort an den Grandpa erinnerte, den sie niemals gehabt, sich aber immer gewünscht hatte. Er hieß die beiden Frauen willkommen, nahm ohne Gegenwehr zur Kenntnis, dass April die Begleitperson darstellte, vor der kein Blatt vor den Mund genommen zu werden brauchte, und bat sie zu seinem Schreibtisch. Nachdem er dahinter und die beiden davor Platz genommen hatten, lehnte er sich zurück. »Nun, Miss St. James, was kann ich denn für Sie tun?«

Helen, deren Wangen vor lauter Aufregung glühten, platzte sofort mit der Neuigkeit heraus. »Ich bin schwanger!« Als Beweis hielt sie den Test hoch. »UND ich bin sogar schon ein bisschen dicker.« April konnte es nicht fassen, als Helen tatsächlich ihr Shirt lüftete und dem Arzt ihren – Aprils bescheidener Ansicht nach, nicht vorhandenen – Bauch präsentierte.

Der schien nicht im Mindesten perplex, sondern lachte schallend. »Oh, wie ich sehe, freuen Sie sich auf Ihr Baby. Das ist schon mal eine optimale Ausgangsbasis. Sie freuen sich weiter, und ich sorge dafür, dass der kleine Wurm gesund zur Welt kommt – womit wir wohl das perfekte Team sind.« Dann fiel ihm offenbar April ein, denn auch diese bedachte er mit einem warmen Lächeln. »Und Sie passen auf, dass Miss St. James genügend Vitamine zu sich nimmt und sich nicht aufregt.«

»Natürlich!«, parierte April sofort, die den alten Herrn allerliebst fand. Das Eis war nicht nur gebrochen, so weit sie das einschätzen konnte, schwamm keine einzige Scholle mehr auf dem warmen Meer der Sympathie.

»Nun denn!«, sagte er und klatschte in seine Hände. »Dann wollen wir uns den zukünftigen kleinen Erdenbürger erst einmal ansehen, bevor wir uns weiter an die Planung für die kommenden Monate machen.«

Damit stand er auf und wies Helen den Weg in die kleine Umkleidekabine, während er April einen Stuhl neben dem Behandlungsstuhl in Kopfhöhe rückte. »Hier können Sie das schweißnasse Händchen halten, wenn es erforderlich ist«, sagte er und April musste kichern.

Helen wirkte wie eine Amazone auf ihrem Triumphzug, als sie kurz darauf unten ohne wieder in den Raum trat. April bewunderte sie heimlich für die absolute Ungezwungenheit, mit der sie auf den

Stuhl kletterte. Nun gut, mit dem Arzt war es vielleicht auch nur halb so schwer. April war bei einem jungen, aber nur mäßig attraktiven Gynäkologen in Behandlung. Und auch wenn dieser Mann sie immer absolut professionell behandelte, konnte sie niemals ganz den widerlichen Gedanken abtun, dass der Typ nur deshalb Frauenarzt geworden war, um auch mal die Vagina einer Frau von nahem sehen und die abartigsten Gegenstände in sie hineinschieben zu können.

Wie jenen zum Beispiel, den dieser Arzt gerade wählte.

Rosenbaum zückte den länglichen, einem Vibrator nicht unähnlichen Sensorstab für den vaginalen Ultraschall, zog so fachmännisch ein Kondom darüber, dass April ihm vorschlagen wollte, Anschauungsunterricht in den Teenieklassen der Highschools vorzunehmen und dann …

… sahen sie auf den kleinen schwarzen Bildschirm.

Da war Helens Uterus.

Er war hübsch, so weit man das in diesem Zusammenhang sagen konnte. Also April sah nichts, was ungewöhnlich wirkte, und das war gleichzeitig auch das ganze Problem. Sie warf dem Arzt einen schnellen Blick zu, dessen Stirn sich in tiefe Falten gelegt hatte, während das Lächeln verschwunden war.

Also hatte sie sich nicht getäuscht.

Helen, die noch nie einen Ultraschall live gesehen hatte, war guter Dinge. Mit gebanntem Blick fixierte sie den Bildschirm, ihre Lippen zierte ein verträumtes Lächeln, und April applaudierte dem Doktor heimlich, weil dieser nicht so schnell aufgab, sondern noch immer nach dem Baby suchte.

Da war nur keines.

Schließlich entfernte er die Sonde, säuberte sie und lächelte sie freundlich an. »Sie können sich wieder anziehen. Kommen Sie dann an meinen Schreibtisch.«

Ratlos sah Helen zu April, als diese ihr beim Aufstehen half. »Der ist aber komisch.«

April zuckte nur mit den Schultern. »Geh dich anziehen.«

Als die beiden wieder vor dem Schreibtisch saßen, hätte April sich am liebsten aus dem Staub gemacht. Aber es galt: mitgehangen, mitgefangen. Dr. Rosenbaum sah übrigens nicht begeistert aus und auch Helen hatte ihr Lächeln in der Kabine gelassen.

»In Ordnung, ich bin erwachsen und kann eine Menge einstecken. Sagen Sie mir, was mit meinem Baby nicht stimmt«, sagte sie fest, klammerte sich dabei aber, versteckt unter dem Tisch, so fest an Aprils Hand, dass diese beinahe aufgeschrien hätte.

Der alte Doktor brachte die Hände über dem Tisch zusammen und lächelte sie aufmunternd an. »Keine Sorge, es ist nichts mit Ihrem Baby, jedenfalls … äh … nichts, was bedeuten würde, dass es krank ist. Vielmehr …« Er lächelte entschuldigend und schüttelte dann den Kopf. »Miss St. James, ich konnte keine Schwangerschaft feststellen. Da ist nichts.«

»Was?« Helen hatte die Finger an ihre Lippen geführt und starrte ihn fassungslos an. »Aber … ich habe keine Regelblutung, ich bin dicker geworden, der verdammte Schwangerschaftstest war positiv.«

Er nickte. »Ja, Ihr Uterus ist auch leicht vergrößert, allerdings deutet nichts auf einen Abort hin, das wäre Ihnen auch nicht entgangen.« Er seufzte. »Ich nehme an, Sie wünschen sich dieses Baby sehr?«

April schloss die Augen und öffnete sie nur ganz langsam wieder.

»Ja«, hauchte Helen und die Vorboten der Tränen, die demnächst fließen würden, waren bereits zu hören.

Der alte Arzt seufzte. »Manchmal – es ist wirklich sehr selten –, aber manchmal wünscht sich eine Frau die Schwangerschaft so sehr, dass ihr Körper die richtigen Signale sendet. Ihr Kopf ist der wichtigste Teil von ihm, der Navigator. Sie haben ihm den Weg zum Baby gewiesen und er ist Ihnen gefolgt – nur leider war noch keines da. Sie sind völlig gesund, versuchen Sie es weiter; ich bin sicher, dass wir uns bald wiedersehen werden und ich Ihnen dann eine freudige Nachricht mitteilen kann.«

»Aber vielleicht haben Sie nicht richtig hingesehen«, sagte Helen, jetzt energischer und April wusste, dass sie eingreifen musste, und zwar sofort.

Sie nahm Helens Hand und sah sie eindringlich an. »Da war kein Baby, ich habe es gesehen, Süße.« Und an den Arzt gewandt. »Vielen Dank für Ihre Mühe.« Sie stand auf und zog Helen mit, wobei sie fast Gewalt anwenden musste. Inzwischen wollte sie nur noch hier raus, denn irgendwie war die ganze Angelegenheit fast peinlich. Nun ja, in erster Linie jedoch niederschmetternd.

Sie nickte dem Arzt noch einmal zu und dann endlich gingen sie.

41. Kapitel

April

Es war fast unmöglich, Helen ohne Aufsehen nach Hause zu schaffen. Warum musste sie sich den verdammten Arzt auch in so einer blöden Ladenstraße suchen, wo sie pausenlos an Passanten vorbeikamen? Die Bodyguards erregten schon genug Aufsehen und deshalb entging den gaffenden Leuten keine einzige Träne und kein einziger Schluchzer, den Helen verlor, bis sie endlich den Wagen erreichten. Joe erwies sich hierbei als sehr hilfreich, denn er drängte die Leute ohne Rücksicht auf Verluste beiseite, sodass sie wenigstens relativ schnell zur Limousine kamen.

Bis sie nebeneinander saßen hatte April irgendwie noch an eine theatralische Show geglaubt. Helen, die sich kopfüber in ihre Schwangerschaft gestürzt hatte und nun genauso begeistert das andere Extrem zelebrierte. Doch so war es nicht. Denn als sie wieder einen Blick in das Gesicht ihrer Freundin wagte, sah sie, dass die Tränen längst versiegt waren. Ihr Ausdruck war leer, die Augen ins Nirgendwo gerichtet, die Haut nicht bleich, sondern fahl.

Helen war tatsächlich am Boden zerstört. Während der gesamten Fahrt sagte sie keinen einzigen Ton, antwortete auch nicht auf Aprils Frage, ob sie irgendwas für sie tun könne, und sobald sie das Haus erreicht hatten, zog sie sich in ihr Zimmer zurück.

April starrte auf die Tür, dann Greg an, der mit June auf dem

Arm zu ihr getreten war. Inzwischen hielt er das Baby wie ein Profi, und allein für den Anblick hätte April ihn noch einmal geheiratet. Außerdem hatte sich herausgestellt, dass June sich von ihrem Vater am bereitwilligsten ins Bett bringen ließ. Seine Quote stand 10:0 – sprich, von zehn Versuchen war sie zehnmal eingeschlafen, ohne vorherige Ausweichmanöver auf Kinderwagen und Terrasse.

Jetzt betrachtete das Baby abwechselnd seine Mom und seinen Dad, während diese sich wispernd im Flur unterhielten, der zu den Gästezimmern führte.

Rasch unterrichtete April ihn über die Vorkommnisse, und als Greg's Gesichtszüge sich verhärteten, er ihr wortlos das Baby überreichte, sich abwandte und die Treppen hinaufging, starrte sie ihm für einen langen Moment völlig konfus nach, bevor sie sich in Bewegung setzte und ihm folgte.

Sie fand ihn nicht im Schlafzimmer, doch die Tür zum angrenzenden Bad war geschlossen und als April einen furchtlosen Blick hineinwagte, fand sie ihren Mann – der von der Erfindung des Wortes Humor noch nie was gehört hatte – auf der Toilette sitzend (mit geschlossener Hose), den Kopf in seinen Händen vergraben und …

Er lachte.

Er lachte so laut und heftig, wie sie es noch nie erlebt hatte. Dabei versuchte er nicht einmal, das Geräusch zu dämmen, weshalb sie eilig die Tür schloss. Denn ja, seine Berechnungen stimmten, hier würde Helen, deren Zimmer im unteren Stockwerk am anderen Ende des Hauses lag, ihn garantiert nicht hören können. Durch das Geräusch alarmiert, sah er auf, konnte sein Gelächter aber nicht eindämmen. Es schüttelte seinen Kopf und wischte sich Tränen aus den Augenwinkeln, bevor er sich an die kühlen Fliesen lehnte.

»Sorry«, sagte er, immer noch lachend. »Aber das ist so … Verdammt, das ist so KARMA!«

Schweigend trat April näher und warf June einen Blick zu, die ihren Vater verdattert musterte. »Ich weiß nicht, ob ich das so witzig finde«, sagte sie langsam.

»Nein?« Er sah sie aus den Augenwinkeln an, wenigstens ebbte sein Lachen jetzt ab. »Nun ja, ich schon. Denn was sie vorhatte, war … Es war genau das, was Terence befürchtet hatte. Dieser Mann ist so vernarrt in sie, so verzweifelt, weil er sie verloren hat, dass ich ihn nicht wiedererkenne …«

Sie hatte sich mit June auf den flauschigen Wannenvorleger gesetzt und betrachtete ihn aufmerksam. »Das hat er ihr aber nicht gezeigt.«

»Nein, hat er nicht«, bestätigte Greg trocken. »Hast du ernsthaft damit gerechnet, dass er zu ihr kommen und ihr schmalzig seine Liebe erklären würde, wenn sie ihn auf diese Weise abzuzocken versucht?«

April schwieg lange, dann zuckte sie die Schultern. »Er hat sie wie eine Nutte behandelt, wollte ihr Vorschriften machen, wollte, dass sie sich ihm unterordnet. Du weißt nicht, was …«

»Ich hatte ihn in Brüssel am Telefon«, erinnerte Greg sie leise. »Ich kann es mir ungefähr vorstellen.«

»Dann musst du zugeben, dass ihre Reaktion nachvollziehbar ist.«

»Vielleicht«, räumte er ein. »Aber sie war nicht klug. *Meine* Frau …« Greg betrachtete sie mit hochgezogenen Augenbrauen und hielt ihr die Arme hin, damit sie ihm June überreichte. »… hätte sich nicht so dämlich angestellt. Sie wäre clever gewesen.« Er nahm June und küsste ihre Schläfe, bevor er sie auf seinen Schoß setzte. »Sie hätte gewusst, dass ein Mann sich manchmal verrennt, ganz besonders, wenn er aus … Terence' Kreisen stammt. Sie hätte ihm mit ihrem Charme und ihrer natürlichen Art um den kleinen Finger gewickelt, bis er ihr rettungslos verfallen gewesen wäre. Und sie hätte ihm auf ihre unnachahmliche Weise gezeigt, dass sie nicht auf sein Geld scharf ist. Helen hat alles daran gesetzt, um ihm zu demonstrieren, wie geldgeil sie ist. Sie hat hoch gepokert, war so besessen, dass sie sich sogar erfolgreich eine Schwangerschaft eingeredet hat, und …« Er zuckte mit den Schultern, und rieb seine Nasenspitze zärtlich an

Junes, was der ein Glucksen entlockte und ihn grinsen ließ. »Tja, und nun hat sie verloren.«

»Weißt du, ich sehe das anders«, sagte April etwas zu scharf, als der Situation angemessen, doch dieses arrogante, selbstherrliche Gehabe ihres Ehemannes ging ihr schon wieder gehörig gegen den Strich. »Sie hat ihm ihre Liebe gestanden, sie hat ihm von ihren Träumen erzählt, übrigens angesichts von Junes Geburt und unserer Hochzeit … wenn man sie so nennen darf …«

Greg verzog bedauernd das Gesicht, aber darauf wollte April gar nicht hinaus.

»Sie war von der Situation hingerissen und sagte ihm, ihrem Freund, dem Mann, mit dem sie zusammenlebte, dass sie sich so etwas auch wünscht. Mit ihm. Sie hat ihm gesagt, dass sie mit ihm *auch* dieses Glück und diese Einigkeit erleben will. Was zur Hölle ist daran denn so falsch?«

»Nichts«, räumte er nach einer Weile ein. »Bis dahin hatte sie nichts falsch gemacht.«

»Und er hat sie von sich gestoßen«, fuhr sie eilig fort. »Greg, er hat sie von einer Sekunde zur anderen komplett aus seinem Leben ausgeschlossen. Ohne jede Erklärung, ohne irgendwas. Klar, fürs Bett war sie noch gut genug, das war's aber auch schon. Eben noch drohte er damit, ihr die abgefuckten Sterne vom Himmel zu holen …« Beide grinsten angesichts der kitschigen Formulierung. »… und im nächsten war sie nur noch die Nutte, bei der er hin und wieder einen wegsteckte. Und das Ganze gipfelte dann in seinem Auflagenkatalog. Das war nicht recht!«

»Nein, das war es nicht«, stimmte er wieder zu.

»Sie brauchte Monate, bevor sie wenigstens eine Ahnung davon bekam, was genau denn nun sein abgefucktes Problem war. Dann sagt sie ein Treffen ab – aus gutem Grund, wie du weißt –, und er taucht bei ihr auf, nach einer anderen Frau stinkend – ich wette, das war diesmal eine echte Nutte – und erzählt ihr, dass sie ihm zu gehorchen habe und dass er die Regeln bestimme und dass er – wenn sie sich gut führen würde – ein bisschen Kohle lockermachen würde.

Moment, wie war das?« Angestrengt versuchte sie sich genau daran zu erinnern, was Helen ihr erzählt hatte. »Wenn sie sich gut führen würde, dann würde es nicht ihr Schaden sein. Er würde ihr ein Apartment kaufen, weil er nicht länger in dieses Drecksloch gehen wolle, und je nachdem, wie zufrieden er mit ihr wäre, würde sich die Höhe ihres Taschengeldes gestalten. Ach so, ihren Job müsse sie natürlich aufgeben, um ihm Tag und Nacht zur Verfügung stehen zu können – mit Ausnahme der ›üblichen fünf Tage‹ – das hat der echt so gesagt! Da wäre sie natürlich freigestellt, aber sie könne ihm ja immer noch einen blasen. Sie hätte in der Öffentlichkeit die Schnauze zu halten, Krankmeldungen würden nur mit Attest von einem Arzt seiner Wahl akzeptiert, und wenn er von ihr genug habe, würde sie – so sie sich eben anständig geführt hätte und er mit ihr zufrieden sei – eben ein anständiges Sümmchen bekommen. Ach so und einen Job würde er ihr auch besorgen. Das alles hat er ihr erzählt, einschließlich des Hinweises, dass sie ja gar nicht mit June allein sein dürfe, wenn er sein Einverständnis nicht geben würde, in *deiner* Abwesenheit, nicht etwa in unserer. Und vorher hat er sie – wahrscheinlich, um ihr zu demonstrieren, wer hier der Hengst im Hause ist – erst mal auf dem Schreibtisch durchgenommen. Auf deinem übrigens, ich würde mich da nicht mehr ransetzen. Tja, das hat ihr ja noch Spaß gemacht, du weißt ja, wie Helen drauf ist. Das andere dann nicht mehr …«

Entschieden schüttelte er den Kopf. »Ich kenne Terence, so etwas hat er nicht gesagt, das ist absolut nicht sein Stil.«

»Ach nein?« April lachte auf. »Du hast ihn am Telefon gehört, hast du selbst gesagt! Und ich kann dir versichern, dass *ich* Helen kenne. Sie vergöttert diesen Mann, und sie hätte ihm so eine Scheiße garantiert nicht angedichtet. Nicht einmal sie könnte sich so was ausdenken.« April runzelte die Stirn. »Schon gar nicht, wo sie an Terence nie irgendeine Kritik zugelassen hat. Welchen Grund sollte sie haben, sich so etwas aus den Fingern zu saugen? Und wenn du mir nicht glaubst, vielleicht fragst du ihn einfach …«

»Nein«, wehrte er sofort ab und stupste lächelnd Junes Nase, was die mit einem nächsten Glucksen honorierte. »Das geht mich nichts an, April. Ich war nie glücklich darüber, dass er sich gerade an diese Frau gehängt hatte.«

»Ja, gelobt sei der Egoismus, oder?«, jubelte April trocken. »Aber er war glücklich mit ihr und sie mit ihm. Glaub mir, ich kenne fast jede Einzelheit ihrer Beziehung, Helen hat mir nächtelang davon vorgeschwärmt. Da fiel nie ein böses Wort, sie harmonieren miteinander. Was meinst du denn, weshalb sie unbedingt ein Kind von ihm wollte?« Als sie Greg's spöttisch erhobene Augenbrauen sah, schüttelte sie den Kopf. »Nicht wegen des Geldes, sondern weil sie …« April betrachtete ihn eindringlich. »Weil sie *ihn* nicht haben kann.«

Greg betrachtete sie entgeistert und lachte dann wieder schallend los, stoppte aber abrupt, weil June weinerlich das Gesicht verzog. »Baby, es geht *immer* um Geld, auch bei einer solchen Angelegenheit. Diesmal war es: Wenn du mich nicht liebst, dann werde ich wenigstens weiterhin dein Geld lieben.«

Okay, das war nicht ganz an den Haaren herbeigezogen. April seufzte. »Greg du musst mit ihm reden. Es gibt noch Hoffnung für die beiden. Bitte!«

Er schüttelte den Kopf: »Das kann ich nicht. Nicht, wenn sie mit ihm auf so perfide Art umspringt. Was soll ich da noch retten? Und mit welchen Argumenten?«

»Er war auch perfide«, widersprach April wütend. »Sie beide haben sich nicht unbedingt mit Ruhm bekleckert, wenigstens das musst du doch zugeben!«

Greg hatte währenddessen mit June herumgealbert. Immer, wenn sie ihn ansah, stieß er mit seiner Nasenspitze gegen ihre, was sie jedes Mal auflachen ließ. Die drohenden Tränen von eben waren schon wieder vergessen. Sie hatten beschlossen, Helen das Haus zur Nutzung zu überlassen. Greg hatte sich drauf eingelassen, weil er irgendwie Terence' Versagen wiedergutmachen wollte – wie er sich ausdrückte. Mehr hatte er dazu nicht gesagt, also war das der einzige Aufhänger, den April hatte.

»Bitte Greg«, hauchte sie. »Bitte! Es geht ihr wirklich schlecht, und ich glaube, sie hat in den letzten Stunden eine Menge gelernt.«

Greg sah sie nicht an, hatte anscheinend nur Augen für June. »Er liebt sie«, erwiderte er leise. »Aber er kann nicht über seinen Schatten springen, und sie hat ihn in seinen schlimmsten Ahnungen auch noch bestätigt.«

»Sie hat ihn bestätigt, nachdem er sie dazu getrieben hat«, berichtigte April ihn. »Einigen wir uns doch endlich darauf, dass beide sich scheiße benommen haben. Beide sind schuldig an dem Desaster … Aber er hat angefangen. Ich habe sie noch nie so glücklich gesehen, wie in den ersten Monaten mit Terence. Sie war monogam. Ich meine. HELEN!

WAR!

MONOGAM!

Okay, ist sie immer noch, sie hat mir gesagt, dass er ihr den Sex mit anderen versaut hat.« April verzog das Gesicht, doch von Greg kam nicht die geringste Reaktion, und so plapperte sie weiter, denn das konnte ja nur gut sein. Sie spielte mit einer von Junes Händchen und erzählte dabei: »Sie ist nicht so der jämmerliche Typ, der sich in Liebeskummer suhlt und die Welt verteufelt, aber als er sich nicht mehr meldete, da war sie wirklich am Boden. Ich meine *wirklich*, Greg. Und ich kann mir nicht vorstellen, dass es Terence besser geht. Momentan ist er ein gottverdammtes Arschloch, aber ich glaube, das ist nur Fassade! Warum ist er so? Warum macht er sich und ihr das Glück kaputt? Dafür muss es doch einen Grund geben. Einen einzigen. Einen, den keiner von uns kennt, denn ich weiß, dass er sie liebt, ich weiß es einfach! So was kann man nicht spielen. Greg, ich kann nicht glücklich sein, solange sie unglücklich ist.«

Er lachte trocken auf. »Das bedeutet also, wir werden unglücklich?«

»Nein!«, beschwichtigte sie rasch. »Aber wir könnten es noch einmal versuchen. Ein einziges Mal!«

Greg betrachtete sie mit hochgezogenen Augenbrauen. »Wir?«

»Ja gut, du. Sprich noch mal mit ihm, er weiß noch nichts davon, dass das Baby … äh, nicht existiert.«

Greg schwieg, ihm war deutlich anzusehen, dass er angestrengt nachdachte und auch, dass ihr Vorschlag ihm absolut nicht gefiel. Aber er überlegte wenigstens, wog offenbar das Für und Wider ab. Sie hielt den Atem an. Gefühlte Ewigkeiten betrachtete er Junes Köpfchen, seine Finger standen still. Dann räusperte er sich endlich.

»In Ordnung. Ich rede noch mal mit ihm. Ein letztes Mal. Für dich! Bilde dir nur nichts anderes ein, diese Frau kann mir gestohlen bleiben.«

April fiel ihm um den Hals, das Baby sicher zwischen ihnen, und küsste ihn. »Danke!«

42. Kapitel

Greg

»Terence …«

»Nein!«

Das klang brüchig, und als Greg seinen Freund musterte, wurde ihm ein weiteres Mal bewusst, wie sehr sich dieser innerhalb der wenigen Tage, die seit ihrem letzten Treffen vergangen waren, verändert hatte. Er war nicht wiederzuerkennen. Bleich, abgemagert, aber auch so hart, so unnachgiebig, während Greg nicht entging, dass er selbst immer mehr zum Weichei mutierte. Dinge, die noch vor wenigen Wochen als unabdingbar gegolten hatten, waren mit einem Mal nicht mehr so wichtig. Das Leben veränderte den Menschen, wenn er einmal in den Abgrund geschaut hatte. Und ein Leben ohne April und June *war* der Abgrund – Greg hatte es immer geahnt, es jetzt zu wissen, machte die Dinge nicht einfacher, sondern um ein Vielfaches brisanter.

Er orderte per Fingerzeig bei dem Barkeeper zwei Whisky – Bier war heute nicht promillehaltig genug –, wartete, bis das Gewünschte vor ihnen stand, stieß Terence mit dem Ellbogen an, bis dieser sich bequemte, eines der Gläser zu nehmen, und prostete ihm zu.

»Es hat sich herausgestellt, dass sie nicht schwanger ist.«

Terence sah auf und runzelte die Stirn, dann brach der Zorn aus ihm heraus. »Das kleine Flittchen wollte mich also …«

»Wo denkst du hin, verdammt noch mal?«, knurrte Greg. »Der Test war positiv, der Besuch beim Arzt hat das Gegenteil ergeben. Das ist die ganze Geschichte. Sie hat dir überhaupt nichts vorgespielt … Sie braucht dich«, sagte er ernst, als die beiden Gläser wieder vor ihnen standen.

Terence lachte trocken auf. »Ach ja? Kann ich mir nicht vorstellen. Ich schätze, sie hat in den letzten Wochen perfekt bewiesen, dass sie auch bestens ohne mich klarkommt. Ob nun mit meinem Baby im Bauch oder ohne.« Letzteres kam so bitter, dass Greg für einen kurzen Moment die Augen schloss und sich fragte, was zur Hölle er hier trieb. Dass er blieb, obwohl die Dinge ab jetzt tatsächlich unerträglich wurden, war nur seiner Loyalität seinem besten und ältesten Freund gegenüber geschuldet und der Tatsache, dass Terence immer helfend zur Stelle gestanden hatte, wenn Greg ihn brauchte. Besonders, wenn es April betraf.

»Sie liebt dich, sie dachte, sie wäre schwanger. Von dir …«

»Yeah, und jetzt fehlt ihr der Trumpf, um mich auszunehmen«, konterte Terence, der Greg nicht einmal ansah, während er seinen Whisky vernichtete. Greg entging nicht, dass die Hand seines Freundes dabei zitterte.

Auch er nahm einen, allerdings viel gemesseneren, Schluck, und fuhr sich erschöpft durch die Haare. Dafür würde April bezahlen. Ausgiebig. Eine ganze Nacht lang, das schwor er sich. Verdammt, seit wann war er unter die Beziehungskitter gegangen? Und überhaupt, welche Beziehung?

»Sie hat einen Fehler begangen, schon klar, aber du bist auch nicht gerade sehr clever vorgegangen, mein Freund.«

Nun war es an Terence, sich die Haare zu raufen. »Wie nicht clever?«, brauste er auf und bestellte beim Barkeeper Nachschub. »Was denn clever? Ich habe ihr die Spielregeln aufgezeigt. Die ganz normalen Spielregeln, wenn sich eine Nutte wie sie auf einen Mann wie mich einlässt, was ihr Schaden ja nicht war! Schließlich hab ich alles bezahlt!«

Greg musterte ihn lange, bevor er den Kopf schüttelte. »Ich frage mich immer wieder, was für ein Wichser aus dir geworden ist, Terence. Nichts für ungut.«

»Ach so? Und das sagt der, der seine Frau wie der größte Wichser aller Zeiten behandelt hat?«

Greg war ehrlich verblüfft. »Inwiefern?«

Terence zuckte mit den Schultern. »Du bist nie zuhause, Mann! Da brauchst du dich nicht zu wundern, wenn sie fremdfickt …«

»Das hat sie nicht«, fuhr Greg laut dazwischen, wunderte sich aber, weil er nicht den geringsten Wunsch verspürte, ihn zu verprügeln. Vielleicht, weil Terence zu erledigt aussah und mal wieder zu betrunken war. Womöglich soff der Kerl aus reiner Berechnung in Greg's Nähe neuerdings wie ein Loch, damit er ungestraft seine Scheiße an den entnervten Freund bringen konnte.

»Erzählt sie!«, sagte Terence mit gewichtig erhobenem Finger. »Das erzählt sie, Alter, aber was sie erzählt, muss noch lange nicht stimmen.«

Greg lachte auf und hielt sich an sein Glas, bevor er seinen Freund schmunzelnd ansah. »Nur, weil du offensichtlich ein paarmal in die Scheiße gegriffen hast, muss das nicht auf uns alle zutreffen.« Er war ernst geworden. »April hat mich nicht betrogen, und Helen wollte dich nicht um dein Geld bringen, indem sie dir das Gör andrehte. Ich schätze, sie wollte wohl eher einen Aufhänger, damit ihr euch sehen könnt. Sie wollte deine Aufmerksamkeit.« Seufzend sah er zu, wie Terence Nachschub orderte und musterte ihn dann eindringlich. »Sie liebt dich, du liebst sie, ich komme mir vor wie ein säuselnder Amor auf Pfeilmission, verdammt, mach es mir doch nicht so schwer!«

Terence zuckte mit den Schultern. »Warum tust du dir das überhaupt an?« Bevor Greg antworten konnte, lachte er schallend los. »Aha, das edle Frauchen hat dich also losgeschickt. Was ist denn, wenn du nicht erfolgreich bist? Musst du dann vier Wochen auf dem Sofa schlafen?«

Greg grinste. »Ziemlich jämmerlich, wenn du mich fragst, denn … ich *habe* Frau und Kind. Ich habe eine Familie, und meine Frau wird mich bestimmt nicht des Schlafzimmers verweisen, egal, ob ich auf dieser beknackten Mission nun erfolgreich bin oder nicht. Was hast du?«

»Meine Freiheit«, sagte Terence sofort.

»Wird überbewertet«, konterte Greg.

»Das aus deinem Mund verwirrt mich hochgradig«, erwiderte Terence und blinzelte einige Male.

Greg hob sein Glas. »Darauf trinke ich.«

Sie stießen an und ließen sich den Whisky schmecken. Für die nächsten paar Minuten verlor Greg keinen Ton. Er hatte Terence genug Stoff zum Nachdenken gegeben. Jetzt hieß es, zu warten.

Irgendwann sah Terence ihn an, seine Augen waren inzwischen blutunterlaufen und seine Feinmotorik hatte deutlich gelitten. »Ihr geht?«

Greg nickte. »So schnell wie möglich.«

»Sie bleibt zurück?«

Mit erhobenen Augenbrauen sah Greg ihn an. »Dachtest du, ich nehme sie mit? Nein! Wir haben uns auf regelmäßige Besuche wechselseitig geeinigt, aber du kannst dir sicher sein, ich werde dafür sorgen, dass sie nicht wieder zum Dauergast mutiert. Ach so, sie ist jetzt ebenfalls als Patin eingetragen.«

Terence stöhnte. »April?«

Greg zuckte mit den Achseln. »Wer sonst? Und«, fuhr er fort, über Terence' grausames Gelächter hinweg, »nachdem ich darüber nachgedacht habe, musste ich ihr recht geben. Es war nicht fair, diese Dinge über ihren Kopf hinweg zu entscheiden. Ich hätte mir gern einen anderen weiblichen Part ausgesucht, aber das ist nun einmal Aprils Wahl. Außerdem hat sie sich hervorragend um June gekümmert – auch das habe ich registriert.«

Terence verdrehte die Augen und murmelte etwas in seinen Fünf-Tage-Bart, das verdächtig nach ›Warmduscher!‹ klang, doch Greg ging nicht darauf ein. Wie hätte er Terence auch die komplizierten

Verwicklungen in seiner Ehe erklären sollen? Okay, angenommen, er hätte den wahnsinnigen Wunsch verspürt, dies zu tun.

»Wo bleibt sie?«

»Sie wird in unserem Haus wohnen. Wir hatten beschlossen, es ihr zu vermieten, als wir noch dachten, dass … Vor dem Arztbesuch, und ich sehe keinen Grund, dies jetzt zu ändern. Dann steht es wenigstens nicht leer.«

Terence hatte zugehört, ohne ihn anzusehen, jetzt trank er sein Glas aus und musterte Greg. »Ich denke, dann hat sie genügend Zuwendung, wenn man bedenkt, was sie angestellt hat. Du unterschätzt diese Frau, sie ist knallhart und garantiert kein Sensibelchen. Gut, ihr Plan ist nicht aufgegangen, ich will mich gar nicht weiter über ihre Motivationen unterhalten, es ist ja ohnehin Makulatur. Fakt ist doch: Es ist vorbei. Für mich auf jeden Fall, auch wenn ich vielleicht nicht so aussehe. Selbst wenn es noch eine Chance gegeben hätte, nur eine kleine … Mit dieser versuchten Abzocke hat sie sich ins Abseits katapultiert und verdammt …« Er schüttelte den Kopf, Greg hätte nicht gedacht, dass Terence nach den Whiskys, die er pausenlos in sich hineinschüttete, noch so zusammenhängend sprechen könnte. Er konnte aber, und er wirkte dabei verdammt ernst. »Ich will nicht, denn ich würde mich immer fragen, was sie wirklich im Schilde führt. Das ist nicht meine Vorstellung von einer glücklichen Zukunft. Akzeptier es oder lass es, aber du wirst nichts daran ändern.«

Damit winkte er dem Kellner. »Die Rechnung, bitte.«

Greg musterte ihn lange, betrachtete die verhärmten, aber nichtsdestotrotz sehr entschlossenen Züge und erkannte endlich, dass er die ganze Zeit einem folgenschweren Denkfehler aufgesessen gewesen war. Terence hatte sich nicht aufgrund großen Liebeskummers zu einem verbitterten, illusionslosen Mann gewandelt. Die Desillusion war schon früher da gewesen. Er – Greg – hatte das immer gewusst, denn schon als Studenten hatten sie sich ausgiebig über die Pest namens Frau ausgetauscht. Es war eher so, dass Terence endlich erwachsen geworden war. All das Jungenhafte, das ihm immer noch angehaftet hatte, wenn auch nicht mehr so hervorstechend, wie vielleicht noch ein Jahr zuvor, war durch die Helen-Episode unwiderruflich verschwunden.

Er hob sein Glas und prostete ihm zu. »Ich hab es versucht. Mehr konnte und wollte ich nie.«

Terence nickte knapp und nahm die Rechnung entgegen, die der Barkeeper ihm in einer Ledermappe reichte.

»Dann wäre das ja erledigt«, sagte er und legte seine Kreditkarte hinein.

»Endlich …«

43. Kapitel

April

»Wie geht es dir?«

April stand vor Helen, die sich wie üblich in ihrem Zimmer vergraben hatte.

Die Blondine sah kurz auf, verzog das Gesicht und widmete sich wieder dem Buch, in dem sie gerade las. »Was willst du hören?«

»Die Wahrheit.«

»Die kennst du.«

»Ja, aber …« April seufzte, setzte sich neben sie auf die Couch und legte einen Arm um sie. »Aber so kann es doch nicht weitergehen. Du igelst dich hier ein, du sprichst mit niemandem, du … sprichst nicht mehr mit mir. Das macht mich fertig.«

Helen lachte leise, klappte das Buch zu und richtete sich etwas auf. »Du irrst dich, ich muss nicht gerettet werden.«

»Nicht?«

»Nein, nicht«, erwiderte sie und lachte wieder. »Mädchen, ich bin nicht du. Ich kann mit Rückschlägen fertig werden. Okay …« Sie biss sich auf die Unterlippe, ihr Blick glitt für einen kurzen Moment zum Fenster, das wie üblich weit offen stand – es war ein schöner und erstaunlich heißer Sommer. »… ich gebe zu, ich hatte daran zu knabbern, an allem, besonders an der Babysache, aber jetzt komme ich klar.«

»Ehrlich?«

»Ganz ehrlich.«

Helen sah sich um und stand auf, um in der kleinen Küche, die dem Gäste-Apartement anhängig war, zwei Kaffee zu brühen. »Ich hatte Zeit, über alles nachzudenken«, verkündete sie, während sie mit den Tassen hantierte, »und ich bin zu dem Schluss gekommen, dass ich falsch lag.«

Mit den beiden Tassen bewaffnet kehrte sie zurück, stellte eine vor April und setzte sich mit der anderen wieder neben sie.

»Womit?« April zog ihren Kaffee zu sich heran.

»Mit der Baby-Sache«, erwiderte Helen ernst. Sie nahm einen Schluck und stellte die Tasse wieder ab, bevor sie sich zurücklehnte. »Das war der ziemlich miese Versuch, mir mein eigenes kleines Stück Terence zu holen und ihm nebenbei in die Eier zu treten. Und er ging daneben. Das ist … Karma, schätze ich.«

April lächelte, weil sie an Greg dachte, der so ungefähr das Gleiche gesagt hatte.

Helen war mit ihrem Vortrag noch nicht fertig. Sie pustete ihren heißen Kaffee und sprach nebenbei weiter. »Das bin nicht ich, und ich kann mir nicht vorstellen, mit dem Wissen, dass er mich hasst, glücklich werden zu können. Mit dem kleinen Terence schon …« Ihr Lächeln wurde wehmütig, doch als April sie trösten wollte, schüttelte sie den Kopf. »Nein, nicht nötig, es hat nicht sollen sein, und wenn du es genau nimmst, war das doch gar nicht schlecht, oder? Der Kleine wäre ohne seinen Vater aufgewachsen, und das hat kein Kind verdient.«

»Nein«, stimmte April zu, das Bild von Greg und June vor Augen. Das hatte wirklich kein Kind verdient.

»Ich wollte ihn zwingen«, fuhr Helen fort. »Ich schätze, ich dachte, wenn ich ihm nur die erforderlichen Argumente gebe, wenn ich ihm zeige, was er alles haben könnte, dann würde er zur Vernunft kommen. So was Blödes!« Sie kicherte und es klang ein wenig hysterisch, aber nur ein wenig. »Mir wäre nicht mal im Traum eingefallen, dass er das gar nicht will. Dass er niemals mich und schon gar nicht eine Familie, eine ZUKUNFT mit mir wollte. Dass ich was zum Ficken war und mehr nicht. Das ist kein Problem, nicht für mich. Im Grunde haben sich da die zwei Richtigen gesucht und gefunden – nur dass ich zum ersten Mal die Kontrolle verloren habe. *Das* war der Fehler – *ich* war der Fehler.«

»Nein, das ist nicht wahr«, widersprach April fest. Sie hatte ihre Tasse in beide Hände genommen und trank schluckweise das heiße Getränk. »Ich habe euch zusammen erlebt, und das war nicht nur fürs Bett, das war mehr. In all den Jahren wusste ich nie, mit wem du zusammen warst, denn er wurde nie Teil deines Lebens, weil du es nicht wolltest – ich schätze, die Typen meistens auch nicht. Terence *war* ein Teil deines Lebens. Deines gesamten Lebens …«

Helens erhobene Hand ließ sie verstummen. Und nun traf sie deren flehender Blick. »Hör auf«, wisperte sie heiser. »Warum sagst du mir das? Ich habe mir gerade erfolgreich das Gegenteil eingeredet.«

»Aber es bringt doch nichts, dir eine Lüge …«

»Doch, das bringt eine ganze Menge, wenn es keinen Ausweg gibt. Denn wenn das stimmt, was du sagst, April, wenn das alles stimmt, wo ist er dann? Wo?«

April schwieg, was hätte sie dazu auch sagen sollen? Genau das verstand sie ja auch nicht!

»Ja, ich habe Fehler gemacht, das ist mir klar, aber wenn man liebt, dann kann man verzeihen. Ich *hätte* ihm all den Müll, den er in der letzten Zeit verzapft hat, auch verziehen. Ich meine das Theater, als wir noch zusammen waren – wenn man das so nennen darf. Ich hätte ihm vergeben, alles. Weil ich ihn liebe. Er …« Helen schüttelte den Kopf, alle Wehmut, der Schmerz, all das, was ihr eben noch sichtlich zugesetzt hatte, war verschwunden. »Es ist vorbei, Süße. Das tut mir wirklich, wirklich leid, denn es hätte etwas echt Großes werden können, ich dachte sogar, dass es *das Eine* wäre. Aber ich hab mich getäuscht. Er dachte niemals so, und das muss ich akzeptieren. Es sieht mir nicht ähnlich, mich gegen seinen Willen an einen Mann zu hängen, April. Das ist nicht mein Stil. Und den hatte ich vorübergehend verloren, ich habe mich selbst verraten. Was auch nicht unbedingt meinem Lifestyle entspricht, da gibst du mir doch recht?«

April nickte widerstrebend.

»Siehst du.« Helen lächelte kurz, dann fuhr sie fort. »Ja, ich habe ihn wirklich geliebt, als ersten von all diesen Männern. Aber das heißt ja nicht, dass es auch der Letzte sein wird, oder?«

»Nein.«

»Und ich habe noch eine Erfahrung gemacht, allein deshalb hat sich das ganze Desaster gelohnt.« Jetzt strahlte sie sogar. »Ich kann in einer festen Beziehung leben, ich kann monogam sein. Es gibt Männer, die mir reichen, ich habe meine endlose Suche beendet.«

»Das ist toll.«

Helen lachte. »Zieh nicht so ein Gesicht, April, denn das ist es wirklich.« Sie wurde wieder ernst und seufzte. »Du hattest schon immer eine andere Art, mit derartigen Dingen umzugehen … deshalb bist du ja auch …« Sie biss sich auf die Lippen und lächelte sie an. »Deshalb bist du auch April und ich bin Helen. Für dich ist das Scheitern einer Beziehung ein Grund zum Trauern, für mich der Grund, neu anzufangen. Ich habe beschlossen, mir eine neue Anstellung zu suchen.«

»Oh!« Aprils Augen leuchteten. »Das klingt genial.«

»Finde ich auch, ich konnte James nie leiden, und nachdem er für dich nicht fünfzig Millionen Abfindung bei der Scheidung von Mr. Großkotz herausholen durfte …«

»Er ist kein Großkotz und ich glaube, James wollte eher 100 Millionen rausholen. Außerdem hab ich läuten hören, dass er vom Onkel des Großkotzes, auch Filthy-Finger-William genannt, ein ordentliches Sümmchen kassiert hat, damit er ihm brühwarm erzählt, was ich so vorhabe.«

Helen starrte sie an. »Nicht dein Ernst!«

»Doch.«

»Was für ein korruptes Arschloch«, hauchte Helen, dann wurde ihre Miene bedauernd. »Es tut mir so leid, ehrlich, ich hätte …«

Doch April winkte ab. »Glaub mir, es war gut, so wie es gelaufen ist. Bei jedem anderen Anwalt wäre mir das Gleiche passiert.«

»Trotzdem, ich …«

»Du hast geholfen«, unterbrach April sie. »Und das werde ich dir nie vergessen.«

»Na ja, es geschah auch aus Eigennutz«, räumte Helen ein. »Denn dann hättest du Mr. Großkotz …«

»Warum kannst du nicht endlich akzeptieren, dass ich ihn liebe?«, fuhr April sie an. Sie klang böse, sie klang barsch, sie klang genervt, und verdammt, es tat ihr nicht leid. »Schön, er ist nicht dein Traummann und er hat am Anfang Fehler gemacht, aber verflucht, er hat auch viele Dinge verdammt richtig gemacht. Immer und immer wieder. Er ist, wie er ist und ich liebe ihn, scheiße, *Ich liebe ihn!*, Helen. Warum um alles in der Welt hörst du nicht endlich auf, gegen ihn zu schießen? Du wirst keinen Erfolg damit haben!«

Erstaunlicherweise war Helen nicht annähernd sauer.

»Keine Ahnung«, bekannte sie schulterzuckend. »Es ist zu einer Art Spiel geworden. Einmal Greg-Erwähnung, ein Spruch unter die Gürtellinie. Ist ja nicht so, als würde er nicht glänzend parieren.«

Das stimmte, wenn sie aufeinandertrafen, dann schenkten die beiden sich nichts.

»Könnt ihr bitte aufhören?«, flehte April. »Ihr seid die beiden wichtigsten Menschen in meinem Leben, es macht mich krank, dass ihr nicht miteinander klarkommt.«

»Hmmm«, machte Helen und kratzte sich an der Schläfe. »Das dürfte nicht einfach werden.«

»Für mich?«, versuchte April es erneut.

Wieder musste sie überlegen. »Okay«, sagte sie dann. »Wenn er sich auch Mühe gibt. Ein blöder Spruch und ich bin raus aus dem Deal.«

»Das ist perfekt«, jubelte April trocken und übersah Helens genervte Miene. »Jetzt zu was anderem.«

Es war an Helen, die Augenbrauen hochzuziehen. »Und das wäre?«

»Wir müssen zu diesem Fest.«

»Die Hochzeit von Filthy-Finger-Williams Sohn, ja«, erwiderte Helen nickend.

»Das wird schaurig bis gruselig werden.«

»Ich widerspreche dir nicht.«

»Wir sollen June mitnehmen.«

»Nicht dein Ernst!«

»Doch, mein voller.«

»Wahnsinn!«, murmelte Helen.

»Ich hab vor, mich dem Befehl zu widersetzen.«

Helen grinste. »Klingt sehr vernünftig.«

»Kannst du sie nehmen?«

»Immer!«

Glücklich lehnte April sich zurück. Die erste Hürde war genommen.

* * *

Die zweite stand ihr jedoch noch bevor, und diese würde nicht so einfach zu nehmen sein.

Hinter ihnen lagen aufregende Wochen, in denen Greg und sie ihren Weggang geplant hatten. Helen hatte sich erstaunlich verständnisvoll gezeigt, wollte aber anfänglich nicht in diesem Haus zurückbleiben.

»Was soll ich hier, wenn du nicht mehr da bist?«

Es hatte sie einige Überredungskünste gekostet, bis sie eingewilligt hatte, aber April glaubte, Helen hatte sich nur Greg zu Ehren so störrisch angestellt. Außerdem hatte sie damit gedroht, mindestens zweimal jährlich zu Besuch zu kommen. »Wohin auch immer du sie verschleppst.«

Greg hatte es mehr oder weniger widerstandslos hingenommen. April ahnte, wohin Greg sie zu verschleppen beabsichtigte. Es gab im Grunde nur einen Ort, wo sie gut aufgehoben sein würden. Und verdammt, sie freute sich darauf. Dass sie Helen zurücklassen musste, gefiel ihr absolut nicht, und deshalb hatte sie gedanklich ein ›*mindestens vierteljährlich*‹ aus der Besuchsplanung gemacht, was sie Greg aber noch nicht auf die Nase gebunden hatte. Der sonnte sich viel zu offensichtlich in dem Gefühl, die Nervensäge bald loszusein.

Er ging nicht arbeiten – wo auch, obwohl er ihr gesagt hatte, dass an dem Verschleppungsort ein neuer Job auf ihn wartete. Doch er war täglich über Stunden damit beschäftigt, ihre Abreise zu planen. Daher war es fast so, als würde er einer ganz normalen Anstellung nachgehen, zu der er morgens das Haus verließ und am Nachmittag heimkehrte, sodass sie dann eine … nun ja, eine echte Familie waren.

Es gefiel April.

Verdammt, es gefiel ihr sogar außerordentlich!

Nur ein Schatten trübte das Idyll: Diese verdammte Hochzeit, zu der sie noch gehen müssten, bevor sie tatsächlich frei wären. Sie überschnitt sich mit Filthy-Finger-Williams Geburtstag, weshalb die Events zusammengelegt worden waren. April hatte nicht mit Greg diskutiert, wissend, dass er ihr das niemals abverlangt hätte, wäre da irgendeine Chance gewesen, sich dem zu entziehen. Warum also streiten?

Nur die Tatsache, dass sie June zu diesem Scheiß mitnehmen sollte, hatte ihr von Anfang an absolut nicht geschmeckt. Sie würde mit ihrem Mann um ihre Freiheit kämpfen, auch wenn sie das aufgeblasene Theater mehr als aberwitzig fand. Aber was hatte ihre Tochter damit zu tun? *Der Bastard* – um mit Filthy-Finger-Williams Worten zu sprechen?

Sie weigerte sich einfach, ihrer Tochter so etwas zuzumuten. Einmal in der Nähe dieser verbrecherischen Bande hatte ihr genügt, um zu wissen, dass ein Kind dort absolut nichts zu suchen hatte. Und so stand ihr Entschluss bald fest. Nein, June würde sie an diesem Nachmittag nicht begleiten. Einen Babysitter hatte sie inzwischen auch – okay, den besten, denn die Nanny hatten sie längst entlassen. Nun musste sie nur noch Greg überzeugen.

An diesem Abend empfing sie ihn mit nichts, außer der leichten Decke über sich im Bett, als er aus dem Badezimmer trat. Er trug ausschließlich Boxershorts, die so tief auf seinen Hüften saßen, dass der Ansatz des ›V‹ sehr, sehr ablenkend zu sehen war.

Greg sah auf, blieb stehen und betrachtete sie mit zur Seite geneigtem Kopf. Doch dann verhärtete sich seine Miene. »Was willst du? Wen soll ich töten?«

»Niemanden«, gurrte sie, bemerkte ihren Fehler aber sofort, denn seine Miene wurde noch argwöhnischer, und sprach in normalem Tonfall weiter. »Komm zu mir!«

Damit lüftete sie die Bettdecke.

Er kam, doch der Argwohn blieb. Als er zu ihr unter die Decke geschlüpft war, schlang er einen Arm um sie, auf die Hand des anderen stützte er sich und betrachtete ihr Gesicht. »Du willst etwas«, sagte er nach einer Weile. »Und ich bin mir sicher, dass es mir nicht gefallen wird.«

»Ich glaube, die Idee an sich wird dir schon gefallen«, sagte April. »Nur … wird sie dir auch wieder nicht gefallen.«

Sein Arm hatte sich unter der Decke von ihr gelöst und er strich mit seinen Fingerspitzen hauchzart über ihren Bauch hinweg. Zog Kreise, deren Durchmesser immer größer wurden, bis er zunächst die Ansätze und dann auch die Spitzen berührte. »Jetzt machst du mich neugierig.« Er war im Flirtmodus, hatte aber auch nicht vor, es ihr zu leicht zu machen. Sie wollte etwas? Dann sollte sie sich dafür auch ins Zeug legen. Mit einem Ruck drängte er sich an sie; sie spürte seine steinharte Erregung an ihrer Hüfte und zog scharf die Luft ein.

»Du lenkst mich ab!«, stieß sie hervor.

»Natürlich«, murmelte er und beugte sich vor, und ehe sie sich versah, hatte er sie durch die dünne Decke in einen ihrer steil aufgestellten Nippel gebissen.

»Oh Gott!«, stöhnte sie.

»Nenn mich Greg«, schlug er vor, dann warf er das Laken beiseite und drängte sich zwischen sie. Sein Knie streifte ihr heißes, feuchtes Fleisch und April schloss die Augen, um nicht den Verstand zu verlieren.

›Konzentrier dich!‹, hämmerte es in ihr. *›Konzentrier dich, verdammt noch mal!‹*

Sie versuchte es, doch als sie seinen Atem an ihrer Feuchtigkeit spürte, krampften sich zum ersten Mal ihre Muskeln zusammen. Ihr Unterleib wimmerte vor Verlangen und ihre Beine zuckten, um sich um ihn zu schlingen, ihn in sich zu ziehen, ihn in sich zu fühlen, seinen harten, großen, so unglaublich fähigen Schwanz – damit er sie wieder bis ganz nach oben führte. Mehr wollte sie nicht – so war es ja auch geplant gewesen.

Aber als Ablenkungsmanö…

»Oh Gott!«, stöhnte sie wieder, als sie seine Zunge spürte, die sich zwischen ihre Schamlippen schlängelte und sie leckte.

»Ja, Baby«, murmelte er und pustete wieder – diesmal auf ihre Klitoris. April wimmerte auf und packte sein dichtes Haar.

»GREG!«

»Oh, sieh an, sie lernt«, kommentierte er in aller Seelenruhe und ließ seine Zunge genau einmal um ihren Lustpunkt kreisen.

»Ich muss dir was sagen!«

»Nur zu, ich hoffe, es ist verdammt dreckig, ich liebe deinen Dirty Talk.«

April blinzelte. Dirty Talk? Hatte sie noch nie gemacht, das war doch immer …

»Und dann werde ich deine heiße Muschi ficken. Fest und hart, und genau drei Mal«, erklärte er ihr gerade, sein Finger glitt versuchsweise in ihre Öffnung, dehnte sie. April biss die Zähne zusammen, genoss die leichte Penetration, aber sie war zu wenig im Vergleich dazu, wenn er sich ruckartig in sie schob. »Yeah, genau drei Mal, und beim dritten Mal wirst du kommen. Schreiend.«

»VERDAMMT!«

»Noch nicht, Baby.« Sie fühlte seine Lippen, die eine ihrer Schamlippen zwischen sich zogen, bevor er hineinbiss. Seine Hände hatten sich um ihr Becken gelegt, mit den Beinen zwang er ihre in die Matratze, sie konnte nicht mal ihren Hintern bewegen, weil Greg viel zu schwer für sie war.

»Ich liebe es, wenn du so feucht bist«, murmelte er gerade finster. »So nass, so glänzend, so bereit für mich. Nur für mich. Nur *durch* mich.«

Alle Gedanken an irgendwelche Taktiken, mit denen sie Greg überrumpeln wollte, waren vergessen. Der Schweiß trat ihr auf die Stirn. Eine Zahl kursierte in ihrem Kopf.

DREI!

Er würde genau dreimal zustoßen.

DREI!

Verfickte!

Male!

Scheiße!

Doch bevor sie sich weiter darüber Sorgen machen konnte, leckte er sie sprichwörtlich hinweg. Immer und immer wieder ließ er die Zunge über den so empfindlichen Hautknoten schnellen, stöhnte dabei dunkel und verlangend, während er seine Nase an ihr rieb. »Fuck, ich bin abhängig von deinem Duft«, murmelte er dabei, vergaß aber für keine Sekunde, sie festzuhalten, sodass sie ihm hilflos ausgeliefert war.

»Bitte«, keuchte sie irgendwann. Die Lippen einen Spalt geöffnet, die Lider geschlossen. Ihre Wangen überzogen von der herrlichen Röte des nahenden Orgasmus', den er ihr verwehrte.

»Ja, ich mag es, wenn du mich bittest. Aber noch mehr liebe ich es, wenn du bettelst …« Damit ließ er zwei Finger in ihre Enge hineingleiten, krümmte sie, sobald er in April eingetaucht war, verwöhnte sie dabei mit der Zunge weiter, biss zu und fickte sie mit diesen verdammten Fingern.

»Bitte, Greg«, brach es aus ihr heraus.

»Hmmmm …« Er leckte an der gesamten Länge ihrer Pussy entlang, an seinen Fingern vorbei, die sich dabei unaufhörlich bewegten. »Das kannst du besser. Sag mir, was ich tun soll!«

April riss die Augen auf, ihr Unterleib pochte derart auf diese süße, unerträgliche Weise, dass sie kurz davor war, ihm ihre Lust ins

Gesicht zu schreien. Warum musste er genau jetzt mit diesem Quiz kommen? Außerdem geisterte immer noch die Drei in ihrem Kopf umher.

DREI!

»Fick mich!«, sagte sie ziemlich deutlich. »Herrgott, Fick mich endlich!«

Sie hörte sein brummendes Lachen an ihrer Klitoris, welches wie ein elektrischer Schlag durch sie hindurch fuhr. Dann tauchte sein Gesicht über ihr auf, seine Augen blitzten, während er seine Hüften verführerisch an ihren kreisen ließ. Verdammt, er machte sie wahnsinnig. »Ficken soll ich dich, ja?«

April nickte hastig.

»Sodass du kommst?«

»Ja!«, wisperte sie keuchend.

»Dann wollen wir sehen, was wir für Sie tun können, Mrs. McCarthy.«

Ihre Lider fielen flatternd zu, als sie seine Spitze an ihrem überquellenden Eingang spürte, wie von selbst legten sich ihre Finger um die runden Bizepse seiner Arme, sie warf den Kopf zurück, während er sich langsam in sie hineingleiten ließ, entschlossen, diesmal alles zu spüren.

Drei!

Als er tief in ihr war – so tief, dass er fast ihren Bauchnabel berührte, VON INNEN! – spürte sie seine Finger auf ihren Handgelenken. »Bereit, gefickt zu werden, Mrs. McCarthy?«, erkundigte er sich leicht gepresst, um Fassung ringend.

»Heilige Scheiße!«, stieß sie hervor und riss die Augen auf.

»Das werte ich als ja.« Und damit zog er sich aus ihr zurück, um mit Macht in sie hineinzustoßen.

Eins.

April krallte ihre Fingernägel tief in die Haut seiner Oberarme, ihre Augen waren wie von selbst zugefallen, und sie verdrehte diese unter den Lidern. In ihren Ohren herrschte ein Rauschen, das immer weiter zuzunehmen schien.

Oh Gott!

Zwei!

Ihrem Mund entwich ein tiefes, kehliges Stöhnen, sie spürte, wie ihre Innenwände sich zusammenzogen, sich um ihn schlangen, ihn festkrallten, versuchten, ihn bei sich zu behalten. Ihre Beine zuckten unkontrolliert, sie hörte über sich seine tiefen, ruhigen Atemzüge, fühlte den Schweiß auf ihrem gesamten Körper ausbrechen, meinte, trotz des Rauschens jedes noch so geringe Detail im Raum wahrzunehmen: das leise Summen des Fernsehers, der auf Stand-by stand, wie Greg ihren Körper über die kühlen Laken aus Seide schob, das leichte Trommeln des feinen Regens, der am Nachmittag eingesetzt hatte; sie glaubte sogar, ihrer beider Herzschläge zu hören, und gleichzeitig nahm sie nichts davon wirklich wahr – es war so bizarr, so fern von allem anderen, was sie bisher gespürt hatte. Ihr Körper gehörte nicht mehr ihr, er hatte sich als eigene Präsenz von ihrem Geist losgelöst, gierend nach ihm, bereit, alles zu tun, damit sie ihm folgen konnte. Und als Greg sich wieder zurück zog, erstarrte sie wortwörtlich. April hielt die Luft an, hätte geschworen, dass sogar ihr Herz für ein paar Sekunden seine Schläge vergaß, ihre Härchen stellten sich auf – strebten in seine Richtung – sie fühlte, wie er sich leicht bewegte und …

Drei!

… kam mit einer derartigen Wucht, dass sie tatsächlich zersprang. Weit entfernt hörte sie ihren Schrei, spürte seine Lippen auf ihren, fühlte seinen Samen, den er in ihr verströmte, spürte die heftigen Kontraktionen, während er in ihr verharrte und flog als losgelöster Verstand in Milliarden Atomen durch fünf Ewigkeiten.

Mindestens!

Oh Gott!

* * *

Es dauerte sehr lange, bis sie wieder zu Atem gekommen war. Die beiden lagen eng aneinander gekuschelt, mit ihrer Hand streichelte

April über Greg's Brust.

»Okay«, sagte er schließlich. »Wozu wolltest du mich nun bringen?«

Mist, das hatte sie ganz vergessen! Aber deshalb war es nicht weniger wichtig geworden. Sie räusperte sich, unsicher, ob sie ihre Stimme bereits wiederfinden würde, bis sie sich sprechen hörte. »Ich weiß, diese verdammte Hochzeit ist wichtig und das alles, daran will ich auch gar nicht rütteln. Aber …« Sie richtete sich auf und studierte eingehend seine Züge. Er schaute sie unter halb gesenkten Lidern an, gerade noch hatte er zufrieden mit sich und seinem Schwanz ausgesehen, doch nun wurden die Lippen schmal. »Ich finde nicht, dass wir unserer Tochter dieses Theater zumuten sollten«, fuhr April tapfer fort. »Und wenn du mich jetzt wieder auslachst und mir erklärst …«

Bevor sie weitersprechen konnte, legte er einen Finger auf ihren Mund, sein eben noch sehr ernstes Gesicht hellte sich nun mit einem ehrlichen Lächeln auf. »Darum ging es?« Er lachte tief und so sexy, dass sich ein Schauer über ihre Haut arbeitete. Greg musste nur leichten Druck ausüben, damit sie auf dem Rücken lag und er über ihr schwebte. »Ich habe für keine Sekunde ernsthaft daran gedacht, unsere Tochter dorthin mitzunehmen. Schließlich bin ich kein Idiot«, sagte er und küsste sie rasch, bevor er den Kopf wieder zurücknahm, um sie ansehen zu können. »Wie gut, dass ich vergessen habe, es dir zu sagen.« Er küsste sie wieder, ließ die Hüften erneut an ihrer Mitte kreisen und grinste. »Ich liebe es, wenn du mich manipulieren willst.«

44. Kapitel

Greg

Die Zeit vergeht stets sehr schnell, wenn etwas Unliebsames droht.

Hätte Greg sich jemals über so etwas Gedanken gemacht, dann wäre es ihm bestimmt aufgefallen. Das *hatte* er aber nicht, denn so etwas entsprach nicht seinem Wesen. Man nahm jede Herausforderung an, ohne weiter darüber nachzudenken, und verschaffte sich vorher ganz bestimmt keine schaurigen Albträume, weil man sich das Kommende in den wildesten Szenarien vorstellte.

Als der große – um mit Aprils Worten zu sprechen – *›schaurige Tag der Wahrheit‹* nahte, stand Greg am Vormittag in seinem Ankleideraum und zog sich gerade sein Hemd an.

Auch April ließ sich fertigmachen – im wahrsten Sinne des Wortes, wie sie ihm versichert hatte –, zur Feier des Tages von Miss Shaw. »Man sollte gewisse Rituale pflegen«, hatte er an ihren Lippen gesagt, als sie ihm trotzig erklärte, dass sie durchaus in der Lage wäre, sich für die Sause allein ›irgendeine Jeans und ein Shirt‹ überzuziehen. Und die Chucks wären sowieso das einzige Paar, das sie hätte.

Für Greg war dieser Tag eine Reise in die Vergangenheit, den er begehen wollte wie einen Jahrestag. Scheiß auf William und seine infantilen Pläne, in Wahrheit hatte er Greg mit seiner Einladung sogar einen Gefallen getan. Denn für Greg hatte es an Williams

Geburtstag vor einem Jahr erst richtig angefangen – das Märchen von Greg und April. Noch am Abend waren sie nach Barbados geflogen.

Mit Sorgfalt hatte er die Manschettenknöpfe ausgewählt, den Schlips gebunden und das Jackett übergezogen. Als er hinunterkam, setzte er sich in den Sessel, der mit Blickrichtung zur Treppe zeigte, und wartete.

Noch einmal wollte er den Zauber erleben, der ihn damals restlos für diese Frau vereinnahmt hatte. Er war ihr auch zuvor schon verfallen gewesen, aber die damalige Metamorphose vom rotzigen kleinen Mädchen zu dieser umwerfenden Schönheit hatte ihm schier den Atem geraubt. Noch einmal wollte er dieses ganz besondere Gefühl erleben. Noch einmal diesen Kloß im Hals spüren, den ihr Anblick verursacht hatte. Noch einmal das wild aufflammende Begehren in sich wahrnehmen und das Bewusstsein, dass sie ihm gehörte. Ihm! Und niemand anderem.

Er wurde nicht enttäuscht.

Als sie herunterkam, sah sie schlicht … umwerfend aus.

Wieder Audrey – bis ins I-Tüpfelchen – in ihrem lavendelfarbenen, hautengen Seidenkleid. Arme und Dekolleté waren frei, über ihren Schultern lagen nur jeweils zwei sehr schmale Träger. Er bemerkte mit einem Schmunzeln und auch leichten Gewissensbissen, wie er zähneknirschend einräumte, dass von seiner Bissattacke tatsächlich eine kleine Narbe zurückgeblieben war. Sie glich nicht mehr unbedingt seinem Zahnabdruck, aber war da … Nun ja … Was immer ihn damals in der Hotelsuite überkommen war, er hatte offenbar durchgesetzt, was er durchsetzen wollte: Jeder würde dieses Mal sehen – und jeder Mann würde es identifizieren können. Weil Männer, wenn es die Frau betraf, die sie liebten, kranke Schweine waren.

Ihre nackten Füße steckten in hohen Peeptoes, in denen man ihre hübsch lackierten Zehnägel sehen konnte; direkt über ihren schlanken Knöcheln endete der Kleidersaum und ihr Haar war wieder zu einem luftigen, lockigen Gebilde gesteckt. An den Ohren hingen kleine Diamanten, und das Gesicht – Gott, dieses verdammte, geliebte Gesicht!

Nein, sie war ungeschminkt nicht schön im klassischen Sinne, zwar sehr, sehr hübsch, unverwechselbar und *seine* April, aber keine Laufstegschönheit, die zur Not auch ohne Styling und ungeschminkt auf dem Catwalk laufen könnte. Doch in diesem Moment hätte sie mitlaufen können und wäre nicht aufgefallen. Womöglich wäre sie sogar als Siegerin aus einer Misswahl hervorgegangen, denn sie war momentan sogar atemberaubend schön. Miss Shaw, die gegen sechs Uhr in der Früh mitsamt militanten Pensionären eingeflogen war, hatte wie üblich ein kleines Wunder vollbracht.

Greg stand am Fuß der Treppe, ohne zu wissen, wie er dorthin gekommen war. Sein Blick galt nur dem Engel, der sich etwas unsicher die Stufen hinabwagte. Dass er ihr seine Hand entgegenhielt, ging ihm auch erst auf, als er sie im Blickwinkel sah.

Helen, die mit June im Rahmen der Terrassentür erschienen war, stieß einen schrillen Pfiff aus und rief anerkennend: »Heilige Scheiße!«

»Keine derartigen Ausdrücke in Gegenwart meiner Tochter«, knurrte Greg, ohne den Blick von seiner Frau zu nehmen, die ihn gerade erreichte. Seine Hand verwob sich mit den Fingern der ihren; er hob sie wie selbstverständlich an seinen Mund, hauchte seine Lippen auf den seidigen Handrücken und sah dann lächelnd zu ihr auf.

»Egal, was passiert, auf jeden Fall werden die Frauen schon mal vor lauter Eifersucht ausrasten, wenn sie dich sehen.« Dann geleitete er sie die letzten Stufen hinab, eine Hand auf ihrem freien Rücken, und küsste die Narbe auf ihrer Schulter. »Wir gehen«, sagte er zu Helen, die noch immer mit dem Baby auf dem Arm im Türrahmen stand. »Achte auf meine Tochter, tut nichts, was ich nicht gutheißen würde, und …« Er winkte ab und atmete tief durch, bevor er April angrinste, die noch immer nichts gesagt hatte. »Es kostet mich immer wieder Überwindung.«

»Ja, weil du ein Trottel bist«, sagte Helen, stieß sich endlich vom Rahmen ab und trat zu ihnen. »Sagt ihr wenigstens bye. Unfälle können passieren, und dann wäre das Letzte, was sie von ihren Eltern gesehen hätte, deren arroganter Ausmarsch aus dem Haus.«

April nahm das Baby, bevor Greg Einspruch erheben konnte – er fürchtete um Make-up, um Kleid, um Frisur, um alles – Babys waren ja so erschreckend undicht, klebrig und unkalkulierbar. Doch seine Frau hatte offenbar keine Sorge um ihr Outfit. Sie hob das Baby auf den Arm und küsste es zärtlich. Blonde Locken hatten sich inzwischen auf dem kleinen Köpfchen gebildet und ringelten sich auf die kleinen Schultern.

»Du bleibst bei Tante Helen.«

»Sag ihr nicht so ein Teufelszeug!«, zischte die Tante.

»Okay, du bleibst bei Helen, und Mommy und Daddy gehen aus. Ist das in Ordnung?«

June schien keine echte Meinung dazu zu haben, was Greg auch ehrlich verwundert hätte. Sie betrachtete ihre Mom nur mit diesen großen, wunderschönen blauen Augen und versuchte, in Aprils Haare zu greifen.

»April!«, warnte Greg.

Diese sah über ihre Schulter zu ihm. »Hör auf, mich zu hetzen, wenn ich mich von meiner Tochter verabschiede.« Ein weiterer Kuss folgte, während sie geschickt den Patschhänden des Kleinkindes auswich. »Nein, das darfst du nicht anfassen«, unterrichtete sie das glucksende Baby, und Greg verdrehte die Augen. Nebenbei sah er alle paar Sekunden die Treppe hinauf. Oben war nämlich immer noch Miss Shaw, die offensichtlich gerade mit der Rentnertruppe ihre Sachen zusammenpackte. Sie würde runterkommen – bald –, und dann würden sie für die nächste Viertelstunde nicht aus den Gicht-Klauen-Fingern der Greise kommen. Genau das galt es zu vermeiden.

Außerdem – und ja, er war verdammt egoistisch, schon immer gewesen – wollte er mit seiner Frau allein sein.

Verdammt!

»Jetzt komm!«, sagte er herrisch und ignorierte Aprils irritierten Blick. Er nahm das Baby, küsste den süßen Kopf, wollte es schon Helen überreichen, zog sie aber noch einmal zurück und küsste auch noch beide Wangen.

»Benimm dich!«, knurrte er in Helens Richtung und gab ihr schließlich sein Kind, nicht jedoch, ohne sich mit einem Mal wie ein Verräter vorzukommen.

Dann aber sah er seine Frau an, die lächelnd wie eine Mischung aus Aphrodite und einem Engel neben ihm stand, und er vergaß seine Bedenken. Stattdessen nahm er ihre Hand und zog sie aus der Haustür.

Wenig später eilte er mit ihr die Treppe hinunter, einen Blick über die Schulter auf die Tür werfend, was April zum Lachen brachte. »Bist du auf der Flucht?«

»Ja!«, knurrt er. »Die Shaw ist noch oben.«

»Och, die hat zu tun. Sie wollte mit runterkommen, weißt du, sie führt ihre Kreationen immer gern unter dem tosenden Applaus und Gebissgeklapper ihrer Mumienfreunde vor, aber ich hab ihr gesagt, dass du so was nicht ausstehen kannst, und da ist sie oben geblieben. Ziemlich pissig – sie hat ein so dehnbares Froschmaul, dass ihre Unterlippe im Zweifelsfall auf ihrem Kinn liegen kann, das ist echt gruselig. Aber sie hat gehorcht. Wieder so eine, die Schiss vor euch hat.«

Flüchtig sah er sie an. »Wer ist euch?«

April schwang ihren linken – freien – Arm. »Na euch Männer eben. Du weißt schon.«

Nein, wusste er nicht, aber Greg hatte auch kein großes Interesse daran, sich mit seiner umwerfend schönen Frau über diese alte Fregatte zu unterhalten. Das störte nur die heißen Schwingungen, die zwischen ihnen vibrierten. Erst, als sie bereits den Weg zur Garage entlanggingen, sah April sich suchend um. »Wo ist Joe?«

»Dem hab ich freigegeben«, erwiderte Greg kurz. Er musterte sie aus dem Augenwinkel und legte einen Arm um ihre Schultern, während sie die restlichen Meter überbrückten. »Es ist doch so: Ich bin überhaupt nicht mehr für William tätig, das ganze Sicherheits-und-Chauffeurtheater ging mir sowieso schon extrem auf den Geist, und deshalb …« Damit öffnete er die Tür, die in das Innere des geräumigen Fuhrparks führte. »… hab ich mir überlegt, dass wir heute mal wieder allein fahren.«

Ihre Augen wurden groß, während er bereits zu seinem SUV strebte.

»DU und ich? In einem Auto? ALLEIN?«

»Ja, Baby«, bestätigte er knapp und stieg auf seiner Seite ein, ohne ihr die Tür aufzuhalten, was April, wie er sah, kopfschüttelnd zur Kenntnis nahm. Sie erholte sich aber schnell wieder, denn kurz darauf saß sie neben ihm und schlug die Tür zu.

»Wir sind in letzter Zeit ein bisschen verwöhnt, oder?«, konnte er sich nicht verkneifen zu kommentieren.

April musterte ihn mit erhobenen Augenbrauen. »Meinst du mich? Hör mal, ich hab nie behauptet, dass ich den ganzen Schnickschnack brauche! Ich wurde auch mal wieder nicht gefragt.«

»Nein, das wurdest du nicht«, sagte er leise und betätigte mit der Fernbedienung das Garagentor, das sich langsam vor ihnen öffnete, sodass der dunkle Raum allmählich von Sonnenstrahlen geflutet wurde. Um seine Lippen spielte ein feines Lächeln, denn ihr umwerfender Duft hatte sich in Lichtgeschwindigkeit in dem begrenzten Raum des Wagens ausgebreitet, obwohl ihm noch eine Nuance fehlte.

Noch …

Kurz darauf fuhren sie in den grellen Sommermittag hinaus und wenig später an den Sicherheitsleuten vorbei in die Freiheit. Je länger sie unterwegs waren, desto unruhiger wurde April. Sie rutschte auf ihrem Hintern hin und her, stieß den einen oder anderen Stöhner aus und brabbelte Unverständliches vor sich hin.

»Wie meinen?«, erkundigte Greg sich nach einer Weile.

»Nichts!«, gab sie zurück. Und zwar genau in dem Ton, der

sagte, dass nicht *nichts*, sondern in Wahrheit *alles* los war. So viel hatte selbst Greg inzwischen begriffen. Außerdem zappelte sie schon wieder, was ihn nach weiteren zehn Minuten fast wahnsinnig machte.

»April, wenn du mir jetzt nicht sagst, was nichts ist, dann halte ich an und fahre nicht eher weiter, bis du mich umfassend ins Bild gesetzt hast.«

Dafür kassierte er einen spöttischen Seitenblick. »Also wenn das eine Drohung sein sollte, dann hast du das Ziel verfehlt, Baby.«

Greg sah sie nicht an, seine Züge hatten sich innerhalb der letzten Sekunden verhärtet. »Vorrangig muss ich dir recht geben«, sagte er, den Blick starr auf die Straße fixiert. »Aber diese abgefuckte Hochzeit ist unsere Fahrkarte in die Freiheit. Wenn wir dort nicht auftauchen, dann kannst du es vergessen.«

»Du weißt aber schon, wie sich das anhört, ja?«

»Wie denn?«

»Als wären wir unfreiwillige Mitglieder der Mafia.«

Greg lachte trocken. »Na ja, ganz so schlimm ist es nicht, aber so läuft das nun mal. Ich hatte mich verpflichtet für ihn zu arbeiten. Er hat keine Kosten und Mühen gescheut, um mir den Weg zu ebnen, und das im internationalen Geschäft. Ich steige vorzeitig aus, also obliegt es ihm zu sagen, wann es vorbei ist. Außerdem – und vergiss das nie – wollen wir umfassend unsere Ruhe haben. Ein Ausstieg aus der Familie. Wenn er nicht will, dann wird er …«

»Er wird niemals wollen«, fuhr sie ihn an, und ob es Greg gefiel oder nicht, er musste ihr erneut zustimmen.

»Nein, wird er nicht, aber er hat einen Deal geschlossen.«

Für einen langen Moment musterte sie ihn interessiert, sie legte sogar den Kopf schief. »Sag mal«, sagte sie dann langsam. »Das mit den Deals ist irgendwie eine Familienkrankheit, oder? Alle schließen irgendwelche Deals, die man dann unbedingt einhalten muss, weil sonst …« Sie warf die Hände in die Luft. »Was weiß ich, die Welt explodiert und wir alle grausam sterben müssen, oder so was.«

Greg antwortete nicht.

»Also, der gute alte Filthy-Finger-William …«

Nun sah er sie doch an. »Wie nennst du ihn?«

»Was?« April grinste, ihre Wangen wurden von leichtem Rot geflutet und allein für das freche Blitzen ihrer Augen hätte er sie genau hier und jetzt vögeln können. Nun ja … Alles zu seiner Zeit. Sie zuckte mit den Schultern. »Filthy-Finger-William, das ist er doch, oder?«

Greg warf lachend den Kopf zurück. »War das deine Idee?«

»Ja!«, sagte sie stolz, dann bewegte sie aber wieder auf diese seltsame Art die Beine und Greg stöhnte auf.

»Sagst du mir jetzt endlich, was los ist?«

April schnaufte. »ES KRIBBELT! ES JUCKT! ES BRENNT! Klar?«

Stirnrunzelnd sah er sie an. »Was? Hast du … Nein, du hast keine Tiere, das wäre …«

Entnervt schüttelte sie den Kopf. »Wirklich Greg, manchmal bist du so charmant, dass ich dich am liebsten zum Mond schießen würde. Nein, ich habe keine Tiere … Sollte das mal eintreffen, sag ich dir rechtzeitig genug Bescheid, damit du dich beim Arzt behandeln lassen kannst.«

»Das ist sehr löblich«, sagte er, den Blick längst wieder auf die Straße gerichtet. Da sie nichts weiter sagte, fügte er nach einer Weile an: »Also?«

»Okay, versuchen wir es«, begann sie in einem Ton, der implizierte, dass sie die Chancen, er würde sie auch verstehen, als sehr gering einstufte. »Wurden deine Beine schon mal gewachst?«

»Nein.«

»Rasiert?«

»Nein.«

»Wurdest du schon mal im Intimbereich rasiert?«

»Äh … Da war mal was am College …«

»NEIN!«, rief sie. »Ich will das nicht hören! LALALALALILULU!«

»Dann frag mich nicht.«

»Das war doch ein ganz anderer Kontext! Ich konnte ja nicht

ahnen, dass du mit solchen Gruseligkeiten kommst!«

»Ach so?« Schmunzelnd sah er zu ihr. »Dann erkläre mir den richtigen Zusammenhang.«

»Wenn du all das noch nie mitmachen musstest, oder es schon so lange zurückliegt, dass du dich nicht mehr daran erinnern kannst …«

»Baby, für wie alt hältst du mich?«

Sie überging den Einwurf. »… dann wirst du nicht verstehen können, wie gereizt die Haut nach einer solchen Behandlung ist.«

»Oh!«

Sie nickte heftig. »Genau das will ich dir sagen. Ich kann dir flüstern, wir müssen verdammt leiden, um schön für euch zu sein.«

Inzwischen befanden sie sich auf dem Highway, ihr Weg führte sie nach Ithaka, weshalb sie sich nicht durch die City quälen mussten, sondern diese umfahren konnten.

»Ihr lasst euch foltern, um schön für UNS zu sein?«, wiederholte Greg gespielt fassungslos.

Überrascht sah sie ihn an. »Ist dir das neu?«

»Nicht im Allgemeinen«, räumte er ein. »Bei meiner Frau schon. Ich dachte, Helen hätte die Parole: ›Nicht einen Zentimeter für ihn‹ oder so rausgegeben?«

»Entgegen deiner Überzeugung tue ich nicht alles, was Helen sagt«, erwiderte April würdevoll.

Rasch sah er zu ihr, bevor er den Blick wieder hinaus richtete. »Da bin ich wirklich froh.«

Seine Hand legte sich auf ihr Knie, und als er förmlich fühlte, wie sie erbebte, musste er grinsen. »Yeah, das ist mein Mädchen«, murmelte er.

»Du bist ziemlich selbstgefällig«, stellte sie fest.

»Nein, ich erfreue mich nur daran, noch immer in der Lage zu sein, meine Frau mit einer simplen Bewegung aus dem Stand in Erregung zu versetzen.«

»Das kannst du gar nicht wissen!«

»Kann ich nicht?« Er presste die Lippen zusammen, befeuchtete sie rasch mit der Zunge und grinste dann humorlos.

»Zieh das verdammte Kleid hoch!«

»W…«

»Tu es!«

Er spürte ihren fassungslosen Blick auf sich liegen, sah aber aus dem Augenwinkel, wie sie mit zwei Fingern je Hand allmählich den bodenlangen Rock des engen Kleides nach oben zog. Zuerst wurden schlanke, seidige Beine sichtbar, dann ihre Knie, kurz darüber das Ende der Strümpfe – spätestens ab diesem Moment war Greg steinhart – und dann erst ihre seidigen Schenkel.

»Genau so«, sagte er und lenkte den Wagen in eine Haltebucht. Nachdem er sich abgeschnallt hatte, beugte er sich zu ihr hinüber und blickte intensiv in ihre dunklen, vor Erregung geweiteten Augen.

Seine Hände legten sich beidseitig auf ihre Taille, doch dann ließ er die linke hinabgleiten und stellte den Sitz so weit wie möglich zurück, sodass er davor mehr Raum hatte. Ihr erschrockenes Keuchen quittierte er mit einem Lächeln, bevor er ihre Beine spreizte und dann dazwischen glitt.

Ihr Höschen war wie das Kleid lavendelfarben.

Durchsichtig.

Nichtsverhüllende Spitze.

Hauchzart.

Er konnte genau die nackte Haut darunter ausmachen, und ebenfalls entging seiner Aufmerksamkeit nicht der dunkle Fleck, der sich bereits auf dem Stoff sammelte.

Greg beugte sich vor, spürte ihre zaghaften Finger in seinem Haar, und sein Lächeln wurde breiter, bevor er auch ihre Rückenlehne leicht zurückstellte. Dann fuhr er mit den Fingerspitzen wie der Flügelschlag eines Schmetterlings über die Innenseiten ihrer Schenkel – die Hände in seinem Haar packten zu.

Er legte seine Lippen auf den Stoff und sog heftig die Luft ein – Gott, sie roch so gut!

Über ihm ertönte ein tiefes Stöhnen.

»Beweg dich für mich, Baby«, verlangte er rau, und sie ließ prompt ihr Becken kreisen, stöhnte dabei auf so anregende Weise, dass ihm der Schweiß auf der Stirn ausbrach. Seine Finger schlüpften unter den Saum ihres Höschens, schoben es zur Seite, sodass sie nackt vor ihm lag. Als er zwischen ihre äußeren Schamlippen strich und seinen Finger hervorzog, glänzte er von ihrer Lust. »So ist es gut, Baby«, knurrte er sinnlich und stimulierte sie weiter, immer an ihrem Lustpunkt entlang. Doch sobald ihre Bewegungen unkontrolliert wurden und sich ihre Hände zu fest in sein Haar krallten, hörte er auf. Neckend ließ er sie in ihrer Lust zurück und tupfte einen letzten Kuss auf ihre Pussy. Den Blick auf ihr vor Erregung glühendes Gesicht gerichtet, setzte er sich auf.

»Was?«, keuchte sie, und der leise Protest in ihrer Stimme ließ ihn noch härter werden. Bei Gott, diese Frau war sein verdammter Untergang.

Greg grinste. »Das muss so sein«, sagte er leise und strich wie beiläufig über einen der festen Nippel, die sich gegen den Stoff ihres Kleides pressten. »Genau so. Du sollst dich vor Sehnsucht nach mir winden und innerlich schreien. Du sollst danach gieren, dass ich in dich stoße und dich mit meinem Schwanz zum Kommen bringe.«

Damit setzte er sich wieder auf seinen Platz. »Schnall dich an!«, sagte er kurz, und als sie sich nicht bewegte, sondern ihn nur fassungslos, fast verstört ansah, lächelte er. »Vertrau mir, Baby. Genau so muss es sein.« Um sie weiter anzuheizen, schob er sich den Finger, welcher gerade noch über ihren Lustpunkt gekreist war, in den Mund und kostete von ihr. »Du schmeckst wie die süßeste aller Drogen, April.«

Die Schwingungen waren für den Rest der Fahrt nicht mehr ganz so sexy, aber auch das passte ins Bild, wenn Greg es sich richtig überlegte. Daher versuchte er nicht, etwas daran zu ändern. Und verdammt, wann immer er sie betrachtete, wie sie stur geradeaus schaute, den Rock noch immer so weit hochgezogen, dass ihre elfenbeinfarbenen Schenkel bloß lagen, überlegte er sich, dass April womöglich am heißesten aussah, wenn sie unbefriedigt war. Erregt und unbefriedigt. Die Finger ihrer rechten Hand lagen auf ihrem linken Arm und tippten dann und wann, als würde ihr die Fahrt zu lange dauern. Immer wieder rieb sie verstohlen die Schenkel aneinander und murmelte vor sich hin. Dabei hätten sie – wäre es nach ihm gegangen – ewig so weiterfahren können. Viel zu früh verließen sie den Highway; von hier aus waren es noch zwanzig Minuten bis zu jenem riesigen Anwesen, auf dem William McCarthys Haus stand.

Sobald die hohe Mauer in Sicht kam, die sich scheinbar endlos bis zum Horizont erstreckte, spürte er, wie die Fesseln, die er gerade im Begriff war, vollständig abzulegen, wieder fester gezogen wurden. Sein Hals fühlte sich enger an, die verdammte Krawatte schien ihn zu würgen, und für einen kurzen Moment hätte er gern Aprils Hand genommen, um sich an ihr festzuhalten. Wie ein kleines Kind, das nach der Hand seiner Mutter verlangte, um sich geborgener zu fühlen.

Der Moment kam und ging innerhalb von drei Herzschlägen – er hatte niemals eine derartige helfende Hand bekommen, vielleicht lag es daran. Aber möglicherweise war auch der Grund, dass Greg sich in der Rolle des furchtsamen Feiglings absolut nicht gefiel.

Als das Verwaltungsgebäude in Sichtweite kam, fühlte er sich wieder gefestigt und hätte fast über seinen Anfall gelacht. Er sah zu April, die ihre Wut hinter sich gelassen hatte; stattdessen machte er jetzt echte Furcht auf ihren Zügen aus.

»Alles wird gut«, sagte er, und ihre Blicke versanken ineinander, während sie darauf warteten, dass das Tor vollständig geöffnet worden war.

Der Parkplatz war heute fast bis zur letzten Fläche zugestellt. Der diensthabende Uniformierte wies sie auf einen der verbliebenen freien Stellplätze. Dann stiegen sie aus und mussten ungefähr fünfzig Meter zu Fuß zurücklegen, bis sie das zweite Tor erreichten. Unbehelligt gingen sie durch und dann zu den Elektrofahrzeugen, von denen nur noch drei dastanden.

»Hoffentlich sind die in Ordnung«, knurrte April. »Nicht, dass wir so ein Pannenfahrzeug kriegen.«

Greg lachte, sagte aber nichts.

Er ließ es heiß hergehen, während der Fahrt vom Hügel hinab zum Gutshaus, das vollständig in die gleißenden Strahlen der Sonne gebettet lag.

Doch beide lachten nicht – die ausgelassene Stimmung von damals wollte sich nicht wieder einstellen. Greg mochte es nicht, er wollte nicht zulassen, dass April so angespannt war, wollte, dass sie ihre Unbeschwertheit zurückerlangte. Dieses gewisse Etwas, das sie zu der unwiderstehlichen Frau machte, die sie war. Und so hielt er im Schutz des letzten Wäldchens, bevor sie das Haus erreichen würden. Die hohen, reich begrünten Bäume und die zwitschernden Vögel in ihren Wipfeln waren die einzigen Zeugen, als er sich zu ihr beugte und ihr Kinn zwischen seine Finger nahm.

»Was hast du?«

Mit brennendem Blick sah sie ihn an. »Ich will dort nicht hin«, wisperte sie.

»Ich weiß«, erwiderte er knapp und beugte sich zu ihr vor. Kurz vor ihren Lippen verharrte er und sah ihr in die Augen. »Ich weiß«, wiederholte er und küsste sie. Seine Zunge eroberte sofort ihren Mund, seine Hand strich an ihr hinab, berührte ihre vollen Brüste, ihre schlanke Taille und dann den Bereich zwischen ihren Beinen, der noch immer bis auf das Spitzenhöschen offen vor ihm lag. Derb fuhr er mit dem Daumen über ihren Lustpunkt, welcher sich unter dem feinen Stoff abzeichnete. Ihr Kopf lehnte sich gegen die Stütze des Sitzes, während er immer wieder seine Kreise im Takt seiner Zunge in ihrem Mund zog, bis er ihre Finger in seinem Nacken spürte und ihr kehliges Stöhnen hörte. Ein Finger glitt in ihre überflutete Enge hinein, er krümmte ihn an ihren kontrahierenden Wänden, ihr Stöhnen wurde lauter, ihre Hände in seinem Nacken packten seinen Haaransatz, ihre Beine spreizten sich fast obszön weit und sie schob das Becken vor, um ihn tiefer in sich aufzunehmen.

Gott, ja!

»Bitte«, keuchte sie in seinen Mund. Doch er löste sich von ihr und sein Daumen strich sanft über ihre vollen Lippen. Als ihre flatternden Lider sich öffneten, sah er ihre glitzernden Augen. »Bitte«, wiederholte sie und als sie begriff, dass er ihr nicht mehr geben würde: »Warum tust du das?« Ihre süße Verzweiflung ließ ihn lächeln.

Greg hauchte einen zarten Kuss auf ihre Lippen. »Ich will, dass er dich riecht«, sagte er ernst. »Sie beide. Sie sollen riechen, was ihnen immer vorenthalten bleiben wird. Ich will, dass sie deine Wildheit in deinen Augen sehen, dass sie ganz genau begreifen, was ich habe, und was sie niemals bekommen werden.«

Fassungslos betrachtete sie ihn. Ihr Kopf bewegte sich ganz leicht hin und her. »Was …?«

»Dir wird nichts geschehen«, versicherte er ihr sanft und küsste sie erneut. »Spiel nur mit. Bitte.«

Sie schluckte, fuhr sich mit dieser verdammten rosa Zunge über die Lippen und schluckte erneut. Ihr Blick wich seinem aus, nur um eine Sekunde später erneut darin zu stranden. Mit den Händen hielt sie seine Handgelenke umklammert. »Wie?«

Nun lächelte er, ignorierte dabei seine pochende Erregung, die genauso nach ihr schrie, wie sie nach ihm. »Sei du selbst.« Zärtlich nahm Greg ihr Gesicht in seine Hände. »Sei einfach nur du selbst.«

45. Kapitel

April

»Sei du selbst.«

Das war ein perfekter Ratschlag, den April nur zu gern befolgt hätte, nur schnürte ihr die Angst die Kehle zu. Bis zu diesem Moment hatte sie nicht gewusst, dass sie vor diesem verdammten Filthy-Finger-William eine Scheißangst hatte. Jetzt war sie schlauer. Hilflos klammerte sie sich an Greg's Hand fest, ignorierte das Raunen, das bei ihrem Eintreffen eingesetzt hatte, und kämpfte gegen die Atemnot an, die allmählich so mächtig wurde, dass sie schwarze Flecken vor ihren Augen aufploppen sah.

Greg drückte ihre Hand und zog sie langsam durch die Menge, bis sie seine Eltern entdeckten. Doch bevor sie zu ihnen herantreten mussten – auch darauf konnte April gut und gern verzichten –, stellte sich ihnen Filthy-Finger-William in den Weg. Sie biss die Zähne zusammen, befahl sich, gleichmäßig zu atmen, und setzte ein Lächeln auf, von dem sie wenigstens hoffte, dass es locker und leicht aussah.

William hatte sich wie immer glänzend unter Kontrolle und war wie immer blendender Laune. »DA sind sie ja endlich!«, sagte er mit seiner sonoren Stimme und breitete die Arme aus. Doch ihr entging das kalte Blitzen seiner Augen nicht, als sein Blick auf sie fiel. »Mein Junge«, wurde Greg begrüßt. Neben eines herben Schlags auf die Schulter. »Und die kleine Lady.« Damit war sie gemeint. Er nahm ihre Hand und küsste deren Rücken, was so kalte Schauder durch ihren Körper jagte, dass April für einen widerlichen Moment glaubte, endlich doch in Ohnmacht zu fallen. Sie bekam kaum Luft, und Greg's Hand, die ihre unermüdlich hielt, half auch nur noch bedingt.

»Wo ist denn die kleine süße June? Noch bei der Nanny?«

»Nein, sie hat einen leichten Infekt und muss der Party leider fernbleiben«, erwiderte Greg und hob eine Braue.

William musterte ihn, sein Mund lächelte und seine Augen sandten Blitzpfeile aus. »Tja, wenn das so ist, dann können wir es nicht ändern. Die Gesundheit geht nun einmal vor.«

Er nahm Greg und April links und rechts an seine Seiten und drehte sich in der Menge um. »Meine Lieben, die heimlichen Stargäste sind endlich eingetroffen. Mein Neffe Greg mit seiner strahlenden jungen Frau.«

Höflicher Applaus brandete auf, für April erschien es wie eine verschwommene Masse, sie nahm kaum eines der Gesichter wahr. Was womöglich daran lag, dass alle in Weiß, maximal in einem Pastellton gekleidet waren, während die unnatürlich gebräunten Gesichter, Hände und Beine so extrem hervorstachen, dass man sich kaum auf die einzelnen Personen konzentrieren konnte. Das verwirrende Schönheitsideal der oberen Zehntausend – sie würde es niemals ganz begreifen.

»Und jetzt kommen wir zu den *wahren* Stargästen«, rief William in seiner unerschütterlichen Gemütlichkeit. Er bildete vor dem Mund eine Art Sprechrohr. »Meine Herrschaften, ich bitte alle Hochzeitsgäste, im angrenzenden Park auf den Stühlen Platz zu nehmen«, intonierte er. Einige lachten höflich. »Mein Sohn wird demnächst zum Schafott geführt. Ihr wisst schon, das mit den Lilien und Tauben.« Wieder erscholl Lachen, obwohl keiner der Anwesenden amüsiert klang.

April klammerte sich noch etwas fester an Greg, während dieser sich durch die Menschenmenge schob. Auf dem hübsch angelegten

Weg, der weiträumig um das Haus führte, bis sie genau die Rückseite vor sich hatten. Jene, wo sich die Personaleingänge befanden.

»Mir wird schlecht«, sagte April und Greg musterte sie stirnrunzelnd.

»Egal, was du tust, kotz bitte nicht«, knurrte er.

»Warum hast du mir nicht gesagt, dass wir die verdammte Zeremonie mitmachen müssen?«

»Weil ich dachte, das verstünde sich von selbst.«

Als April diesen Teil des Hauses zuletzt gesehen hatte, war er ihr im Vergleich zur offiziellen Seite des riesigen Gebäudes leicht schäbig vorgekommen. Doch was immer damals diesen Eindruck vermittelt hatte, es war verschwunden. Der kleine Vorplatz mit den leicht schiefen Pflastersteinen war nun gesäubert und mit etlichen riesigen Blumenkübeln ausgeschmückt worden, in denen sich Lilien und Rosen in exakt zwei Schattierungen befanden – Pink und Weiß. An jenem Tag hatte April nur die niedrige Tür gesehen, aber nicht den, einem Portal ähnlichen, Eingangsbereich links daneben, zu dem eine breite Treppe hinaufführte.

»War der schon immer hier?«

»Es war früher der Haupteingang, bis William das gesamte Gebäude umbauen ließ. Jetzt liegt er längsseits. Aber dieser hier wird immer noch für … Na ja, du siehst ja, wofür er genutzt wird.«

Die schnatternde Menge strebte währenddessen zu den Sitzen, die scheinbar endlos auf der davor liegenden grünen Wiese aufgereiht waren. An deren Front hatte man eine Empore errichtet, ähnlich des Podiums für die Band auf der anderen Seite des Hauses. Auf dieser stand jedoch ein kleiner Altar und das unter – jetzt kämpfte April wirklich mit Atemnot – unter einem *Rundbogen.* Mit Lilien und Rosen in den gleichen zwei beknackten Farbtönen, wie schon auf dem Vorplatz. Und wenn sie nicht alles täuschte, dann würden diese Irren auch noch Tauben fliegen lassen.

»Oh! Mein! Gott!«, stöhnte sie, und Greg sah sie mitfühlend an.

»Halt durch, Baby, halt durch. Wir werden es schaffen, ich bin bei dir.«

Na ja, wenn er meinte.

Greg führte sie leider nicht in die letzte Reihe, die April bevorzugt hätte, sondern in die erste – vorbei an all den tuschelnden Leuten, die sie anstarrten, als hätten beide jeweils drei Nasen im Gesicht. Das meiste waren – wie April wusste – Familienmitglieder, deshalb waren sie schließlich hier. Um Einigkeit zu demonstrieren.

Ha!

Sie bemühten sich nicht mal, etwas leiser zu sprechen. Auch wenn durch die Summe der Worte keines deutlich zu verstehen war, prickelten sie in Aprils Nacken, und sie hätte so ungefähr alles darum gegeben, hier endlich abhauen zu können.

Neben George und Ginger McCarthy, die ebenfalls Platz genommen hatten, setzten sie sich schließlich. April hätte sich am liebsten erschöpft über die Stirn gewischt, was aber ihr Make-up rettungslos versaut hätte. Sie versuchte, die Szene vor sich aus ihrem Bewusstsein zu verbannen, denn sie war so … so unendlich kitschig. In diesen Minuten entschied sie, auf eine Wiederholung ihrer Hochzeit ehrlich verzichten zu können. Denn ihre war real gewesen, und weil sie beim ersten Mal nicht daran geglaubt hatten, war sie noch einmal wiederholt worden. Auf die gleiche, unkonventionelle Weise – aber dafür wieder echt. Dieses Theater, das hier für die schätzungsweise 1000 Menschen aufgeführt wurde, das war unecht, das war nichts, das war reine Show. Als sie das Blitzen bemerkte, ging ihr auf, dass heute auch Reporter anwesend waren – vermutlich handverlesen. Selbst das konnte sie momentan nicht ängstigen. Alles war ihr mit einem Mal egal. Ihre Hand lag in Greg's, der mit dem leicht spöttischem Zug um den Mund den Geschehnissen vor ihnen folgte, wo übrigens noch gar nichts geschah. Erst, als ein Typ im weißen Frack nach vorn trat und sich an den ebenfalls weißen Flügel setzte, regte sich überhaupt irgendwas. Ein Raunen ging durch die Menge, da endlich der Bräutigam Einzug hielt.

In schwarzem Frack – Gott, der Typ sah aus wie ein Pinguin –, doch das war nicht alles. Nachdem April das Gesicht des Cousins ihres Mannes näher betrachtet hatte, sah sie ungläubig zu Greg. Der musterte sie mit erhobenen Augenbrauen.

Sie winkte ihn zu sich hinab und flüsterte ihm ins Ohr. »Ist der geschminkt? Guck doch mal!«

Greg zuckte nur mit den Achseln und sah wieder nach vorn, doch diesmal lächelte er tatsächlich.

Sanft …

Abermals sah April nach vorn, wo sich neben Bill auch zwei weitere Männer eingefunden hatten, deren Ähnlichkeit mit dem Bräutigam zu gravierend war, als dass Zweifel an ihrer Identität hätten aufkommen können. Dies waren wohl die Brüder. April konnte sich beim besten Willen nicht mehr an die Namen erinnern und nannte sie daher Frack 2 und 3.

Frack 2 hatte blonde Haare – schlug wohl nach der Mutter – und wirkte wegen der Sommersprossen mit Abstand am Unattraktivsten. Doch zurück zu dem Bräutigam, der das Gesicht auffällig gesenkt hielt – na ja, kein Wunder, denn wenn man genau hinsah, was April tat, dann konnte einem nicht entgegen, dass links und rechts von seiner Nase schwarze Schatten waren. Schatten, die dort nicht hingehörten. Auch seine Augen schienen irgendwie dunkler als sonst, und damit bezog sich April auf den Bereich darum, nicht auf die Augenfarbe. Ganz ehrlich, ihr war furchtbar egal, ob dieser widerliche Mann nun blaue oder braune oder rote Augen hatte, obwohl Letzteres wohl am besten zu ihm und seinem Wesen gepasst hätte. Zu der ganzen Sippe hier, außer zu ihrem Mann, natürlich. Als sie Greg wieder ansah, blickte sie direkt in sein grinsendes Gesicht, und endlich ging ihr ein Licht auf. Es kostete April eine Menge Beherrschung, um nicht in ein lautes Kichern auszubrechen. Außerdem wurde sie von einer warmen Woge des Stolzes heimgesucht. Er hatte sie doch gerächt!

Nein, April hatte nicht mehr viele Gedanken an die Ohrfeige verschwendet, die sie von Bill gefangen hatte – er erschien es ihr einfach nicht wert, sich näher mit ihm zu beschäftigen. Wenn überhaupt, aber, dann hatte es sie geschmerzt, dass Greg ihn nicht auf der Stelle getötet hatte. Taktik hin oder her, und was er ihr sonst noch immer erzählte, wenn es um unüberlegte Handlungen ging. April hätte es für sehr gut, richtig und wichtig erachtet, wenn Greg im Moment seines Eintretens eine Knarre aus der Tasche gezogen und ihn erschossen hätte – sie hätte auch den Fluchthelfer gespielt. Und wenn schon nicht erschießen – April war im Grunde kein mordhungriger Mensch –, dann hatte er ihrer Meinung nach wenigstens ebenfalls Prügel verdient. Dass ihr Mann und Beschützer – so sah sie ihn jedenfalls – so gar keine Anstalten gemacht hatte, Bills Handgreiflichkeiten zu bestrafen, das hatte wirklich an ihr genagt. Welche Frau wollte schon einen Mann, der zusah, wie sie misshandelt wurde, ohne den Verbrecher umgehend dafür zur Rechenschaft zu ziehen?

Nun zu sehen, *wie* gründlich Greg sie gerächt hatte, machte sie glücklich, und es verlieh diesem bisher für sie verlorenen Tag eine gewisse Legitimation. Wären sie nicht hier, dann hätte sie niemals davon erfahren, dass Greg tatsächlich ihr Held war. Und vielleicht hätte dieser winzig kleine Dorn für immer und ewig in ihr genervt. Sie entspannte sich, fühlte die widerliche Nervosität von sich weichen wie einen viel zu großen Mantel, den sie sich ohnehin nur widerstrebend übergeworfen hatte. Solange Greg bei ihr war, konnte ihr nichts passieren. Nun war sie davon überzeugt.

Der Pfarrer kam – erwartungsgemäß handelte es sich um einen sehr seriös wirkenden, älteren, grauhaarigen Geistlichen, ähnlich jenem, dem sie aufgrund Junes Spontangeburt mit an Sicherheit grenzender Wahrscheinlichkeit bis an sein Lebensende die gemeinsten Albträume beschert hatte. Milde lächelte er auf die Gemeinde herab, die Hände zum Gebet vor seinem Bauch zusammengefaltet. Dann begann endlich der Pianist auf seinem Instrument zu klimpern. Er spielte tatsächlich Wagners Marsch, was in Aprils Augen, das so ungefähr Schlimmste war, was einem bei einer Hochzeit geschehen konnte.

Genau in diesem Moment fiel ihr die erste Einzelheit ihrer *ersten* Hochzeit ein, weitere folgten innerhalb von Sekunden. Es war, als hätte sich ein Schleier, der sich über ein Jahr trotzig über die Erinnerungen gesenkt hatte, aufgrund des Wagner-Schocks urplötzlich gelöst.

Sie war unter ›*Love me tender*‹ den Gang der kleinen Kapelle entlanggeschritten, wobei sie erstens kichern musste und zweitens vergeblich versuchte, irgendeinen Takt beim Gehen zu finden – was bei dem langsamen, tragenden Song schlicht unmöglich gewesen war. Mit einem Mal wusste April wieder, dass Greg am Ende des Gangs gestanden hatte. Mit diesem spöttischen Grinsen auf dem Gesicht, kleinste Zweifel waren auch da gewesen. Vielleicht nicht unbedingt an dem, was sie gerade im Begriff waren zu tun, eher hatte er sich wohl gefragt, wie zur Hölle er in diesen Raum gekommen war und … wer *sie* überhaupt war … er auch, der ältliche, abgehalfterte Typ in dem schlecht sitzenden Anzug, der neben ihm stand, oder die grell geschminkte Frau mit Dauerwelle, die den billigen CD-Player bediente.

Aber als April zu ihm getreten war – in ihrer Jeans und ihren Boots und ihrem Shirt – da hatte Greg ihre Hand ergriffen, genau so, wie er sie jetzt hielt, hatte sie fest in seine genommen und sie noch zusätzlich kurz gedrückt, was ihr, die sich selbst ähnliche Fragen gestellt hatte, die erforderliche Zuversicht verliehen hatte, diese Scheiße durchzuziehen.

Und es war … *episch gewesen. Unverwechselbar, himmlisch … so wahr, so richtig, so … Schicksal!*

Gott sei Dank waren die Erinnerungen zurückgekehrt, denn das war ihre wahre Hochzeit gewesen, nicht der verunglückte Krampf auf dem Rücksitz seines SUV, während June mit aller Macht auf die Welt gestrebt hatte. Die Polster waren übrigens zwischenzeitlich ausgetauscht worden.

Wagners Marsch war nicht das Schlimmste.

Es wurde sogar noch viel, viel grauenvoller, und das unter einer Sonne, die unbarmherzig ihre sengende Hitze auf die Gäste verteilte, sodass die Make-ups zusehends zerflossen. Bald hatte April den

Eindruck, sich in einer Zombieshow zu befinden.

Die Braut kam am Arm eines älteren Mannes – offenbar handelte es sich um ihren Vater. Zunächst wurde April die Tatsache nur bewusst, weil das übliche »Ah« und »Oh« der Gäste einsetzte. Dann sah sie erst einmal das Kleid.

Also *nur* das Kleid, denn jenes Gebilde, in das man die eher fragile Gestalt gezwängt hatte, war so gewaltig, dass sie davon geradezu verschluckt wurde. Weiße Spitze überall, der Rock bestand aus mindestens fünf Lagen, und dabei war das Ganze noch verstärkt worden. Mit Fischgräten, vermutlich, sodass das Korsett einen festen und – so wie es aussah – steinharten Panzer aus Spitze, Perlen, Stickereien und Gräten darstellte. Die Schleppe war circa fünf Meter lang und wurde von nicht weniger als zehn Blumenkindern im Alter von ungefähr fünf Jahren getragen. Sie wirkten wie menschliche Roboter, weil sie erstens sauber, zweitens stumm und drittens offensichtlich nicht in der Lage zu lächeln waren. Ihnen folgten vier Brautjungfern, die in pinkfarbene Bonbonkleider gehüllt waren und aussahen wie zum Leben erweckte Schaufensterpuppen. April kannte diese Katherine nicht, aber sie spendete ihr spontan Mitleid, weil es unter all dem Tüll unglaublich heiß sein musste. Da sie unter diesem Gewicht nur sehr langsam gehen konnte, musste der arme Pianist den Marsch um die fünf Minuten spielen, bis sich die Braut endlich neben ihrem zukünftigen Mann eingefunden hatte.

Als Nächstes konnte April nur diese unglaubliche Frisur anstarren. Offensichtlich handelte es sich um Katherines eigenes Haar, das zu einer überdimensionalen Lockenpracht auf dem eher kleinen Kopf der Frau aufgesteckt und zu allem Überfluss auch noch mit jeder Menge weißer Perlen verziert worden war. Man musste unwillkürlich dorthin stieren, weshalb der Effekt irgendwie versaut wurde, weil das Gesicht der Braut total nebensächlich war.

April zwang sich trotzdem, sie direkt anzusehen, schon, um zu erfahren, was für ein Typ Frau Schläger-Bill ab sofort die Kinder zu gebären und ansonsten zu gehorchen hatte.

Sie war hübsch, unter den Tonnen von Make-up vielleicht sogar schön. Aus eigener Erfahrung wusste April, dass man mit ein wenig Farbe im Gesicht eine Menge erreichen konnte. Nur dass bei der Braut über das Ziel hinausgeschossen worden war – hier war garantiert nicht Miss Shaw am Werk gewesen. Denn was bei April natürlich wirkte, verlieh der Frau, die soeben vor den Traualtar getreten war, ein puppenhaftes, künstliches Aussehen. Hätte man sie nicht laufen gesehen, wäre man möglicherweise zu der Annahme gelangt, sie wäre die überdimensionierte Marzipan-Figur für die verdammte Hochzeitstorte. Das leichte Lächeln, das sie mit den blutrot geschminkten Lippen gebildet hatte, tat sein Übriges. Na ja, wenn schon der Bräutigam geschminkt war …

Endlich stoppte die Klaviermusik und der Geistliche fing an zu reden. Es war das übliche Geseier, das man auf einer Hochzeit zu hören bekam. Vom Lieben und Ehren war die Rede, vom Tod, der das Desaster irgendwann mal scheiden würde, und dass die Liebe eines Tages die Welt retten würde. Bald ließ April ihre Aufmerksamkeit schweifen und sah sich stattdessen auf dem Teil des Grundstücks um, den sie gerade betrachten konnte, bestaunte die perfekte Architektur des Rundbogens, fragte sich, wie die Hochzeitsausstatter es hinbekommen hatten, dass die Pflanzen unter der sengenden Sonne nicht sofort welkten und gleichfalls, ob sie selbst inzwischen genauso abartig stank, wie der Kerl hinter ihr. Sie konnte ihn zwar nicht sehen, sein Schweißgeruch driftete aber so penetrant zu ihr nach vorn, dass sie bald mit ernsthaften Atemschwierigkeiten zu kämpfen hatte.

Als alles zu jubeln begann, sah April wieder nach vorn und hätte fast laut gelacht, denn der Kuss der Liebenden fiel sehr, sehr kurz aus – offenbar wusste der Bräutigam nicht genau, wo er die Kunstfigur *Katherine, die Braut* berühren durfte. Am Ende drückte Bill seine widerlichen Lippen rechts und links auf ihre Wangen – es wunderte April, dass sein Mund von all dem Make-up danach nicht weiß war. Und schließlich … hob Katherine in einer Art triumphierender Geste den rechten Arm, in dessen Hand sich der Brautstrauß befand. Aus dem schmalen Lächeln war nun ein etwas breiteres geworden.

Irgendwo in der Ferne wurden dröhnend fünf Kanonenschüsse abgegeben. Ab diesem Moment kämpfte April mit einem anhaltenden Lachkrampf und klammerte sich an Greg fest, der – wie üblich – seine Züge perfekt unter Kontrolle hatte. Nur seine Augenbrauen waren zweifelnd erhoben. Als Nächstes ertönte ein Geräusch, das April zuerst nicht einordnen konnte, bis geschätzte drei Millionen weiße Tauben vom Haus her über die Rasenfläche flogen. Später sollte sie erfahren, dass es genau fünfzig gewesen waren. Aber in den wenigen Sekunden, in denen sie an den Gästen vorbei stoben – glücklicherweise nicht über sie hinweg –, fühlte sich April grausam an den Hitchcock-Klassiker erinnert.

Dann nahm der Bräutigam seine Braut am Arm und führte sie *langsam* den Gang entlang – sie konnte in dem zentnerschweren Gebilde von Brautkleid inzwischen nur noch schleichen –, und sie waren erlöst.

Als Greg seine Frau endlich ansah – die anderen Gäste erhoben sich in Windeseile von den Sitzen, vermutlich, um so schnell wie möglich der Sonne zu entkommen und den Rest ihrer Make-ups zu retten –, grinste er.

»Und, Lust auf eine *echte* Wiederholung?«

April neigte den Kopf zur Seite, tat, als würde sie überlegen, sogar einen Zeigefinger legte sie auf ihre Lippen, und erst, als seine Gesichtszüge merklich entglitten, lachte sie leise. »Nie im Leben!«

»Gott sei Dank!«, brach es aus ihm heraus.

Dann half er ihr beim Aufstehen und führte sie zurück zur anderen Seite des Hauses, wo die Party nun begonnen hatte. Die Mitglieder der Band, die für die Livemusik sorgen würde, hatten sich auf ihren Plätzen eingefunden und ihre Instrumente zur Hand genommen. Ein Kellner nötigte Greg und April ein Glas Champagner auf, und als sie den kritischen Blick ihres Mannes sah, musste April schon wieder kichern. »Keine Sorge, ich werde mich schon nicht besaufen und dich lächerlich machen.«

William trat hinter das Mikrofon und breitete die Arme weit auseinander. April konnte nur den Kopf schütteln, weil ihr nicht in denselben wollte, wie ein Mann so unsagbar gut aussehen und in Wahrheit so ein niederträchtiger Filthy-Finger sein konnte. Als er sprach, seine Stimme entgegen ihrem Willen sofort einen wohligen Schauer auf ihrer Haut auslöste, meinte sie, dass genau dies seine gesamte Magie war. Das Geheimnis seines Erfolges, sozusagen: Diese Ausstrahlung, diese unglaubliche Fähigkeit, die Menschen in seinen Bann zu ziehen. Auch George McCarthy sah enorm gut aus, doch ihm fehlte diese verbindliche Art, das Können, jeder Person den Eindruck zu vermitteln, sie – *genau sie* – wäre am Wichtigsten von allen hier Versammelten.

Filthy-Finger-William brachte es fertig, dass sogar April für ein paar Sekunden vergaß, welches Monster sie tatsächlich vor sich hatte – als er anfing, auf seine entwaffnende Art zu den Gästen zu sprechen. »Willkommen! Herzlichen Dank, dass ihr alle gekommen seid, um dabei zu sein, wenn mein Ältester seine wundervolle Braut zu seiner Frau macht. Wenn euch die Sonne zusetzt, dann denkt immer daran, wie verdorben der Tag bei Regenwetter gewesen wäre. Außerdem hätte Katherine dem armen Bill die Hölle heiß gemacht, wenn die Zeremonie im Innern hätte stattfinden müssen. Gönnt ihm seine Hochzeitsnacht, er musste sehr lange darauf warten.« Obwohl April, die sich aus dem Filthy-Finger-William-Einfluss bereits wieder gelöst hatte, nicht den geringsten Witz erkennen konnte, lachten die Leute. Das war keine Show, sie waren wirklich von dem Müll angetan, den er absonderte.

»Lasst uns die Gläser auf das Brautpaar erheben!«, rief er gerade pathetisch. Seine Hand, an deren Ringfinger ein riesiger, silberner Siegelring prangte, hatte sich erhoben und er wandte sich an das edle Brautpaar, das es endlich an seine Seite geschafft hatte. April fand, Katherine wirkte inzwischen leicht erschöpft. Alles hob auf Geheiß des Familienoberhauptes sein Glas und April war froh, als sie die perlige Flüssigkeit endlich in ihrem trockenen Mund spürte – auch wenn das Zeug mal wieder wie abgestandene Füße schmeckte. Sie schloss die Augen, weil sich die Kühle des Champagners mit ihrem aufgeheizten Kopf für einen langen Moment einen Kampf lieferte, und lehnte sich in Greg's schützenden Arm, der sich um ihre Schultern verfestigte. Ja, so war es gut.

Dann begann die Band zu spielen, und das Brautpaar fand sich zum Eröffnungswalzer auf der Tanzfläche ein. Staunend verfolgte April, wie die Braut trotz des Kleides tatsächlich recht anmutig tanzte. Auch das war übrigens eine einstudierte Show. Sie strahlte den gut aussehenden, aber leider geschminkten Bräutigam an, der strahlte zurück – die beiden wirkten wie Barbie und Ken auf ihrer Plastikjacht. Als sich auch andere Paare zu ihnen gesellten, meinte April, Erleichterung in beiden Gesichtern zu sehen.

Greg nahm ihr das Glas ab, stellte seines mit ihrem auf einen Tisch und vollführte eine leichte Verbeugung. Seine Augen blitzten. Mit Sicherheit war Spott darin zu finden, aber auch der echte Wunsch, weshalb April ihm seufzend ihre Hand reichte. Auf der Tanzfläche legte er seine Hand auf ihren Rücken, die andere hielt ihre und sie bewegten sich zu der Melodie, als hätten sie nie etwas anderes getan. Es war leicht mit ihm zu tanzen, weil er so sicher war, und sie sich deshalb geborgen fühlte. Noch immer spürte April die Blicke der Gäste auf sich und konnte diesmal sogar darüber lächeln. Denn egal wie, April war davon überzeugt, dass sie ein schöneres und harmonischer wirkendes Paar abgaben, als jenes, wegen dem sich heute diese vielen Menschen hier versammelt hatten. Sie schloss die Augen, lehnte ihren Kopf an seine Schulter und zwang ihn so, das Tempo zu verringern, was er ohne Widerstand geschehen ließ. Bald war egal, welches Stück gerade gespielt wurde. Die beiden bewegten sich kaum noch, seine Hand fuhr an ihrem Rücken zärtlich auf und ab, seine Lippen berührten ihre Schläfe, und irgendwann hörte sie ihn leise lachen und dann seine atemberaubende Stimme, die sich sofort in jeder Faser ihres Körpers festsetzte.

»Gott, du hast keine Ahnung, wie sehr ich dich liebe.«

April schmiegte sich noch fester an ihn, verdrehte unter ihren Lidern genüsslich die Augen und küsste seinen Hals. Sie sagte nichts, weil sie fand, ihm ihre Liebe schon unzählige Male gestanden zu haben. Jedes Wort hätte diese besondere Atmosphäre nur zerstört.

Als auch das dritte Lied geendet hatte, sahen sich die beiden gezwungen, ihre kleine Realitätsblase zu verlassen. Auch nicht länger zu ignorieren waren die Blicke, die ihnen folgten, egal, was sie taten. Kurzerhand retteten sie sich zu einer der vier Bars, an denen dafür gesorgt wurde, dass die Gäste nicht auf dem Trockenen saßen. Nach einem fragenden Blick zu seiner Frau bestellte Greg zwei Champagner. Sie ließen ihre Gläser aneinanderklirren und Greg grinste. »So schlimm ist es doch gar nicht.«

Nein, das war es nicht, was April verwunderte. Selbst die starrenden Blicke waren irgendwie witzig, wenn man sich erst mal daran gewöhnt hatte. Hey! Sie waren die Stars! Inmitten all dieser wunderschönen Menschen – wirklich es gab nicht einen, der ernsthaft hässlich war –, inmitten all dieser millionenschweren Leute und des Brautpaars, waren tatsächlich sie es, die am meisten Aufmerksamkeit erregten. Darauf konnte man sich doch was einbilden!

Es war vielleicht etwas zu lauschig, das hätte ihr gleich klar sein müssen, denn keine zehn Minuten später stieß Filthy-Finger-William zu ihnen. Lächelnd und begeistert wie immer. »Da sind sie ja!«, sagte er mit seiner wohlklingenden Stimme. »Ich hoffe, ihr amüsiert euch?«

»Wie könnte man sich hier nicht amüsieren?«, erwiderte Greg lächelnd und April beneidete ihn für seine Coolness. Denn sobald dieser widerliche Mann in ihrer Nähe war, brachte sie keinen Ton mehr zustande. Angst schnürte ihr die Kehle zu und sie meinte, wieder diese widerlichen Finger in sich zu spüren. Würde sie das denn niemals ablegen können?

»Das freut mich«, erwiderte William. Dann lächelte er April an, der fast das Herz stehenblieb. »Ich hoffe, du kannst dich für ein paar Minuten allein unterhalten, denn ich will deinen Mann kurz entführen.«

Keine Frage, es handelte sich um eine reine Information; er hatte Greg bereits am Arm gegriffen.

»Was?«

»Bin gleich zurück«, sagte Greg, der nicht im Mindesten überrascht wirkte. Sein Blick war warnend und schien zu sagen: *›Bleib ruhig, ich kläre das schon.‹*

»Okay«, hauchte April und sah ohnmächtig zu, wie die beiden unglaublich schönen Männer durch die Menge verschwanden.

»Mist!«, murmelte sie und griff geistesabwesend nach ihrem Glas. »Verdammter Scheiß!«

»Na, na, na«, sagte eine Stimme neben ihr, und als sie aufblickte, entdeckte sie Katherine, die Braut, die plötzlich neben ihr aufgetaucht war. »Was ist los?«

April rang sich ein Lächeln ab. »Nichts, was soll sein?«

Katherine grinste – es wirkte in dem Puppengesicht beängstigend unnatürlich. »Dann ist ja gut.«

46. Kapitel

Greg

Währenddessen ...

Am Hauseingang wandte William sich zu Greg um. »Auf ein Wort, mein Junge?«

»Warum?«

»Auf ein Wort«, sagte William gebieterisch und wies mit der rechten Hand hinein. Greg musterte ihn zweifelnd, entschied dann jedoch, das Spiel mitzuspielen. Egal, womit der alte Mann jetzt noch aufwarten würde, es brächte dem Punkt einen Schritt näher, an dem er endlich gehen konnte. Und so folgte er seinem Onkel, sich im Klaren darüber, dass seine Frau nicht zufällig zurückgelassen worden war. Er machte sich Sorgen, doch sie hatte ihm in die Hand versprochen, *niemandem* ins Haus zu folgen, sondern immer hübsch bei den Massen zu bleiben. April tat ihm leid, er wäre gern bei ihr geblieben, andererseits war sie tough. Sie würde es schon schaffen.

Sobald sie die Kühle des Hauses betraten, sank der Geräuschpegel, die Mauern absorbierten die Musik fast vollständig, und auch das Raunen der Menschen war kaum noch wahrnehmbar.

»Mein Büro«, sagte William und lief voraus.

Greg folgte ihm, öffnete dabei sein Jackett und lockerte seine Krawatte. Er hatte sie lange genug wie einen Knebel um seinen Hals ertragen und wurde das Gefühl nicht los, dass der offizielle Teil des Tages nun vorüber war.

Als sie das mondäne Büro betraten, wusste Greg, dass er mit seiner Mutmaßung richtig gelegen hatte. Bill stand mit hinaus gerichtetem Blick am großen Fenster, ein Arm war angewinkelt, daher ging Greg davon aus, dass er ein Glas in der Hand hielt. Er hörte, wie William die Tür schloss und seufzte. Im Grunde hätte er wissen müssen, dass seine kleine April-Rache-Aktion nicht ungesühnt bleiben würde.

»Wir haben uns heute hier zusammengefunden«, begann William heiter und ging zur Bar, während Bill abgesehen von einem leichten Zusammenzucken nicht reagierte. »… um abschließend einige Dinge zu klären«, fuhr William fort, der währenddessen mit Gläsern und Flaschen hantierte.

»Die da wären?«

»Was meinst du wohl?«, knurrte Bill, drehte sich aber immer noch nicht um.

»Die da wären, dass mein Sohn nach einer Revanche verlangt«, verkündete William aufgeräumt. Greg wurde ein Glas mit bernsteinfarbener Flüssigkeit gereicht: Während er stehen blieb, setzte William sich in einen der Sessel und betrachtete amüsiert die Szene. »Ich möchte anfügen, dass ich es als kindisch und wenig zielführend, aber verständlich betrachte. Vermutlich wurde Bills … Stolz innerhalb der letzten Wochen einmal zu häufig mit Füßen getreten.«

»Ja, und du tust es schon wieder, Vater«, grollte Bill, der sich nach wie vor nicht zu ihnen umgewandt hatte.

»Das tut mir leid, Bill«, sagte William vergnügt. »Ich muss zugeben, dass mir der Teil, wo du ihn zusammengeschlagen im Wald von London zurückgelassen hast, auch nicht sonderlich zugesagt hat. Nicht, weil ihr eure Auseinandersetzung hattet – das ist eure Privatangelegenheit, ich werde mich nicht einmischen –, sondern weil du ihn schutzlos zurückgelassen hast.«

»Mein Chauffeur hatte deine Bodyguards benachrichtigt, bevor wir fuhren.« Greg nahm einen Schluck von seinem Scotch.

»Ja, aber die brauchten eine halbe Stunde, um zu ihm zu gelangen. In der Zwischenzeit hätte der Junge gekidn…«

»Sprich nicht von mir, als wäre ich ein kleines Kind, VATER!«, knurrte Bill und nun drehte er sich um. Greg sah mit einigem Erstaunen, dass er kein Glas in seinen Händen hielt, sondern eine …

»Du hast vollkommen den Verstand verloren!«, knurrte Greg.

William hingegen gluckste. »Steck das Ding weg, bevor du noch jemanden verletzt, mein Junge.«

Bill schien sie beide nicht zu hören. Unverwandt zeigte der verlängerte Lauf des Revolvers auf Greg. Es handelte sich um eine Automatik, Beretta, wie Greg, der in seinem 12. Lebensjahr in die Kunst des Schießens eingeführt worden war, mit Kennerblick feststellte.

»Du kleiner Wichser«, stieß Bill hervor. »Hätte nicht gedacht, dass du so dämlich wärst, wirklich hierherzukommen.«

Greg musterte ihn immer noch mit ausdrucksloser Miene.

»Hast du ehrlich geglaubt, ich lass dich mit der Scheiße einfach so davonkommen?«

»Nein, das hat keiner gedacht, aber wenn du jetzt nicht endlich das lächerliche Spielzeug wegpackst, dann wirst du den Tag bereuen, an dem ich meinen Schwanz in deine Mutter geschoben und dich gezeugt habe.« William knurrte nun auch.

Bill schien ihn immer noch nicht zu hören. Seine Augen glänzten fieberhaft, das Make-up war zu weiten Teilen verschwunden, weshalb jetzt die dunklen Schatten sehr deutlich hervorstachen. Greg empfand die gesamte Situation als schlicht lächerlich. Wäre da nicht die gottverdammte Knarre gewesen, die erstaunlich fest und sicher in der Hand des Idioten ruhte, hätte er sich umgedreht und wäre gegangen. Hier wurde nichts geklärt und es gab nichts, was er ausrichten konnte, womit jede weitere Sekunde in diesem Raum eine verschenkte war. Nur ließ nicht das geringste Zittern erkennen, dass Bill sich seiner Sache vielleicht nicht sicher war.

Greg wandte sich zu seinem Onkel um, aus seiner Stimme sprach die kalte Wut. »Du hast mich in diesen Hinterhalt gelockt, damit dein Versager von Sohn mich abknallen kann?«

»Nein«, erwiderte William, erstaunlich gelassen. »Ich kam, damit ihr die begonnene Auseinandersetzung von neulich beenden könnt. Bill forderte Revanche, ich war geneigt, ihm diese einzuräumen.«

»Mit Revolver?«

»Davon war mir nichts bekannt.« Und zu Bill gewandt. »Leg das Ding weg, du machst dich lächerlich! Leg es weg und kämpft wie Männer!«

Bills Mund zuckte, in Zusammenhang mit den blassen Lippen, der fahlen Haut und den unnatürlichen schwarzen Rändern um seine Augen wirkte er tatsächlich irre.

»Ich hab lange genug zugesehen, wie er Narrenfreiheit bei dir hatte«, wisperte er. Es klang hoch, nicht wie eine Frau, sondern leicht gekünstelt, hysterisch – irre. »Er tanzt dir seit Jahren auf der Nase herum, kommt mit dieser Schlampe an, fickt sie und uns damit vor allen Leuten, heiratet sie, lässt sich dieses Gör unterschieben – jeden anderen hättest du schon nach Alaska verbannt. Du setzt ihn mir vor die Nase – selbst das habe ich hingenommen, weil ich ja immer alles hinnehme. Aber meine Geduld ist nicht endlos belastbar.«

»Meine auch nicht.«

Das war aus zwei Mündern gleichzeitig gekommen. Sowohl William als auch Greg hatten es gesagt.

Bill grinste. »Du wolltest immer, dass ich beweise, was für ein Mann in mir steckt, Dad«, wisperte er in diesem hohen Singsang – irre, aber das stand für Greg ohnehin fest.

»Was man nicht unbedingt erreicht, wenn man einen unbewaffneten Mann bedroht.«

»Du!« Damit war Greg gemeint, der diesen Satz von sich gegeben hatte. »Hältst am besten die Fresse.«

»Bill, es reicht!«, donnerte William, der nicht mehr ganz so entspannt klang.

»Sonst was?« Bill grinste. »Ich sag dir, was passieren wird, wenn ich abdrücke: gar nichts. Um ihn ist es nicht schade, du wirst den Dreck wegräumen, so wie du das immer tust. Keiner wird was mitbekommen, und ich hab endlich meine Ruhe vor dem arroganten Arsch.«

»Den Schuss wird man meilenweit hören«, informierte Greg seinen durchgeknallten Cousin sachlich.

»Nicht mit dem Schalldämpfer«, erwiderte er und deutete auf die Verlängerung am Lauf, die Greg nicht entgangen war.

»Du kleiner Scheißer!« Greg schnaubte. »Bist du so beschränkt? Zu viele billige Actionfilme gesehen, ja? Das Dröhnen ist trotzdem laut genug zu hören, das gibt nicht nur ein leichtes Plopp wie im Kino!«

Bill zuckte mit den Schultern. »Nicht mein Problem. Ich bin sicher, er wird sich schon was einfallen lassen, damit es zu keinem Skandal kommt, denn so etwas müssen wir ja unter allen Umständen vermeiden.«

Greg konnte ihn nicht ernstnehmen. Der Kerl stand mit einem Revolver vor ihm und verkündete, dass er ihn abknallen wolle, aber Greg verspürte nicht die geringste Furcht, eher kämpfte er mit einem Lachen, weil das Ganze wirklich aberwitzig war.

»Ich hätte gedacht, an seinem Hochzeitstag würde man andere Dinge zu tun haben, als seinen Cousin zu erschießen«, bemerkte er und hob eine Augenbraue.

»Ich ebne nur meinen Weg für eine lange und erfolgsorientierte Karriere in Daddys Firma.«

»Die du dir offensichtlich mit Blut an den Händen erkaufen willst.«

»Sie steht mir zu, du Drecksack«, knurrte Bill. »Ich hole mir nur zurück, was mir gehört.«

Greg lachte. »Junge, ich bin heute den letzten Tag in den Staaten, wenn du es nicht bemerkt hast, ich bin gar nicht mehr in der Firma deines Vaters tätig. Was du vorhast ist …«

»Nötig«, vollendete Bill den Satz. Er nickte zu William, der offensichtlich zu dem Schluss gekommen war, sich das Schauspiel in aller Seelenruhe anzusehen. Denn er hatte es sich in seinem Sessel bequem gemacht, das Glas in der linken Hand, und fingerte gerade mit der rechten nach einer Zigarre aus der Kiste auf dem Tisch. Fassungslos sahen die beiden jüngeren Männer dabei zu, wie er in aller Gelassenheit die Spitze abtrennte und dann sein Feuerzeug – ein riesiges Gebilde, das direkt neben dem riesigen schwarzen Turmalinaschenbecher stand – entflammte. Es dauerte eine Weile, bis die fette Havanna angezündet war. Als endlich blauer Dunst zwischen seinen Lippen hervorquoll, lehnte er sich zurück und betrachtete Bill aufmerksam und interessiert.

»Sprich weiter, mein Sohn, so jung kommen wir nie wieder zusammen. Ich mag geklärte Fronten, auch wenn ich die Wahl deiner Mittel peinlich finde. Aber wo wir schon mal hier sind, sollten wir das Ganze auch beenden.«

Bill schluckte trocken, nun sah Greg ein winziges Zittern seiner Hände, das er jedoch schnell wieder unter Kontrolle bekam. »Er wird seine Meinung ändern!«, stieß er in Greg's Richtung hervor.

»Und was geht mich das an?«

Darauf grinste Bill so breit, dass man seine perfekten Zähne sehen konnte. Vielleicht wirkte er deshalb noch ein bisschen irrer – sie waren eine Spur zu weiß, zu makellos, zu gerade, als dass sie echt sein konnten. »Als könntest du dich seinem Einfluss entziehen. Du lässt dich von ihm genauso ficken, wie jeder andere auch. Du verpackst es nur lässiger.«

Womit er nicht ganz unrecht hatte. Greg's Miene verhärtete sich. »Die Zeiten sind vorbei, übrigens auch meine Zeit *hier*, ich glaube nicht, dass noch ein klärendes Wort fallen wird. Wenn ihr mich dann entschul…«

»Nein!«

»Du wirst bleiben!«

Letzteres kam von William, der ihn ansah. »Wir sind noch nicht fertig.«

Ersteres kam von Bill, der die Waffe entsicherte.

Fassungslos betrachtete Greg seinen Onkel. »Der Typ will mich abknallen!«, sagte er und deutete auf Bill. »Ich sehe keinen Grund, mir den Scheiß noch länger reinzuziehen, ganz ehrlich nicht.«

»Er wird dich nicht erschießen«, erwiderte William voller Überzeugung und schob sich die Zigarre zwischen die Lippen. »Gönnen wir dem Kleinen doch die Show.«

In diesem Moment zerbarst der Aschenbecher auf dem Tisch und erst dann erfüllte ein leises, aber nicht unhörbares Dröhnen den Raum.

Fuck!

47. Kapitel

April

Katherine zog April zurück zur Bar, wo sie zwei Whisky bestellte. April war so verdattert und auch ängstlich, weil man Greg soeben entführt hatte, dass sie kaum reagieren konnte. Nachdem die beiden Gläser serviert worden waren, hob Katherine ihres. April hätte ihr diese Trinkgeilheit gar nicht zugetraut, denn sie wirkte echt … jungfräulich. Okay, das konnte natürlich auch an dem Kleid liegen.

»Prost!«, sagte sie und hob das Glas an ihre Lippen, bevor April ihres noch ganz in der Hand hielt. Mit großen Augen beobachtete sie, wie das Mädchen – das im Grunde keines mehr war – ihren Drink exte. Es handelte sich um einen doppelten Whisky. Wenn die Frau in dem Tempo weitertrank, dann würde das kein langer Abend für sie werden. April, die wusste, dass sie verdammt noch mal nüchtern bleiben musste, nippte nur an ihrem Glas.

»Du bist also Greg's berühmt-berüchtigte Schlampe«, meinte Katherine, nachdem sie das Glas abgestellt hatte. Einen Unterarm hatte sie auf dem Tresen abgestützt, ein Bein auf der Halterung des nächsten Barhockers abgestützt. Ihre Pose war so konträr zu ihrem Aussehen, dass April ein Kichern unterdrücken musste. In Wahrheit war dies nämlich genau das Verhalten, das zu *ihr* – Sweatshirt-Jeans-Boots-April – gepasst hätte. Nicht jedoch zu dieser wie ein Engel wirkenden Braut.

»Die bin ich wohl«, sagte April zustimmend und hob fragend eine Augenbraue, doch Katherine winkte ab.

»Nichts, nichts, es ranken sich nur die atemberaubendsten Gerüchte um dich.«

»Ach ja? Und das wären welche?«

»Dass du eine armselige Kanalratte aus der Bronx sein sollst, die ihren abgefuckten Ehemann so lange gefickt hat, bis der nicht mal mehr seinen Namen wusste und dich Hals über Kopf geheiratet hat.«

Darauf wusste April nichts zu antworten. Sie hätte der Kuh gern ein paar gehörige Takte erzählt oder ihr wenigstens eine saftige Ohrfeige verpasst, aber das war leider verboten. Die offensichtliche Feindseligkeit war ja auch nicht neu, sie hätte sich nur umzudrehen brauchen und wäre auf etliche Gesichter gestoßen, die ähnliches ausdrückten – April war sogar davon überzeugt, dass man sie die ganze Zeit unverhohlen anstarrte. Sie war fest entschlossen, ihnen die Genugtuung nicht zu gönnen. Allerdings verblüffte sie der Ton des vermeintlichen Engels. Der gehörte nämlich auch eher zu einer Kanalratte aus der Bronx. Sie musterte diese Katherine, die beim Barkeeper bereits den nächsten Drink geordert hatte. Okay, die Frau läutete ganz offensichtlich ein Besäufnis ein.

Ohne sie aus den Augen zu lassen, nahm April einen winzigen Schluck.

»Dein Macker hat Bill zusammengeschlagen«, sagte sie, nachdem sie ihr Glas geleert hatte. Noch immer lehnten ihre Arme auf dem Tresen und ein Bein war aufgestützt.

»Oh!« April gab sich entsetzt. »Das wusste ich nicht. Wann soll das gewesen sein?«

»Tu nicht so dämlich!«, zischte Katherine und orderte das nächste Glas. Langsam wurde April ein bisschen mulmig zumute. »Du hast das Resultat vorhin gesehen. Genau wie alle anderen auch!« Sie schwenkte einen Arm und nahm am Ende der Rundreise ihr neues Glas entgegen. »Die ganze verfickte Hochzeitsgesellschaft.«

April lehnte sich nun auch an den Tresen. Das konnte nur interessant werden. Weder beachtete sie die anderen Gäste, die sich unermüdlich mit Getränken versorgten, noch die tanzenden Paare, die immer lauter werdende Musik, oder dass Greg schon länger verschwunden war. Ihr Blick hing wie gebannt an den Lippen dieser Frau, die an ihrem Hochzeitstag verdammt unzufrieden wirkte. Nicht unglücklich – diese Katherine machte nicht den Eindruck auf sie, als würde sie so etwas wie Glück überhaupt anstreben. Sie schien nur verdammt unzufrieden mit der Gesamtsituation und verdammt vulgär in ihrer Umgangssprache.

»Er hat mich vier Jahre lang hingehalten«, sagte sie mit zunehmend schwerer Stimme, die vermuten ließ, dass sie schon vor der Trauung etliche Gläser gebechert hatte. »Und er hat fremdgefickt, aber das versteht sich ja fast von selbst.«

April nickte und führte ihr Glas an die Lippen, hütete sich aber, mehr als nur einen kleinen Schluck zu nehmen. Der Eklat würde kommen, aber diesmal wäre nicht sie diejenige, die ihn auslöste … Eine Erkenntnis, die ihr ein Grinsen auf das Gesicht trieb.

»Ich glaub, er fickt mit jedem verdammten Rock, der ihm zufällig über den Weg läuft.«

»Oh, dann lässt er auf jeden Fall schon mal die Hosen aus«, warf April aufmunternd ein, was allerdings nicht sehr gut ankam.

Katherine, aus deren Frisur sich keine einzelnen Strähnen gelöst hatte, weil viel zu viel Haarlack mit im Spiel war, deren Haarpracht insgesamt aber irgendwie … *verrutscht* aussah … betrachtete sie mit grimmigem Ausdruck. »Willst du mich verarschen?«

»Nein, ich meinte …«

»Klar will die kleine Schlampe mich verarschen. Bill hat mir von dir erzählt«, sagte Katherine, das frische Glas in der Hand, das auch sogleich an ihre nicht mehr ganz so frisch geschminkten Lippen geführt wurde. Sie nahm den nächsten Schluck und starrte April dann durch glasige Augen an. »Er vögelt alles, was er haben will, hat er mir gesagt«, erzählte sie ihr. »Das ist so eine Art … Trieb.« Sie runzelte die Stirn, überlegte und nickte dann. »Ja, Trieb hat er gesagt.

Ein Trieb, unter dem alle Männer zu leiden haben, eine reine Testo-Sache. Besonders im Sommer ist es akut, wenn wir diese kurzen Röcke anhaben und jedem Kerl unsere Beine präsentieren. Ach so, diese Ausschnitte sind auch dran schuld, weil wir ihnen unsere Titten zeigen. Er kann nichts dafür. Wenn es Sommer wird, dann erwacht in ihm der Jagdtrieb.«

»Warum erzählst du mir das alles?«, erkundigte sich April.

Katherine lachte. »Ich glaube, du bist die Einzige, die hier noch weniger Fürsprecher als ich hat. Denn …« Damit lehnte sie sich vertraulich zu April vor und flüsterte: »Auf mich musst du leider auch verzichten.«

April nickte. »Da wirkt wieder dieser Gruppenzwang, verstehe.« Nun nahm sie doch einen großen Schluck. Was für eine dämliche Schlampe! Schon allein, weil sie diesen widerlichen Arsch geheiratet hatte. »Da zieht ihr alle an einem Strang«, fuhr sie fort. »Kenn ich schon, interessiert mich nicht mehr. Halt!« Sie hob einen Finger und grinste in das unnatürliche Puppengesicht der betrunkenen Braut. »*Hat* mich auch noch nie interessiert. Worüber ihr euch so an euren abgefuckten Bridge-Nachmittagen austauscht, geht mir drei Meilen am Arsch vorbei.« April kicherte und nahm einen neuen Schluck. Sie fühlte sich immer besser. Die Angst und auch die leichte Wut, weil Greg sie hier allein zurückgelassen hatte, waren längst wieder verschwunden. Es lief doch alles prächtig! Hoffentlich schossen die übrig gebliebenen Fotografen noch ein paar Bilder von ihnen beiden. Die frisch gebackene Mrs. Bill McCarthy hatte nämlich schon zweimal akut damit gedroht, mit ihren Ellbogen vom glatten Tresen abzurutschen. April gab ihr noch drei Fehlversuche, dann würde sie auf dem Boden landen. Und sie konnte nur hoffen, dass einer der Hofberichterstatter nicht nur schnell genug mit der Kamera sein würde, sondern auch korrupt genug, um die Aufnahme meistbietend zu verhökern, bevor man sie ihm abnehmen konnte.

»Ich spiele kein Bridge, du dummes Kind!«, zischte Katherine. Jetzt, von nahem, sah April, dass sie um die Dreißig sein musste, die Krähenfüße um die Augen erzählten ihr eine sehr schaurige

Geschichte vom Älterwerden. Aber so weit lagen sie alterstechnisch nun auch nicht auseinander, dass sie sich derart titulieren lassen musste.

»Nicht? Mein Fehler.«

»Du fühlst dich ziemlich witzig oder?«

»Ich?« April deutete mit dem Daumen auf sich. »Warum sollte ich?«

»Ja, genau das wäre auch meine nächste Frage gewesen«, erwiderte Katherine unbekümmert. »Sie haben mich vor dir gewarnt«, teilte sie April mit Verschwörermiene mit.

»Wundert mich nicht.«

»Du sollst ein Ärgernis sein.« Sie nahm einen nächsten Schluck.

»Du hast ja keine Ahnung.«

»Sollst dich in die Familie geschlafen haben.«

»Das hast du vorhin schon erwähnt. Stell dir mal vor, ich wäre wach gewesen, dann hätte ich inzwischen wahrscheinlich schon William vom Thron geschubst.«

»Außerdem sollst du keine Manieren haben.«

April breitete grinsend die Arme auseinander, während Katherine den nächsten Schluck nahm und dabei leicht schwankte. »Du kannst dich ja gerade davon überzeugen. Und das, wo deine Manieren keine Wünsche offenlassen.«

»Ja«, sagte sie gedehnt und musterte sie, wobei sie das linke Auge zukniff. »Bill hat gesagt, dass du eine Fickschlampe bist, die er gern mal flachlegen würde.« Wut stieg April die Kehle hinauf, doch sie riss sich zusammen. »Er meint, er verhandelt noch mit Greg, der eine Muschi ist, weil er nicht zustimmt. Außerdem lässt er sich von dir bescheißen.« Katherine stieß ein lautes Kichern aus, das mit Sicherheit von einigen Umstehenden gehört wurde, denn die ersten sahen zu ihnen. April war dafür diesmal nicht verantwortlich, sondern die irre Braut mit der Fäkalsprache, die heute anscheinend den widerlichsten Mann geheiratet hatte, den sie hatte finden können. Am liebsten hätte sich April ein Schild umgebunden: ›KATHERINE WAR'S!‹ Oder mit beiden Daumen zu der leicht wahnsinnigen Braut gedeutet. So, wie der Zorn gekommen war, so war er auch wieder gegangen. Denn … eher würde die Hölle zufrieren, als dass dieser widerliche Bill jemals bei ihr zum Stich kommen würde. Dass sie verheiratet war, spielte dabei übrigens nur eine untergeordnete Rolle. Selbst wenn er der letzte Mann auf der gottverdammten Erde gewesen wäre, hätte er keine Chance bekommen. Spätestens als er vor dem Altar gestanden hatte, war offensichtlich gewesen, dass gutes Aussehen nicht alles war. Beileibe nicht alles. Katherine hatte mit ihren Erzählungen über die Jagdtriebe der McCarthys nur noch das Sahnehäubchen auf ihren Ekel gesetzt.

Aber er wollte sie.

Und er würde sie nicht bekommen! Auch wenn es nur um eine schnelle Nummer ging, die er – laut Aussage seiner frischgebackenen Ehefrau – mit jeder Nutte schob, die bei drei nicht auf dem Baum war, fühlte April eine gewisse Genugtuung.

»Ich schätze, du solltest ein bisschen langsamer trinken«, sagte sie kühl zur Braut, die schon wieder Whisky geordert hatte. »Ansonsten dürftest du mich demnächst als meistgehasste Ehefrau ablösen.«

Sie kicherte. »Weißt du was? Ist mir scheißegal! Ich hab dir doch erzählt, dass der kleine Arsch mich vier Jahre lang warten lassen hat.«

»Na ja, besser spät als nie«, versuchte April zu scherzen, was aber leider nach hinten losging, denn nun wurde sie mit einem giftigen Blick traktiert.

»Du kleine Schlampe hast doch keine Ahnung!«, zischte sie.

»Ach, wovon denn?«

Ausladend schwang Katherine einen Arm. »Von allem.«

»Richtig, will ich auch nicht.«

»Dann halt die Fresse!«

»Jetzt wirst du aber echt gewöhnlich.«

»Ist mir egal.«

»Auch das sagtest du schon. Du wiederholst dich ziemlich oft, kann das sein?«

Katherine leerte ihr Glas, schloss die Augen und schwankte nun so bedrohlich, dass sie jeden Moment zu Boden zu gehen drohte. April blickte sich nach Hilfe suchend um, nur machte niemand Anstalten, einzuschreiten, alle sahen bloß verstohlen zu ihnen, mieden aber jeden Augenkontakt.

Niederträchtige Bande!

Oh, wie sie diese Arschlöcher hasste! Sie standen daneben und sahen in aller Seelenruhe zu, wie die Braut einmal komplett die Nerven verlor. Wer wusste schon, was der Grund dafür war? Sie sahen zu, wie sie Dinge tat, die sie morgen – wenn sie wieder nüchtern wäre –, bitter bereuen würde. Aber niemand griff ein, weshalb es wohl allein Aprils Aufgabe war, die Katastrophe noch aufzuhalten. Und so trat sie rasch vor, griff zu, bekam die Braut am Arm zu fassen und hinderte sie am Fallen.

Katherine musterte sie durch glasige Augen. »Warum tust du das?«

»Weil alle dreckigen Schlampen so was tun«, erwiderte April und nahm ihr das Glas weg. »Hör jetzt auf zu trinken!«

»Warum?

»Weil ich es dir sage. Oh!«, sagte April lauter, sodass einige der am nächsten Stehenden es unter Garantie mitbekamen. »Es ist aber auch wirklich heiß, logisch geht es dir nicht gut. Wolltest du dich nicht umziehen?«

»Was?« Kichernd sah Katherine zu ihr auf. »Ach so, ja, hab ich verschoben.«

»Dann wird es jetzt aber höchste Zeit.« April stöhnte, als sie sich bei dem schweren Frauenkörper mit dem noch schwereren Kleid unterhakte und ihn damit fast trug. »Reiß dich zusammen, verdammt!«, zischte sie Katherine aus dem Mundwinkel zu und machte sich daran, sie zum Haus zu schleppen.

Weit kamen sie nicht. Der Weg wurde ihr von einem jungen Mann verstellt, den sie auf den zweiten Blick als Bruder von Bill ausmachte – Frack Nummer zwei, wenn sie das richtig sah.

»Ist alles in Ordnung?«, erkundigte er sich überflüssigerweise.

Dass es nicht so war, hätte sogar ein Blinder bemerkt. Die waren hier alle gestört, einer wie der andere, oder sich nicht zu schade, jeden möglichen Eklat auch bis zum Ende auszureizen.

»Oh ja, alles glänzend«, gurrte April, während Katherine vor sich hin kicherte. Oh Mann! »Ihr ist nur ein bisschen übel geworden. Die Aufregung, die Hitze, wer weiß? Ich bring sie hinein. Ein bisschen Ruhe dürfte sie in Nullkommanichts wieder auf die Beine bringen.«

Sein Blick fiel auf die Braut, die sich wenigstens so viel Verstand bewahrt hatte, um ihm irgendwie standzuhalten. Dann machte er den Weg frei, sodass sie weitergehen konnten. Was April mit ihrer Last im Schlepptau auch tat. Irgendwie.

»Nichts passiert, sie ist nur ein bisschen erschöpft«, teilte er der Menge mit, die in ihrer näheren Umgebung verdächtig still geworden war. Was sie antworteten, hörte April nicht mehr, denn wenig später hatten sie die Kühle des verhassten Hauses erreicht und schleppten sich so schnell wie möglich durch den Saal, in dem wie auch im letzten Jahr das Büfett aufgebaut worden war. Als sie die riesige Halle mit dem Kuppeldach erreichten, blieb April schnaufend stehen. Der Schweiß rann ihr in Strömen über das Gesicht.

»Wo ist dein Zimmer?«

»Was? … Oh!« Katherine kicherte mal wieder. »Dritte Etage, vierte Tür, Westflügel.«

April schüttelte den Kopf. »Zu weit. Komm!« Damit schleppte sie ihre Last in den nächstbesten Gang, von dem sie wenigstens vermutete, dass er nicht in den Personalbereich führte. Und selbst wenn, wäre ihr auch das mittlerweile egal gewesen. Katherine war nämlich vollständig abgefüllt und hatte keine Hemmungen, sich in ihre Arme zu werfen und mitschleifen zu lassen. Was April immer schwerer fiel.

Deshalb stoppte sie im nächstbesten Raum, der eine Art Wohnzimmer oder etwas Vergleichbares darstellte. Dunkle Möbel waren vorherrschend, es gab einen Kamin, in dem kein Feuer brannte, und ein breites Sofa.

»So, hierher!«

Mit letzter Kraft zerrte sie Katherine dorthin und verfrachtete sie auf das Polster.

Die Braut warf sich auf den Rücken und legte einen Arm über ihre Augen und Stirn. Das Meiste des Rocks schleifte am Boden, weil es auf der Liegefläche einfach keinen Platz fand.

April richtete sich schwer keuchend auf und wischte sich über das schweißnasse Gesicht. Verdammte Scheiße! »Ich kann ja verstehen, dass du dich besäufst, bei einem Mann wie deinem Bill …«

»Hmmm …«, machte Katherine.

»… aber das wird Ärger geben, das kann ich dir flüstern.«

»Hmmmm …«

»Soll heißen, du hast mich gerade übertrumpft.«

»Glaub ich nicht«, murmelte sie, ohne April anzusehen. Es klang sehr schwach.

»Kannst du aber. Ich denke nicht, dass sie mir das Märchen mit der plötzlichen Übelkeit abgenommen haben.«

Katherine lachte hohl. »Und weißt du was … April? So heißt du doch, oder? April?«

Hatten sie das nicht schon vor einer halben Stunde geklärt? »Ja …«

»Es ist mir scheißegal.«

April begriff, dass sie direkt in eine Krisensituation gerauscht war und nahm seufzend die Hand der Braut, die nicht über ihrer Stirn lag. »Das ist es nicht. Schließlich ist das dein Hochzeitstag, ich könnte mir vorstellen, dass du ein paar angenehme Erinnerungen daran behalten willst.«

Sie lachte wieder trocken und schielte über den Rand ihres Arms zu April. »Mit einem Wichser, der mich vier Jahre warten ließ, bevor er endlich mal den Termin angesetzt hat? Weißt du, warum er mich überhaupt geheiratet hat?«

»Ich schätze, Daddy hat es befohlen.«

Sie deutete mit einem Zeigefinger auf April. »Du hast es erraten.«

»Aber wenn du so unsicher bist, warum …«

»*Ich* bin nicht unsicher, ich liebe ihn wirklich …«, wurde sie prompt korrigiert. »Ich kann ihn nur nicht ausstehen. Das ist ein Unterschied.«

April musste lachen. »Das weiß ich. Ehrlich, ein solches Gefühlschaos ist mir nicht unbekannt.« Eine Weile herrschte Schweigen, bis April sich räusperte. »Soll ich dir ein Wasser besorgen? Oder vielleicht besser einen Espresso?«

»Nein, dann muss ich pinkeln. Hast du eine Ahnung, wie schwer es ist, in diesem Kleid aufs Klo zu gehen?«

»Ich kanns mir vorstellen. Warum ziehst du dich nicht um?«

»Weil …« Katherine seufzte. »Weil ich den Moment hinauszögern will. Es ist unglaublich schwer und eng und ich krieg keine Luft, aber …«

»Du wirst es niemals wieder tragen«, wisperte April, die sofort verstand.

»Ja.« Auch Katherine flüsterte. »Wenn ich es ausgezogen habe, dann wird es gereinigt und eingemottet und ich werde es irgendwann meiner Tochter geben … Aus der Traum von der Traumhochzeit, dann bin ich nur noch Ehefrau. Eigentlich ist das Leben doch jetzt vorbei.«

»Fuck.«

»Kannst du laut sagen …«

»FUCK!«

Beide kicherten und Katherine sah sie kurz an, bevor sie aufstöhnte und den Arm wieder über ihre Augen legte.

»Ich hätte auch gern so ein Kleid gehabt«, murmelte April, ohne vorher darüber nachgedacht zu haben.

»Ach ja, ihr wart ja die Experten mit der Hochzeit in Atlantic City.« Katherine lachte. »Oh Gott, das war ja ein solcher Skandal … Ich habe dich beneidet.«

»Echt? Warum?«

Katherine seufzte. »Weil du den Mut hattest, dich aufzulehnen.«

»Wogegen?«

Sie zuckte die Schultern. »Gegen das Establishment, was weiß ich? Gegen die Familie.«

»In die du gerade eingeheiratet hast.«

Katherine seufzte. »Ja, ich liebe ihn eben, auch wenn er ein Wichser ist.«

Dazu sagte April besser nichts, denn sie konnte sich beim besten Willen nicht vorstellen, wie man jemanden lieben sollte, der Stunden vor der Hochzeit erst einmal erzählte, wen er alles gern flachlegen würde, und dass er im Sommer schon aus lauter Zwang fremdgehen musste.

»Er ist kein schlechter Mensch. Ich weiß, dass du das glaubst«, nuschelte Katherine.

April runzelte die Stirn. »Was?«

»Bill«, murmelte Katherine, die allmählich wieder nüchterner klang. »Ich weiß, dass du ihn für einen Arsch hältst. Aber er ist …«

»Hmmm?«

»Er steht unter Druck.«

»Das stehen andere auch.«

»Ja, aber er ist der Erstgeborene, das ist was anderes.«

»Und deshalb darf er dich betrügen?«

Sie zuckte mit den Schultern. »Das tun sie alle.«

»Meiner nicht«, verkündete April würdevoll.

Katherine lächelte. »Abwarten, Schätzchen.«

April sagte nichts, denn natürlich war so etwas immer möglich, ob es sich nun um einen McCarthy handelte oder nicht. Aber soweit sie wusste, hatte Greg sie nicht schon vor ihrer echten Hochzeit, also der zweiten, freudestrahlend mit anderen Frauen beschissen.

»Sind deine Eltern … sind sie auch …?«

Wieder lachte Katherine. »Du meinst, ob sie zum Club gehören? Sicher, sonst würde ich jetzt hier nicht sturzbetrunken liegen und McCarthy heißen.« Sie überlegte einen Moment und fügte hinzu: »Greg war der Erste seit vielen Jahren, der ausgebrochen ist.«

»Dann hast du dich mit Bills Untreue abgefunden?«

»Uhhh, das klingt ungläubig, na ja, verständlich, wenn man

bedenkt, wo du herkommst.« Wieder nahm Katherine den Arm herunter und April wurde mit erstaunlich wachen und illusionslosen Augen konfrontiert. »Ich habe mich nicht damit abgefunden, nicht wirklich. Ich werde versuchen, dagegen anzukämpfen, auch das kannst du mir glauben. Aber …« Sie zuckte mit den Schultern. »Die Treue ist ihnen nun mal nicht so wichtig. Andere Werte zählen.«

April schnaubte. »Na ja ich weiß nicht. Wenn mich mein Mann betrügen würde, dann würde ich Amok laufen.«

»Ja, das würdest du – ich nicht. Ich kämpfe anders.«

»Aber es ist schon komisch, wenn du direkt am Tag der Hochzeit damit beginnen musst, oder?«

»Was soll das heißen?« Katherine überlegte und dann lachte sie. »Glaubst du, er treibt es gerade mit einer der Brautjungfern?« Lachend warf sie den Kopf zurück und sah sie dann wieder an. »Nein, keine Sorge. Er ist bei William und deinem Mann. Ich sollte dich so lange irgendwie beschäftigen.«

Schlagartig stand April ein wenig gerader. »Was?«

Träge sah Katherine sie an. »Reg dich ab, sie haben irgendwas zu besprechen.«

»Ja, aber …«

Okay, sie hatten irgendwas zu besprechen, aber so lange? Und außerdem wäre sie gern dabei gewesen, wenn diese – die letzte, die wichtigste – Diskussion geführt wurde. Sie gehörte nun mal nicht zu der Sorte Frau, wie Katherine eine war – oder werden wollte –, die sich höflich abwandten und die Männer in Ruhe ihre Geschäfte führen ließen.

»Ich muss gehen. Hoffentlich fühlst du dich bald besser«, stieß sie hervor und eilte aus dem Raum, fand sich aber kurz darauf hilflos in der großen Kuppeldach-Halle wieder. Das Problem war, dass sie nicht die geringste Ahnung davon hatte, wo Filthy-Finger-William im Allgemeinen so seine geheimen Treffen abhielt. Als sie gerade wieder zu Katherine hineinrauschen wollte, sah sie George McCarthy hereingeschlendert kommen.

»Sir!« Eilig lief sie auf ihn zu. »Ich suche Greg! Wissen Sie zufällig, w…«

»Er befindet sich in einer Besprechung«, erwiderte er abweisend und versuchte, sich an ihr vorbeizudrücken, doch April hielt ihn am Jackenärmel zurück.

»Aber er ist schon so lange weg!«

Sein Blick fixierte ihre krallenden Finger, dann sah er auf, die Augen blitzten. In diesem Moment ähnelte er seinem Sohn auf so verblüffende Weise, dass April ihn erschrocken losließ. Denn wenn Greg sie derart ansah, dann war garantiert nicht mit ihm zu spaßen.

»Er ist so lange weg, wie das Gespräch eben dauert.«, sagte er knapp. »Das geht dich nichts an. Geh wieder …«

… *spielen* – April war sicher, dass er das eigentlich sagen wollte.

»… hinaus, trinke noch einen Champagner, wir werden gleich folgen.«

»Wir?«

Anhand seines plötzlich langen Gesichtes erkannte sie, dass dem großen George McCarthy soeben ein Fehler unterlaufen war. »Sie gehen zu ihm?«, fügte sie hastig hinzu.

»Das geht dich nichts an!«, knurrte er. »Und jetzt verschwinde, bevor ich das Sicherheitspersonal rufe und dich entfernen lasse.«

April verspürte plötzlich einen Mut, der ihr innerhalb dieses Gemäuers bisher fremd gewesen war. Sie richtete sich zu ihrer vollen Größe auf. »Das würden Sie nicht wagen … Sir«, fügte sie noch rasch hinzu, in dem etwas jämmerlichen Versuch, die Frechheit ein wenig abzumildern. »Schließlich gehöre ich zu den geladenen Gästen. Ich werde mitk…«

In diesem Moment hörten sie aus dem oberen Teil des Hauses einen dumpfen Knall und das Geräusch zersplitternden Glases. George fluchte verhalten, setzte sich in Bewegung und jagte die Treppe hinauf; April dicht auf den Fersen, die er nicht beachtete. Er stürzte in den ersten Stock, dann nach links und riss eine Tür auf, durch die er verschwand. Als April wenig später in den dahinter liegenden Raum eilen wollte, wurde sie von George gestoppt, der im Rahmen stehengeblieben war.

Ihnen bot sich ein bizarres Bild.

Auf dem dunkel getäfelten glänzenden Boden, der über und über mit schwarzen Kristallscherben bedeckt war, befanden sich Bill und Greg – okay, Greg saß *auf* Bill und landete einen Schlag nach dem anderen auf seinen Cousin. Einen Meter von ihnen entfernt lag ein Revolver mit – wie April aufgrund ihres CSI-Fern-Studiums sofort erkannte – Schalldämpfer. Und in seinem Sessel mit einer Zigarre in der einen und einem Brandyglas in der anderen Hand saß Filthy-Finger-William und beobachtete sichtlich amüsiert die Prügelei.

Aprils fassungsloser Blick glitt zurück zu Greg, der mit seinen Fäusten immer wieder auf Bill einschlug. Schweiß stand auf seiner Stirn, sein Kopf war hochrot, die Lippen bildeten einen schmalen Strich, das Haar hing ihm teilweise im Gesicht, während er unaufhörlich mit fast zusammengepressten Zähnen knurrte:

»Ich« – Schlag – »Hoffe« – Schlag – »Du« – Schlag – »Hast« – Schlag – »Es« – Schlag – »Jetzt« – Schlag – »Endlich« – Schlag – »Kapiert. Du dreckiger Wichser!«

Gleich drei Schläge folgten – analog zu den geäußerten Worten –, und er war wirklich nicht wählerisch, wo er seine Treffer landete. April bildete sich ein, ein grauenvolles Knacken zu hören, Blut schoss aus Bills Nase und verteilte sich rasch über dessen irrsinnigerweise grinsendes Gesicht. Es kroch ihm auch in den Mund, bedeckte teilweise seine Zähne, weshalb er aussah, wie eine besonders gruselige Gruselgestalt an Halloween.

»Nur zu«, stieß er erstickt hervor. »Lass alles raus … Bro!«

Das ließ Greg sich nicht zweimal sagen, der nächste Schlag traf wieder das bereits in Mitleidenschaft gezogene Gesicht, ein weiterer den Bauch. Dazu richtete Greg sich sogar ein wenig auf, wobei er Bill am Kragen mit sich zog. Treffer um Treffer versenkte er auf dem von April so verhassten Mann, offensichtlich, ohne den Plan zu haben, demnächst damit aufhören. Bill hatte jede Gegenwehr eingestellt, er versuchte auch nicht mehr, sich zu schützen, während Greg mit unverminderter Kraft weiter prügelte und dabei wüste Beschimpfungen in die Luft entließ. Und irgendwann begann April zu begreifen, dass er nicht aufhören würde. Wenn niemand einschritt, dann würde er seinen Cousin womöglich töten. Aber wie sollte sie den vor Wut rasenden Greg allein aufhalten?

Auf der Suche nach Hilfe sah sie zu George, der dem Treiben mit ausdrucksloser Miene folgte, ganz offensichtlich hatte er nicht vor, einzugreifen … und Bills widerlicher Vater ohnehin nicht. Dieser Mann sah scheinbar ohne jede Regung zu, wie sein Sohn ins Krankenhaus geprügelt wurde. Sie konnte sich ein entrüstetes Schnauben nicht verkneifen, bevor sie sich ein Herz fasste – das in ihrer Brust übrigens laut und hektisch klopfte –, all ihren Mut zusammennahm und vorsichtig einige Schritte vorging. Sie wollte nicht, dass ihre Tochter einen Mörder zum Vater hatte. Ihre Sohlen berührten die Splitter am Boden, drückten sie tief in das erlesene Parkett und verursachten ein hässliches Kratzen, als die scharfen Kanten das Holz rettungslos zerstörten. Zaghaft legte sie eine Hand auf Greg's Schulter, und als dieser wie unter Strom stehend laut knurrend herumfuhr –, die Faust noch immer erhoben – wich sie hastig einen Schritt zurück. Sobald er erkannte, wer ihn störte, blinzelte er einige Male rasch, bevor er den Arm langsam sinken ließ.

»Du bringst ihn um«, hauchte April in die Stille hinein.

Greg schnaubte, doch endlich kehrte wieder Verstand in seinen Blick zurück. »So schnell stirbt es sich nicht – der schon gar nicht.« Damit stand er auf, legte aber sofort schützend seinen Arm um April. Die Röte wich so schnell aus seinem Gesicht, dass April dabei zusehen konnte. Bill musste ihn einige Male getroffen haben, denn Gregs linke Schläfe war leicht aufgerissen, Blut tropfte aus einer oberflächlichen Wunde und seine linke Wange färbte sich bläulich. Er schien es nicht einmal zu bemerken. Zurück blieb die leicht spöttische Miene, die er meist zur Schau trug. Sein Blick galt Filthy-Finger-William, der noch immer entspannt in seinem Sessel saß.

»Ich denke, dass jetzt wirklich alles restlos geklärt ist«, stieß er hervor, noch immer außer Atem. »Und deshalb würden meine Frau und ich jetzt wirklich gern diesen Ort verlassen.«

George und William musterten einander, April entging das knappe Nicken nicht, auch wenn Filthy-Finger-William ein leises Seufzen entfuhr.

Es genügte Greg, er verfestigte seinen Griff um ihre Schulter und wollte schon hinausgehen, als sie doch noch einmal zurückgerufen wurden. Es war William, wer sonst?, und er klang leicht amüsiert.

»Du solltest deinem Gegner wenigstens noch auf die Beine helfen, Greg, und ihn hinausbegleiten. Das gebietet die Achtung voreinander.«

April sah rasch in das Gesicht ihres Mannes, doch dieser zeigte interessanterweise nicht die geringste Gegenwehr. Stattdessen hielt er Bill seine freie Hand entgegen; dieser ließ sich aufhelfen, schwankte zwar ein wenig, als er stand, grinste aber immer noch – und sah immer noch wie ein wahnsinniger Killer aus.

»Ich finde, du solltest dich erst einmal säubern«, sagte William scharf, ließ einmal den Blick über Bill gleiten und wandte sich wieder seinem Scotchglas zu. Also der Mann hatte keine Angst, dass sein Sohn größere Verletzungen davongetragen haben könnte. Greg übrigens auch nicht. Der würdigte seinen Cousin keines Blickes mehr, als er April hinausführte. Sie sah nur aus dem Augenwinkel, dass Bill folgte, aber an der Treppe nicht mit ihnen hinunterging, sondern in den gegenüberliegenden Gang trat.

»Was hat der Revolver da zu suchen gehabt?«, fragte sie, sobald Bill aus dem Blickfeld verschwunden war. »Wollte er dich …«

Greg schmunzelte, während er sie die Treppe hinabführte. »Einigen wir uns darauf, dass William für keine Sekunde daran geglaubt hat«, sagte er schließlich, fasste sich an die Schläfe und betrachtete stirnrunzelnd das Blut an seinen Fingern.

April blieb fast das Herz stehen. »ER WOLLTE DICH WIRKLICH …?« Hastig legte Greg ihr seine Hand auf den Mund und sah sie drohend an.

»Nicht so laut, verdammt!«

Sie würgte die nachträglich einsetzende Furcht hinunter, und als er seine Hand mit einem letzten finsteren Blick zurückzog, wisperte sie sofort hektisch weiter. »*… erschießen? Dieser Irre wollte dich wirklich erschießen?*«

Greg antwortete nicht, was Information genug war. Wie betäubt schüttelte April den Kopf, bekam ihn aber nicht klar, egal, wie sehr sie es versuchte. Sie blinzelte und betrachtete den großen Mann mit dem ausdruckslosen und leicht lädierten Gesicht neben sich wieder.

»Greg?«

»Ja?«

»Können wir jetzt endlich hier abhauen?«

Er lächelte, nahm ihr Gesicht in seine Hände und küsste sie. Nicht nur kurz, nicht nur sporadisch, sondern ausgiebig, leidenschaftlich, mit scheinbar aller Ruhe der Welt, bewegte er seine Lippen auf ihren, seine Daumen streichelten ihre Wangen, seine Zunge erforschte ihren Mund. Und als er sie schließlich freigab, wirkten seine Augen noch etwas dunkler als sonst.

»Ja, ich schätze, jetzt können wir wirklich gehen.«

April atmete auf.

Gott sei Dank!

48. Kapitel

Zurück blieben die beiden Brüder, die einander stumm musterten, bevor William zur Bar ging, um für George einen Scotch ein- und sich nachzuschenken. George bediente sich währenddessen an den Zigarren seines Bruders. Als diese brannte, nahm jeder wortlos sein Glas, sie stießen an und ließen sich das herbe, leicht rauchige und edle Getränk schmecken.

»Tja«, sagte George, der es sich in einem der ausladenden, dunklen Ledersessel bequem gemacht hatte. »Greg hat gesiegt. Das steht wohl außer Zweifel.«

William spitzte wieder die Lippen, schmeckte den Scotch nach, den er soeben seine Kehle passieren lassen hatte und sah dann über den Rand hinweg zu seinem Bruder. »Das war keine Überraschung. Ich wusste schon lange, dass du den besseren Sohn von uns beiden hast.«

»Das ist hart …« George grinste. »… aber entspricht der Wahrheit. Nichts für ungut. Übrigens ist es mein Sohn! Ich hoffe, die Besitzverhältnisse sind nun wieder restlos geklärt.«

»Aber er hat die Schlampe«, führte William weiter aus, den letzten Einwurf übergehend.

»Ja, er hat die Schlampe«, erwiderte George McCarthy seufzend, doch sein Gesichtsausdruck ließ erkennen, dass er wohl mit dieser Tatsache umzugehen gelernt hatte.

»Sie wird ihm Scherereien machen.«

»Möglich.«

»Sie wird der *Familie* Scherereien machen.«

George schüttelte den Kopf, den Blick auf sein geneigtes Glas gerichtet. »Das glaube ich weniger, er hat sie gut im Griff.«

»Das will ich auch hoffen«, erwiderte William knapp, leerte sein Glas, löschte seine Zigarre und stand auf. »Ich sollte mich wieder auf der Party blicken lassen. Der Bräutigam wird wohl noch eine Zeit lang fehlen«, sagte er und ging zur Tür. Bevor er diese jedoch öffnen konnte, hielt George ihn zurück.

»Billy?«

Entnervt drehte er sich zu seinem Bruder um, der hob die Augenbrauen. »Hast du nicht etwas vergessen?«

William seufzte, holte seine Brieftasche aus der Innentasche seines Jacketts, zählte fünf einzelne Dollar ab und reichte sie George.

Der hatte die Nerven, nachzuzählen und sie dann sorgsam in *seiner* Geldbörse zu verstauen, bevor er den Mann vor sich musterte. »Greg kann gehen?«

»Das war der Deal«, erwiderte William, seine Kiefermuskeln zuckten, was das einzige Indiz dafür war, dass ihm die Situation nicht sonderlich gefiel.

George grinste. »Es war wie immer ein Vergnügen, mit dir Geschäfte zu machen. Du bist ein wahrer Gentleman.«

»Nein, bin ich nicht.«

George lachte laut. »Nein, bist du nicht.«

Damit stand er auf und gemeinsam verließen die beiden Brüder den Raum.

»Gib es zu, du wusstest, dass er keine Chance gegen Greg hat«, sagte George, als sie den dunklen Flur entlanggingen. Zwei ausnehmend attraktive, aufrecht gehende Männer in maßgeschneiderten Anzügen, welche die sechzig weit hinter sich gelassen hatten, denen man das aber nicht einmal annähernd ansah.

»Ich hatte gehofft, es würde anders sein«, erwiderte William knapp. »Sonst hätte ich nicht gewettet.«

»Nun ja, die Hoffnung stirbt bekanntlich zuletzt«, sinnierte

George mit einem Schmunzeln auf den Lippen, bevor die beiden Männer zurück zur Party gingen, von der Greg und seine Frau längst verschwunden waren.

Nur zwei Stunden später hatten sie die Stadt verlassen. Wieder einmal in einem von Williams Jets, das war der dritte Bestandteil der kleinen Wette gewesen. Fünf Stunden später befanden sie sich außerhalb des US-amerikanischen Luftraums.

Weder April noch Greg weinte der Heimat eine Träne nach, während June in den Armen ihres Daddys friedlich schlief.

49. Kapitel

Helen

Als Helen an diesem Abend, Ende Juli, in die abendliche Sonne der Bronx trat, fühlte sie sich, als wäre eine Zentnerlast von ihren Schultern gefallen. Nie wieder würde sie die Kanzlei betreten, deren Tür sie gerade in ihrem Rücken gelassen hatte.

Am Montag würde ihr neues Leben beginnen – oder zumindest ein Abschnitt davon. Nachdem April ihn ordentlich bearbeitet hatte, da gab sie sich keinen Illusionen hin, hatte Greg seine Kontakte spielen lassen und sie in der Rechtsabteilung von Daddy Georges Firma untergebracht. Nicht alles wurde an Kanzleien weitergegeben, kleinere Reklamationen und Beschwerden der amerikanischen Kundschaft betreute man direkt. Es würde ihr Spaß machen, dort tätig zu sein. Ihr Chef wirkte zwar, als hätte er den legendären Stock im Arsch und war uralt, aber er machte einen kompetenten Eindruck und launisch schien er auch nicht zu sein. Außerdem war das Gehalt so hoch, dass ihr auch das Gegenteil egal gewesen wäre. Sie würde fast das Dreifache verdienen, als sie hier monatlich bekommen hatte.

Bei diesem korrupten Arsch!

Lächelnd ging sie in den Starbucks direkt neben der Kanzlei, in dem sie sich an jedem Abend einen Macchiato kaufte. So hatte sie es seit dem Tag gehalten, an dem sie hier angefangen hatte, und so wollte sie es auch noch an ihrem letzten tun. Derartige Rituale liebte

Helen. Sie, die in dem unsteten Künstlerhaushalt ihrer Eltern aufgewachsen war, hatte immer eine gewisse Beständigkeit bevorzugt. Nicht in Sachen Männer, nun ja, wenigstens viele Jahre lang nicht. Aber in ihrem Leben. Das war auch der Grund, weshalb sie so lange in dieser Kanzlei gearbeitet hatte. Es wären in ein paar Wochen sieben Jahre gewesen. *Sieben* verdammte Jahre an ein und demselben Arbeitsplatz. Mit 19 hatte sie hier begonnen, frisch von der Highschool und dem Elternhaus in die City des stinkenden New York gekommen. Ganz ohne Abschluss, den hatte sie inzwischen nachgeholt.

Sie hatte die Stelle nie geliebt, dazu war ihr Chef ein zu großes, launisches Arschloch. Aber die Beständigkeit, die hatte ihr durchaus zugesagt. Und dazu gehörte eben auch, dass sie sich ihren Macchiato kaufte, lächelnd ihren Namen sagte – ja, jeder wusste hier, dass sie Anastasia hieß, und sie exerzierten das Spiel gnadenlos täglich einmal durch. Obwohl sie mit Carlos, einem der Barista, der sie auch nur als Anastasia kannte, sogar mal im Bett gewesen war. Nichts Weltbewegendes, sie hatten beide nur Sex gewollt und es dabei auch belassen. Seitdem grinsten sie sich neben dem üblichen Hallo immer vielsagend an. Er war keine unvergleichliche Erfahrung gewesen, nichts, was sein gut gebauter, muskulöser Körper versprach; und sein Schwanz fiel sogar extrem klein aus. Das war Helen übrigens schon mehrfach aufgefallen: Gerade die Kerle, die besonders viel Wert auf einen athletischen Körper legten, hatten meist die kleinsten Schwänze. Möglicherweise versuchten sie diesen Makel damit zu kompensieren.

Lächelnd nahm sie ihren Becher entgegen, sagte keiner Seele, dass sie niemals wieder hierherkommen würde, genoss diese Tatsache ganz für sich allein und schritt nur ein wenig gemächlicher als sonst durch den Raum, bevor sie die Tür erreichte und sie nun auch ein letztes Mal nach außen öffnete.

Nie wieder – es hatte in ihren Ohren einen fast liebreizenden Klang.

Als sie in den Sonnenschein hinaustrat, traf die Hitze sie wie eine Wand. Blinzelnd sah sie zum Himmel hinauf, auf der Suche nach einer Wolke, deren Ladung ein wenig Abkühlung durch einen Sommerregen versprach. Doch es empfing sie nur blaue Weite, an deren oberer Peripherie sich die grelle Sonne rekelte. Seufzend steuerte sie ihre Bank an, die in einem grünen Abschnitt stand, der als kleiner Park getarnt war, aber im Grunde nur als weitere Müllhalde genutzt wurde. Da sie sich hier im etwas nobleren Teil ihres Bezirks befand, wurden die Müllberge allmorgendlich weggeräumt, und man hatte sogar Papierkörbe angebracht. Doch der Rasen war von Unkraut durchsetzt. Die alte Erle schien aufgrund der Abgase, die sie täglich einatmen musste, langsam aber sicher allen Lebensmut zu verlieren, denn sie ließ die Zweige jämmerlich hängen und die Blätter waren schon jetzt – wo der Kalender gerade mal Ende Juli schrieb – auf erschreckende Weise braun. Das Klettergerüst, das irgendwann einmal von der mutigen Initiative: ›Wir verschönern unseren Stadtteil‹ errichtet worden war, hatten Vandalen längst mit den üblichen Tags besprüht und die Stangen hoffnungslos verbogen. Niemand würde sich die Mühe machen und es erneuern.

Doch für Helen war es *ihre* Bank, ihr kleiner Park, ihre Oase inmitten des Chaos', das nur New York auf diese Art beherbergte und das sie auf bizarre Weise liebte. Sie erinnerte sich an jenen Tag, als April mit diesem wahnsinnig schönen, aber in diesem Bezirk total unpassenden Audi angekommen war. Sie hatte genau hier gesessen und auf Helen gewartet, mit zwei Kaffeebechern in den Händen – ja, ihre Freundin kannte Helens Rituale.

Nun war April weg, und verdammt, sie fehlte ihr. Die Gespräche, das Lachen, das Gefühl, jemanden zu haben, der zu jeder Tages- und Nachtzeit da sein würde, um sie im Zweifelsfalle aufzufangen. Der Bedarf hatte nicht häufig bestanden, doch man erkannte erst dann, was man gehabt hatte, wenn es plötzlich nicht mehr da war.

Das Haus war mit einem Mal so still geworden. Stille jedoch war gefährlich. Man begann zu grübeln, zu grübeln und noch einmal zu grübeln. Auch etwas, das Helen bis vor wenigen Monaten so gut wie nie getan hatte. Wann genau hatte sie sich von einer das Leben bejahenden Person zu dieser … seltsamen Karikatur entwickelt? Sie hatte versucht, sich abzulenken, war vermehrt ausgegangen, hatte alte Freunde getroffen, versucht, sich zu amüsieren, und dann festgestellt, dass sie dennoch einsam war.

An Tag sieben oder acht in dieser lauten Einsamkeit hatte sie am späten Abend das Smartphone zur Hand genommen, bereit, Terence eine abschließende Nachricht zu schreiben. Es fühlte sich richtig an; als wäre dies der erforderliche letzte Schritt, um endlich einen Strich unter die Angelegenheit ziehen zu können. Nach kurzer Überlegung – und weil sie im Tippen von langen Texten auf dem Handy eine echte Niete war –, hatte sie sich ein Blatt zur Hand genommen.

Aus den beabsichtigten paar Zeilen war eine ganze Seite geworden. Sie hatte sich ihm erklärt, hatte versucht, ihm aufzuzeigen, dass sie *beide* Fehler gemacht hatten, und dass sie für lange Zeit wirklich glücklich mit ihm gewesen war. Bis … ja, bis er sich auf diese dramatische Weise verändert hatte und zu einem Mann geworden war, den sie nicht mehr kannte.

Als der Brief fertig gewesen war und sie ihn noch einmal durchgelesen hatte, beschloss sie, ihn bis zum Morgen liegenzulassen und erst dann in ein Kuvert zu stecken und abzuschicken.

Nun ja, das war jetzt zwei Wochen her und er lag noch immer an Ort und Stelle. Das Problem war nicht, sich Terence zu öffnen – sie ging davon aus, dass ihn ihr Seelenleben ohnehin nicht interessierte –, eher lag es an ihrem Stolz und der Ansicht, zu wissen, was er beim Lesen ihrer Zeilen denken würde. Er *würde* es lesen, die Neugierde würde siegen – so hätte Helen es an seiner Stelle auch gehandhabt.

Schon bei den ersten Zeilen würde er zweifelnd das Gesicht verziehen – genau so wäre es bei Helen auch gelaufen.

Ab dem dritten Satz würde er leise lachen – oder den Kopf schütteln – das wäre jedenfalls Helens Reaktion gewesen.

Er würde den Brief zu Ende lesen, weil er nicht aufhören könnte – wer brachte es schon fertig, das Lesen eines Briefes in der Mitte abzubrechen? Und dann würde er sich fragen, warum er die Zeit nicht gewinnbringender verbracht hatte. Mit … Fernsehen zum Beispiel oder damit, ein Bier zu trinken, sich auf seine Atmung zu konzentrieren …

Es war Helen nicht sehr häufig passiert, doch manchmal hatte sich ein vorübergehender Bettgenosse tatsächlich in sie verliebt. In den ersten Jahren hätte sie ihn am liebsten angeherrscht, weil sie sich in die Enge gedrängt fühlte. Wenn jemand unglücklich verliebt war, dann hatte man ihn gefälligst mit Glacehandschuhen anzufassen, schließlich litt er. Was bedeutete, dass sie sich mit einer Person beschäftigen und auseinandersetzen musste, die sie absolut nicht interessierte.

Später hatte sie diese Taktik aufgegeben. Denn unter welchen Voraussetzungen sie miteinander ins Bett gegangen waren, hatten sie vorher abgeklärt. Eine Beziehung, echte Gefühle oder vielleicht sogar ein gemeinsames Leben kam bei dem Deal nicht vor. Wenn irgendwer die Regeln brach und es ihr auch noch sagte, dann war das ausschließlich sein Problem. Ab diesem Moment hatten sie solche Kerle nur noch genervt, weil sie ihre Kreise störten. Dieses Gewimmer und Geheule, Zettel, die sie vor ihrer Tür fand … Als so etwas häufiger geschah, hatte Helen es vermieden, die Typen mit zu sich nach Hause zu nehmen. Mal davon abgesehen, dass dieses Gejammer unmännlich war, störte es sie auch, vor allem jedoch konnte man nie wissen, auf welche Ideen sie in ihrem Liebeswahn kamen. Verdammt, wenn sie nicht zwischen einer soliden Nummer und echten Gefühlen unterscheiden konnten, was taten sie dann bei Helen St. James? Schließlich hatte sie einen Ruf zu verlieren. Und wenn er auch grottenschlecht war, so verteidigte sie ihn mit allem, was sie hatte – mit vollem Körpereinsatz sozusagen.

Genau so hatte sie reagiert. In der Rückschau nicht sonderlich einfühlsam und absolut ohne jegliches Interesse am Seelenleben des unglücklich verliebten Mannes. Der Gedanke, dass ihr nun das Gleiche passieren würde, war einfach unerträglich. Aber es war ein Art Therapie gewesen, sich diese Dinge von der Seele zu schreiben, sie einmal vollständig zu denken. Auch das ›Ich liebe dich!‹, das sie zwar häufig zu ihm geäußert, dessen Konsequenz sie aber bisher nie wirklich verinnerlicht hatte.

Erst im Nachhinein war ihr aufgefallen, dass Terence es nie erwidert hatte. Nicht ein einziges Mal. Wann immer sie es gesagt hatte, küsste er sie oder schlief mit ihr oder lächelte oder sagte so was wie: »Du bist so süß, Baby«. Dabei *war* Helen überhaupt nicht süß.

Nie gewesen!

Gedankenverloren nippte sie an ihrem Macchiato.

Gestern Abend hatte sie seine Nummer auf ihrem Handy gelöscht, hatte *ihn gelöscht* und beschlossen, dass es das gewesen war. So war es gut, sie fühlte sich sogar befreit, irgendwie … wie sich damals die Siedler gefühlt haben mussten, kurz bevor sie die Mayflower bestiegen, um in die Neue Welt aufzubrechen.

Helen schloss die Augen, hielt das Gesicht in die Sonne und nahm sich vor, keinen weiteren Gedanken mehr an Terence Blue zu verschwenden. Ihre Versicherungen, die allesamt bei diesem beschissenen Konzern abgeschlossen worden waren, würde sie kündigen und sich einen anderen Anbieter suchen. Und dann wäre Terence endlich für immer und ewig …

»Dieser Sommer ist einer der heißesten, die ich je erlebt habe, die verdammte Hitze bringt mich um!«

Schon beim ersten Wort war sie erstarrt, nur ihre Finger, die sich fester in die Pappe ihres Bechers pressten, waren vielleicht Indiz dafür, dass Helen nicht gerade vom Schlag getroffen worden war.

Diese verdammte Stimme!

Wie hatte sie auch nur für eine Sekunde annehmen können, ihn vergessen zu haben?

Wie hatte sie nur meinen können, er wäre ihr egal?

Wie hatte sie nur glauben können, ihn irgendwann hinter sich zu lassen?

Nur seine Stimme hatte dafür gesorgt, dass ihr gesamter Körper von einer wohligen Gänsehaut überzogen war; das Herz hatte zu einem Dauerlauf angesetzt, ihr Mund war trocken, ihre Finger zitterten, so sehr sie diese auch um den Becher presste.

Nein!, schrie es in ihr. *Nicht jetzt, NICHT! JETZT!*

Sie konnte nicht verhindern, dass ihre Augen brannten, wusste, dass sie demnächst überlaufen würden – wusste darüber hinaus, dass auch dies unabwendbar sein würde, und war nicht einmal in der Lage zu fliehen. Tatsächlich war sie erstarrt, stand unter Schock, dem Schock der Liebe, der Sehnsucht, dieser verdammten Hoffnung, die – wie sie gerade auf die denkbar unangenehmste Art erkennen musste – eben nicht gestorben war. Genauso, wie sie ihn keineswegs hinter sich gelassen hatte. Übelkeit kroch ihre Kehle hoch, sie wollte schlucken und konnte nicht. Daran, etwas zu sagen, war nicht zu denken, ihr blieb nur, in ihrer derzeitigen Pose verharren und abwarten. Warten darauf, dass er sagte, warum er ihr gerade jetzt den Todesstoß versetzte. Jetzt, wo sie endlich stark genug war, ihn hinter sich zu lassen.

Er hatte sich neben sie gesetzt und nach einer Weile ertönte seine Stimme erneut. »Als ich zwölf war, ließen meine Eltern sich scheiden. Sie waren nie glücklich miteinander gewesen, ich wusste damals schon, dass mein Vater etliche Affären hatte, aber das war … irgendwie normal. Es mag seltsam klingen, aber wenn man damit aufwächst, dass der Vater öfter mal für ein paar Wochen verschwindet, dann ist es für einen die verdammte Normalität. Dann denkt man darüber nicht nach. Er ist sowieso nicht unbedingt ein Sympathieträger.

… Meine Mutter auch nicht. Wir sind drei Kinder und wir hatten Nannys, die uns betreuten, wenn wir nicht im Internat waren. Das war alles normal. In der Woche im Wohnheim bei den Jungs, am Wochenende daheim. Mom, die lächelte, wenn sie uns sah, uns die Stirn küsste, fragte, ob wir brav waren und uns ermahnte, dass wir immer schön lernten … Und dann war damit plötzlich Schluss. Ich … ich konnte das nicht begreifen! Sie ließen sich nicht einfach scheiden, was ja noch üblich gewesen wäre, sondern sie bekämpften sich. Bis aufs Messer. Ein Jahr liefen die Verhandlungen, ein Jahr wurden wir von einer Seite auf die andere gezerrt, immer, wer gerade Zeit hatte, quatschte auf uns ein. Meine Schwestern waren jünger, die wurden verschont, aber ich war mittendrin. Mein Vater war mit einem Mal ständig daheim und hatte enormen Gesprächsbedarf. Der Knabe hatte sonst *nie* mit mir gesprochen! Jetzt rief er mich in sein Arbeitszimmer, bot mir einen Drink an und eine Zigarre …« An der Stelle lachte Terence trocken auf. »… und meinte, wir Männer müssten zusammenhalten und dass es schließlich auch um *mein* Geld ginge. Er sagte, meine Mutter wäre eine Hure, die sich schon durch die halbe High Society geschlafen hätte. Und jetzt würde sie dafür sorgen, dass er sein Vermögen verlor. Mit Ersterem hatte er recht, mit dem Letzten nicht, es gibt vermutlich nichts, was das erreichen könnte, es ist einfach zu viel da. Aber ich hatte wirklich übersehen, dass sie in all den Jahren verdammt viele Liebhaber hatte; ich war als Kind auch zu unbedarft, um den Fehler zu begreifen, den das Bild hatte, wenn meine Mutter am Nachmittag nur in Seidenmorgenmantel herunterkam und uns begrüßte. Außerdem bekam ich sowieso nicht viel mit – ich war ja so gut wie nie da.« Er seufzte.

Helen wagte zu schlucken, inzwischen hatte sich die Starre gelöst, sie hätte ihn gern angesehen, doch nun hielt sie sich bewusst davon ab. Sie ahnte, dass der Zauber brechen würde, wenn sie jetzt die Augen öffnete. Doch eines ließ sich nicht länger leugnen. Ihre Hoffnung war neu entflammt und brannte lichterloh. Sie hätte das eindämmen müssen, verdammt, er hatte es nicht verdient, dass sie sich derart aufgab. Doch sie konnte nicht.

Baby, das ist eben echte Liebe, wisperte etwas in ihr. Vielleicht war es der Teil, der immer Verständnis für April aufgebracht hatte, wenn die mal wieder drohte, die verbotensten, in Helens Augen untragbarsten Zugeständnisse zu machen. Jetzt endlich verstand sie ihre Freundin wirklich. Liebe weichte Härte auf; Liebe sorgte dafür, dass man vergessen konnte, Liebe war sogar in der Lage, Grundsätze von einer Sekunde auf die andere unbedeutend zu machen. Liebe … war blind, taub und dumm – deshalb war es ja auch Liebe.

Ja … flüsterte es in ihr.

Ihre Fingerspitzen zuckten noch immer, aber nun in dem Bestreben, ihn zu berühren, irgendeinen Teil von ihm, es war völlig egal, welchen. Doch bisher hinderte sie sich erfolgreich daran. *Noch nicht!,* hauchte es in ihr. *Noch nicht! Lass ihn, lass ihn sprechen, vielleicht* ... Ihr Herz stockte, als ihr die andere Alternative einfiel, jene, die sie nicht berücksichtigen wollte, weil sie so unendlich … verstörend war.

Aber was, wenn auch er das Gefühl hatte, einen sauberen Abschluss zu brauchen und nicht so feige wie sie war? Was, wenn dies nur ein klärendes Gespräch werden sollte? Was dann?

Scheiße!, stöhnte sie innerlich, fühlte erneut ihre Augen brennen, schaffte es diesmal aber sofort, den Drang zu heulen beiseite zu wischen.

Nein!

Sie würde das erhobenen Hauptes überstehen.

»Sie hat ihn abgezockt. Hat ihn über 100 Millionen gekostet, die Hälfte war für uns Kinder vorgesehen, deshalb wurde es so teuer, obwohl wir sie niemals mehr als einen gottverdammten Fuck geschert haben. Sobald das Geld auf ihrem Konto war, setzte sie sich ab, es heißt, sie wäre irgendwo in Down Under untergetaucht. Vielleicht stimmt das, vielleicht auch nicht, ich habe nie wieder was von ihr gehört. Das Geld für ihre Kinder, die sie so sehr liebt – ich war im Gerichtssaal dabei, ehrlich, sie hat selbst den Richter fast zu Tränen gerührt – hat sie mitgenommen. Es war …«

Er bewegte sich neben ihr, sie konnte es genau fühlen. »Es war … wahnsinnig, danach weiterzumachen. Wir hatten nichts mehr, sprichwörtlich. Mein Vater wollte mit uns nichts zu tun haben, meine Mutter war verschwunden, wir waren in den Internaten …«

Weiter sprach er nicht, sondern verfiel in Schweigen, während Helen angespannt Luft holte und endlich die Augen öffnete. Doch es bedurfte noch einmal gehörigen Mutes, um ihn auch anzusehen. Was sie empfing, ließ sie ein weiteres Mal erstarren. Instinktiv hob sie einen Arm, ihre Finger verharrten nur Zentimeter vor seinem Gesicht

– jenem geliebten Gesicht, von dem sie in jeder gottverdammten Nacht träumte. Hier war es … und auch wieder nicht. Was immer mit ihm geschehen war, es musste mörderisch gewesen sein. Eines, was sie an ihm immer geliebt hatte, war sein makelloses, ja, fast engelsgleiches Gesicht gewesen. Nur der Drei-Tage-Bart, die etwas schmalen Lippen und das markante Kinn hatten es männlich wirken lassen, ansonsten war es ein Babyface gewesen. Blitzende blaue Augen, braun gebrannte, wundervoll warme Gesichtshaut, die Wangen immer leicht gerötet …

Jetzt sah sie in das Gesicht eines Mannes, der offensichtlich innerhalb der letzten paar Wochen nicht sehr häufig Schlaf gefunden hatte, denn unter den Augen lagen dunkle Schatten. Tiefe Kerben hatten sich um die Mundwinkel eingegraben und die Augen – diese von ihr über alles geliebten, magischen Augen – waren mit einem Mal stumpf und glanzlos.

Sein Blick huschte über ihr Gesicht und er neigte den Kopf zur Seite. Ein ironisches Lächeln schlich sich auf seine Lippen, während er ihren noch immer erhobenen Arm betrachtete, und sie senkte ihn rasch wieder.

»Was?«, wollte er mit hochgezogenen Augenbrauen wissen.

Helen schüttelte nur den Kopf, unfähig, einen Laut herauszubringen.

Seine Züge verhärteten sich auf eine Art, wie sie es nur bei seinem besten Freund jemals gesehen hatte, und als er weitersprach, klang er bedeutend finsterer. »Irgendwann hat er sich wieder an mich erinnert – ich bin sein Nachfolger, das musste wohl so kommen. Da war ich längst auf dem College. Er hat mich unter seine Fittiche genommen, hat mir gesagt, wie ihr Frauen seid, und dass ich nicht seine Fehler wiederholen soll.« Er lächelte. »Wenn ich nichts, was er mir sagte, je beherzigt habe, *das* habe ich mir gemerkt: Ich *habe* seine Fehler nicht wiederholt. «

»Nein, hast du nicht«, bestätigte sie leise und räusperte sich.

»Nein.«

Lange sahen sie sich an, Helen wusste nicht, was sie sagen sollte.

Er war hier, saß neben ihr, nach einer scheinbar endlos langen Zeit, doch er hatte nicht die Erlösung gebracht. In Wahrheit war sie nicht einmal sicher, mit welchen Worten er sie hätte erlösen können. In ihre unendliche Wehmut mischte sich allmählich Zorn, der sich langsam steigerte.

Was tat er hier?

Warum – *WARUM* – machte er es ihr so schwer? Sie hatte es doch fast geschafft. Zum dritten Mal stellte sie sich die zentrale Frage, die jede andere verblassen ließ: Warum jetzt? Was wollte er erreichen? Tränen drohten nicht mehr – was sie freute … irgendwie. Stattdessen betrachtete sie ihn mit wachsendem Unmut.

Dann sprach er weiter, und sie zuckte zusammen, weil ihr gerade ein schauriger, ein geradezu verstörender Gedanke gekommen war.

»Ich … ich hab versucht, dich gehenzulassen«, wisperte er. »Baby, ich hab es wirklich versucht, ich wollte nicht abgezockt werden wie mein Vater, ich wollte … ich wollte nicht in die Falle tappen, ich wollte nicht irgendwann genauso dastehen, wie er – ums Verrecken nicht! Und als klar war, dass es kein Baby geben würde, da war ich frei. Frei, um weiterzumachen, die nächste Frau, der nächste Fick – irgendeine, die mich diesmal nicht bescheißen würde. Aber …«

Ruckartig wandte er sich von ihr ab, verbarg das Gesicht in seinen Händen, was eine zutiefst niedergeschlagene Geste war, die Helen trotz all ihrer widersprüchlichen Gefühle erschreckte. »Es ging nicht«, sagte er dumpf in seine Handflächen. »Ich habe kein Interesse an anderen Frauen.« Nun sah er auf. »Ich will *dich*.«

Sie sah ihn nur an, was um alles in der Welt hätte sie auch darauf erwidern sollen?

Er schluckte und leckte sich mit der Zunge über die Lippen. »Greg hat versucht, mir ins Gewissen zu reden, wollte, dass ich dir eine zweite Chance gebe, aber …« Terence schüttelte den Kopf. »Darum ging es doch gar nicht! Er verstand es nicht, und April, die ihn zu mir geschickt hatte, auch nicht. Wie sollte ich dir eine zweite geben, wo ich dir doch die erste schon versagt hatte. Ich hatte …«

Sie wollte es nicht, ihr inzwischen erstarrtes Innerstes sträubte sich mit aller Macht dagegen, zu groß war die Angst vor dem, was sie fühlen würde. Dennoch griff sie zögernd nach seiner Hand, berührte zaghaft mit den Fingerspitzen seine Haut, wich zunächst zurück, weil das Gefühl noch alle Erwartungen übertrumpfte, und konnte dann nichts anderes tun, als ihre über seine zu legen, sie sanft zu drücken und ihr verdammtes Herz zu ignorieren, das in Jubelstürme ausgebrochen war. Gott, wie hatte sie es vermisst, seine Haut – ihn – zu berühren.

Terence entzog sich ihr nicht.

»Ich hatte nicht vor, irgendwas zu unternehmen, egal, was zwischen uns vorgefallen war«, bekannte er gerade und klang mit einem Mal sehr nüchtern. »Nach der Babysache war das Vertrauen weg.«

Ihre Lippen zuckten und ein Schnauben brach aus ihr heraus, allerdings sagte sie noch immer nichts, aber Terence nickte heftig.

»Ja, verurteile mich! Aber ich habe wirklich geglaubt, du hättest es dir absichtlich machen lassen, um mich finanziell bluten zu lassen.«

»Es ging mir nicht ums Geld«, erwiderte sie, erstaunt darüber, wie nüchtern sie klang. »Es ging darum, dir eins auszuwischen … aber allem voran darum, dass ich dieses Baby wollte. Ärgern konnte ich dich nur, indem ich dich zwang, dich damit auseinanderzusetzen, und somit auch mit mir. Im Grunde hast du recht: Es war ein sehr kindischer, wenig cleverer Racheversuch.«

Seine Züge verhärteten sich und er nickte. »Kenne ich irgendwo her.«

Helen seufzte. »Du hast dich wie ein Schwein aufgeführt.«

»Ich weiß.«

»Und ich habe mich genauso dämlich verhalten.«

»Nein, nicht ganz so schlimm, fürchte ich«, warf er leise ein.

Daraufhin schwieg sie, denn ja, das stellte sie trotz aller Selbsterkenntnis nicht infrage.

»Was willst du hier?«, fragte sie schließlich offensiv.

Er musterte sie unergründlich, die Spuren des alten – neuen – kaltschnäuzigen Terence waren zu sehen und es tat ihr gut. Wie grauenhaft wäre es gewesen, wenn er aufgrund einer dämlichen Phase, die er längst hinter sich gelassen hatte, alles zerstört hätte. Lieber setzte sie sich damit auseinander, dass eben auch dieser, wenig sympathische Teil zu ihm gehörte.

Dann räusperte er sich und fuhr sich wieder durchs Haar. »Okay, ich habe versagt.«

»Wobei?«

»Dich nicht mehr zu lieben.«

Sie hob die Augenbraue. »Ach! Liebe? War das nicht nur ein Wort? Seit wann hast du mich je geliebt?«

Wieder traf sie dieser Blick. Entnervt, ein wenig flehend; er schien zu sagen: *›Du weißt doch, dass ich falsch lag, also quäl mich nicht.‹* Doch so leicht würde sie ihn nicht davonkommen lassen. »Nun?«

»Okay, es war ein Fehler.«

»Weil?«

»Weil ich dich doch liebe.«

»Okay …« Nach einer Weile sah sie ihn wieder an. »Was aber noch nicht die Frage klärt, was du hier machst.«

»Nein, tut sie nicht.« Er wandte den Blick von ihr ab, die Hand hatte er aus ihrer gelöst und starrte nun wieder auf die Autos, die sich lärmend und stinkend in einem ewigen Strom nur wenige Meter von ihnen entfernt auf der Straße entlangschoben. »Ich habe dich beobachtet.«

Ihr Kopf ruckte zu ihm herum. *»Was?«*

»Ich habe dich beobachtet«, wiederholte er ungerührt. »Erst nur manchmal, dann täglich. Irgendwann tat ich fast nichts anderes mehr.« Wieder fuhr er sich mit den Händen durch das volle Haar. »Ich schätze, das war ein bisschen krank.«

»*Wo* hast du mich beobachtet?«

»Wenn du hier unterwegs warst. Und in der Stadt eben.«

»Aber …« Helen überlegte und schloss langsam die Augen. Ja,

seitdem April und June nicht mehr da waren, hatte sie sich öfters in der Stadt herumgetrieben. War shoppen gegangen, hatte sich mit anderen Freunden getroffen, die sie in den letzten Monaten vernachlässigt hatte. Sie war nicht zur alten/neuen Club-Queen geworden, doch die Decke in diesem Haus hatte zunehmend gedroht, ihr auf den Kopf zu fallen. Und so war sie eben öfter geflohen. Und er hatte sie beobachtet … gestalkt …

»Klasse, Terence!«, zischte sie. »Du bist … echt krank.«

Er zuckte nur mit den Schultern.

Nach einer Weile seufzte sie. »Und was hat dir das gebracht, abgesehen von akutem Schlafmangel?«

»Oh, sehr viel«, erwiderte er und als sie ihn rasch ansah, entdeckte sie erstaunt, dass er lächelte.

»Und das wäre?«

Sein Lächeln wurde bitter. »Ich weiß jetzt, dass es die Ausnahme gibt.«

Sie runzelte die Stirn, konnte ihm nicht folgen. »Was …«

Terence redete weiter, als hätte er sie nicht gehört. »Da war kein Mann, obwohl du reichlich Gelegenheit hattest. Aber da war kein einziger. Kein Fick, kein …«

Helen stand, bevor sie ihren Beinen bewusst den Befehl gegeben hatte, sich zu bewegen. Verächtlich starrte sie auf ihn herab. »Ach so ist das, ja?«, würgte sie hervor. »Habe ich den Test also bestanden, ja? Weil ich nicht gefickt habe, bin ich jetzt wert, vom großen Terence Blue angequatscht zu werden? Ist es das? Und was, wenn ich mir irgendwen gesucht hätte? Was, wenn ich wie jeder andere verdammte Mensch auch, die nähere Gesellschaft eines anderen gesucht hätte, und sei es nur, um für ein paar Stunden nicht allein zu sein? Dann wäre ich die Schlampe gewesen und du hättest dich bestätigt gefühlt?«

»Nein …« Er seufzte und verdrehte die Augen. »Ja …«

»Tja«, sagte Helen ein wenig zu schrill. »Das ist Pech, denn das war nur eine vorübergehende Phase, ich bin gerade dabei, mich wieder auf meine alten Verhaltensweisen zu besinnen, und sind wir doch ehrlich: Nach allem, was du und deinesgleichen denken, war ich damals eine echte Schlampe. Ohne Abstriche und auch noch verdammt stolz darauf. Weißt du was, Terence? Du kannst mich! Geh und fick dich. Geh und igel dich ein, geh und werde immer irrer, schlaf überhaupt nicht mehr, versau dir endgültig dein Leben, aber verdammt, halt dich bloß an deine Grundsätze. Die sind echt wichtig! Ich bin froh, dass ich nicht schwanger bin. Denn ehrlich, die Vorstellung, mein ganzes Leben an dir zu hängen ist geradezu gruselig!«

Damit stampfte sie davon, fühlte die Tränen in ihren Augen und hasste sich dafür.

Sogar noch ein bisschen mehr als ihn.

Terence

Es war dunkel, als er mit einem Nicken an den Wachleuten vorbei auf das Gelände fuhr. Sein Blick richtete sich sofort wieder geradeaus, die Lippen waren zusammengepresst, nur eine Hand hielt das Lenkrad seines Porsche, der Ellbogen des anderen lag im offenen Fenster der Fahrerseite, der gekrümmte Zeigefinger an seinen Lippen.

Weit vor dem Eingang stoppte er das Fahrzeug. Obwohl es lange nach Mitternacht war, musste er vorsichtig sein. Sich nähernde Scheinwerfer und ein laut röhrender Motor hätten ihn unter Garantie verraten. Ihm war nie zuvor aufgefallen, wie unglaublich *laut* sein verdammter Motor war. An dieser Seite des Hauses brannten nachts keine Lichter, was Terence sich zunutze machte, während er im Schutz der Dunkelheit wie ein Dieb zum Haus schlich. Keines der Fenster war erleuchtet; dass sie da sein würde, wusste er dennoch – verdammt, er kannte fast jeden Schritt, den sie unternahm. Weshalb er ja auch davon überzeugt war, dass er mittlerweile ernsthafte geistige Probleme hatte. Also wenn es daran noch einen Zweifel gegeben hätte … mit dieser Aktion wäre es bewiesen: Er war ein krankes Arschloch, das eingesperrt gehörte.

Yeah, aber nicht heute, dachte er und schlich zu der Terrassentür.

Sie war nur angelehnt, wie er gehofft hatte, andernfalls wäre er bereits hier in erhebliche Schwierigkeiten geraten.

Das Wohnzimmer erstreckte sich in seiner Dunkelheit vor ihm. Er kannte sich nicht sonderlich gut im Haus aus, war nur einige wenige Male hier zu Gast gewesen. Weshalb er sich nur langsam vortastete, um in seiner Dummheit nicht irgendwas umzuwerfen und damit eine abgeschwächte Form des dritten Weltkrieges loszutreten. Klar, sie hatten ihn am Tor durchgelassen – er war schließlich Terence Blue, enger Freund und Vertrauter der Familie, auch wenn diese im Ausland weilte. Aber wie die Jungs mit den breiten Rücken und den grimmigen Mienen reagieren würden, wenn er sich im Schutz der Nacht ins Haus schlich, war nicht vollständig geklärt. Er hatte sie auch nicht gefragt und wollte es ganz bestimmt nicht gerade heute erfahren.

Ohne Zwischenfälle erreichte er die Treppe, wollte schon hinaufgehen, als ihm siedend heiß einfiel, dass sich die Gästezimmer unten befanden. Sie würde dort wohnen – zumindest ging er davon aus. Und so machte er kehrt, lief mit der gleichen Vorsicht, die er bisher an den Tag gelegt hatte, in den Flügel, der zu den kleinen Apartments führte, die Greg ihm voller Stolz zur Einweihungsparty als Gästeflügel benannt hatte, und stand bald vor der ersten Tür.

Das Herz klopfte ihm bis zum Halse, seine Mundhöhle war ausgedörrt und verdammt, er war tatsächlich außer Atem. Was jetzt?

Einfach probieren?

Ja!

Die flüchtigen Zweifel – so kurz aufgekeimt, dass er sie kaum vollständig wahrnehmen konnte – waren schon wieder seiner Überzeugung gewichen, das jetzt durchzustehen. Er war verzweifelt genug gewesen, um bis hierher zu kommen, und würde jetzt nicht auf der Zielgeraden aufgeben.

Behutsam drehte er den Knauf und stand wenig später in einem kleinen, hübschen Wohnzimmer. Seine Augen hatten sich inzwischen ausreichend an die Dunkelheit gewöhnt, um die Möbel ausmachen zu können. Couch, Fernseher, kleine Anrichte und die winzige Küchenzeile … es war peinlich sauber. Dennoch wusste er, dass er richtig war. Ihr Duft hatte sich scheinbar unauslöschlich mit der Atmosphäre des Raumes verbunden. Er schloss die Augen, fühlte die Gänsehaut auf seinem Körper ausbrechen, fühlte *ihn* zum Leben erwachen und spürte plötzlich die unvorstellbare Gewissheit in sich, das Richtige zu tun.

Es war nicht nur das Parfum, sondern die besondere Note, die es mit ihrem Eigengeruch ergab. Diese Mischung aus ganz viel Helen, mit Weichspüler, einem Hauch Duschbad, Parfum, Kaffee und der unterschwelligen Note ihres Dinners.

Als Terence bemerkte, dass er wie ein Idiot *schnüffelte*, kam er zu sich. Sein Herzklopfen hatte sich noch einmal verstärkt, und für ein Bier hätte er inzwischen getötet.

Alles war so, wie er es sich gewünscht hatte. Also gab es nichts, was ihn noch aufhalten konnte. Am Allerwenigsten sein Gewissen. Typen wie er besaßen schlicht keines. Das gaben sie an der Tür zu ihrem Büro auf, in dem sie als Vorstandsvorsitzender saßen.

Die Tür zum Schlafzimmer befand sich vor ihm, er legte behutsam seine Hand auf den Knauf, schloss für einen kurzen Augenblick erneut die Augen, konzentrierte sich – wobei er sein verräterisches, beschissenes Herz, das genau jetzt zum Trommelwirbel ansetzte, strikt ignorierte – und trat schließlich ein.

* * *

Sie schlief – er machte es an ihren gleichmäßigen Atemzügen aus, welche die Stille durchbrachen. Das Fenster stand auch hier offen, ein paar Zweige, die sich in der leichten Sommerbrise der Nacht wiegten, erschienen im Mondlicht leicht gruselig. Die Schatten ihres Laubes wurden an die Wand neben dem Bett geworfen, das silberne Licht jedoch berührte das helle Laken, mit dem Helen zugedeckt war.

Ihre zarten Konturen hoben sich darunter ab – irrte er sich oder hatte sie schon wieder abgenommen? Er hatte sie nie wirklich aus den Augen gelassen, aber in der letzten Zeit nur aus der Ferne gesehen – mit mindestens zehn Meter Abstand, alles andere wäre zu auffällig gewesen. Da konnte man nicht viele Details ausmachen – was ihm übrigens öfter sehr negativ aufgestoßen war. Zwischenzeitlich hatte er wirklich überlegt, sich ein Fernglas zuzulegen, aber das war am Ende selbst Terence zu krank erschienen.

Dann hatte er sie auf dieser Bank gesehen, hatte sich ein Herz gefasst und war zu ihr gegangen, wissend, dass er ihr nie wieder so nah kommen würde, weil dies ihr letzter Tag in dieser Kanzlei gewesen war. Dass sie nicht mehr in der heruntergekommenen Bude arbeiten würde, hatte ihn durchaus gefreut, nur wurde so leider auch seine Routine durcheinandergebracht. Ihr Anblick hatte ihn erschreckt. Verdammt, er hatte dafür gesorgt, dass neben der Gier nach ihr, diesem Verlangen, ihr nah zu sein, sich nun auch Sorge um sie in ihm breitmachte. Mit einem Mal wirkte sie so … zerbrechlich – Helen hatte niemals zerbrechlich gewirkt. Sie war so blass, so dünn, so … verloren.

Ja, so verloren, so gebrochen.

Ein Racheengel, dem man die Flügel gestutzt hatte.

Das hatte er nicht erreichen wollen, okay, er hatte überhaupt nichts erreichen wollen, in Wahrheit war Terence nicht einmal sicher, was er von dieser Frau wollte oder was er vorhatte. Er wusste nur eines: dass er sie liebte. Er liebte sie mehr als sein Leben und hätte ungefähr alles für sie getan. Doch wie sollte das gehen, wie sollte er sich erneut in ihrer Gegenwart fallenlassen können, wie ungezwungen sein, wie so sein, wie er im Grunde war, wie sich ihr öffnen, wenn er ihr so sehr misstraute?

So unsagbar?

Zweifelnd den Mund verziehend ging er langsam zum Bett, bis ihr Gesicht vollständig sichtbar wurde. Im Stillen dankte er dem Mond, der jede künstliche Beleuchtung überflüssig machte. Mit geteilten Lippen stand er da, betrachtete ihre schlafenden, entspannten Züge und konnte sich nicht an ihr sattsehen. Dass er hier war, fühlte sich nicht falsch an. Zwar wusste er, dass er etliche Gesetze brach und sie mit Sicherheit nicht unbedingt glücklich wäre, wenn sie jetzt wach würde. Doch davon abgesehen fühlte es sich verdammt richtig an, genau hier zu stehen und sie anzusehen. Er hätte das über Tage tun können, ohne dass ihm langweilig geworden wäre.

Terence hatte nicht gewusst, was Liebe bedeutete, bis er sie traf. In Wahrheit hatte er die Existenz dieser Erfindung insgeheim bezweifelt, auch wenn er nicht durch die Welt getobt war, um zu verkünden, dass die Liebe an sich eine Erfindung der Blumen-, Konfekt- und Schmuckindustrie sowie der Brautausstatter war. Nein! Nur hatte er angenommen, dass es Liebe in ihrer reinen wahren Form für einen Mann wie ihn nicht geben konnte. Es sei denn, die Frau wäre genauso wohlhabend wie er. Das war in seinen Augen die einzige Möglichkeit gewesen, sich auf eine längerfristige Beziehung – auf echte Liebe – einlassen und sie unbefangen erwidern zu können. Nun ja, er hatte innerhalb der vergangenen Wochen viel gelernt. Nicht zuletzt, dass man sich nun einmal nicht aussuchen konnte, an wen man sein Herz verlor. *Dass* er es verloren hatte, war unschwer an den Formulierungen zu erkennen, die er in seinem Geist benutzte.

Wer so etwas tat, war entweder stockschwul oder er war bis über beide Ohren verliebt. Okay, oder beides.

Zu lieben bedeutete … dieses schmerzhafte, sehnsüchtige, süße Ziehen im Herzen, das ihn unweigerlich zu ihr zwang, obwohl er sich mit Händen und Füßen dagegen sträubte. Es bedeutete, dass keine Minute verging, in der er nicht an sie dachte. Es bedeutete, dass er seine Arbeit vernachlässigte, dass sein Leben einem Trümmerhaufen glich, dass es nichts gab, was ihn ablenken konnte und nichts, was noch von echter Bedeutung war – abgesehen von ihr. Es bedeutete, dass er nachts schweißgebadet aufwachte, weil er sich im Traum mit einem anderen zusammengesehen hatte. Und es bedeutete auch, dass er den Schlaf nur finden konnte, wenn er sich vorher betäubte. Mit Alkohol, mit einem Porno, mit irgendwelchen Schlaftabletten, die er sich irgendwann, von der ewigen Müdigkeit zermürbt, hatte verschreiben lassen. Es bedeutete, dass man allmählich seine bisherige Identität verlor, wenn man die geliebte Person nicht bei sich haben konnte; es bedeutete, dass man ihren Duft ständig in der Nase hatte, dass man süchtig nach dem Gefühl war, ihre Haut unter seinen Fingerspitzen zu spüren, es bedeutete, dass man in jeder Frau auf der Straße diese eine sah – und sich immer, aber auch jedes verdammte Mal, irrte. Es bedeutete, dass man sich nach einem einzigen beschissenen Kuss sehnte und danach, ihren Körper zu berühren, ihn sich zu nehmen, ihr zu zeigen, wie viel sie für ihn war.

Oh ja, es bedeutete auch viele kranke Dinge. Wie zum Beispiel, dass er jetzt bei Nacht und keinem Nebel vor ihrem Bett stand und sie anstarrte. Unfähig, sich zu bewegen, kaum in der Lage zu atmen und mit nicht der Spur einer Ahnung, was das alles überhaupt sollte, verdammt, was er erreichen wollte. Besser fühlte er sich jedenfalls nicht. Zu lieben bedeutete auch, gleichzeitig zu hassen – jedenfalls hatte Terence diese Erfahrung gemacht. Er war kein sehr emotionaler Typ, aber seine Gefühle für Helen schwankten ständig zwischen grenzenloser Anbetung und abgrundtiefem Hass. Dazwischen gab es nichts.

Verdammt, er hatte sich unmöglich verhalten, ja! Aber sie hatte nicht weniger beschissen gekontert. Helen war keine süße kleine April, die ihm jeden Fehler verzieh, die ihn gewähren ließ, egal was er anstellte. Sie zahlte mit mindestens genauso eiskalter Münze heim. Diesmal hatte sie verloren – die Natur ließ sich nun einmal nicht manipulieren –, doch Terence war klar, dass ein Leben mit dieser Frau endlose Kämpfe bedeutete. Sie würde sich widersetzen, würde sich behaupten, würde ihren Kopf durchsetzen. Und wenn er sie auf irgendeine Art nicht zufriedenstellte oder vielleicht sogar verärgerte, dann würde sie ihm die Hölle auf Erden bereiten.

Verdammt, es war ihm egal!

Er streckte den Arm aus, verharrte mit den Fingern über ihrem Gesicht – die weiche Beschaffenheit ihrer Haut war sogar in der Semifinsternis klar erkennbar. Ihre Züge waren so unendlich fein geschwungen, wirkten in ihrer Würde fast aristokratisch, und diese Lippen – verdammt, was hätte er dafür gegeben, diese Lippen mit seinen berühren zu dürfen.

Doch … es gab keinen Weg, nicht wahr? Es … es hatte keinen Zweck. All die Überlegungen von einer Zukunft mit dieser sehr, sehr schwierigen, aber so unendlich schönen Frau führten viel zu weit. Warum? Weil er – Terence – dem einen festen Riegel vorgeschoben hatte. Auch mit dem Treffen auf der Bank hatte er ihn nicht gelockert. Ihm war schleierhaft, was er von ihr gewollt hatte. Vermutlich einfach in ihrer Nähe sein. Ein jämmerlicher, verliebter Scheißer, der mit den Konsequenzen seiner Handlungen nicht mehr klar kam. Es wurmte Terence, so wie ihn vieles wurmte, was in den letzten Wochen und Monaten geschehen war. Denn sie waren ein verdammt glückliches Paar gewesen.

Paar!

Yeah!

Das war auch irgendwie ohne sein waches Dazutun passiert. Denn sie *waren* eines gewesen, sie *hatten* eine Beziehung geführt. Er hatte es nur irgendwie verpennt.

Bisher hatte sie gleichmäßig geatmet, doch jetzt holte sie tief Luft und bewegte ihre Hand – Terence stockte der Atem. Um ihre Lippen legte sich ein sanftes Lächeln, sie bewegte die Augen unter den Lidern, als würde sie träumen, seufzte, schmatzte auch kurz, was sein eigenes Lächeln aktivierte, schlief aber weiter. Unbemerkt hatte er sich zu ihr hinabgebeugt, sein Gesicht so nah an ihrem, dass er sie fast küsste. Wieder schloss er die Augen, konnte nicht anders, als die Wärme ihres Körpers auf ihn übergriff und ihm wenigstens etwas Geborgenheit spendete. Ihm war neuerdings ständig so kalt – auch dieser heiße Sommer hatte daran nichts ändern können.

Als ihm klar wurde, was er tat, richtete er sich abrupt auf, stolperte sogar einen Schritt zurück, die Finger seiner rechten Hand hatten sich auf seine Lippen gestohlen.

Was TAT ER HIER?

War er wirklich so ein kranker Scheißer?

Nein, das war er nicht, verdammter Fuck!

Fluchtartig verließ er den Raum, brachte es in seiner Schockiertheit gerade so zustande, die Tür leise zu schließen, und wankte leicht, als er wenig später auch ihr Apartment hinter sich ließ. Erst im großen Wohnzimmer blieb er stehen. Nach kurzer Überlegung ging er zur Bar, griff sich die erstbeste Flasche und schraubte sie auf. Er nahm einen Schluck – Glück gehabt, es war Wodka und kein Magenbitter. Dann ging er mit der Flasche bewaffnet zum Sofa und ließ sich auf das Polster fallen.

Lange starrte er vor sich hin, der Blick so tot, wie er neuerdings immer war. Nichts deutete darauf hin, dass er noch lebte, hätte er nicht dann und wann die Flasche an die Lippen geführt.

Seine Gedanken jedoch, die wirbelten in seinem Kopf umher.

Nein, das war nicht er; er musste damit aufhören, er *durfte* das nicht länger dulden, ansonsten wäre bald nichts mehr von ihm übrig und das gönnte er ihnen einfach nicht.

Ja!

Ihnen – nicht ihr.

Helen hatte nichts, aber auch wirklich absolut nichts mit dieser Scheiße zu tun, die ihn gerade zu vernichten drohte. Sie hatte nur den richtigen Satz zum falschen Zeitpunkt gesagt, und damit eine Welle in Bewegung gesetzt, die sich längst auf den Weg gemacht hatte. Genaugenommen vor über 18 Jahren.

18 verdammte Jahre!

Ein ganzes Leben, wenn man es genau nahm. Und er hatte sich ohne die geringste Gegenwehr einfangen lassen, hatte erlaubt, dass das Gift seines Vaters seine Venen flutete, womit er sich beinah alles genommen hatte. Oh, und seine Schlampe von Mutter nicht zu vergessen, die sie jämmerlich in Stich gelassen hatte.

Was, verdammte Scheiße, hatte Helen damit zu tun?

Nichts!

Was hatte *er* damit zu tun?

Fast genauso wenig.

Warum hatte er sich so beeinflussen lassen?

Weil er ein Arschloch war!

Und was hatte er vor, nun zu unternehmen, um den Karren noch aus dem Dreck zu ziehen?

Ja, und an dieser Stelle brüllte keine Einpeitscherstimme auf Terence ein, die ihn eben noch so hervorragend motiviert hatte. Hier endete sein Latein, denn er hatte ehrlich nicht die geringste Ahnung. Er wusste nur, dass es sich relativ gut anfühlte, hier zu sitzen, mit seinem Wodka, der so rein und klar war, wie er das Leben am liebsten hatte, es nur leider viel zu selten erlebte.

Leider …

* * *

Es benötigte den halben Flascheninhalt und Terence' Nüchternheit, bevor er endlich eine Idee hatte. Sie war wahnsinnig – nun ja, das war ja nichts Neues. Er hatte keine Ahnung, wohin das führen würde, möglicherweise zu einem längeren Aufenthalt in einer Zelle – doch wenigstens *würde* etwas geschehen, was eine willkommene Abwechslung wäre.

Terence nestelte sein Handy aus der Innentasche seiner Lederjacke, sah auf die Uhr und nickte. Es war noch genügend Zeit. Dann stand er auf und ging mit schnellen Schritten … aus der Haustür – nicht wie der Dieb, der er war, durch die Terrassentür, durch die er eingetreten war. Vorher nahm er übrigens den Ersatzschlüssel mit, der daneben am Haken hing. Was liebte er doch Greg's Sinn für Ordnung.

Als er in seinen Porsche einstieg, fühlte er sich fast beschwingt, und nachdem er die Wachleute passiert hatte, die zwar wegen der Uhrzeit leicht überrascht, aber garantiert nicht argwöhnisch wirkten, da pfiff er ein leises Lied vor sich hin.

Endlich hatte er einen Plan!

Helen

Es ging bergauf!

Also wieder.

Als sie an diesem Samstag erwachte, fühlte sie sich nicht mehr ganz so zerschlagen, wie vor einer Woche um die gleiche Zeit. Sie ließ die Augen noch für einen kurzen Moment geschlossen, gab sich Gelegenheit, richtig wach zu werden, bevor sie sich daran machen würde, die Routine zu bedienen.

Das war ein guter Schnitt, fand sie. Genau eine Woche hatte sie gebraucht, um sich von der Begegnung mit Terence in *ihrer* kleinen Oase auf *ihrer* kleinen Bank zu erholen. Obwohl sie in der vergangenen Woche ihren neuen Job angetreten hatte und damit restlos ausgelastet gewesen war, hatte er sich nur zögernd wieder aus ihren Gedanken verzogen.

Der Mensch war ein widerliches Tier – Helen war der felsenfesten Überzeugung, dass sein logisches Denkvermögen absolut kein Vorteil war, weil er es nämlich pausenlos anwendete. Egal, ob es Sinn ergab oder nicht.

Immer und immer wieder hatte Helen über die Situation auf der Bank nachgegrübelt, ohne den Scheiß abstellen zu können – und das nervte sie. Heimlich waren auch ein paar Tränen dabei geflossen – sie schämte sich grässlich dafür. Und außerdem waren ein paar Selbsterkenntnisse auf sie eingestürzt, die ihr auch nicht sonderlich behagten. Aber sie hatte nach reiflicher Überlegung und ein paar Glas Wein beschlossen, an sich zu arbeiten. Momentan gefiel sie sich überhaupt nicht – und damit war nicht ihr Spiegelbild gemeint, sondern das, was kein Spiegel dieser Welt einfangen konnte. Es war also an der Zeit, sich zu ändern.

Gut, das würde sie tun, wenn sie endlich diesen grässlichen Schmerz hinter sich gelassen hätte. Diese Überlegung motivierte sie derart, dass sie schließlich doch aufsprang und ins Bad ging. Sie huschte unter die Dusche, ließ für mindestens zehn Minuten das kühle Wasser über den Körper rieseln und föhnte sich dann ausgiebig das Haar. Als Nächstes schlüpfte sie in ein paar Leggins, zog ein weites Shirt darüber – Freizeitoutfit – und verließ schließlich ihr kleines Appartement. Ja, sie hätte auch in das Haupthaus umziehen können, April und Greg waren verschwunden und würden so schnell nicht wiederkommen, aber sie mochte die Enge der Räume und deren Überschaubarkeit. Außerdem musste Berta so nur einmal alle zwei Wochen kommen, um die Ordnung restlos wiederherzustellen. Wenn niemand Schmutz fabrizierte, dann war auch keiner da, den man beseitigen musste.

Als sie in den Flur trat, blieb sie wie angewurzelt stehen. Ihre Stirn legte sich in Falten und sie riss die Augen auf, weil eine unmissverständliche Note von frischem Kaffee, gemischt mit dem würzigen Duft gebratenen Specks in ihre Nase gedriftet war.

April?

Hatte Greg es doch noch versaut und sie war bei Nacht und Nebel heimgekehrt?

Sobald ihr dieser Gedanke gekommen war, setzte sie sich in Bewegung, doch als sie die Küche erreichte, prallte sie zurück. Ihre Augen weiteten sich, sie fühlte, wie alles Blut schlagartig ihren Kopf verließ – inzwischen musste sie wie eine Leiche aussehen –, das Herz trommelte nicht einfach nur, es schien sich aus ihrer Brust erheben zu wollen. Sie blinzelte einige Male, dann hielten zuverlässig auch der Zorn und der verdammte *Schrecken* Einzug.

»Was willst du hier?«, brach es aus ihr heraus.

Terence saß am Frühstückstisch und aß Rührei mit Speck, das er sich offenbar zuvor auf dem Herd zubereitet hatte, die schmutzige Pfanne deutete auf so was hin. Er sah auf, schien sie erst jetzt zu bemerken, und lächelte kurz. »Morgen.« Damit nahm er einen Schluck von seinem Kaffee und widmete sich wieder seinem Ei.

Helen taumelte einen Schritt auf ihn zu, betrachtete fassungslos die Gestalt, die in T-Shirt, mit nackten, gebräunten Armen, mit Bartstoppeln im Gesicht und zerzaustem Haar auf dem Kopf so aussah, als wäre sie *hier* gerade aus dem Bett gestiegen.

Er war … so unvergleichlich hübsch, so unanständig sexy, so … WAS MACHTE ER HIER?

Nach einer Weile sah er wieder auf, den Mund voller Ei. Er schluckte und sagte dann: »Wenn du auch was willst, solltest du dir einen Teller nehmen.« Und als sie noch immer nicht reagierte, fügte er hinzu: »Ich musste hier einziehen, die Renovierungsarbeiten in meinem Appartement ziehen sich länger hin. Greg weiß Bescheid. Das stört dich doch nicht, oder?«

Ihre Blicke versanken ineinander. Da war jede Menge Trotz und Mutwille in seinem, diese harte Seite von ihm, die sie erst vor wenigen Wochen kennengelernt hatte. Aber da war noch mehr. Sie fand auch die Bitte, fast ein Flehen, und diese Wärme, die sie so lange nicht mehr in seinen Augen gesehen hatte. Und unter ihnen lagen die schwärzesten Ringe, die sie jemals bei einem Mann gesehen hatte.

Helen schluckte, nachdem er den Kopf wieder gesenkt hatte und weiteraß. Ihr Blick fiel auf seine gepflegten Finger, welche das Besteck hielten, und sie sah, dass sie zitterten. Offenbar war er nicht halb so relaxt, wie sie glauben sollte. Sie wollte ihn anschreien, wollte ihm ihre Wut in das geliebte Gesicht brüllen, wollte diskutieren, wollte streiten, wollte darauf beharren, dass sie im Recht war – aller Selbsterkenntnis zum Trotz.

Und nein, es war nicht der Umstand, dass auch sie sich nicht unbedingt mit Ruhm bekleckert hatte, der sie am Ende schweigen ließ. Es war die Eingebung, dass man nicht alles immer gleich und sofort diskutieren musste, dass man nicht jeden Streit sofort eskalieren lassen musste, dass man nicht jede Situation sofort zu seinen Gunsten entscheiden musste – und wenn man sich noch so sehr im Recht wähnte. Manchmal war es wichtiger, sich zunächst eine Auszeit zu gönnen. Und so ließ sie dieses Zeichen auf sich wirken, *jedes,* das sich aus seinem Verhalten ergab; sie registrierte das gute, aber völlig unaufgeregte Gefühl der Freude in ihrer Brust, das ihr signalisierte, dass sich die Dinge über Nacht und ohne ihr Zutun zum Besseren gewendet hatten – und das zu einem Zeitpunkt, wo sie damit als Allerletztes gerechnet hatte. Sie fühlte, wie die Nervosität sie verließ. Diese gewisse innere Anspannung, die sie über Monate im festen Griff gehalten hatte. An ihre Stelle kehrte Ruhe ein.

Vernunft.

Mäßigung.

Das Gefühl, nicht unbedingt kämpfen zu müssen. Nicht sofort. Sie hatten alle Zeit der Welt – sie wusste es einfach.

Am Ende zog sie langsam den Stuhl zurück und ließ sich darauf nieder.

Wieder sah er auf, ihre Blicke versanken abermals ineinander, diesmal meinte sie, die darin vorhandene Wärme noch glühender zu sehen.

Dann stand er auf und ging zum Küchentresen. »Kaffee?«

Sie faltete ihre Hände ineinander und führte einen Zeigefinger an ihre lächelnden Lippen. »Ja, danke.«

Epilog

Greg und April

Barbados

Die Sonne rekelte sich an einem wolkenlosen Himmel über dem sich endlos vor ihnen erstreckenden Meer. June saß nackt, nur mit einem Sonnenhütchen auf dem Kopf, im feinen Sand des Strandes und gluckste immer mal wieder, während sie versuchte, das Zeug zu essen, egal, wie oft ihre Eltern sie davon abhalten wollten. Es schien ihr nicht sonderlich zu schmecken, denn sie spuckte immer wieder aus und wirkte daher eher wie ein Sandmonster als ein Baby. Seit genau zwei Tagen konnte sie überhaupt erst sitzen, und war seitdem viel ausgeglichener.

»Vielleicht hat sie das Liegen einfach angekotzt«, sagte April, die mit dem Rücken an Greg's Brust gelehnt unter dem Sonnenschirm auf einer Decke saß. Seine Hände strichen scheinbar nachlässig an ihren Seiten auf und ab. Hauchzart, kaum spürbar, aber es erinnerte sie an die heißen Stunden in der vergangenen Nacht, in der er sie ganze fünfmal geliebt hatte.

Fünfmal!

Gott!

»Schon möglich«, sagte er sanft. Seitdem sie hier waren, sprach er auf diese bedächtige Weise. Der Spott war fast vollständig aus seiner Stimme verschwunden. So, wie seine Haut täglich dunkler zu werden schien, geschah das auch mit seiner Tonlage. Nach langer Überlegung hatte April es als ultimative Ruhe identifiziert. So klang Greg McCarthy, wenn er ohne Abstriche ausgeglichen und glücklich war.

Und verdammt, ihr ging es ebenso. Seitdem sie hier angekommen waren, fügte sich alles so, wie sie es sich immer gewünscht hatte. Ja, er ging arbeiten. Montags bis freitags von neun bis sechzehn Uhr. »Die Uhren ticken hier anders. Kein Schwein wäre so bescheuert, zwölf Stunden am Stück zu schuften«, hatte er ihr erklärt und zufrieden gegrinst. »Außerdem ist das auch gar nicht nötig.«

Er war der Leiter in der örtlichen Filiale der McCarthy Financial Group – nicht global. Als George McCarthy damals dieses riesige Stück Land in exklusiver Lage kaufen wollte, musste er die hiesigen politischen Entscheider wie in solchen Fällen üblich bestechen. Das ließ sich nun einmal am besten bewerkstelligen, indem er seine eigene Filiale eröffnete. Auf diese Art konnte er die Summe einfach besser verbuchen. Obwohl sie außerhalb der USA lag, war William mit dieser Lösung einverstanden gewesen. Daher war die Niederlassung der McCarthy Financial Group auf Barbados die einzige außerhalb der Vereinigten Staaten, und Greg stand ihr nun vor.

Kein Job, der seiner vorherigen Tätigkeit angemessen war, insofern hatte sein Onkel recht behalten. Aber Greg war mit den eher provinziellen Aufgaben vollends zufrieden. Es überraschte ihn, er war sich nicht sicher gewesen, ob es seinem aufgeblähten Ego auch genügen würde, doch innerhalb der vergangenen Wochen hatte er gelernt, dass er mit seiner Familie und dem Job tatsächlich glücklich sein konnte.

Wie auch nicht …?

Während er den Blick auf das Meer gerichtet hielt und seine Hände an Aprils Armen auf und ab strichen, dachte er an die vergangenen Wochen und an jenen Abend, als er zum Nachdenken zu seinem Stein am Strand gegangen war, und wie April eine halbe

Stunde später im Mondschein aufgetaucht war.
Mit nichts als dem Laken ihres Bettes um ihrem Körper.

Erst in diesem Moment war ihm aufgefallen, wie braun sie geworden war. Ihre Haare hatten sich im feuchten Klima etwas gekräuselt und umgaben ihren Kopf wie eine wundervolle, dunkle Mähne. Als sie das Laken fallen ließ, konnte er nur auf die schönen, vollen Brüste starren, auf denen sich die kleinen Nippel dunkel ausmachten.

Er hatte sie gepackt, auf sich gesetzt, war im gleichen Moment in sie gestoßen, eine Hand auf ihrem Hals, die andere an ihren Hüften, sie vor und zurückschiebend, ihre Enge auskostend, ihre Feuchtigkeit anbetend und ihre Muskeln verdammend, die ihn viel zu schnell viel zu weit hinaufgetrieben hatten. Seinen Daumen hatte er zwischen ihre vollen Lippen geschoben, und als sie gekommen war, sich um ihn herum zusammenzog, einem Schraubstock gleich, sodass er ernsthafte Schwierigkeiten hatte, ein letztes Mal in sie hineinzustoßen, bevor er kam, hatte sie zugebissen.

Er hätte nicht gedacht, dass sich ein Orgasmus durch einen solch erlesenen Schmerz noch steigern ließ.

Danach hatten sie im Gras gesessen, wie damals, als sie sich zum ersten Mal an diesem Strand bei Nacht getroffen hatten. Er wusste nicht, weshalb diese Unterhaltungen immer die besten waren, vielleicht, weil man in der Dunkelheit einander nicht in die Augen sehen musste und deshalb freier über die Dinge, die einen bewegten, sprechen konnte.

Er hatte sich auf einen angewinkelten Arm aufgestützt, während ihr Kopf in seinem Schoß lag und sie ihm von der Zeit erzählte, in der die Scheidung zwischen ihnen geschwebt hatte. Ganz besonders aber von dieser Nacht, in der sie mit Helen in den Club gegangen und auf Scott Healhy getroffen war.

»… und er hat mir erzählt, dass er an der Börse ganz groß im Geschäft ist.«

Greg lachte auf. »Ja, der kleine Wichser. Das ist er natürlich nicht. Er gibt den Laufburschen, bringt das Essen für die gestressten Broker und so weiter. William dürfte leichtes Spiel mit ihm gehabt haben.«

Sie seufzte. »Ist er aus dem Knast raus? Sie sagten, sie hätten die Cops geholt.«

Wieder lachte Greg, diesmal klang es bissig. »Kein Mann wird in den USA verurteilt, weil er ein bisschen gegrapscht hat. Sie haben doch nicht mal deine Anzeige aufgenommen, geschweige denn, deine Personalien, oder dass du zur Zeugenaussage gerufen wurdest. Der Typ war keine halbe Stunde später wieder auf freiem Fuß, schließlich hat er einen festen Wohnsitz. Er hat danach übrigens die Stadt verlassen – ich habe versucht, ihn ausfindig zu machen, hätte mich gern ein wenig mit ihm unterhalten, aber er war unauffindbar. Ich nehme an, das war Bestandteil des Deals, um genau das zu vermeiden.«

»Arschloch«, wisperte April. Nach einer Weile fügte sie hinzu. »Weißt du was?«

»Hmmm …«

»Ich bin froh, dass ich ihn getroffen hab.«

Greg, der sie bisher versonnen betrachtet hatte, riss die Augen auf. »Was?«

»Ja«, sagte sie unbekümmert, obwohl seine Stimme einen drohenden Unterton angenommen hatte. »Ich hätte sonst nie gewusst, was für ein Riesenrindvieh er war.«

Greg überlegte. »Okay, das ist ein Argument.«

»Ja! Helen hat mich drauf gebracht.«

»Das überrascht mich jetzt.«

April winkt ab. »Sie konnte ihn nie leiden, endlich hat sie mir auch erzählt warum, weil er sie nämlich angegraben hat. Als wir noch zusammen waren.«

»Er war eben ein Wichser«, erwiderte Greg, dessen Gedanken sich schon längst wieder bei ihren wundervollen Haaren befanden. Ganz ehrlich, dieser Scott war nichts, worum sich ein Mann wie Greg Gedanken machte. Er war schlicht unter seinem Niveau und unter Aprils auch. Gut, dass sie das endlich begriffen hatte. Dann – und damit pflichtete er ihr wenigstens teilweise bei – hatte sich wenigstens *dieser* Ärger gelohnt.

Irgendwie.

»Was war das mit dieser Schlampe?«

Wieder wurde er aus seinen Gedanken gerissen. Er sah sie an, ihre Augen glitzerten in der Dunkelheit.

»Als du kamst, du weißt schon, an dem Tag, als Filthy-Finger und der Frauenschläger da waren …«

»Ja, ich erinnere mich«, sagte er knapp, seine Züge verhärteten sich, er spielte aber weiter mit ihrer Haarsträhne.

»Da hast du was von einer Nutte erzählt.«

»Ja.«

»War es Belina?«

»Ja.«

»Ja!«, zischte sie triumphierend. »Dann hatte ich recht!«

»Wobei?«

Sie winkte ab. »Helen und ich hatten eine Wette. Sie meinte, *du* hättest sie angeschleppt, ich meinte, sie hätten sie dir vor die Nase gesetzt.«

Greg warf ihr einen kurzen Blick zu. »Dann wusstest du von Anfang an, dass …«

Ihr Kichern klang ein wenig schrill. »Schön wär's! Natürlich wusste ich nichts, njente, nada. Ich meine, *nachdem* du das an dem Tag erzählt hast.«

»Ach so …« Greg seufzte und spielte weiter mit ihrer Strähne.

Sie berührte seine Lippen mit einem Finger. »Was hast du?«

»Nichts. Ich … nur, es wäre doch beruhigend gewesen, wenn du mir mehr vertraut hättest.«

»Oh, ich hab dich nicht einfach so verurteilt«, sagte sie sanft und zeichnete behutsam seine Lippen nach, was Stromstöße durch seinen Körper jagte. »Ich habe schon gewusst, dass irgendwer dir schaden will. Und mir.«

»Aber …?«

Sie zuckte mit den Schultern und verfiel in eine etwas längere Grübelei. Schließlich ertönte ihre Stimme abermals. »Okay, ich wusste, dass dir irgendwer schaden will und habe trotzdem den Fotos geglaubt. Schuldig im Sinne der Anklage. Ich habe für keine Sekunde die Echtheit der Aufnahmen angezweifelt. Sorry …«

»Sie *waren* echt«, sagte er nach einer Weile, in der sie sich stumm angesehen hatten.

»Ja. Wie kam es dazu?«

Nun musste Greg grinsen, als er an jenen Abend und jene Nacht dachte, in der er endlich einmal seinen Kopf benutzt hatte. Seine Hand hatte sich streichelnd an ihrem Bauch eingefunden, während er in jene Bar nach Brüssel reiste, in der er den Grundstein für das Gelingen seines Planes gelegt hatte. Jenes Planes, der sie letztendlich hierher gebracht hatte.

»Sie … war wirklich gut«, begann er schließlich. »Ich war zu diesem Zeitpunkt schon extrem argwöhnisch, hatte dich aus der Schusslinie entfernt, damit *dir* wenigstens nichts geschehen konnte, worüber du ziemlich sauer warst.« Er lächelte auf sie herab und tupfte einen Kuss auf ihre vollen Lippen.

Ihre Augen wurden groß. »Oh!«

Greg nickte. »Ja, ich musste irgendwie erreichen, dass du abreist. Mir war fast klar, dass man uns belauschte, Bill hatte sich ein paarmal verquatscht, deshalb dachte ich: Warum nicht einen kleinen Ehestreit fingieren, dann fühlen sie sich gleich viel sicherer. Und genau so war es. Kaum warst du weg, entspannte mein Cousin sich. Und meine Assistentin …«

Seine Augen funkelten in der Dunkelheit, während April wie gebannt an seinen Lippen hing. Er schmunzelte. »Du hattest mir zwar gesagt, dass sie wie du aussieht, das war mir übrigens auch schon aufgefallen, aber es benötigte ziemlich lange, bis ich vollständig im Bilde war. Da saß ich mit ihr schon in einer Bar. Ich hatte sie ein paarmal ziemlich angefahren, weshalb sie sehr bedrückt war. Außerdem war das unser vorletzter gemeinsamer Arbeitstag und …«

Zu ihrem Erstaunen presste er die Lippen zusammen und sah flüchtig zu ihr hinab, bevor er wieder das Meer fixierte.

»Ahhh, fuck, ich suchte Ablenkung, okay?«, knurrte er plötzlich. »Inzwischen war ich von meinem genialen Plan, dich aus der Stadt zu ekeln, gar nicht mehr so überzeugt, nachreisen konnte ich dir auch nicht, weil Bill und William mich beschäftigt hielten. Du gingst nicht ans Telefon, mir war klar, dass Helen nichts unversucht lassen würde, um dir zu erzählen, was für ein Schwein ich doch bin, und JA!« Sie zuckte zusammen, weil er plötzlich so laut gesprochen hatte; er sah sie hastig an und tupfte einen nächsten süßen Kuss auf ihre Stirn. »Sorry« murmelte er und betrachtete sie bedauernd. »Tut mir leid, aber … ich *habe* mich schuldig gemacht. Für vielleicht eine Stunde und auch nur in Gedanken, aber, verdammt, ich hatte daran gedacht, mich ein wenig in ihren Armen zu verlieren.«

»Hast du?«

Er sah sie wieder an und schüttelte langsam den Kopf, während er sich mit einer Hand das Haar aus dem Gesicht strich. »Nein, sagte ich doch eben. Ich habe dran gedacht – mehr nicht.«

Sie lauschte in sich hinein, streichelte dabei langsam über seine Brust und konnte nicht viel Wut in sich ausmachen. Er hatte daran gedacht – na ja, die Gedanken waren frei. Aber er hatte es nicht umgesetzt und *das* war der springende Punkt.

»Was hat dich abgehalten?«

Greg entspannte sich zusehends – was sie endgültig von der Richtigkeit überzeugte, ihm zu vergeben – und grinste sie an. »Du … im Grunde. Geküsst habe ich sie erst, als ich bereits davon überzeugt war, dass ein dreckiger Betrug ablief. Sie saß mir gegenüber, erzählte von sich und … sie war so hübsch und so süß und … auch leicht beklommen, das gefiel mir, das machte sie … dir noch ähnlicher, wenn ich es mir recht überlege. Aber dann verlor sie die Beherrschung und ging zu offensiv vor, unterbreitete mir ein eindeutiges Angebot, erzählte was von Liebe, und da … da wusste ich es.«

Er hatte den Blick wieder in die Ferne gerichtet, sie sah, dass sich seine Züge abermals verhärtet hatten, und streichelte ihn wieder, diesmal über seine muskulösen Unterarme, die sie besonders an seinem Körper liebte.

»Ich zog sie auf die Tanzfläche, lieferte die Show, auf die alles lauerte – da entstanden die Kussfotos –, dann erklärte ich ihr, dass ich im Bilde wäre und veranlasste sie, mich mit zu sich nach Hause zu nehmen. Davon wollten sie sicher auch noch Fotos und dann …« Humorlos lachte er sie an. »Dann habe ich sie ausgequetscht.«

»Wie?«

Er zuckte mit den Schultern. »Sie war eine Hure – eine von der kostspieligeren Sorte –, die gerade in größeren Schwierigkeiten mit dem Gesetz war und mit einem Verfahren rechnen musste. William hatte ihr versprochen, ihr aus der Patsche zu helfen, neben der Summe, die er ihr geboten hatte. Sie war tatsächlich nach deinem Bild ausgesucht worden, das Parfum hatte sie extra für mich gewählt, die Klamotten waren – natürlich abgestimmt auf die Führungsetage – deinem Stil angepasst worden. Und Bill hatte sie enorm unter Druck gesetzt, weil der Erfolg – mein Seitensprung – so lange auf sich warten ließ.« Noch immer blickte er in die Ferne. »Sie war eine Schlampe – eine kleine, käufliche Schlampe, eine echte Nutte, und das war mein Glück. Denn ich musste ihr nur etwas mehr bieten als William, und schon war sie bereit, umfassend auszupacken. Übrigens hat sie das Geld von ihm *und* mir genommen und sich dann abgesetzt. Niemand weiß, wo sie ist, cleveres Mädchen.«

Sie schwiegen für eine Weile, während April über seine Worte nachdachte.

»Wie auch immer«, sagte er irgendwann. »Ab diesem Moment wusste ich, womit ich es zu tun hatte. Im Grunde konnte ich mich geschmeichelt fühlen, denn er scheute wirklich keine Kosten und Mühen, um dich mir abspenstig zu machen, er hat sich echt ins Zeug gelegt. Immer über Bill, aber dass er den als meinen Aufpasser mitgeschickt hatte, das war mir von Anfang an klargewesen.«

Wieder stoppte er, küsste sie rasch und richtete sich dann wieder auf. »Ab diesem Moment war auch geklärt, worauf es hinauslaufen würde. Aber weißt du was?« Er beugte sich erneut zu ihr hinab und betrachtete sie.

»Nein«, wisperte sie, eine Hand legte sich auf seine Wange.

»Ich finde, wir haben dieses gesamte, elende Thema lange genug besprochen.«

»Keine Lust mehr?«

Greg schüttelte den Kopf. »Nein. Wir sollten es dabei belassen.«

Sie betrachtete das geliebte Gesicht und lächelte. »Das ist wirklich eine sehr gute Idee.«

Dann küsste er sie wieder, schwemmte damit jede Überlegung beiseite, bis sie nur noch ein Blatt im Wind war, das in seinen Armen davon getragen wurde.

* * *

In der Gegenwart summte sein Handy, sie sah aus dem Augenwinkel, wie er darauf schaute. Dann regte er sich und sie beugte sich vor, damit er sich erheben konnte, um dann zu ihm aufzusehen. »Was ist los?«

»Ich geh mich anziehen«, sagte er knapp.

»Wa…« Aber da war er schon verschwunden. April rappelte sich auf, nahm das Sandmonster auf den Arm und eilte ihm nach. Erst im Schlafzimmer fand sie ihn – nackt –, während er sich gerade Sachen herauslegte, vermutlich, um sie nach der Dusche anzuziehen.

»Wo willst du denn hin?«

Er sah nur kurz auf, seine Miene war eisig. »Nirgendwohin, ich ziehe mich nur an, was ist dagegen zu sagen?«

Nach einem Blick auf June seufzte er und nahm April das Baby ab. »Ich nehme sie mit unter die Dusche, sie kann eine gebrauchen.«

Damit wandte er sich ab und trat mit dem glucksenden Baby in die Kabine, stellte das Wasser ein, regulierte sorgfältig die Temperatur und warf April noch einen letzten Blick zu: »Ich würde dir raten, dir auch was überzuziehen!«, bevor er die Plastikwand vor ihrer Nase zuzog.

Fassungslos starrte April auf die verschwommenen Schemen ihres Mannes und ihrer Tochter, dann streifte sie entschlossen den Bikini ab und trat zu den beiden in die geräumige Kabine.

Er sah sie nur aus dem Augenwinkel an und versuchte dann weiter Junes Haar und Gesicht vom Sand zu befreien. April betrachtete das beschauliche Bild für einen Moment, dann griff sie nach dem Duschbad und schäumte sich ein, wobei sie sich seiner gelegentlichen Blicke nur allzu bewusst war. Der Aufschneider! Schließlich spülte sie die Seife wieder von ihrer Haut und nahm ihm das Baby ab. »Gib her, so kannst du dich wohl besser waschen.«

»Danke«, sagte er ohne die geringste Regung.

Sie betrachtete ihn für eine ganze Weile, wie er sich mit beiden Händen durch das nasse Haar fuhr und wie seine Hinterbacken sich an- und abspannten, wie das Wasser an seinem Rücken abperlte und senkte rasch den Blick auf June, die ihr vergnügt im Gesicht herum patschte.

»Wir kriegen Besuch?«

»Ja«, sagte er, ohne aufzusehen.

»Darf ich erfahren, wer es ist?«

Er hielt inne und musterte sie ernst. »Glaub mir, das willst du nicht wissen.«

»Was soll denn das heißen?« Langsam wurde April wütend. »Natürlich will ich das wissen. Ich meine, ich …«

Er stellte das Wasser ab und drängte sich an ihr vorbei aus der Kabine, wo er sich ein Handtuch nahm. Auch sie stieg hinaus, wartete aber, bis er sich das Tuch um die Hüften geschlungen hatte – das war auch weniger ablenkend – und reichte ihm dann das Baby, damit sie sich ebenfalls rasch abtrocknen konnte.

»Wer ist es?«

Ohne zu antworten wandte er sich ab und ging ins Schlafzimmer, wo er June, die nun ein Handtuchmonster war, auf den Boden ließ und in aller Seelenruhe begann, sich anzuziehen. Er hatte Hemd und lange Jeans gewählt, was nicht gerade Entwarnung bedeutete, aber auch nicht zu noch größerer Besorgnis veranlasste. Für William hätte er sich einen Anzug angezogen.

Hätte er doch, oder?

»Greg, ich …«

Er stöhnte, öffnete den Schrank und griff wahllos nach einem ihrer luftigen Sommerkleider, das er ihr zuwarf. »Zieh das an!«

»Greg, verdammt …«

»April, während du hier herum keifst, könntest du längst angezogen sein. Die Uhr tickt!«, knurrte er, schloss seine Jeans, beugte sich zu June hinab und ging mit dem Baby hinaus.

Fassungslos sah April ihm nach. Sie begriff gar nichts mehr. Eben war noch alles in Ordnung gewesen und jetzt? Was, wenn Filthy-Finger-William kam und somit ihr Refugium entweihte? April fühlte sich hier so sicher, so geborgen, so fernab von all dem, was ihnen noch vor wenigen Wochen zugesetzt hatte. Dass Greg so gar nichts sagte, bereitete ihr mehr Angst, als wenn er sie eingeweiht und sie so gewusst hätte, was auf sie zukam. April kannte diesen harten Gesichtsausdruck. Diese verhasste Maske, die keine Emotion offenbarte. Er legte sie nur auf, wenn die Dinge wirklich, wirklich schlecht standen und es keinen Ausweg gab.

Ihre Finger zitterten, als sie das Kleid anzog, sie konnte sich aber nicht einigen, ob aus Wut oder aus Angst. Auf Make-up verzichtete sie, hier lernte man schnell, dass jeder Funke falscher Farbe im Gesicht von der erbarmungslosen Sonne in kürzester Zeit dahingeschmolzen wurde.

Dann ging sie ins Erdgeschoss, fand Vater und Tochter im großen Wohnzimmer – in dem alle Fenster weit geöffnet waren – auf der Couch und setzte sich in einen der Sessel.

Ihr Blick lag auf Greg, der sie nur flüchtig musterte und dann wieder mit June spielte. Er hatte ihr nicht nur eine Windel angezogen, so wie sie es sonst immer hielten. Heute trug sie ein leichtes Sommerkleidchen, im Grunde eine Miniaturausgabe von ihrem eigenen.

April ließ Greg nicht aus den Augen, der wiederum fixierte nur das Baby, was April immer wütender machte. Eigentlich hatte sie gedacht, ihm klargemacht zu haben, dass sie es *hasste*, wenn er sie vor vollendete Tatsachen stellte.

Sie hasste das!

Verdammt noch mal!

Ihr Fuß wippte auf und ab, alle paar Sekunden ließ sie ein entrüstetes Schnauben verlauten, aber der Kerl zeigte nicht die geringste Angst.

Im Gegenteil!

Wann immer er doch mal zu ihr sah, geschah das sehr kurz, seine Augen verengten sich und er musterte sie eisig, bevor er weiter mit June sprach.

Schön!

Fein!

Die Minuten vergingen, was das Ganze irgendwie noch furchtbarer machte, denn April begann, sich Gedanken darüber zu machen, ob sie ordentlich genug aussah. Sie hatte sich das Haar nicht geföhnt, und vielleicht wäre etwas Make-up doch nicht so schlecht gewesen. Schließlich war sie ja eine McCarthy, und es wäre wohl bescheuert, Filthy-Finger die Munition auch noch Freihaus zu liefern.

Aber vielleicht war es auch gar nicht William, vielleicht planten ja George und Ginger einen Überfall. Immerhin war dies nach wie vor ihr Haus, auch wenn sie es Greg ohne besondere Auflagen bis auf Weiteres überlassen hatten.

GREG – wohlgemerkt.

NICHT! April und Greg, aber das war ihr egal.

Vielleicht …

Das Klingeln unterbrach ihre Grübeleien und April stand wie von der Tarantel gestochen. »Ich gehe schon!«, brüllte sie, bevor ihr das Hausmädchen – Rachel, eine Einheimische, die unentwegt lächelte – zuvorkommen konnte. Nach einem letzten vernichtenden Blick auf ihren Mann ging sie zur Tür.

Ja, sie hatte Angst.

Verdammt, sie hatte richtig Angst!

ECHTE!

Aber dies war ihr Zuhause und ihre Familie und ihre Würde.

Ihre Hand zitterte ein wenig, als sie den Knauf umfasste, was sie die Tür noch schneller aufreißen ließ. Wie auf Bestellung erblühte ihr brillantestes Lächeln. »Guten …«

Weiter kam sie nicht. An dieser Stelle erstarrte April, ihre Augen wurden groß.

Greg war hinter sie getreten und ihr damit sehr nah. Denn als seine Stimme ertönte, spürte sie seinen Arm an ihrem.

»Na hervorragend! Das kann ja heiter werden!«, sagte er trocken.

»Ja«, erwiderte Helen und grinste. »Und wie.«

»Terence, was meint sie damit?«, erkundigte Greg sich besorgt.

»Jetzt kommt rein, verdammt!«, schnauzte April, die ihre Stimme wiedergefunden hatte. Gleichzeitig fiel ihre Furcht von ihr ab, die Freude nahm sie in Besitz und sie trat Greg mit voller Wucht auf den Fuß.

»Wie kannst du mir so eine Angst machen?«, fragte sie schrill und umarmte Helen. Terence reichte sie nur die Hand, sie hatte ihm noch nicht vergeben, was er mit ihrer Freundin angestellt hatte. Verstohlen wischte sie sich über die Augen. »Gott, warum hast du mir nicht gesagt, dass du kommst?«

Helen, die June einem sehr widerstrebenden Greg aus dem Arm genommen und sie ausgiebig geküsst hatte, lächelte. »Weil ich dich überraschen wollte.«

»Das ist dir geglückt«, hauchte April, die noch immer mit den Tränen kämpfte.

»Ihr habt also beschlossen, zusammen herzukommen, ja?«, erkundigte Greg sich, als sie eine halbe Stunde später auf der Terrasse saßen und ihren Kaffee tranken.

»Nun ja, wir wohnen zusammen.«

»Wegen der Renovierung«, bekräftigte Greg.

»Genau, die wird sich noch ein bisschen hinziehen«, warf Helen ein.

»Und wir sind schließlich die Paten«, gab Terence zu bedenken. »Wir beide.«

»Das stimmt«, bestätigte April, die den Blick nicht von Helen nehmen konnte, weil sie ihre Freundin noch nie so glücklich gesehen hatte.

»Und!«, sagte diese gerade. »Wir planen ja auch Nachwuchs.«

»Ach«, sagte Greg tonlos.

»Ach!«, rief April überrascht.

»ACH!«, bestätigte Helen süffisant nickend.

»Ja, ach«, seufzte Terence und küsste Helen auf die Stirn. »Wir … äh …«

»Ihr habt es geschafft«, sagte April rasch und lächelte ihn an. »Das ist das Wichtigste!« Sie warf Helen einen bedeutungsvollen Blick zu, der sagte: *Ich will jede, verdammte Einzelheit!*

Später.

* * *

Am frühen Morgen des nächsten Tages – die Dämmerung hatte gerade eingesetzt – lagen Greg und April Arm in Arm in ihrem Bett. Sie hatten Ewigkeiten mit Helen und Terence zusammengesessen und Greg hatte sich davon überzeugt, dass es seinem Freund gut ging. Im Grunde war dies das Einzige, was zählte. Und es *ging* ihm gut, sehr gut sogar.

Er seufzte und April regte sich in seinen Armen. »Was hast du?«

»Ich weiß nicht«, erwiderte er. »Ich dachte nur gerade, dass die Liebe die seltsamsten Menschen zusammenführt.«

»Das stimmt.«

»Menschen, die augenscheinlich überhaupt nicht zusammenpassen, mit dem Potenzial, sich gegenseitig zu vernichten. Und trotzdem beharren sie darauf, eine gemeinsame Zukunft haben zu wollen.«

Ihre Finger strichen über seine nackte Brust. »Ja, das ist echt … verblüffend.«

»Finde ich auch.« Er fuhr mit seiner Hand von ihrem Ellbogen ausgehend hinauf, bis er ihre Finger erreichte und sie mit seinen umfasste.

»Und wir können ihnen noch nicht mal herzliches Beileid wünschen«, wisperte er.

»Nein«, flüsterte sie zurück. »Das wäre echt seltendämlich.«

»Wäre es«, murmelte er und betrachtete ihr geliebtes Gesicht.

»Hättest du gedacht, dass *wir* es schaffen?«, erkundigte sie sich nach einer Weile.

»Von welchem Punkt aus? Von Anfang an? Da …«

»Nein, nein«, sagte sie rasch. »Ab dem Moment, als du in Erwägung gezogen hast, mit mir …«

»Mit dir?«

»Na ja, eben so richtig zusammen zu sein.«

»So richtig?«

»Ja, mit Zukunft und allem.«

»Ach so …«

Er rollte sich auf den Bauch und sah sie intensiv an. »Ich habe für keinen Moment daran gezweifelt.«

»Niemals?«

»Niemals.«

»Für keine Minute?«

»Nein.«

»Auch keine klitzekleine Sekunde?«

»Auch nicht.«

April dachte darüber nach, dann lächelte sie und rückte zu ihm vor, sodass sich ihre Lippen fast berührten. »Soll ich dir was sagen?«

»Sag.« Auch er wisperte.

»Ich hab auch nicht gezweifelt. Niemals wirklich. Ich war sauer auf dich und ich dachte, du liebst mich nicht und …« Ihre Stirn legte sich in Falten. »Okay, ich habe schon in Erwägung gezogen, dass ich den falsch…«

Sein Finger legte sich auf ihre Lippen. »April?«

»Hmmm?«

»Das *waren* Zweifel.«

»Hmmmm.« Er hatte den Finger noch immer nicht weggenommen.

»Aber weißt du was?«

»Hmmhmm.« Sie schüttelte den Kopf.

»Das behalten wir für uns«, flüsterte er und nahm den Finger endlich weg. »Ist das okay?«

»Okay.«

»Perfekt.«

Greg betrachtete sie lange, nahm den Anblick ihres Gesichtes in sich auf und lächelte.

»Perfekt.«

Ende

Letzte Worte und Danksagung

Zunächst:

Danke!

Danke an alle, die *Blind Wedding* und *Wedding Excuses* lieben. Ihr seid umwerfend, einzigartig, die besten Leser des Universums. Klingt vielleicht kitschig, ist aber völlig ernst gemeint.

Danke, dass es euch gibt.

Dann:

Für alle, die fanden, es war zu viel Sex: Es tut mir leid.

Für alle, die fanden, es war zu wenig Sex: Es tut mir leid.

Und:

Fortsetzungen sind immer so eine Sache. Manchmal ist eine Story bereits mit einem Buch erzählt und jeder Versuch, sie wiederzubeleben, kann nur schiefgehen und ein Abklatsch des ersten Buches werden. Bei Greg und April dachte ich das auch, weshalb *Wedding Excuses* sich eigentlich mehr auf Terence und Helen konzentrieren sollte. Und so wie jedes verdammte Mal, wenn ich einen vollständigen Plot im Vorfeld entwickele, ist er spätestens bei Kapitel drei derart verzerrt, dass ich mir die Arbeit auch hätte sparen können.

Greg und April hatten sogar noch eine Menge zu sagen; nicht einmal annähernd waren ihre Probleme geklärt und deshalb sind sie auch noch einmal ausgiebig zu Wort gekommen. Allerdings bin ich sicher, dass jetzt tatsächlich alles erzählt ist. Lassen wir sie auf

Barbados glücklich werden, geben wir Helen und Terence Raum, sich in Ruhe und Frieden zu entfalten. Lasst eurer Fantasie freien Lauf, ich bin sicher, jeder wird seine eigene Geschichte weiterspinnen. Oder anders ausgedrückt: Hiermit ist die Wedding-Kurzreihe tatsächlich beendet.

Hoffentlich hattet ihr Spaß und habt die fünf so lieb gewonnen, wie ich.

Mein Dank gilt (wie immer ohne Wertung der Reihenfolge, man kann leider nur nacheinander abarbeiten):

Meiner Bethy, die sich in den letzten Wochen derart reingekniet hat, um ihr Wort zu halten. Danke!

Damla, die das Ding in einer atemberaubenden Geschwindigkeit und auch noch wahnsinnig gut lektoriert hat.

Chrissi, die mir wie auch schon beim letzten Mal von Anfang an geholfen hat, meine leicht emotionslosen, altbackenen Sexszenen aufwertete und mich ein stückweit motivierte, aus eigener Kraft in dieser Disziplin besser zu werden.

Nicole, die die Idee für Terence' legendären Auftritt in der Küche hatte. Danke für alles, für jede einzelne Hilfestellung und jeden Schubser in so vielen Jahren, die wir uns jetzt schon kennen. Und danke, dass du ›ganz bei mir bist‹.

Danke an Natascha, der es gelungen ist, mit ihrer Begeisterung meine Zweifel wenigstens ein bisschen zu zerstreuen. Sie haben mich echt gemartert, ich war nämlich zunächst überhaupt nicht von *Wedding Excuses* überzeugt.

Danke an Elke, die eine derart begeisterte Testleserin war, dass ich mich spontan in dich verliebt habe.

Danke an Peter, Stephanie und Annika – es war wieder ein Marathon und ich konnte ihn wieder ohne nach links und rechts schauen zu müssen bewältigen. Danke, dass es euch gibt und dass ihr so bedingungslos hinter mir steht. Wer so eine Familie hat, der ist der glücklichste Mensch auf Erden.

Danke auch an Babels: Wenn ich weiß, dass du es auch liest,

dann knie ich mich immer besonders rein, weil du so eine gnadenlose Kritikerin bist. :)

Danke an euch alle, die mich mit ihrer Begeisterung im Vorfeld zum Arbeiten animiert haben, auch dann noch, wenn aus den 12 Stunden längst 14 geworden waren.

Danke dem A.P.P.-Verlag. Am Anfang war es ein Experiment, eine Idee, teilweise aus Trotz geboren, und auch noch eine leicht wahnsinnige, was zwangsläufig ist, wenn man sich ansieht, wer hinter dem A dem P und dem P steckt.

Wir waren verboten idealistisch und so verdammt naiv, aber risikofreudig und wir hatten nichts zu verlieren, setzten alles auf eine Karte. Einzig der Glaube an uns und dass es doch einen anderen, einen *besseren* Weg geben muss, hat uns motiviert, sogar beflügelt.

Jedes verdammte Mal, wenn ich mir überlege, was wir alle miteinander geworden sind, bin ich so unglaublich stolz. Nicht auf die Anzahl der Autoren, die inzwischen den Weg zu uns gefunden haben, oder angesichts der Niederlagen, die uns nicht in die Knie zwingen konnten, auch nicht in Anbetracht des Erfolges, den wir hin und wieder vorzuweisen haben. Nur die Tatsache, dass wir Menschen geblieben, dass wir *anders* sind, dass das Geschäft nicht über alles geht, dass die Gemeinschaft zählt und erst dann alles andere – das macht mich wirklich froh. Besonders in der heutigen Zeit, wo Erfolg und Gewinn alle wirklich wichtigen Werte zu vernichten drohen. Haltet den Kopf oben – nicht zu weit, das ist nie empfehlenswert – nur im gesunden Selbstbewusstsein erhoben, angesichts dessen, was ihr bereits erreicht habt, vergesst niemals, dass wir im Grunde alle gleich sind und was man schaffen kann, wenn man sich nicht vom Ehrgeiz zerfressen lässt. Dann kann nichts mehr schiefgehen. Es ist so: Einzeln ist man nicht viel, gemeinsam ist man die Welt.

Bei *Wedding Excuses* wurde es einmal mehr bestätigt.

Eure Kera

Über die Autorin:

Kera Jung wurde im Jahre 1973 in Berlin geboren. Hier wuchs sie auf, besuchte die Schule und absolvierte ihre Berufsausbildung. Das Schreiben war schon immer ihr größter Traum, der leider erst sehr spät Erfüllung fand. Im Jahre 2009 nahm sie ihr Hobby wieder auf, schrieb etliche Romane und machte ihre Passion im Jahre 2013 mit Veröffentlichung des Romans: ›Keine wie Sie‹ zu ihrem Beruf. Seither wurden zahlreiche Romane und Romanreihen veröffentlicht. Neben Kera Jung ist sie auch unter den Pseudonymen Susana Dean und Olivia Carter erfolgreich. Sie liebt ihren Beruf – über allem steht selbstverständlich das Schreiben, aber auch der Kontakt zu ihren Lesern ist ihr sehr wichtig. Deshalb besucht sie jährlich etliche Messen und andere, ähnlich gelagerte Events. Daheim führt sie mit ihrem Mann und ihren zwei Töchtern in einem beschaulichen Ort auf der Schwäbischen Alb ein eher zurückgezogenes Dasein, während ihr bereits erwachsener Sohn in Berlin lebt. In der Ruhe der ländlichen Gegend hat sie den erforderlichen Background gefunden, um sich ganz auf ihre Leidenschaft konzentrieren zu können.

Ausschnitt aus Twisted Game

1. Edward Capwell

Der düstere Himmel breitet sich wie in dieser Jahreszeit üblich über New York City aus. Einschließlich Smog, der nun einmal in dieser Stadt zur Tagesordnung gehört. Kein Bewohner dieser Stadt stellt ihn infrage oder macht sich gar Gedanken darüber.

Der Big Apple ist ein Moloch – wenn auch ein geliebter.

Tony steht am Fenster und blickt nachdenklich zur dichten Wolkendecke hinauf. Ihre derzeitige Stimmung gestaltet sich ungefähr so trist und melancholisch, wie das eisige Grau oberhalb von ihr wirkt.

Zum einhunderttausendsten Mal beschäftigt sie sich mit der gleichen Frage: War es die richtige Entscheidung?

Wie immer lässt die Antwort auf sich warten, stattdessen schließen sich ihre Arme fester um den kleinen Jungen, der seinen Hinterkopf vertrauensvoll an sie lehnt und zu ihr aufschaut. Mit etwas Mühe erwidert sie sein unsicheres Lächeln, seufzt jedoch im Stillen, als wieder die Schuldgefühle auf sie einprügeln. Es ist ja nicht so, als hätte sie wirklich eine Wahl.

Die vergangenen Wochen haben sich nicht einfach gestaltet; okay, in Wahrheit ist das gesamte letzte Jahr alles andere als leicht zu bezeichnen. Erst Danielles Tod und dann noch Tim ...

Ja, Tony hat um ihre Schwester getrauert – natürlich, doch das ist kein Vergleich zu dem Schmerz, den ihr Schwager empfunden haben muss. Tatsächlich war sie gezwungen hilflos mit anzusehen, wie Tim an dem Verlust zerbrach. Auch Matty – Danielles und sein gemeinsamer Sohn – gelang es nicht, ihn über die Trauer hinwegzutrösten. Vielleicht war es daher keine große Überraschung, als die Ärzte nach sechs Monaten Leukämie diagnostizierten.

Ob diese oder eine vergleichbar tödliche Krankheit bleibt sich wohl gleich, Tony hatte bereits lange vor dem Befund geargwöhnt, dass Tim die Absicht hatte, Danielle so bald wie möglich zu folgen. Sein geschwächter Körper entschied sich nur für diesen speziellen Tod. Schön.

... Nein, nicht schön. Absolut nicht!

Denn die junge Anthonia – die ihren Namen mit aller ihr zur Verfügung stehenden Kraft hasst – stand unvermutet mit gerade einmal einundzwanzig vor einem Haufen unlösbarer Probleme: Plötzlich war sie für den kleinen Matty verantwortlich, der nicht nur seine Mom vermisst, sondern darüber hinaus seinem Daddy beim Sterben beiwohnen durfte. Die Krankenhausrechnungen, Rezeptgebühren, und was eine schwere Erkrankung gleichfalls so an Kosten mit sich bringt, wuchsen schnell in astronomische Höhen. Ihr Studium musste sie abbrechen; sie hatte keine Chance, neben der Pflege ihres Schwagers und der Zuständigkeit für ihren Neffen einen halbwegs annehmbaren Abschluss in Geschichte hinzulegen.

Tim war ein Weltverbesserer, einer von denen, die nicht auf materielle Werte setzen. Er hatte einen beschwerlichen Weg hinter sich, lebte zeitweilig auf der Straße, konsumierte Drogen, war fast tot, bis Danielle und deren Liebe ihm wieder auf den rechten Weg halfen. Seitdem hatte er Frieden und Harmonie propagiert und verdiente den Lebensunterhalt für die Familie mit seiner Musik.

Die ältere der Benett-Töchter war da bedeutend bodenständiger gewesen und hatte es wenigstens auf eine Stelle als Assistentin in einer Zahnarztpraxis gebracht.

Und – dafür könnte Tony ihre Schwester noch heute umarmen:

Danielle Capwell besaß eine Lebensversicherung, deren Prämie zwar nicht besonders hoch ausfiel, die jedoch Vater und Sohn in den vergangenen Monaten die Existenz sicherte. An Arbeit war bei Tim nämlich nicht einmal zu denken.

Nein, als ›schön‹ kann man das alles nun wirklich nicht bezeichnen.

Echt nicht!

Ein energisches, lautes, kurz aufeinanderfolgendes Klopfen unterbricht ihre Grübeleien und sie betrachtet abermals den kleinen, ernsten Jungen mit den großen blauen Augen.

»Bereit?«

Als er nickt, lächelt sie aufmunternd, verstärkt ein weiteres Mal den Druck ihrer Arme und schickt sich dann an, die Tür zu öffnen ...

* * *

Er ist so anders!

Im Geiste hatte sie sich eine etwas ältere Ausgabe von Tim vorgestellt. Blond, irgendwie zierlich und weich, nur mäßig männlich.

Vor Tony befindet sich allerdings ein Mann, der aussieht, als würde er Werbung für Testosteron laufen. Noch maskuliner ist zumindest nach ihrer Einschätzung unmöglich.

Pechschwarzes Haar bevölkert seinen Kopf; die grellblauen Augen machen sich in dem braun gebrannten Gesicht verboten hell aus und die Lippen sind schmal und scharf geschnitten. Ein dunkler Schatten bedeckt Wangen und die Kinnpartie, während die hohen Wangenknochen ihn noch ein wenig markanter wirken lassen, als bereits von Natur aus gegeben. Er ist groß, mindestens ein Meter neunzig und trägt ein weißes Hemd, das trotz der winterlichen Temperaturen am Kragen offen steht. Kein Jackett, dazu eine schwarze Hose und Schuhe in der gleichen Farbe. Darüber hinaus verkörpert er mit Abstand den attraktivsten Typ, dem sie jemals begegnet ist.

Als sie keine Anstalten unternimmt, irgendetwas zu sagen, wird seine sowieso schon verschlossene Miene eisig. »Edward Jayden Capwell. Ich habe mein heutiges Erscheinen angekündigt!«

Seine Stimme ist dunkel und leise, nur ein Hauchen, jedoch von bestechender Autorität. Hastig nickt sie und hält ihm die Hand entgegen. »Mein Name ist Anthonia Benett. Ich bin ...«

»Mir ist bekannt, wer Sie sind!« Das kommt bemerkenswert herablassend; er ignoriert ihre Geste und hebt stattdessen seinen Arm, als wolle er sie beiseiteschieben. »Dürfte ich dann eintreten?«

Über diese Unverschämtheit total verblüfft, kann sie nur wortlos Platz machen.

Was für ein Knaller!

* * *

In der geräumigen Atelierwohnung, die einst Tim und Danielles Liebesnest war, schaut er sich abweisend um und entdeckt dabei den kleinen Jungen, der sich nicht bewegt hat, aber dennoch den großen Fremden interessiert mustert.

»Das ist mein Neffe?«

»Wird wohl so sein«, erwidert Tony kühl, die neben ihn getreten ist, und erntet einen verächtlichen Blick von der Seite. Dieser Mann ist unmöglich!

Er deutet zur antiken Sitzgruppe aus Eichenholz, die ihre Schwester mit ausufernder Hingabe restauriert hat. »Darf ich mich setzen?«

»Bitte.«

Es fehlt wirklich nicht viel und sein Zeigefinger wäre prüfend über die lackierte Sitzfläche gefahren. Sie könnte schwören, dass er sich nur mühsam beherrscht, denn er setzt sich erst nach deutlichem Zögern, hat allerdings ausschließlich Augen für Matty, der bisher noch keinen Ton von sich gegeben hat.

»Wollen Sie ...«

›... etwas trinken‹, wollte die junge Frau sagen, doch der

arrogante Heini tut, als habe er sie nicht gehört. »Er ist klein für sein Alter!«

»Möglich! Trotzdem besitzt er einen gesunden Stolz!«

Capwell runzelt die Stirn. »Verzeihung, im Umgang mit Kindern bin ich nicht sehr geübt.« Sein Mund verzieht sich zu einem Lächeln, vor dem Tony am liebsten flüchten würde – mit zweiundzwanzig. Sie hat nicht die geringste Ahnung, wie die Grimasse auf einen Fünfjährigen wirken muss.

»Matthew!« Einladend hält er seinem Neffen den linken Arm entgegen und ähnelt dabei unheimlich einem miesen Zauberer aus dem Märchen. Einem dieser Typen, die versuchen, die Winzlinge zu rauben, um sie mit den hinterhältigsten Versprechungen auf die Seite des Bösen zu locken.

Darth Vader – yeah, *das* ist es!

Matty jedoch, unbedarft, wie er nun einmal ist und von Tony genauestens instruiert, scheint keine Angst vor dem fremden Mann zu verspüren, denn er tritt ohne Scheu und mit schiefem Grinsen zu ihm.

Die große Hand legt sich auf den schmächtigen Rücken; blaue, erwachsene Augen betrachten die beinahe identischen in dem kindlichen Gesicht. »Ich bin Onkel Edward, der Bruder deines Dads. Das ist dir bekannt?«

Dieser Kerl hat von Kindern nicht den blassesten Schimmer! Allerdings beschließt Matty, das Spiel mitzuspielen. Er nickt ernst, was Capwell wohl ermutigt oder so, er fährt nämlich im gleichen Tonfall fort. »Der Tod deines Vaters muss dich schwer getroffen haben ...«

Die Mimik des Jungen umwölkt sich, doch er bejaht stumm.

»Mein aufrichtiges Beileid.«

Tony könnte schwören, dass ihr Neffe kein Wort dieses seltsamen Heinis verstanden hat, obwohl er sogar diese saublöde Bemerkung mit einer positiven Kopfbewegung honoriert.

»Ich möchte dich gern mit zu mir nach Hause nehmen. Ist das okay?«

Der Kleine nickt.

»Deine Sachen sind bereits gepackt?«

Nicken.

Wieder legt sich Capwells Stirn in Falten, bevor er eindeutig gruselig lächelt. »Wie wäre es, wenn du dich noch einmal vergewisserst, dass du nichts vergessen hast? Wir werden nicht mehr zurückkehren.«

Fragend schaut Matty zu seiner Tante. »Geh nur«, sagt diese und zwingt sich, nicht den Kopf zu bewegen. Das ganze Genicke geht ihr nämlich gehörig auf die Nerven. Nach einem skeptischen Blick zu seinem Onkel macht der Junge auf dem Absatz kehrt und verschwindet.

Umgehend ist das Grinsen des widerlichen Schönlings Geschichte, was auch besser ist, urteilt Tony – es hat ohnehin ziemlich gestellt und unecht gewirkt. Im nächsten Moment fixieren sie kalte, scharfe Augen, die Röntgenfähigkeiten zu besitzen scheinen. »Er kann aber sprechen, ja?«

»Matty ist durchaus in der Lage, sich verbal zu verständigen«, nickt sie und ärgert sich sofort. Scheiß Nicken!

»Gut zu wissen. Wie wird er die Trennung von seiner ... *Mutter* verkraften?«

Was soll denn die bescheuerte Frage? »Ich schätze nicht so gut, allerdings wird er sich wohl zwangsläufig daran gewöhnen müssen.«

Sein Mund verzieht sich zu einer ironischen Grimasse. »Demnach haben Sie schon geübt, oder wie darf ich diese Bemerkung verstehen?«

»Bitte?« Langsam wird ihr dieser Typ hochgradig unsympathisch.

Capwell stöhnt verhalten und sichtlich entnervt. »Vermutlich haben Sie nicht sonderlich viele Überlegungen darüber angestellt – warum auch? Ich denke jedoch, dass der Junge möglicherweise Schwierigkeiten mit dieser abrupten Entzweiung bekommen dürfte. Aus welchem Grund auch immer, er scheint Sie zu mögen. Also, haben Sie sich eventuell doch Gedanken über mögliche Besuche gemacht oder wollen Sie ihn tatsächlich nie wieder sehen?« Mit jedem neuen Wort wird er leiser, drohender und der Blick kälter, bis er irgendwann so eisig ist, dass Tony unwillkürlich zusammenfährt.

Abgrundtiefe Abscheu!

Diese Miene! Der gesamte Mann besteht daraus. Er betrachtet sie, als wäre sie irgendein widerliches Insekt, das vernichtet gehört, weshalb sie plötzlich akute Probleme hat, Matty mit ihm gehen zu lassen. Diese Entscheidung fiel ihr schon vorher bestimmt nicht leicht, nur da wog sie das Ganze mit kühler Logik ab und sprach dann vernünftig mit dem kleinen Waisen. Bei seinem reichen Onkel wird er es bedeutend besser haben als bei ihr. Nur leider ist Tony genau davon mit einem Mal überhaupt nicht mehr überzeugt …

Blitzschnell überlegt sie. Egal aus welcher utopischen Regung heraus, der Typ hält sie für Mattys Mutter. Was bis hierhin ein echter Witz ist, den sie im Grunde umgehend aufzuklären beabsichtigt, erweist sich mit einem Mal als ihre einzige Chance.

»Matty leidet seit einem Jahr an Asthma«, sagt sie eilig. Seine Stirn legt sich mal wieder in Falten. »Es ist unter Kontrolle, keine Sorge. Ich dachte, ein sauberer Bruch wäre die beste Lösung und er würde sich so einfacher zurechtfinden. Inzwischen sind mir da jedoch ein paar Zweifel gekommen. Vielleicht sollte ich ihn fürs Erste begleiten, zumindest, bis er sich eingelebt hat.«

Gefährlich blitzen die blauen Augen auf. »*Das* ist tatsächlich eine äußerst überraschende Schlussfolgerung.«

Darauf weiß Tony nichts zu erwidern, doch etwas anderes ist ihr soeben eingefallen, was sie sogar brennend interessiert. »Woher wussten Sie eigentlich von Matty? Hatte Tim nicht den Kontakt zu seiner Familie abgebrochen?«

Der Supermacho presst die Lippen aufeinander. »Das ist korrekt. Meine Eltern konnten sich nie für sein unorthodoxes Lebensmodell erwärmen, ich übrigens ebenfalls nicht. Allerdings standen wir Brüder in lockerer Verbindung.« Capwell lehnt sich zurück, breitet die Arme auf der Lehne aus, und mustert sie abschätzend. »Von dem Kind erfuhr ich erst kurz vor Tims Tod. Um ehrlich zu sein, habe ich nicht das geringste Verständnis für die Art von Verhältnissen, in denen Sie leben ...«

»Was genau wollen Sie damit ...?«

»Muss ich Ihnen das tatsächlich in allen Einzelheiten auseinandernehmen?«, erkundigte er sich gelangweilt. »Gut, wenn es unbedingt erforderlich ist: Timotheus war ein Träumer, ein Illusionär, der mit den Anforderungen und harten Geschäftspraktiken meines Vaters nie umgehen konnte. Er berichtete mir von Ihrer bizarren sexuellen Beziehung.«

Als er ihren ratlosen Gesichtsausdruck sieht, lächelt er ironisch. »Timotheus, Tony und ... Sie! Sie dürfen mit dem Theater aufhören; ich bin umfassend informiert ...«

Tony ist blass geworden, was ihm offenbar sichtliches Vergnügen bereitet. Die Stimme wird immer dunkler, die Augen blitzen greller und seine Worte klingen mit jedem neuen verletzender. »Zunächst konnte ich nicht verstehen, aus welchem Grund sich zwei Männer eine Frau teilen sollten, bis ich endlich hinter die Antwort kam. Sie haben beide hingehalten, richtig? Ich weiß, wie sehr mein Bruder Sie mochte, es klingt in seinen Briefen mit. Ähnlich werden Sie mit diesem Tony verfahren sein. Dass Sie sich so kurzfristig entschließen können, Ihren Sohn nicht ad hoc zu verlassen, kommt daher nicht sonderlich überraschend. Doch ich muss Sie enttäuschen, ich hege nicht die geringste Absicht, Sie auszuhalten, bin allerdings bereit, um des Jungen willen, einen Kompromiss einzugehen. Sie begleiten uns; sollten Sie jedoch auf die Idee kommen, ihn im Stich zu lassen, weil Ihnen die gesamte Angelegenheit mit der Mutterschaft zu lästig wird, werden Sie mich kennenlernen. Und das ist das Letzte, was Sie wollen, vertrauen Sie mir.«

Also, was das betrifft, sind Tony und er einer Meinung. Ihr genügt schon, was sie bis jetzt von diesem Kerl kennt. Gründlich – danke der Nachfrage!

»Bis das Kind die Trennung von Ihnen verkraften kann, werden Sie bei ihm bleiben; danach können Sie meinetwegen Ihrem abartigen Lebensstil weiter frönen. Und um auch noch die verbliebenen möglichen Missverständnisse aus dem Weg zu räumen ...« Unvermittelt beugt er sich über den Tisch und ist ihr so nah, dass sie sein herbes Aftershave wahrnimmt. »Meiner Ansicht nach verkörpern Sie den Inbegriff einer dahergelaufenen Schlampe, die für jeden Mann die Beine breitmacht, solange sie sich einen Vorteil daraus verspricht. Landläufig wird eine derartige Kreatur zumeist Hure genannt ...«

Wieder entspannt lehnt er sich zurück. »Ich erhielt kurz vor Timotheus Tod diesen Brief ...« Aus seiner Hemdtasche zieht er ein zusammengefaltetes Stück Papier und wirft es ihr achtlos hin. Als sie es mit bebenden Händen öffnet, erkennt sie Tims flüssige, schnörkelige Handschrift sofort:

Edward,
Dir dies zu schreiben fällt mir nicht leicht. Besonders, da mein Überfall Dich sicher unvorbereitet trifft. Leider bleibt mir weder eine Wahl noch die Zeit, schonender vorzugehen. Daher komme ich gleich zum Punkt:
Ich werde bald sterben, weshalb ich derzeit damit beschäftigt bin, meine Angelegenheiten in Ordnung zu bringen. Wie du dir vielleicht denken wirst, gibt es nicht viel, was ich der Nachwelt hinterlasse. Im Grunde nur eines – gleichzeitig jedoch das für mich Wichtigste: meinen Sohn Matty.
Er ist jetzt fünf und Anthonia versucht ihr Bestes, um ihn ordentlich zu versorgen und zu erziehen. Doch sie ist zu jung; es wäre unfair, sie mit einer solchen Aufgabe zu belasten. Ich will ihr nicht das gesamte Leben zerstören, indem sie nach meinem Tod allein mit meinem Kind dasteht.
Sie hat bereits genug für uns getan.
Sorge für ihn; das ist alles, worum ich Dich bitte. Werte es als letzten Dienst, den Du mir als Bruder erweisen kannst ... wenn du Dich mit einer Begründung, mir diesen Gefallen zu tun, besser fühlst.

Ich hätte Dich nicht gebeten, wäre mir eine Alternative bekannt. Ich hoffe, das weißt Du ebenfalls.
Warte, bis ich weg bin, denn ich kann mir nicht vorstellen, dass unser Wiedersehen nach so vielen Jahren sehr freudig ausfallen würde. Schon gar nicht unter diesen Umständen.
Kümmere Dich um meinen Sohn. Auch er ist Teil unserer Familie.
Danke.
Tim

* * *

Als sie aufsieht, verschleiern Tränen ihre Sicht; Capwell hebt nur gleichgültig die Schultern. »*Der Junge ist Teil meiner Familie.* Diesbezüglich muss ich Timotheus beipflichten. Ich werde einen Teufel tun und ihn in diesem Milieu aufwachsen lassen ...« Verächtlich betrachtet er ihr Hemd, wobei er sich äußerst ausgiebig ihrem Ausschnitt widmet. Ganz plötzlich würde Tony alles für einen dicken, verdammt weiten und ausgebeulten Wollpullover geben. Als die Bestandsaufnahme beendet ist, fügt er eisig hinzu: »Und ich kann ihn unmöglich einer solchen Mutter überlassen.«

Tony hat noch nie mit einem Mann geschlafen, denn Mr. Right ist ihr bisher einfach nicht begegnet. Doch was dieser Idiot ihr da andichtet, ist so abenteuerlich, dass es sie nicht wirklich berührt. Eher belastet sie sein so falsches Bild von dem ›Milieu‹, in dem ihr Neffe aufgewachsen sein soll.

Danielle und Tim verband die wahre, große Liebe, und als sich damals das Kind ankündigte, schien ihr Glück perfekt. Zu diesem Zeitpunkt waren sie bereits über zwei Jahre verheiratet. Viel Geld besaßen sie nie, was sie aber nicht am harmonischen Miteinander hinderte. An jedem einzelnen Tag, den sie gemeinsam verbringen durften. Tony war häufig bei ihnen, kennt Matty seit seiner Geburt und übernahm oft das Babysitting, wenn die beiden abends ausgehen wollten. Bis dieser verdammte Schwerlaster Danielles uralten

Volkswagen rammte und das junge Idyll jäh zerstörte.

Sie wussten immer, dass Tim einer wohlhabenden Familie entstammte, doch er sprach nie davon, und weder Danielle noch Tony stellten jemals Fragen. Er habe beschlossen, sein Leben nach *seinen* Vorstellungen zu führen, war das Einzige, was er je darüber verlauten ließ. Dass er sporadischen Kontakt zu seinem Bruder hielt, war nie bekannt geworden. Wie auch ...?

»Einverstanden«, bemerkt sie hölzern. »Von welchem Zeitraum sprechen wir hier – ungefähr?«

»Ein Monat?« Kaum gesagt runzelt er die Stirn. »Nein, ich denke, ein Vierteljahr ist wohl realistischer. Während dieser Zeit vergessen Sie Ihre üblichen Lebensgewohnheiten. Ich habe einen Ruf zu verlieren und bin äußerst darauf bedacht, ihn nicht in Mitleidenschaft zu ziehen. Solange Sie sich in meinem Haus aufhalten, kümmern Sie sich ausschließlich um den Jungen. Keine Alleingänge. Ist das klar?«

Tony würde ihm gerne ganz ausführlich erklären, was alles klar ist, besinnt sich jedoch in letzter Sekunde und schweigt. Sie darf nicht riskieren, dass dieser Neandertaler seine Meinung ändert und Matty allein mit sich nimmt. Deshalb nickt sie, wenn auch mit erheblichem Widerwillen.

»Bitte?«, erkundigte er sich mit erhobener Braue, was sie in die nächste Fassungslosigkeit treibt. Das kann doch unmöglich sein Ernst sein! Ehrlich!

Nachdem sie aufmerksam sein Gesicht studiert hat, erkennt sie allerdings, dass dies sogar einwandfrei ernst gemeint ist.

Mist!

»Ja ...«, erwidert sie leise und noch etwas zähneknirschender.

Die Braue verharrt, wo sie ist – so ziemlich weit oben, eindeutig mit der Tendenz zum Haaransatz.

Was?

Tony holt tief Luft; ihre Hände – gut verborgen unter dem Tisch – ballen sich, und sie presst zwischen ihren zusammengebissenen Zähnen hervor: »... wohl ...?«

Als seine Miene nach wie vor unverändert bleibt, leidet ihre Gelassenheit ein wenig; sie verschränkt die Arme, obwohl die Fäuste keineswegs verschwunden und damit leider deutlich sichtbar sind. Es ist ihr egal. »Das ist lächerlich!«, giftet sie los. »Ich werde mich Ihnen nicht ›unterwerfen‹, oder was immer der ganze Scheiß hier soll! An den blöden Deal halte ich mich und ansonsten können Sie mich mal kreuzweise!«

Bevor er etwas erwidern kann, ist sie mit hoch erhobenem Kopf aus dem Raum gerauscht.

Arsch!

* * *

Ihr Neffe sitzt auf seinem Bett und sieht auf, als sie sein Zimmer betritt. Tony zwingt sich zu einem Lächeln und nimmt neben ihm Platz. »Ungewohnt, hmmm?«

»Yeahhh ...« Es klingt wehmütig und sie legt fürsorglich einen Arm um seinen schmächtigen Körper.

»Dein Onkel meint, dass es wohl am Anfang für dich schwer werden dürfte, so total allein. Was würdest du dazu sagen, wenn ich dich begleite? Nur für ein paar Wochen, bis du dich eingelebt hast?«

Anstatt zu antworten, lehnt er sich an sie; Tony umarmt ihn und es vergeht eine Weile, ehe sie sich räuspert. »Du ... Matty?«

»Hmmm?«

»Würde ... würde es dir etwas ausmachen, mich Mommy zu nennen? Nur, wenn dein Onkel dabei ist?«

Verdutzt schaut er sie an und kichert. »Mommy-Tony ... Warum?«

»Nur so aus Spaß.«

Das Lachen verstummt. »Wenn du willst. Ich glaube ...«

»Hmmm?«

Der Junge holt tief Luft. »Ich glaube, du bist die einzige Mommy, die ich noch habe«, wispert er.

Sie schließt die Lider und verbeißt sich ein Stöhnen, bevor sie ihn auf den Schoss zieht und seiner Wange einen dicken Kuss gibt. »Hör mir zu!«, beschwört sie ihn. »Egal, wo ich bin, du kannst immer auf mich zählen, okay?«

»Ja.«

Tony lächelt. »Er ist der Bruder deines Daddys, da kann er nur nett sein, oder?«

»Ja.«

»Und du gehst nicht allein mit ihm, ich begleite dich, in Ordnung?«

»Wie lange bleibst du da?« Seine dünnen Ärmchen haben sich um ihren Hals gelegt und die ernsten Augen mustern sie hoffnungsvoll.

»Solange du mich brauchst. Versprochen.«

Ewigkeiten betrachtet er sie mit gerunzelter Stirn und nickt dann zögernd. »Okay ...«

Als sie ihn vor lauter Erleichterung erneut küsst, diesmal auf den Mund, verzieht er das Gesicht, wischt ihn sich jedoch nicht ab, was einen echten Liebesbeweis darstellt. Matty hasst nämlich Küsse!

Und sie schwört sich, durchzuhalten. Für ihren Neffen wird sie bei diesem selbstgefälligen Mann wohnen, bis der Kleine ohne sie zurechtkommt.

Egal welche Dämlichkeiten sich Capwell sonst noch so einfallen lässt, um sie wegzuekeln. Da muss er schon bedeutend früher aufstehen.

Schließlich ist sie Tony!

2. Destino

Bald klärt sich der Grund für die sonderbare Aufmachung des arroganten Kerls. Denn obwohl es ein winterlicher Novembertag ist, hat der sich verdammt sommerlich gekleidet. Während Matty seine dicke Winterjacke trägt und dessen Tante ihren Parka übergezogen hat, scheint er keine Probleme mit seinem Hemd zu haben, das zu allem Überfluss ja auch noch geöffnet ist.

Vielleicht steht er auf Kälte; die Augen deuten auf jeden Fall auf so etwas hin: Eisiger geht nicht.

Kommentarlos bugsiert er Mattys Koffer hinunter. Seitdem sie aus dem Zimmer gerauscht ist, hat er nichts mehr zu ihr gesagt. Offenbar ist sie nicht existent. Umso besser, Tony passt sich da wirklich gern an.

Zuvor hat sie eilig ein paar Sachen in ihren Rucksack gestopft, einfach genommen, was ihr als Erstes unter die Finger kam. Sie ist übrigens echt stolz auf sich, weil sie sogar so umsichtig war, Strom und Wasser abzustellen, bevor sie die Tür des Appartements abschloss.

Beim Treppenhinabsteigen meldet sie sich noch ordnungsgemäß bei ihrer Arbeitsstelle in den unbefristeten Urlaub ab. Ihr Boss – ein Idiot vor dem Herrn – ist alles andere als begeistert und erklärt ihr, sie bräuchte nicht mehr wieder zu kommen.

Gut, damit war wohl zu rechnen, weshalb sie sich strikt die düsteren Gedanken daran verbietet, dass sie offenbar soeben arbeitslos geworden ist. Darüber kann sie sich genügend den Kopf zerbrechen, sobald sie zurück ist.

Okay?

Yessir ...

* * *

Tony wusste bereits, dass Tims Familie ziemlich vermögend ist, denn soviel hat er immer durchblicken lassen. Aber dass die nicht nur reich, sondern genau genommen *stinkreich* sind, hätte sie nicht einmal in ihren kühnsten Träumen vermutet.

Vor dem Haus erwartet sie ein schwarzer, recht teuer wirkender Wagen. Tony hat keine Ahnung von Autos, ihr Verhältnis zu den mit Benzin betriebenen Mordinstrumenten ist seit einigen Jahren irreparabel gestört. Aber dass dies ein Maybach ist, erkennt selbst sie. Unberührt mag sie sein oder wie sich der Zustand schimpft, wenn man das Gegenteil von dem verkörpert, was dieser Idiot ihr andichtet. Trotzdem hatte sie bereits ausreichend Freunde, um das Teil aus dem Stegreif identifizieren zu können.

Und sie weiß sogar noch mehr: Kein normal Sterblicher ist in der Lage, sich ein solches Auto zu leisten ...

Nachdem er das Gepäck im Kofferraum verstaut hat, hält Capwell ihnen mit ausdrucksloser Miene die Wagentür auf. Was gleichzeitig die erste höfliche Geste ist, zu der er sich herablässt. Entweder, er ist entwicklungsfähig oder wahrt die Fassade, weil sie sich in der Öffentlichkeit befinden.

So ziemlich übrigens; um den Luxusschlitten hat sich in der Zwischenzeit eine erstaunliche Menge Interessenten gesammelt. Die meisten in Tonys Alter, aber ein paar betagtere Exemplare sind ebenfalls darunter. Zwei Dinge jedoch haben alle gemeinsam: Das Geschlecht – es handelt sich ausschließlich um Y-Chromosomenträger –, und den Neid, der auf ihren Gesichtern die Regie übernommen hat. Gesprochen wird nicht viel; sie schätzt, dies liegt an der mangelnden Multitaskingfähigkeit von Männern.

Die Typen gaffen, da ist reden nicht möglich – klarer Fall!

Capwell scheint nichts von alldem mitzubekommen, denn kaum hat Tony ihren Neffen angegurtet, setzt sich die Kutsche auch schon in Bewegung. Niemand wird überfahren, was sie für ein echtes Wunder hält, der Typ bemerkt die Schaulustigen nämlich offenbar tatsächlich nicht. Ohne zu hupen oder irgendwie anders den Versuch zu unternehmen, die Meute zu zerstreuen, fährt er einfach drauflos. Was nur ganz nebenbei wieder Tonys Theorie mit dem Mordwerkzeug bestätigt.

Glücklicherweise können die Jungen direkt vor dem Wagen rechtzeitig zur Seite springen; deren empörtes Gebrüll hallt ihnen nach, als sich das Auto in den Verkehr fädelt. Rasch sieht sie zu Matty, der ziemlich unbeeindruckt wirkt, sich anscheinend köstlich in dem Edelschlitten amüsiert und nur die Schultern hebt.

Nicht unser Problem!

Womit er wohl nicht total unrecht hat ...

* * *

Sie befinden sich auf dem Weg zum Airport, mit dieser Vermutung lag Tony schon einmal richtig.

Allerdings erwartet sie nicht etwa ein Linienflug oder vielleicht ein gecharterter Jet. Selbst darüber hätte sie sich nach Sichtung der schwarzen Limousine nicht mehr gewundert.

Stattdessen begeben sich die Drei nach einer erstaunlich kurzen und unkomplizierten Abfertigung hinaus auf das Rollfeld, besteigen einen kleinen, offenen Wagen, der unheimlich an einen Golfcart erinnert, und fahren zu einer der hinteren Landebahnen. Direkt auf den dort parkenden, blitzenden, schnuckeligen Jet zu, auf dem in großen Lettern steht:

==============================

-SYBILL-

C A P W E L L. INC.

MIAMI / FLORIDA / U.S.

==============================

Es handelt sich nicht etwa um eine ein- oder zweimotorige Maschine, sondern um ein riesiges Fluggerät, und sie packt unwillkürlich Mattys kleine Hand ein wenig fester, als sie die schmale Gangway hinaufsteigen. Nicht nur, dass sie nie zuvor geflogen ist – was ja schon schlimm anmutet –, aber dann auch noch mit so einem Ding!

Angekommen an Bord, verlässt Capwell sie mit einem knappen Nicken, und Tony ist froh, ihn fürs Erste los zu sein. So bekommt sie nämlich Gelegenheit, neue Geduld zu tanken. Und Beherrschung. Und was darüber hinaus alles erforderlich sein wird, um diesen Mann auf Dauer zu ertragen.

Während der Autofahrt hat er immer wieder in den Rückspiegel gesehen – kurz, kaum merklich –, ihr ist es trotzdem nicht entgangen. Und jedes verdammte Mal blitzten seine Augen auf die gleiche verächtliche, geringschätzige Weise auf.

Um ehrlich zu sein, ist sie erstaunt, es überhaupt bis hierher geschafft zu haben. Sie hätte geschworen, dass der Kerl ziemlich angestrengt überlegt hat, ob er damit durchkommen könnte, wenn er sie auf dem Weg zum Airport in irgendeiner besonders miesen New Yorker Ecke einfach aus dem Wagen wirft und das Gaspedal durchtritt …

Als sie in den bequemen Stühlen sitzen, nimmt sie dankbar das Mineralwasser entgegen, das die freundliche und sehr hübsche Stewardess ihr bringt. Und erst, als die leise, eisige Stimme aus dem Lautsprecher ertönt, geht ihr auf, wer genau diese Maschine fliegen wird.

»Meine Dame und mein Herr, wir werden in wenigen Minuten abheben. Ich bitte Sie, sich anzuschnallen und das Rauchen einzustellen. Die derzeitige Außentemperatur beträgt vier Grad Celsius, unser Flug wird circa fünf Stunden dauern, und ich verspreche, Ihnen wird nach dem Aussteigen bedeutend wärmer sein.«

Ein Joke jagt den nächsten; nur leider verpufft der ganze Effekt, denn den gesamten Monolog hat Capwell mit dieser ewig unbeteiligten, emotionslosen Art von sich gegeben. Also sollte er gerade versuchen, so etwas wie Humor zu entwickeln, hat er eine ziemliche Durststrecke vor sich. Mit hochgezogenen Brauen schaut sie zu Matty; der zuckt jedoch wieder nur gleichgültig mit den Schultern und widmet sich seiner Limonade.

Na ja, auf jeden Fall ist ihr Neffe schon einmal restlos zufrieden und entspannt – was man von ihr nicht behaupten kann. Tony ist in der Geografie nicht sonderlich bewandert; ihr Fach ist Geschichte. Dennoch weiß sie, dass man von New York nach Florida ungefähr drei Stunden benötigt, nicht fünf. Wohin, verdammt noch mal, bringt der aufgeblasene Arsch sie denn?

* * *

Nicht nach Florida, so viel hat sie bereits bei der Hälfte ihres Fluges begriffen. Als sie schließlich, nach mehr als fünf Stunden endlich zur Landung ansetzen, dehnt sich hinter den kleinen Fenstern der unendliche, strahlend blaue Himmel. Unterstützt wird der gigantische Effekt von einer gleißenden Sonne, die sich in dessen Zenit rekelt. Nicht eine Wolke ist zu finden, und als sie mit ihrem Neffen an der Hand und wackeligen Knien die Gangway hinabsteigt, empfängt sie heißes, atemberaubendes Sommerwetter.

Unten angekommen blickt sie sich um. Sie befinden sich auf keinem Airport, was sich stattdessen vor ihrem Auge erstreckt, ist maximal ein Rollfeld und nicht einmal ein sehr großes. Es muss beachtlicher Flugkünste bedürfen, um diesen riesigen Jet unfallfrei darauf zu landen, das kann sie sich durchaus vorstellen.

Matty mustert sie fragend. »Wo sind wir?«

»In der Karibik, auf einer Insel: ›*Destino*‹.«

Beide fahren herum, als die leise Stimme hinter ihnen ertönt. Capwell, frisch und ausgeruht, als hätte er gerade ein Mittagsschläfchen gehalten und nicht etwa einen Fünfstundenflug einschließlich komplizierter Landung bewältigt, lächelt knapp.

»Sie befindet sich seit über zweihundert Jahren in Familienbesitz. Ich dachte, es sei vielleicht besser, wenn wir zunächst einige Wochen hier verbringen, damit Matthew die Umgewöhnung etwas leichter fällt.«

»Matty!«

Erstaunt betrachtet er den Kleinen. »Wie bitte?«

»Ich heiße Matty. Keiner nennt mich Matthew!«, erklärt er mit einem schiefen Grinsen.

»Das ist doch dein Name!«, beharrt Capwell.

»Klar! Aber ich *benutze ihn nicht.*«

Ratlos sieht der Mann zu Tony, die allerdings nur die Schultern hebt. Was offenbar nicht die korrekte Reaktion ist, denn er verzieht angewidert das Gesicht und widmet sich wieder dem Jungen. Diesmal geht er vor ihm in die Knie und streicht ihm behutsam eine Strähne des feinen blonden Haars aus der Stirn. »Gut, Matty. Obwohl ich solchen Abkürzungen im Allgemeinen nichts abgewinnen kann.«

»Weshalb nicht?«

Tony ist verwundert: Seit dem Tod seines Daddys hat ihr Neffe nicht mehr viel gesprochen, schon gar nicht mit Fremden. Offensichtlich fasst er Zutrauen zu diesem seltsamen Kerl; was tatsächlich gut ist, der Optimalfall sozusagen. Dennoch gefällt es ihr nicht.

Eifersucht?

Möglich, vermutlich befürchtet sie jedoch eher, dieses Vertrauen könnte enttäuscht werden. Noch einen Verlust würde er wohl kaum verkraften.

Capwell lacht dunkel. »Wenn wir uns nie die Mühe machen,

unsere wunderbaren Namen auch auszusprechen, warum wurden sie uns dann überhaupt gegeben? Es ist eine Frage der Höflichkeit, sich die Zeit zu nehmen, jeden auf die korrekte Art anzusprechen. Findest du nicht?«

Darüber denkt der Kleine eine Weile nach und meint schließlich: »Ich mag aber Matty lieber!«

Diesmal kichert der Kerl allen Ernstes. »Gut, dein Wunsch ist mir Befehl. Solange es bei solchen bescheidenen Forderungen bleibt und du morgen keinen Porsche von mir verlangst. Also, Matty ...« Er hält ihm seine Hand entgegen und der Junge schlägt grinsend ein.

Als Capwell sich aufrichtet, ist das Lachen verschwunden, doch der Ausdruck, mit dem Tony bedacht wird, wirkt nicht mehr ganz so eisig. Jedenfalls bildet sie sich das ein; vielleicht ist es aber nur eine Halluzination. Denn als er spricht, klingt er wie üblich – kalt, abweisend und gleichgültig.

»Ich denke, wir sollten zum Haus gehen, damit ihr euch vom Flug erholen könnt.«

* * *

Wenig später werden sie mit einem Jeep über die überraschend weiträumige Insel gekarrt. Tony erhascht ein paar Blicke auf das azurblaue Meer – zumindest hin und wieder, wenn die dichte, von Palmen gesäumte, asphaltierte Straße es kurzzeitig zulässt.

Das ›Haus‹ erweist sich als riesige Villa im kastilianischen Stil. Ein weiter, mit grobem Lehmstein gepflasterter Hof, auf dem sich ein uralter Brunnen befindet, verbirgt erfolgreich die wahre Größe und luxuriöse Ausstattung des von außen eher unscheinbar wirkenden Gebäudes.

Hat man jedoch erst einmal die angenehm kühle, mit dunklem Stein geflieste Halle betreten, offenbart sich ein Anwesen, das durchaus neben den Prunkvillen bestehen kann, die Tony innerhalb ihres Studiums in Europa gesehen hat. Auf Bildern – leider nicht in natura, zu einer Studienreise auf den alten Kontinent ist es blöderweise nie gekommen.

Eine dunkelhäutige Mexikanerin um die Vierzig in einem einfachen, blau-weißen Kleid empfängt sie lächelnd und wird den Neuankömmlingen vom Hausherrn als Maria, die Haushälterin, vorgestellt, ehe er ihr auf Spanisch einige knappe Anweisungen erteilt. Sie nickt, lächelt der jungen Frau und dem Kind noch mal zu und verschwindet irgendwo in den Tiefen des Gemäuers.

Also ein menschliches Wesen existiert schon mal, das macht doch Mut!

Während Capwell seine beiden Gäste eine riesige, recht düstere Treppe hinaufführt, beobachtet Tony ihn heimlich, wobei sie sich absichtlich hinter Onkel und Neffe hält, und sei es nur, um einer neuen Blickattacke schnell genug ausweichen zu können.

Ihre Vorsicht erweist sich jedoch als unbegründet, denn der arrogante Knaller konzentriert sich ausnahmslos auf den Jungen. Zu jedem der Gemälde an den Wänden hat er etwas zu erzählen, erklärt, wer der jeweilige Vorfahre war und welcher Verbrechen er sich zu Lebzeiten schuldig gemacht hat. Komisch, anscheinend war jeder dieser südeuropäischen Edelmänner ein ziemlich grausamer Typ.

Das scheint sich bis in die Gegenwart vererbt zu haben, wobei Tim die leuchtende Ausnahme gegeben hatte, wenn man von seiner kurzen Drogenkarriere mal absieht. Sozusagen mimte er wohl das schwarze Schaf der Familie – wenngleich er blond war wie Matty.

Aus der Stimme des würdigen, weil garantiert grausamen, Nachfahren spricht dennoch Stolz, und während seines ausufernden Vortrages ist von Abscheu oder Eis nichts zu finden. Solange er es ausschließlich mit dem Kleinen zu tun hat, schleicht sich ab und an sogar so was wie Wärme in den Unterton.

Überrascht bemerkt Tony, wie sehr sich die wenigen Veränderungen auf das Gesamtbild auswirken. Seine Attraktivität ist ihr bereits in der ersten Sekunde aufgegangen, doch seine Härte, diese Abneigung in den unnatürlich grellen Iriden und die Art, wie er mit ihr gesprochen hat, waren so ekelhaft und abstoßend, dass es selbst sein gutes Aussehen in den Hintergrund drängte.

Nach einigen Minuten mit diesem Kerl war sie zu der Überzeugung gelangt, Matty einer Bestie zu überlassen.

Mittlerweile ahnt sie, mit ihrer Einschätzung möglicherweise leicht danebengelegen zu haben. Wieder betrachtet sie sein Gesicht und danach die großen, gepflegten Hände mit den schlanken Fingern. Er ist extrem braun gebrannt, was sie allerdings inzwischen nicht mehr verwundert.

Wie alt er wohl ist? Sie kann sich nicht zu einer konkreten Vermutung entschließen; Männer seines Typs wirken zeitlos. Keine einzige graue Strähne befindet sich unter den vielen rabenschwarzen Haaren. Tim war der Letztgeborene der beiden Brüder, und als er starb, knapp dreißig. Demnach dürfte Capwell also mindestens einunddreißig sein, wenn nicht älter.

Ist er eigentlich verheiratet? Kein Metall ziert den linken Ringfinger, was aber selten etwas zu bedeuten hat. Der Typ ist ein Macho von der übelsten Sorte, der würde bestimmt den Ehering abnehmen, um sich nicht die Chancen zu versauen.

Doch es fehlt ebenfalls jener verräterische weiße Abdruck, der jeden Ehemann sofort entlarvt, sollte der mal eben auf die Idee kommen, seine Gattin zu betrügen ...

* * *

»Miss Benett?«

Eine trockene, ironische Stimme reißt sie aus ihrer Grübelei. Die junge Frau blinzelt verwirrt und schaut direkt in blitzende blaue Augen.

»Ton … Anthonia«, stottert sie.

»Anthonia ...« Das Wort kommt so, dass sie es nur als Beleidigung auffassen kann. Denn er artikuliert die Buchstaben separat und zieht die Endung extrem in die Länge, wobei sein Blick auf ihr Hemd huscht; den Parka hat sie blöderweise im Flugzeug ausgezogen.

Es ist, als würde er mit ihr Buchstabenstrip betreiben. Beim ›*An*‹ fällt ihre Bluse, bei ›*tho*‹ die Hose, bei ›*nieeee*‹ müssen ihre geliebten

Stiefel dran glauben und bei ›*jaaaa*‹ ist auch die Unterwäsche passé. Niemals verschwinden die abgrundtiefe Verachtung und das Eis – er behandelt sie tatsächlich wie …

Wie eine *Hure,* total klar!

Sie beißt sich auf die Lippen, um ihn nicht anzukeifen, was üblicherweise nämlich ihre Standardreaktion wäre.

Obwohl … von *Standard* kann hier echt keine Rede sein, so etwas wie diesen Kerl hat sie bestimmt noch nicht erlebt!

»Dies ist Mattys Reich.« Die gleichmütige Stimme hat wieder das Zepter übernommen, während er eine Tür öffnet, zur Seite tritt und den Blick auf einen Raum offenbart, in dem jede Menge Spielsachen angehäuft sind. Kein modernes Zeug, so viel erkennt sie sofort, das Ganze wirkt eher wie ein Spielwarengeschäft aus dem letzten Jahrhundert. Siebziger Jahre schätzungsweise.

Da steht das Schaukelpferd neben unzähligen Plüschteddys, eine Rennbahn älteren Jahrgangs, ein ferngesteuertes Auto und von der Decke hängt eines dieser Bastelflugzeuge herab.

Als er Mattys große Augen bemerkt, tritt Capwell lächelnd ein; Tony nimmt die Hand ihres Neffen und folgt.

Es handelt sich um eine Suite. Das erkennt sie, als sie den Übergang in ein weiteres Zimmer erspäht. Dort befindet sich ein riesiges, uraltes Vierpfostenbett, über das ein Moskitonetz gespannt ist. Kleiderschrank, Schreibtisch, Nachtkommode und einige Bücherregale komplettieren die Einrichtung.

»Dies gehörte Timotheus, solange sich meine Familie auf der Insel aufhielt.« Er ist hinter sie getreten.

»Daddys?«, haucht der Kleine ehrfürchtig.

»Ja, es waren die Räume deines Dads. Gefällt es dir?« Kaum spricht er direkt mit dem Jungen, ist der gleichgültige Ton verschwunden.

»Sehr!«

Capwells eindeutig erleichtertes Lachen verwirrt Tony nicht wenig. Unsicherheit hätte sie diesem Mann garantiert nicht zugetraut.

»Dann ist die Überraschung doch geglückt! Dein Gepäck wird

umgehend hinaufgebracht; ich denke, du solltest dir etwas Zeit nehmen, um dich umzuschauen und auszuruhen. Ich zeige währenddessen deiner Mom ihr Zimmer.«

Matty blickt von dem riesigen, ferngesteuerten Auto auf, das er gerade am Wickel hat. »Wohin ...?«

»Gleich nebenan, keine Sorge, sie ist nicht weit weg.« Schon schwingt wieder jene Geringschätzigkeit in seiner Stimme mit, die er scheinbar immer an den Tag legt, sobald das Gespräch zufällig auf Tony kommt. Das ist dem Jungen keineswegs entgangen, denn er runzelt die Stirn und mustert seinen Onkel argwöhnisch. »Okay ...«

Capwell nickt knapp und frostig in Tonys Richtung und verlässt wortlos den Raum, was wohl die Aufforderung ist, ihm zu folgen oder so.

Dies ohne den Begleitschutz ihres Neffen zu tun, verursacht bei ihr beachtlich weiche Knie, und sie erkennt ziemlich beklommen, dass sie vor diesem seltsamen attraktiven Fremden mit dem eisigen, verachtenden Lächeln die Hosen voll hat.

Aber richtig!

Was natürlich lächerlich ist, weil Anthonia Benett vor nichts und niemandem Angst verspürt. Sie war von jeher stark und selbstbewusst; ihr flinkes New Yorker Mundwerk ist überall bekannt und gefürchtet. Dafür hat sie gesorgt.

Heute scheint es jedoch fast so, als würde sie ihre unerschütterliche Selbstsicherheit im Stich lassen. Und von schnellem Mundwerk kann momentan ebenfalls keine Rede sein. Sie bringt nämlich nicht den leisesten Ton heraus, da sie nicht die geringste Ahnung hat, wohin der Urahn der grausamen Spanier sie jetzt verschleppt.

Äh ... sind diese Haziendas eigentlich unterkellert?

* * *

Das erfährt Tony in den folgenden Minuten nicht, denn Capwell führt sie lediglich in den angrenzenden Raum.

Diesmal handelt es sich um keine Suite, nur um ein eher schlichtes, aber sehr hübsches Einzelzimmer mit einem Kleiderschrank und einem riesigen Holzbett, das auch mit einem Moskitonetz ausgestattet ist. Daneben existieren eine winzige Couch mit einem schmalen Tisch davor, Fernseher, Stereoanlage ... und eine Verbindungstür, direkt zu den Räumlichkeiten ihres Neffen.

Nett, unpersönlich, allerdings nicht im Mindesten gefährlich.

»Dies war das Zimmer der Nanny, solange mein Bruder und ich eine benötigten. Ich dachte mir, Sie wollen vielleicht in unmittelbarer Nähe ihres Sohnes sein.«

Mit raschen Schritten tritt er an ihr vorbei, durchmisst den Raum und öffnet einen weiteren, in der Wand verborgenen Eingang. »Hier ist das Bad. Es ist klein, doch ich nehme an, für die Dauer Ihres Aufenthaltes genügt es. Ihr Gepäck wird gleich hinaufgebracht. In einer Stunde wird das Essen serviert.«

All das gibt er mit dieser eisigen Verachtung von sich, und als er Tony verlässt, hat er sie kein einziges Mal angesehen.

* * *

Sichtlich verwirrt bleibt sie zurück und beäugt die Tür, die sich gerade hinter dem seltsamsten Mann geschlossen hat, dem sie je begegnet ist.

Irgendwann lässt sie sich auf die Matratze fallen und starrt verhältnismäßig ratlos vor sich hin. Was soll sie tun? Sie hat nicht die geringste Ahnung, weshalb sie nicht unbedingt traurig ist, als ein grinsender, ziemlich junger Mexikaner erscheint, sich als Pablo vorstellt, offenbar ausschließlich Spanisch spricht und ihre armselige Habe bringt.

Wenig später ist sie abermals allein und ebenso unschlüssig wie zuvor. Eher aus Mangel an einer Alternative, als aus ehrlichem Interesse, beginnt sie, das Zimmer zu erkunden.

Viel zu entdecken gibt es allerdings nicht. Das geht ihr auf, nachdem sie in den Schrank und unter das Bett geschaut hat. In einem der Schubfächer findet sie den winzigsten Bikini, den die Welt jemals hervorgebracht hat, und fragt sich für einen flüchtigen Augenblick, ob Capwell das Ding hier deponiert hat und sie das als Aufforderung werten soll.

Okay, der Moment ist tatsächlich sehr, sehr kurz, denn schon lässt sie das Bekleidungsstück, das im Grunde keines ist, angewidert zurück in die Schublade gleiten und schließt sie mit lautem Knall.

HA!

Und danach kauert sie erneut auf dem Laken, jetzt hat sie nämlich wirklich alles betrachtet, was der Raum zu bieten hat.

Bis auf …

Das Bad!

Beflügelt von der neuen Aussicht auf Beschäftigung stürzt sie hinein ...

… und stellt resigniert fest, dass es nur ein normales, kleines Badezimmer ist. Selbst ein wenig altmodisch gehalten, mit einer riesigen Dusche, die von einer etwas vergilbten PVC-Wand verschlossen wird.

Alsbald sitzt sie wieder und mustert aufmerksam ihre Schuhspitzen … bis ihr Blick rein zufällig auf eine weitere Tür fällt, die sie bisher nicht beachtet hat, und die sich exakt gegenüber der Verbindungstür zu Mattys Suite befindet.

Doch als sie versucht, das Teil zu öffnen, ist ihre Erfolgsserie beendet: zugesperrt! Dennoch glaubt sie sogar ganz genau zu wissen, wohin sie führt: in das Kinderzimmer dieses seltsamen Kerls, der sie immer ansieht, als würde er sie am liebsten sofort ausziehen und flachlegen, obwohl er sie für ein ekelhaftes Subjekt hält, das ausgerottet gehört.

Und ehrlich: Tony hat ernsthafte Schwierigkeiten, sich vorzustellen, dass er jemals ein Kind wie ihr Neffe war.

* * *

Das erste gemeinsame Mahl verläuft ziemlich wortkarg.

Keiner der beiden erwachsenen Fremden, die das Schicksal zusammengeführt hat, fühlt sich genötigt, etwas zu sagen. Und Matty weiß nicht so recht, wie er mit der gespannten Atmosphäre umgehen soll. Eine Weile schaut er zwischen ihnen hin und her, bis er irgendwann mit den Schultern zuckt und sich seinem Essen widmet.

Es ist Abend geworden; sie sind gegen Mittag in New York losgeflogen. Die Stunde Zeitverschiebung macht sich nicht gravierend bemerkbar, doch mittlerweile zeigt der große, antik anmutende Zeitmesser im Esszimmer weit nach neun Uhr.

Tony sieht zu dem Kleinen, der eher lustlos in seinem Reis stochert. Dunkle Schatten liegen unter seinen Augen – er ist garantiert müde, denn während des Fluges hat er nicht geschlafen. Manchmal, wie heute, vergisst sie über seine Ernsthaftigkeit, dass er nicht älter als fünf ist. Erst vor zwei Monaten haben sie einen sehr geruhsamen Geburtstag gefeiert. Damals lebte Tim zwar noch, jedoch war dessen Körper inzwischen von der Krankheit schwer gezeichnet, die Schmerzen allgegenwärtig und in seinem Blick der Todeswunsch unübersehbar.

»Baby bist du satt?« Sie hat kaum hörbar gesprochen, aber in der Stille, die nur von dem leisen Klicken der Uhr untermalt wird, wirkt es unnatürlich laut.

Der Kleine mustert sie entschuldigend und nickt betrübt. »Ich bringe dich ins Bett.« Tony steht bereits und reicht ihm die Hand, erleichtert, die Stätte des Grauens endlich verlassen zu dürfen.

Sie sind längst an der Tür, als die dunkle, verhaltene Stimme hinter ihr zu vernehmen ist. »Wenn der Junge zur Ruhe gekommen ist, erwarte ich Sie im Salon. Ich denke, wir sollten den weiteren Ablauf besprechen.«

Verdrossen nickt sie, ohne sich zu ihm umzudrehen; irgendwie verspürt Tony so gar keine Lust, mit diesem Mann allein in einem Raum zu sein. Vor allem, von was für einem Ablauf faselt er denn?

* * *

Matty ist nicht nur müde, sondern total erschöpft. Seine schon naturgemäß blasse Haut wirkt mit einem Mal sogar noch etwas heller.

Seine Tante stellt ihn in dem winzigen Bad, das der Suite angegliedert ist, unter die Dusche, streift ihm, nachdem er abgetrocknet ist, rasch einen Pyjama über und trägt ihn in sein Bett.

Tony könnte schwören, dass er bereits schläft, als sein Kopf das Kissen berührt. Trotzdem bleibt sie bei ihm sitzen, streichelt sein kleines Gesichtchen und beobachtet es ein wenig wehmütig. Seit Tims Tod hat er öfters Albträume und sie weiß nicht, wie er auf die veränderte Situation reagieren wird. Doch irgendwann seufzt sie ergeben; in Wahrheit schiebt sie nämlich den Moment der ›Aussprache‹ – was immer genau das sein soll – hinaus, was ziemlich feige ist. Und Feigheit ist nicht Anthonia Benetts Baustelle. Sie hat vor nichts und niemandem Angst, zumindest redet sie sich das tapfer ein, was auch einen Idioten mit einbezieht, der glaubt, sich alles erlauben zu können, nur weil er zufälligerweise ein paar Dollar geerbt hat! Entschlossen haucht sie einen Kuss auf die Wange des Jungen und geht ...

… in ihr Zimmer, wo sie zunächst vor den Spiegel des Kleiderschrankes tritt und sich prüfend betrachtet. Die Klamottenfrage ist einfach zu klären:

Jeans und ein weites Leinenhemd, dazu Doc Martens. So ist sie in New York losgeflogen und sah bisher keinen Grund, sich umzuziehen.

Fragende grüne Augen blicken ihr aus einem leicht gebräunten Antlitz entgegen. Ihre Lippen sind ein bisschen zu dick, weshalb sie diese Tussis nicht versteht, die sich zusätzlich Gift in die betreffenden Objekte spritzen lassen, um danach wie ein Karpfen auszusehen. Tony hätte von jeher lieber schmale besessen, nicht diese riesigen Lutschdinger, die sich ihrer Meinung nach ausmachen, wie der absolut versaute Versuch, einen ansehnlichen Mund zu kreieren.

Ihre Nase ist einen Tick zu groß, die Wangenknochen etwas zu breit, dafür hat sie ihr Kinn schon immer ziemlich passabel gefunden.

Umrahmt wird das Ganze mit braunem, schulterlangem Haar, das von natürlichen blonden Strähnen durchwirkt ist.

Total unspektakulär also – eben Tony.

Mit zusammengekniffenen Augen tritt sie ein wenig näher, um sich genauer zu betrachten. Von ihrem Make-up, das sie heute Morgen aufgelegt hat, ist nicht mehr viel übrig. Mäßig Lidschatten und die Wimpern sind noch betont, der Lippenstift jedoch komplett verschwunden. Das wird sie auch bestimmt nicht ändern. Und ja, sie sieht aus wie eine normale Frau in ihren Zwanzigern. Sicher kein männermordender Vamp oder eine Hure.

Aber geht sie als Mutter durch? Kritisch zieht sie die Nase kraus ... hmmm, eigentlich nicht. Für eine so ehrwürdige Angelegenheit ist sie zu jung und zu lässig. Danielle hat sich jedenfalls ziemlich verändert, nachdem sie Matty bekam.

Doch dieser arrogante Kerl scheint ja von ihrer Mutterschaft überzeugt zu sein. Demnach muss sie nur ihr Spiel auf die Art, wie sie es begonnen hat, weiter führen und alles ist gut.

Yessir!

Erneut nickt sie entschlossen ihrem Spiegelbild zu und macht sich dann mit wackligen Knien auf …

In die Höhle des Löwen.

* * *

Er empfängt sie wie einer dieser Mafiabosse in seinem riesigen, von der Außenwelt hermetisch abgeriegelten Refugium, das er mit Drogengeldern, Raub und Mord finanziert hat.

Der Pate – höchstpersönlich.

Zumindest ist das Tonys erster Eindruck, als er mit lässig auf der Sessellehne abgeparktem Arm dasitzt. Offener Hemdkragen kann man das nicht mehr nennen, dazu sind es zwei Knöpfe zu viel. Auf jeden Fall ist das dunkle Brusthaar deutlich zu sehen und ihr fällt das schmale Goldkettchen auf, das seinen muskulösen Hals ziert.

Scheißklischee!

In der freien Hand hält er ein Glas mit bernsteinfarbener Flüssigkeit – Whisky, mutmaßt Tony. Die blitzenden blauen Augen fixieren sie und um seine Lippen spielt jenes ironische Lächeln, das er üblicherweise in ihrer Gegenwart trägt.

Arsch!

Wie üblich unterzieht er sie einer sehr genauen Musterung, und für Tonys Geschmack verharrt sein Blick etwas zu lange auf ihrem Hemd. Das wirkt unhöflich, um nicht zu sagen scheiß beleidigend, aber sie schätzt, hierbei handelt es sich um kein Versehen. Schließlich geht er seit ihrer ersten Begegnung mit ihr wie miesem Abfall um.

Irgendwann hat er wohl genug gesehen, denn er nickt knapp. »Setzen Sie sich!«

Auf immer wackligeren Beinen stakt sie zu dem Sessel, der neben seinem steht, wobei sie sich Mühe gibt, ihm nicht zu nahe zu kommen. Nur für alle Fälle. Es gelingt ihr nicht, eine entspannte Haltung einzunehmen, nachdem sie sich niedergelassen hat. Stattdessen erlaubt sie ihrem Hintern, gerade mal so Halt auf dem hellen Lederpolster zu finden.

Vermutlich der natürliche Fluchtinstinkt, denn dieser Mann ist gefährlich – ganz klar und unübersehbar.

»Was trinken Sie?« Das kommt geschäftsmäßig ohne jeden Unterton.

»Gin Tonic.« Hastig räuspert sie sich, als sie ihre belegte Stimme hört, doch sein Gesicht zeigt keine Regung, während er sich erhebt und an die große, ausladende Bar tritt, die direkt an der weiträumigen Sitzgruppe angrenzt.

Derweil er mit den verschiedenen Flaschen hantiert, hat Tony Zeit, sich im Raum umzuschauen, bei dem es sich im Grunde eher um eine Halle handelt.

Die Wände bestehen aus grobem Stein, der in meisterlicher Arbeit zu einer ebenen Fläche verarbeitet wurde; der Boden ist mit farblich passenden Terrazzofliesen ausgelegt. Es gibt die erwähnte Bar, die Polstergarnitur und ein gigantisches Fenster, das den Ausblick auf eine endlos anmutende Rasenfläche offenbart. Und wenn Tony sich nicht täuscht, ist inmitten dieses grünen Paradieses ein Swimmingpool mit Sprungturm angelegt.

In der gegenüberliegenden Mauer wurde ein riesiger, rustikaler Kamin eingelassen, in dem sauber einige Holzscheite aufgestapelt liegen. Hinzu kommen unzählige, große Zierpalmen, die über den Rest verteilt sind.

Doch es existieren weder Fernseher noch Stereoanlage oder alles andere an Technik, die heutzutage in jedes Zimmer gehört, das die Bezeichnung ›Wohnzimmer‹ verdient.

Offenbar ist dies nicht der Ort, in dem die Familie Capwell abends ihre gemütlichen Stunden verbringt, eher wirkt es wie eine Art Empfangssalon für Personen, die man lieber nicht in sein Allerheiligstes bitten will.

Ein Glas mit durchsichtiger Flüssigkeit und einer Zitronenscheibe taucht vor ihr auf, und sie nimmt es, ohne aufzusehen.

Capwell setzt sich wieder in den Sessel, lehnt sich mit seinem Whiskyschwenker entspannt zurück und mustert sie kalt. Diesen neuen Auftakt seines miesen Spiels treibt er so lange, bis sie vor lauter Verlegenheit an ihrem Getränk nippt.

Der Gin Tonic ist gut – wenigstens etwas.

Er trinkt seinen Whisky, wobei er sie ununterbrochen fixiert, und dann, urplötzlich, als Tony inzwischen nicht mehr weiß, wohin sie blicken soll, stellt er das Kristall ab und beugt sich vor.

»Sie haben sich heute Mittag erfolgreich unserer kleinen Auseinandersetzung entzogen. Ich ließ Sie gewähren, weil es vor dem Jungen falsch gewesen wäre, darauf zu bestehen. Allerdings denke ich, sollten wir noch etliche Dinge klären, um diese Angelegenheit mit so viel Anstand wie möglich zu bewältigen. Und in Sachen Anstand dürften Sie so einige Defizite aufweisen. Daher unterrichte ich Sie über meine Vorstellungen, was das – äh – Zusammenleben unter diesem Dach angeht, nur um Sie ganz genau wissen zu lassen, was ich von Ihnen erwarte. Ich gehe davon aus, Sie sind damit einverstanden. Das sind Sie doch, oder Anthonia?«

Anthonia Benett steht mit ihren zweiundzwanzig Jahren vor einem Haufen Problemen: Erst stirbt die Schwester Danielle und lässt Mann und Sohn am Boden zerstört zurück; dann entschließt sich ihr Schwager Tim, seiner geliebten Frau umgehend zu folgen und sie ist mit einem Mal für den kleinen Matty allein verantwortlich. Ziemlich viel Verantwortung für eine Studentin, die noch nicht wirklich ihren Platz im Leben gefunden hat. Doch Hilfe naht in Gestalt des verschollenen Onkels, der sich sofort als attraktiver, steinreicher und insgesamt widerlicher Zeitgenosse entpuppt. Anthonia kann ihren Neffen unmöglich mit diesem Mann gehen lassen und beschließt spontan, ihn zu begleiten. Eine schicksalhafte Entscheidung, denn Onkel Edward hat seine ganz eigene Meinung über die Schwägerin seines verstorbenen Bruders ...

ISBN mobi: 978-3-945164-39-6
ISBN epub: 978-3-945164-40-2
ISBN Print: 978-3-945164-41-9

16185495R00380

Printed in Poland
by Amazon Fulfillment
Poland Sp. z o.o., Wrocław